Peter James, né en 1948 à Brighton (Grande-Bretagne), est scénariste et producteur. Il est surtout réputé pour ses thrillers à succès parmi lesquels *Comme une tombe* et *Mort imminente*. Sa maîtrise parfaite du suspense lui vaut d'être traduit dans le monde entier et de recevoir les prix Polar International 2006 et Cœur Noir 2007.

Peter James

Deuil

Traduit de l'anglais (Grande-Bretagne) par Benoît Domis

L'Ombre de Bragelonne

Milady est un label des éditions Bragelonne

Cet ouvrage a été originellement publié en France
par *L'Ombre* de Bragelonne.

Titre original : *Denial*
Copyright © Peter James/Really Scary Books Ltd 1998
Originellement publié en Grande-Bretagne en 1998 par Orion

© Bragelonne 2010, pour la présente traduction

Suivi d'un extrait de : *Faith*
Copyright © 2000 Peter James/Really Scary Books Ltd

ISBN : 978-2-8112-0829-5

Bragelonne – Milady
60-62, rue d'Hauteville – 75010 Paris

E-mail : info@milady.fr
Site Internet : www.milady.fr

*Un homme qui n'a pas connu
l'enfer de ses passions
ne les a pas vaincues.*
Carl Jung

Remerciements

Dans le cadre de mes recherches pour ce livre, j'ai eu le privilège de bénéficier du soutien de personnes réellement formidables. Le docteur David Veale, le docteur Celia Taylor, le Detective Chief Inspector David Gaylor et le Detective Constable Mick Harris méritent une mention spéciale pour m'avoir consacré du temps et fait part de leurs réflexions et de leurs idées avec une générosité que je ne méritais pas. Sans eux, ce roman n'aurait pas été le même.

La gentillesse et l'enthousiasme avec lesquels la police du Sussex m'a apporté son aide me sont allés droit au cœur. À défaut de pouvoir nommer chacun des nombreux policiers avec qui j'ai passé du temps dans les commissariats de Brighton, Hove, Haywards Heath, Crawley et Hampstead et en patrouille, je ne remercierai jamais assez le Chief Constable, Paul Whitehouse, sans qui rien n'aurait été possible. Je dois également remercier le Chief Superintendent Mike Lewis, le Detective Chief Inspector George A. Smith, la WPC Ren Harris, le PC Nick Dimmer, le PC Glen Douglas, le PC Nick Bokor-Ingram de la police de Brighton. Le Chief Superintendent David K. Ashley, le Sergent Phil Herring, les DS Bill Warner et Tony Howard de la police de Hove. L'Acting Inspector Ian Jeffrey, le PC Brian Seamons et le PC Gary Pearson de la Traffic Division de Haywards Heath.

Ross Parsons du Sussex Ambulance Service. Et tout le personnel de la National Missing Persons' Helpline.

Mes remerciements les plus sincères aussi au docteur Dennis Friedman, à Roy Shuttleworth, à Julie Carlstrom MFCC, au docteur M. Anton, à Richard Blacklock, à Elizabeth Veale, au docteur Nigel Kirkham, à Veronica Hamilton Deeley – Coroner de Brighton & Hove –, à Nigel McMillan, à Indra Sinha, à Spink & Son Ltd., à Chris Wellings de Graves, Son & Pilcher, à Lyall Watson, dont le livre merveilleux, *La Marée de la vie*, m'a appris tout ce que je devais savoir sur les oiseaux jardiniers, au docteur Roderick Main pour ses connaissances sur Carl Jung et son excellent ouvrage *Jung on Synchronicity and the Paranormal*. Comme d'habitude, je dois remercier ma correctrice non officielle, mais néanmoins indispensable, Sue Ansell, Patricia Preece et mon agent pour la Grande-Bretagne, Jon Thurley, pour son travail considérable et sa patience. Et n'oublions pas, bien sûr, ma femme Georgina, et mon ami poilu Bertie qui, au bout de cinq ans, a enfin appris à ne pas mâcher les disquettes informatiques qui tombent par terre…

Peter James, Sussex, Angleterre, 1998
scary@pavilion.co.uk

PROLOGUE

Dans la maison de Holland Park qui, un peu à l'écart de ses voisines tout aussi chic, s'élevait, comme elles, sur quatre étages derrière une grille en fer et une allée en gravillon, Thomas Lamark apportait le petit déjeuner à sa mère. Il le faisait tous les matins, précisément – à la nanoseconde près – à dix heures et demie.

Du haut de ses – presque – deux mètres, avec sa beauté classique et son sourire charmeur, Thomas était un homme séduisant de trente-sept ans. Paré d'une robe de chambre en soie Liberty, de mules Gucci, d'un bracelet-montre Rolex en or et d'eau de toilette Givenchy, il ne portait rien sous la robe – sa mère aimait le savoir nu sous la soie fine.

Sur le plateau en argent, il avait disposé une théière Herend raffinée contenant du thé pour le petit déjeuner de chez *Fortnum and Mason*, ainsi qu'une tasse en porcelaine tendre et une soucoupe assorties. Il avait ajouté un exemplaire du *Times* et une rose blanche qu'il venait de cueillir dans le jardin, encore humide de rosée – elle adorait ces petites surprises et ce matin, Thomas était d'humeur pour une récompense. Il espérait qu'elle le serait aussi.

Il s'arrêta devant la chambre. Toutes les portes intérieures de la maison étaient imposantes, peintes en blanc, avec leurs boiseries, leurs baguettes et leurs poignées en cristal ; mais cette porte au deuxième étage, placée exactement au milieu du palier, en face de l'escalier sculpté, avec un buste en bronze de sa mère sur un piédestal qui montait la garde, semblait encore plus impérieuse que le reste. Même après toutes ces années, il se sentait toujours à la fois impressionné et attiré.

Certains jours, il devait résister à l'envie de lui jeter le plateau à la figure et de crier, *Rends-moi ma liberté!* – mais pas aujourd'hui.

Il consulta sa montre, attendit que la deuxième aiguille achève son tour de cadran. À précisément dix heures et demie, il entra dans la chambre de sa mère.

Thomas était resté éveillé toute la nuit devant son ordinateur; parcourant le monde sur le web, il se reposait, mais dormait rarement. Il passait ses nuits à jouer aux échecs avec un certain Jurgen Jurgens de Clearwater Springs, en Floride, à spéculer sur la vie extraterrestre au sein d'un groupe de discussion de San Francisco, ou à discuter de morts récentes particulièrement horribles avec un collaborateur du *Fortean Times*. Il relevait les e-mails de plusieurs *newsgroups* médicaux auxquels il était abonné, échangeait des recettes avec une femme de Chesapeake Bay, et gardait un œil sur les activités des bourses mondiales, suivant les progrès des actions du portefeuille de sa mère et étudiant les sites web des sociétés en question. Chaque matin, il alimentait son agent de change avec des informations fraîches.

Il avait un QI de 178.

Marchant à pas silencieux sur le tapis, incapable de détacher son regard du visage de sa mère, son cœur se remplit d'adoration – et d'une autre émotion, contradictoire, contre laquelle il avait lutté toute sa vie. Il posa le plateau sur la table au pied du lit à baldaquin, tira les rideaux en soie damassée et dentelle blanche, puis les attacha avec des cordons garnis de glands. Le parfum Chanel et les vêtements de sa mère embaumaient la pièce. Les odeurs de son enfance. Les odeurs de sa vie.

Excité, il la fixa du regard.

Ses cheveux blonds, répandus sur l'oreiller, brillaient comme si les rayons du soleil étaient un projecteur de cinéma. Il savait que, bien que probablement réveillée à présent, elle n'ouvrirait pas les yeux, ni ne bougerait avant qu'il l'embrasse. Elle aimait le taquiner.

Et ces précieuses secondes chaque matin, quand elle était allongée, si douce, si jolie, et qu'il l'admirait en silence, ces moments étaient les trésors de sa vie.

Il était sous le charme. À cinquante-neuf ans, elle était belle, une vision angélique. Son visage était blanc, il l'était toujours le matin, mais aujourd'hui il semblait encore plus blanc, sa beauté encore plus pure. Elle était au-delà de la perfection ; elle était l'état de grâce qui formait les racines de son existence.

— Bonjour, maman, dit-il et il alla l'embrasser.

Elle n'ouvrait jamais les yeux avant ce baiser. Ce matin-là, ils restèrent fermés.

Pour la première fois, il remarqua les plaquettes de gélules ouvertes sur le sol. Le gobelet vide.

Il sentit quelque chose se nouer en lui. Alors qu'il se penchait, il sut qu'il y avait eu un changement dans cette chambre. Elle avait semblé angoissée en rentrant hier. Elle s'était plainte de maux de tête et s'était couchée tôt.

Sa joue était froide contre ses lèvres, inerte. Comme de la cire de maquillage au cinéma, elle fléchit, mais ne revint pas en place.

— Maman ?

Il ne reconnut pas le son de sa propre voix.

Il y avait une bouteille par terre, à côté du lit, sans la capsule : elle était vide.

— Maman ?

La panique brouilla sa vision ; le plancher s'éleva, la pièce bougea comme si elle était prise dans une forte houle sur l'océan. Il prit sa mère dans ses bras, essaya de la déplacer, de la soulever, mais elle était aussi raide qu'un quartier de viande sorti du congélateur.

Poussant un cri perçant, il saisit une des plaquettes vides sur le sol et essaya de lire l'étiquette, mais il ne parvenait pas à se concentrer. Il s'empara de la bouteille, mais ne réussit pas non plus à distinguer ce qu'il y avait d'écrit dessus. Puis il se précipita sur le téléphone, trébucha, empoigna le combiné et composa le 999.

— Une ambulance, laissa-t-il échapper, ajoutant l'adresse et le numéro de téléphone.

La gorge serrée, il reprit :

— Je vous en prie, c'est ma mère, Gloria Lamark, l'actrice ! Gloria Lamark ! *Gloria Lamark !* Venez vite, je vous en prie. Elle a pris une dose massive de médicaments.

Il laissa tomber le combiné qui rebondit sur le tapis et se balança au bout du cordon.

L'opératrice lui répondit calmement :

— L'ambulance est en route. Ne quittez pas, monsieur. Est-ce que vous sentez son pouls ? Est-ce qu'elle respire normalement ? Savez-vous ce qu'elle a pris ? Et depuis combien de temps ? Est-ce qu'elle repose sur le dos ? Si c'est le cas, vous devriez l'étendre sur le côté. Savez-vous si les comprimés ont été pris avec de l'alcool ? L'ambulance ne devrait plus tarder ; je vous conseille de préparer les médicaments que vous pensez qu'elle a pris pour les montrer aux auxiliaires médicaux dès leur arrivée. Et assurez-vous que ses voies respiratoires ne soient pas obstruées.

Les bras autour du cou de sa mère, il la serrait contre lui, s'étranglant avec ses sanglots, pleurant des torrents de larmes. Elle n'avait pas de pouls, elle ne respirait pas, elle avait dépassé ce stade depuis des heures. Il entendit la voix de l'opératrice des services d'urgence, un écho faible et distant, et il ramassa le combiné, en furie :

— J'ai fait médecine, pauvre conne !

Il jeta le téléphone par terre et serra de nouveau sa mère contre lui.

— Ne me fais pas ça, maman. Ne me quitte pas ! Tu as promis qu'on serait toujours ensemble. Reviens, je t'en prie, reviens. Tu *dois* revenir !

Il pressa ses lèvres sur sa bouche, essaya de l'ouvrir, mais elle resta fermée, bien fermée.

Elle avait jeté la clé.

CHAPITRE PREMIER

Elle souriait à Michael de l'autre côté du grand rectangle en verre insonorisé qui séparait le studio de radio exigu de la régie qui ne l'était pas moins.

Elle s'appelait Amanda Capstick. Elle travaillait comme réalisatrice pour une maison de production indépendante qui tournait un documentaire sur les psychiatres pour la télévision. Vingt-neuf ans, des cheveux blonds qui effleuraient ses épaules et un sourire qui lui allait droit au cœur ; un sourire aussi espiègle que son visage était joli.

Elle était la première femme sur qui le regard de Michael Tennent s'était attardé depuis la mort de sa femme Katy, trois ans plus tôt.

Et il savait pourquoi : bien qu'assez différente, d'une certaine manière elle lui rappelait Katy. Avec son mètre soixante-quinze, Katy avait été une beauté classique, svelte. Plus petite de quinze bons centimètres, Amanda avait des allures de garçon manqué. Et pourtant, quand, après l'avoir appelé pour lui demander de lui consacrer une demi-heure de son temps, elle avait pénétré dans son bureau trois semaines plus tôt, elle avait rallumé en lui une étincelle qu'il avait crue morte.

Elle le faisait sourire. Et Katy l'avait fait sourire – à une époque, en tout cas ; la Katy dont il voulait se souvenir. Il essaya d'ignorer Amanda Capstick, de se concentrer sur l'auditeur qui appelait, mais en vain. D'ordinaire, il faisait son heure d'émission hebdomadaire pour le bien-être de ses auditeurs, mais ce soir, il avait conscience de n'être derrière ce micro que pour Amanda Capstick, assise derrière la vitre dans son ensemble en jean et son t-shirt blanc, avec sa montre-bracelet chic.

Elle était son *seul* public. Ces trois dernières semaines, elle avait occupé toutes ses pensées, même s'il ne l'avait pas revue depuis leur première brève rencontre. Seule sa présence lui avait permis d'oublier, ne serait-ce qu'un moment, le cauchemar qui avait commencé quand il avait reçu le coup de téléphone du bureau du coroner de la ville de Westminster.

Amanda Capstick observait le psychiatre penché sur la console, un casque énorme collé sur les oreilles, son visage partiellement caché par la boule en caoutchouc mousse qui enveloppait le micro, profondément concentré, et sérieux, tellement sérieux. Il semblait intéressant, un mélange de maturité et de sagesse, mais parfois pointait également un petit garçon perdu. Et à quarante ans, il se trouvait à cet instant charnière qu'elle trouvait séduisant chez un homme, entre la jeunesse et l'âge mûr.

Et cela se reflétait dans sa façon de s'habiller : un costume bleu marine sage, mais avec un col montant à la mode, et une cravate de couleur vive. Ses cheveux bruns étaient coiffés en arrière avec du gel, et il portait de petites lunettes ovales en écaille ; sur certaines personnes, elles auraient pu paraître affectées, mais elles lui donnaient l'air d'un intellectuel, et un petit quelque chose en plus. Elle avait le sentiment de regarder un aventurier.

Il sera parfait pour mon documentaire, pensa-t-elle. Il se dégageait de lui une autorité naturelle, un sens des responsabilités. Mais ce qu'elle préférait chez lui, c'était son ouverture d'esprit, son absence d'arrogance. De trop nombreux toubibs, en particulier chez les psychiatres, semblaient s'être lassés de leur profession. Ils avaient perdu leur curiosité et paraissaient se satisfaire de ce qu'ils connaissaient.

Il était différent. Et il émanait de lui une tristesse touchante. Quand il souriait, il donnait l'impression d'être en proie à un conflit intérieur qui lui interdisait de sourire. Par ses recherches, elle avait appris qu'il avait perdu sa femme trois ans plus tôt dans un accident de voiture – peut-être qu'il la pleurait encore.

Elle savait aussi qu'il animait cette émission tous les mercredis entre 19 heures et 20 heures sur Talk Radio. Il tenait une rubrique hebdomadaire sur la psychiatrie dans les colonnes du *Daily Mail*. Il s'intéressait tout particulièrement au trouble obsessionnel compulsif et à la dysmorphophobie – le nom officiel de ce que les médias appelaient « le syndrome de laideur imaginaire » – et il faisait de fréquentes apparitions dans la presse ou à la télévision, pour donner son opinion ou en tant qu'expert auprès des tribunaux.

Trois jours par semaine, il voyait essentiellement une clientèle privée au Sheen Park Hospital, près de Putney, et deux autres journées étaient consacrées aux patients de la faculté de médecine du Princess Royal Hospital où il occupait un poste de maître de conférences. Il avait une réputation de philanthrope, faisant des dons afin de monter des organisations d'entraide pour les malades souffrant de phobies ou des troubles dont il était le spécialiste ; il était toujours prêt à renoncer à ses honoraires si un patient rencontrait des problèmes pour sa prise en charge par la sécurité sociale ou son assurance privée.

Michael ne s'était jamais senti à l'aise dans le studio. Il sentait le renfermé. Soit il y faisait si chaud qu'il était en nage, soit un courant d'air glacé le faisait larmoyer. Le casque, peu pratique, n'arrêtait pas de glisser sur ses oreilles. Semaine après semaine, le café semblait devenir moins fort, et s'effacer derrière le goût de plastique du gobelet : il devait résister à la tentation de jouer avec les boutons de contrôle, éviter d'être distrait par les aiguilles qui s'agitaient sur les cadrans mesurant le niveau, se retenir de toucher au micro ou à la batterie de commutateurs portant la mention « NE PAS ÉTEINDRE ! »

D'ordinaire, il n'avait jamais le trac, il se détendait et faisait de son mieux pour soulager des gens tourmentés qui ne savaient pas vers qui d'autre se tourner. Mais ce soir, la présence d'Amanda suffisait à le distraire. Et il avait aussi cette terrible nouvelle à l'esprit. L'une de ses patientes, une actrice, s'était suicidée, et il se sentait responsable. D'habitude, il ne voyait pas le temps passer, mais aujourd'hui son émission lui avait paru interminable. Il avait eu des appelants difficiles et, en essayant de poser pour la galerie – Amanda, dans son cas –, il avait perdu en spontanéité et en chaleur, et l'intimité de ses échanges avec eux s'en était ressentie.

Dieu merci, il avait presque terminé. Pendant les dix dernières minutes, il avait eu Marj au bout du fil, une auditrice de l'Essex. En ce moment précis, il l'aurait volontiers étranglée. Elle lui parlait sur le ton qu'elle aurait pu employer si elle avait eu affaire à la caissière d'un supermarché ayant eu le malheur de lui faire payer un avocat trop cher.

Faisant de son mieux pour rester calme, il dit :

— Je pense que vous devriez relire ce livre sur Freud, Marj. Carl Jung croyait à l'inconscient collectif, pas Sigmund Freud.

— Je ne crois pas, docteur Tennent. Et vous n'avez toujours pas expliqué mon rêve, ajouta-t-elle avec mauvaise humeur. Je perds mes dents. Qu'est-ce que ça signifie ?

Dans le casque, le producteur dit :

— Il faut terminer, Michael. Soixante secondes avant les infos.

Michael jeta un coup d'œil à l'horloge au-dessus du visage d'Amanda Capstick. Ses aiguilles se rapprochaient de 19 heures.

— C'est un rêve très courant, Marj. J'ai déjà eu l'occasion de l'expliquer à l'un de nos auditeurs il y a deux semaines. Il y a deux périodes dans votre vie où vos dents tombent : la perte des dents de lait, qui symbolise tous les problèmes liés à la maturité, en particulier celui d'assumer ses responsabilités. Et l'autre période, dit-il, avec plus de méchanceté dans la voix qu'il n'en avait eu l'intention, est celle que vous connaissez en ce moment, à en juger par le son de votre voix. La peur de la vieillesse, et tout ce qui va avec, devenir indésirable, inefficace, impuissante – perdre ses dents.

— Mais c'est exactement ce que dit Freud, rétorqua la femme.

Dans son oreille, la voix du producteur dit :

— Dix secondes !

— Je crains qu'il nous faille en rester là, Marj, dit Michael. J'espère vous avoir aidée un peu.

Il appuya sur le commutateur, tira sur son casque et sentit la sueur dégouliner à l'arrière de son cou. Derrière la vitre, Amanda Capstick lui sourit de nouveau et le félicita en levant les pouces.

Il lui fit une grimace en retour et haussa les épaules, puis il but à petites gorgées le dernier centimètre de son café tiède. La porte du studio s'ouvrit, et le producteur, Chris Beamish, un mètre quatre-vingt, barbu, les yeux hésitants semblables à ceux d'un oiseau, entra, hochant la tête d'un air grave.

— Comment c'était ? demanda Michael, comme toutes les semaines.

— Bien. Bonne émission. Je pense qu'ils ont aimé.

— J'ai trouvé que je sonnais faux, dit Michael. J'étais crevé.

— Non, ça leur a plu, répéta Beamish, s'octroyant le droit de parler au nom des 382 000 auditeurs de l'émission.

— Vous êtes vraiment doué, dit Amanda à Michael, quelques minutes plus tard, alors qu'ils passaient devant le vigile dans le hall d'entrée désert. Vous savez mettre à l'aise les gens qui vous appellent.

Il sourit.

— Merci, mais ce soir, ce n'était pas vraiment la grande forme.

— J'aimerais utiliser un extrait de votre émission pour mon documentaire.

— Bien sûr.

— On pourrait essayer de le faire en direct pour saisir cette spontanéité.

Elle marqua une pause, puis reprit :

— Vous avez déjà envisagé de faire de la télé ? Comme Anthony Clare et son émission *In the Psychiatrist's Chair* ?

— Je ne suis pas convaincu de l'efficacité de la psychiatrie par les médias, dit-il. Je suis très partagé sur la question. Dix minutes ne suffisent pas. Même pas une demi-heure. Je commence à me demander si je ne fais pas plus de mal que de bien. C'est vraiment difficile sans voir les visages, le langage corporel. Au départ, j'ai cru que ça encouragerait le grand public à prendre conscience des avantages de la psychiatrie. Maintenant, je n'en suis plus aussi sûr.

Ils avaient atteint les portes. Michael sentait son parfum : il était subtil, légèrement musqué, et il aimait ça. Dans un moment, elle serait partie et il rentrerait chez lui, seul de nouveau, il se décongèlerait quelque chose de chez *Marks and Spencer*, puis il parcourrait les programmes de télévision ou essaierait de s'intéresser à un livre ou de rattraper son retard sur la paperasserie, ou… d'écrire le rapport que lui avait réclamé le bureau du coroner.

Il avait désespérément envie de l'empêcher de disparaître. Mais il y avait si longtemps qu'il n'avait pas essayé de séduire une femme que le peu de technique qu'il avait pu croire posséder un jour s'était envolé pour de bon. Et puis, il ne savait pas si elle était mariée ou célibataire – il lança un regard furtif à ses mains.

Elle ne portait pas de bague. Ses mains étaient étonnamment petites et osseuses, et le vernis de leurs ongles était écaillé, comme celles d'un travailleur manuel qui se moquait bien des apparences. Il trouva cela attachant. Il n'aimait pas la perfection. Trop de ses patients étaient des perfectionnistes. Il préférait voir un peu de relâchement dans la vie.

—Vous avez le temps d'aller boire un verre ? demanda-t-il, se surprenant lui-même par la désinvolture dans sa voix.

Leurs regards se croisèrent. Elle avait de beaux yeux, bleu cobalt, vifs, d'une rare intensité. Elle sourit, consulta sa montre, puis se détourna évasivement.

—Merci pour l'invitation, mais je… j'ai déjà un rendez-vous à 20 heures.

—Je comprends, dit Michael, masquant sa déception avec un sourire, et se demandant quel étalon elle courait retrouver.

Il pensa à elle dans la voiture, en rentrant chez lui, alors que la Volvo traversait Putney Bridge et Putney High Street au ralenti. Il pensa à son sourire de l'autre côté de la vitre de la régie. Il pensa au regard qu'elle lui avait lancé sur le seuil, au moment où ils partaient. L'attirance était mutuelle, cela ne faisait aucun doute.

Elle avait refusé son invitation à aller boire un verre.

Mais n'avait-il pas perçu une certaine réticence dans sa manière de rejeter sa proposition ?

Il y aurait d'autres occasions. Ils allaient se revoir. À moins que… Et s'il l'appelait demain pour tenter sa chance ? Pourquoi pas ?

Bien sûr, docteur Tennent, et qu'est-ce qu'elle pourrait bien te trouver ? Une décennie vous sépare. C'est une jeune femme intelligente et branchée, avec le monde à ses pieds. Tu es un vieux schnoque qui roule en Volvo.

Même professionnellement, tu n'es plus à la hauteur. Tu veux une preuve ? Lis le journal de ce matin. Espérons qu'Amanda Capstick ne verra pas cet article.

Mais je lui plaisais. Vraiment. Elle avait un rendez-vous, et alors ?

Il l'appellerait demain matin, décida-t-il.

Au pire, elle lui dirait non.

CHAPITRE 2

*O*n ne nous prépare pas à la mort. Ça devrait figurer au programme de toutes les écoles. Mais non, à la place, on apprend aux enfants que, dans un triangle rectangle, le carré de l'hypoténuse est égal à la somme des carrés des deux autres côtés. Je garde cette pépite de savoir dans ma tête depuis vingt-cinq ans et je n'en ai jamais eu besoin. On nous enseigne comment demander où se trouve l'hôtel de ville en français. J'entre dans ma trente-septième année et je n'en ai jamais eu besoin.

Mais personne ne nous dit ce qu'on va ressentir à la mort d'un proche. Et pourtant, ça nous guette tous. Ça vient à peine de m'arriver, et je dois me débrouiller tout seul.

Apparemment, on passe par une suite d'émotions. Le choc. Le déni. La colère. La culpabilité. La dépression.

Le choc, c'est fait. Le refus d'accepter, aussi. Maintenant, j'en suis à la colère.

Je suis en colère contre beaucoup de monde. Mais, plus qu'à n'importe qui, je vous en veux à vous, docteur Michael Tennent.

Vous avez tué ma mère.

CHAPITRE 3

« *L e mercredi 9 juillet 1997. Rapport au docteur Gordon Sampson, coroner, ville de Westminster. Du docteur Michael Tennent, MD, MRC Psych. Objet : Gloria Daphne Ruth Lamark, décédée.*

La défunte était ma patiente depuis le mois de mars 1990. Antérieurement, elle avait été la patiente de mon collègue, le docteur Marcus Rennie, au Sheen Park Hospital, par intermittence, de 1969 jusqu'à son départ à la retraite en 1990. Son dossier médical indique qu'elle a fait l'objet d'un suivi psychiatrique et a été sous traitement par antidépresseurs de façon continue depuis 1959. (voir document joint)

Ma dernière entrevue avec elle, le lundi 7 juillet, a été particulièrement stérile. Ces derniers mois, j'avais eu le sentiment qu'elle prenait progressivement conscience de ses difficultés ; elle semblait enfin sur le point d'admettre que son caractère était incompatible avec la discipline requise pour exercer le métier d'actrice, et j'essayais de l'encourager à trouver d'autres centres d'intérêt, en particulier dans le domaine de la philanthropie, où elle pourrait contribuer utilement à la société et mener ainsi une existence plus épanouissante.

À mon avis, c'était une femme profondément tourmentée, souffrant d'un trouble de la personnalité qui l'empêchait de mener une vie ordinaire, avec les rapports sociaux que cela implique. Par conséquent, elle a pratiquement vécu en recluse. Ce trouble de la personnalité s'est développé dès l'enfance ou l'adolescence, et l'effondrement de sa prometteuse carrière d'actrice vers le milieu des années 1960 a certainement joué un rôle déclencheur dans la détérioration de son état. »

Michael était dans son bureau, chez lui ; il rembobina la bande de son dictaphone, écouta le début de son rapport, puis poursuivit :

« Après quelques rôles majeurs, dont certains premiers rôles féminins, dans plusieurs films à la fin des années 1950 et au début des années 1960, le flot des propositions s'est rapidement tari alors qu'elle n'avait pas encore trente ans. Elle attribuait la responsabilité de la fin de sa carrière à une combinaison de plusieurs facteurs. La naissance de son fils, Thomas. L'échec de son mariage. Les manœuvres sournoises de certaines de ses rivales, en particulier Cora Burstridge qui, à l'en croire, n'avait pas ménagé ses efforts pour détruire sa carrière, par jalousie et pour servir ses propres ambitions au cinéma.

À mon avis, la cause première des difficultés professionnelles de la défunte était son trouble de la personnalité. Elle était incapable d'accepter ou de faire face aux réalités de l'existence. Elle était très imbue d'elle-même, et son amour-propre avait sans cesse besoin d'être alimenté ; ceux qui osaient émettre un doute sur une des facettes de son talent provoquaient chez elle des crises de rage incontrôlables, pouvant même aller jusqu'à l'agression physique.

Ses symptômes maniaco-dépressifs se manifestaient par des sautes d'humeur ; elle pouvait passer d'une très haute opinion d'elle-même à une extrême dépression. Jusqu'à la fin, elle a gardé un personnel important, dont le rôle était avant tout de flatter son amour-propre et de maintenir l'illusion qu'elle était toujours une vedette du grand écran (on peut établir des parallèles avec le personnage du film Boulevard du crépuscule*).*

En consultation, la défunte a, à plusieurs occasions, abordé le sujet du suicide, bien que mes dossiers indiquent qu'elle ne l'avait pas fait depuis deux ans. Il est de notoriété publique qu'elle a essayé de mettre fin à ses jours en 1967, puis de nouveau en 1986, suite à l'échec retentissant d'une pièce qui devait marquer son retour sur les planches. *Les tentatives antérieures sont considérées comme un facteur à haut risque et j'en étais conscient. Cependant, à en juger par les faibles doses de comprimés prises lors de ces tentatives, la formulation des lettres et les circonstances générales, j'ai pensé qu'elles avaient trahi un appel à l'aide plus qu'une réelle intention d'attenter à ses jours.*

Elle a pu continuer à conserver un train de vie luxueux grâce à l'héritage d'une partie de la fortune de son mari, l'industriel allemand Dieter Buch, dont elle vivait séparée, ce dernier ayant trouvé la mort dans un accident de ski, avant que le divorce ait été finalisé.

Depuis le milieu des années 1960, la vie tout entière de la défunte était centrée sur son fils, Thomas, qui a vécu avec elle la majeure partie de son existence, et de qui elle a été totalement – et anormalement – dépendante, émotionnellement et socialement. »

Michael interrompit sa dictée. Son rapport serait probablement lu à la cour lors de l'enquête judiciaire. Il ne devait pas perdre de vue les sentiments du fils de Gloria Lamark. Cette dernière abordait rarement la relation qu'elle entretenait avec ce fils qu'il n'avait jamais rencontré. Il en avait toujours été troublé, mais il n'avait jamais réussi à la faire parler librement sur ce sujet.

Il avait compris que le garçon avait été expulsé de son école pour une raison qu'elle n'avait jamais voulu lui révéler et avait fait l'objet d'un suivi psychiatrique une bonne partie de son enfance. Il avait le sentiment que Gloria savait que son fils avait un problème, mais qu'elle l'avait protégé ; en revanche, il n'avait jamais pu déterminer si c'était pour le bien du garçon ou pour ne pas salir sa propre image.

À cinquante-neuf ans, elle avait encore été une belle femme. Après que son mari l'avait quittée, elle avait eu une série d'aventures, mais qui n'avaient jamais duré ; quand son fils avait atteint le début de l'adolescence, elle avait complètement cessé de fréquenter d'autres hommes.

Il la sentait terriblement protectrice envers Thomas – elle avait confié l'essentiel de son éducation à un tuteur, à domicile. Elle avait dit à Michael que Thomas avait voulu être médecin, mais que, pour une raison qu'il avait été incapable de lui soutirer, le jeune homme avait abandonné la fac de médecine et était rentré chez lui. Il semblait ne pas avoir d'amis.

Michael était presque certain que cela était dû à la domination qu'elle exerçait sur lui. Une possessivité autoritaire n'était pas rare dans les relations mère-fils, bien qu'il soupçonne Gloria Lamark d'avoir dépassé les bornes.

Gloria lui avait toujours présenté Thomas comme un modèle de perfection. Il était inévitable qu'elle pense cela, inconcevable – pour elle – qu'elle ait pu produire un fils rien moins que parfait. Dans son esprit, Michael avait l'image d'un gringalet docile, persécuté et inadapté.

Il se demanda comment le pauvre homme s'en sortait en ce moment.

CHAPITRE 4

C et endroit. La cage d'escalier. Le parking à plusieurs niveaux. Du béton gris prémoulé. Des seringues usagées et des emballages de burgers déchirés. L'odeur d'urine. Les lampes au plafond, ne dispensant que des halos de lumière faiblarde à travers des filtres de mouches mortes et de poussière.

Cet endroit ne posait aucun problème à Tina Mackay le matin, quand il y avait du monde alentour et que la lumière du jour permettait de déchiffrer les graffitis. Mais le soir, à la nuit tombante ou dans l'obscurité, il excitait son imagination, suscitant toutes sortes de pensées dont elle se serait bien passée.

La porte claqua derrière elle, réduisant au silence les embouteillages de High Holborn et les remplaçant par un bruit retentissant et caverneux, comme si elle se tenait à l'intérieur d'un gigantesque tambour. Puis, cernée par les ombres surgissant de toutes parts, et le crâne farci des gros titres de journaux faisant leur une sur des torses démembrés, elle commença à monter les cinq étages. Elle détestait ce moment de la journée. Mais ce soir, elle était distraite.

Ce soir, elle avait un rendez-vous.

Son esprit se préoccupait déjà de ce qu'elle allait porter, se demandait si elle devait se laver les cheveux (pas assez de temps, alors non). Chaussures. Rouge à lèvres. Parfum.

Sac à main ?

Merde, j'ai oublié de passer récupérer mes chaussures chez le cordonnier! Du daim noir. Elles auraient été parfaitement assorties à sa tenue; maintenant, elle devait tout revoir depuis le début. *Merde. Merde. Merde.*

Elle n'avait pas vu le temps passer. Ça arrivait presque tous les jours : toujours plus de boulot, plus de livres à lire, plus de gens à rappeler. Mais ce soir, elle avait décidé d'oublier tout ça. Ce soir, elle n'avait presque pas peur des échos de ses pas qui la raillaient dans la cage d'escalier. Ce soir, elle pensait à Tony (*l'honorable Anthony!*) Rennison. Beau mec, sérieux, intellectuel, timide, amusant.

Elle lui plaisait.

Et il lui plaisait – et pas qu'un peu.

Tina, qui se conduisait toujours de manière un peu trop sage pour quelqu'un de son âge, se sentait brusquement redevenir une gamine. Deux semaines plus tôt, avant sa rencontre avec Tony, avant qu'il l'invite à sortir, elle avait trente-deux ans et pensait comme si elle en avait dix (même vingt!) de plus.

Petite, avec des cheveux châtains coiffés à la garçonne, elle avait un visage plaisant, quelconque mais non dépourvu de charme; tout dans sa façon de s'habiller et de se comporter respirait la confiance en soi, une qualité qui lui valait la confiance de ses interlocuteurs au premier abord, et grâce à laquelle elle avait gravi les échelons, des premières responsabilités qu'on lui avait confiées dès l'école jusqu'à son poste actuel de directrice éditoriale chez *Pelham House*, l'un des éditeurs les plus dynamiques de Londres. Elle y avait métamorphosé le catalogue de littérature et entendait bien en faire autant avec les ouvrages non romanesques, un secteur qui avait connu des jours meilleurs.

Mais ce soir, elle était une lycéenne, avec un trac qui empirait à chaque pas qui la rapprochait de sa voiture et de chez elle.

Et de son rendez-vous.

Sa Golf GTI, au pot d'échappement troué, l'attendait à sa place, dans le coin, tout au fond, l'arrière dépassant sous la conduite de chauffage géante qui, dans l'obscurité, ressemblait à un animal préhensile rôdant dans les parages. La Golf l'accueillit avec un « bip » aigu, un clin d'œil de ses feux et le son du déverrouillage centralisé des portes. Quand elle ouvrit sa portière, elle fut un peu surprise de constater que la veilleuse ne s'allumait pas.

Une fois à l'intérieur, elle boucla sa ceinture. Puis, alors qu'elle mettait sa clé dans le contact, la portière s'ouvrit côté passager et une silhouette extrêmement grande s'assit sur le siège à côté d'elle.

Une voix masculine, laconique et pleine d'assurance, à quelques centimètres de son visage, dit :

— Vous vous souvenez de moi ?

Elle se figea.

— Thomas Lamark. (Il semblait rouler un cube de glace dans sa bouche.) Ça ne vous dit rien ?

Oh, bon Dieu, pensa-t-elle, son cerveau fonctionnant à cent à l'heure. La voiture empestait l'eau de toilette. Givenchy. Le même parfum que Tony. Est-ce que c'était lui qui lui jouait un tour ? Sauf que la voix était différente. Posée, grave, calme. Elle avait une certaine beauté, froide. À donner des frissons. Une sonorité presque poétique. Sa main tâtonna à la recherche de la poignée de la portière.

— Non, dit-elle. Je ne me souviens pas de vous.

— Vous devriez vous rappeler mon nom. *Thomas Lamark*. Vous avez refusé mon livre.

Ils étaient seuls. Il était près de 20 heures. Le gardien était dans sa cabine, cinq étages plus bas.

— Votre livre ?

Elle ne parvenait pas à distinguer son visage : elle parlait à une silhouette, une silhouette grande et mince.

—Vous l'avez refusé.

—Je suis désolée. Je… C'est que… Ça ne me dit vraiment rien. Thomas Lamark ?

—Vous m'avez envoyé une lettre. Je l'ai avec moi.

Elle entendit un froissement de papier, puis il reprit :

—« Cher monsieur Lamark, Nous avons bien reçu votre manuscrit, *La Biographie autorisée de Gloria Lamark,* et nous vous en remercions. Après une lecture attentive, nous sommes au regret de ne pouvoir envisager sa publication chez Pelham House. Nous espérons que vous aurez plus de réussite ailleurs. Cordialement, Tina Mackay, directrice éditoriale. »

Il y eut un silence. Tina se demanda quelle chance elle avait d'ouvrir la portière et de prendre la fuite.

—Ce regret, Tina. Est-ce qu'il est sincère ? Regrettez-vous vraiment ?

Puis il ajouta :

—J'ai besoin de savoir. C'est très important pour moi.

Il y avait d'autres voitures à cet étage. Quelqu'un finirait par arriver, pensa-t-elle. Du moins, elle l'espérait. En attendant, elle devait gagner du temps. Elle avait affaire à un hurluberlu. Rien de plus.

—Et si je jetais de nouveau un coup d'œil à votre livre ? demanda-t-elle d'une petite voix étranglée.

—C'est un peu tard pour ça, Tina.

—Nous travaillons avec des lecteurs externes. Je… Nous recevons tellement de manuscrits, je n'ai matériellement pas le temps de tous les lire moi-même. Il en arrive près de deux cents certaines semaines.

—Vous ne l'avez pas trouvé assez important pour le lire, Tina ?

—Non, ce n'est pas ce que j'ai voulu dire.

—Oh, mais je pense que si, Tina. Vous m'expliquez que ce que contient ce livre était suffisamment important pour que je l'écrive, mais pas assez pour que vous le lisiez. Il s'agit de la biographie de ma mère – Gloria Lamark.

— *Gloria Lamark ?* répéta-t-elle, la gorge serrée par la peur.

— Vous n'avez jamais entendu parler d'elle ?

Son mépris était destructeur.

— Je… Écoutez, pourquoi ne pas me redonner votre manuscrit, et je vous promets de le lire.

Puis il changea de ton, se montrant soudain charmant et, l'espace d'un instant, elle regagna espoir.

— Vous savez, Tina, j'aimerais vraiment pouvoir faire ça. Vous devez me croire. Je suis sincère.

Elle vit le reflet d'un objet métallique. Elle entendit un petit bruit sec et une claque. Puis le silence.

— Qu'est-ce que c'était ? demanda-t-elle.

— Une pièce de monnaie. Une pièce très particulière qui a appartenu à mon défunt père. Une pièce d'or de vingt marks du grand-duché de Hesse et du Rhin, frappée en l'an 1892, dernière année du règne de Louis IV. Je viens de lancer cette pièce. Pile ou face. Un ou zéro. C'est binaire. La vie tout entière peut être résumée à un code binaire. C'est comme ça que fonctionnent les ordinateurs, Tina. Vous le saviez ? Ouvert ou fermé. Sur cette planète, tout est noir ou blanc. Il y a une grande beauté dans la simplicité. Si vous aviez lu mon livre, vous le sauriez.

— Je… Je le lirai.

— Non, le moment est passé. Dans la vie, il y a un moment pour tout. Vous y avez déjà réfléchi ?

— Il n'est jamais trop tard.

— Non, vous vous trompez. Cette conversation. Tout ça arrive bien trop tard. (Il lança de nouveau la pièce.) Face. Avez-vous la moindre idée de ce que cela signifie ?

— Non.

— Vous le sauriez, si vous aviez lu mon livre.

CHAPITRE 5

Qu'est-ce que j'ai bien pu lui trouver ?

Il fut un temps où Amanda aurait donné sa vie pour lui, mais ce soir, elle avait presque l'impression de dîner face à un inconnu.

Brian Trussler, quarante-six ans, un visage maigre, dur, roublard, et des cheveux blonds coupés court, à l'exception d'une poignée de mèches qu'il gardait longues afin de couvrir le sommet de son crâne chauve. Il portait une veste Armani grise à l'air fatigué, par-dessus une chemise noire et une cravate criarde. Il avait une femme, Linda, deux jeunes fils, Adam et Oliver, trois belles voitures et une Harley-Davidson.

Bien qu'il ne soit pas beau au sens classique du terme, Amanda avait toujours été secrètement jalouse de sa capacité à attirer les femmes. Avant de faire sa connaissance, sept ans plus tôt, elle n'avait jamais connu quelqu'un qui débordait à ce point d'énergie. Il donnait l'impression de pouvoir soulever des montagnes par la seule force de sa volonté. Il forçait l'admiration. C'était cette énergie qui lui avait plu immédiatement chez lui.

Leur liaison avait commencé dans une chambre de l'hôtel *Halcyon*, après un déjeuner au *Caprice*, dès leur premier rendez-vous. Elle y avait mis un terme au *Caprice*, sept ans plus tard. Il y a deux mois. Presque jour pour jour.

Il semblait avoir vieilli depuis. Sa chevelure avait perdu de son lustre, son visage, devenu rougeaud, était ridé de veines éclatées, comme si les années passées à picoler l'avaient rattrapé. Il donnait l'impression de se laisser aller.

Elle était consciente que, si elle avait toujours été amoureuse de lui, elle n'aurait probablement rien remarqué. À une époque, elle avait aimé chaque poil de son corps, et n'avait pas pu imaginer la vie sans lui. Et elle aurait toujours été amoureuse de lui s'il ne l'avait pas menée en bateau.

S'il avait été honnête avec elle… s'il avait tenu sa promesse…

S'il ne l'avait pas déçue sur les choses qui comptaient pour elle.

Elle était surprise par son absence de sentiments pour lui. Elle avait redouté cette rencontre, et n'était même pas certaine de savoir pourquoi elle avait accepté de venir. Peut-être parce qu'elle avait pitié de lui – il avait paru désespéré, il lui téléphonait sans arrêt, il la bombardait d'e-mails, de fax et de fleurs, la suppliant de changer d'avis. Ou alors, elle avait peut-être besoin de le voir une dernière fois, afin d'être *absolument* sûre.

Et maintenant qu'elle *était* absolument sûre, elle éprouvait un immense soulagement. Enfin, après sept années, elle était libérée des sentiments qui l'avaient enchaînée. Elle était capable de passer devant le *Caprice* sans un pincement au cœur. Elle pouvait écouter *Lady in Red* sans être paralysée par un brusque et profond désir pour lui. Elle pouvait se réveiller sans une douleur qui la rongeait de l'intérieur, parce qu'on était samedi matin et qu'elle ne le reverrait pas avant lundi soir. Quant à ses coups de téléphone qui avaient marqué les points culminants de sa journée, elle les considérait dorénavant comme des intrusions.

Et, au bout de sept ans, elle avait enfin compris le message que sa mère, sa sœur, Lara, et sa meilleure amie, Roxy, avaient toutes essayé de lui faire rentrer dans le crâne.

Brian Trussler, tu n'es qu'une pauvre merde.

Il sortit ses cigarettes et en alluma une.

—Amanda, tu ne peux pas me faire ça, dit-il. Je t'aime tellement. Tu es toute ma vie.

—Je sais, dit-elle d'une voix éteinte.

Il la regarda fixement et tambourina de sa main libre sur la nappe. Ses yeux étaient injectés de sang, et elle se demanda s'il avait aussi mauvaise mine parce qu'il ne dormait pas. Il lui avait dit qu'il ne parvenait pas à trouver le sommeil à force de penser à elle, et elle s'était sentie coupable. Elle ne voulait pas le faire souffrir.

Il respirait péniblement.

—Je suis prêt à quitter Linda.

Linda était jolie, avec ses cheveux noirs, courts, et son air triste, comme si elle avait su que quelque chose ne tournait pas rond dans leur mariage. Amanda n'avait jamais ressenti d'antipathie à son égard, seulement de la jalousie et, parfois, une terrible culpabilité.

Elle secoua la tête.

—Non, c'est faux, Brian. Tu m'as servi ce refrain tellement de fois.

—Là, c'est pour de bon.

N'était-il plus capable de distinguer la vérité du tissu de mensonges dans lequel il vivait? se demanda Amanda. Elle avait fait sa connaissance à sa sortie de l'école de cinéma, quand elle avait postulé à un poste d'assistante auprès de sa société de production. Lors de l'entretien, elle avait été impressionnée de le rencontrer en personne – elle avait lu son nom, au générique de tellement de téléfilms, comme réalisateur ou producteur: *Brigade volante*, *La Brigade du courage*, *Cracker*, *Frost*, *Casualty*. Mais elle n'avait jamais vu son visage.

C'était un escroc. Sur les séries télévisées produites par sa société, il arnaquait tous ses interlocuteurs. Si la BBC lui octroyait un budget de 250 000 £ par épisode, il le tournait pour moins que ça et utilisait son imagination pour faire passer la différence en comptabilité. Il soudoyait les gens et acceptait des dessous-de-table.

Il se fichait de la qualité de son travail, du prestige, ou de remporter des prix. Une seule chose l'intéressait : tirer du système autant d'argent que possible. Il avait la réputation de produire à la chaîne des séries policières et hospitalières sérieuses et sans risques. Peu lui importait de ne pas arriver à la cheville, créativement parlant, de productions américaines comme *Urgences* ou *NYPD Blue*.

Et à l'époque excitante où elle était une jeune assistante, Amanda ne s'en souciait pas non plus. Elle croisait des vedettes du petit écran, elle était impliquée dans la création de programmes diffusés à des heures de grande écoute et appréciés du public ; à vingt-deux ans, elle était follement amoureuse d'un des dieux de la télévision et sa carrière était toute tracée ! Brian lui avait dit que son mariage battait de l'aile depuis des années, qu'il allait quitter sa femme et – carotte géante – songeait à confier à Amanda la production de sa propre série.

Quatre ans plus tard, il n'avait tenu aucune des deux promesses, alors elle avait démissionné et accepté un travail bien plus stimulant chez *20-20 Vision*. Pourtant, elle n'avait pas pu rompre avec Brian. Bien décidée à essayer, elle avait été malheureuse trois mois sans lui, mais après un déjeuner bien arrosé, ils avaient fini au lit.

Elle le regardait à présent ; il tirait nerveusement sur sa cigarette.

— Je t'ai donné sept de mes meilleures années, Brian. J'ai vingt-neuf ans, d'accord ? Mon horloge biologique tourne. Je veux vivre ma vie et tu dois être honnête avec moi. Je veux un mari, des enfants et pouvoir passer mes week-ends avec l'homme que j'aime.

— Alors, qu'est-ce qu'on attend pour fonder une famille ?

Le serveur leur apporta le café. Brian commanda un cognac. Elle attendit que le serveur soit hors de portée de voix.

— Génial, dit-elle sur un ton de reproche. Ta femme est enceinte de sept mois et maintenant tu veux faire un enfant à ta maîtresse. Sur quelle planète tu vis, Brian ?

Il la regarda d'un air lugubre.

— Tu vois quelqu'un d'autre ?

— Non.

Il parut soulagé.

— Et pour nous, il y a de l'espoir ?

— Non, aucun. Je suis désolée, Brian.

CHAPITRE 6

Le jeudi 10 juillet 1997. 3 h 12.

de : tlamark@easynet.co.uk
Usenet Newsgroups.
Fan Clubs.

Au groupe de discussion : alt.fan.Gloria_Lamark

C' est avec une profonde tristesse que je vous annonce le décès de ma mère, Gloria Lamark, ce jeudi 8 juillet, à son domicile de Londres.
Les obsèques auront lieu au cimetière de Mill Hill, le mercredi 16 juillet à 12 heures. Une collation sera ensuite servie au 47 Holland Park Villas, Londres W14.
Tous ses amis et ses admirateurs sont les bienvenus.
Il est recommandé d'arriver tôt pour éviter d'être déçu.
Les détails d'une commémoration organisée pour satisfaire ceux qui ne pourraient être accueillis dans l'église seront annoncés ultérieurement.
Plus d'informations sur le site web de Gloria Lamark :
http://www.gloria_lamark.com

Chapitre 7

— J'ai un secret, dit le vieil homme, puis il redevint silencieux.

Il s'écoulait souvent de longs moments entre ses phrases ; Michael Tennent en avait l'habitude. Confortablement assis dans son fauteuil, il tenait le dossier de son patient. Il se redressa un peu. Katy n'arrêtait pas de lui reprocher sa posture.

Katy.

Sa photo n'avait pas quitté son bureau et elle occupait toujours une place importante dans ses pensées. Il voulait qu'elle le laisse en paix, mais en même temps, contre toute attente, il ne le souhaitait pas. Il désirait surtout ne plus souffrir, être capable de reprendre le cours de sa vie. Mais la culpabilité semblait un obstacle insurmontable.

Son cabinet était une mansarde longue et étroite dans l'élégante villa palladienne qui avait jadis été la demeure d'un magnat du thé. Elle accueillait désormais le Sheen Park Hospital. Il abritait les consultations de six psychiatres et quatre psychothérapeutes, ainsi que trente chambres individuelles pour des patients hospitalisés. On approchait de l'établissement par une allée bordée de rhododendrons sinuant à travers près de quatre cents mètres d'espaces verts bien entretenus qui descendaient jusqu'à la Tamise. Michael et ses patients ne bénéficiaient pas de cette vue. Son cabinet n'avait qu'une petite fenêtre ronde, guère plus qu'un hublot, située au-dessus du niveau des yeux, juste sous l'avant-toit.

La pièce était un vrai bazar. Son bureau, deux tables et une rangée de classeurs étaient poussés contre les murs, et pratiquement chaque centimètre de leur surface était couvert de dossiers, de lettres, de revues médicales ou de livres attendant une critique de sa part. Même le dessus de l'écran d'ordinateur était encombré d'une pile de choses qui se trouvaient là depuis tellement longtemps que Michael ne les remarquaient même plus.

Il avait lui-même besoin de suivre une thérapie, il le savait, ce qui ne manquait pas d'ironie. Il aurait dû être capable de surmonter sa peine. Mais la photo de Katy lui rappelait qu'il n'en était rien. Ils étaient en voiture, elle pleurait à côté de lui, il s'était vraiment conduit comme un salaud, et l'instant d'après…

Le vide.

L'amnésie. Le même mécanisme de défense qui protégeait certains meurtriers. Un être humain était capable du pire, et de n'en garder aucun souvenir au réveil, le lendemain.

Les notes sur la fiche étaient floues. Il baissa un tout petit peu la tête, et les yeux, vers le bas de ses verres progressifs et les mots devinrent plus nets.

Sur la première page du dossier était tapé : Dortmund, Herman Baruch. Né le 07/02/1907. Dortmund mourait d'un cancer en phase terminale, un cancer du colon à l'origine, mais à présent son corps était criblé de tumeurs secondaires. Et pourtant, il tenait le coup, presque un squelette, animé par quelque force intérieure, un résidu des démons qui l'avaient possédé à une époque et qu'il tentait tant bien que mal d'exorciser. Sa santé mentale fragile lui permettait de vaquer à ses occupations quotidiennes. Il ne pouvait pas en espérer davantage. Et, pensa Michael, c'était déjà plus qu'il le méritait.

Toutefois, la conscience professionnelle de Michael refusait de laisser le passé de Dortmund affecter son jugement ou son traitement. Cet homme avait été poursuivi à Nuremberg, mais il avait échappé à la potence. Souffrant d'un syndrome de stress post-traumatique et rongé par la culpabilité, Dortmund faisait un aller et retour en enfer toutes les nuits depuis cinquante-quatre ans.

Parfois, Michael avait un frisson rien qu'en regardant cet homme. Il essaya d'imaginer comment il aurait vécu de se trouver à Belsen en 1943, séparé de Katy par un grillage de six mètres de haut, les femmes et les enfants d'un côté, les hommes de l'autre, cernés par l'odeur de la mort et de la décomposition, voyant la fumée s'élever des fours.

Ces pensées *étaient* peu professionnelles, se rappela Michael, mais comment en faire abstraction ? Il se tourna de nouveau vers Dortmund, luttant contre le dégoût qu'il lui inspirait. Même ainsi, une partie de lui avait pitié de cet homme. Il lui arrivait même de l'apprécier : la présence de cet ancien nazi lui rappelait que nous avons tous la capacité de faire le mal, et que parfois, bien que condamnant la conduite d'un homme, nous pouvons tout de même l'accepter en tant qu'individu. Et cet individu en particulier intriguait Michael.

Dortmund avait quatre-vingt-dix ans, des taches de vieillesse sur le visage, et une bouche aux coins tournés vers le bas. Son crâne chauve et brillant se voyait à travers de fines mèches de cheveux, tel un bol de porcelaine soigneusement emballé dans de la paille. Il ne souriait jamais.

— J'ai une question à vous poser, dit Dortmund.

— Oui ? répondit doucement Michael, sur un ton encourageant.

— Vous êtes capable de garder un secret ?

— Bien sûr.

— Confidentialité du patient ? Le serment d'Hippocrate, c'est ça ?

Michael hésita. De nos jours, les médecins ne prêtaient plus tous serment, mais il était trop fatigué pour entrer dans les détails : Dortmund était matinal. Il aimait prendre rendez-vous à sept heures et demie, comme s'il espérait regagner sa tanière avant que tout le monde soit levé et éviter les regards. Michael ne voyait pas d'inconvénient à venir travailler tôt une fois tous les quinze jours. Ça lui permettait de liquider un peu de paperasserie dans l'heure qui lui restait après que Dortmund était reparti.

— C'est ça, confirma-t-il.

Dortmund le regarda fixement, comme s'il se demandait si Michael se fichait de lui. Même après avoir vécu toutes ces années en Angleterre, sa maîtrise de l'anglais restait limitée. À maintes occasions, Michael s'était rendu compte qu'il était dangereux d'essayer de faire preuve d'humour. Les blagues dépendaient souvent des subtilités de la langue. Ces dernières échappaient complètement à Dortmund.

— D'accord. (Le vieil homme hocha la tête.) Vous savez, je garde ce secret depuis longtemps – depuis que j'étais un petit garçon, à sept ou huit ans. (Il se leva du canapé, traversa la pièce d'un pas hésitant et s'arrêta sous le hublot. La lumière du soleil matinal l'éclaira, telle une relique dans une vitrine.) Je sais quand des choses vont arriver, docteur Tennent. Je vois des choses parfois. Toujours de mauvaises choses.

Michael l'observa, attendant de voir s'il avait l'intention de continuer, puis il dit, d'une voix neutre :

— Vous êtes médium ? C'est ce que vous êtes en train de m'expliquer ? C'est ça, votre secret ?

Dortmund marcha vers lui, s'arrêta, posa ses doigts osseux sur la poignée en acajou poli de sa canne, et l'observa de ses yeux chassieux.

— Je n'ai pas beaucoup de choses dans ma vie dont je peux être fier, dit-il. Et je ne suis pas fier de ça.

— Dites-moi ce que vous voyez.

— Je sais quand une tragédie va arriver à quelqu'un. J'ai pris la décision de suivre une analyse, parce que je voulais

42

soulager ma conscience avant de mourir. Je n'en suis pas encore là, mais je vois quelque chose, et c'est peut-être la raison de ma présence ici, avec vous. Peut-être que c'est le destin qui m'envoie, pour vous prévenir.

— Me prévenir de quoi ?

— Que vous allez perdre une femme que vous aimez.

Michael fut tenté de répondre, *Vous arrivez avec trois ans de retard*, mais il n'en fit rien. Le regard fixe de cet homme le mettait mal à l'aise. Il se détourna. Quand il reporta son attention sur Dortmund, ce dernier l'observait toujours, avec une tristesse singulière. Michael ne voulait pas de ça. Il se refusait à légitimer les fantasmes de l'ancien nazi en lui demandant des précisions. Il avait besoin de temps pour y réfléchir, et proposer une réponse soigneusement pesée. De toute façon, qui pouvait bien être cette autre femme qu'il aimait ? Il n'avait que sa mère qui, à soixante-dix-neuf ans, était en pleine forme. S'il devait la perdre, il ne voulait pas le savoir – et certainement pas apprendre la nouvelle de la bouche de cet homme.

Michael consulta sa montre et, à son grand soulagement, les cinquante minutes étaient écoulées.

— Je crois que nous allons en rester là pour aujourd'hui, dit-il.

Après le départ de Dortmund, Michael ajouta aux notes de son dossier, « Risque de suicide ».

Son patient suivant était en retard, et il avait un trou de quelques minutes. Malgré lui, il le mit à profit pour appeler sa mère. Elle allait bien ; son père était au port de Lymington et bricolait sur son bateau. Elle se préparait à accompagner une amie à une exposition florale.

Le son de sa voix le mit de bonne humeur. Contrairement à ses patients, et à lui-même, ses parents menaient une vie qui leur apportait paix et satisfaction.

CHAPITRE 8

Trempée de sueur, immobilisée sur une surface de métal dure, les bras, le ventre, les jambes et les chevilles solidement ligotés, la tête serrée dans un étau, Tina Mackay pouvait bouger les yeux, mais rien d'autre. Elle avait vaguement conscience qu'on lui avait posé un cathéter dans l'urètre. Elle n'avait aucune idée de l'heure qu'il était, ni de l'endroit où elle se trouvait.

— Vous voulez que je vous dise une chose ?

Elle regarda l'homme, craintivement, essayant d'avoir les idées claires, malgré la douleur atroce dans sa bouche.

Thomas Lamark tenait une pince dentaire tachée de sang dans sa main gantée de caoutchouc ; debout derrière elle, il la contemplait de ses yeux gris d'une grande douceur.

— Détendez-vous, Tina. Le savoir n'est pas nécessairement douloureux. Vous pourriez apprendre quelque chose d'utile. Ma mère m'a toujours enseigné la valeur des bonnes manières. La vie est un apprentissage. On devient meilleur en apprenant. Vous n'avez pas envie de devenir *meilleure*, Tina ?

Sa voix était grave et ridiculement chaleureuse.

Elle ne dit rien. Quelques heures plus tôt, elle avait compris que les murs de béton nu de cet endroit ne laissaient sortir aucun son. Elle avait cessé de crier.

Elle avait tenté de le raisonner et elle sentait que, quelque part en lui, il y avait une certaine humanité qu'elle pouvait atteindre si elle parvenait à établir un rapport avec lui.

—Les gens bien élevés s'excusent quand ils ont eu tort. Il faut être quelqu'un de bien pour s'excuser – êtes-vous quelqu'un de bien, Tina ? D'assez bien pour me présenter des excuses *sincères* pour avoir refusé de publier mon livre ?

Il lui était devenu difficile de parler, pourtant elle essaya une nouvelle fois de le supplier ; mais à cause de sa bouche meurtrie, sa voix était réduite à un marmonnement incohérent et sanglant.

—… 'acco'. On'a t'availler d'u en'emble…

Il secoua la tête.

—Je suis désolé, Tina, mais vous avez vu de vos propres yeux ce qui s'est passé quand j'ai lancé la pièce. Je suis obligé de faire ce qu'elle me dit. Dans la vie, une fois qu'on s'est fixé des règles, il faut s'y tenir. Nos vies à tous deux échappent à notre contrôle, vous comprenez ?

Du regard, elle admit qu'il avait raison.

—Mais vous auriez pu faire quelque chose pour empêcher cela, Tina. Pas moi, et c'est toute la différence entre nous. Je suis né comme je suis. Je n'ai jamais demandé à être comme ça. Toute ma vie, les gens m'ont dit que je n'allais pas bien dans ma tête. Je déteste vraiment quand je suis comme ça, mais je ne peux pas lutter. Je fais les choses différemment. Je dois l'accepter.

Il recula de quelques pas, sourit, retira sa blouse de chirurgien, et leva ses mains énormes de manière expansive.

—Comment vous me trouvez ?

D'abord, elle donna l'impression de ne pas avoir compris la question, alors il répéta :

—Mes vêtements ? Vous aimez mes vêtements ?

Elle regarda son visage à travers un brouillard de larmes. Sa carrure. Il était exceptionnellement grand, près de deux mètres. Oh, mon Dieu, qui était ce cinglé ? Il était beau garçon, mais sa beauté avait quelque chose d'insupportable, avec ses cheveux noirs coiffés en arrière ; il portait une chemise blanche à col ouvert, un pantalon bleu marine, des mocassins en daim noir. Élégant, mais démodé, il ressemblait à un personnage louche d'une pièce de Noël Coward.

— T'ès 'oli, marmonna-t-elle avec approbation. T'ès 'légant.

— Vous ne dites pas ça juste pour me faire plaisir, n'est-ce pas ?

— Nnnn.

Il la gratifia d'un sourire si chaleureux qu'elle crut, à ce moment précis, que tout allait bien se terminer.

— La chemise est de chez *Sulka*, dit-il. Ils font un très beau linon de coton. Vraiment confortable. Ma mère choisit toujours mes vêtements pour moi. Elle m'aime quand je suis habillé comme ça. Et les chaussures, qu'est-ce que vous en dites ?

Elle grogna son assentiment.

— Gucci. Elles sont devenues difficiles à trouver – c'était pourtant un style très populaire. Maintenant, ils ne les font plus que sur commande, et il faut se dépêcher parce qu'il n'y en a jamais pour tout le monde.

Il se tourna et disparut de sa vue.

— Bien, si on mettait un peu de musique ? Vous êtes prête ?

Un chant grégorien retentit dans la pièce, tellement fort que Tina eut l'impression qu'il surgissait à la fois du sol, des quatre murs et du plafond. Thomas Lamark revint, de nouveau vêtu de sa blouse bleue. Il sourit et roula des yeux d'un air absent. Il était ailleurs, porté par la pureté des accords, les voix de tête.

Il dansait, sur un rythme perçu de lui seul, agitant la pince dentaire dans les airs avec sa main gantée, tel un chef d'orchestre. Puis il se pencha sur l'éditrice terrorisée, saisit une de ses dents de devant avec la pince, serra fort et tira brusquement le manche vers le haut. Il y eut un bruit sec quand la dent céda avec une partie de la racine.

La musique absorba son cri, comme un tampon.

Chapitre 9

I ly a ce truc à propos des amis, qui m'a toujours tracassé. Les gens ont des amis, c'est normal d'avoir des amis.

Dans tout ce que je regarde à la télévision, les films, les séries, les pièces de théâtre, tout le monde a des amis à appeler, avec qui bavarder, à qui rendre visite.

Comment fait-on pour avoir des amis ?

L'expérience m'a montré qu'en utilisant Internet pour se faire des amis, tout ce qu'on récolte, ce sont des gens qui veulent vous vendre du sexe. Si je vais au pub et que j'entame la conversation, les gens se font tout de suite des idées.

Je suis conscient que quelque chose en moi me rend différent des autres gens. Je ne sais pas ce que c'est, un manque de patience peut-être, ou un problème d'équilibre.

Ma mère me disait toujours qu'elle était la seule amie dont j'avais besoin. Je n'y ai jamais vraiment cru, mais maintenant qu'elle n'est plus là, même après seulement quarante-huit heures, je commence à comprendre qu'elle avait raison.

Je vois le monde à ma façon, comme ma mère me l'a enseigné. Le monde entier est contre nous – c'était ce qu'elle disait. Il faut se défendre avec tous les moyens à sa disposition.

Sinon, c'est le monde qui gagne.

Dans le doute, lance la pièce. La pièce est guidée par un Pouvoir Supérieur. Dans le doute, laisse-Le décider pour toi.

Il arrive un moment où le fardeau des responsabilités devient trop pesant pour un être humain.

Chapitre 10

Gloria Lamark avait été séduite par le 47 Holland Park Villas à cause de sa magnificence et de son atmosphère théâtrale. Carrée et de proportions classiques, la maison était assez vaste pour servir de château à une communauté rurale, bien qu'ici, à Holland Park, sa taille ne la distingue pas de ses voisines qui occupaient la même rangée qu'elle. Certaines arboraient des façades géorgiennes ou Regency, d'autres, à l'instar du numéro 47, privilégiaient un style néogothique, avec un parapet crénelé, des fenêtres hautes et étroites, et des linteaux cintrés, ce qui leur donnait un air de mystère, et même une certaine étrangeté.

Dans une avenue calme, tout près du tohu-bohu de Kensington High Street, en retrait par rapport à la rue, derrière une voie privée circulaire gravillonnée, la maison était protégée des regards indiscrets par un haut mur d'enceinte, une grille en fer forgé électrifiée, la débauche de feuillages d'arbres et d'arbustes adultes, ainsi qu'une bonne couche de lierre sur les murs.

En 1955, alors que sa carrière connaissait une ascension fulgurante et qu'elle se voyait déjà devenir l'hôtesse du Tout-Londres, Gloria Lamark avait emménagé là.

L'intérieur ressemblait à un décor de cinéma, avec son sol dallé dans le grand vestibule, ses couloirs et ses escaliers tellement larges ; pour la décoration, on avait exclusivement utilisé le noir, le gris et le blanc. Sur les murs, des photographies encadrées de l'actrice – en noir et blanc, elles aussi – occupaient presque chaque centimètre d'espace disponible.

Gloria Lamark avait voulu être la seule touche de couleur dans la maison ; elle avait été catégorique : rien ne devait rivaliser avec elle. En quarante-deux ans, elle n'avait jamais permis – pas une seule fois – qu'on y introduise des fleurs d'une autre couleur que le blanc. Dans le jardin poussaient essentiellement des conifères. Dans le bassin, dont la conception, avec ses colonnes classiques et ses arcs, rappelait une lagune italienne miniature, les carpes koï avaient droit de cité, mais uniquement parce que, nageant sous l'eau, elles ne risquaient pas de lui faire de l'ombre avec leurs couleurs. Les visiteurs qui avaient le malheur de lui voler la vedette n'étaient jamais invités une deuxième fois.

Au début, elle avait organisé quelques somptueuses réceptions, mais au fil de la décennie, elles étaient devenues de moins en moins nombreuses, comme son cercle d'amis. Par la suite, elles avaient été remplacées par quelques dîners, d'un formalisme absurde et d'un ennui étouffant ; seul Thomas y prenait plaisir : il adorait regarder sa mère en tête de table, parée de ses plus beaux atours, il aimait l'écouter délecter sa cour d'admirateurs d'histoires qu'il avait déjà entendues un millier de fois – il ne s'en lassait jamais.

Il pensait justement à l'un de ces dîners en ce moment, assis devant son ordinateur dans son bureau du premier étage, situé directement sous la chambre de sa mère et où, d'ordinaire, il aurait pu l'entendre l'appeler. Les lourds rideaux gris foncé, utilisés pour les *black-out* pendant la Seconde Guerre mondiale, ne laissaient passer que quelques rayons du soleil matinal. Il avait tiré les rideaux dans toute la maison.

Il aurait tant voulu pouvoir arracher le soleil du ciel et aveugler le monde. La lumière était pour les vivants, l'obscurité pour les morts. Maintenant, cette maison était celle de la mort.

Il était 10 h 35 en ce jeudi matin et il avait veillé toute la nuit – comme d'habitude. Enfin, pas tout à fait comme d'habitude, puisque sa mère n'était plus là ; ce ne serait donc plus jamais *comme d'habitude*. Tout avait changé. Le passé était un autre pays, aux coutumes étranges. Mais avant de passer la frontière et de recommencer sa vie dans son nouveau pays, il avait quelques comptes à régler. Tout voyageur devait faire ses bagages avant de partir. Régler ses comptes, c'était comme de faire ses bagages.

Il réfléchit à cette métaphore, et elle lui plut. On pouvait utiliser une valise, ou…

Il souleva le pansement sur son poignet et regarda la marque des dents à l'endroit où cette garce de Tina Mackay l'avait mordu, la nuit précédente, dans le parking. Une morsure humaine était dangereuse, pire que celle d'un chien, pire qu'un clou rouillé. Il devrait se faire vacciner contre le tétanos, mais il était trop occupé. Comment faire, avec un emploi du temps aussi chargé ?

Le regard ensommeillé, il leva les yeux des notes de son journal intime sur son écran d'ordinateur vers l'affiche de sa mère accrochée au mur au-dessus du bureau. Dans cette pièce, elle était partout : photographies encadrées, affiches, poèmes qu'elle lui avait écrits. Mais celle-là était sa préférée. Son visage apparaissait furtivement, l'air boudeur, à travers une cascade de cheveux blonds ondulés ; elle faisait la moue tandis qu'elle observait avec dédain quelque chose au-delà de la caméra. Une jambe dans un bas de dentelle noire s'étendait hors de la portière ouverte d'une voiture de sport, une Jaguar XK120, et sa jupe relevée de manière provocatrice, révélant – ou presque, il n'avait jamais pu se décider – quelques centimètres d'une cuisse blanche et nue.

En dessous, la légende disait : « LAURENCE HARVEY/ GLORIA LAMARK… DANS… LE DIABLE AUX TROUSSES »

Elle avait tenu le premier rôle féminin. Son nom était même *au-dessus* du titre! Elle avait joué avec l'un des plus grands premiers rôles masculins du XXe siècle. Sa propre mère!

Et maintenant, elle était morte, sa carrière avait été sabotée par des envieux, son héritage artistique rejeté par des moins-que-rien comme cette petite salope de Tina Mackay, et le docteur Michael Tennent l'avait achevée, il l'avait assassinée.

Sa mère gisait dans la cellule réfrigérée d'une entreprise de pompes funèbres. Il savait en quoi consistait une autopsie, il connaissait cette indignité. Il songea à sa mère, si incroyablement belle, étendue, nue, pendant qu'un médecin légiste lui sortait le cerveau du crâne, le coupait en morceaux et l'emballait dans un sac en plastique blanc, avec le reste de ses organes internes, avant de le fourrer de nouveau à l'intérieur du corps, tels des abats dans un poulet de supermarché.

Cette pensée le fit pleurer en silence. Sa dignité avait toujours tellement compté pour elle, et maintenant, on l'avait ouverte à grands coups de scies et de couteaux à découper sur une table d'autopsie.

Il baissa les yeux sur son bureau. Sur les dents de Tina Mackay. Il avait lavé le sang et les avait rangées dans l'ordre, afin de s'assurer qu'il n'en avait oublié aucune. Un jeu complet. Et en bon état – elle avait dû en prendre soin.

Puis il éprouva soudain des remords à cause de la douleur qu'il lui avait infligée. Il souleva son pansement et examina la rangée de perforations sur son poignet. Puis il regarda les mots qu'il venait de saisir à l'écran.

Il faut se défendre avec tous les moyens à sa disposition.
Il faut.

Il se sentit tout de suite mieux. Une cause, un effet. C'était ce qui faisait tourner le monde. Tina Mackay l'avait mordu et à présent elle ne le mordrait plus.

Pas de quoi se sentir coupable.

Le refus de son manuscrit l'avait mise dans cette situation au départ. C'était entièrement sa faute.

L'envie de vivre de l'être humain est une chose curieuse, pensa-t-il. Les gens sont prêts à faire ou à dire n'importe quoi pour rester en vie. Même quand, comme dans le cas de Tina Mackay, le peu de temps qui vous reste ne vous réserve que plus de souffrance et l'espoir de mourir.

La conscience tranquille, il se pencha vers sa chaîne Bang et Olufsen et appuya sur « Play ». Immédiatement, la voix du psychiatre emplit la pièce. Thomas connaissait par cœur chaque mot enregistré sur la bande.

Il la rembobina, se cala dans son siège, et réécouta, pour la centième, la millième, ou peut-être la millionième fois, la voix soucieuse du docteur Michael Tennent.

« C'est le docteur Tennent à l'appareil, Gloria. Vous voulez bien me rappeler dès que vous aurez écouté ce message ? Je crains de vous avoir inquiétée ce matin. Je pense qu'il serait utile que nous ayons une petite conversation à ce sujet au téléphone. »

Il appuya sur « Stop », regarda de nouveau l'écran, et essaya de continuer à écrire dans son journal. Mais les mots formaient une masse confuse ; seul dans son bureau, il pleurait pour tout ce qu'il avait perdu.

CHAPITRE 11

À l'issue de sa séance avec Herman Dortmund, Michael Tennent avait l'esprit encore plus agité qu'en arrivant à son travail, ce matin-là. Il avait été totalement incapable de se concentrer sur son patient suivant, une femme de quarante-deux ans souffrant de dysmorphophobie, qui avait eu recours à la chirurgie esthétique sur son visage et son corps à onze reprises au cours des cinq dernières années. Le plus tragique, c'était qu'elle avait été une belle femme au départ et n'avait pas pu y croire. À l'inverse de Gloria Lamark, qui n'avait jamais envisagé qu'elle puisse perdre sa beauté.

Il avait terriblement mal à la tête. Malgré le costume en lin beige léger qu'il portait, il avait l'impression d'avoir la peau moite. Il devrait rentrer, avaler deux cachets de paracétamol, et s'asseoir dans une pièce sombre. Mais il avait un emploi du temps bien chargé ce jour-là, et quelques-uns de ces patients dépendaient entièrement de lui. Sur son bureau, la notice nécrologique du journal était là pour le prouver.

Une dose excessive de médicaments.

Le pire, c'était qu'il connaissait précisément la raison de son geste. Elle s'était suicidée parce que…

Son téléphone bourdonna. Sa secrétaire, Thelma, lui annonça que son rendez-vous de 11 heures était là. Michael lui demanda de le faire patienter un peu.

— Bien, docteur Tennent, répondit-elle, avant d'ajouter nerveusement : j'ai écouté votre émission hier soir. Je vous ai trouvé très bien. Si je peux me permettre, vous aviez l'air plus sûr de vous que d'habitude.

Michael avait hérité Thelma de son prédécesseur, et pensait qu'elle avait un mari brutal et presque certainement un père brutal. Les cheveux gris et d'apparence soignée, plutôt petite, elle était tendue en permanence, servile et anxieuse de plaire – elle faisait plus que son âge. Il estimait qu'elle avait probablement appris à se débrouiller dans la vie en évitant toute confrontation. Elle s'était fixé un itinéraire évitant les récifs de l'existence et elle s'y tenait strictement. Peu de hauts, mais peu de bas. La vie dans ce qu'elle avait de plus lisse. Bien trop de gens devaient s'en contenter.

Elle lui donnait rarement son avis, ce qui rendait sa remarque d'autant plus surprenante.

— Vraiment ? l'encouragea-t-il. Je ne pensais pas avoir été très bon hier soir.

Elle hésita.

— Vous donniez l'impression de plus laisser parler votre cœur. Je… je ne veux pas dire que vous n'êtes pas bon d'habitude, mais cette fois il y avait quelque chose de différent.

Amanda ? se demanda-t-il.

— Merci. Mais je ne suis pas certain de vouloir continuer à faire de la radio.

— Vous *devriez*, docteur Tennent, dit-elle énergiquement. Je pense que vous aidez les gens.

— Je n'en suis pas aussi sûr. (Il marqua une pause.) Donnez-moi quelques minutes, le temps de passer un coup de fil.

Il reposa le combiné et regarda le cadre avec la photo de Katy, prise lors de leurs dernières vacances, une croisière sur le Nil ; elle était accoudée au bastingage de leur bateau, souriante, et le regardait de ses yeux bleus confiants. Le vent avait entortillé ses cheveux blonds autour de son cou, et des mèches dépassaient sur son pull en cachemire rose. Elle était joliment bronzée et le contraste de ces trois couleurs – le brun de sa peau, l'or de ses cheveux et le rose de son pull – avec le bleu du ciel dégagé du Nil semblait proche de la perfection. Un ravissement.

Alors pourquoi avait-il agi ainsi ?

Pourquoi ?

Elle *était* belle. Une rose anglaise. Une princesse. Son esprit était un kaléidoscope de souvenirs. Elle pouvait manger autant qu'elle le voulait sans jamais prendre de poids. Elle adorait faire bonne chère. Les soles grillées dont on ne voyait pas le bout. Les massives pièces de bœuf saignantes, couvertes d'oignons. Les gros beignets collants fourrés à la vanille. Il se rappela leur lune de miel, quand elle avait enfourné un énorme beignet dans sa bouche, puis avait léché le sucre sur ses lèvres, sans jamais cesser de rire et de le gronder comme s'il était un enfant.

Morte.

Prise au piège, à côté de lui, dans les débris de la voiture, inanimée, son corps brisé et en sang. L'airbag, pendant mollement, telle la parodie grotesque d'un préservatif usagé. Le visage ensanglanté du conducteur de la fourgonnette qu'ils avaient heurtée de plein fouet, ses yeux morts et accusateurs rivés sur lui à travers le pare-brise craquelé, alors que les pompiers sciaient la carrosserie pour arriver jusqu'à eux et que la foule des badauds restait plantée là.

tafaute… tafaute… tafaute…

Des souvenirs dont il ne voulait pas, mais qu'il n'allait pas pouvoir fuir éternellement.

Chaque jour, chaque nuit, son esprit retournait sur les lieux de l'accident. Une porte, solide, s'était fermée dans son cerveau. Derrière, se trouvaient quelques secondes de sa vie, vingt, peut-être trente, durant lesquelles son univers tout entier avait basculé. Il ne pouvait pas les récupérer, ni trouver la clé ou la combinaison qui ouvrirait cette porte.

À l'époque où tout allait encore bien entre eux, ils avaient fréquemment ses conversations passionnées qu'ont les amants, autour d'une bouteille de vin ou pelotonnés dans leur lit, et souvent elles avaient eu la mort comme sujet, et la façon dont ils s'en sortiraient si l'un d'eux venait à perdre l'autre. Katy disait toujours qu'elle se sentait triste à l'idée qu'une fois partie, il ne pourrait plus jamais être heureux, et elle lui avait fait promettre qu'il reprendrait le cours de sa vie et trouverait quelqu'un d'autre.

À présent, cet élan de générosité lui nouait l'estomac, alors qu'il regardait la carte de visite d'Amanda Capstick sur son bureau : « 20-20 Vision Productions Ltd. Amanda Capstick. Productrice. »

Puis il se tourna de nouveau vers la rubrique nécrologique du *Times*. Gloria Lamark.

Une dose excessive de médicaments…

Il en connaissait le texte presque par cœur.

« L'actrice de cinéma Gloria Lamark est décédée, à l'âge de soixante-neuf ans, le 9 juillet, à Londres, suite à l'absorption d'une dose excessive de médicaments. Elle était née à Nottingham, le 8 août 1928.

Habituée des premiers rôles dans les années 1950, saluée par la critique comme la Brigitte Bardot britannique, mais actrice bien plus douée à bien des égards, elle a tourné dans *Le Dossier Arbutnot*, réalisé par Orson Welles, *Le Diable aux trousses*, réalisé par Basil Reardon, *Avis de tempête*, réalisé par Carol Reed, et – son plus grand succès – *Les Ailes de la liberté* où elle donnait la réplique à Ben Gazzara. Elle a fait sa première apparition sur scène à l'âge de trois ans, au théâtre de Nottingham, dans *Ma mère l'oie*. Son mari, l'industriel allemand Dieter Buch, est décédé en 1967. Elle laisse un fils, Thomas. »

Puis, comme si cela pouvait alléger son sentiment de culpabilité, il glissa le journal dans un tiroir. Un tel comportement était en totale contradiction avec les conseils qu'il prodiguait à ses patients. Affrontez vos problèmes, vos faiblesses, vos peurs, vos démons, vos monstres. *Ne les rangez pas dans un tiroir.*

Une dose excessive de médicaments.

Ça arrivait à tous les psychiatres, mais ce n'était pas une consolation. Il n'avait jamais éprouvé d'affection particulière pour cette femme, mais cela ne changeait rien à son désarroi. Son travail était d'aider les gens, pas de les juger. Et il avait échoué.

Pire, il connaissait précisément la raison de son échec. Il avait pris un risque qu'il n'aurait jamais dû prendre. Gloria Lamark ne l'avait pas supporté.

Il retira ses lunettes et enfouit sa tête dans ses mains.

Oh, mon Dieu, comment ai-je pu être aussi stupide?

Son téléphone grinça. Il décrocha et entendit la voix de Thelma.

— Dois-je faire entrer Mme Kazan?

— Encore quelques minutes.

Il regarda de nouveau la carte d'Amanda Capstick et la revit en train de lui sourire, de l'autre côté de la vitre de la régie. Elle respirait la chaleur.

Prenant bien soin de ne pas poser les yeux sur la photo de Katy, il composa son numéro. Une standardiste le mit en attente, puis lui passa Amanda. Elle semblait contente de l'entendre.

— Vous avez été formidable, dit-elle. Hier soir, à l'émission. Vous m'avez vraiment impressionnée!

— Oh… euh… eh bien… merci!

— Je suis sincère! Je tiens absolument à inclure un extrait dans notre documentaire.

— Je suis ravi, dit-il. Euh… Écoutez… Qu'est-ce que vous diriez de… (Soudain, il avait l'impression de crever de chaud.) On… On m'a donné deux billets pour le Globe Theater, jeudi prochain. On joue *Mesure pour mesure*. Je… Je me demandais si vous aviez déjà vu la pièce ? Et si vous seriez intéressée ?

Elle lui répondit qu'elle ne l'avait pas vue et que, oui, sa proposition l'intéressait beaucoup. Elle sembla réellement apprécier qu'il ait pensé à elle. Elle lui précisa qu'elle en avait vu une adaptation pour la télévision, mais qu'elle n'avait jamais assisté à une représentation en public.

Michael raccrocha, aux anges. Il l'avait fait. Ils allaient sortir ensemble !

Sept longs jours à attendre, mais ce n'était pas important. Pour la première fois depuis trois ans, il avait vraiment envie de quelque chose.

Son téléphone le rappela à la réalité – Thelma, son patient.

Mais à présent, même Thelma l'indifférait.

CHAPITRE 12

—T ina, regardez, j'ai quelque chose à vous montrer !
On parle de vous dans l'*Evening Standard* !
Thomas Lamark se pencha par-dessus la table d'opération et
tint la première page devant les yeux clos de Tina Mackay.

Son visage était pâle. Des cernes noirs s'étaient formés
autour de ses yeux. Du sang dégoulinait de sa bouche. Elle
n'avait pas l'air bien.

Elle n'avait pas fait la une, qui revenait à la situation en
Ulster, mais la seule photographie était celle du visage de
Tina Mackay.

« ENLÈVEMENT D'UN ÉDITEUR –
L'INQUIÉTUDE CROÎT. »

—Je suis la seule personne au monde qui sait où vous
êtes, Tina. Qu'est-ce que vous dites de ça ?

Il n'y eut pas de réponse.

Il vérifia sa tension : elle était très faible. Son pouls battait
à tout rompre : 120. La poche collectrice du cathéter ne
contenait qu'une petite quantité d'urine. Il ne lui avait rien
donné à boire ou à manger depuis son arrivée.

Comment ai-je pu oublier ?

Il se faisait du souci. Il avait toujours eu des trous de
mémoire, mais ça empirait. Il la regarda, avec remords,
essayant de se rappeler depuis combien de temps il la retenait
ici. Presque une semaine.

—Ma pauvre, vous devez avoir soif, et faim. Je n'avais pas
l'intention de faire de votre vie un enfer. Je voulais vous faire

mal, vous punir, que vous compreniez ce qu'était la douleur, Tina, parce que vous avez tant fait souffrir ma mère. Mais jamais je n'ai souhaité me montrer cruel en vous privant de nourriture et d'eau. Vous me croyez, j'espère ?

Il guetta une réaction, aussi faible soit-elle, sur son visage, mais il ne vit rien.

Élevant la voix, il dit :

— Je vous dis que je suis désolé, Tina. Je m'excuse, je tiens réellement à m'excuser. Vous voulez bien me pardonner ?

Aucune réponse.

Il posa l'*Evening Standard* sur la table en métal où il mettait ses instruments, puis il ouvrit le *Daily Mail* et le lui présenta.

— Vous êtes dans le *Mail* aussi. Page cinq. C'est un article assez long, avec une bonne photo.

Il regarda le cliché. Elle avait la même coiffure que maintenant, les cheveux châtains coupés court ; elle était tirée à quatre épingles et souriait aimablement. Elle semblait une personne responsable, le genre d'élève qu'on chargerait de veiller sur la discipline au sein de sa classe. Elle n'aurait jamais pu prétendre à la beauté qui avait été celle de sa mère, et il en conçut de la tristesse pour elle.

Essayant de lui remonter le moral, il reprit :

— On dit beaucoup de bien de vous, Tina. Vous avez débuté comme secrétaire, avant de vous élever dans la hiérarchie, jusqu'à devenir directrice éditoriale en charge de la littérature. Et maintenant, on vient de vous confier le secteur des ouvrages non romanesques.

Délaissant le *Mail*, il déplia le *Mirror* et le lui montra.

— Regardez ça, Tina. Votre petit ami. L'honorable Anthony Rennison. Il dit qu'il ne comprend pas ce qui a pu vous arriver, qu'il ne sait plus quoi faire.

Thomas étudia le visage de l'homme plus attentivement, puis il regarda Tina. Ces deux personnes avaient une relation amoureuse. Comment s'étaient-elles connues ? Comment était-il devenu son petit ami, et comment était-elle devenue sa petite amie ?

— Expliquez-moi, Tina, pourquoi aimez-vous cet homme ? Il n'est vraiment pas très beau – il n'a presque pas de menton. Comment peut-on avoir envie de sortir avec quelqu'un comme lui, mais pas avec moi ?

Toujours aucune réaction.

Il se détourna et posa le journal.

Qu'est-ce que j'ai fait à cette femme ?

Une larme roula sur sa joue.

Qu'est-ce que j'ai fait ?

Secoue-toi, bon sang !

— Tina, vous n'avez pas cessé de me dire à quel point vous regrettiez de ne pas avoir publié le livre de ma mère. Vous devez comprendre que j'ai des regrets, moi aussi. J'aurais préféré que ma mère ne meure pas sans avoir vu sa biographie publiée.

Puis il se mit à arpenter la salle en béton, retournant une question dans son esprit. *Je la garde ou je la laisse partir ?*

Finalement, il tira sa pièce de sa poche, la lança en l'air et la cacha dans le creux de sa main.

Pile.

— Tina, je vais vous laisser partir.

CHAPITRE 13

*J*e reçois les traiteurs aujourd'hui, afin de tout organiser pour demain ; je dois garder les idées claires et ne rien oublier. Je suis allé voir Tina ; elle est déjà partie. Plus de pouls. Il n'a fallu qu'une petite dose de curare, ce qui a paralysé ses poumons. Vu son état, elle a probablement connu une fin rapide.

Dans l'ensemble, je pense qu'elle a fait de réels progrès et qu'elle est allée bien au-delà de la courbe d'apprentissage que j'avais établie pour elle. Je lui ai expliqué que Socrate pensait que les plus grandes douleurs étaient celles que l'on s'inflige à soi-même, et elle a été suffisamment intelligente pour le comprendre. J'en suis très satisfait pour elle.

J'ai le sentiment qu'avec le bénéfice de ce qu'elle a appris, elle ne refera pas la même erreur la prochaine fois. Mais c'est au Pouvoir Supérieur d'en décider.

À Dieu de lancer sa propre pièce.

CHAPITRE 14

Personne n'était venu.

Assis à l'arrière de la limousine Daimler noire, Thomas essayait de comprendre. Une partie de Londres qu'il ne connaissait pas défilait derrière la vitre, déformée par les réfractions d'un million de prismes. Peut-être qu'il pleuvait dehors, peut-être qu'il pleurait – ou les deux, quelle importance ?

Il donna un coup de pied dans la banquette devant lui, sous la cloison en verre qui le séparait du chauffeur. Ce dernier tourna légèrement la tête pour l'observer dans le rétroviseur. *Quoi ?*

Sa mère était morte, plus rien n'avait d'importance.

Sauf ça.

Personne n'était venu ! À part les employés des pompes funèbres – les chauffeurs, les porteurs du cercueil, M. Smyte, l'homme tiré à quatre épingles qui s'était occupé de tout. Un pasteur remplaçant, qui avait cru bon d'ignorer quatre-vingts pour cent des informations que Thomas lui avait données à propos de sa mère. Et un abruti de journaliste, un gamin envoyé par une feuille de chou locale, avec un appareil photo minable, et qui avait eu le culot de lui demander qui était Gloria Lamark.

Bon sang !

Peut-être qu'ils avaient mal compris ses indications et qu'ils attendaient chez lui, en ce moment même. Le *Times* avait publié une notice nécrologique – d'accord, il avait dû l'écrire lui-même, parce que le journal n'avait rien de prêt, mais ça n'avait rien à voir. Il avait informé le *newsgroup* du fan-club. Il avait mis à jour le site web consacré à sa mère. Son esprit avait oublié que personne ne participait au *newsgroup*, et que le site web n'avait jamais de visiteur.

Le chauffeur, un petit homme vêtu de noir et coiffé d'une casquette à visière, lorgnait les passantes. Thomas le voyait suivre du regard les filles qu'il trouvait attirantes.

Il avait du mal à le croire. Ils revenaient des obsèques de sa mère et cet homme, ce pervers employé des pompes funèbres, qui aurait dû avoir des pensées respectueuses, ne songeait qu'à faire des choses avec son pénis.

Thomas se pencha en avant et tambourina contre la cloison.

— Arrêtez ça immédiatement !

Le chauffeur se retourna, surpris et confus.

— Monsieur ?

Mais Thomas était de nouveau installé sur son siège. Il agita son doigt d'avant en arrière, comme un métronome. Le chauffeur, encore plus perplexe, se concentra de nouveau sur la route.

Il n'y avait personne à la maison non plus. Thomas arpentait la grande tente, ses chaussures noires à lacets luisantes de chez *Lobb* s'enfonçant dans le tapis qui avait été posé sur la pelouse. Il portait un costume Boss noir, léger, un mélange mohair et soie avec un lustre discret. En dessous, une chemise blanche habillée avec un col mandarin de chez *Favourbrook*, et un unique bouton de col noir en diamant.

Il avait acheté ces vêtements spécialement pour l'enterrement. Il avait besoin de montrer à sa mère qu'il allait bien, qu'il s'en sortait. Une tenue plus moderne que celle qu'elle aurait choisie pour lui, mais c'était l'image qu'il voulait véhiculer auprès de la presse, celle d'une femme moderne, à tous points de vue, ils étaient des gens modernes, des enfants des années 1990, de l'an 2000 même.

Il faisait lourd et humide sous la tente, mais il se sentait à l'aise ; la chaleur n'était pas un problème, pas pour lui.

Il était fort.

Il sentait cette force lui parcourir le corps tout en marchant. Dans ses bras, dans ses jambes. Il remonta la tente dans toute sa longueur en se pavanant, puis refit le même trajet en sens inverse.

Six barmans se tenaient au garde-à-vous derrière le bar à champagne. Quinze serveuses attendaient en rang derrière les tables chargées de nourriture. Des demi-homards. Des crevettes de la baie de Dublin. Des pinces de Stone Crab. Des huîtres du Loch Fyne. Des plateaux de bécassine rôtie. Du couscous. Des mangues, des goyaves, des fruits de la passion, les lychees. Les mets que sa mère préférait. Un festin. Il en avait commandé suffisamment pour trois cents personnes. Il y avait un podium avec un micro où Thomas avait prévu de faire un discours d'accueil et remercier tous ceux qui s'étaient déplacés.

Il avait même prévu un foutu maître des cérémonies en *livrée*.

Le plafond de la tente était garni d'un ruché. Ça lui avait coûté un supplément. Des murs à rayures vertes. La pluie tambourinait à son propre rythme sur le toit, et avait même réussi à entrer par un des coins où elle gouttait à l'intérieur.

En fin de compte, heureusement que personne n'est venu, cette saleté de tente fuit.

Thomas continua à faire les cent pas. Il n'y avait que lui, les six barmans, les quinze serveuses et le maître des cérémonies.

Le journaliste de ce torchon de Mill Hill qui était venu à l'enterrement lui restait en travers de la gorge. Un abruti et un minable, dans ses chaussettes blanches et son costume bon marché, les cheveux coupés comme une balayette pour toilettes – et portant une cravate à rayures multicolores, une cravate rose, jaune, blanche et magenta, et parsemée de petits globes orange – aux obsèques de sa mère !

« Je suis désolé, mais c'est mon rédacteur en chef qui m'a envoyé ici. Je vous avoue que je n'avais jamais entendu parler de Gloria Lamark avant aujourd'hui. »

Quel genre de journaliste se rend aux funérailles de quelqu'un qu'il ne connaît pas ? Et ensuite se croit malin de sourire d'un air suffisant parce que personne n'est venu ? Et n'est même pas capable de mettre une cravate noire en signe de respect.

Il avait la carte du jeune homme dans sa poche. Justin F. Flowering. Il avait écrit son numéro personnel au dos. Il n'avait pas eu la décence de venir à la réception.

Je ne vous aime pas, Justin F. Flowering. Je n'aime pas votre nom. Vous et moi allons devenir de très mauvais amis.

Les serveuses avaient toutes les yeux rivés sur lui. Les barmans aussi. Ils ne savaient pas encore que personne n'avait assisté aux funérailles de Gloria Lamark.

Pas même un des vieux et fidèles domestiques. Pas un. Il pensa qu'ils en voulaient encore à sa mère parce qu'elle les avait renvoyés. Ces dernières années, sa mère s'était brouillée avec ses employés, l'un après l'autre, et les avait mis à la porte – certains avaient pourtant été à son service depuis trente ans. Récemment, elle avait viré leur femme de ménage. Maintenant, il ne restait plus personne. Elle avait dit à Thomas qu'elle préférait vivre seule avec lui, dans cette maison, sans étrangers pour troubler leur bonheur.

Tout de même, il s'était attendu à en revoir certains aujourd'hui, en signe de respect. N'auraient-ils pas pu lui pardonner ? Au moins Irma Valuzzi, son habilleuse. Ou Enid Deterding, sa secrétaire. Mais non. Le seul à avoir envoyé un mot d'excuse était Joel Harriman, son attaché de presse, qui se remettait d'un pontage coronarien. Mais pourquoi n'y avait-il personne pour le représenter ? Il s'était contenté d'un simple télégramme.

Et le docteur Michael Tennent ? Il n'avait pas osé se montrer, bien sûr, mais ça n'avait rien d'étonnant.

Thomas retourna à l'intérieur de la maison et, une fois dans le bureau de sa mère, ferma la porte derrière lui, de manière que personne ne puisse l'entendre. Comme sa chambre, cette pièce avait gardé son odeur. Chanel nº 5. Elle avait imprégné le papier peint, les rideaux, les coussins sur le divan ; elle était présente jusque dans les feuilles de son papier à lettres, sur lesquelles elle dressait quotidiennement des listes pour lui.

Des en-têtes distincts par type de liste. Des listes de courses quotidiennes intitulées Produits de beauté, Vitamines, Remèdes homéopathiques, Herbes chinoises, Autres médicaments, Nourriture, Quincaillerie, Divers. Des listes quotidiennes de coups de téléphone à passer. Des listes de correspondance. Il y avait une pile de factures. La plus récente émanait de *Durrant's*, un service de coupures de presse.

Il s'assit dans un fauteuil richement orné, soudain en proie à une fatigue écrasante alors qu'il regardait fixement les rares lettres de condoléances. Il évita les yeux de sa mère. Ils étaient partout, dans les cadres autour de lui, et ils lui lançaient un regard accusateur.

Pauvre idiot.

Tu m'as laissé tomber.

Tu m'as ridiculisée.

Elle avait raison. Il le savait. D'ici à une dizaine de minutes, quand ils comprendraient la situation, les barmans allaient se mettre à ricaner. Et les serveuses aussi. Il valait probablement mieux qu'il reste à l'intérieur et qu'il laisse les entrepreneurs des pompes funèbres s'occuper de tout. Il avait joué son rôle, il s'était donné de grands airs. Maintenant, ils pouvaient tous aller au diable.

Il regarda l'unique petite photo encadrée que sa mère avait conservée de son père, qu'il avait à peine connu – il était parti quand Thomas avait trois ans. Il posait devant l'hélice d'un avion dans un pardessus ; son propre avion, lui avait un jour dit sa mère. Un homme grand, d'une beauté germanique, des cheveux d'un noir intense, un visage austère. Thomas aimait cette photo. De cet homme se dégageait une froideur, une arrogance… Le genre d'homme dont personne n'ose se moquer.

Il était le fils de son père.

Il décrocha le téléphone, un ancien modèle, à cadran. Sa mère l'avait voulu ainsi : elle trouvait plus élégant de faire tourner un cadran que d'appuyer sur des boutons. Il composa le numéro personnel de Joel Harriman.

L'attaché de presse décrocha, sa voix instantanément reconnaissable, le couinement affreusement aigu du petit gros de la classe.

—Thomas, mon pote, comment ça va ?

Thomas pensait que Joel Harriman n'était plus dans la course depuis deux décennies, mais sa mère avait insisté pour le garder, et Thomas savait pourquoi : ce lèche-bottes était sans rival quand il s'agissait d'utiliser la flatterie. Malgré ses mèches de cheveux soigneusement réparties de chaque côté de son crâne chauve, ses survêtements griffés, ses chaussures de sport et son bronzage trois cent soixante-cinq jours par an, il bombardait implacablement les médias de communiqués de presse mal dactylographiés et mal photocopiés concernant Gloria Lamark.

Il fallait reconnaître que Joel Harriman parvenait à obtenir que plusieurs journaux nationaux mentionnent son anniversaire et, à l'occasion, qu'une radio locale fasse une interview quand la télévision rediffusait un de ses vieux films – et il faisait plutôt bien circuler l'information.

—Est-ce que tu en as parlé à quelqu'un ? Qu'est-ce que tu as dit aux gens ? demanda Thomas en s'étranglant de colère.

L'autre changea de ton.

—Hé ! Qu'est-ce qui se passe ?

—Je veux savoir ce que tu as fait pour les obsèques.

—Le bureau a envoyé un communiqué de presse respectant mot pour mot ce que tu nous as donné.

—À qui ?

—À tout le monde ! On a même téléphoné aux gens qu'elle pouvait avoir connus personnellement, d'accord ? Michael Grade, Dickie Attenborough, Christopher Lee, Leslie Phillips, Nigel Davenport, Dulcie Grey, Michael Denison, John Gielguld, Michael Winner, Barry Norman, Ray Cooney, Michael Codron, Tony Hopkins, Sean Connery – qu'est-ce que tu crois ? Tu oublies que pas mal de ses amis sont morts ou malades à présent.

—Il n'y a eu qu'une seule notice nécrologique. Dans le *Times*. Celle que j'ai écrite, dit Thomas.

—Oh… euh, tu n'as pas vu celle de *Screen international* ? *Variety* devrait en passer une la semaine prochaine. Alors, mon pote, dis-moi, comment ça se passe ?

—Bien, répondit posément Thomas.

—Ils sont venus nombreux pour lui dire au revoir ?

—Très nombreux.

—Super. C'est super. C'était une grande dame. Tu veux que je te dise ? Toutes ces actrices d'aujourd'hui ? Aucune n'aura jamais sa classe.

—Il faut que je te laisse, dit Thomas, j'ai du monde qui m'attend.

—Désolé de ne pas pouvoir être des vôtres. Je suis content qu'il y ait beaucoup de monde. Courage ! Tu as été un bon fils et elle a eu de la chance de t'avoir. Elle va nous manquer à tous.

Thomas reposa le combiné. La colère qu'il ressentait lui donnait l'impression que quelque chose s'était libéré en lui, était sorti de sa cage et se déchaînait à l'intérieur de sa tête.

Il leva les yeux vers les photographies accrochées au mur. Sa mère était, elle aussi, dans une fureur noire. En ce monde, tant de choses pouvaient provoquer la colère : ça n'en finissait pas.

Il fallait s'organiser. Ou alors, comme l'avait écrit Alexander Pope, «Le voilà rétabli, ô Chaos, ton formidable empire!»

Sinon, c'était le chaos.

Avec le risque de l'«effet papillon». Un simple battement d'ailes à l'autre bout de l'existence… On ne pouvait pas permettre que cela arrive, il fallait capturer le papillon et lui arracher les ailes.

Il retira la carte de visite de ce jeune journaliste suffisant, Justin F. Flowering, de son portefeuille et la laissa tomber sur le bureau. Elle atterrit sur le verso ; c'était bon signe.

Il sortit une pièce de sa poche et la lança en l'air.

Face. Bien. *Mauvais amis!*

Il composa le 141, suivi du numéro figurant sur la carte. Justin F. Flowering était de retour au journal et il répondit.

Thomas modifia sa voix, juste assez pour ne pas être reconnu.

—On m'a dit que vous étiez présent aux obsèques de Gloria Lamark aujourd'hui. Vous allez écrire un article ?

—Personne n'est venu. Mais oui.

—Quand est-ce que votre article doit paraître ?

—Dans l'édition de demain.

—J'ai des ragots sur elle, ça vous intéresse ? Pour pimenter un peu votre article ?

—Qu'est-ce que vous avez ?

—Pas au téléphone. Il faut qu'on se voie.

—Qui êtes-vous ?

—Je ne peux pas vous le dire. Venez à l'endroit que je vais vous indiquer, ce soir, à 18 heures. Je vous garantis que vous ne serez pas déçu, Justin. Vous me remercierez de vous avoir appelé. Je vous promets que vous allez faire des pas de géant sur votre courbe d'apprentissage.

CHAPITRE 15

— J'ai les idées bien plus claires maintenant, dit
Amanda. Je me sens plus sûre de moi. J'ai vraiment
le sentiment de mettre de l'ordre dans ma vie.

— Il est toujours difficile de faire face à la réalité, et plus
facile de l'ignorer ou de la réinventer d'une manière qui
vous convient.

Amanda hocha la tête. Elle connaissait ce problème.
Elle n'avait pas eu besoin de trois ans de thérapie à 65 livres
la séance pour comprendre la réalité ; elle avait été là tout
le temps, durant ces sept dernières années. Elle avait enfin
décidé d'y faire face.

Le cabinet de Maxine Bentham, sa thérapeute, était une
grande pièce aux murs turquoise, avec des meubles en osier,
un parquet recouvert de tapis afghans, et un bouddha dodu
et cramoisi sur la tablette de la cheminée.

Maxine était une descendante directe du philosophe
Jeremy Bentham. Ce dernier avait été un avocat passionné
du droit au bonheur, et croyait que chaque individu devait
être libre de mener sa vie sans être entravé par une législation
restrictive. Suivant ses convictions, Maxine pensait que trop
de gens se laissaient étouffer par la culpabilité, alors qu'ils
auraient dû se libérer de ce fardeau que la vie leur collait
sur le dos.

C'était une femme bien charpentée, mais pas grosse, et tout
le contraire d'une matrone. Elle avait un visage chaleureux,
avec des cheveux blonds coupés court – à la garçonne – et

une expression attentive. Elle portait sa tenue habituelle, une blouse noire griffée qui lui arrivait aux chevilles et lui allait comme un sac, ses doigts étaient couverts de grosses bagues, et un bloc de cristal de quartz de la taille d'une petite planète pendait autour de son cou. Assise dans un fauteuil en osier, Amanda buvait son thé à la menthe – tiède, à présent – à petites gorgées. Chaque fois qu'elle venait ici, elle repartait requinquée. Un thérapeute n'était pas censé donner son avis sans y être explicitement invité, mais Amanda lui avait dit qu'elle avait *besoin* de son avis. Maxine était comme une tante pleine de sagesse et Amanda se sentait à l'aise avec elle. Elle aurait aimé pouvoir parler à sa mère ainsi. Sa meilleure amie, Roxy, s'entendait à merveille avec sa mère, de vraies copines, et Amanda l'avait toujours enviée. Elle et sa mère avaient de bonnes relations, mais elles n'étaient pas des *copines*, et elles ne le seraient probablement jamais.

Sa mère était une enfant des années 1960 qui n'avait jamais vraiment grandi, ni repris le cours d'une vie normale. Elle se sentait bien plus proche de sa sœur, Lara, bien qu'elle trouve son mari, un banquier d'affaires qui ne pensait qu'à son travail, pénible. Et elle adorait leurs trois jeunes enfants, son neveu et ses nièces.

Maxine s'accroupit confortablement sur le sol ; elle s'adossa contre le canapé, et la regarda avec calme, attendant la suite.

— *Brian !* dit Amanda. Vous savez, je n'aime même pas ce prénom ! Je n'arrive pas à croire que j'ai fréquenté quelqu'un qui s'appelait *Brian* !

Maxine sourit. Sa voix avait une note transatlantique, héritée de dix années vécues à San Francisco.

— C'est intéressant, Amanda. Est-ce que vous vous rappelez de quand date votre aversion pour son prénom ?

— Rien ne me plaît chez lui !

— Je ne vous crois pas. Je ne pense pas que vous soyez prête à le détester en bloc. Je ne suis même pas persuadée que vous soyez prête à lâcher prise. Je pense que vous êtes arrivée au sommet d'une colline, ce qui est très bien, mais que vous venez de découvrir qu'une colline encore plus haute se dresse devant vous.

— Je suis prête ! dit Amanda d'un ton déterminé. Vraiment.

— Pourquoi le pensez-vous ?

Amanda regarda fixement les lignes grises de la lumière du jour qu'elle apercevait à travers les lamelles des stores vénitiens. En bas, dans la rue de ce quartier à la mode où s'alignaient des maisons identiques à quelques pas de Portobello Road, le conducteur d'une voiture, d'une fourgonnette ou d'un camion appuyait sur son Klaxon – un bruit épouvantable, discordant.

— Parce que…, dit Amanda.

Elle attendit la fin du concert d'avertisseur, remua sur son siège, croisa les jambes, puis les décroisa. C'était un jour gris, lourd et humide. Même vêtue d'un tee-shirt et d'un jean léger, elle avait trop chaud dans cette pièce d'ordinaire fraîche et aérée. Le Klaxon s'arrêta, mais reprit immédiatement. Un système d'alarme, comprit-elle. Puis, par bonheur, il cessa.

— … j'ai un rendez-vous !

Elle était en nage. *Bon sang, j'espère que je ne suis pas en train d'attraper la grippe ! Et sinon, j'espère bien que ça ira mieux demain !*

Maxine parut contente, pas ravie mais contente.

— Vraiment ?

— Je n'ai accepté aucun rendez-vous depuis…

Maxine lui laissa le temps de la réflexion.

Finalement, Amanda sourit.

— Ça va faire sept ans, je crois.

—Depuis que vous avez couché avec Brian pour la première fois ?

—Oui.

Amanda rougit et sourit comme une collégienne. Elle se sentait toujours comme une gamine dans ce cabinet.

—D'accord, Amanda, c'est très positif. Ce qui l'est moins, c'est votre façon de faire face à Brian. J'attends de vous un *rejet*. Or, pour l'instant, vous êtes en *déni*. Vous avez refusé de le prendre au téléphone, vous n'avez pas répondu à ses e-mails, vous avez *nié* son existence, vous comprenez ? Vous avez dîné avec lui, mais lui avez-vous dit la vérité ?

—Oui.

—Lui avez-vous dit, « Écoute, Brian, tu m'as déçue. Au début de notre liaison, tu m'as dit que ton mariage était mort. Un mois après qu'on a commencé à coucher ensemble, tu m'as annoncé que ta femme attendait votre deuxième enfant. Je sais qu'elle était enceinte de quatre mois et qu'elle te l'avait caché parce qu'après de nombreuses fausses couches, elle était trop nerveuse pour t'en parler, mais ça m'a fait l'effet d'une bombe, tu peux me croire ! » (Elle dévisagea Amanda.) Et comme c'était prévisible, il a dû remettre vos projets à plus tard. Il ne pouvait pas quitter sa femme alors qu'elle était enceinte, il devait au moins patienter jusqu'à ce qu'elle soit de retour à la maison, avec un bébé en bonne santé. (Maxine haussa les épaules.) Puis sa femme a fait une dépression postnatale et, encore une fois, pas question de l'abandonner dans cet état. Pendant sept ans, vous avez eu droit à une excuse après l'autre. Il était toujours sur le point de la quitter, mais il ne l'a jamais fait. Et enfin, il y a deux mois, après vous avoir dit qu'il ne lui avait plus fait l'amour depuis six ans, il vous apprend qu'elle est de nouveau enceinte. Et soudain, après ce dernier faux pas, vous vous réveillez et vous prenez conscience qu'il s'est moqué de vous pendant sept ans. Est-ce que vous vous êtes contentée de *penser* cela lors de ce dîner, ou est-ce que vous le lui avez vraiment *dit*?

—Je… Je lui ai dit. (Elle réfléchit un moment.) Oui, aucun doute possible.

—Étiez-vous en colère contre lui ou calme?

—J'étais calme. J'ai essayé de lui faire comprendre ce que j'éprouvais.

—Parce que vous l'aimez toujours, dit Maxine, sans ambages.

—Non. (Amanda était catégorique.) Non, c'est fini. Je… J'étais assise en face de lui, et je ne ressentais rien.

—Vous savez que ce n'est pas vrai, Amanda. Vous avez forcément dû ressentir *quelque chose*. Dites-moi quoi.

Amanda resta silencieuse. Puis elle dit:

—J'ai pensé qu'il avait l'air *vieux*. J'avais de la peine pour lui. Et j'ai pensé à certaines des choses que j'avais l'habitude de faire avec son corps et je… beurk!

Le visage de la thérapeute était impassible.

—Ce rendez-vous que vous avez accepté… Cet homme est-il différent?

—Très.

—Marié?

—Non, sa femme est morte.

—Êtes-vous excitée à l'idée de le voir ou s'agit-il simplement d'un test pour vous permettre de savoir ce que ça fait de sortir avec un autre homme? Je veux une réponse honnête, Amanda.

—Un test, je suppose, au moins en partie. Il m'a invitée au Globe Theater demain; je n'y suis jamais allée et c'est une pièce que j'ai envie de voir.

—Les gens sortent ensemble parce qu'ils ont envie d'être l'un avec l'autre, Amanda. Ce que vous me décrivez ressemble plus à une *soirée en ville*. Vous ne m'avez rien dit sur l'homme que vous accompagnez. Vous ne trouvez pas ça un peu curieux?

—C'est quelqu'un de très intéressant.

—Est-ce qu'il vous excite ? Est-ce que vous avez envie de coucher avec lui ? D'avoir des enfants avec lui ?

Amanda sourit et rougit de nouveau.

—Hé, doucement ! Je…

—Vous…

—Je n'ai pas réfléchi à tout ça.

—Vous l'avez fait avec Brian. Vous m'avez dit que vous aviez couché avec lui lors de votre premier rendez-vous.

—Oui. J'ai été incapable de me retenir. J'ai eu terriblement envie de lui dès que je l'ai vu.

—Et cet autre homme ? Vous n'avez pas terriblement envie de lui ?

Amanda secoua la tête.

—Non. Je l'aime bien, c'est tout. Je le connais à peine. Et puis, j'ai des arrière-pensées. J'ai besoin de lui pour mon documentaire. Ça n'a rien de sentimental.

—Quel est son prénom déjà ? Michael ? Alors, ce pauvre Michael est simplement un volontaire malgré lui dans votre expérience, il est votre échantillon témoin, c'est ça ? Pour voir ce que ça fait de sortir avec un autre homme ?

—Non ! C'est plus compliqué que ça !

—Alors, expliquez-moi.

—Où voulez-vous en venir, Maxine ?

—Je vous retourne la question.

—Je ne sais pas. Je n'en ai pas la moindre idée. Probablement nulle part.

—Vous êtes certaine de ne pas être attirée par lui ?

—Vous me mettez sous pression !

—Absolument ! (Maxine acquiesça vivement de la tête, avec bonne humeur.) Je veux une réponse. Êtes-vous certaine de ne pas être attirée par lui ?

—Je vous répondrai la semaine prochaine.

Chapitre 16

À 17 h 45, Justin Flowering quitta son bureau au *Mill Hill Messenger*, sans rien dire à son rédacteur en chef, espérant le surprendre, à son retour, en déposant dans son panier une histoire bien scandaleuse à propos de l'actrice Gloria Lamark.

Il fourra un chewing-gum dans sa bouche et prit la direction que l'inconnu lui avait indiquée au téléphone. Son itinéraire le conduisit le long d'une rue remplie de petites structures industrielles délabrées, la plus importante étant un atelier de réparation pour les taxis londoniens. Ensuite, tout droit, jusqu'au passage voûté et sombre, sous la voie ferrée.

À mi-chemin, comme convenu, il attendit, nonchalamment appuyé contre le mur, mâchant son chewing-gum, pensant à sa carrière. À dix-neuf ans, il avait une année d'expérience professionnelle au journal. Il rêvait de devenir journaliste sportif, et même un jour commentateur, comme son héros, Des Lynam. Il était grand, mince et nerveux, athlétique. À l'issue de l'interview de ce soir avec son mystérieux informateur, il retournerait à la rédaction pour finir son article et espérait avoir terminé à temps pour participer à la dernière demi-heure de l'entraînement de ce soir, à son club de football.

Une voiture approchait, suivie par une fourgonnette. Il regarda la fourgonnette, mais elle était rouge et elle continua sa route. Il y eut d'autres véhicules, mais pas de fourgonnette blanche.

Il songea de nouveau à ce grand type tellement bizarre, le fils de Gloria Lamark, qui s'était mis en rogne contre lui à l'enterrement, cet après-midi ; la façon dont il lui avait crié dessus quand il avait essayé de lui poser quelques questions sur sa mère, comme s'il lui reprochait de ne pas connaître sa biographie par cœur.

Peut-être qu'il aurait dû. Il avait fait de son mieux pour réunir quelques informations sur l'actrice avant la cérémonie et avait même visité son site web.

Une autre fourgonnette. Blanche, cette fois. Il se redressa et avança au bord du trottoir. Elle mit son clignotant et se rabattit. Le conducteur portait une casquette de base-ball et des lunettes de soleil. Dans l'obscurité de la cabine, il était impossible de distinguer son visage.

Justin monta et referma la portière. Le conducteur lui tendit la main.

—Bonjour, dit-il, d'une voix familière.

Quand leurs paumes se touchèrent, Justin sentit une légère piqûre, comme celle d'un insecte. L'autre homme tint sa main, la serrant fort. Alors que Justin tentait de se dégager, le visage du conducteur devint flou.

Il était toujours flou, mais à présent Justin le voyait à travers une fenêtre embuée, une odeur de pin dans les narines.

Il était en nage ; il se trouvait dans une cabine de sauna, le dos contre le mur, les jambes écartées devant lui et solidement attachées aux lattes, les bras tirés de chaque côté et attachés, eux aussi. La chaleur était insoutenable. Il portait toujours son costume et avait terriblement soif.

Justin reconnut enfin celui qui l'observait par la vitre dans la porte, à travers un nuage de vapeur brûlante : Thomas, le fils de Gloria Lamark.

Apparemment, il s'agissait d'une farce complètement ridicule – devant lui, un poste de télévision et un magnétoscope avaient été posés sur une chaise, enveloppés dans du plastique pour les protéger de la vapeur. Thomas lui projetait l'un des vieux films de sa mère. À l'écran, une femme était aux commandes d'un biplan, tandis qu'un homme, un acteur que Justin ne connaissait pas, se cramponnait désespérément à un des supports d'une aile.

Justin était en colère, mais aussi sur ses gardes. Thomas Lamark avait un côté sombre, comme s'il était capable de tuer quelqu'un sans y réfléchir à deux fois. Il allait devoir jouer serré. Puis la porte s'ouvrit et Justin accueillit avec reconnaissance l'air frais qui s'engouffra dans la cabine.

Thomas Lamark entra et fit un signe de la tête vers la télévision.

— *Les Ailes de la liberté*, Justin F. Flowering. Son meilleur film. Ça vous plaît ?

Pour apaiser son interlocuteur, Justin acquiesça.

— Je n'aime vraiment pas votre cravate, Justin F. Flowering. On ne vous a donc jamais appris qu'on porte une cravate *noire* à un enterrement ? Une cravate noire unie ?

— Non, personne ne me l'a dit.

Dans les yeux de l'homme, Justin vit quelque chose qui l'effraya encore plus.

— Vous semblez mal à l'aise, Justin F. Flowering. Moi qui vous prenais pour un dur à cuire, un journaliste qui en a vu d'autres ; je vous pensais capable de supporter un peu de chaleur. Alors, voyons, est-ce que vous pouvez me donner les noms de l'acteur et de l'actrice à l'écran ?

— Gloria Lamark, répondit le jeune journaliste.

— Très bien. L'homme, maintenant ?

Le journaliste le dévisagea avec le regard vide.

— Je vous l'ai dit pourtant, reprit Thomas. Je vous ai donné les titres de tous ses films et les noms de tous les premiers rôles. Mais je suppose qu'on vous a bourré le crâne avec tous ces navets d'art et d'essai, pas vrai? Vous aimez Fellini? Jean-Luc Godard? *Robbe-Grillet*?

—Je vais peu au cinéma.

—Laissez-moi vous expliquer, Justin F. Flowering: les films de ma mère n'avaient pas des intrigues complexes. Ce qui ne veut pas dire qu'ils n'étaient pas intelligents, mais ils allaient droit au but. Pas comme cette merde de cinéma d'auteur ou la «*nouvelle vague*». Mais je vous assure, Justin, ses films étaient formidables. Et c'est pour cette raison que sa carrière a été brisée. Par les jaloux. N'oubliez pas d'écrire ça dans votre article, d'accord? (Justin hocha la tête.) On ne tourne plus de films comme ceux-là. Et on n'en tournera plus jamais, parce qu'elle est morte. Et ils l'ont tuée. *Ils*!

Pris d'une rage soudaine, Thomas s'avança, vida le seau d'eau sur les pierres et recula, alors que la vapeur jaillissait; il remplit de nouveau le seau et recommença. La chaleur était insoutenable. Justin hurla. Thomas Lamark sortit de la cabine et ferma la porte.

Tournant la tête vers la gauche, puis vers la droite, Justin essaya de trouver une poche d'air frais dans la vapeur accablante. Elle brûlait ses poumons quand il inspirait. Elle brûlait ses narines, ses yeux, faisait grésiller ses cheveux. Elle était tellement chaude que son cerveau réussit à lui faire croire qu'il avait été plongé dans la glace. Puis il le ramena au feu.

Peu de temps après, la porte s'ouvrit. Thomas Lamark se tenait sur le seuil, un chalumeau éteint dans une main et une scie rotative au bout d'une rallonge dans l'autre.

—Justin F. Flowering, je vous propose un petit jeu pour vous aider à vous rappeler les titres des films de ma mère. Je vais tous vous les dire encore une fois. Quand j'aurai terminé, vous me les répéterez. Juste les titres, d'accord?

—Oui, répondit le journaliste d'une voix hésitante.

—Parfait. On va bien s'amuser, Justin. Une dernière précision : chaque fois que vous faites une erreur, je vous coupe un membre. Compris ?

Le journaliste lui lança un regard de pure terreur.

Thomas récita la liste, vingt-cinq films en tout. Puis, il dit :

—À votre tour, Justin.

—Vous voulez bien me répéter la liste ?

—Seulement si vous vous trompez, Justin. Pas avant. Allez-y, dès que vous serez prêt.

—Les… *Les Ailes de la liberté*, dit Justin Flowering.

Thomas approuva d'un signe de tête.

—Le… Le… *Le Dossier Argozy*.

Thomas sourit.

—Presque, Justin. C'est *Le Dossier Arbutnot* ! Mais vous n'étiez pas loin, alors je vous accorde le bénéfice du doute.

Il lui sourit si chaudement que Justin sut qu'il n'avait pas été sérieux quand il avait menacé de lui couper un membre.

Il sourit à son tour.

—Merci.

—De rien, voyons, dit Thomas. Maintenant, reprenez.

—*Le Diable aux trousses*.

—Oui. Plus que vingt-deux, Justin !

—*Avis de tempête*.

—Vingt et un !

—Euh… euh… quelque chose avec *Monaco* dans le titre ?

—Je ne peux pas vous aider, Justin. Vous devez y arriver tout seul.

Il regarda haineusement le jeune homme, ses cheveux blonds emmêlés sur sa tête, la sueur ruisselant sur son visage.

Le journaliste était à court de titres. Il eut un regard vers Thomas où se lisait son impuissance.

—Vingt et demi, ce n'est pas un très bon score, Justin F. Flowering. Je pense que je vais devoir vous rafraîchir la mémoire.

Thomas alluma la scie rotative et fit un pas en avant.

Justin hurla. Il tira désespérément sur ses liens, mais ils étaient bien serrés. Il vit la lame de la scie descendre vers son poignet, plus bas, plus près.

Il n'irait pas jusqu'au bout. Il le mettait à l'épreuve, mais il allait s'arrêter.

Il sentit une douleur aiguë à la surface de son poignet. Vit un filet de sang apparaître. Il entendit le grincement de la lame et, simultanément, son esprit sous le choc, mais son corps protestant par tous ses pores, il éprouva une souffrance atroce, comme si sa main était broyée dans un étau. Il ferma les yeux, laissant échapper un cri qui ressemblait à un gargouillis humide ; quand il les rouvrit, l'homme brandissait sa main coupée.

—C'était idiot de votre part, Justin. À l'avenir, vous saurez qu'il faut toujours me prendre au sérieux.

Les yeux dans le vague, Justin pensait, à travers la douleur et le choc, qu'il devait faire un mauvais rêve et n'allait pas tarder à se réveiller. Puis il vit la flamme jaillir du bec du chalumeau. Entendit ronfler la fournaise. Vit l'homme s'en saisir et la diriger vers l'extrémité de son bras.

Il hurla de plus belle, ses poumons gonflés à bloc dans sa poitrine.

Puis la douleur explosa dans l'ensemble de son corps. Son cerveau lui donna l'impression de se tortiller à l'intérieur de son crâne.

Puis les ténèbres.

CHAPITRE 17

*A*chetez-vous une fourgonnette blanche.

Franchement, c'est le meilleur conseil que je puisse vous donner. Pas un modèle neuf, ni trop récent, rien qui risque d'attirer l'attention. Une fourgonnette blanche toute simple – un Ford Transit fera l'affaire. Ou un Toyota Hiace. Peu importe. Assurez-vous qu'elle est mécaniquement saine, qu'elle n'a pas de problème électrique et que la batterie est correcte. Les gens penseront que vous êtes un artisan – un plombier ou quelque chose du même genre. Ils ne vous remarqueront pas. Avec une fourgonnette blanche, vous devenez invisible.

Je vous le garantis.

Et si vous êtes invisible, tout est possible.

J'ai essayé d'enseigner à Justin F. Flowering le principe d'incertitude de Heisenberg. Mais il n'est vraiment pas d'humeur studieuse – et certainement pas prêt à apprendre plus d'une chose à la fois.

J'ai voulu lui expliquer que Heisenberg croyait que, dans toute expérience scientifique, la mesure perturbe l'objet mesuré. Ainsi, je pensais lui démontrer que le simple fait d'être observé – par moi – alors qu'il regardait les films de ma défunte mère dans le sauna l'affectait de manière subtile – probablement trop subtile pour l'évaluer.

C'était clairement trop compliqué pour lui.

Il va rester longtemps dans ce sauna. Je garde un œil sur l'horloge. En ce moment, il regarde Le Diable aux trousses, *qui dure exactement quatre-vingt-dix-huit minutes. Dans quelques instants, je descendrai pour lui demander ce qu'il veut voir ensuite. Il y a l'embarras du choix, elle a tourné tellement de bons films. Je pense que s'il les regarde tous plusieurs fois, ça aidera sa mémoire.*

En fait, une fourgonnette blanche ne suffit pas. Il vous faut aussi une punaise.

Je vous expliquerai plus tard.

CHAPITRE 18

« S'il faut que je meure,
     J'irai au-devant de la mort, comme un époux
au-devant de son amante,
     Et je la presserai dans mes bras avec transport. »

Le comédien quitta la scène, côté cour. Un autre fit son entrée, côté jardin. Michael n'avait pas la moindre idée de leurs rôles respectifs. Son corps était au premier rang de la corbeille du Globe Theater. Son esprit était ailleurs, flottant dans l'éther, mais pensant surtout à Amanda.

La mention de la mort le ramena à la pièce.

L'inviter au théâtre n'avait pas été une si bonne idée. Ils auraient mieux fait d'aller boire un verre, ou de dîner ensemble – au moins, ils auraient pu discuter. Maintenant, il était obligé de rester assis à côté d'elle pendant trois heures interminables, sans pouvoir parler, sans parvenir à se concentrer sur la pièce, et incapable de trouver une position confortable sur son fauteuil trop dur.

Son esprit vagabonda d'Amanda à Gloria Lamark. Il se sentait coupable de n'avoir pas assisté à ses obsèques, hier. Comment aurait-il pu croiser le regard de son fils Thomas et de ses amis, se sachant responsable de sa mort ? Mais en n'y allant pas, il avait manqué de courage. Il s'était bien gardé de suivre les conseils qu'il donnait à ses propres patients – et ce n'était pas la première fois.

Michael avait des problèmes avec Shakespeare. Il aimait ses tragédies, parce qu'il les connaissait plutôt bien, en particulier *Le Roi Lear*, mais il ne connaissait pas du tout *Mesure pour mesure*. Il aurait dû réviser un peu avant de venir – il en avait eu l'intention, mais n'en avait pas trouvé le temps. Et maintenant il se demandait qui étaient ces deux-là.

L'un des personnages était le duc de Vienne. Un autre, Angelo, était une sorte de néopuritain qui avait condamné à mort un certain Claudio qui avait commis le crime de coucher avec sa fiancée. Une femme nommée Isabella (la sœur de Claudio ? *Possible*, se dit Michael) parlait beaucoup.

Les théâtres ont une odeur particulière qui vient des courants d'air frais provenant des coulisses – un mélange de perruques et de vieux costumes, de maquillage et de nervosité humaine. Michael en avait pris conscience très jeune, quand il allait voir des pantomimes, et il trouvait cela excitant. Même dans ce théâtre à ciel ouvert, cette odeur était bien présente, mais ce soir, il était encore bien plus conscient du parfum d'Amanda, le même qu'elle avait porté la semaine dernière, légèrement musqué, incroyablement sensuel.

Elle se concentrait sur la pièce avec le ravissement d'un enfant à un spectacle de magie. Elle appréciait réellement le spectacle ! Elle riait à des mots d'esprit qui lui échappaient complètement, applaudissait à la fin des tirades, délicieuse dans cet enthousiasme qu'elle manifestait sans retenue, et presque effrayante par l'étendue de ses connaissances. Il se sentait ignorant.

Un vieux schnoque ignorant et ennuyeux. Avec une voiture triste. Et qui ne savait plus comment s'y prendre avec les femmes.

Et elle était si jolie. Plus que dans son souvenir, bien qu'il la trouve plus distante qu'il l'avait espéré. La soirée avait débuté fraîchement, par une poignée de main plutôt formelle, quand il était passé la prendre à son appartement. Avec la même froideur, elle l'avait invité à entrer pour boire un verre. Ils n'avaient pas vraiment le temps, mais il avait tout de même accepté, en partie par courtoisie, mais surtout par curiosité – il avait envie de voir où elle vivait.

L'endroit l'avait surpris. Sans raison particulière, il avait imaginé qu'elle habitait un rez-de-chaussée exigu ou un meublé en sous-sol, sombre, miteux, du genre de ceux que lui et ses amis avaient connus quand ils étaient étudiants en médecine. Au lieu de cela, elle l'avait fait monter dans un loft clair et spacieux, avec une vue magnifique à l'est sur Hampstead, St John's Wood et tout le West End.

L'appartement était aménagé de façon minimaliste : un parquet en chêne brillant et des plinthes en bois chaulé, des portes, des lambris et des meubles ; sur les murs, un petit nombre de toiles contemporaines proposant un traitement spirituel de thèmes ou de scènes classiques – il avait particulièrement admiré une parodie de la *Naissance de Vénus* de Botticelli, située dans un parking, avec Vénus émergeant d'une Cadillac déglinguée. La cuisine était un terrain de jeu en Inox, et elle lui servit un sauvignon du Chili, glacé, dans un grand verre fin.

Elle évoluait à un niveau d'élégance que n'avait pas permis de soupçonner le garçon manqué en jean qu'il avait rencontré dans son bureau et au studio. Et ce soir, en harmonie avec son appartement, elle avait l'air réservé, extrêmement féminine, et hypercanon.

Il n'avait pas su à quoi s'attendre, mais rien ne l'avait préparé à ça. Il n'était pas rare que les gens vous paraissent différents lors d'une deuxième rencontre. C'est souvent une question d'environnement. Mais il ne se souvenait pas avoir jamais assisté à une métamorphose aussi radicale.

C'était une jeune femme intelligente et bien dans sa peau.

Et à côté d'elle, il se sentait extrêmement mal à l'aise. Sa confiance en soi était aux abonnés absents, et il était pétrifié par la peur d'être rejeté, par la peur de la perdre – ça ne lui ressemblait pas.

Au cours des trois dernières années, amis et collègues n'avaient pas ménagé leurs efforts pour lui faire rencontrer quelqu'un, mais il n'avait rien voulu savoir. Après une série de dîners embarrassants où on lui avait présenté des inconnues – « *Tu verras Mike, tu vas l'adorer, vous allez vous entendre à merveille !* » –, il n'avait plus accepté ces invitations. Le monde entier lui semblait peuplé de femmes divorcées et perturbées qui ne trouvaient rien de mieux que de lui dire des âneries du genre, « *Comment savoir si vous n'êtes pas en train de m'analyser en ce moment ?* »

Katy avait été spéciale. Belle, chaleureuse, aimante, équilibrée, une compagne formidable, une hôtesse merveilleuse, et une décoratrice de grand talent qui avait transformé leur modeste maison de Putney en un endroit magnifique, et avait fait des miracles dans le jardin. Ils avaient partagé tant de choses, ils avaient été plus que des amants, plus que des amis, ils avaient été des âmes sœurs.

Alors pourquoi, grand Dieu, avait-il tout fichu en l'air ?

Avec Amanda, pour la première fois il avait rencontré quelqu'un qui semblait avoir quelques-unes des qualités de Katy. Mais au lieu de se montrer à la hauteur de la situation, il avait perdu sa langue. Et son cerveau était réduit en purée.

Dans son superbe appartement, il n'avait été capable que de marmonner à propos de la météo, des embouteillages et des problèmes de parking à Londres. Si elle l'avait soupçonné d'être un vieux schnoque heureux propriétaire d'une Volvo la semaine dernière, ces dix minutes chez elle lui avaient apporté toutes les confirmations nécessaires.

Il aurait dû venir en moto. Mais la Ducati rouge attendait sagement sous sa housse de protection, dans son garage, depuis trois ans. L'envie de rouler en moto lui avait tout simplement passé.

Dans la voiture, en route vers le théâtre, ils avaient parlé de l'évolution de l'architecture à Londres. Ils aimaient tous les deux le Lloyds Building et détestaient Canary Wharf. C'était déjà mieux. Mais il n'avait fait que limiter les dégâts.

Elle avait des jambes superbes. Et il ne savait pas si les jupes se portaient aussi court cette année ou si elle se montrait délibérément provocante. Ce qui prouvait à quel point il était hors du coup.

Quel gros nul.

Sur la scène, un homme déclamait :

Oui, mais de mourir, et aller on ne sait où ;
Être gisant dans une froide tombe, et y tomber en corruption ;
Perdre cette chaleur vitale et douée de sentiment,
Pour devenir une argile insensible ;
Tandis que l'âme, accoutumée ici-bas à de douces jouissances,
Se baignera dans les flots brûlants, ou sera plongée
Dans des régions de glaces éternelles ;
Ou emprisonnée dans les vents invisibles,
Pour être emportée violemment par les ouragans
Autour de ce globe suspendu dans l'espace…

Sa chance de rédemption arriva au premier entracte. Ils se frayèrent un chemin à travers la foule et jusqu'au bar où les attendaient les boissons qu'il avait commandées. Ils trinquèrent et les yeux d'Amanda s'illuminèrent.

—Alors, dit-elle gaiement, comment s'est passée votre journée ? Qu'est-ce que vous avez fait ?

Il faillit tout gâcher, encore une fois.

—Ce matin, je me suis levé tôt pour aller ramasser des déjections canines.

Il regretta immédiatement d'avoir abordé ce sujet : ça n'avait rien de romantique.

— J'avais un chien, dit-elle, avec une véhémence qui le surprit. Et j'ai toujours utilisé un ramasse-crottes.

— Je n'ai rien contre les déjections canines, se défendit-il, conscient qu'il s'enfonçait encore plus. C'était pour un patient.

Elle lui lança un regard vraiment bizarre.

— Un patient qui souffre de TOC, se hâta-t-il d'ajouter.

— TOC?

Quelqu'un le bouscula, et de la bière déborda de son verre et coula à l'intérieur de la manche de sa chemise. Il fit mine de n'avoir rien vu.

— Trouble obsessionnel compulsif. Elle est paniquée par la saleté… euh… par l'idée de la saleté. Je recueillais des échantillons de déjections canines dans des flacons pour les emporter dans mon cabinet, dans le cadre de sa thérapie.

Amanda se décrispa. Avec un soudain enthousiasme, elle demanda :

— Est-ce qu'on pourrait l'inclure dans le documentaire?

— Ça dépendra de la patiente, je ne suis pas sûr qu'elle accepte.

— On pourrait la remplacer par une actrice.

Il hocha la tête.

— Alors, qu'est-ce que vous lui faites faire avec ces déjections?

— L'exposition est le traitement classique. Affronter la peur. Elle est obsédée par la contamination – elle a peur de toucher les poignées de porte, les robinets, les téléphones publics ; elle se lave les mains de façon compulsive, elle utilise plusieurs savonnettes par semaine. Et l'un de ses problèmes, c'est qu'elle est incapable de marcher dans la rue et de passer à côté de déjections canines. Elle est forcée de faire demi-tour. Alors, on commence avec des choses simples, comme de lui faire toucher la poignée de la porte. Je dois essayer de lui faire reconnaître que le problème vient de ce qu'elle *pense* et non d'un quelconque risque de contamination.

Amanda sourit et but une gorgée de sa bière.

—J'adore l'idée de crottes de chien en bocaux.

Et Michael aimait sa façon de lamper sa bière avec délectation ; elle savait visiblement apprécier ce plaisir simple, et il trouvait cela encore plus excitant. Katy avait détesté la bière.

Je les compare.

Amanda avait les pieds sur terre et c'était une qualité qu'il appréciait beaucoup chez elle. Elle était élégante, jolie, et pourtant il sentait aussi un côté fantasque en elle. Il se demanda – et ce n'était pas la première fois ce soir – comment ce serait de lui faire l'amour.

Il avait une érection rien que d'y penser. Il aurait voulu avoir le courage de passer son bras autour de sa taille, mais il craignait tant qu'elle le trouve trop entreprenant qu'il s'écartait dès que leurs corps se touchaient.

Il avait tellement envie de lui donner un signal, de lui effleurer la main ou, d'une caresse, de ramener en arrière les mèches de cheveux blonds qui lui tombaient sur le front. Son visage, ses bras et ses jambes étaient légèrement hâlés. Quelques taches de rousseur étaient nichées dans le duvet de ses bras et il trouva la couleur de ses poils profondément sensuelle.

Tu es superbe, tu es terriblement, terriblement belle. Tu me plais beaucoup, ton appartement me plaît beaucoup. J'ai envie de mieux te connaître. Je suis sous le charme. Sérieusement !

—Je peux vous dresser une courbe d'habituation, dit-il.

—Une quoi ?

—C'est un graphique. On mesure la diminution graduelle de l'anxiété sur la durée. La première fois que je montrerai le bocal à la patiente, elle sera la plus élevée, la deuxième fois elle sera moindre, et ainsi de suite.

Bon sang, je suis nul, pensa-t-il brusquement. *Je lui parle de crottes de chien dans des bocaux à confiture – un vrai don juan.*

Plus tard, alors qu'ils quittaient le théâtre, Michael lui annonça qu'il avait réservé une table à l'*Ivy*, à Covent Garden.

— Mince! dit-elle. C'est un de mes restaurants *préférés*. Comment l'avez-vous su? Vous ne seriez pas un peu médium?

L'*Ivy* appartenait aussi au même propriétaire que le *Caprice*, où Brian l'avait emmenée – une coïncidence, bien sûr. L'*Ivy* était plus discret, moins exubérant. Et Michael était bien plus discret et bien moins exubérant que Brian.

— Je suis un psy, dit-il, pince-sans-rire. Je sais tout.

Elle lui fit un grand sourire, le regarda droit dans les yeux, et ne dit rien. Michael fut brièvement distrait par le bruit admirable d'une Ferrari décapotable montant en régime dans les encombrements.

Aucun d'eux ne remarqua la fourgonnette blanche garée de l'autre côté de la rue, directement en face de l'entrée principale du restaurant.

CHAPITRE 19

La vieille dame élégamment vêtue ne remarqua pas non plus la fourgonnette blanche.

Le taxi la déposa devant sa belle résidence de standing de style Regency, face au front de mer de Hove, se glissant dans un espace presque directement devant la fourgonnette. Il était 16 heures.

De sa main gantée de coton bleu, elle tendit au chauffeur un billet de 5 livres et sourit gentiment, mais avec difficulté, tant sa peau était tendue depuis son cinquième lifting.

— Gardez la monnaie.

— 10 pence, madame est trop bonne.

Sans se départir de son sourire, un sac en plastique du grand magasin *Harrington* suspendu à son bras, elle avança vers le portique de l'entrée à petits pas bien distincts, mais avec un beau maintien, la tête haute, le foulard en soie de son chapeau à large bord battant au vent marin.

Il y eut un tintement aigu quand la pièce de 10 pence atterrit sur le trottoir, juste à côté d'elle.

— Tu peux la garder, vieille chouette ! Tu as l'air d'en avoir plus besoin que moi !

Elle se retourna vers le taxi, leva la main et lui montra deux doigts. Et pour s'assurer qu'il avait bien compris le message, elle agita le bras de bas en haut.

Le mal élevé ! Ignorait-il qui elle était ? Est-ce qu'il vivait au fond d'un trou ? N'avait-il pas regardé la télévision hier soir ? Lu les journaux, ce matin ? La remise des prix de la BAFTA[1] !

On lui avait décerné un prix couronnant l'ensemble de sa carrière ! Pas plus tard qu'hier !

Ce crétin de chauffeur ne l'avait même pas reconnue. Et il espérait recevoir un pourboire ! Comme si ça ne suffisait pas d'avoir tous ces kiosques à journaux tenus par des étrangers, maintenant il fallait supporter des chauffeurs de taxi incapables de vous reconnaître, et qui ne vous proposaient même pas de porter vos courses, au moins jusqu'à la porte !

Elle entra dans l'immeuble, prit l'ascenseur – horriblement lent – qui l'emmena en vibrant de partout au troisième étage, et parcourut le couloir menant à son appartement. Elle fut surprise quand la porte s'ouvrit après le premier tour de sa clé de sécurité ; elle fermait toujours à double tour. Elle pensa qu'elle avait dû oublier aujourd'hui – elle n'était que trop consciente que sa mémoire flanchait de jour en jour.

Plusieurs nouvelles cartes de félicitations l'attendaient sur le sol, et elle fut accueillie par le parfum des dizaines de fleurs fraîches qu'on lui avait livrées toute la matinée.

— Cora Burstridge !

La joie d'entendre le son de son propre nom, et prononcé d'une manière aussi charmante, se trouva quelque peu diminuée par le fait que la voix provenait de l'intérieur de son appartement, et que quelques instants s'étaient écoulés depuis qu'elle avait fermé la porte à clé et mis la chaîne de sécurité.

Elle se retourna et vit un grand et bel homme qui lui tendait la main. Il avait l'air tellement charmant, tellement sûr de lui, qu'en dépit de toutes ses appréhensions, elle lui serra docilement la main.

À travers son gant, elle sentit une toute petite piqûre dans sa paume.

1.. BAFTA : British Academy of Film and Television Arts.

L'homme continua à tenir sa main et à sourire. Elle commençait à avoir la tête qui tournait. Elle l'entendit dire :

— Mon nom est Thomas Lamark. Je voulais avoir une petite discussion avec vous à propos d'un rôle dans un film que vous avez volé à ma mère.

Il lui tint la main jusqu'à ce qu'elle s'écroule, doucement, sur le sol.

Puis, de sa poche, Thomas sortit une petite boîte en fer-blanc qu'il avait achetée une heure plus tôt dans un magasin d'articles de pêche près du front de mer de Brighton. Il l'ouvrit et regarda à l'intérieur, fronçant le nez à cause de l'odeur aigre et de la masse blanche compacte d'asticots qui se tortillaient.

Il leur envoya un baiser, puis referma le couvercle.

CHAPITRE 20

—A lors?
—Alors quoi?

—Comment c'était?

—Quoi?

—Ton rendez-vous. Ton *second* rendez-vous!

Le signal Orange mourut. Amanda, veste de satin jaune et tee-shirt noir, entendit quelques «bip» stridents, puis son téléphone portable devint silencieux. Elle appuya sur la touche «Bis» et, presque immédiatement, son assistante, Lulu, répondit.

La circulation avança très lentement, puis s'arrêta. Elle n'aurait pas le prochain feu. Un camion s'immobilisa à côté d'elle, le bruit de son moteur l'empêchant d'entendre distinctement la voix de Lulu. Des gaz d'échappement diesel tourbillonnèrent devant son visage. Elle éleva la voix.

—Je serai au bureau dans une dizaine de minutes, Lulu. Ils sont déjà là?

—Non.

Quel soulagement!

—Excuse-moi auprès d'eux quand ils arriveront.

—Tu veux que je leur explique que tu as eu un rendez-vous galant et que…

—Je n'ai pas eu de rendez-vous *galant*, d'accord?

—Comme tu voudras. Relax! Ce n'est pas une bonne façon de commencer ta journée, Amanda. Il ne faut pas être stressée de si bon matin. Le stress finira par te trouver tout seul, tu n'as pas besoin de le chercher.

— Bon sang, Lulu, qu'est-ce que tu lis ces derniers temps ?

— Georges Jean Nathan. Il a écrit : « Aucun homme n'a les idées claires quand il a les poings serrés. » Est-ce que tu serres les poings, Amanda ?

— Non, mais ça ne va pas tarder.

Leur communication fut de nouveau coupée. Et Amanda faillit perdre son calme pour de bon. Lulu était petite, les yeux exorbités, avec un cœur gros comme ça, mais elle pouvait aussi être insupportable. Le feu passa au vert.

Elle conduisit en silence. 9 h 25 était une mauvaise heure pour traverser Londres en vitesse. Très mauvaise. Elle voulait arriver de bonne heure aujourd'hui : elle devait se préparer pour une réunion de présentation chez *Anglia Television* avec deux scénaristes dont elle avait retenu l'idée de série. Au lieu de ça, elle était en retard, ce qui était plutôt embarrassant.

C'était la faute de Michael Tennent.

Quinze minutes plus tard, essoufflée et contrariée après avoir couru les huit cents mètres depuis le parking à plusieurs niveaux de Poland Street où elle avait garé sa voiture, elle entra dans l'immeuble de Maddox Street, et pénétra dans l'étroit vestibule où la plaque « 20-20 Vision Productions » (lettres noires sur Plexiglas transparent, police de caractère high-tech) était coincée parmi d'autres, à l'allure nettement moins classe – il y en avait une pour une agence de travail temporaire, une autre pour un importateur de ceintures italiennes, et même une en arabe, pour une société gérée par un homme originaire du Moyen-Orient, rondouillard et à l'allure miteuse, depuis un minuscule bureau situé au grenier.

La porte se referma derrière elle, l'isolant des gaz d'échappement des voitures, des taxis et des camionnettes, et elle gravit les deux étages de l'escalier qui lui parut plus raide que la face nord de l'Everest.

Je suis en retard et c'est ta faute, Michael Tennent !

Ils avaient été les derniers clients à quitter le restaurant. Elle se souvenait à peine de ce qu'elle avait mangé. Ils avaient essentiellement parlé.

Elle l'avait invité à prendre le café chez elle et ils parlaient encore quand les fenêtres avaient commencé à s'éclairer. Michael avait pris congé à ce moment-là, d'abord avec une poignée de main plutôt guindée et assez gauche, puis avec un baiser tout aussi gauche. À cinq heures moins vingt.

Son réveil était réglé en permanence sur 7 heures pendant la semaine. Après le départ de Michael, elle l'avait modifié sur 7 h 30, pour se donner une demi-heure supplémentaire. Erreur fatale. Elle aurait dû se souvenir de ne jamais changer l'heure de l'alarme quand elle était fatiguée, parce qu'elle s'y prenait invariablement de travers. Ce matin, la sonnerie du téléphone l'avait réveillée en sursaut – à 8 h 45.

C'était Brian. Il avait espéré lui parler avant qu'elle parte au travail. Il voulait la voir, la vie était un enfer sans elle.

Elle le remercia pour l'avoir réveillée. Puis elle lui conseilla de s'attacher lui-même à un missile Scud et de se lancer du haut d'une falaise.

Alors qu'elle poussait la porte, Lulu lui mit une tasse de café dans la main. Reconnaissante, elle but quelques gorgées, puis elle demanda à voix basse :

— Ils sont là ?

— Ils viennent d'appeler. Ils sont bloqués sur la M4. Un camion s'est mis en portefeuille, ils n'arriveront pas avant au moins une heure. Dieu est de ton côté aujourd'hui.

Lulu portait des lunettes rondes, qui accentuaient ses yeux globuleux. Elle avait des cheveux noirs, en épis, et elle utilisait tellement de gel qu'ils ressemblaient à un hérisson mort. Du haut de son mètre quarante-cinq, elle frisait la verticalité contrariée. Elle portait un treillis et de grosses bottes noires, ce qui lui conférait une apparence plutôt hommasse, bien qu'elle adore les hommes et qu'elle compte tellement de conquêtes à son tableau de chasse qu'Amanda en avait perdu le compte.

— Oh, ajouta-t-elle, Chris Pye de la BBC a appelé. Il sera de retour à son bureau cet après-midi. Arch Dyson, chez *Flextech*, veut te parler le plus rapidement possible. Et Brian vient d'appeler.

Dix personnes travaillaient chez *20-20 Vision*, mais ce matin l'endroit semblait calme. Les deux associés, à qui appartenait la société, et le reste de l'équipe étaient sur un tournage, et Amanda et Lulu tenaient la boutique. Tout reposait sur les épaules de Lulu. En principe, elle était l'assistante de production d'Amanda; en réalité, elle cumulait les fonctions de standardiste, bonne à tout faire, chargée de recherches et lectrice de scénarios.

20-20 Vision se spécialisait dans les documentaires sans compromission – la corruption dans le bâtiment, les fabricants d'armes qui violaient les embargos, les gouvernements qui étouffaient les affaires de déchets nucléaires. Ça leur avait valu une flopée de prix et, trois ans plus tôt, une nomination aux Oscars pour un court-métrage sur le trafic d'uranium entre la Russie et des organisations terroristes.

Elle n'avait pas dit la vérité à Michael à propos du documentaire qu'ils réalisaient sur la psychiatrie. Elle le lui avait présenté comme une vision objective de la psychiatrie et des méthodes de psychothérapie modernes. C'était faux. C'était un portrait à charge de la profession. Ils voulaient montrer au public comment la vie des gens pouvait être fichue en l'air par la thérapie; le monde entier était devenu obsédé par la thérapie et ses patriciens jouissaient d'un pouvoir dangereux auprès de leurs patients. Presque d'un pouvoir de vie ou de mort.

Amanda entra dans son bureau et, sans prendre le temps de s'asseoir, parcourut la pile de nouvelles enveloppes. C'était une pièce exiguë, avec une petite fenêtre qui donnait sur un escalier de secours, mais elle l'avait égayée avec des reproductions de deux dessins érotiques d'Egon Schiele et les communiqués de presse encadrés des deux précédentes productions dont elle avait assumé la responsabilité – un documentaire sur les tentatives de l'industrie pharmaceutique visant à empêcher le développement de traitements rapides des ulcères à l'estomac, un autre sur l'intelligence artificielle.

Lulu la suivit.

— Alors, ce deuxième rendez-vous. Comment ça s'est passé ?

La question resta en suspens, le temps pour Amanda de se glisser derrière le bureau et de s'asseoir. Son fauteuil, qui avait un ressort cassé, laissa échapper un « krouik ».

— Ce n'était pas un rendez-vous.

Elle pianota sur son clavier, accédant à ses e-mails.

Lulu se tint devant elle, les mains sur les hanches, avec un air de défi.

— Pas un rendez-vous, hein ?

— C'était un dîner de travail.

— C'est ce que me dit ta voix. Mais ton visage me tient un tout autre langage. Si tu sors avec un type pour le boulot, la première fois c'est un dîner de travail ; la deuxième, c'est un *rendez-vous* !

— La première fois, c'était au théâtre. J'ai accepté de l'accompagner parce que je voulais voir le Globe, se défendit Amanda.

— Et hier soir, tu es allée dîner chez *Aubergine* parce que tu voulais voir le restaurant ?

Parmi les nombreux e-mails sur son écran, Amanda en remarqua un de Michael Tennent. Elle avait très envie de l'ouvrir immédiatement et elle aurait souhaité que Lulu lui fiche la paix.

— Et, ajouta Lulu, c'est ton type d'homme.

— Comment tu le sais ? Tu ne l'as jamais rencontré.

Lulu commençait à sérieusement l'agacer. L'e-mail la tourmentait.

— Il est plus âgé que toi. Tu as perdu ton père quand tu étais petite et ta mère ne s'est jamais remariée. Tu es attirée par une figure paternelle.

— Lulu, tu veux bien me lâcher un peu ? Je dois mettre de l'ordre dans mes idées avant que les autres arrivent.

— Tu n'as pas beaucoup dormi cette semaine, Amanda. Lundi, la cérémonie des BAFTA Awards. Mardi soir… la chasse au psy ! Je vais te préparer un bain d'œil. Tu ne voudrais tout de même pas que les gros bonnets d'*Anglia* s'imaginent que tu n'as pas fermé l'œil de la nuit parce que tu t'inquiétais pour cette présentation, pas vrai ?

Et Lulu sortit de la pièce avec un sourire effronté.

Amanda sortit le scénario du pilote et la proposition. Il s'agissait d'une série de documentaires sur la menace que font peser sur notre écosystème les pesticides utilisés pour l'agriculture. Elle lut le premier paragraphe.

Puis elle lut l'e-mail de Michael Tennent. Il l'avait envoyé une demi-heure plus tôt. Il disait, simplement : « Quatre heures depuis que je t'ai vue. Tu me manques déjà. »

CHAPITRE 21

Parfois, dans son bureau, tard la nuit, Thomas Lamark se détendait à la lueur de son écran d'ordinateur, imaginant qu'il se prélassait sous un soleil tropical.

Il aurait pu rendre visite à son ami, Jurgen Jurgens, à Clearwater Springs, en Floride ; ils jouaient ensemble aux échecs sur Internet, mais il ne l'avait jamais rencontré. Il ne savait même pas à quoi ressemblait Jurgen Jurgens.

Cette nuit, il lui envoyait un e-mail.

« Jurgen,
Merci pour vos paroles de réconfort à propos de ma mère, elles m'ont beaucoup touché. Je n'avais pas compris combien la vie sans elle serait épouvantable. J'avais toujours craint qu'à sa mort, elle me manquerait, mais c'est bien pire : c'est comme si elle avait été une zone tampon entre moi et l'oubli – comme s'il y avait eu une génération entre moi et l'extinction – ou l'abîme. Maintenant, il n'y a plus rien.
Et j'éprouve toutes sortes de remords, parce que je ne suis pas sûr d'avoir été un bon fils. Dans mon cœur, je connais la vérité : je n'ai pas été un bon fils. J'aurais pu faire tellement plus pour la rendre heureuse. À présent, tout ce qui me reste, c'est essayer de faire de mon mieux pour me rattraper. Je suppose que, pour elle, il est trop tard – mais au moins cela devrait m'aider à accepter ma peine.

En fait, je suis vraiment en colère aujourd'hui. À cause de l'état dans lequel j'ai trouvé la tombe de ma mère. Je suis passé au cimetière en soirée, pour lui annoncer quelques bonnes nouvelles, et ce que j'ai vu ne m'a pas satisfait du tout. Ce n'est pas parce qu'elle est morte qu'une personne mérite d'être traitée de la sorte.

Pour commencer, pas de pierre tombale – on m'a dit que ça prendra des mois – mais, franchement, est-ce que la tombe doit être aussi laide ? Ce monticule n'est vraiment pas beau à voir, il ressemble plus à la terre retournée d'un jardin qu'à une tombe. Ce n'est pas acceptable – on va m'entendre. Ça manque de dignité. Pas question de laisser maman ressembler à un champ de navets fraîchement planté.

J'ai croisé une espèce de crétin barbu au cimetière (vous voyez le genre : anorak, sac à dos, chaussettes, sandales, respirant l'hostilité) qui a commencé à m'expliquer qu'ils creusaient des tombes aussi profondes parce que le corps humain en décomposition est dangereusement contagieux – à cause de tous les produits chimiques, des gaz, des bactéries. Suivant la nature de la terre, il peut parfois s'écouler plus d'une centaine d'années avant qu'un cadavre cesse de constituer une menace pour la santé publique.

Cette idée ne me plaît pas du tout. C'est ma mère. Je veux penser à elle comme à un être humain plein de dignité, pas une foutue menace en décomposition. La mort est probablement devenue politiquement incorrecte de nos jours. Il doit exister une minorité qui se sent insulté parce qu'on est mort.

Nous vivons dans un drôle de monde.

Votre ami,
Thomas. »

CHAPITRE 22

Le mercredi 23 juillet 1997.

*L*a seule véritable amie que j'aie jamais eue est morte. J'ai l'impression que les lumières de cette maison se sont éteintes pour toujours.

En bas, dans le sauna, Justin F. Flowering est toujours en vie. Du moins, c'est ce que semblent indiquer sa température, son rythme cardiaque et sa respiration – si on peut appeler ça être en vie. Il gémissait, un peu plus tôt, mais plus maintenant. Je n'éprouve pas les mêmes remords pour lui que pour Tina Mackay. Est-ce que je m'endurcis ?

Il fait froid dans cette pièce. Le froid a sa propre beauté, et je la contemple devant moi. Une telle puissance. Un tel savoir. Une telle sagesse. Cette machine est tellement intelligente. Les ordinateurs forcent le respect. Le mien y est sensible et me récompense amplement du respect que je lui témoigne. Il me donne tout ce que je veux. Et ce soir, il me donne un médecin de Cheltenham et un de ses patients.

Le médecin est le docteur Shyam Sundaralingham et son patient le docteur Terence Goel. Sundaralingham est un nom génial ! Tamoul, commun dans le sud de l'Inde, pas inconnu mais moins répandu en Angleterre.

Je ne crois pas avoir mentionné auparavant que j'ai un don pour imiter les voix. J'amusais maman pendant des heures en imitant les voix de personnages de films. Elle en raffolait. Il me suffit d'entendre une voix une seule fois, et c'est bon. J'aurais *pu faire carrière. J'aime bien cet imitateur à la télévision, mais son nom m'échappe sur le moment. Il est tard.*

En fait, j'ai un problème de mémoire et ça n'a rien à voir avec la fatigue, parce que ça m'arrive aussi quand je ne suis pas fatigué. J'oublie sans arrêt des choses : des listes, des noms, des événements. Parfois, j'ai l'impression que des périodes entières ont été effacées de ma mémoire. D'autres fois, ça va.

Haut les cœurs.

Un des aspects intéressants de ce monde électronique, c'est qu'il crée une nouvelle réalité. Si un enregistrement informatique dit qu'on existe, alors on existe ! Extrait de naissance, relevés bancaires et de carte de crédit, procès-verbaux à notre nom, code postal : autant de données qui prouvent notre existence. De nos jours, nos corps biologiques sont essentiellement des copies physiques de ces archives électroniques. L'Homme biologique cède la place à l'Homme numérique.

On peut aisément utiliser cette technologie pour créer de nouveaux individus. C'est presque trop facile. Cela nécessite simplement de posséder les rudiments en matière de techniques d'intrusion dans un système informatique. Introduisez le nouvel individu dans les archives numériques. Créez-lui un passé académique, des antécédents médicaux, peut-être un petit écart de conduite sur la route pour ajouter une touche d'authenticité, et c'est bon. Un être humain, libre d'aller et venir comme bon lui semble, d'ouvrir un compte bancaire, d'avoir un permis de conduire, un passeport, des cartes de crédit, un numéro de téléphone.

Tout est possible.

Par exemple, quelques jours plus tôt, ni le docteur Shyam Sundaralingham, de Cheltenham, ni son patient, le docteur Terence Goel, n'existaient.

Et maintenant, en ce mercredi 23 juillet, à 3 h 30, le docteur Terence Goel est un personnage tout à fait fascinant. Cousin du célèbre astronome britannique sir Bernard Lovell, le docteur

Terence Goel, trente-huit ans, est membre du Scripps Research Institute ; avant cela, de 1986 à 1995, il a enseigné l'astronomie au Massachusetts Institute of Technology et a fait partie du comité consultatif du président Reagan dans le cadre du programme SETI.

En 1993, il a publié un article dans la revue Nature, soutenant qu'il existait une preuve irréfutable de l'existence d'une vie extraterrestre.

La dernière voiture qu'il a possédée aux États-Unis était une Infinity de 1994. En janvier 1995, il a été verbalisé pour stationnement interdit et a payé son amende sans attendre. En juin 1995, il est venu s'installer en Grande-Bretagne après avoir accepté un poste de consultant au GCHQ, le service de renseignements électronique du gouvernement britannique.

En 1993, il a perdu sa femme Leah dans un accident de voiture – il était au volant.

Le docteur Terence Goel réside à Cheltenham. En décembre 1995, il s'est engagé à faire un don de 600 livres par an à l'Imperial Cancer Research Foundation, pour les cinq prochaines années. C'est quelqu'un de bienveillant.

Il s'est inscrit au cercle local d'échecs. Il conduit une Ford Mondeo 16 soupapes – c'est un peu une déchéance par rapport à l'Infinity, mais il la trouve plus adaptée aux routes étroites du Gloucestershire.

Il vient tout juste d'entamer les démarches pour adhérer à Mensa et a passé le pré-test. Il a un QI de 175. (Je suis resté modeste, le mien est supérieur.)

Son adresse e-mail est : tgoel@aol.com.

Il a un site web plutôt bien conçu.

Je pourrais facilement devenir l'ami de quelqu'un comme Terence Goel. Je suis persuadé qu'il me sera très utile. Mais d'abord, je dois m'assurer qu'il est la personne qu'il me faut. Je vais le soumettre au test le plus important.

Je vais lancer la pièce.

CHAPITRE 23

Georgia on my Mind passait à la radio dans la Volvo, tandis que Michael remontait l'allée bordée de rhododendrons du Sheen Park Hospital. Remuant les lèvres en silence, il mit plus fort.

Il était presque 8 h 30. La chanson n'était pas terminée quand il arriva sur le parking et il laissa le moteur tourner pour l'écouter jusqu'au bout, fermant la vitre de peur que ses collègues pensent qu'il avait perdu les pédales.

Il se demandait si Amanda avait reçu son e-mail. À la réflexion, il n'aurait peut-être pas dû l'envoyer.

Il avait agi sur un coup de tête. C'était ce qu'il avait ressenti sur le moment – ce qu'il ressentait encore. Elle lui manquait. Terriblement.

Et *Georgia* refusait de lui sortir de la tête. Du cœur, de l'âme. Le rythme de la chanson faisait écho au battement de son cœur. La voix rauque et langoureuse de Ray Charles lui brisait le cœur.

C'était une belle matinée. Amanda avait passé cette chanson, elle avait figuré sur un des CD qui s'étaient succédé sur le lecteur pendant les heures où ils avaient parlé. Fallait-il y voir un présage ?

Il ne croyait pas aux présages, mais il ne les écartait pas complètement pour autant. S'il y avait un Dieu, Michael pensait simplement qu'Il avait mieux à faire que de donner des dispositions bizarres aux corbeaux dans le ciel ou d'envoyer des chats noirs traverser la route. À moins que Dieu prenne son pied de cette façon, en déconnant et en cassant les pieds aux gens. Il lui avait pris Katy et maintenant peut-être qu'Il allait lui donner Amanda à la place. Ou peut-être pas.

« Des mouches aux mains d'enfants espiègles, voilà ce que nous sommes pour les Dieux ; ils nous tuent pour se divertir. »

Dès son entrée dans l'édifice, Paul Straddley, un de ses collègues, l'aborda. Un de ses patients souffrait de la peur de vomir. Il voulait l'avis de Michael.

— C'est seulement de l'anxiété ou une réelle phobie du vomi ? demanda Michael, cherchant à peine à dissimuler son irritation.

Il n'avait qu'une envie : courir dans son bureau pour voir si Amanda avait répondu à son e-mail et se servir un café bien fort.

Paul Straddley était un petit homme névrosé avec une expression perpétuellement soucieuse sur le visage et des cheveux en bataille. Aujourd'hui, il portait un costume brun en polyester, trop court aux manches et aux jambes. Il ressemblait plus à un savant fou des années 1950 qu'à un éminent psychiatre avec une liste impressionnante de publications à son actif.

— Il a peur de manger – il craint que la nourriture se coince dans son gosier. Tout doit être passé au mixeur et même ainsi, il n'a pas confiance, il vérifie, et revérifie. Il perd du poids et je m'inquiète beaucoup pour lui, Michael.

Straddley le regardait avec désespoir. Michael avait toujours pensé qu'il avait une araignée au plafond et qu'il était probablement plus atteint que la plupart de ses patients. Mais c'était vrai de bon nombre de psychiatres.

Il faisait sans doute partie du lot.

Nous sommes tous complètement cinglés. Ces pauvres bougres nous paient 100 livres de l'heure, parce qu'ils croient que nous détenons les réponses. Nous leur enfournons quelques pilules dans la gorge et les laissons parler jusqu'à ce qu'ils trouvent les réponses eux-mêmes. Ou finissent par s'ennuyer.

Ou, songea-t-il, soudain en proie à la culpabilité, *par se tuer.*

Michael fit mine de l'esquiver.

— Est-ce qu'on peut reparler de ça plus tard, Paul ?

Straddley traîna les pieds nerveusement, bloquant de nouveau le passage de Michael.

— Euh… quand, exactement, Michael ?

— Je ne sais pas. J'ai une journée chargée et je suis en retard pour mes visites.

— Et au déjeuner ? On peut se voir à la cantine ?

Michael acquiesça à contrecœur – il aurait préféré s'acheter un sandwich et le manger tranquillement au bord de l'eau.

Straddley lui rendit sa liberté. Michael traversa le hall en direction de l'escalier à balustrade. Le hall d'entrée était un espace immense, couvrant presque tout le rez-de-chaussée, avec des colonnes et un haut plafond en stuc ; son air grandiose jurait avec le faux bois de l'accueil et les chaises en plastique de la salle d'attente.

Il fit rapidement le tour de ses patients hospitalisés, consultant leurs courbes et vérifiant leurs médications, leur demandant comment ils se sentaient, puis il récupéra la liste de ses rendez-vous auprès de Thelma.

À 8 h 50, son équipe multidisciplinaire, composée de deux infirmières, un interne, un psychologue et un travailleur social, s'entassa dans son bureau pour le passage en revue bihebdomadaire de ses patients ; ils repartirent peu après 9 h 10.

Son premier patient n'était pas encore arrivé. Bien.

Sans prendre le temps de retirer sa veste, il s'assit devant son ordinateur et se connecta. Vingt-huit nouveaux e-mails, la plupart provenant d'autres psychiatres et psychologues avec qui il échangeait des idées ou collaborait sur certains cas. Un autre message lui confirmait la date d'une communication qu'il devait présenter à Venise en septembre. Et il y en avait également un de son frère Bob, à Seattle, avec les banalités d'usage sur sa femme (Lori) et ses gosses (Bobby junior et Brittany) ; son frère lui demandait aussi s'il avait vu maman et papa récemment.

Rien de la part d'Amanda Capstick.

Ça ne voulait rien dire. Il était encore tôt, et il lui avait envoyé le sien à son bureau. Il n'avait pas à s'en faire.

Pour l'instant.

Mais à 10 heures, il n'avait toujours pas reçu d'e-mail d'Amanda. Ni après le déjeuner. Et pas non plus à 17 heures.

Il avait vraiment été stupide.

Amanda était une jeune femme sensible, qui avait du caractère et ne se laisserait pas impressionner par les sentiments d'un psy fleur bleue – au contraire.

Il attendait son dernier patient de la journée à 17 h 15. Un quart d'heure de répit. Il prit quelques notes dans le dossier du patient qui venait de partir, puis le rangea dans le classeur.

Georgia on my Mind continuait à lui trotter dans la tête, impossible de s'en débarrasser. «*Amanda on my Mind.*»

Une agréable odeur d'herbe fraîchement coupée flottait dans l'air. Il bâilla, fit pivoter son fauteuil pour faire face à son bureau, puis s'affala en avant, la tête sur les bras, et ferma les yeux. Il laissa son esprit vagabonder jusqu'à la nuit dernière – ou plutôt ce matin.

Elle avait été superbe en veste léopard, tee-shirt noir en soie, jupe courte noire et bracelet en or pendant librement à son poignet. Son visage était encore plus joli que dans son souvenir et il essaya de se le représenter de nouveau, mais curieusement, il ne parvenait pas à réunir tous les éléments dans son esprit.

Il voyait ses yeux bleus, pétillant de rire. Ses dents blanches, bien droites, mais grandes, qui donnaient à sa bouche une expression sensuelle, voire prédatrice – et il avait très envie de l'embrasser. Ses bras minces, les petites pattes d'oie autour de ses yeux quand elle souriait, son petit mouvement de la tête pour rejeter ses cheveux en arrière, son parfum. Calvin Klein. Il avait vu le flacon dans sa salle de bains.

Avait-il mal interprété son langage corporel ?

Elle ne s'était pas jetée sur lui, bien sûr. Mais elle n'avait pas été distante non plus. Elle avait adopté une attitude neutre ; elle était restée à sa place, mais ne l'avait pas quitté des yeux, ce qui était plutôt bon signe. Ses sourires avaient été chaleureux et son rire sincère.

Mais il avait l'impression d'en avoir peu appris sur elle, en tout cas sur sa vie sentimentale, le sujet qui l'intéressait tout particulièrement. Elle avait paru mal à l'aise quand il avait voulu l'attirer sur ce terrain-là.

Son Interphone le ramena au présent : son rendez-vous suivant était en salle d'attente. Un nouveau patient.

À la hâte, Michael ouvrit le dossier qu'il avait préparé et regarda la lettre du médecin qui lui envoyait cet homme, un généraliste dont il n'avait jamais entendu parler. Le docteur Shyam Sundaralingham, qui exerçait à Cheltenham. Mais ça n'avait rien d'inhabituel : il y avait un nombre incalculable de généralistes qu'il ne connaissait pas.

D'après le diagnostic du docteur Sundaralingham, le patient souffrait de dépression nerveuse et avait explicitement demandé à être vu par Michael. Ça arrivait assez fréquemment : beaucoup de gens l'entendaient à la radio ou lisaient ses articles. Après un premier entretien, pour maintenir sa charge de travail à un niveau raisonnable, il ne gardait que les patients qui l'intéressaient particulièrement ;

normalement, il envoyait les autres chez un psychothérapeute pour un traitement de longue durée.

Son nouveau patient avait trente-huit ans.

Son nom était Terence Goel – *docteur* Terence Goel.

Chapitre 24

— B ien, Amanda. Et si vous commenciez par me décrire Michael Tennent ? Je pense que ça pourrait se révéler utile.

Amanda se trouvait dans le cabinet turquoise de sa thérapeute, et à présent, grâce à la tranquillité qui régnait dans cet espace clair et spacieux, protégé du soleil de la fin d'après-midi par les stores vénitiens, elle se sentait calme pour la première fois de la journée. Elle se cala dans le fauteuil en osier confortable, ferma les yeux et mit de l'ordre dans ses pensées.

— Il… Je… euh… il me rappelle… il a de nombreuses facettes. Si je devais le comparer à un acteur, ce serait Harrison Ford, dans *Indiana Jones*, le genre intellectuel, mais qui aime l'aventure. Ou peut-être Jeff Goldblum – il possède cette même assurance tranquille.

Maxine Bentham, dans sa position habituelle accroupie sur le sol, adossée au canapé, hocha la tête.

— Il a joué dans *La Mouche*. Et dans la série des *Jurassic Park*.

— Oui.

— D'accord, Amanda, réfléchissons à ces rôles. Dans *La Mouche*, il joue un savant fou qui se transforme en mouche humaine. Dans *Le Monde perdu*, il joue un savant qui doit se frotter à des monstres. Qu'est-ce que vous en déduisez ?

— Qu'il y a une contradiction ? C'est ça que vous voulez me faire dire ?

— Je veux simplement que vous me disiez ce que vous *ressentez*.

Amanda se tapota les dents avec un ongle. Elle le rongea, consciente de son geste, mais incapable de se retenir. Elle était horrifiée par l'état de ses ongles en ce moment.

— Vous pensez que je le vois en partie comme quelqu'un dont je devrais avoir peur ? Et en partie comme quelqu'un qui pourrait résoudre mes problèmes ? Qui serait capable de tuer mon monstre ? De me guérir de Brian ?

— Je remarquais simplement que Jeff Goldblum était une curieuse façon de le décrire.

— Non, je ne pense pas. J'essaie juste de vous donner une description physique. Grand, cheveux noirs, bel homme, mais avec un côté intello. Peut-être qu'il a un peu de sang juif, juste un soupçon.

— Vous pensez que c'est un homme gentil ?

Amanda acquiesça vivement.

— Il est très chaleureux. Je… (Elle hésita, cherchant ses mots.) Je me sens bien avec lui, en sécurité. Je n'ai pas à faire semblant. Avec lui, je peux être moi. *Moi*. (Elle fronça les sourcils.) Je ne sais pas si je suis très claire…

Maxine la gratifia d'un sourire singulier, plutôt rêveur.

— Si. Poursuivez.

— C'est peut-être parce qu'il est psy ; j'ai le sentiment qu'il me perce à jour, alors à quoi bon lui mentir.

— Lui mentir à propos de quoi ?

Amanda se gratta derrière le cou. Maintenant venait le plus dur.

— Il m'a envoyé un e-mail ce matin ; je l'ai trouvé en arrivant au bureau. C'était…

Elle devint silencieuse.

La thérapeute l'encouragea doucement.

— C'était… ?

— C'était vraiment gentil !

— Qu'est-ce que ça disait ?

— Simplement : « Quatre heures depuis que je t'ai vue. Tu me manques déjà. »

— Vous avez répondu ?

— Non.

— D'accord. Pourquoi ?

Amanda tira de nouveau sur son ongle avec ses dents.

— Parce que je… (Elle haussa les épaules.) Je ne sais pas comment répondre.

— Parce que vous n'êtes pas sûre d'avoir affaire à Jeff Goldblum la mouche ou à Jeff Goldblum le tueur de monstres ?

— C'est plus compliqué que ça.

Maxine attendit qu'elle continue, mais quand rien ne vint, elle dit :

— La dernière fois, vous m'avez dit que vous aimiez bien Michael Tennent, mais que vous ne saviez pas si vous étiez attirée par lui. Avez-vous changé sur ce point ?

Amanda remua sur son siège.

— Je n'ai pas été tout à fait honnête avec lui. Je lui ai expliqué que nous réalisions un documentaire sur les psychiatres, mais ce n'est que partiellement vrai. En fait, notre film sera une attaque en règle d'une société, la nôtre, où la thérapie règne en maître.

Maxine Bentham eut l'air surprise.

— Ça vaut pour moi ?

Amanda secoua la tête.

— Non, je ne vous ferais pas une chose pareille. (Elle croisa les jambes, puis les décroisa, puis les recroisa.) Oh, mon Dieu, je sais ce que vous devez penser ! Notre documentaire ne prend pas pour cible les *bons* thérapeutes, mais ces gens qui, après un cours par correspondance de trois mois, se mettent à exercer comme hypnothérapeutes, *rebirthers* et que sais-je encore. Ils abusent de la confiance de leurs patients, qui prennent des décisions ayant un impact sur leur vie tout entière sur la foi de ce que leur disent ces charlatans.

À présent, Maxine Bentham commençait à sembler vraiment mal à l'aise.

— Vous ne rangez tout de même pas le docteur Tennent dans cette catégorie ? C'est un praticien hautement qualifié, et très éminent.

— Oui, je sais. Mais une thérapie est un long processus, n'est-ce pas ? Dans une analyse digne de ce nom, vous recevez un patient trois à cinq fois par semaine pendant des années. Comment faites-vous entrer ça dans une émission de radio ? C'est ridicule ! Les gens croient qu'il suffit d'appeler le docteur Michael Tennent et qu'en dix minutes d'antenne, il résoudra les problèmes d'une vie entière. Il abâtardit sa profession. Il s'abaisse au niveau des charlatans. Voilà un homme brillant, qui cède à la culture de la gratification immédiate.

Il y eut un long silence.

— Vous allez devoir m'aider, Amanda. J'avoue que vos sentiments me laissent un peu perplexe.

Amanda leva les bras au ciel.

— *Vous* êtes perplexe ? Et moi, alors ? Je pense que je suis en train de tomber amoureuse de ce type !

CHAPITRE 25

L es tondeuses à gazon.

Michael entendait le ronronnement du moteur de la tondeuse, le sifflement des lames, la vibration du métal et, de temps à autre, le claquement d'un cliquet.

Ces machines étaient l'un des inconvénients de l'été. Dehors, la vieille Atco autoportée à cylindre avec son train de tondeuses qui s'entrechoquait derrière elle s'était rapprochée toute la journée et maintenant, à 17 h 20, elle se trouvait sous la fenêtre de Michael.

Michael avait mal à la tête, la faute – d'après lui – à son manque de sommeil la nuit dernière, bien que la quantité de caféine ingurgitée tout au long de la journée y soit sans doute aussi pour quelque chose.

Rentre chez toi, jardinier. Il est presque cinq heures et demie. Tu n'as donc rien de mieux à faire que de couper l'herbe du Sheen Park Hospital? Rentre chez toi! Par pitié.

Il essaya de se concentrer sur le formulaire devant lui, intitulé «Questionnaire de vie du patient».

Titre_____*docteur*
Prénom_____*Terence*
Nom_____*Goel*
Adresse_____*Appartement 6,*
97 Royal Court Walk, Cheltenham, Glos.
Tél. (en journée)_____*01973-358066*
(en soirée)_____*idem*

Statut matrimonial_____*veuf*
Profession_____*scientifique, spécia-*
liste en communications
Êtes-vous satisfait de votre travail ?_____
_____

Dans le cas contraire, quels sont vos sujets
d'insatisfaction ?_____

_____

Vivez-vous en appartement meublé, dans une
maison, etc. ?_____

_____

Êtes-vous propriétaire de votre logement ?_____
_____

Qui d'autre habite chez vous ? (merci de dresser la
liste des personnes)_____

_____

À quel(s) problème(s) actuel(s) souhaitez-vous
trouver une solution ?   _____

_____

Qu'est-ce qui vous a incité à chercher conseil
maintenant ?_____

_____

Michael tourna les pages. À l'exception des quelques
premières lignes, rien n'avait été rempli. Dans sa lettre,
Sundaralingham avait déjà mentionné que Goel était un
scientifique, et non un docteur en médecine.

—Les prismes.

Il leva les yeux avec un sursaut, se demandant s'il avait
mal compris son nouveau patient.

—Les prismes ?

—Est-ce que vous avez des prismes dans vos lunettes,
docteur Tennent ?

Surpris par la question, il dit :

—Oui.

Puis il ajouta, d'un air interrogateur :

—Pourquoi ?

Michael observa attentivement son patient, à l'affût de signes d'agitation ou de circonspection, de méfiance ou de distraction, mais Terence Goel n'en montrait aucun.

Regardant Michael droit dans les yeux, il était affalé sur le canapé, les jambes écartées, les pieds bien à plat sur le sol, les bras le long du corps. Peut-être un peu *trop* détendu, se dit Michael, comme si le fait de se trouver dans son cabinet lui donnait de l'assurance. Cela arrivait fréquemment, de la même façon qu'un patient se sentait immédiatement mieux dès qu'il avait poussé la porte de son généraliste.

Goel avait tout pour lui, question apparences, songea Michael. Bel homme, remarquablement grand, bonne constitution physique. Avec ses cheveux gominés, sa chemise grise sans col, son costume chic en lin gris foncé et ses mocassins Gucci en daim noir, il donnait presque l'impression d'en faire trop, tel un gourou high-tech déguisé pour passer à la télévision.

À première vue, il semblait affable et bien plus sûr de lui que la plupart des gens qui venaient ici. Il parlait d'une voix grave, assurée, et avec un accent – Boston, supposa Michael, en dépit de ses connaissances limitées en la matière. La seule légère incongruité était l'écritoire à pince avec son bloc-notes que Goel avait apportée et qui reposait sur le canapé à côté de lui. Il n'avait pas l'air du genre d'homme à se promener avec un bloc. Il ne ressemblait pas non plus à l'archétype du scientifique – bien qu'il existe une génération de professeurs tout feu tout flamme dont les États-Unis s'étaient fait une spécialité ; il en faisait clairement partie.

—Même sans lunettes, nous regardons beaucoup de choses à travers des prismes, docteur Tennent. Nous n'en avons pas conscience, mais c'est le cas. Vous arrive-t-il de regarder les étoiles ?

Michael ne savait pas où il voulait en venir, mais il décida de continuer sur cette voie.

— Oui, parfois.

— Vous savez pourquoi elles scintillent ?

— Non, je ne connais pas l'explication scientifique. Je suppose que ça a quelque chose à voir avec la distance qui nous sépare.

— Ça n'a rien à voir avec la distance. C'est une question d'humidité dans l'atmosphère. C'est uniquement à travers cette humidité que nous pouvons contempler les étoiles. Chaque gouttelette se déforme, devient un prisme. Quand nous levons les yeux vers le ciel nocturne, nous voyons les étoiles à travers des milliards et des milliards de prismes.

Il y avait un calme dans la voix de Terence Goel, alors qu'il se livrait à son explication, qui donna à Michael son premier aperçu de la véritable personnalité de son patient. Son calme impassible était artificiel, comme si cet homme exerçait un contrôle extrême pour se présenter autrement que tel qu'il était.

— Merci, dit Michael. Je ne savais pas. (Puis il ajouta, avec bonne humeur.) Cette nuit, je regarderai le ciel avec un œil neuf.

— Souvent dans la vie, nous croyons voir les choses clairement, docteur Tennent. Mais ce n'est qu'une illusion.

— C'est un gros problème pour vous ? Dans votre vie ?

— C'est un gros problème pour tout le monde.

Michael jeta un coup d'œil au questionnaire, puis il releva la tête, désireux d'avancer.

— Vous n'avez pas beaucoup rempli le questionnaire.

— Vous l'avez remarqué ?

Il y avait une telle surprise dans la voix de Goel que Michael fut incapable de savoir si elle était sincère.

— Oui. Le formulaire vous a mis mal à l'aise ?

— Non.

Goel lui fit un sourire chaleureux et désarmant.

Michael continua à l'observer attentivement, mais son langage corporel ne trahissait aucun secret. Il décida de passer à autre chose.

— Bien. Terence. J'aimerais que vous me parliez un peu des raisons qui vous ont poussé à venir me voir.

— La Volvo gris métallisé, dehors, c'est la vôtre ?

Michael marqua une pause avant de répondre, ne voulant pas perdre du temps avec des *non sequiturs*.

— Oui, dit-il d'un ton sans appel. Revenons aux raisons de votre présence ici, voulez-vous ?

— Les Volvo sont des voitures solides. Elles ont la réputation de bien protéger les passagers, en cas d'accident.

Michael jeta un coup d'œil rapide au portrait de Katy.

— Je pense qu'il est préférable d'éviter les accidents.

Il croisa le regard de Goel et soudain, il sentit le rouge lui monter aux joues.

Goel était-il au courant, pour l'accident ? C'était peu probable, bien que Michael ait bel et bien publié quelques articles extrêmement personnels sur le deuil dans plusieurs journaux dans les mois qui avaient suivi la mort de Katy. Et il n'était pas rare qu'un patient tente de jouer au plus fin avec lui, mais ça l'était plus lors de la première consultation.

Et le docteur Terence Goel, assis sur le canapé, maintenait son corps dans une position parfaitement détendue, sachant que Michael scrutait le plus petit mouvement, le moindre battement de paupière, à la recherche d'indices, essayant de trouver les petites lignes en pointillés sur lesquelles figuraient l'inscription *ouvrir ici* qui le conduiraient jusqu'à son psychisme.

Vous pouvez toujours rêver, docteur Tennent.

Puis, à voix haute, il dit :

—Je déteste les cocktails.

—Pourquoi? répondit Michael.

Le docteur Goel l'ignora.

—Quoi, pourquoi?

—Pourquoi détestez-vous les cocktails?

—Qu'est-ce qui vous fait penser que je déteste les cocktails? demanda le docteur Goel avec une innocence désarmante.

—Vous venez de me le dire.

Le docteur Goel fronça les sourcils.

—Non. Je n'ai rien dit.

Sur la première feuille de papier à l'intérieur du dossier, en dessous de l'endroit où il avait inscrit la date du jour, le 23 juillet, avec son stylo à encre Parker (un cadeau de premier anniversaire de mariage de la part de Katy), Michael nota quelque chose. Certaines maladies avaient pour effet de faire parler tout haut sans s'en rendre compte ceux qui en souffraient.

Thomas Lamark dut lutter pour réprimer un sourire. Ç'allait être beaucoup plus facile qu'il l'avait pensé. *Vous êtes peut-être intelligent, docteur Tennent, mais je le suis bien plus que vous pouvez l'imaginer.*

Jusqu'à présent, Tina Mackay avait été sa seule bévue. Rien de bien grave, mais inutile. Il ne s'était pas suffisamment renseigné au préalable et n'avait pas su que son père était quelqu'un de très en vue, un gros bonnet dans l'administration : la couverture médiatique de la disparition de sa fille était hors de proportion par rapport à quelqu'un d'aussi insignifiant.

Chaque jour, un article paraissait dans la presse. Des déclarations de ses amis, de sa mère, de la police. Tout le monde était de plus en plus inquiet. Et la police n'avait aucune piste!

Six éditeurs figuraient sur la liste de ceux qui avaient refusé le livre. N'importe lequel d'entre eux aurait fait l'affaire. La pièce lui avait dit de prendre Tina Mackay.

La pièce était seule responsable.

Ce bureau était un vrai dépotoir, c'était vraiment écœurant. Comment le psychiatre pouvait-il travailler dans un tel environnement ? Comment s'y retrouvait-il ? *Regardez-moi ces liasses de papiers, ces disquettes informatiques qui traînent, ces revues, ces dossiers empilés un peu partout, sans organisation.* Qui aurait pu croire qu'il occupait cet endroit depuis sept ans ? Il donnait l'impression de ne jamais avoir fini d'emménager.

Vous êtes bien plus dégoûtant qu'un porc, docteur Tennent, et un jour, bientôt, vous couinerez bien plus fort qu'un porc.

Et je n'aurai même pas commencé à vous faire vraiment mal.

Thomas s'était familiarisé avec l'immeuble avant de venir. Il avait fait le tour du terrain, repéré les sorties, les escaliers d'incendie, puis il s'était promené à l'intérieur, armé de son écritoire. Il avait parié sur le fait que personne ne pose de questions à quelqu'un qui porte un bloc-notes.

Maintenant, il connaissait tous les escaliers, les couloirs, les portes.

Il savait également qu'il était le dernier patient de Michael Tennent pour aujourd'hui. Il serait facile de l'enlever ou de le tuer à la fin de la séance. Trop facile – et il n'était pas encore prêt. Il lui restait quelques comptes à régler.

—J'aimerais que vous me parliez un peu de vos parents, Terence. Est-ce qu'ils sont toujours en vie ?

Instantanément, Michael vit la réaction sur son visage, comme s'il avait touché un point sensible.

Le docteur Goel ne répondit pas.

Michael le vit lutter pour garder son sang-froid. Son langage corporel n'était plus celui d'un homme détendu, mais celui de quelqu'un qui se sent menacé. Le docteur Goel se pencha en avant, les bras croisés bien serrés, puis en arrière.

Michael lui donna environ deux minutes et, comme il ne disait toujours rien, Michael demanda :

— Vous éprouvez des difficultés à parler de vos parents ?

— Je n'ai aucune difficulté à parler de quoi que ce soit, docteur Tennent, répondit-il, les yeux hagards.

L'enfance de Goel constituait clairement un point clé, mais Michael ne voyait pas comment s'y prendre pour l'amener à s'ouvrir aujourd'hui. Toutes les autres questions à propos de ses parents se heurtèrent à un mur, Goel se balançant en silence sur son siège.

Michael changea de sujet, projetant de revenir à ce sujet plus tard, avec une approche différente, et interrogea le docteur Goel sur son travail.

— Je crains que ces informations soient classées secrètes.

Michael regarda le formulaire incomplet de son patient.

— Vous êtes veuf. Voulez-vous parler de votre défunte épouse ?

— Vous posez beaucoup de questions, docteur Tennent.

— Ça vous déplaît ?

— Non, pourquoi ?

Michael changea de nouveau de sujet.

— Qu'est-ce que vous attendez de moi ? Quel problème voulez-vous que je vous aide à résoudre ?

— J'ai raison, vous voyez bien, dit le docteur Goel. Vous posez beaucoup de questions.

À 18 heures, Michael serra la main du docteur Terence Goel, et ce dernier lui dit qu'il lui tardait de le revoir, la semaine prochaine, même heure.

Michael ferma la porte, s'assit et parcourut ses notes. Il se sentait claqué – épuisé et déconcerté par cet homme. Ç'avait été une longue journée. Docteur Terence Goel, je ne sais pas quoi penser de vous. Qu'est-ce qui peut bien se passer dans votre tête ? Si vous voulez que je vous aide, il va falloir vous ouvrir un peu. Qu'est-ce que j'ai appris sur vous aujourd'hui ? Chaque fois que je vous posais une question, vous m'avez répondu par une question. Vous avez un sacré trouble de la personnalité. Vous êtes têtu. Vous voulez tout contrôler. Vous êtes désorienté. Vous souffrez de délire. Vous avez clairement un côté obsessionnel.

Vos parents sont votre talon d'Achille.

Dehors, la tondeuse n'avait toujours pas terminé. Bon sang, quelle quantité d'herbe pouvait-il bien y avoir autour de l'hôpital ?

Il retourna à la lettre du médecin de Goel. « Dépression nerveuse ». Il n'était pas convaincu que la dépression était au cœur du problème.

Au bas de ces notes, il ajouta, pour lui-même : « CALM ». Ce qui signifiait Complètement À La Masse.

Puis il alluma son ordinateur et, une nouvelle fois, peut-être la centième aujourd'hui, il releva ses e-mails. Avec un sursaut d'excitation, il constata, enfin, qu'il avait une réponse d'Amanda Capstick. Il traîna la souris sur le tapis et double-cliqua sur l'e-mail pour l'ouvrir. À l'instar de celui qu'il lui avait envoyé, il était court et simple :

Tu me manques aussi.

Chapitre 26

L'inspecteur Glen Branson regarda la Jaguar décapotable flambant neuve qui roulait vers lui le long du front de mer, en direction de Brighton, avec le toit baissé, les essuie-glaces s'agitant sur le pare-brise sec et les feux de détresse clignotant.

Il s'intéressa particulièrement au conducteur, un adolescent de type méditerranéen, qui lui lança un regard nerveux. Bien que Glen soit en civil et circule dans une voiture banalisée, si le gamin était un voyou du coin, il avait déjà repéré tous les signes révélateurs : marque du véhicule, couleur foncée, type d'antenne radio. Glen nota qu'il n'avait pas sa ceinture.

Dans le peu de temps qu'il avait déjà passé dans les forces de police, Glen avait gagné le respect de tous et il était apprécié ; bien qu'inspecteur débutant, il était mûr et responsable, ayant rejoint la police relativement tard, à vingt-neuf ans. Il avait effectué deux années comme agent de police, d'abord en patrouille à pied, puis en voiture, avant de postuler, avec succès, au CID. Après une période d'essai de deux ans, il avait enchaîné sur un an en tant qu'inspecteur stagiaire – qu'il avait terminé deux mois plus tôt. Enfin, il avait passé le concours du CID et avait été reçu avec mention.

Dans une vie antérieure, Glen avait travaillé pendant dix ans comme videur de boîte de nuit. Il était noir, il faisait un mètre quatre-vingt-dix et pesait un peu moins de cent kilos, et il était aussi chauve qu'une météorite. Peu de gens lui avaient cherché des noises et il gagnait tellement bien sa vie qu'il avait eu peur d'en changer. Jusqu'à la naissance de son fils, Sammy. Il avait pris son courage à deux mains, parce qu'il voulait que son fils soit fier de lui. Il ne voulait pas qu'il ait à dire un jour à un de ses camarades que son père était videur.

En temps normal, Glen avait de l'assurance à revendre, mais ces dernières semaines, depuis qu'il avait réussi ses examens et était devenu un inspecteur à part entière, il avait été nerveux. Il y avait énormément de choses à se rappeler et il voulait être irréprochable. Il avait vu avec quelle facilité la police pouvait perdre une affaire à cause d'une simple erreur de procédure. Dans le film *Storm-10*, Kirk Douglas, citant Einstein, avait dit : « Dieu est dans les détails. » Un travail de police efficace dépendait, lui aussi, des détails.

Glen était ambitieux et il avait du temps perdu à rattraper dans sa nouvelle carrière. Il avait calculé qu'il pouvait viser un poste de capitaine pour son quarante-cinquième anniversaire. Il voulait pouvoir entendre Sammy dire aux gens : « Mon père est capitaine ! »

C'est promis, Sammy. Tu peux compter sur moi.

Jusqu'à présent, la journée avait été bonne. Au commissariat, le capitaine l'avait félicité pour sa contribution à une enquête en cours. Un voleur présumé de bijoux et d'antiquités avait nié se trouver à Brighton le jour du braquage d'une boutique en ville et avait un alibi solide – la déposition sous serment d'un témoin qui avait passé la journée en question à Londres. Glen avait découvert l'existence d'un téléphone portable enregistré à l'un des noms d'emprunt du suspect. En analysant la facture procurée par *Vodafone*, il avait constaté que deux appels avaient été passés sur ce téléphone, utilisant différentes antennes relais le long du trajet Londres-Brighton, en direction du nord, deux heures après le braquage.

Une voiture volée lui permettrait de terminer la journée en beauté. Il lui restait une chose à faire cet après-midi, à savoir prendre une déposition dans un appartement cambriolé la nuit dernière. Ça ne devrait pas l'occuper plus de une heure, et ensuite, il espérait pouvoir quitter le bureau à 16 heures précises, à temps pour se rendre au *Duke of York* et assister à la séance de 16 h 45 de *Sur les quais*, un film des années 1950 qu'il n'avait jamais vu sur grand écran.

Il effectua un demi-tour, accéléra, dépassa deux véhicules et se rabattit directement derrière la Jaguar. Le conducteur semblait rencontrer des difficultés à maîtriser les commandes de sa voiture. Glen appuya sur le bouton de transmission de la radio et dit :

— Ici Charlie Hôtel un-quatre-quatre.

Il entendit une voix féminine au central accuser réception :

— Charlie Hôtel un-quatre-quatre.

Le conducteur de la Jaguar continua son manège, inconscient de sa présence, apparemment toujours en train de lutter pour maîtriser le fonctionnement des essuie-glaces.

— Je suis une voiture de sport, de marque Jaguar, bleu marine, immatriculée Roméo cinq-deux-un Yankee Novembre Victor, et se dirigeant vers l'ouest sur Hove Kingsway. Le comportement du conducteur a éveillé mes soupçons. Envoyez une patrouille en uniforme pour vérifier.

— Une voiture de sport, de marque Jaguar, bleu marine, immatriculée Roméo cinq-deux-un Yankee Novembre Victor. Merci, Charlie Hôtel un-quatre-quatre.

Une voix masculine joviale prit le relais, mais cette fois sur sa radio personnelle, attachée à sa ceinture. Ray Dunkley, que Glen avait eu l'occasion de rencontrer plusieurs fois, lançait un appel à un agent en uniforme.

— Charlie Hôtel un-six-deux, on a un code trois pour vous, un résident du numéro 3 Adelaide Crescent s'inquiète pour sa voisine, une dame âgée qu'elle n'a pas vue depuis trois jours. Le nom de la personne pour laquelle elle se fait du mouron est Cora Burstridge.

Glen tendit l'oreille. Il tâtonna à la recherche de sa radio et la porta à sa bouche.

— Ici Charlie Hôtel un-quatre-quatre. Désolé de vous interrompre, mais est-ce qu'il s'agit de l'actrice Cora Burstridge ? *La* Cora Burstridge ?

— Je crois que oui.

— Je savais qu'elle habitait dans le coin ! Je suis en route pour prendre une déposition au numéro 15 Adelaide Crescent, je peux m'en charger.

— Tu veux vraiment t'embêter avec ça ? Un uniforme peut passer dans l'après-midi.

— Ça ne m'ennuie pas du tout !

— Merci, Charlie Hôtel un-quatre-quatre. Ça nous dépanne – il nous manque une voiture aujourd'hui.

Glen ressentit un frisson d'excitation.

— Cora Burstridge ! Waouh ! C'est quelqu'un. Tu l'as vue dans *Les Rivières de la chance* avec Robert Donat et Cary Grant ? 1952 ?

— Ça date d'avant mon époque. Je suis un peu jeune pour ça, Glen.

— Ha ha ha, très drôle.

— La voisine t'ouvrira. Mme Winston. Appartement 7.

Alors qu'il relâchait l'interrupteur de son micro, la radio de la voiture crépita de nouveau et il entendit la voix féminine communiquer les détails concernant la Jaguar. Quelques instants plus tard, il tourna à gauche dans Adelaide Crescent, et regarda la Jaguar poursuivre sa route en direction des embouteillages du centre-ville de Brighton. Soit le gosse était innocent, soit il espérait se sauver à pied et se perdre dans la foule plutôt que d'essayer de semer la police au volant.

Glen se gara presque devant le numéro 3, Adelaide Crescent, une rangée de maisons attenantes de style Regency classique, toutes identiques : portique à colonnes, hautes fenêtres à guillotine, peinture blanche s'écaillant çà et là, un effet de la corrosion incessante de l'air salé. Cette apparence de splendeur passée en faisait la demeure idéale d'une star comme Cora Burstridge, songea Glen. Ç'avait vraiment de l'allure.

Il ressentit un frisson d'excitation coupable rien que de regarder cette maison, de penser à l'actrice qui vivait ici. Ça n'aurait pas dû faire la moindre différence quant à son travail, mais il n'était pas dupe.

Cora Burstridge !

Il était encore capable de réciter par cœur les titres de chacun de ses quarante-sept films. *Arrivée à bon port. Sonaco Suite. Où est passé M. Didcote ? Le Chant du désert.* Des comédies. Des thrillers. Des films romantiques. Des comédies musicales. Elle était douée dans tous les domaines, tellement belle, tellement gracieuse, et fine aussi. Encore récemment, Glen l'avait vue dans une adaptation pour la télévision d'un roman de Robert Goddard ; elle était toujours merveilleuse et son interprétation avait été remarquable. Et, bien sûr, il y avait eu la cérémonie de remise des prix de la BAFTA, lundi soir, où son discours d'acceptation l'avait un peu déçu. Mais il lui pardonnait bien volontiers : la pauvre femme avait manifestement été bouleversée par tant d'adulation.

Il calcula qu'elle devait avoir dans les soixante-cinq ans. Et pourtant, elle était encore tellement belle. Il leva les yeux vers les fenêtres du bâtiment et sentit sa gorge se serrer. Il espérait de tout son cœur qu'il ne lui était rien arrivé.

Il sonna à l'appartement numéro 7. Mme Winston vint le retrouver au troisième étage. C'était une aimable vieille dame, aux cheveux gris élégamment coiffés.

Deux bouquets étaient posés contre le mur devant la porte de Cora Burstridge. Le couloir sentait le moisi et les chats ; il y faisait sombre et l'intérieur du bâtiment était bien moins impressionnant que l'extérieur : tout avait bruni avec l'âge et la tristesse qui s'en dégageait faisait penser à la salle d'attente d'une gare.

— Les fleurs sont arrivées aujourd'hui, expliqua Mme Winston. Huit ou neuf autres bouquets ont été livrés hier – je les ai mis dans ma deuxième salle de bains pour les arroser. Et j'ai aussi pris son lait, hier et ce matin.

— Je suppose que vous avez sonné ? demanda-t-il.

— Oui, pas plus tard que maintenant. Et j'ai frappé.

Glen s'agenouilla et s'efforça de voir à travers la boîte aux lettres en cuivre de Cora Burstridge. Il aperçut une grande quantité de courrier éparpillé sur le sol. À la dérobée, ne voulant pas affoler Mme Winston, il renifla l'air. Il sentit des traces légères d'une odeur qu'il avait appris à connaître, mais qui ne lui disait rien qui vaille. Il en eut la nausée et un terrible sentiment d'effroi s'empara de lui. Cette odeur écœurante de poisson putride.

Il entendait des mouches.

Il se redressa, sortit son calepin et posa quelques questions de routine à Mme Winston. Quand avait-elle vu Cora Burstridge pour la dernière fois ? Avait-elle entendu des bruits ? L'actrice recevait-elle de nombreux visiteurs ? Avait-elle une gouvernante ?

À cette dernière question, Mme Winston le surprit en répondant que Cora Burstridge ne roulait pas sur l'or. Une femme de ménage venait deux heures par semaine, le vendredi, mais c'était tout.

— J'aurais pourtant cru qu'elle était une femme riche, dit Glen.

— J'ai bien peur que non. Elle n'a pas beaucoup travaillé ces dix dernières années. Je pense qu'elle a aussi fait quelques mauvais investissements et son dernier mari était joueur.

Glen demanda à la femme s'il existait un autre moyen de pénétrer dans l'appartement et elle lui indiqua l'escalier d'incendie à l'arrière de l'immeuble. Puis il la persuada de rentrer chez elle : il ne voulait pas qu'elle voie le spectacle qui l'attendait probablement.

Par radio, il appela le brigadier de service, lui donna les faits et reçut l'autorisation de forcer l'entrée. Puis il testa la solidité de l'escalier d'incendie, une superstructure métallique précaire qui montait jusqu'à une porte solide et scellée par la rouille, mais ne permettait d'accéder à aucune fenêtre.

Il retourna à la porte de l'appartement de Cora Burstridge, sonna plusieurs fois, frappa et, pour faire bonne mesure, appela d'une voix forte à travers la fente de la boîte aux lettres. Rien.

La serrure était un modèle à pêne dormant de chez Banham, suffisamment récente pour qu'il n'essaie même pas de la crocheter. La force brutale était sa meilleure option. Il essaya prudemment avec son épaule, puis – beaucoup plus franchement – avec le pied droit. La porte céda un peu, mais pas la serrure. Il se demanda s'il devait faire appel à une unité équipée d'un bélier portable, mais il ne voulait pas risquer de rater ça. Il continua donc à donner des coups de pied.

Au bout d'un moment, il prit conscience de l'ouverture d'autres portes et de murmures. Un jeune homme, en short et tee-shirt, arriva sur le palier, puis s'immobilisa brusquement en apercevant Glen, en nage dans son costume gris.

— Police ! s'exclama Glen, pour le rassurer.

Avec une expression d'horreur, le jeune homme fit volte-face et s'enfuit en courant. Glen en prit note – il avait probablement de la drogue dans son appartement. Puis il se concentra de nouveau totalement sur la porte et reprit ses coups de pied.

Enfin, la serrure fut arrachée au chambranle, mais la porte ne s'ouvrit que de quelques centimètres, bloquée dans sa course par la chaîne de sûreté. Elle avait été bien installée et il fallut encore quelques coups pour en venir à bout. Il referma – autant que possible – derrière lui, pour éviter les regards indiscrets, puis il dut lutter contre l'odeur et la nausée qui montait en lui. Ensuite, il tira sur la paire de gants en caoutchouc qu'il gardait dans sa poche.

Il était dans un petit couloir. Deux ravissants tableaux représentant des scènes de rues de Paris étaient accrochés sur un des murs ; sur le mur opposé, deux affiches encadrées. Cora Burstridge et Laurence Olivier dans *Time and the Conways* au Phoenix Theater, à Charing Cross Road, et Cora Burstridge, Anna Massey et Trevor Howard dans *L'Éventail de lady Windermere* au Théâtre Royal, à Brighton.

En dépit de son appréhension, il ne pouvait pas s'empêcher d'être impressionné à l'idée de se trouver au domicile de cette grande actrice – une des plus grandes. Cet endroit avait quelque chose de différent, de difficile à définir, mais qu'il n'avait jamais ressenti ailleurs. Il donnait l'impression de se trouver dans un autre monde, magique, de faire partie d'un club exclusif qui n'acceptait parmi ses membres que des gens riches et célèbres. Il était impatient de raconter ça à sa femme, Ari, ce soir. Elle ne croirait jamais qu'il était allé chez Cora Burstridge !

Puis son appréhension le reprit pour de bon. Enjambant le courrier avec précaution, il arriva dans un vaste salon dont les rideaux étaient partiellement tirés. Deux mouches à viande n'arrêtaient pas de se cogner contre la fenêtre. Tout le mobilier était de style art déco. C'était fantastique, mais Glen eut le sentiment étrange d'être plongé dans une autre époque, un effet intensifié par d'autres affiches de cinéma et de théâtre, ainsi que des photographies encadrées. À la place d'honneur sur la tablette de la cheminée trônait une lettre de la princesse royale remerciant l'actrice pour le temps qu'elle avait consacré et la peine qu'elle s'était donnée pour l'organisation d'une soirée de collecte de fonds au profit de Save The Children.

Cet endroit était une caverne d'Ali Baba! Tellement de choses à regarder.

Dans un angle de la pièce se trouvait un secrétaire sur lequel un répondeur clignotait furieusement. Alors qu'il s'en approchait, il aperçut un mot, maintenu en place par une sirène art déco Lalique, écrit d'une main tremblante, à l'encre bleue. Il disait: «Je n'arrive plus à me regarder dans la glace.» Il n'était pas signé.

Glen lut ces mots à plusieurs reprises et soudain, il ne luttait plus contre la nausée, mais ravalait ses larmes. Le grésillement de sa radio le ramena à la réalité.

— Charlie Hôtel un-quatre-quatre?

Il appuya sur l'interrupteur du micro.

— Charlie Hôtel un-quatre-quatre.

C'était son brigadier.

— Glen, j'ai besoin de vous sur une affaire de conteneur forcé à Aldrington Wharf, sur le port.

— Je suis à l'appartement de Cora Burstridge. Je pense en avoir pour un moment.

— Elle vous organise une projection privée? plaisanta le brigadier.

— Je ne pense pas, répondit Glen, lugubre.

Il retourna dans le vestibule et s'engagea dans un couloir étroit. La puanteur devenait de plus en plus forte et le bruit des mouches plus intense. L'odeur semblait modifier la densité de l'air lui-même, le rendre plus lourd.

N'inspire surtout pas, c'est la mort que tu respires.

Il ralentit le pas près d'une porte entrebâillée au bout du couloir.

Il s'arrêta. La pièce était plongée dans le noir, mais il savait qu'elle devait se trouver là. Glissant la main de l'autre côté du chambranle, il trouva l'interrupteur, appuya dessus et ouvrit grand la porte.

La chambre se remplit de la lumière d'un lustre art déco et d'appliques assorties. Papier peint tontisse. Pantoufles pelucheuses sur le sol recouvert d'un tapis blanc. Une silhouette était étendue sur le lit massif, le visage détourné, quelque chose de brillant lui couvrant les cheveux, peut-être un bonnet de douche. Des mouches voltigeaient au-dessus du lit, et il y en avait aussi sur les rideaux. Elle avait les bras allongés devant elle, au-dessus des draps, les mains dépassant des manches de son peignoir en satin rose. Même de là où il se trouvait, à la porte, il voyait que le bout de ses doigts était devenu mauve.

Il respira, malgré la puanteur insoutenable, puis il passa devant la coiffeuse, avec son miroir entouré d'ampoules électriques, et fit le tour du lit afin de voir son visage.

À ce moment-là, il craqua.

Ce n'était pas un bonnet de douche qu'elle portait sur ses cheveux ; elle avait la tête tout entière prise dans un sac plastique de chez Waitrose, bien serré autour du cou par la ceinture de son peignoir, maladroitement nouée.

De ses mains gantées, il défit le nœud et tira le sac pour découvrir son visage. Il la regarda, sous le choc. Sa bouche était ouverte, figée dans un cri d'agonie. La plus grande partie de son visage était noir bleuâtre. Des asticots grouillaient sur ce qui restait de ses lèvres et de ses yeux.

Il se détourna, avec un haut-le-cœur. *Non, Cora, non, non, non. Pourquoi avoir fait une chose pareille ? Oh, mon Dieu, pourquoi avez-vous fait ça ?*

CHAPITRE 27

P lus tard, elle dirait à son amie, Sandy, qu'elle s'était trompée sur lui pendant toutes ces semaines, cet homme qui venait toujours à sa caisse et la fixait de son regard tellement étrange. Ce n'était absolument pas Liam Neeson!

À vrai dire, ç'aurait pu être lui, ce n'était pas totalement improbable. Pas plus tard qu'il y a quinze jours, elle avait vu Patsy Kensit. Et Liz Hurley, quelques mois plus tôt. Et elle aurait juré avoir eu Billy Connolly un peu avant Pâques. Beaucoup de vedettes venaient ici, au *Safeways* de King's Court, mais pour une raison qui lui échappait, elles semblaient toujours payer à d'autres caisses que la sienne.

Mais quand elle leva les yeux, il était bien là, l'homme dont elle était certaine qu'il s'agissait de Liam Neeson (mais comme il payait toujours en espèces, pas moyen de lire son nom sur sa carte de crédit), et il lui souriait. Il portait un polo jaune boutonné au cou, et une veste Armani marron.

— Bonjour, Tracey! la salua-t-il, comme d'habitude.

Et comme d'habitude, elle rougit. Il arrivait qu'on l'appelle par son prénom – il était facilement lisible sur son badge – mais la voix de cet homme avait quelque chose de spécial, une voix anglaise et langoureuse, et il avait une manière bien à lui de prononcer «Tracey». Brusquement, elle fut incapable de se souvenir si Liam Neeson était anglais ou américain.

— Je prépare une soupe au crabe bahianaise, dit-il, et il montra d'un geste les aliments impeccablement alignés de l'autre côté du signe «CLIENT SUIVANT». (On aurait dit qu'il s'était aidé d'une règle pour les disposer.) Je cuisine pour ma petite amie.

Il apprécia sa façon de hocher la tête, impliquant qu'elle considérait tout à fait normal qu'il ait une petite amie, qu'il n'était pas un minable solitaire essayant de la draguer. Dire qu'il avait une petite amie lui faisait du bien. Soudain, il se sentait un être humain comme les autres.

—Vous avez déjà goûté la soupe au crabe bahianaise ? demanda-t-il.

Elle fit une grimace de dégoût, appuyant sur le bouton pour commencer à faire défiler le tapis.

—Je n'aime pas beaucoup le crabe – je ne les trouve pas très appétissants.

—Ma mère n'aimait pas le crabe non plus, dit-il. Elle détestait ça. Elle n'en a jamais voulu à la maison, même pas *en boîte*.

—À la limite en pâte à tartiner, dit Tracey. Dans un sandwich.

Une grande bouteille de jus d'orange fraîchement pressé arriva à la caisse en premier. Elle le fit passer devant le lecteur de code-barres, se pencha et donna à Thomas Lamark une poignée de sacs en plastique. Puis elle enregistra quatre avocats, suivis par un pack de tomates anglaises.

—Les anglaises sont les meilleures, dit-il. Certaines tomates importées sont irradiées pour tuer les bactéries. Vous le saviez ? (Tracey secoua la tête.) On n'est jamais trop prudent avec les radiations, Tracey. Elles peuvent avoir un effet sur vos gènes. Qu'est-ce que vous en pensez ?

Elle leva les yeux d'un air inquiet, comme si elle craignait d'être irradiée par quelque machine invisible.

—Je préfère aussi les tomates anglaises, dit-elle.

Puis vint le tour des crabes, emballés dans un sac en plastique blanc. Elle ne pouvait pas voir les créatures qui se trouvaient à l'intérieur, mais elle ne put retenir un frisson quand elle tint l'étiquette humide de la poissonnerie face au lecteur de code-barres.

Thomas regarda la caissière. Il avait pitié d'elle. Et elle lui rappelait, physiquement et par son comportement plein d'entrain, la petite amie qu'il avait connue à la fac de médecine – une étudiante infirmière. Liz. Et se souvint de sa honte, quand il avait présenté Liz à sa mère, et que sa mère lui avait fait prendre conscience de tout ce qui n'allait pas chez elle.

Cette pauvre fille, à la caisse, elle avait tout faux, avec ses cheveux bouffants, son visage, joli, mais qui manquait de caractère ; même ses dents n'étaient pas terribles, de travers et mal entretenues. La semaine dernière, il avait remarqué qu'elle avait filé son collant. Celle d'avant, elle portait un chemisier au col sérieusement élimé.

— Vous avez vu que Cora Burstridge est morte ? lui demanda-t-il.

— Qui ça ?

— L'actrice. Cora Burstridge. C'était dans les journaux ce matin.

Elle secoua la tête avec le regard vide et passa un carton d'œufs de poules élevées en plein air devant le lecteur, puis elle inclina la tête et ouvrit la bouche.

— C'est elle qui a remporté un prix lundi soir ?

— À la cérémonie de la BAFTA.

— Alors je vois qui c'est. Elle est morte ? La pauvre. (Elle eut un petit rire.) La vie est injuste, vous ne trouvez pas : remporter un prix et mourir juste après ?

Quatre mangues roulèrent tranquillement jusqu'au bout du tapis.

— Vous aimiez les films de Gloria Lamark ?

— Qui ?

— Gloria Lamark, répéta-t-il posément.

— Jamais entendu parler.

Elle continua à enregistrer ses achats en silence, puis elle l'aida à les emballer. Ensuite, il la surprit en lui tendant une carte de crédit portant le nom du docteur Terence Goel.

Alors qu'elle attendait l'impression de la facturette, Thomas sortit sa pièce de sa poche et la lança.

— Pile ou face ? lui demanda-t-il.

Elle lui lança un regard étonné, puis haussa les épaules et dit :

— Pile.

Il recueillit la pièce dans le creux de sa main, puis vérifia. C'était pile. Il la remit dans sa poche.

— Vous avez de la chance, Tracey. C'est votre jour de chance !

Il tira une enveloppe mince de sa poche et la lui tendit.

— C'est pour vous. Rangez-la et ouvrez-la plus tard.

Surprise et gênée, elle l'accepta maladroitement et la fourra sur la tablette sous la caisse.

— Que... Qu'est-ce que c'est ?

— Ouvrez-la plus tard !

Il signa la facturette de la carte de crédit, chargea ses provisions dans son chariot et le poussa en direction de la sortie.

Elle le regarda s'éloigner. Comme personne d'autre n'apparut à sa caisse, elle put continuer à l'observer. *Terence Goel*. Pas Liam Neeson. Que contenait cette enveloppe ? Planté au bord du trottoir avec ses sacs en plastique, il héla un taxi.

Liam Neeson aurait probablement eu un chauffeur, songea-t-elle.

Elle jeta un coup d'œil par-dessus son épaule. Personne n'arrivait ni ne semblait lui prêter attention. Alors que le taxi s'en allait, elle regarda l'enveloppe. Son prénom, *Tracey*, avait été écrit à la main, au dos.

Elle l'ouvrit. À l'intérieur, elle découvrit avec stupeur quatre billets de 50 livres ; ils étaient pliés dans une feuille de papier sans en-tête, avec un mot, manuscrit et non signé, qui disait :

« Merci de m'avoir toujours souri aussi gentiment, c'est un acte de bonté auquel j'ai été sensible. Cet argent est pour vous, faites-vous plaisir. Il n'y a pas assez de bonté dans ce monde. »

CHAPITRE 28

Vu depuis la rue, le numéro 14, Provost Avenue n'avait rien de spécial : une maison individuelle sans prétention, construite dans les années 1930, avec une façade de style Tudor, ressemblant à toutes les autres dans cette banlieue perdue de Barnes, au sud-ouest de Londres. Elle se trouvait à quelques centaines de mètres de la Tamise, et à guère plus de trois kilomètres du cabinet de consultation de Michael au Sheen Park Hospital. Mais l'intérieur classique avait été arraché, et remplacé par un plancher à deux niveaux divisant l'aire de séjour en trois espaces. L'un – où était assise Amanda en ce moment, pendant que Michael s'activait en cuisine –, avec plusieurs fauteuils, était conçu pour parler ; un autre, avec un grand canapé semi-circulaire, pour regarder la télévision ; et le troisième accueillait une salle à manger Philippe Starck en acier. La zone de séparation entre les trois espaces était occupée par un monstera mutant qui donnait l'impression de boulotter des triffides [1] au petit déjeuner.

Une odeur excellente arrivait de la cuisine.

Une série de casse-tête en trois dimensions était exposée, bien en vue, sur les étagères. Sur les murs d'un blanc clinique étaient accrochées de petites toiles contemporaines. Des œuvres abstraites, complexes dans leur exécution, certaines cauchemardesques, d'autres dans des tons bleu vif.

---

1. Les triffides sont des extraterrestres végétaux carnivores envahissant la terre dans le livre *Day of the Triffids* (*Le Jour des Triffides*) de John Wyndham.

Un tableau, en particulier, lui rappelait la beauté apaisée d'une des piscines de David Hockney. Elle se demanda quels objets dans cette maison reflétaient les goûts de Michael et lesquels devaient leur présence à ceux de sa défunte épouse.

Les casse-tête étaient à lui, il le lui avait dit, mais de qui venaient les peintures ? D'une certaine façon, elle les aimait bien, elles étaient intrigantes, un mélange de contrastes, un peu comme Michael lui-même.

Une partie d'elle-même était terriblement curieuse d'en apprendre plus sur Katy, mais elle sentait qu'il s'agissait d'un sujet qu'il valait mieux ne pas aborder. En tout cas, lors de leurs précédents rendez-vous, il avait semblé réticent. Elle percevait une grande tristesse, de la culpabilité aussi, qu'il n'avait clairement pas surmontée. Sur la tablette de la superbe cheminée moderne à foyer ouvert, une photo d'elle dominait la pièce.

Elle se leva, son verre de Fumé blanc Mondavi à la main, et alla l'observer de plus près. Une photographie en couleur, dans un cadre argenté, montrant une femme séduisante, avec des cheveux blonds qui lui arrivaient à l'épaule, lunettes de soleil Ray-ban relevées sur le front, et chevauchant une moto rouge à l'air puissant.

Amanda scruta son visage. Elle était belle, mais il y avait une certaine froideur dans cette beauté – presque de la dureté.

Soudain, elle se demanda si les gens destinés à mourir jeunes en avaient conscience.

Michael avait pris une douche à peine une heure plus tôt, mais il avait de nouveau chaud. La cuisine, qui avait été impeccable ce matin, était sens dessus dessous.

« LE PARADIS EN COQUILLE ! »

La légende le narguait sur la page de la recette. En dessous, il était indiqué : « Brochettes de coquilles Saint-Jacques au basilic ». La photographie du plat une fois terminé était salopée par une grande tache de vinaigre balsamique que Michael avait renversé sur la page. Il avait déchiré la feuille dans le *Times* du samedi, quelques semaines plus tôt, et à présent, elle était étalée devant lui sur la table de la cuisine, avec l'ensemble des ingrédients. Il vérifia une dernière fois qu'il n'avait rien oublié, avant d'enfourner.

C'était un peu la panique.

« Quatre belles coquilles Saint-Jacques. Huile d'olive. Feuilles de basilic. Quatre tranches de *prosciutto*. Un clou de girofle. Une petite tomate. Vinaigre balsamique. Salade mélangée. Pétales de rose et de rose blanche. Deux brochettes en bois. »

Il n'arriverait jamais à reproduire la photo qui lui avait paru tellement appétissante. Ce n'était pas un plat, mais les floralies de Chelsea sur une assiette. Même ses brochettes en bois n'étaient pas aussi belles que sur la photo.

Et, comme toujours, la partie la plus importante de la recette était passée sous silence. Fallait-il cuire les coquilles Saint-Jacques déjà enveloppées dans le *prosciutto*, ou ajouter le *prosciutto après* la cuisson ?

Il appela discrètement sa mère, un vrai cordon-bleu, pour le tirer de ce mauvais pas, parlant à voix basse afin d'éviter qu'Amanda ne l'entende. Elle ne connaissait pas la recette, mais elle suggéra de faire d'abord griller les coquilles Saint-Jacques, puis elle changea d'avis, puis elle se ravisa encore. Il n'aurait jamais dû se livrer à ce genre d'expérience ce soir. Il aurait mieux fait de jouer la sécurité, en préparant des poivrons grillés aux anchois, ou un gaspacho de crevettes.

Michael avait commencé à arracher des recettes dans les journaux pendant ses études de médecine ; il aimait acheter les ingrédients et essayer de nouvelles choses. Mais ces trois dernières années, il avait peu cuisiné pour lui-même. Il avait perdu son enthousiasme. Il n'avait eu personne pour qui cuisiner. Le samedi soir, avec Katy, quand ils ne sortaient pas, c'était lui qui avait préparé à manger. L'amour de la bonne chère faisait partie des choses qu'ils avaient en commun.

Depuis sa mort, il avait survécu en déjeunant à la cantine au travail, et en se réchauffant des plats du supermarché au micro-ondes.

Mais ce soir, il avait de nouveau quelqu'un pour qui faire la cuisine, et il avait réfléchi au menu depuis mercredi. Il voulait que ça soit parfait. Il aurait été bien plus facile d'inviter Amanda au restaurant, mais il tenait à lui montrer cette facette de sa personnalité : il était fier de ses talents culinaires.

Il ne s'était pas attendu à perdre son sang-froid.

Récemment, il avait lu un extrait d'un article publié dans le *British Journal of Psychiatry* sur l'estime. Les femmes avaient une plus haute estime des hommes qui faisaient la cuisine, et cela augmentait le désir en elles. L'homme vu comme un chasseur-tueur, qui subvient aux besoins de sa tribu. La civilisation dressait un filet de camouflage bien étriqué sur nos racines primitives.

Il sourit, se demandant comment Amanda aurait réagi s'il l'avait accueillie à sa porte vêtu d'un pagne et brandissant une massue en bois. Puis il enfila ses gants isolants et vérifia comment se déroulait la cuisson de l'agneau au romarin sauce groseille. Les minigratins de pomme de terre et de panais, les mange-tout et la purée de carotte aux épices étaient déjà dans le chauffe-plats.

Il alla rejoindre son invitée au salon.

Devant la cheminée, Amanda tenait toujours la photographie de Katy, et elle n'entendit pas Michael approcher.

Soudain, elle sentit qu'on lui serrait le bras comme dans un étau, et le portrait lui fut arraché de la main.

—Ne touche pas à ses affaires !

Sa voix était un ordre glacial.

Elle se retourna, surprise.

Il semblait être dans une colère noire et, l'espace d'un instant, elle eut peur de lui. Il lui faisait mal au bras.

Puis il la relâcha et remit soigneusement la photo en place.

Elle le regarda avec inquiétude. Il se tourna vers elle, comme pour l'empêcher de voir la photo, et lui fit un sourire plein de souffrance, son éclat de colère cessant aussi vite qu'il était venu.

—Je suis désolé, dit-il, d'un air gêné. Je…

—Ça va.

Elle avala sa salive, l'observant d'une manière hésitante. Mais il était calme à présent, tout était redevenu normal.

Il baissa la tête.

—Il faut m'excuser. C'est juste que…

—Ça va, je t'assure.

Il la regarda d'un air impuissant et brusquement elle eut pitié de lui. Il semblait si incroyablement différent, dans son tablier en PVC couvert de notes de musique, en pantalon léger bleu et chemise rouge à col ouvert. Elle le préférait ainsi, il semblait plus vulnérable que dans les costumes dans lesquels elle l'avait toujours vu jusqu'à présent.

—Je dois reprendre le cours de ma vie, dit-il. Mais c'est si dur. (Il regarda fixement les murs.) Parfois, j'ai l'impression de vivre dans un foutu mausolée.

Elle vit ses yeux passer de toile en toile.

—J'aime bien tes tableaux.

—C'est Katy qui les a peints.

—Tous ?

— Oui, tous ceux qui sont dans cette pièce. Elle les appelait sa collection « intime ». Peut-être que c'était ainsi qu'elle me voyait.

— Elle avait beaucoup de talent, dit Amanda, se sentant diminuée.

Michael était toujours embarrassé par son emportement.

— Oui, dit-il d'une voix éteinte. Mais elle ne voulait pas le croire. Elle insistait pour ne considérer ça que comme un passe-temps.

Voulant changer de sujet, Amanda dit :

— Tu es sûr de ne pas avoir besoin d'un coup de main à la cuisine ?

— Non. Tout roule, je te rejoins dans une seconde. (Il alla ouvrir les portes-fenêtres et regarda à l'extérieur avec inquiétude.) Tu es sûre de vouloir manger dehors ? Tu n'auras pas froid ?

— Je *rêve* de manger dehors.

— Où en est ton verre ?

Amanda leva son verre encore à moitié plein.

— Tout va bien, merci.

— Tu connais la différence entre un optimiste et un pessimiste ? demanda-t-il.

— Non ?

— Un optimiste dira que son verre est à moitié plein. Un pessimiste dira qu'il est à moitié vide.

— Mon verre déborde, dit-elle.

L'ouverture des *Noces de Figaro* passait sur le lecteur de CD. En entendant la musique, Michael sentit une émotion monter en lui. Pourquoi diable s'était-il senti obligé de lui arracher cette fichue photo ? Il espérait qu'il n'avait pas tout gâché. Il aurait dû déménager depuis longtemps, c'était là son problème. Et il aurait dû inviter Amanda au restaurant. Ici, Katy était encore bien trop présente.

Mais il n'avait pas voulu vendre la maison. Ç'aurait été comme couper le dernier lien qui l'unissait à Katy et il n'avait pas été prêt. Jusqu'à maintenant. Jusqu'à ce moment avec Amanda, assise sur le canapé, et les *Noces de Figaro* résonnant à ses oreilles. Et dans son cœur.

Les cheveux d'Amanda semblaient fraîchement lavés : ils avaient un lustre foncé, ils étaient soyeux et n'avaient jamais été aussi beaux. Son visage aussi était plus ravissant que jamais et il aimait beaucoup ce qu'elle portait : une veste blanche en satin sur un haut noir sans manches, un pantalon noir luisant et des talons hauts qui auraient fait un peu pute sur quelqu'un de moins classe, mais qui lui donnaient une allure sexy en diable.

Il adorait son odeur.

Il sourit. Amanda, se prélassant sur le canapé bleu marine ; l'ouverture des *Noces de Figaro* ; la douceur d'un soir d'été. Un moment parfait. Il leva les bras, ferma les yeux une seconde, et agita les mains d'un air rêveur, comme s'il était le chef d'orchestre.

Quand il rouvrit les yeux, elle le fixait du regard.

— J'aimerais mourir en écoutant du Mozart, dit-il.

Amanda réfléchit soigneusement à sa réponse avant de se lancer :

— Tu penses beaucoup à la mort ?

— Tout le temps. Toi aussi, d'ailleurs.

— Ah bon ?

— Comme tout le monde. Pas consciemment, bien sûr. C'est une part fondamentale du psychisme humain. Dag Hammarskjöld, qui était secrétaire général des Nations unies, a dit un jour : « Il n'est pas une pensée que nous ayons, pas une action que nous menions, qui ne soit pas influencée par la façon dont notre esprit envisage sa destinée et notre corps sa mort. En dernière analyse, notre vision de la mort détermine les réponses à toutes les questions que la vie nous pose. »

—Tu crois vraiment ça ?

—Totalement. Nous sommes guidés par l'instinct de survie. Pense un peu aux décisions que tu dois prendre chaque minute quand tu conduis, ou quand tu marches dans la rue et que tu veux traverser la route. Quand tu vas au restaurant et que tu lis le menu, tu ne choisis pas seulement la nourriture qui te remplira le mieux l'estomac. Ton choix est influencé par toutes sortes de pensées concernant ton régime, ta nutrition, ce qui est bon pour ta santé, le type de nourriture qui te permettra de vivre le plus longtemps.

Il lui lança un regard narquois.

—Je n'y avais jamais réfléchi.

—Tu n'as pas à le faire. La plupart du temps, ton cerveau s'en charge. (Il se tapota la tempe.) Ton petit ami gris.

Puis il marqua une pause et dit :

—Je suis désolé de m'être emporté. Excuse-moi.

Elle lui sourit.

—Je me suis conduite comme une idiote.

—Non, tu étais curieuse, et c'est bien naturel.

Il retourna dans la cuisine. D'abord griller les Saint-Jacques, décida-t-il, et les rouler dans le *prosciutto* ensuite. Il faut savoir vivre dangereusement, pas vrai ?

Amanda s'assit. Son bras lui faisait mal là où il l'avait agrippée ; elle allait probablement avoir un bleu. Avant d'entamer ses recherches pour son documentaire, elle avait entendu dire que les psychiatres étaient une race à part. Parmi ceux qu'elle avait interviewés, plusieurs lui avaient semblé avoir terriblement besoin d'une thérapie eux-mêmes.

Michael avait-il un côté obscur ? Ou était-ce simplement l'effet que pouvait avoir sur vous la mort d'un être cher ?

Thomas Lamark pensait à la mort, lui aussi. Plus tôt, son esprit avait été occupé par ses réflexions sur les fourgonnettes blanches. Maintenant, il pensait à la mort du docteur Michael Tennent.

Les fourgonnettes blanches étaient pratiques pendant la journée, parce que personne ne les remarquait. Pour devenir un plombier, un boucher, un imprimeur ou ce que vous vouliez, rien de plus facile : il suffisait de coller son nom sur le côté et personne ne faisait attention à vous. De la même manière que personne ne s'arrêtait sur le visage d'un chauffeur de bus, d'un cantonnier ou d'un balayeur.

La nuit, c'était différent. La nuit, les malfaiteurs conduisaient des fourgonnettes blanches. Si vous traîniez au volant d'une fourgonnette à 22 heures dans une banlieue résidentielle par une nuit d'été, tôt ou tard un imbécile de la milice du quartier appelait la police.

Raison pour laquelle il avait emprunté la Ford Mondeo bleu foncé du docteur Goel.

La Mondeo était garée dans Provost Avenue. Il avait une vue imprenable sur la maison du docteur Michael Tennent, ainsi que sur l'Alfa Romeo d'Amanda Capstick. Elle avait laissé le toit baissé. Il en déduisit qu'elle n'avait pas l'intention de passer la nuit chez lui.

CHAPITRE 29

Quelqu'un claqua des doigts devant son visage. Glen Branson ne le vit pas.

—Ohé ! Y a quelqu'un ?

Glen n'entendit pas la voix.

Il regardait Cora Burstridge à la télévision, mais son esprit était ailleurs. Dans une pièce sombre. Un sac en plastique de chez Waitrose. Une phrase : « Je n'arrive plus à me regarder dans la glace. »

Les mots s'étaient gravés dans son cerveau. Il en avait rêvé la nuit dernière, et celle d'avant. Il avait vu le visage en partie dévoré de Cora Burstridge. Il n'oublierait jamais ces mots. Jamais.

—Ton thé va refroidir. Je l'ai posé sur la table.

Il se tourna vers Ari et lui envoya un baiser. Il l'aimait comme un fou ; elle avait la patience de dix saints.

—Deux minutes, mon ange, d'accord ?

Sammy leva les yeux du cirque Playmobil qu'il était en train de construire sur le sol avec toute la concentration d'un chirurgien cardiologue.

—Est-ce que maman est vraiment un ange ?

—Pour moi, oui.

Glen était stupéfait par la vitesse à laquelle les chaînes de télévision avaient monté des hommages à Cora Burstridge, comme celui qu'il regardait en ce moment. Dirk Bogarde venait d'expliquer tout le bien qu'il pensait d'elle et à présent, un extrait les montrait ensemble, lui jouant le rôle d'un interne dans un hôpital avec la jeune Cora Burstridge, le visage couvert de cicatrices.

« *Courage, ma petite, vous serez sur pied d'ici à quelques jours* », dit Dirk Bogarde avec désinvolture.

Elle leva les yeux vers lui.

« *Je n'arrive plus à me regarder dans la glace* », répondit-elle.

Ari s'interposa entre Glen et l'écran.

—Tu veux que je te le réchauffe ? Tu sais, je crois que je commence à être un peu jalouse de ta nouvelle copine.

Glen ne l'entendit pas. Il était pétrifié.

—Papa, si maman est un ange, est-ce que ça veut dire que Jésus l'aime beaucoup ?

Il n'entendit pas non plus son fils, juste les mots prononcés à l'écran par Cora Burstridge, dans le film *Le Miroir sur le mur*, tourné en 1966. Ça racontait l'histoire d'un mannequin défiguré dans un accident de voiture. Au bord du suicide, elle est sauvée par un psychiatre joué par James Mason, qui lui rend son amour-propre et finit par l'épouser.

« *Je n'arrive plus à me regarder dans la glace.* »

La coïncidence était troublante.

Le magnétoscope continuait à tourner ; il avait enregistré l'hommage depuis le début. Il arrêta la bande et rembobina.

—Ton steak va être immangeable, Glen !

—J'arrive.

Il fit avancer la bande jusqu'au passage en question et l'écouta de nouveau prononcer ces mots. Il ferma les yeux et se projeta deux jours en arrière, dans l'appartement de Cora Burstridge, avec son mobilier art déco et la note sur la coiffeuse.

« Je n'arrive plus à me regarder dans la glace. »

Il se concentra, activant ses synapses, essayant de se remémorer une image la plus complète possible de la chambre à coucher de Cora Burstridge, au troisième étage d'Adelaide Crescent, sur l'esplanade du Hove, avec vue sur la Manche.

Temps suspendu.

C'était l'expression qu'employait le CID quand ils bouclaient une scène de crime. Qu'il s'agisse d'une maison, d'une chambre d'hôtel, d'un appartement, d'un coin dans les bois, d'une portion de chaussée ou du secteur autour d'une voiture, le temps y était suspendu. Un peu comme un arrêt sur image. Une image à la fois. Les petits détails ; les follicules pileux ; les bouts de peau morte ; les fibres de vêtements.

Temps suspendu.

Mais c'était un suicide, pas une scène de crime. Elle avait fermé la serrure de sécurité et mis la chaînette de l'intérieur, écrit la note, avalé ses cachets, et puis…

La pensée de ce qu'avait fait Cora Burstridge ensuite le plongeait dans les hauts-fonds.

Avant que son grand-père prenne sa retraite et vienne vivre en Angleterre avec les parents de Glen, il avait été second sur un vraquier qui faisait du commerce dans les îles du Vent, livrant des caisses de pièces détachées mécaniques à un client, prenant un chargement de betterave sucrière pour un autre ou encore apportant des cercueils à un troisième. Glen adorait l'écouter raconter ses aventures, mais il aimait tout particulièrement quand le vieil homme lui parlait des *hauts-fonds*.

Les bateaux ne coulaient presque jamais en eau profonde, expliquait-il à Glen. C'étaient les hauts-fonds qui causaient leur perte. Les plus grosses vagues étaient là où l'eau était la moins profonde ; les rochers les plus dangereux n'étaient pas ceux qui étaient visibles, mais ceux que l'on ne pouvait pas voir, les récifs à moins d'un mètre de la surface. Les hauts-fonds.

Les hauts-fonds donnaient la chair de poule à Glen, mais il ne pouvait pas s'empêcher de demander à son grand-père de lui en parler. Ils lui procuraient une sensation unique, lui donnaient son propre démon à combattre – un démon qu'il n'était jamais parvenu à vaincre totalement.

L'agitation furieuse de la mer démontée. L'écume, le corail tranchant comme un rasoir et capable d'ouvrir le ventre d'un bateau comme une vulgaire boîte de sardines. Les hauts-fonds insufflaient en Glen une frayeur qui, certaines nuits de son enfance, le réveillait, s'agitant dans son lit et hurlant des avertissements au capitaine. Quand la peur refluait, il se retrouvait échoué, seul, en proie à une terreur qu'il ne s'expliquait que partiellement.

Suicide. Le mot roula dans sa tête, telle une eau noirâtre dans un seau.

Suicide.

Il essaya de se représenter les dernières minutes de la vie de l'actrice. Elle avait écrit ces quelques mots. Enlevé ses pantoufles. S'était mise au lit. Avait passé le sac par-dessus la tête et serré le nœud avec la ceinture de son peignoir. L'horrible moiteur claustrophobe du sac devant ses yeux.

Durant ces dernières minutes de conscience, quelles pensées avaient traversé l'esprit de Cora Burstridge ? Qu'est-ce qui avait bien pu la motiver ?

Il s'était entretenu avec sa fille, qui vivait à Los Angeles, et quelques-uns de ses amis avaient fait des déclarations – et parlé à la presse. Depuis son dernier – et récent – lifting, Cora Burstridge avait été déprimée. Elle parvenait difficilement à supporter le vieillissement, et la soirée de la remise des prix de la BAFTA n'avait servi qu'à exacerber son sentiment d'isolement.

Elle n'avait pas été faite dame, ni n'avait reçu aucun autre titre honorifique, parce que, de son propre aveu, Buckingham Palace avait désapprouvé ses liaisons retentissantes avec trois hommes politiques haut placés ; ses opinions antimonarchistes n'avaient rien arrangé.

« L'occasion de rendre hommage à une vieille chouette avant qu'elle ait cassé sa pipe. » C'était en ces termes qu'elle avait décrit en privé, à l'une de ses amies, la cérémonie de la BAFTA.

Elle était seule, désargentée et dépressive. Sa beauté avait été oubliée. Son troisième et dernier mari l'avait larguée une dizaine d'années plus tôt. Son suicide n'avait rien d'étonnant.

Alors pourquoi, se demanda Glen en se levant de son fauteuil pour aller faire face à son steak froid et sa femme à présent glaciale, *pourquoi est-ce que je ne parviens pas à l'admettre ?*

CHAPITRE 30

« C'est le docteur Tennent à l'appareil, Gloria. Vous voulez bien me rappeler dès que vous aurez écouté ce message ? Je crains de vous avoir inquiétée ce matin. Je pense qu'il serait utile que nous ayons une petite conversation à ce sujet au téléphone. »

« Clic. »

Thomas rembobina la cassette sur l'autoradio. Puis il appuya sur « Play » et écouta de nouveau l'enregistrement de la voix du docteur Tennent qu'il avait copié sur la bande à partir du répondeur téléphonique.

« Clic. »

Il déglutit. Il serra le volant entre ses poings. Il avait envie de l'arracher du tableau de bord et d'empaler le docteur Michael Tennent sur la colonne de direction.

Il repassa le message.

Samedi, 22 heures. La lune était grosse et les étoiles scintillaient dans le ciel – de nombreux prismes là-haut ce soir. Il était assis dans la Ford Mondeo bleu nuit du docteur Goel. Le docteur Goel ne voyait pas d'inconvénient à la lui prêter. La voiture était d'une propreté irréprochable, il n'y avait pas eu la moindre tache sur la peinture quand il avait entamé son trajet jusqu'ici. Elle était équipée d'un autoradio-lecteur de CD Philips, de sièges en cuir beige, de vitres électriques et d'une ribambelle de gadgets. Il y avait des boutons partout où se posait le regard, avec des symboles étranges dessus. De minuscules hiéroglyphes dessinés pour des nains munis d'une loupe. Qu'est-ce qu'ils pouvaient bien signifier ?

Seul le mot «AIRBAG», écrit devant lui au milieu du volant, était intelligible.

Dans la flaque d'ombre entre les deux réverbères, la crotte de chien sur la chaussée devenait difficile à distinguer. Thomas la regardait depuis une heure. Une mouche grimpait le long du pare-brise, à l'intérieur de l'habitacle. Les mouches mangeaient les crottes de chien. Les mouches mangeaient les oiseaux morts. Sans elles, il y aurait des cadavres d'oiseaux partout. Il n'avait rien contre les mouches, il avait une raison de leur être reconnaissant. Il haïssait les oiseaux morts. Les oiseaux morts portaient malheur.

Il avait trouvé un oiseau mort dans le jardin, le jour où sa mère était morte. Il y avait eu un oiseau mort à côté de Versace quand il était mort. Ils pouvaient fort bien être des messagers du Pouvoir Supérieur – comment savoir ?

Il faisait trop sombre à présent pour que quelqu'un puisse voir son visage à l'intérieur de la voiture. Il avait apporté le *Times*, pour se cacher si quelqu'un venait à passer. Il ne pensait pas qu'un homme lisant le *Times* dans sa voiture – un véhicule respectable qui plus est – attirerait les regards dans ce quartier. Jusqu'à présent, il n'avait vu personne, à part le vieil homme dont le labrador avait chié sur le trottoir.

Il y avait un article sur l'éditrice disparue, Tina Mackay, des appels de la police et de sa mère, une nouvelle déclaration angoissée de son petit ami. Aucune piste, aucun indice, aucune trace de sa Volkswagen Golf bleu marine avec son pare-chocs arrière cabossé. Ça ne risquait pas : il l'avait entièrement démontée dans son garage, à la maison ; ensuite, il avait chargé les pièces, une à une, dans sa fourgonnette blanche et les avait vendues à différents ferrailleurs. En tout, il en avait tiré près de 200 livres. Il avait utilisé l'argent pour fleurir la tombe de sa mère.

158

Il y avait un article bien plus important concernant Cora Burstridge. Un éloge funèbre long de deux mille trois cent vingt-quatre mots, sous la plume d'un ancien critique de cinéma devenu critique de théâtre, Peregrine Vernon.

Peregrine Vernon avait éreinté l'interprétation de sa mère dans une pièce. C'était en 1986, sa tentative de come-back dans *Our Betters* de Somerset Maugham. Elle y avait joué le rôle d'une aristocrate oisive et tyrannique. Peregrine Vernon avait suggéré que le metteur en scène aurait été mieux inspiré de confier le rôle à un cochon sauvage. « Il aurait été plus séduisant et n'aurait pas massacré la moitié des dialogues », avait-il écrit.

Thomas se rappelait distinctement la photo du critique au-dessus de sa signature. Le nœud papillon, les veines éclatées sur le visage boursouflé, une épave. Et les larmes de sa mère quand elle avait lu ces mots.

Lors de la réception le soir de la première, sa mère avait été tellement belle, il s'était senti si fier d'elle, elle avait donné une interprétation formidable dans cette pièce – et la représentation avait continué après le baisser de rideau, avec la grande dame faisant son retour, saluée par tous. Ç'avait été fantastique! Un triomphe! Ils étaient tous là. Les Lloyd Webber. Harold Pinter. Paul Scofield. Peter Hall. Cameron Mackintosh. Eddie Kulukundis et Susan Hampshire. Robert Fox. Vanessa Redgrave. Maggie Smith. Joan Plowright. Sir Michael Hordern. Albert Finlay. Judi Dench. Bill Kenright. *Tout le monde!*

Il y avait des larmes de joie dans les yeux de sa mère cette nuit-là. Puis, le silence pesant à l'arrière de la voiture, alors qu'on les reconduisait à la maison, après la lecture des premières critiques, les journaux abandonnés sur la banquette. Et au matin, à l'arrivée du *Mail* et ces mots terribles, elle avait été brisée.

Jack Tinker, le critique habituel, avait été en vacances. Peregrine Vernon l'avait remplacé. À travers ses larmes, elle n'avait pas cessé de répéter que Jack Tinker aurait aimé la pièce, que Jack Tinker n'aurait jamais dit des choses aussi horribles.

Et voilà que Peregrine Vernon avait écrit deux mille trois cent vingt-quatre mots à propos de Cora Burstridge.

« Que ce pays n'ait jamais cru bon d'honorer officiellement Cora Burstridge de son vivant est un scandale, eu égard à l'étendue inestimable des services qu'elle lui a rendus. Volontaire altruiste lors du Blitz, géante du grand écran et de la scène (…) nous avons perdu une des plus grandes actrices que notre pays a connues et elle ne sera jamais remplacée… »

La colère de Thomas augmenta. Peregrine Vernon avait tort. Il y avait un scandale, mais bien différent de celui qu'il décrivait dans ces quelques lignes. Quelqu'un allait devoir le lui expliquer. Mettre les choses au clair.

Pauvre idiot, pourquoi a-t-il fallu que tu écrives cet article ? J'avais oublié jusqu'à ton existence, je t'assure !

L'Alfa Romeo d'Amanda Capstick était toujours garée devant la maison du docteur Michael Tennent. Le toit était toujours baissé. Deux heures plus tôt, le tirage de la loterie nationale avait été diffusé en direct à la télévision. Sa mère méprisait la loterie, elle se moquait des gens qui achetaient un billet. Il se demanda si le docteur Michael Tennent achetait des billets de loterie. Il se repassa l'enregistrement du répondeur.

« … Je crains de vous avoir inquiétée ce matin. Je pense qu'il serait utile que nous ayons une rapide conversation à ce sujet au téléphone. »

«Clic.»

Rembobinage.

«Clic.»

Il le passa encore une fois.

Il détestait la loterie. Il détestait les petites boules colorées qui sautillaient dans la sphère en verre. La loterie donnait de l'espoir aux gens, alors qu'en réalité, il n'y en avait aucun. Les perdants étaient malheureux. Pour les gagnants, la vie devenait un enfer. Dans les deux cas, le malheur était au rendez-vous. C'était comme la voix du docteur Tennent sur la bande. Elle promettait quelque chose qu'elle ne pourrait jamais tenir.

Il y avait une autre cassette sur le siège passager, à côté de lui. Il la mettrait bientôt.

Les mouches avaient pris congé pour la nuit. Même celle qui remontait le long du pare-brise semblait avoir renoncé à s'échapper, pour l'instant. Il prit la pièce dans sa poche, la lança, la recueillit dans la paume de sa main, mais ne baissa pas immédiatement les yeux sur elle.

Alors, docteur Tennent, serez-vous toujours là demain matin ?

Chapitre 31

Sous une voûte de plantes grimpantes, dans la gloriette en fer forgé, les flammes des deux bougies sur la table en bois brûlaient droit dans la nuit sans vent. Amanda avala la dernière bouchée de son agneau. Il était saisi à l'extérieur, rose au milieu, et la sauce aux groseilles ajoutait une touche sucrée bienvenue – un équilibre parfait entre les saveurs, d'après Michael.

— Tu es un vrai cordon-bleu, dit-elle, voulant le voir sourire.

Il était une personne complètement différente quand il souriait : d'un personnage sérieux et distant, perdu dans ses pensées, il se transformait en quelqu'un d'animé et de sociable.

Elle passait un bon moment avec lui. Elle n'avait pas oublié l'incident survenu plus tôt, mais elle avait décidé de ne pas y faire attention pour l'instant. Pour la distraire, il lui racontait certains des cas les plus bizarres qu'il avait eus à traiter, et elle appréciait cette sensation de se voir révéler des secrets. Et il était d'une beauté saisissante ce soir, avec son visage mince et énergique, ses cheveux noirs, ses petites lunettes à monture en écaille, sa carrure puissante visible à travers sa chemise rouge Ralph Lauren. Elle aimait l'odeur de son eau de toilette. Sa façon de parler.

Elle le regarda découper un morceau d'agneau dans son assiette. Ses manches étaient retroussées au niveau des coudes ; ses bras et ses mains étaient poilus. Des mains fortes, masculines, avec de longs doigts, *« des mains de chirurgien »*, aurait dit sa mère.

Il était le genre d'homme qu'elle aurait aimé avoir pour père, pensa-t-elle. Maxine Bentham lui avait dit à maintes reprises que son attirance pour Brian traduisait son besoin d'avoir quelqu'un dans sa vie jouant le rôle du père. C'était peut-être vrai. Et c'était peut-être la raison pour laquelle elle était assise face à Michael Tennent, dans ce jardin, sentant dans son estomac la même appréhension, la même excitation qu'à son premier rendez-vous à l'âge de dix-sept ans.

Michael détourna le regard d'un air gêné : les compliments le rendaient toujours timide. Puis il la regarda de nouveau, intensément, et leva son verre de vin rouge.

— Tu es charmante, dit-il doucement.

L'angoisse qu'il avait ressentie à l'idée de recevoir une autre femme dans la maison de Katy l'avait quitté – le vin aidant, peut-être, ou le passage du temps, mais surtout Amanda elle-même. Il y avait une sorte de magie entre eux. Quelque chose de tellement bon que ça l'effrayait : c'était trop beau pour durer. Rien d'aussi merveilleux ne pouvait durer.

La chanson qu'il avait été incapable de chasser de son esprit ces derniers jours était de retour à présent, *Georgia on my Mind*, et soudain il comprit pourquoi : un voisin – ou peut-être une voiture dans la rue – passait ce morceau.

Leurs regards se croisèrent. Un moucheron apparut avant de se fondre dans la nuit. Il y avait une telle intensité dans ses yeux qu'il était incapable d'en détacher les siens : ils scintillaient de vie, des paillettes de lumière brillaient, tel un jaillissement de lucioles, dans le noir de ses pupilles. Ils continuèrent à se regarder, profitant de ce moment de décontraction, qu'ils prolongeaient sans peine, dansant avec leurs yeux sur un rythme silencieux et connu d'eux seuls.

De petits muscles tremblèrent sur le visage d'Amanda. Son expression se plissa un peu, puis s'élargit de nouveau, laissant deviner le soupçon d'un sourire chaleureux, sans moquerie. Quels yeux incroyables! Michael mourait d'envie de tendre le bras par-dessus la table et de lui prendre la main. Il voulait la toucher, mais ce n'était pas le moment, pas encore.

La nuit était chaude sur son visage. Elle véhiculait les effluves de son parfum jusqu'à lui. Là, dans l'obscurité de son jardin, entourés par des plantes exotiques, ils étaient les seuls habitants d'un monde secret, et il sentit une certaine excitation monter en lui, la sensation de partir à l'aventure, de se trouver au début d'un voyage extraordinaire et magique.

Elle cligna des yeux, mais elle le regardait toujours. Un léger froncement de sourcils à présent, comme si elle voyait quelque chose qui lui était refusé, puis elle détourna les yeux et prit son verre.

Mais au lieu de le lever vers lui, elle le pressa contre sa poitrine et le berça entre ses mains. Ses cheveux décrivaient un arc de cercle sur son front. Autour de son cou, une fine chaînette en or miroitait à la lueur des bougies. Avec un sourire gêné, elle leva la main et, d'un geste nerveux, remit quelques mèches rebelles en place.

Puis elle enroula ses doigts autour de son verre et il vit ses ongles rongés. *Amanda, qu'est-ce qui te préoccupe, sublime créature?*

Amanda était contente que l'obscurité dissimule le rouge profond de ses joues, la culpabilité qu'elle avait amenée avec elle ce soir et qu'elle voulait exorciser à présent. Il n'y aurait pas de bon moment pour se décharger de ce fardeau, alors autant en finir le plus vite possible.

—Écoute, je…

Un avion gronda, pas très haut au-dessus de leurs têtes, sur une trajectoire de vol vers Heathrow. Elle attendit qu'il s'éloigne.

À son changement de ton, Michael eut soudain très peur. Allait-elle lui annoncer qu'elle en aimait déjà un autre? Ou lui dire que sa colère, quand elle avait regardé le portrait de Katy, l'avait rebutée ? Est-ce que toute la soirée était fichue ?

—Je n'ai pas été honnête avec toi, Michael.

Elle continua à serrer le verre contre sa poitrine, comme le doudou d'un enfant. Il n'aimait pas la façon dont elle avait dit « Michael ».

—Je… (Elle eut un sourire embarrassé, tint le verre à deux mains, quelques centimètres devant elle.) Je dois t'avouer que… (Elle hésita, puis poursuivit laborieusement.) Si j'ai fait appel à toi pour mon documentaire, à l'origine… (Elle se mordit la lèvre, puis trouva l'assurance pour continuer.) C'était pour te démolir.

Michael n'eut pas à feindre la surprise.

—Tu peux me jeter dehors, si tu veux, ajouta-t-elle.

Il paraissait blessé et perplexe.

—Mais pourquoi ?

—Parce que c'est le point de vue du film. C'est une critique de la culture de la thérapie qui s'est emparée de notre société. Je ne t'en ai rien dit quand je suis venue te voir la première fois.

—Pourquoi ?

Elle lui jeta un coup d'œil coupable, cachée derrière les cheveux qui lui tombaient sur le front, mit les coudes sur la table et posa le menton entre ses mains.

—Parce que tu n'aurais jamais accepté de participer. J'allais éreinter ton émission de radio en montrant l'absurdité d'une thérapie expédiée en dix minutes sur les ondes, à coup de petites phrases toutes faites.

Lui lançant un regard implorant, elle dit :

—Ne m'en veux pas, je t'en supplie. (Elle tira son sac à main de sous sa chaise.) Je peux fumer une cigarette ?

—Je ne savais pas que tu fumais.

—J'ai arrêté il y a six mois. (De ses mains tremblantes, elle ouvrit son sac et sortit un paquet de Silk Cut.) Je les garde en cas d'urgence. Comme maintenant.

Elle alluma une cigarette à l'aide d'un élégant briquet en or.

Alors que la fumée flottait à son visage, Michael inspira à fond. Il avait renoncé au tabac cinq ans auparavant et avait réussi à ne pas reprendre cette mauvaise habitude même après la mort de Katy, mais il aimait toujours autant l'odeur.

—Sers-toi des arbustes comme cendrier, dit-il.

—Merci. (Elle tira nerveusement sur la cigarette, puis recracha la fumée en parlant.) Je te dis tout ça parce que pendant le peu de temps que j'ai passé avec toi, au théâtre, puis à notre dîner de mardi, et enfin ce soir, j'ai compris que je me trompais. Tu te soucies sincèrement de ton prochain. (Elle le regarda attentivement.) Tu es quelqu'un de vraiment bien. Si tu veux que je parte, tu n'as qu'un mot à dire.

—Tu veux partir ?

—Non.

Il y eut un long silence. Elle tira de nouveau sur sa cigarette, puis elle inclina la tête et souffla la fumée vers le ciel.

—Ma seule consolation, c'est que si je n'étais pas venue pour te démolir, je n'aurais pas fait ta connaissance et j'aurais vraiment manqué quelque chose. Je te trouve incroyable. Je le pense vraiment. Tu es un être humain vraiment exceptionnel.

Leurs regards se croisèrent, mais après quelques secondes, Michael détourna les yeux, gêné par la profondeur du sentiment que véhiculaient ces mots.

—Je n'ai rien d'exceptionnel. Je crois simplement que nous devrions tous – tous les êtres humains qui ont la chance d'être sains d'esprit et en bonne santé – faire quelque chose d'utile de nos vies. Nous devrions essayer de faire avancer les choses dans le monde, de faire en sorte qu'on y vive mieux

– même de manière infime – qu'à notre arrivée. C'est mon seul but. Je n'ai pas le temps de voir tout le monde et je m'occupe de mon mieux de mes patients à la radio. Je pense que tu as tort, nous arrivons à soulager certains d'entre eux.

Amanda tira de nouveau sur sa cigarette.

—Oui, j'en suis persuadée.

Elle écrasa son mégot dans la terre sous un arbuste. Après un autre silence entre eux, elle dit :

—Je ne te mettrai pas dans le documentaire. C'est promis.

Il sourit d'un air triste et rêveur. Elle était adorable, c'était impossible de lui en vouloir.

—Est-ce que tu pourras me pardonner de t'avoir trompé, Michael ?

En guise de réponse, il saisit ses mains. Elles glissèrent facilement dans les siennes. Il s'était attendu à les trouver délicates, mais les paumes étaient rêches, comme si elle avait souvent travaillé avec elles. Ça l'excitait ; il y voyait la promesse d'autres aspérités qu'il lui restait à découvrir chez Amanda.

Quelques instants plus tard, ils étaient debout. Il avait glissé ses mains sous sa veste, autour de sa taille, et elle le tenait par les épaules, les yeux dans les yeux.

Son parfum, l'odeur de ses cheveux et d'autres senteurs, légères et merveilleuses, qui émanaient d'elle lui faisaient tourner la tête. Il la serra un peu plus fort, l'attira plus près, caressant la peau de sa taille à travers les plis de son haut sans manches. Leurs lèvres se touchèrent à peine. Juste une caresse passagère, tel le contact de la soie dans la brise.

Puis un second baiser, tout aussi fugace. Les mains de Michael avaient quitté la taille d'Amanda, elles étaient autour de son visage. Il avait le sentiment de tenir son bien le plus précieux au monde. Elle le regardait avec une totale confiance. Puis elle sourit, mit ses mains dans sa nuque et enfonça ses doigts dans ses cheveux.

Michael tira sa tête en arrière, faisant glisser sa langue le long de son menton, de sa gorge, tandis qu'elle essayait tant bien que mal de déboutonner sa chemise, introduisant ses mains à l'intérieur, contre sa peau nue.

Son corps tout entier frissonna de plaisir. Leurs bouches se joignirent, il sentit sa langue lécher ses dents ; les doigts d'Amanda avaient trouvé ses mamelons et les titillaient, le chatouillant avec une volupté presque insoutenable.

À tâtons, il introduisit ses mains sous son haut et, pour la première fois, il toucha la peau nue d'Amanda. Elle se tortilla contre lui avec un soupir. Il s'arrêta sur la bretelle de son soutien-gorge, qu'il défit ; il tenait ses seins lourds entre ses mains.

Elle le rendait fou à force de titiller ses mamelons. Il baissa la tête et prit son mamelon droit dans sa bouche.

Puis, de manière assez soudaine, elle le repoussa, fit un pas en arrière, et leva les yeux vers le ciel.

— Un détail à régler, dit-elle. J'en ai pour deux minutes !

Elle se précipita à l'intérieur de la maison. Intrigué, il lui emboîta le pas, mais sans lui laisser le temps de lui poser une question, elle avait déjà atteint la porte d'entrée.

Noël Coward ! L'auteur dramatique pédé. Thomas Lamark essayait de se rappeler son nom depuis une heure, et ça lui était enfin revenu. Noël Coward avait écrit : « Quelle force extraordinaire que celle de la musique populaire. »

Gloria Lamark aimait l'opéra. Les grands opéras. Thomas Lamark comprenait la force de la grande musique, des chœurs, des opéras, des chants grégoriens. Il estimait que Wagner était plus puissant que Ray Charles. Tout comme l'étaient Berlioz, Verdi, Pergolèse, Strauss, Gounod, Mahler, Tchaïkovski.

La cassette de *Georgia on my Mind* dépassait toujours de la fente du lecteur sur le tableau de bord de la Ford Mondeo du docteur Goel. Il l'éjecta, la posa sur le siège à côté de lui et remit l'enregistrement de la voix du docteur Michael Tennent.

Vous aimez la musique populaire, docteur Michael Tennent. Elle vous donne une érection, peut-être? Est-ce qu'elle est capable de vous envoyer dans les bras de quelqu'un? De court-circuiter votre cerveau? Je vais vous en donner, moi, de la musique populaire, autant que vous voulez. Mais ce ne sera pas Georgia qui occupera vos pensées. Ce sera moi.

Quand la porte du docteur Tennent s'ouvrit, Thomas se figea. La femme – la pétasse du docteur Tennent – sortait, ses vêtements apparemment en désordre. Elle semblait pressée. Thomas se demanda ce qui s'était passé.

Il la regarda retourner à sa voiture, désactiver l'alarme, monter à bord. Elle laissa la portière ouverte et il put la voir clairement, à la lumière du plafonnier. Elle essayait maladroitement de mettre la clé dans le contact. Elle appuya sur un autre bouton. Le toit commença à remonter. Même à travers les vitres fermées de la Mondeo, il entendit le gémissement des moteurs électriques. Puis le bruit sourd. Elle leva la main et ferma le loquet manuel. Ensuite, à sa grande surprise, elle sortit et verrouilla la voiture.

Le docteur Tennent apparut sur le seuil : sa chemise était sortie de son pantalon, et en grande partie déboutonnée. Elle avança vers lui, il la prit dans ses bras et ils s'embrassèrent, devant la porte grande ouverte.

Thomas sentit quelque chose se nouer en lui. Une boule se forma dans sa gorge. Il avala, fermant les yeux de toutes ses forces afin de retenir ses larmes.

Pourquoi faites-vous ça devant moi, docteur Michael Tennent? Pourquoi me tourmentez-vous ainsi? Avez-vous la moindre idée de ce que vous me faites subir?

La moindre foutue idée?

CHAPITRE 32

A manda s'arrêta brusquement, caressa l'oreille de Michael de ses lèvres et chuchota :

— Quelqu'un nous observe – de l'autre côté de la rue.

Michael jeta un coup d'œil : il vit de la lumière dans certaines des maisons voisines, mais aucun visage aux fenêtres. Il connaissait à peine ses voisins et il se fichait bien de qui les regardait. En ce moment précis, toute une flottille de vaisseaux extraterrestres remplis d'éventuels voyeurs armés de jumelles n'aurait pu le détourner de cette femme qu'il désirait par-dessus tout. Rien d'autre ne comptait, dans tout l'univers.

Il l'entraîna à l'intérieur ; ils franchirent le seuil tant bien que mal, toujours enlacés, et il referma la porte derrière eux d'un coup de pied.

— Maintenant, à part Superman, personne ne peut nous voir, dit-il.

Elle défit les deux derniers boutons de sa chemise, et constata avec étonnement à quel point son torse était velu. Le corps de Brian était tellement lisse, et, dans le passé, les hommes poilus l'avaient rebutée, mais c'était différent cette fois. Elle l'attira contre elle et l'embrassa sauvagement – elle se sentait comme ça avec lui, sauvage, farouche. Une fournaise ronflait dans son ventre. Ses lèvres étaient douces, et pourtant il l'embrassait avec une brutalité extraordinaire.

Elle se sentait emportée par lui, comme par une vague. Il lui envoyait des décharges électriques dans l'âme.

—Fais-moi l'amour, Michael, chuchota-t-elle.

Un maelström de pensées tourbillonna dans la tête de Michael. Cela faisait si longtemps qu'il n'avait pas fait l'amour à une femme. Il avait terriblement envie d'Amanda, mais il avait peur de l'échec, de ne pas être à la hauteur. Il la regarda droit dans les yeux et il vit son regard magnifique, incroyablement confiant.

Les doigts tremblants, il tâtonna à la recherche de son soutien-gorge, oubliant qu'il l'avait déjà détaché plus tôt ; il resta accroché à ses doigts, puis tomba. Il prit ses seins dans le creux de ses mains et elle laissa échapper un petit halètement. Il voulait lui arracher ses vêtements, la sentir nue entre ses bras, il brûlait de désir. Elle se pressait contre lui, contre son érection, il pouvait la pénétrer maintenant, ici, à l'endroit même où ils se tenaient, mais il se retint. Il voulait que la première fois soit sensationnelle, il voulait se réveiller au lit, avec elle dans ses bras.

Ils échangèrent un regard. Le temps s'arrêta. Les yeux d'Amanda étaient remplis d'un désir brut et sensuel.

À présent, il avait peur de ne pas pouvoir se retenir bien longtemps. *Ralentis. Ralentis et tout ira bien.*

Il régnait un silence incroyable, comme s'ils se retrouvaient sur un monde inconnu, dans un vide occupé par eux seuls, où rien d'autre n'existait, à part eux-mêmes et la magie des sentiments qui les animaient. La douceur de sa bouche, la chaleur de sa chair, les odeurs de son savon, de son parfum, de son shampoing et de sa peau, le bruit de sa respiration, les deux disques bleus scintillants de ses yeux, le brouillard de ses cheveux blonds. La gorge serrée, il l'embrassa de nouveau. Rien n'avait jamais été aussi beau, aussi parfait, aussi naturel. Rien.

Il baissa les mains le long de son corps, les glissa dans sa culotte et, s'agenouillant, la fit descendre doucement sur ses fesses, par-dessus ses genoux, pour la laisser enfin tomber autour de ses chevilles.

Le duvet blond de ses poils pubiens était devant lui. Il y fourra son visage, avec douceur d'abord, puis plus fermement, et le picotement contre sa peau était aussi doux qu'une caresse. Il enfonça son visage plus profondément, sa langue partant explorer la chair douce de ses cuisses, dont il était grisé par le goût fort et musqué. Il trouva les plis humides de la fente et, lentement, doucement, se fraya un chemin à l'intérieur avec sa langue.

Amanda inclina la tête en arrière et laissa échapper un hoquet.

Michael creusa plus fort, le goût exquis de l'intimité d'Amanda dans la bouche, son odeur dans les narines ; ces saveurs dépassaient tout ce qu'on pouvait imaginer, elles venaient d'ailleurs, d'une autre galaxie dans un autre univers d'une autre dimension. Il n'y avait rien sur cette terre, rien, qui soit aussi bon. Il tremblait. Il se gorgeait d'elle, priant pour que le temps s'arrête et fige cet instant à tout jamais.

Doucement, elle tira son visage vers elle et l'embrassa sur les lèvres, goûtant sa propre saveur sur sa bouche. Elle défit sa ceinture et glissa les mains dans son caleçon ; elle sentit les boucles de ses poils pubiens. Elle adorait sa façon de respirer pendant qu'elle taquinait son mamelon de sa langue.

C'est alors qu'elle sentit son pic.

Il la surprit ; elle eut un mouvement de recul, comme si elle avait reçu une décharge électrique, puis elle reprit son exploration : elle n'arrivait pas à croire comme il était dur, et sa taille ! À la fois intimidant et formidable, irréel. C'était le sien. C'était Michael. En le tenant, elle tenait Michael. Elle avait terriblement envie de lui, mais elle ne voyait pas – certainement pas, hors de question – comment elle allait réussir à faire entrer un engin pareil en elle !

Elle sentit l'excitation l'envahir, tel un brasier.

Sans le lâcher, elle tomba à genoux. Elle lui déposa un baiser sur le nombril, en décrivit les contours à l'aide de sa langue. Les mains de Michael s'enfonçaient dans ses cheveux pour de longues caresses. Elle continua à descendre ; l'odeur était incroyable : chaleur, sueur animale, peau chaude. Elle tira son caleçon vers le bas puis, lentement, chérissant et savourant ce moment, elle porta son énorme pic à ses lèvres. Le sommet était humide, elle le lécha, puis poussa sa langue profondément dans la crevasse, le liquide était doux, avec un soupçon de goût salé, elle fit courir sa langue d'avant en arrière. À en juger par les sons qu'il émettait, la façon dont il lui serrait les épaules avec les mains, et à sa respiration saccadée, elle sentait qu'elle le mettait au supplice, et elle aimait cette sensation autant que le goût. Elle le tenait à sa merci, elle le contrôlait, elle lui donnait du plaisir, elle le torturait.

Elle adorait chaque seconde de lui.

Elle le prit, aussi loin que possible, dans sa bouche.

Oh bon Dieu Michael tu es énorme.

Elle recueillit ses couilles dans ses mains, les serra doucement, le sentit réagir. Ses couilles étaient merveilleuses. Au contact de la peau froide et sensuelle, elle entrait dans un nouvel espace, elle faisait un saut dans l'inconnu au plus profond d'elle-même, à moins qu'elle soit sortie de son corps, hors du temps, dans un endroit lointain au centre de l'univers, du temps, de l'existence.

Elle flottait dans l'éther. Elle était portée, emportée dans les bras de Michael, et maintenant elle était allongée sur un lit, un grand lit, elle sentait qu'on lui retirait une chaussure, puis il y eut une autre explosion incroyable en elle.

Elle ouvrit les yeux. Il était nu sur le lit, nu et couvert de poils et tenant ses doigts de pied en bouche, tirant doucement sur eux avec ses lèvres, lui envoyant des frissons de plaisir dans tout le corps.

À présent, sa langue dessinait son mollet. Puis il explorait l'espace derrière son genou, avant de remonter sur sa cuisse et enfin, dans un autre continuum spatio-temporel, sa langue entrait de nouveau en elle, profondément.

Elle empoigna la tête de Michael entre ses mains, elle entendit une sorte de mugissement lointain, peut-être provenait-il de l'intérieur d'elle-même, elle n'en savait rien, elle s'en fichait, son existence se limitait à l'instant présent, il n'y avait rien hors de ce moment, ni passé, ni futur, rien d'autre n'avait d'importance, rien n'avait jamais eu d'importance et rien n'en aurait jamais. Elle était sous l'influence d'une force sauvage, primitive, cette créature mi-homme, mi-bête avait fait d'elle sa victime impuissante. Elle ouvrit les yeux l'espace d'un instant et vit défiler un mur avec une peinture représentant des pommes, une coiffeuse, une toile d'un homme et d'une femme nus qui se touchaient, elle vit un rideau tiré, une lampe de chevet allumée, puis le visage de Michael apparut confusément dans le duvet de ses poils pubiens.

Puis une nouvelle vague de plaisir vint lui fermer les yeux, prenant sa source au creux de son estomac, se déployant vers l'extérieur, grandissant, montant en elle, ridant sa peau, son corps, son cerveau…

Maintenant, son visage était juste au-dessus du sien et le plaisir, dont elle croyait avoir atteint les limites, devint encore plus fort.

Il la pénétra. Elle l'accueillit tout entier en elle, griffant son dos.

Michael essayait désespérément de se retenir, de réfléchir, de se concentrer, de se souvenir de toutes les choses dont on était censé se souvenir – bien qu'il n'ait jamais été un amant exceptionnel ou très expérimenté –, des choses comme le fait de faire peser tout son poids sur les coudes, d'entrer en douceur, d'essayer de penser à quelque chose pour le distraire, quelque chose d'ennuyeux ou d'horrible, tout ce qui pourrait faire retomber son excitation, afin qu'il puisse se contenir et durer un peu plus longtemps, quelques minutes de plus, pour elle. Il voulait tant la satisfaire, il se fichait bien de lui-même, pas en ce moment, il voulait se retenir, que ce soit spécial pour elle.

Je n'ai même pas pensé à mettre un préservatif. Elle n'a rien dit.

Leurs regards se croisèrent. Il s'enfonça encore plus loin. Elle souriait, elle avait cette expression confiante, et sa confiance lui donna toute l'assurance dont il avait besoin, il n'y avait jamais rien eu de pareil dans sa vie, il pouvait se retenir, il le pouvait vraiment !

Elle l'accueillait en elle. Cette *chose* qui lui appartenait. Cet énorme, cet incroyable serpent monstre, cet animal qui poussait à l'intérieur, propageant sur son passage des ondes de choc d'un plaisir qui allait bien au-delà de son corps, jusqu'à son âme. Elle rêvait, il n'existait rien d'aussi bon, elle rêvait forcément, c'était…

OhMichaelohMichaelohmonDieuMichael !

Il s'enfonçait, toujours et encore. Cette chose, cette chose qu'elle ne pouvait pas – pouvait pas – faire entrer plus profond était devenue le noyau de son corps, tout le reste tournait autour.

Et maintenant, elle et cet homme-bête-Michael ne faisaient plus qu'un, voyageant ensemble, filant dans le ciel, arrimés à un pic libéré de la terre, de la pesanteur, s'élevant vers un firmament d'étoiles et de ténèbres, avec une mèche brûlant en chacun d'eux, brûlant plus vite, plus fort. Pompant, pompant ses entrailles, pompant ces vagues qui l'engloutissaient.

Puis la bombe explosa en elle et, quelques secondes plus tard, en lui. Elle fut entraînée, hurlant de plaisir, dans une sorte de trou noir, un trou de ver, une extase qui donnait l'impression de ne jamais vouloir s'arrêter.

Après, elle resta étendue, sous le choc. Elle n'arrivait pas à croire que ç'avait pu être aussi bon, et il était encore sur elle, en elle, dur comme un roc. Il s'écoula une minute, peut-être deux, peut-être même plus longtemps, avant que l'un d'eux soit capable de parler.

CHAPITRE 33

« M assage oriental – appelez Viki ! »
« Vous aimez la discipline ? Appelez Miss Fouet ! »
« Pour un massage vraiment sensuel, appelez Carla. »

« La femme de vos rêves. La délicieuse Divina se prête à toutes vos exigences ! »

Vingt minutes après avoir quitté la maison de Michael Tennent, Thomas Lamark composa le numéro sur la carte. Il était indécis ; il n'avait jamais fait ça auparavant. Une femme répondit. Sa voix était vulgaire, mais peut-être qu'elle accepterait d'en changer.

— J'ai vu votre publicité. Divina, c'est ça ?

Elle semblait sur ses gardes.

— Où vous avez eu ce numéro ?

— Dans cette cabine téléphonique. En bas d'Earl's Court Road.

— Vous voulez prendre rendez-vous ?

— Vous êtes libre maintenant ?

— J'ai une heure devant moi, si vous venez tout de suite.

— De quelle couleur sont vos cheveux ?

— Roux.

— Est-ce que… est-ce que vous avez une perruque blonde ? De longs cheveux blonds ? Ondulés ?

— Vous voulez que j'en mette une pour vous ?

— Oui, merci.

Dix minutes plus tard, Thomas sonna à la porte coincée entre un bureau de paris et un café. Il déclina son identité dans l'Interphone, entra et monta un escalier étroit et mal éclairé.

Quand il arriva sur le palier, une femme l'attendait, bien plus jeune que sa voix le laissait supposer – vingt-cinq ans, tout au plus – et plus ronde qu'il se l'était imaginée. Elle avait un visage amical, aux traits doux, qu'il ne trouvait ni séduisant ni laid, de longs cheveux blond platine, et elle portait un peignoir en satin couleur crème négligemment entrouvert.

—Thomas?

Il regarda son décolleté.

—Oui.

Elle le dévisagea soigneusement, puis le fit entrer et ferma la porte derrière lui.

Il pénétra dans une petite pièce éclairée par une ampoule rouge dans un abat-jour en papier en forme de globe. Il y avait de grands miroirs sur le mur et au plafond. Le petit lit double était recouvert d'un dessus-de-lit en chenille de coton et il y avait un tapis rouge pelé sur le sol. L'aération provenait d'une fenêtre ouverte derrière les stores vénitiens et d'un ventilateur posé sur la coiffeuse.

—Je peux vous offrir quelque chose à boire, Thomas?

—Non, merci.

—Même pas un Coca?

—Rien, merci.

Il se sentait mal à l'aise. Il régnait une odeur de parfum douceâtre qu'il n'aimait pas. Ce n'était pas du tout ce qu'il avait imaginé.

—Commençons par régler les questions d'argent, d'accord, Thomas? C'est 100 livres pour une heure, mais si vous voulez quelque chose de spécial, ce sera en plus.

Surpris par son approche directe, il sortit deux billets de 50 livres de son portefeuille et les lui tendit. En retour, elle lui donna un préservatif dans son emballage en aluminium.

Puis elle dénoua la ceinture de son peignoir, laissa tomber les pans de côté et se pencha en arrière en adoptant une pose provocatrice.

— Alors, Thomas, de quoi vous avez envie ? Un petit massage pour commencer ?

Ses seins ne ressemblaient pas du tout à ceux de sa mère. Ils étaient plus gros, plus ronds, dressés, ils n'avaient pas l'air réels. Les mamelons étaient affreux, de petites choses noires, comme des boutons.

Et elle avait une toison noire, épaisse et indisciplinée, de poils pubiens.

Thomas leva les yeux sur sa perruque, puis regarda de nouveau son pubis. Sa mère avait été blonde, avec une pointe de gris récemment, mais tout de même blonde.

Ce noir était horrible.

— Quelque chose ne va pas, Thomas ?

— Vos poils pubiens sont noirs.

Elle sourit.

— Désolée, mon chou, je n'ai pas de perruque pour ça !

Il n'apprécia pas la façon qu'elle avait de se moquer de lui. Il comprit qu'il avait commis une erreur. Ce n'était pas du tout ce qu'il avait imaginé, ni ce qu'il voulait. D'après ce qu'il avait vu au cinéma, il avait cru qu'il se retrouverait dans une vaste chambre, avec des dorures, une baignoire encastrée au ras du sol, des lustres en cristal, du champagne dans un seau à glace.

Et une femme qui ressemblait à sa mère.

Sous sa perruque bon marché, cette femme était une insulte à la mémoire de sa mère.

— Vous pouvez changer de voix ? demanda-t-il.

— Changer de voix ?

179

— Vous connaissez l'actrice Gloria Lamark ?

Elle secoua la tête.

La colère monta en lui.

— Est-ce qu'elle parlait comme une snob, Thomas ? Vous voulez que je fasse la snob ?

Elle simula un accent aristocratique :

— Que puis-je pour vous, cher ami… Comme ça ?

— Dites-moi que vous avez envie de toucher mon tchou-tchou, dit-il avec une pointe de désespoir dans la voix.

Reprenant sa voix normale, elle s'exclama :

— Votre *quoi* ?

— Mon tchou-tchou, répéta-t-il, rougissant. Dites-moi que vous voulez toucher mon tchou-tchou.

— Tchou-tchou ? Mais de quoi tu parles, mon chou ?

Il pointa du doigt sa braguette.

— Mon truc. Mon pénis.

— C'est ça, ton *tchou-tchou* ? (Elle lui lança un regard stupéfait, puis éclata de rire.) Son tchou-tchou !

Il regarda fixement cette horrible créature, avec son odeur écœurante, ses boutons à la place des mamelons et sa chair grasse, son affreuse toison pubienne noire, puis il mit la main dans sa poche et en tira sa pièce.

Pile ou face.

Elle vit le reflet de l'or et demanda :

— Qu'est-ce que c'est ?

— Pile, annonça-t-il. Pile, Divina. Vous avez beaucoup de chance.

Il tourna les talons, sortit de la pièce et dévala les marches. De retour dans la rue, il se précipita à l'endroit où il avait garé la Ford Mondeo du docteur Goel.

CHAPITRE 34

Qu'est-ce qui ne va pas chez moi ?

Les chants grégoriens remplissaient la voiture avec un son alternant les tons hauts et bas. Les voix chorales retentissaient dans les haut-parleurs, sinistres, telles les voix des morts. Elles résonnaient aux oreilles de Thomas, tonnaient dans son cœur.

Il conduisait, aveuglé par la rage, un homme possédé, avec des démons dans son âme. Il avait envie de tuer quelqu'un cette nuit, n'importe qui – un homme, une femme, un junkie, un poivrot, peu lui importait.

Ce serait la faute du docteur Michael Tennent.

Avec l'odeur douceâtre du parfum de la prostituée encore dans les narines, il prit la direction du West End, sans parvenir à totalement chasser son appréhension : peut-être le psychiatre avait-il aperçu son visage ? Et si la garce avait noté son numéro d'immatriculation ?

Non. Ils n'avaient fait que jeter un coup d'œil vers lui. Ils n'avaient pas vu son visage et n'avaient pas relevé son numéro. Ils ne s'intéressaient pas à lui. Ils ne s'intéressaient qu'à eux-mêmes. Quand même, il avait fait preuve d'imprudence. De stupidité.

Pourquoi lui et Divina n'avaient-ils pas ressenti le même intérêt l'un pour l'autre ?

Pourquoi t'es-tu moquée de moi, Divina ?

Qu'est-ce qui ne va pas chez moi, bon sang ?

La circulation était dense sur King's Road. Il dut ralentir, se laissant porter par le flux, un peu comme si sa voiture faisait partie d'un manège dans un parc de loisirs.

Une attraction intitulée « Londres virtuelle ».

Il voyait défiler toute une faune ; certains rôdaient en groupe, comme pris dans un tourbillon, d'autres se massaient devant l'entrée de boîtes de nuit, comme l'écume léchant la berge d'un fleuve. Où que porte son regard, la rue était pleine d'individus à la dérive. *Allez quoi, faites-moi plaisir : descendez du trottoir et jetez-vous sous mes roues.*

Il traversa Sloane Square et Belgravia jusqu'à Hyde Park Corner et continua sur Piccadilly. Il roulait vite à présent, mais la circulation ralentissait de nouveau alors qu'il approchait de la statue d'Éros. Il s'améliorait, il avait trouvé le truc pour se faufiler entre les véhicules plus lents. C'était facile, il suffisait d'y aller au culot ! De se créer une ouverture ! Et d'ignorer les appels de phares indignés !

Au carrefour, il passa à un orange contestable, puis il accéléra à fond dans Shaftesbury Avenue, les trottoirs étaient envahis de gamins qui n'arrêtaient pas de déborder sur la route. Il avait envie d'entendre le choc sourd d'un corps heurter l'avant de la voiture, il voulait qu'un de ces abrutis roule sur le capot et explose contre le pare-brise. Il fit une embardée vers le bord du trottoir, mais rien ne se produisit. Il traversait la foule comme s'il n'y avait personne.

Il se demanda si sa mémoire lui jouait des tours, comme cela lui arrivait parfois. Peut-être qu'il ne se trouvait pas dans la Ford Mondeo bleu marine 16 soupapes du docteur Goel, mais tranquillement chez lui, installé devant son ordinateur, en train de jouer à un jeu vidéo, conduisant son bolide dans les rues de « Londres virtuelle. »

Tout ça n'était qu'un jeu !

Je suis indestructible !

Il dépassa un taxi à l'arrêt, passa de justesse un autre feu à l'orange, tourna à gauche dans Tottenham Court Road. Puis son rétroviseur lui renvoya une lumière aveuglante. Un abruti derrière lui, roulant en pleins phares. Il entendit une sirène, une courte salve à deux tons, les lumières clignotèrent de nouveau, feux de route puis feux de croisement, et enfin une débauche de lumière stroboscopique bleue se déchaîna dans ses rétroviseurs.

Il ressentit un accès de colère contre lui-même, puis il mit son clignotant et se rangea le long du trottoir. Derrière lui, les phares virèrent à leur tour.

Concentre-toi!

Avait-il fait erreur concernant le docteur Tennent et la fille? En avaient-ils vu plus qu'il le croyait? Un voisin avait-il signalé à la police le numéro d'immatriculation de la voiture?

Il baissa sa vitre et, dans son rétroviseur, observa un policier descendre de voiture, coiffer sa casquette et approcher de lui, une torche électrique à la main.

Le faisceau lumineux s'arrêta brièvement sur le visage de Thomas et l'éblouit, puis le policier l'éteignit. Thomas cligna des yeux, irrité, mais garda son calme. Le policier avait environ vingt-cinq ans et faisait plus jeune. Il avança son visage très près de celui de Thomas, probablement pour essayer de détecter la présence d'alcool dans son haleine.

— Il y a le feu chez vous, monsieur?

Il regarda le policier sans comprendre. Surpris par la question, il oublia presque d'adopter l'accent bostonien de son ami le docteur Goel.

— Chez moi?

Il y eut une légère réaction à son accent. Le policier parut s'adoucir, mais seulement un peu.

— Vous m'avez l'air bien pressé, monsieur.

Thomas décida de jouer la carte du charme.

— Oh, je suis désolé, j'ai tendance à me perdre dans Londres. J'essaie de retrouver mon chemin pour rentrer à Cheltenham et je n'arrête pas de tourner en rond.

Il accompagna son explication d'un sourire tout à fait charmant.

— Vous risquez de tourner en rond dans une ambulance si vous continuez à conduire comme ça, ou d'envoyer un innocent à l'hôpital. Avez-vous bu ce soir ?

— Non, répondit-il sans se départir de son sourire, boire ou conduire, il faut choisir.

— Vous êtes en train de me dire que vous êtes capable de conduire aussi mal que le pire des ivrognes tout en restant sobre ? C'est votre véhicule, monsieur ?

— Oui.

— Au nom de qui est la carte grise ?

— Au mien.

— Et quel est votre nom ?

— Docteur Goel. Docteur Terence Goel.

Thomas le lui épela.

— Très bien, docteur Goel, votre façon de conduire m'amène à croire que vous roulez peut-être sous l'emprise de l'alcool ; je vais donc vous demander de vous soumettre à un test d'alcoolémie. Descendez de votre véhicule, s'il vous plaît.

Thomas s'exécuta ; l'agent de police le protégea de la circulation et l'accompagna sur le trottoir. Il remarqua une femme policière assise dans la voiture de patrouille. Elle parlait à la radio. Probablement en train de vérifier sa plaque minéralogique. Thomas n'avait pas d'inquiétude à ce sujet.

— Êtes-vous un résident de ce pays, docteur Goel ?

— Oui.

Des gens l'observaient et il n'aimait pas ça.

— Avez-vous un permis de conduire britannique ?

— Oui.

Tout un groupe de passants s'était arrêté et restait planté là. Ils l'irritaient. Tout comme l'air humide et lourd. Et ce policier, qui avait le visage carré et anguleux d'un boxeur poids mouche.

À présent, il braquait sa torche sur la vitre côté passager de la Ford Mondeo.

— Où êtes-vous allé ce soir, docteur Goel ?

Thomas pensa qu'il valait mieux s'en tenir autant que possible à la vérité.

— Chez des amis, à Barnes.

— Ça fait un sacré détour pour rentrer à Cheltenham, non ?

Thomas maudit silencieusement son erreur.

— Euh, vous savez, je… je me perds facilement dans Londres.

L'agent de police ouvrit la portière, tendit le bras et s'empara des deux cassettes sur le siège passager. Il leva la première à la lumière du plafonnier, puis se tourna vers Thomas.

— Vous aimez Ray Charles ?

— Oui, oui.

— « Georgia on my Mind » – quelle belle chanson, dit-il en le gratifiant d'un sourire un peu crispé.

Thomas ne sut pas qu'en penser. Quelqu'un l'avait-il dénoncé à la police pour avoir passé cette chanson devant la maison du docteur Michael Tennent ?

— Et l'autre cassette ? Qu'est-ce qu'elle contient ?

— Du travail.

— Qu'est-ce que vous faites dans la vie ?

— Je suis un scientifique – je travaille pour votre gouvernement. Les informations enregistrées sur cette bande sont confidentielles. J'insiste pour que vous la reposiez immédiatement.

Un peu refroidi, le policier remit les cassettes sur le siège. Une petite revanche pour Thomas qui, glissant la main dans sa poche, referma les doigts sur sa pièce. Puis, alors qu'il suivait l'autre homme vers la voiture de patrouille et patientait, le temps qu'il récupère l'Alcootest, il lança la pièce.

Pile.

—Vous avez de la chance, ce soir, monsieur l'agent, dit-il.

L'Alcootest se révéla négatif. L'agent de police demanda à Thomas de souffler une deuxième fois et il resta négatif. Il lui fit un bref sermon sur la sécurité routière, puis le laissa repartir avec un avertissement et des instructions détaillées pour rejoindre la M4.

Le cimetière n'était qu'un petit détour sur son itinéraire.

Il était minuit et demi. Thomas emprunta la lampe torche que le docteur Goel gardait dans sa boîte à gants. Les grilles étaient fermées et il dut les escalader ; puis il se laissa tomber de l'autre côté. Il faisait clair à cet endroit, suffisamment proche de la rue pour bénéficier en partie de l'éclairage public, mais plus haut, le centre du vaste cimetière était aussi noir qu'un lac sous les étoiles.

Il alluma sa torche et traversa rapidement le parking, passa devant la chapelle et remonta l'une des allées bien entretenues.

Les tombes les plus récentes se situaient tout au bout. Il n'avait pas besoin de lire les dates sur les pierres tombales : il lui suffisait de voir la Cellophane emballant les bouquets, de sentir le parfum des fleurs et l'odeur de terre fraîchement retournée.

Il lui fallut cinq minutes d'un bon pas pour atteindre l'endroit sinistre où reposait sa mère. Puis il resta planté là, sentant la colère monter en lui alors qu'il fouillait l'herbe du faisceau lumineux de la torche.

La garce.

Elle était là, sous cette terre, raide et silencieuse, comme elle l'avait été la dernière fois qu'il l'avait tenue entre ses bras, comme tous ceux qui étaient enterrés ici. Morte. Partie. Elle n'était plus une personne, elle avait été réduite à l'état de *cadavre*.

Il regarda fixement le sol, puis se mit soudain à crier :

— Sale garce, pourquoi tu es morte, hein ? Pourquoi ?

Il laissa échapper un hurlement :

— *Pourquoi ? Pourquoi ? Pourquoi ?*

Puis il tomba à genoux. La lune était haute dans le ciel, presque pleine, mais il en manquait un morceau. On aurait dit une pièce tordue.

Il pressa son visage dans l'herbe et inspira profondément, essayant de sentir ne serait-ce qu'une trace de Chanel n° 5. Mais il n'y avait que l'herbe et la terre. Il se releva, donna un coup de pied dans le sol, envoyant voler une motte de terre dans l'obscurité.

Tu peux bien rester là, sale garce, pour ce que j'en ai à faire !

Puis, à voix haute, il dit :

— Tu peux rester là toute la nuit, si ça te chante !

Chapitre 35

É mergeant de son rêve, Michael passa immédiatement d'un sommeil profond à la conscience. La peur chassa le rêve qui s'effaçait, tel un roulement de tambour implacable. L'obscurité était assourdissante ; lourde, elle pesait sur lui avec force.

Quelqu'un traversait sa chambre en marchant. Une silhouette indistincte apparut à la fenêtre.

Oh, mon Dieu.

Dans sa confusion, il se rappela une voiture. Il y avait eu une voiture dehors et Amanda avait pris peur…

Amanda ?

Tout lui revenait à présent.

Amanda était chez lui, ils dormaient…

Où était-elle ? Il tendit un bras et sentit les draps vides. La panique le reprit. *Appelle la police. Trouve-toi une arme.*

Un bruit sec et métallique. Des anneaux en cuivre glissant sur une tringle à rideaux. Une bande de lumière vint soudain envelopper la silhouette, tel un fantôme.

Une femme nue. Amanda, qui jetait un coup d'œil par la fenêtre.

Son soulagement sembla avoir pour effet d'éclairer toute la pièce. Michael retint sa respiration et la regarda en silence, saturé de ses odeurs musquées et de sa propre transpiration.

Les rideaux se refermèrent dans un bruissement, pas aussi serrés qu'auparavant, laissant passer un fin rayon orange.

—Il n'y a personne, dit Amanda en se tournant vers lui comme si elle savait qu'il était réveillé.

Elle revint se coucher. Elle avait la chair de poule ; puis ils s'enlacèrent et s'embrassèrent, et restèrent ainsi, allongés sur le côté, leurs visages près l'un de l'autre, partageant le même oreiller. Son souffle sentait la menthe, elle venait probablement de se brosser les dents, pensa-t-il, espérant que son haleine n'était pas trop mauvaise. Il aimait la sensation de sa nudité entre ses bras, pressée contre son propre corps.

—Tu t'inquiètes toujours à cause de cette voiture ? demanda-t-il.

—Ça va. Je… je voulais simplement m'assurer que…

—Ce n'était pas ton ex ?

—Je n'ai pas bien vu, mais je ne pense pas qu'il ressemblait à Brian. Cela dit, je le crois tout à fait capable de m'avoir suivie.

—J'ai des jumelles. Si cette voiture revient, on pourra regarder de plus près.

Elle haussa les sourcils en souriant.

—Alors comme ça, c'est toi, le voyeur du quartier ? C'est à ça que te servent tes jumelles ?

—En fait, je les utilise pour les chevaux.

—Les chevaux ? Tu aimes les courses ? Plat ou saut d'obstacles ?

—Saut d'obstacles. Katy aimait…

Il s'interrompit brusquement, ne voulant pas se laisser entraîner sur ce terrain-là et regrettant immédiatement de l'avoir mentionnée.

Il y eut un bref silence gêné et, sentant cela, Amanda releva avec douceur quelques cheveux tombés sur son front, puis changea de sujet.

—Parle-moi de toi. Tu as des frères ou des sœurs ?

—Un frère, mon aîné de trois ans.

—Qu'est-ce qu'il fait ?

—Il est métallurgiste. Il travaille chez *Boeing*, à Seattle.

—Vous êtes proches ?

—Non, pas vraiment. On s'entend bien quand on se voit, mais on ne se connaît pas si bien que ça – trois ans de différence, ça fait beaucoup quand tu es un gamin.

Elle déposa un baiser, doucement, sur chacun de ses yeux. Il raffermit sa prise sur elle, et elle se colla encore plus contre lui, comme pour le réconforter en silence ; elle fit glisser une de ses mains sur son ventre, laissa ses doigts se perdre dans ses bourses, puis commença, avec une infinie tendresse, à le caresser.

—Tu as toujours tes parents ?

—Oui.

Il inspira brusquement, de plaisir.

—Qu'est-ce qu'ils font ?

Cette femme est incroyable, pensa Michael. Leurs ébats amoureux avaient dépassé tout ce qu'il avait connu. Et maintenant, il se sentait remarquablement apaisé avec elle. Il prit conscience qu'il ne s'était jamais senti aussi à l'aise en compagnie d'un autre être humain. Ni aussi excité.

Je pourrais tomber amoureux de toi, Amanda Capstick. Je pourrais tomber follement, totalement et éperdument amoureux de toi.

—Mon père est à la retraite – il était médecin généraliste à Lymington, près du parc national de New Forest. Ma mère était sa secrétaire.

Il grossissait à vue d'œil dans sa main, et elle continuait à le tourmenter avec ses caresses légères.

—C'est un endroit superbe. C'est là que tu as grandi ?

Il serra les dents.

—Oui.

—À quoi occupe-t-il sa retraite ?

Il retint son souffle. *Tu me rends dingue !*

—Il a quatre-vingt-quatre ans. Il se contente de balades à bord de son petit bateau. Ma mère jardine, joue au bridge et se fait du souci pour moi.

—Ma mère se fait aussi du mouron pour moi, dit-elle. Pour nos parents, nous restons des gosses.

—Oui. Ça ne change qu'à la fin, quand eux-mêmes retombent en enfance. (Il lui caressa les cheveux.) Parle-moi de tes parents.

—Mon père était un artiste – un peintre. Il a abandonné ma mère quand j'avais sept ans, parce qu'il avait envie d'aller chercher la sagesse au sommet d'une montagne en Inde. Une fois là-bas, il a eu un accident de moto et il est mort de septicémie dans un hôpital de Delhi.

—Je suis désolé.

—Je le connaissais à peine, il n'était presque jamais à la maison, même quand ils étaient ensemble. Quant à ma mère… Elle est cinglée. (Amanda sourit.) Gentiment cinglée, elle est adorable, mais elle a toujours été excentrique – un peu bohème. Elle vit à Brighton, et à cinquante-quatre ans, elle n'a toujours pas décidé ce qu'elle veut faire de sa vie.

—Elle s'est remariée?

—Non, elle a eu une succession d'amants, des artistes, des acteurs ou des écrivains ratés pour la plupart. Elle-même était graphiste de formation, mais elle a toujours été un peu touche-à-tout. En ce moment, elle s'intéresse au *feng shui*. De grosses sociétés la payent une fortune pour changer la disposition des meubles dans leurs bureaux.

—Et qu'est-ce que tu penses du *feng shui* chez moi?

—Je pense qu'elle approuverait la partie séjour.

—Je suis soulagé.

—Tu l'aimerais. Tout le monde l'adore.

Elle hésita, avant d'ajouter:

—Je pense que tu lui plairais beaucoup.

Il y eut un nouveau silence, mais cette fois il s'agissait d'un espace paisible et décontracté qu'ils s'étaient aménagé. Michael était allongé, immobile, à peine capable de croire à la réalité de ce moment, qu'Amanda Capstick était là, nue entre ses bras, serrée contre son érection, son souffle chaud et mentholé sur son visage.

—Et Brian, tu as peur de lui? demanda-t-il. Il est violent?

Tandis qu'il parlait, il passa sa main sur le plat de son ventre, puis avec ses doigts il commença à lui chatouiller les poils pubiens.

—Il a un sale caractère, mais je le vois mal débarquer ici à 3 heures avec une pioche – ce n'est pas son style.

—Ça ne me dérange pas, dit Michael. Une fois, un patient m'a attaqué avec une hache.

—Pourquoi? Qu'est-ce qui s'est passé?

Il avait de nouveau envie de lui faire l'amour.

—Plus tard.

—Non, je veux savoir *maintenant*!

Elle le serra fort et il souffla en riant, puis il l'embrassa sur le front.

—D'accord! J'avais été appelé comme témoin, en tant qu'expert, dans une affaire de garde d'enfant. J'ai dit à la cour que la santé mentale de la mère la rendait incapable de s'occuper de ses enfants. Un an plus tard, elle m'attendait sur le parking de l'hôpital avec une hache de bûcheron.

—Elle t'a frappé?

—Elle a essayé de me couper la jambe, mais heureusement elle n'a touché que ma serviette. Ensuite, j'ai réussi à la désarmer.

—Je ne savais pas que la psychiatrie était un sport de contact, dit-elle.

Michael sourit.

—Moi non plus, quand j'ai commencé mes études.

Elle resta silencieuse pendant un moment, puis elle reprit :

— Pourquoi avoir choisi la psychiatrie ? C'est ce que tu as toujours voulu faire ?

C'était une question qu'on lui posait souvent.

— Quand j'étais enfant, j'ai toujours été intéressé par ce qui touchait à la biologie – peut-être en partie parce que mon père était médecin. J'ai fait une licence de psychologie, puis j'ai compris que la psychiatrie avait bien plus à voir avec la biologie. Je me suis toujours intéressé aux gens, à ce qui se passe dans notre tête. La psychiatrie est la combinaison naturelle des deux. Je souhaiterais seulement qu'elle ait une meilleure image auprès du grand public.

Il lui lança un regard narquois.

— Je pense qu'elle a une bonne image, dit-elle. En fait, plus le temps passe, plus les psychiatres m'impressionnent.

— Et pourtant nous nous situons tout en bas de la chaîne alimentaire en médecine. Nous sommes le dernier recours des généralistes, quand tout a échoué – peut-être un cran au-dessus des charlatans vendeurs de remèdes miracles.

— Tu m'en veux, pour ce que je t'ai dit à propos du documentaire ?

— Tu connais ce proverbe qui dit : « Celui dont tu tiens les couilles entre tes mains, son cœur et son esprit tu soumettras ? » chuchota-t-il.

Leurs regards se croisèrent de nouveau et, en guise de réponse, elle glissa la tête sous les draps, prit ses couilles dans sa bouche et referma ses lèvres dessus.

Puis elle se mit à fredonner.

Chapitre 36

— **O**uvre ton cadeau! (Elle ne tenait pas en place non plus. Des paillettes du soleil d'avril s'élançaient comme des poissons dans les profondeurs de ses yeux émeraude.) Allez, qu'est-ce que tu attends, Tom-Tom, ouvre-le! Joyeux anniversaire!

Elle était encore plus excitée que lui!

Il entendit le frou-frou de sa robe de chambre en soie alors qu'elle s'asseyait, une cigarette Peter Stuyvesant se consumant dans le cendrier, sa blonde chevelure frémissante. Elle était penchée vers lui.

Le cadeau lui était destiné, mais il savait combien il était important pour elle qu'il l'apprécie. *Il devait lui plaire, elle l'en implorait!* Et il savait qu'il connaîtrait sa colère s'il ne l'aimait pas.

Thomas portait toujours son plus beau costume le jour de son anniversaire, avec une cravate, une chemise unie et des chaussures noires. Il était assis, dans ces vêtements, à la grande table du petit déjeuner, dans la pièce qui donnait sur le jardin, isolée des voisins par de grands arbres, des buissons et des arbustes épais et impeccablement entretenus.

Il aimait bien passer du temps là-dehors, mais sa mère ne l'y autorisait que rarement. Elle lui avait expliqué à de nombreuses reprises les dangers qui le guettaient. Des gens méchants pouvaient se cacher parmi les arbustes et attendre la bonne occasion pour l'enlever et le garder pour toujours. La lumière du soleil attaquait la peau humaine. L'air de

Londres était malsain. Il y avait des insectes qui mordaient ou piquaient, des déjections animales qui pouvaient le rendre aveugle. Des choses horribles tombaient des avions, quand les passagers tiraient la chasse dans les cabinets.

Il y avait une salle de sport et un sauna au sous-sol, où ils faisaient de l'exercice ensemble, tous les jours. Il n'y avait aucun besoin d'aller à l'extérieur, sauf pour des visites particulières, comme aujourd'hui, où ils avaient prévu de se rendre au Science Museum. Seuls les défavorisés et les gens qui avaient de mauvaises intentions sortaient quand ce n'était pas nécessaire. Et seuls les enfants qui étaient méchants, ou que leur maman et leur papa n'aimaient pas, étaient envoyés à l'école, où ils devaient apprendre dans des classes avec de nombreux autres enfants, au lieu d'avoir un tuteur comme M. Goodwin, qui venait lui donner des cours particuliers tous les jours.

Sous la direction de sa mère, Thomas priait tous les soirs, afin de rendre grâce à Dieu d'avoir fait de lui quelqu'un de normal et de lui avoir donné une mère qui l'aimait. Et il priait aussi pour que Dieu l'aide à trouver chaque jour de nouvelles raisons d'aimer sa mère.

Il y avait trois cartes sur la table du petit déjeuner. L'une était de grand-mère Lamark et montrait un éléphant tenant un ballon à l'aide de sa trompe ; un billet de 10 livres était attaché à l'intérieur. La deuxième avait été envoyée par sa tante Stella, qui avait ajouté un bon d'achat de 5 livres valable dans toutes les bonnes librairies. Sur le devant de la carte, le chiffre « 6 » était écrit en grands caractères avec, en dessous, le mot « AUJOURD'HUI ! »

Il ne savait pas que les autres enfants recevaient des jouets le jour de leur anniversaire. Personne ne le lui avait jamais dit, et il n'avait aucun moyen de le découvrir ; les livres auxquels on lui donnait accès ne parlaient pas de jouets ou d'anniversaires.

Il ne savait pas non plus que le personnel employé par sa mère – la cuisinière (Mme Janner), la bonne (Elvira), la femme de chambre (Irma), le majordome (Dunning), la secrétaire (Enid Deterding), le chauffeur (Lennie), le jardinier (Lambourne) et son précepteur (M. Goodwin) – avait reçu l'interdiction formelle de lui donner des cartes et des cadeaux. La même règle valait pour Noël.

Il y eut un petit bruit sec à la porte et Thomas se retourna. Dunning, un homme âgé et raffiné, en frac, les cheveux aussi lisses qu'une peau de phoque, attendait avec empressement. Quand on lui en donna le signal, il s'adressa à Thomas.

— Bonjour, monsieur Thomas. Je vous souhaite un joyeux anniversaire.

— Merci, Dunning, répondit-il.

Puis le majordome se retourna vers sa mère.

— Dois-je servir, madame ?

— Ton petit déjeuner d'anniversaire, Tom-Tom, tu es content ? demanda sa mère.

Il hocha la tête. Et comment ! Du porridge, du bacon, des œufs, des tomates, de la saucisse, des haricots au lard, du pain grillé, de la marmelade d'orange ! Le petit déjeuner auquel il avait droit quand il avait été particulièrement sage et qu'il n'était pas obligé de manger le muesli fade, celui qui venait de Suisse, avec un vieux monsieur à lunettes sur l'emballage.

— Qu'est-ce qui t'excite le plus : ton cadeau ou ton petit déjeuner ?

Thomas hésita. S'il donnait la mauvaise réponse, il risquait de perdre les deux.

— Mon cadeau, fit-il d'une voix pleine d'espoir.

La joie sur le visage de sa mère ! Il eut un sourire radieux. La journée s'annonçait merveilleuse !

— Devine, Tom-Tom ! Devine ce que c'est !

Le paquet mesurait environ soixante centimètres de côté sur un peu plus de cinq centimètres d'épaisseur ; il était emballé dans du papier crème avec un ruban bleu. Lourd. Il le tourna entre ses mains. Dur et lourd.

Non, il n'avait pas d'idée. Il avait beau se creuser la tête. Pas la moindre idée !

Il se demanda ce qui pouvait tenir dans une boîte aussi plate. Ça lui rappelait le Meccano qu'elle lui avait offert pour Noël ; la boîte pesait lourd et était plate, elle aussi. Dans le manuel qui accompagnait le jeu, il avait trouvé les instructions pour assembler un pont tournant. Il avait préféré construire une cage. Il capturait des araignées et les enfermait dans la cage pour voir combien de temps elles pouvaient survivre sans nourriture et sans eau. Parfois, elles tenaient longtemps.

Peut-être que c'était encore du Meccano.

Espérant avoir vu juste, il dénoua le ruban et le laissa tomber.

— Ne déchire pas le papier, Tom-Tom, il ne faut rien gaspiller.

— Non, maman.

Il défit l'emballage, prenant même soin de ne pas ajouter de plis, et découvrit enfin son cadeau.

C'était une photo dans un cadre en argent. Sa mère, en robe longue et gants noirs, en train de parler à une autre femme, elle aussi en robe longue et gants noirs.

— C'est la princesse Margaret ! Quel merveilleux cadeau, n'est-ce pas, Tom-Tom ?

Il ne dit rien.

— J'ai pensé que tu pourrais l'accrocher au mur, en face de ton lit, pour le voir à ton réveil. Qu'est-ce que tu en dis ?

Thomas baissa les yeux sur la table, voulant lui épargner sa déception.

— Ç'a été pris lors de cette première dont je t'ai parlé, organisée pour collecter des fonds au profit d'Oxfam, pour aider les enfants qui ont moins de chance que toi. C'était avant ta naissance. La princesse Margaret m'a dit qu'elle adorait mes films! Tu aimerais rencontrer une princesse, un jour?

Thomas n'était même pas sûr de savoir ce qu'était une princesse.

—Oui.

—Alors, tu devras être sage très longtemps. Les princesses ne viennent pas voir les gens méchants. Tu ne regardes pas ton cadeau. Tu es sûr qu'il te plaît?

Thomas le regarda et hocha la tête.

—La princesse m'en a voulu quand j'ai abandonné ma carrière pour t'avoir, Tom-Tom, parce qu'elle ne me verrait plus dans de nouveaux films. Elle m'a demandé si tu étais sensible au sacrifice que j'avais fait, et je lui ai répondu que tu étais un fils formidable et reconnaissant. J'ai eu raison de lui dire ça, n'est-ce pas, Tom-Tom? (Il hocha la tête.) Tu comprends ce que j'ai sacrifié pour toi, Tom-Tom?

À peine un souffle :

—Oui.

Sa mère prit la photo, la retourna et l'étudia attentivement.

—C'était il y a sept ans. Suis-je encore aussi belle aujourd'hui? demanda-t-elle avec une pointe de désespoir dans la voix.

De la voir triste lui fit oublier sa propre déception. Il ne supportait pas quand sa mère était malheureuse.

—Tu es encore plus belle aujourd'hui, dit-il.

Elle lui tendit une main qui sentait la bonne odeur de pin de son savon. Il la saisit dans la sienne, petite, et l'embrassa.

—Je suis contente que ton cadeau te plaise, dit-elle.

Puis elle sourit.

Il lui sourit à son tour et serra sa main. Enfin heureux.

CHAPITRE 37

I l se sentait bien plus calme à présent. Il y avait de la poussière sur la photo. Thomas l'essuya avec un chiffon, puis il fit un pas en arrière. Sa mère, parlant à la princesse Margaret. Une photographie de sa mère parmi les dizaines que comptait son bureau. Celle-là, il ne l'avait pas regardée depuis longtemps.

Depuis combien de temps ?

Quand avait-elle été prise ? À quelle occasion ?

Sa mémoire lui faisait de nouveau faux bond, comme si quelqu'un s'amusait à en arracher des pages au hasard. Mais jamais le bric-à-brac inutile : il était capable de se souvenir, avec une précision inouïe, des cartes-mères de tous les ordinateurs qu'il avait possédés – chaque puce, contacteur, fil, écrou, boulon, soudure. Un ramassis d'informations totalement superflues. Alors que des choses vraiment importantes lui échappaient. Comme ce journaliste, Justin Flowering, qui était pourtant son invité et dépendait de son hospitalité, de ses soins et de son attention : hier, il l'avait complètement oublié, ne lui avait apporté ni eau ni nourriture.

Un des murs était tapissé, du sol au plafond, de livres sur la science, la médecine et la technologie, les autres murs étaient réservés aux photos de sa mère.

Il y avait un microscope puissant sur son bureau et un tas de lames porte-objet en verre contenant des cellules préservées, d'origine animale et humaine. Il aimait étudier les complexités de la vie ; un jour, peut-être qu'il se mettrait à la recherche en biologie. Darwin ne lui convenait pas. Il préférait son homonyme, Karl Lamarck. Un jour, il y viendrait. Il aimait la méthodologie de la recherche. Les heures, les jours, les mois, les années d'observation, d'expériences, de patience.

L'ordre.

À l'étage inférieur, dans la cuisine, le four à micro-ondes sonna.

Il avança jusqu'à la fenêtre, grand et fier, seul maître chez lui à présent, et jeta un coup d'œil entre les rideaux qu'il maintenait tirés en permanence afin d'empêcher les molécules de merde et d'urine qui tombaient des avions d'entrer dans sa chambre. L'aube chassait peu à peu l'obscurité. Il entendit un taxi passer dans un bruit de ferraille, vit les feux arrière derrière les grilles.

Dimanche.

Alors, on se détend aujourd'hui, docteur Tennent ? On se la coule douce ? On baise l'autre traînée ?

Un autre cliché de sa mère attira son regard, l'un de ses préférés. Allongée sur un divan dans un négligé, le haut des seins bien visible, elle buvait un verre de champagne, un long fume-cigarette à la main. Elle riait.

Il essaya de se rappeler la dernière fois où ils avaient ri ensemble, mais cette page avait été définitivement arrachée de sa mémoire.

Il avait les lèvres sèches. Il avait besoin d'un verre d'eau. Il se demanda s'il faisait sec dans la tombe.

À la cuisine, il sortit la pizza San Marco jambon fumé--champignons du four. Il regarda d'un œil méfiant les petits morceaux rouges racornis, incrustés dans le fromage fondu à la surface. Ils ressemblaient à des peaux de tomates séchées qu'il avait vues dans du vomi.

Il la porta à son nez – elle sentait plutôt bon. Cela faisait longtemps qu'il n'avait rien mangé ou bu. Il n'avait rien pris pendant les douze heures précédant le début de sa surveillance de la maison du docteur Tennent, afin d'éviter d'avoir à faire une pause pour satisfaire des fonctions corporelles.

«NE RIEN ADMINISTRER PAR VOIX ORALE». C'était l'écriteau qu'on accrochait parfois au pied du lit de certains patients à l'hôpital, à l'époque où il faisait ses études de médecine. Une fois, il avait réussi à laisser l'écriteau sur le lit d'un vieux grincheux pendant cinq jours et personne ne s'était posé de question.

Sur le mur de la cuisine, une horloge électrique marquait le passage du temps par un petit bruit sec toutes les secondes. Le réfrigérateur et les congélateurs ronronnaient. Le bruit dans cette pièce résonnait comme un nid de guêpes à l'intérieur de son crâne. L'une des ampoules au néon avait sauté et avait besoin d'être remplacée. Le lave-vaisselle n'avait pas été vidé – il ne se souvenait pas de l'avoir rempli, mais la LED signalant la fin d'un cycle était allumée. Des assiettes sales s'empilaient dans l'évier et sur les égouttoirs. Il ne se rappelait pas les avoir posées là – une autre page arrachée.

Il coupa la pizza en quatre parts, en mit une sur un plateau en plastique, avec une carafe d'eau, puis il descendit à la salle de gym, alluma la lumière et se dirigea vers le sauna.

En ouvrant la porte, il fut accueilli par une bouffée de chaleur et la puanteur des excréments. Justin Flowering, toujours vêtu du même costume et de la cravate hideuse qu'il avait portés lors de l'enterrement de sa mère, était couvert de taches de sang séché ; il était dans la position où il l'avait laissé, entravé aux bras, au ventre, aux cuisses et aux chevilles.

Il avait les yeux fermés, le visage émacié, la peau cireuse. Ses cheveux étaient emmêlés et il avait perdu beaucoup de poids.

—Je vous ai apporté de la pizza, Justin, et de l'eau aussi.

Aucune réaction.

Thomas posa le plateau, examina brièvement le moignon noirci et cautérisé au bout du bras droit du journaliste, puis le compara avec le moignon au bout du bras gauche. Tous deux cicatrisaient bien et il s'en réjouissait. Pas de signe de gangrène.

— La guérison est en bonne voie, Justin ! dit-il.

Puis il prit le pouls du jeune homme. Faible. Il avait la peau moite. Il se redressa, se demandant s'il ne ferait pas mieux de le mettre sous perfusion saline et de lui redonner des forces. Peut-être qu'à l'issue de son séjour ici, il deviendrait un meilleur journaliste.

Mais c'était une source de distraction. Thomas ne devait pas perdre cela de vue. Justin Flowering était une source de distraction. Il ne pouvait pas permettre à son bon cœur de lui dicter sa conduite.

J'aimerais vraiment avoir le temps de faire de vous un meilleur journaliste, Justin, mais c'est impossible, il y a trop de complications. Je vais devoir me débarrasser de vous. Je suis navré.

Il remonta dans son bureau et prit une seringue hypodermique dans un tiroir. Puis il retourna dans la cuisine et sortit un flacon de curare du réfrigérateur. Il n'avait aucune difficulté à se procurer des fournitures médicales. Sur son ordinateur, il imprimait de fausses ordonnances copiées sur celles de son propre médecin, et il les complétait à la main. Aucun problème.

De retour au sous-sol, il injecta une quantité suffisante de curare dans une veine du poignet du journaliste, puis il s'assit à côté de lui, sur les lattes en pin du sauna, et patienta.

Au bout de quelques instants, Justin ouvrit les yeux, en état de choc. Il tremblait. Il luttait pour respirer. Il entrouvrit à peine ses lèvres gercées, toujours reliées par un filet de salive.

Thomas le regarda droit dans les yeux, en proie à des émotions contradictoires.

— Vous voilà de retour parmi nous, Justin ! dit-il, sur un ton qu'il voulait encourageant, espérant offrir à cette créature un peu de bonté pour accompagner ses derniers instants.

La respiration du journaliste devint sifflante. Son visage commençait à foncer, les tons de sa peau virant au bleu. Son corps tout entier vibrait.

— Je suis là, Justin, dit Thomas, lui prenant le poignet. Je suis là.

Justin Flowering trembla fort pendant deux bonnes minutes, les yeux saillants, émettant de petits bruits quelque part au plus profond de sa gorge. Puis il devint silencieux. Thomas continua à lui tenir le poignet, attendant que soixante secondes se soient écoulées sans manifestation d'un pouls.

À présent, il lui fallait amener le journaliste jusqu'à sa dernière demeure, au côté de Tina Mackay. C'était la partie la plus désagréable. Il n'y prenait vraiment aucun plaisir, mais il devait le faire maintenant, avant qu'il oublie, avant que le jeune homme commence à sentir mauvais.

Mais d'abord, il remonta le plateau à la cuisine. Sa mère lui avait appris à ne jamais gaspiller la nourriture.

Trois heures plus tard, épuisé, mais rendu euphorique par sa capacité à gérer pareille situation, Thomas emporta le reste de pizza dans la chambre de sa mère. Il entra (*Plus besoin de frapper !* pensa-t-il), s'assit sur le lit, puis s'allongea, gardant volontairement ses chaussures, et plaça le plateau en équilibre sur ses genoux.

Il contempla son reflet dans le miroir du ciel de lit. Et sur le mur d'en face. Et sur les murs des côtés. Les odeurs de sa mère s'élevèrent des oreillers et se mélangèrent à la pizza. Il souleva une des parts et le fromage fondu s'en écoula, telle une coulée de lave. Des miettes tombèrent sur les draps. Il lança un sourire de défi à son reflet. Puis il ferma les yeux et essaya d'évoquer le visage de sa mère. À la place, il vit la perruque bon marché et la toison pubienne complètement noire de l'autre femme, Divina.

J'espère que tu es en train de regarder, maman!

J'espère que tu me vois, étendu sur ton lit, en train de mettre des miettes partout et de penser à d'autres femmes!

Et j'espère que ça te met vraiment en rogne.

Ses mains sentaient le caoutchouc et il se dégageait une désagréable odeur de désinfectant de ses vêtements et de ses cheveux. Il avait mis une combinaison de protection, mais la puanteur du Jeyes Fluid avait traversé. Et le fluide de thanatopraxie. Il n'avait pas l'habitude des tâches ménagères, mais cela devait être fait, en particulier quand vous aviez des invités.

Je dois remplacer une ampoule au néon à la cuisine.

Sa mère dictait une liste chaque semaine. Dunning ou un autre domestique sortait faire les courses. Mais ces dernières années, depuis qu'ils n'étaient plus que tous les deux, il avait pris le relais.

Il aimait bien faire les courses. Il prenait plaisir à voir en vrai les choses que lui montrait la publicité à la télévision. On pouvait donc les acheter! Encore aujourd'hui, il se sentait parcouru par un frisson coupable quand il prenait dans un rayon un article qu'il avait vu à la télévision quelques heures plus tôt!

Il essaya de se rappeler la liste hebdomadaire des tâches à accomplir. La page était toujours là, mais elle n'était pas aussi claire que les cartes à circuits imprimés des ordinateurs.

Tondre le gazon.

Passer l'aspirateur sur les tapis.

Faire la vaisselle.

Faire la lessive.

Nourrir les poissons.

Il n'avait pas oublié qu'il devait leur donner à manger, mais il s'était trouvé à court de nourriture pour eux. De toute façon, il ne comprenait pas pourquoi ils gardaient des poissons d'ornement dans le bassin du jardin. Sa mère ne sortait jamais, elle ne les voyait donc jamais. Pourquoi en avoir, alors ?

Acheter de la nourriture pour poisson.

Il va y avoir pas mal de changements ici, dès que... (Ses pensées s'interrompirent brusquement, comme si elles venaient d'arriver devant un feu rouge. Il attendit qu'il passe au vert, puis il reprit.) *Dès que...*

Il s'arrêta de nouveau. Il avait perdu le fil. Il essayait de se souvenir de la puissance en watts de l'ampoule au néon qu'il lui fallait pour la cuisine.

Il essayait de se concentrer sur la liste. La liste était importante. Il devait faire le ménage et mettre de l'ordre dans la maison. Il attendait un nouvel invité pour bientôt.

Seule la pièce savait exactement quand il arriverait.

Mais il sentait que c'était pour ce soir.

CHAPITRE 38

— **Q**uarante-cinq, dit Amanda.

Le grondement et l'écho des haut-parleurs noyèrent la réponse de Michael.

— Je ne t'ai pas entendu! cria-t-elle.

Le soleil tapait dur. Un nuage de poussière flottait au-dessus d'eux, leur piquant les yeux. Puis les pots d'échappement de la quinzaine de conduites intérieures aux couleurs criardes et aux moteurs surgonflés leur secouèrent les tympans aussi sûrement qu'un tremblement de terre. La foule, qui s'était ouverte comme une éponge, se referma sur eux, les pressant de tous côtés. Michael tendit le cou, mais jusqu'à présent, il ne voyait que la piste vide. Ça sentait l'essence et les oignons frits.

— Alors Brian a seize ans de plus que toi, dit-il.

Elle mit les mains en porte-voix et lui dit à l'oreille :

— Peut-être que je préfère les hommes mûrs !

Il la regarda et sourit. Elle plaisantait, mais c'était probablement vrai. Après que son père avait quitté la maison, sa mère avait collectionné les aventures avec des artistes ratés. Elle avait seulement une sœur et n'avait donc eu aucune figure masculine envers laquelle éprouver du respect durant toute son enfance. Avec son ex, Brian, elle avait clairement trouvé quelqu'un pour jouer le rôle du père. Et maintenant, avec lui, peut-être aussi.

La voix du commentateur tonna dans les haut-parleurs :

— On n'attend plus que la voiture 12.

Puis, plus sur le ton de la conversation, il ajouta :

— Ça fait vraiment plaisir de revoir Dave Spall, dans la voiture 302, pour sa première course depuis cinq ans. La voiture 12 est prête. On va enfin pouvoir donner le départ du Len Wardle Memorial Trophy.

Michael vit un reflet métallique. Une voiture de sécurité d'un rouge étincelant passa devant lui, suivie par quinze stock-cars en formation serrée mais désordonnée, tel un banc de poisson.

Le visage d'Amanda rayonnait d'excitation.

— Vas-y, Dave Spall ! cria-t-elle. Allez, la 302 !

Michael, inquiet à présent, tendit le cou par-dessus la foule, s'efforçant de voir à travers le grillage, essayant de déterminer la position de la Toyota jaune de Dave Spall. Trois voitures jaunes étaient engagées dans la course et il avait du mal à distinguer celle de son patient.

Il traitait Dave Spall depuis quatre ans. L'ancien champion d'Angleterre de stock-car, qui travaillait comme ingénieur en mécanique dans le civil, avait fait une dépression suite à un accident insolite survenu cinq ans plus tôt, lors d'une de ces courses au cours desquelles les voitures sont délibérément détruites. Les fixations de la ceinture de sécurité d'un autre concurrent avaient cédé et il avait été projeté à travers le pare-brise, directement sous les roues du bolide de Dave Spall. Il avait été tué sur le coup – un débutant d'à peine dix-sept ans.

Quand on l'avait envoyé à Michael, Dave Spall n'était même plus capable de rouler sur des routes ouvertes au public. Lentement, Michael l'avait ramené à la normalité et, aujourd'hui, Dave reprenait le chemin des circuits. Il avait demandé à Michael d'être là. Sa présence dans les tribunes lui donnerait plus d'assurance.

Michael aimait bien Dave Spall et il avait été touché par sa demande. Amanda avait immédiatement accepté de se joindre à lui. Eastbourne, où avait lieu la course, se trouvait à moins d'une demi-heure de route de chez sa sœur, où elle devait se rendre plus tard dans l'après-midi pour fêter le quatrième anniversaire de sa nièce, Leonora.

Quand la voiture de sécurité atteignit la ligne de départ et prit la voie de sortie, l'enfer se déchaîna derrière elle. Deux voitures entrèrent en collision au premier virage ; l'une tourna sur elle-même, une troisième la heurta sur le côté et fut méchamment emboutie à l'arrière par une quatrième. Dave Spall fit une embardée pour les éviter et occupait la cinquième position à l'issue du premier tour.

Amanda serra fébrilement la main de Michael ; ce dernier en fit autant avec la sienne. Cette toute petite communion avec elle, sous le soleil impitoyable, au milieu des vrombissements des moteurs et des cris, lui procurait une sensation incroyable. Elle était tellement belle dans son jean tout simple et son tee-shirt blanc ! Il savourait avec fierté chacun des regards admiratifs que lui lançaient les autres hommes.

Dave Spall se maintint à la cinquième place durant le deuxième et le troisième tour. Il s'en tirait bien. Michael le vit bouger la tête et se demanda s'il essayait de le repérer dans le brouillard des visages.

Concentrez-vous, Dave, tournez autour de cette piste. N'essayez pas de gagner, mais de finir !

Au cours du quatrième tour, une voiture essaya de dépasser Spall dans un virage ; arrivant de l'extérieur, elle s'aligna à sa hauteur et le poussa en direction de la barrière. Michael sentit les doigts d'Amanda s'enfoncer dans sa chair. Elle l'avait accompagné au paddock et avait serré la main de Dave Spall, avant de le bombarder de questions techniques sur sa voiture. Michael, qui n'y connaissait pas grand-chose, n'en revenait toujours pas.

Les deux voitures restèrent l'une contre l'autre sur toute la longueur de la piste puis, au grand soulagement de Michael, Spall ralentit et laissa passer l'autre. La pression des doigts d'Amanda se relâcha.

Michael se tourna vers elle et elle lui lança un sourire d'encouragement.

— Détends-toi, il va y arriver !

Elle avait raison. Il termina en sixième position, et intact. Traversant la foule, ils se hâtèrent vers le paddock où Spall accueillit Michael en le traitant de binoclard de génie et en le serrant dans ses bras avec une bise sur chaque joue pour faire bonne mesure. Puis il embrassa Amanda et demanda à Michael pourquoi les psychiatres attiraient toujours les plus belles nanas, et il dit à Amanda que, si elle cherchait un job de mécano, sa porte était grande ouverte ; ensuite, il passa les dix minutes suivantes à débattre avec elle des mérites respectifs des compresseurs et des turbocompresseurs.

Ils quittèrent le paddock avant le début de la dernière course. Amanda voulait éviter les embouteillages – elle était déjà en retard pour l'anniversaire de sa nièce. Alors qu'ils se dirigeaient vers le parking, bras dessus bras dessous, Michael dit :

— Tes connaissances en mécanique m'impressionnent vraiment. Où as-tu appris tout ça ?

Elle eut un haussement d'épaules à peine perceptible que Michael trouva attachant. Il avait remarqué qu'elle réagissait toujours ainsi quand il lui faisait un compliment, comme s'il lui était difficile de les accepter.

— Brian était un dingue des voitures. Il n'arrêtait pas de me traîner à des courses, ou je me retrouvais coincée à ces dîners avec d'autres hommes qui ne m'adressaient pas la parole parce qu'ils n'avaient qu'un seul sujet de conversation : les bagnoles. J'ai décidé que j'en avais assez de jouer les potiches, alors j'ai appris tout ce que je pouvais sur la question.

Michael secoua la tête, avec un grand sourire.

—Tu es stupéfiante! Vraiment!

Elle eut le même haussement d'épaules discret.

—En fait, les moteurs sont vraiment intéressants, quand on commence à creuser un peu le sujet.

Elle était pleine de surprises. Toutes les cinq minutes, il avait l'impression de découvrir quelque chose de nouveau qu'il aimait chez elle. Ils s'arrêtèrent et se prirent par la taille. Le ciel tout entier dansait dans ses yeux. Le cœur de Michael était rempli de désir : il se demanda s'il était possible pour un être humain de se sentir plus heureux qu'il l'était à cet instant précis.

Il avait envie de le lui dire sans attendre. *Amanda Capstick, je vous aime.*

Il dut se faire violence pour ravaler ces mots. C'était trop tôt. Même après leur fantastique nuit d'amour – quatre fois! Ils l'avaient fait quatre fois! –, c'était trop tôt. Il ne voulait pas l'effaroucher.

Il se sentait si heureux que ça l'effrayait un peu aussi.

Et alors qu'il regardait Amanda s'éloigner au volant de sa petite Alfa rouge, ses pneus soulevant des nuages de poussière, agitant gaiement la main, si fragile, il eut brusquement peur que quelque chose lui arrive et l'arrache à son bonheur, une fois de plus, comme à la mort de Katy.

Comme pour refléter son changement d'humeur, un nuage vint masquer le soleil, telle une bâche.

CHAPITRE 39

Le dimanche 27 juillet 1997.

*A*manda Capstick avait un chien appelé Ollie.
Adorable.
Il y a une photo en couleurs d'Ollie sur son site web. Un cocker brun, assis sur une plage de galets, la langue pendante.

Il a probablement chié sur la plage et un gosse de huit ans a mis son doigt dedans et se l'est collé dans l'œil et a attrapé un ascaris qui infecte la rétine, causant inflammation, granulation et dommages permanents.

Mais Amanda Capstick s'en moque. Une femme assez vulgaire pour se laisser pénétrer par le docteur Michael Tennent n'est pas du genre à se soucier des enfants aveugles.

Quelques paroles pleines de sagesse, pour vous, docteur Tennent. De la part d'un poète qui n'utilise pas les majuscules, e.e. cummings.

> « *be of love (a little) more careful*
> *than of anything* [1] »

Je suppose que vous pourriez vous demander pourquoi je m'inquiète de votre bien-être, docteur Tennent, pourquoi votre

---

1.. « plus qu'en tout autre domaine, en amour, sois prudent »
Extrait d'un poème de e.e. cummings.

liaison avec une femme qui met des photos de son chien mort sur Internet me met mal à l'aise.

« Si vis pacem, para bellum. » *Si tu veux la paix, prépare la guerre.*

Vous êtes médecin, alors vous comprenez probablement le latin. Ce sont les paroles de Jules César. Êtes-vous prêt pour la guerre, docteur Michael Tennent ?

Jules César a tué deux millions de Gaulois pendant sa conquête de la France. Aujourd'hui, c'est un chef de guerre respecté. Qu'est-ce que ça vous apprend sur l'humanité, docteur Tennent ? Cela vous aide-t-il à mieux appréhender la condition humaine ? Puisez-vous dans un tel réservoir de savoir ? L'avez-vous fait quand vous avez reçu ma mère en consultation ? Quand vous l'avez appelée, après, et lui avez laissé votre message sur son répondeur ?

« Je crains de vous avoir inquiétée ce matin. Je pense qu'il serait utile que nous ayons une rapide conversation à ce sujet au téléphone. »

C'est mon tour à présent, docteur Michael Tennent. Je crains de devoir vous inquiéter. Et pour cela, je vais avoir besoin, entre autres, d'une punaise.

Il y a quelques jours, j'ai écrit dans ce journal que j'allais tout expliquer à propos de la punaise. C'est vraiment très simple. En tant que professionnel de la médecine, vous connaissez le curare et ses propriétés. Extrait d'une plante trouvée dans la jungle par les Sud-Amérindiens, qui en enduisent la pointe de leurs flèches. Le poison provoque une paralysie presque instantanée chez ses victimes. Quand les muscles respiratoires sont touchés, la cyanose s'installe et on constate une coloration bleuâtre de la peau résultant d'un manque d'oxygénation de l'organisme. La victime peut expirer, mais pas inspirer. C'est l'asphyxie – mortelle.

La nature a sa propre élégance. Prenez les équations mathématiques : le théorème de Gödel est singulièrement élégant. Celui de Pythagore aussi. En science, il y a des expériences élégantes, des solutions élégantes. J'ai conçu une punaise particulière : j'ai soigneusement coupé l'aiguille d'une seringue hypodermique pour n'en garder qu'une soixantaine de millimètres, puis je l'ai fixée à une petite poire en caoutchouc. J'attache la punaise ainsi obtenue au creux de ma main avec un adhésif léger, puis je remplis la poire de curare.

Peut-on imaginer quelque chose de plus élégant que de serrer la main de sa victime ?

Si le poison est soigneusement dosé et injecté de façon sous-cutanée, les muscles respiratoires seront parmi les moins affectés. Mais en cas de besoin, comme je l'ai déjà fait auparavant, je prendrai un respirateur avec moi dans la fourgonnette blanche. Et ça m'évitera aussi d'avoir à effectuer un massage cardio-pulmonaire.

Je dois me montrer très prudent. Après tout, une vie est en jeu.

Ce serait une réelle tragédie, si la mort venait trop vite.

Chapitre 40

Un immeuble long, à un étage, aux murs de crépi gris ; le côté, une entrée assez large pour une ambulance ou un petit camion. Deux piliers avec des grilles en fer forgé ouvertes, et un parking goudronné, séparent le bâtiment d'un carrefour giratoire qui accueille dans son circuit embouteillé la circulation d'un viaduc victorien crasseux et d'une grande surface *J. Sainsbury's*. À côté des piliers en brique, un panneau annonce sobrement : « MORGUE DE BRIGHTON & HOVE ».

La pluie contribue à la tristesse ambiante, mais même par grand beau temps, cet endroit est sinistre.

Glen Branson n'avait jamais eu peur des fantômes ; pour lui, les vivants étaient dangereux, pas les morts. Normalement, les cadavres humains ne posaient aucun problème à l'inspecteur, mais le corps étendu sur la table en acier, sous la lumière éblouissante des quatre énormes lampes fluorescentes, n'était pas celui de n'importe qui.

Cora Burstridge avait peut-être souhaité en son temps que les projecteurs soient braqués sur elle, mais ces lampes, pendues au plafond par de lourdes chaînes, ne la mettaient pas en valeur. Cette pièce froide, avec ses rigoles d'écoulement, ses murs au carrelage gris avec des protections de couleur violette sur les prises de courant, les éviers et le plan de travail en acier inoxydable sur lequel était posée une collection d'instruments chirurgicaux et une scie rotative… c'était l'indignité de trop.

Sur une autre surface se trouvait toute la paperasse, plusieurs formulaires, y compris le G5 classique que Glen avait complété dans l'appartement de Cora Burstridge.

Glen avait du mal à garder la tête froide. Il avait l'impression que du ciment humide tournait dans son estomac, alors qu'il avalait difficilement, essayant de supporter l'odeur pire que celle d'un égout. Il regardait partout sauf à l'endroit où était étendu le corps. La technicienne de salle d'autopsie, une femme joviale aux allures de matrone, la quarantaine bien entamée, en tablier blanc et bottes blanches, venait de bourrer la cavité crânienne de Cora Burstridge de lambeaux de papier et, à présent, remettait en place l'arrière de la tête.

Grimaçant, il se détourna vers l'assistante du coroner, Eleanor Willow, une femme assez jolie d'environ trente-cinq ans, aux cheveux noirs ; elle portait un élégant tailleur gris et des perles montées en boucles d'oreilles. Elle eut pour lui l'ombre d'un sourire. Il regarda les deux autres tables en acier inoxydable qui se trouvaient dans la pièce, vides celles-là.

Sur le mur du fond était accroché un tableau noir divisé en plusieurs sections : « Cerveau. Poumons. Cœur. Foie. Reins. Rate. » Une balance de boucherie à affichage numérique était disposée devant le tableau. Le médecin légiste, Nigel Church, leur tournait le dos, dictant dans une machine qu'il tenait dans sa main gantée de caoutchouc.

— Hémorragie pétéchiale dans le blanc des yeux, disait-il. Cela semble normal, cohérent avec l'asphyxie.

Glen avait toujours considéré comme incongru qu'un si bel homme exerce une profession aussi macabre. Et aujourd'hui, avec son visage juvénile, son abondante chevelure rousse, sa combinaison bleue négligemment rentrée dans ses bottes blanches, il aurait pu décrocher ce rôle comme le faire-valoir parfait de Cora Burstridge.

Sauf, songea sombrement Glen, que ceci n'était ni un théâtre ni un plateau de tournage. Et malgré tout le respect que lui inspirait le docteur Church, il était déçu que le coroner n'ait pas jugé nécessaire de faire appel à un légiste du Home Office afin de pratiquer une autopsie plus rigoureuse.

Il grelottait dans ses vêtements mouillés. Il pleuvait des cordes dehors et il s'était fait saucer rien qu'en courant de sa voiture jusqu'au bâtiment. Un froid humide lui creusait les os. Il essaya de se remonter le moral en évoquant des images des films de Cora Burstridge. Il la vit lancer un cendrier à la tête de Stanley Baker, qui la trompait dans *La Dame en rouge*. Il la vit au volant d'une Mercedes décapotable sur une autoroute de L.A., zigzaguant entre les voitures en riant tout en embrassant Peter Sellers dans *La Belle de Californie*.

Maintenant, elle était étendue sur une table en acier luisant. Elle avait une incision qui descendait du cou au pelvis ; la peau maintenue ouverte par des pinces à clamper, et les intestins jaunis saillant du ventre. Un grand triangle de peau partant du sternum avait été placé sur sa toison pubienne – un geste de pudeur macabre. Ses seins, dont elle avait fait étalage dans *Le Temple du plaisir*, pendaient de travers, tassés sur le plateau de la table de chaque côté ; une masse grisâtre était posée sur sa poitrine – son cerveau.

Ses jambes de légende étaient tendues, raides, les veines bien visibles. Une étiquette brune pendait mollement au gros orteil de son pied droit ; elle portait la mention « Morgue de Brighton et Hove », ainsi que son nom. Ses avant-bras faisaient pitié, tant ils semblaient squelettiques, le haut des bras était bien en chair et ridé.

Il pouvait à peine regarder son visage. Les traits atrocement noircis et ravagés, encadrés, de manière presque dérisoire, par son abondante chevelure blond platine. Il était soulagé que la partie la plus pénible, l'ouverture du crâne et le prélèvement du cerveau, ait eu lieu avant son arrivée.

Il finit par se reprendre et se força à bien la regarder. D'une certaine façon, il pensait qu'il lui devait bien ça. Ses films lui avaient procuré tant de bonheur ; à présent, il voulait à tout prix s'acquitter de sa dette.

Il avait broyé du noir toute la journée d'hier, et était resté éveillé une bonne partie de la nuit, essayant de mettre le doigt sur ce qui le gênait dans la mort de l'actrice, de comprendre pourquoi il ne parvenait pas à accepter l'idée d'un suicide.

Ça ne collait pas, voilà tout. Peut-être que l'identité de la victime l'empêchait d'y voir clair, ou qu'il n'arrivait pas à supporter l'horreur qu'avait subie son visage. À moins qu'il s'agisse de naïveté de sa part ; dans ce cas, avec l'âge et l'expérience, il apprendrait à admettre que les gens étaient réellement capables de se faire des choses pareilles.

Vous pouvez compter sur moi, Cora. Je saurai la vérité sur votre mort. Je ne lâcherai pas l'affaire tant que je ne serai pas satisfait. Je vous en fais la promesse.

Il regarda consciencieusement le médecin légiste découper le cerveau de son idole en tranches fines, les examiner une à une, puis les poser sur la balance.

Avalant de la bile, il se força à continuer à regarder tandis que le légiste enfonçait son bras jusqu'au coude dans la cage thoracique et enlevait les poumons. Quand il les déposa sur le plan de travail, le sang qui en suinta avait la couleur de l'huile de moteur.

Le médecin plaça chaque poumon sur la balance, dicta le poids constaté dans sa machine, puis les jeta, avec le cerveau découpé en tranches, dans un sac plastique blanc. Ensuite, il retira la vessie, la souleva et, comme s'il s'adressait à Glen, dit :

— La vessie contient une faible quantité d'urine. Nous en conservons un échantillon pour analyse.

Puis il perça la vessie et versa un peu d'urine dans un tube en verre.

Glen avait assisté à suffisamment d'autopsies pour connaître la procédure par cœur. Quand le docteur Church aurait fini de l'éviscérer, tous ses organes internes se retrouveraient dans le sac plastique qui, après avoir été bien fermé, serait placé à l'intérieur du corps. Puis on lui recoudrait grossièrement la poitrine.

Mais il n'en pouvait plus. Il sortit de la pièce, ravalant ses larmes.

Il se réfugia dans une petite salle d'attente rose, se prépara une tasse de thé, puis il appela le bureau pour savoir s'il avait des messages. Rien d'urgent. Un lundi plutôt calme pour l'instant.

Après avoir bu son thé, il retourna dans la salle d'autopsie. Le docteur Church était en train de travailler sur les intestins, prélevant des échantillons de fluides pour analyse. Il resta jusqu'à ce que le légiste ait terminé, mais il ne partagea pas son intime conviction avec Church et l'assistante du coroner. Des suppositions fantaisistes n'allaient pas aider à faire avancer les choses à ce stade – ça ne ferait que donner de lui une image peu professionnelle.

Alors que le médecin légiste et la représentante du bureau du coroner expédiaient les formalités d'usage autour de la table de travail, et que la technicienne était sortie répondre à un coup de téléphone, Glen s'approcha de Cora Burstridge et la contempla en silence. Il n'était pas sûr de ce qu'il espérait découvrir qui aurait échappé au légiste. Ses yeux étaient fermés.

— Une petite anomalie, dit le médecin, en revenant vers Glen. Les mouches à viande. Votre rapport indique que, quand vous l'avez trouvée, elle avait un sac plastique autour de la tête et qu'il était solidement attaché. Dans ce cas, comment les mouches ont-elles pu entrer ?

Glen se tourna vers lui, surpris. C'était une bonne question et il se demanda pourquoi il ne se l'était pas posée lui-même.

Il baissa de nouveau les yeux sur l'actrice morte. Il essaya de se souvenir du moment où il l'avait trouvée. Le sac avait-il été hermétiquement fermé ou pas ?

—Je… Je n'avais pas pensé à ça, dit-il.

—Les mouches à viande sont capables de sentir un cadavre humain à plus de deux kilomètres de distance, précisa avec une sorte de délectation macabre un autre technicien d'autopsie, un homme à l'air astucieux arborant des pattes bien fournies dignes d'un personnage de Dickens, qui venait d'entrer dans la pièce.

—D'accord, mais comment ont-elles pénétré à l'intérieur du sac? demanda le docteur Church.

L'espace d'un instant, Glen retrouva des raisons d'espérer. Mais le technicien les réduisit à néant.

—Elles y parviennent toujours. La peau s'affaisse après la mort, ça a dû créer un espace.

—Les fenêtres étaient fermées, dit Glen. Comment seraient-elles entrées dans l'appartement?

L'homme lui lança un regard dédaigneux, mais sans malice.

—Elles n'ont pas besoin d'une grande ouverture. Pas comme vous ou moi. Personne n'a besoin de leur ouvrir la porte d'entrée.

—Merci, dit Glen. Je vois le topo.

Il demanda à l'assistante du coroner de lui envoyer une copie des notes du médecin légiste, puis il prit congé. Il se sentit soulagé de retrouver la pluie d'été torrentielle, de remonter dans sa voiture et de retourner à son bureau où l'attendaient le bruit incessant des sonneries de téléphone et des claviers, l'odeur du café réchauffé, la compagnie et les blagues de mauvais goût de ses collègues.

De retrouver les vivants.

La normalité.

Chapitre 41

Le lundi, Michael avait sa consultation à la faculté de médecine du Princess Royal Hospital. Quand il avait été étudiant, il s'était juré de rester à bonne distance de Harley Street, refusant l'image de « notable » des médecins qui exerçaient dans ce manoir élitiste. Il avait toujours voulu devenir un psychiatre du peuple, et pas uniquement des privilégiés, et Princess Royal lui en donnait la possibilité.

Tous les patients qu'il traitait ici participaient à des programmes de recherche de la Sécurité sociale ; souvent très défavorisés, ils étaient plus prédisposés à la dépression nerveuse que la catégorie la plus riche de la communauté. La paie était modique, mais il était heureux de l'équilibre qu'il avait trouvé dans son travail. Sheen Park, son émission de radio et sa rubrique dans le *Daily Mail* lui permettaient de gagner sa vie. Devenir riche ne faisait pas partie de ses ambitions, mais il appréciait le confort de ne pas avoir à se soucier de questions d'argent.

Ce matin, il se souciait de bien autre chose.

Le hurlement à effet Doppler d'une sirène d'ambulance passa deux étages plus bas. La pluie tambourinait à la fenêtre. Ce bureau était trop spacieux à son goût : il préférait l'intimité de son cabinet du Sheen Park Hospital. À une époque, il avait servi de salon dans une demeure magnifique : le plafond était haut, couronné de moulures ; il y avait une cheminée imposante qui accueillait un appareil de chauffage au gaz ridiculement petit ; le mobilier était ancien, solennel, une sompteuse chaise longue et deux fauteuils victoriens, plus élégants que confortables, face à son bureau.

Devant lui était assise Lucinda Ryan, un ancien mannequin, qui était devenue tellement obsédée par sa silhouette et son teint qu'elle se coupait constamment, pour laisser sortir ce qu'elle imaginait être un excédent de sang.

Michael l'aimait bien, mais la séance d'aujourd'hui traînait en longueur. Il jeta un coup d'œil furtif à la petite horloge en argent sur son bureau – un cadeau de Noël de Katy, ou d'anniversaire peut-être, il n'en était plus très sûr. Les détails de leur vie commune glissaient lentement sous la surface de l'eau. La nuit de samedi avait été le signe on ne peut plus clair qu'il était prêt à reprendre le cours de sa vie.

Mais ce matin, il avait du mal à se concentrer. Alors que Lucinda examinait son visage dans son tout petit miroir, il porta sa main à son nez, comme un lycéen follement amoureux, et renifla doucement ses doigts. Il ne s'était que superficiellement lavé les mains et des traces d'Amanda subsistaient.

—Je n'ai pas pu m'en empêcher, dit Lucinda. Mais ça marche, non ? Je suis moins rouge dans le visage. J'ai deux cartes de donneur de sang maintenant. (Elle sourit fièrement.) Je me suis débrouillée pour obtenir la seconde – ils ont fait une erreur administrative avec mon ancienne adresse. Comme ça, tant que je vais à des cliniques différentes, ils ne peuvent pas s'en rendre compte.

Michael nota quelque chose dans son dossier. Il ne lui trouvait pas bonne mine.

—Bien, nous allons en rester là pour aujourd'hui, Lucinda. Vous voudrez bien prendre un rendez-vous avec ma secrétaire en sortant ? J'aimerais vous faire passer quelques examens. (Il vit son regard affolé.) Je pense que vous êtes trop pâle. Je tiens seulement à m'assurer que tout le sang que vous perdez ne provoque pas une surcompensation dans votre organisme.

—On va me prélever du sang pour ces examens ?

—Oui.

Cette précision sembla la réjouir.

Dès qu'elle eut quitté la pièce, Michael se tourna vers son ordinateur et se connecta à Internet. Une dizaine d'e-mails étaient arrivés dans les deux heures qui s'étaient écoulées depuis qu'il avait consulté sa messagerie, un peu avant 9 heures. À sa grande déception, il n'y avait rien de la part d'Amanda.

Il se languissait d'elle. Il voulait voir son nom sur l'écran, lire un de ses messages pleins de bonne humeur, entendre sa voix.

Elle avait dit qu'elle l'appellerait, hier soir, juste pour lui faire un petit coucou et lui confirmer qu'elle était bien rentrée de chez sa sœur. Elle ne s'était pas manifestée. Michael craignait qu'elle ait eu un accident. Plus probablement, comme la journée avait été si belle, la circulation au retour vers Londres depuis la côte avait dû être épouvantable et elle était arrivée chez elle plus tard que prévu.

Mais elle aurait pu l'appeler sur son mobile.

Il était resté éveillé, bien après 1 heure, à penser à elle, le lit plein de son odeur, analysant dans les moindres détails son comportement à son égard pendant la journée du samedi. Elle ne s'était tout de même pas déjà lassée de lui ?

Lui avait-elle menti à propos de sa sœur ? Était-elle allée retrouver Brian ?

Non. Tout ce qu'elle avait dit sur Brian venait du cœur. Et bien qu'il sache, en dépit de toutes ces années de psychiatrie, que sa compréhension des femmes était limitée, il avait du mal à imaginer qu'après leur incroyable nuit d'amour, Amanda soit retournée coucher avec son ex.

À moins qu'elle ait été rongée par la culpabilité. Mais il n'y croyait pas.

Il avait été tenté de l'appeler à une heure et demie du matin, sous prétexte de s'assurer que tout allait bien, mais il n'avait pas voulu l'agacer. Il lui avait donc envoyé un e-mail. Un message tout simple : « Salut. J'espère que tu es bien rentrée. Tu me manques. »

Il avait escompté une réponse au réveil. Il avait de nouveau consulté sa boîte mail avant de partir travailler, puis encore une fois en arrivant.

Il sentait une grande houle noire rouler en lui. Combien de temps devait-il attendre avant de lui téléphoner ? Il ne voulait pas qu'elle le croie impatient. Mais il n'avait pas non plus envie de jouer la comédie. Passé la première étincelle entre un homme et une femme, la suite de leur relation pouvait emprunter toutes sortes de rituels complexes. Mais ça ne l'intéressait pas. Il voulait simplement de nouveau entendre sa voix.

Il prit le combiné et composa son numéro professionnel.

Une jeune femme à la voix riche et mélodieuse décrocha et lui dit qu'Amanda avait commencé sa journée par une réunion de bonne heure et qu'elle n'était pas attendue avant midi. Il hésita, quand elle lui demanda s'il voulait laisser son nom, puis la remercia et dit non, il rappellerait.

Il se sentit un peu soulagé. *« Une réunion de bonne heure. »* Elle était sans doute rentrée trop tard pour lui téléphoner et ce matin, elle était partie en vitesse, sans consulter ses e-mails.

Le patient suivant l'attendait. Il rappela à sa secrétaire de lui passer Amanda Capstick si elle appelait, puis il se dirigea vers la porte afin d'accueillir son patient.

Il attendrait l'heure du déjeuner. Elle aurait probablement donné signe de vie d'ici là.

Mais Amanda n'en fit rien.

CHAPITRE 42

M ême les yeux bandés, il était impossible de se croire
ailleurs que dans un commissariat, pensa Glen
Branson. Comme dans n'importe quel autre bâtiment
institutionnel – hôpital, école, etc. – qui n'était plus de toute
première jeunesse, on retrouvait les mêmes sols en linoléum,
les mêmes longs couloirs à l'air fatigué, les mêmes panneaux
d'affichage avec les mêmes conneries.

Mais l'odeur n'avait rien à voir avec celle d'un hôpital ;
on n'y entendait pas non plus les cris qui constituaient
le fond sonore d'une école. Il s'en dégageait une sorte de
force tranquille. Les téléphones qui sonnaient sans arrêt,
le mélange de concentration, de propos légers et d'humour
très noir, le sentiment de faire partie d'une communauté.
Glen aimait ça.

Lundi, c'était football. Les matchs du week-end étaient
sur toutes les lèvres. Gary Richardson, au bureau derrière
lui, était un ancien gardien de but professionnel, qui avait dû
mettre un terme à sa carrière suite à une blessure au genou.
Il avait rejoint les effectifs de la police et aujourd'hui, il était
inspecteur, comme Glen. Il entraînait l'équipe locale de la
police. Grand, les cheveux gominés, cool. Glen l'entendait
parler à l'instant même.

—Qu'est-ce qui s'est passé samedi, bon Dieu ? Ce type
est censé être un buteur. Ça a été une vraie catastrophe ! C'est
sans doute la pire équipe du championnat à l'heure actuelle !

Glen n'avait pas touché son sandwich au bacon. Des taches de gras commençaient à apparaître sur la serviette en papier qui lui servait d'emballage. Il était midi. Il était de retour au bureau depuis une heure et la chaleur de cette pièce lui faisait du bien ; il prenait plaisir à écouter les autres discuter, à être parmi les vivants. Il aimait le football, mais ce n'était pas ce qu'il avait à l'esprit à cet instant précis.

Il ne s'était pas entièrement remis de son passage à la morgue. Il était arrivé là-bas à huit heures et demie ce matin, sans avoir pris de petit déjeuner. Il avait besoin de manger, d'emmagasiner de l'énergie, mais il ne se sentait pas capable d'avaler quelque chose de solide pour l'instant. Alors il se contentait de boire à petites gorgées et sans enthousiasme une tasse de thé sirupeux.

Le bureau des inspecteurs était situé au premier étage du commissariat de Hove. Dans la pièce étroite s'entassaient six bureaux de chaque côté, collés par deux, de manière que leurs occupants se retrouvent face à face. Au fond, derrière une cloison de classeurs, on avait installé une grande table de conférence ovale utilisée par la section ProActive.

Juste à côté de l'entrée, un espace de travail avait été aménagé, avec le seul ordinateur disponible, une vieille machine à écrire électrique et un poste de télévision. Sur un écran monté au plafond au milieu de la pièce défilaient en boucle, et en circuit fermé, les descriptions de criminels recherchés, avec une mise en garde s'ils étaient violents ou armés, les plaques d'immatriculation des véhicules à arrêter, et tout ce qui devait intéresser la police du Sussex, plus les statistiques de la criminalité et les objectifs à atteindre.

En ce moment, l'écran annonçait en couleurs vives : « TAUX D'ÉLUCIDATION DES CRIMES ET DÉLITS, JUIN 1997 : 26,2 % ».

—Attends un peu d'entendre ça : dimanche, on m'appelle à trois heures et demie du matin, dit la voix d'un autre de ses collègues prompt à s'exciter. Deux gays, d'accord ? Samedi soir, ils avaient allumé une bougie pour créer la *bonne atmosphère*. Ils se sont endormis après que la *bonne atmosphère* avait fait son petit effet. Ils ont brûlé leur appartement et les trois étages du dessus. Il n'y a eu qu'une seule victime. Vous savez qui ? Un chat ! Le locataire de l'appartement 6 a balancé son matou par la fenêtre et il est mort.

Glen avait les pieds trempés, parce qu'il avait marché dans une flaque profonde, et son costume était humide. L'air conditionné soufflait le froid et un courant d'air tout aussi hostile l'assaillait par les fenêtres.

Il regarda à l'extérieur. La vue n'était pas terrible : le toit asphalté de l'étage du dessous, le parking, quelques garages ; des branches feuillues se balançaient dans le vent. Une voiture de patrouille quittait le poste de police, ses essuie-glaces attaquant violemment la pluie, et un pauvre bougre à vélo essayait tant bien que mal de ne pas s'envoler avec sa cape en plastique.

« *Hémorragie pétéchiale dans le blanc des yeux. Cela semble normal, cohérent avec l'asphyxie.* »

Tout ce qu'avait découvert le médecin légiste confirmait l'asphyxie. Le corps de Cora Burstridge ne portait aucune marque suspecte. Son médecin avait révélé au bureau du coroner que l'actrice prenait des antidépresseurs depuis cinq ans. La conclusion s'imposait d'elle-même. Il savait déjà ce que le coroner, la jeune et intelligente Veronica Hamilton-Deeley, dirait dans son résumé de l'enquête judiciaire. Cora Burstridge était une actrice triste et seule, incapable de faire face à la dégradation de son apparence, la baisse de ses revenus, l'absence d'espoir. Équilibre mental perturbé. Suicide.

Glen but son thé à petites gorgées et regarda la pile de dossiers et de formulaires sur son bureau et dans sa corbeille de courrier à traiter. La paperasserie était la seule partie de son travail qu'il n'aimait pas. Liste de contrôle des éléments du dossier. Renseignements sur l'accusé. Résumé des preuves. Demande de mise en détention préventive. Liste des témoins. Liste des pièces à conviction. Des formulaires à n'en plus finir. Des heures et des heures de gratte-papier, sans jamais parvenir à rattraper son retard. Tout le monde était surchargé de boulot. C'était à la fois une bonne et une mauvaise chose.

Ils étaient organisés en trois sections, chacune d'elles comptant quatre inspecteurs, avec à sa tête un brigadier dans un autre bureau. Trois inspecteurs et une inspectrice dans chaque section. L'inspectrice de sa section, Sandra Denham, était allée prendre la déposition de la victime d'un viol, en préparation d'une audience. Un autre de ses équipiers, Mike Harris, était assis en face de lui, et Will Guppy, le comique de service, se trouvait de l'autre côté du passage étroit.

Guppy était une grande perche, avec des cheveux blonds coupés en brosse, et un visage anguleux à l'air sinistre qui dissimulait un sens de l'humour encore plus grotesque que ses goûts en matière de cravates. Il était assis, en bras de chemise, penché sur son bureau. Il aimait donner l'impression d'un homme cultivé. Sur le mur derrière lui était accroché un dessin de deux grands carrés, avec pour légende : « Les testicules de Picasso ».

La pièce était à moitié pleine. Ses collègues arrivaient lentement, mais tout le monde serait là pour la réunion du lundi, à 14 heures, où les activités de la semaine écoulée seraient passées en revue. Tout le monde aimait afficher des résultats, et Glen avait connu deux succès : vendredi, un petit cambrioleur qu'il avait contribué à attraper avait été envoyé en prison pour deux ans, et l'arrestation d'un plus gros poisson, un voleur d'antiquités et de bijoux.

Il songea de nouveau à l'appartement de Cora Burstridge. Aux mouches à viande. À la terrible vision de son visage à l'intérieur du sac plastique. Quelle fin tragique ! Avoir été adulée de tous, et se retrouver seule, dévorée par des mouches.

Il frémit.

Puis il repensa au légiste qui se demandait comment elles avaient fait pour arriver là.

Deux actrices d'âge similaire s'étaient donné la mort ces trois dernières semaines. D'abord Gloria Lamark, ensuite Cora Burstridge. Il avait appris la nouvelle de la mort de Gloria Lamark par hasard, pendant qu'il patientait au domicile d'un témoin, avant de prendre sa déposition ; ce dernier n'avait eu qu'un exemplaire du *Times* à lui proposer pour tuer le temps. *Pauvre Gloria Lamark*, pensa-t-il. Qu'était-elle devenue ? Elle avait tourné pas mal de films, certains très bons, mais sa carrière s'était essoufflée au milieu des années 1960, au moment où celle de Cora Burstridge prenait son envol. À une époque, elles avaient été connues pour leur rivalité, se souvint-il, Halliwell ou Kim Newman en avait parlé dans un de leurs livres sur le cinéma.

Gloria Lamark avait été si belle… On l'avait surnommée « la Marilyn Monroe anglaise », et les deux stars avaient quelques points communs. Il y avait eu chez elle ce même mélange d'innocence et de charme qu'on trouvait chez Marilyn. Il se souvenait d'elle dans *Double zéro*, avec Michael Redgrave et Herbert Lom, de son sourire tellement innocent quand elle lui volait son portefeuille sur la piste de danse et…

—Glen, c'est bien toi qui as appelé le central pour une Jaguar suspecte sur le front de mer la semaine dernière ? demanda Guppy, sans tourner la tête.

—La semaine dernière ?

L'espace d'une seconde, il eut un trou.

—Andouille ! J'étais de sortie avec une patrouille en uniforme et on l'a arrêté.

Ça lui revenait à présent. La Jaguar qu'il avait remarquée avant de se rendre chez Cora Burstridge.

—Oui ! Bien sûr !

—T'es vraiment une tache ! Tu sais qui était au volant ?

—Qui?

—Glen Dury. Glen Dury en personne, le même qui vient de signer un contrat de 7 millions de livres pour son transfert à Newcastle United et a toutes les chances de devenir le numéro 10 de l'équipe d'Angleterre. Et toi, tu ne trouves rien de mieux à faire que de le soupçonner d'avoir fauché sa Jag toute neuve. Bravo!

—J'espère qu'il est meilleur sur un terrain que sur la route, répondit Glen, pas du tout impressionné.

Il allait prendre une nouvelle gorgée de thé quand son téléphone sonna. Il décrocha et entendit la voix de la standardiste.

—Glen, j'ai un certain inspecteur Roebuck de la Met; il a besoin d'un coup de main de quelqu'un de Hove. Je peux te le passer?

—Bien sûr.

La London Metropolitan Police se considérait comme la crème de la crème et il arrivait que ses membres fassent preuve d'arrogance avec les provinciaux. Ce n'était pas le cas cette fois.

—Bonjour, dit Roebuck d'une voix bon enfant. Je me demandais si vous pouviez me rendre un service. Ça concerne une personne disparue. Son nom est Tina Mackay. Trente-trois ans, directrice éditoriale dans une maison d'édition de Londres. On ne l'a plus revue depuis le mercredi 9 juillet, en début de soirée, où elle ne s'est pas présentée à un rendez-vous avec son petit ami.

Glen avait son calepin ouvert devant lui et notait les détails en écoutant.

—Son nom me dit quelque chose. On nous a envoyé des photos d'elle. La presse en a beaucoup parlé, non?

—Oui. C'est quelqu'un de plutôt important dans le monde de l'édition. La dernière personne à l'avoir vue est une collègue, un peu avant 19 heures ce jour-là, au moment où elle quittait le bureau. Elle a récupéré sa voiture dans un parking proche de son travail où elle a un abonnement. Le gardien a été distrait par deux alarmes qui se sont déclenchées simultanément. Il a vu sa voiture partir, mais de loin ; il est donc incapable d'identifier le conducteur. Elle n'a plus donné de signe de vie depuis.

— C'est une enquête pour meurtre ?

Un bref silence.

— Nous n'avons pas de corps, mais nous intensifions nos recherches. C'est tout, à ce stade.

— Qu'est-ce que vous attendez de nous ?

— J'ai passé en revue ses dépenses professionnelles. Elle a fait une note de frais pour la semaine se terminant le 4 juillet. Il y avait un reçu pour un plein d'essence effectué au garage *PDH*, Old Shoreham Road, Hove, daté du 29 juin.

Glen feuilleta son agenda.

— Un dimanche ?

— Oui. Sur la note de frais, elle a simplement indiqué : « Déjeuner, Robert Mason ». Dans son entourage, personne ne connaît ce nom. Apparemment, elle ne l'a jamais mentionné.

— Si elle a fait une note de frais, ça prouve que c'est professionnel.

Il détecta une pointe d'ironie dans la réponse :

— À condition qu'elle ne triche pas sur ses notes de frais.

— Comme nous tous, j'imagine ? dit Glen.

Roebuck rit.

— Bien sûr. Ce ne serait certainement pas moi qui m'offrirais un week-end sur la côte aux frais de Sa Majesté.

— Je n'ai pas à m'en faire pour ça, dit Glen. On vit pratiquement sur la plage toute l'année ici.

— Vous en avez de la chance ! Si un jour vous avez besoin d'aide pour maîtriser des touristes aux seins nus, vous n'aurez qu'un mot à dire.

— Je m'en souviendrai. Mais j'ai déjà beaucoup de demandes.

— Merci, l'ami. Bien, soyons sérieux. Est-ce que vous pouvez enquêter sur ce Robert Mason, de manière qu'on puisse écarter cette piste ?

— Qu'est-ce que vous savez d'autre sur lui ?

— Désolé, c'est tout ce que j'ai.

— Pas grave. C'est quoi, votre prénom ?

— Simon. Simon Roebuck. Et vous ?

— Glen Branson.

— Vous êtes de la famille de Richard ?

— Si seulement !

Roebuck dit qu'il lui faxerait le reste des détails de l'enquête, lui donna sa ligne directe et son numéro de mobile, remercia Glen et raccrocha.

Glen entra le nom Robert Mason dans la base de données de la police du Sussex : rien. Puis il ouvrit l'annuaire téléphonique et vit, à sa grande consternation, que plus de cent cinquante Mason y figuraient.

Enfoiré ! pensa-t-il, comprenant que Roebuck venait de lui refiler le sale boulot. Il parcourut la liste des noms avec son doigt et en compta une quinzaine avec la lettre « R » comme initiale. Ça faisait déjà ça de moins.

Pendant qu'il attendait le fax de Roebuck, ses pensées le ramenèrent à Cora Burstridge.

Le laboratoire mettrait deux ou trois jours pour analyser les échantillons de fluides prélevés sur le corps par le docteur Church. Le temps que le coroner lui fasse parvenir le rapport du légiste, on serait déjà la semaine prochaine. Si le docteur Church ne trouvait rien de suspect, le corps serait rendu à la famille en attente des obsèques.

Il lui restait une semaine pour se convaincre qu'elle s'était bel et bien suicidée.

Et pour l'instant, il ne savait pas vraiment par où commencer.

CHAPITRE 43

La même femme que précédemment répondit au téléphone.

— Oh, bonjour, dit Michael. Pourrais-je parler à Amanda Capstick ?

Agacement.

— Elle n'est pas encore arrivée. Puis-je prendre un message ?

— Je rappellerai, merci.

Il raccrocha.

Il était 13 heures. Il n'attendait pas le prochain patient avant 14 h 15. Il commençait à ressentir les effets du manque de sommeil. Elle l'appellerait, bien sûr que oui. Elle était occupée, elle avait une vie professionnelle bien remplie, elle le lui avait pourtant dit. Son rendez-vous du matin s'était prolongé, voilà tout.

Il regarda par la fenêtre. Il pleuvait toujours aussi fort, mais Michael décida de braver les intempéries. Il avait faim et il avait besoin de prendre l'air. S'il sortait pendant une demi-heure, un message d'Amanda l'attendrait à son retour.

Il consulta sa messagerie encore une fois – une dizaine d'e-mails, mais aucun portant le nom d'expéditeur qu'il espérait.

Il prit la section principale du *Times*, le parapluie de golf jaune et bleu que quelqu'un avait oublié dans sa salle d'attente voilà déjà plus d'un an et n'avait jamais récupéré, glissa son téléphone mobile dans la poche de son imperméable, et annonça à sa secrétaire du Princess Royal Hospital, Angela Witley – il la partageait avec deux autres psychiatres – qu'il sortait un instant ; il lui demanda de communiquer son numéro de mobile à Amanda Capstick si cette dernière essayait de le joindre.

Il descendit Tottenham Court Road, traversa la rue, puis rejoignit Cleveland Street et la petite file d'attente devant le comptoir de son snack préféré. Il n'avait pas faim, mais il avait besoin de prendre des forces ; la tranche de pain grillé et le bol de céréales qu'il avait avalés sans enthousiasme ce matin n'étaient plus qu'un souvenir et il était conscient que son humeur morose se trouvait renforcée par son faible taux de glycémie.

— Pourquoi cet air triste, la vie est belle !

Avec un sursaut, Michael leva la tête : c'était son tour. Le propriétaire du snack, un Grec à la bonne humeur à toute épreuve, lui faisait un large sourire, comme un homme qui aurait gagné à la loterie. Il lui sourit d'un air pince-sans-rire.

— Facile à dire pour vous. Les Grecs ont eu Byron pour régler leurs problèmes.

Sans se départir de son sourire de gagnant de la loterie, l'autre répondit :

— Et vous avez M. Blair.

Il prononça son nom comme s'il parlait d'un dieu.

— Blair n'est pas un poète.

— Mais c'est un bon Premier ministre, non ?

— Faute de concurrence, dit Michael.

Il commanda un sandwich pain au levain thon-salade, une banane et une boîte de Coca, une boisson qu'il ne consommait d'ordinaire que comme remède contre la gueule de bois. La pluie se calmait ; il prit le petit sac en plastique et se dirigea d'un bon pas vers le lac dans Regent's Park.

Chaque fois qu'il apercevait un éclat de cheveux blonds, il reprenait espoir, et il regardait plus attentivement, juste au cas où cela aurait pu être Amanda. Ce genre de coïncidences *pouvait* se produire, raisonna-t-il contre toute logique.

Il y avait un banc au bord de l'eau, à l'abri sous le feuillage d'un châtaignier imposant. Il plia son Burberry et s'assit, se rappelant le jour où Katy l'avait traîné chez *Simpson's*, pendant sa pause déjeuner, parce qu'elle ne supportait plus de le voir avec l'imperméable usé qu'il avait porté pendant des années. Elle l'appelait son imper de vieux pervers !

Il vérifia que son téléphone était allumé et qu'il captait un signal. Les cinq petites bûchettes étaient bien là – le réseau était au maximum de sa puissance. Si quelqu'un essayait de l'appeler, il n'aurait aucun problème à le joindre.

Il déballa son sandwich, prit une bouchée et mâcha lentement ; il commença à parcourir son journal. Il avait du mal à se concentrer sur un article en particulier quand un des gros titres attira son regard.

« LA TRAGÉDIE MÉCONNUE DES PERSONNES DISPARUES.

L'an passé, 249 762 personnes ont disparu en Grande-Bretagne, selon les chiffres publiés cette semaine par la National Missing Persons' Helpline. Aussi étonnant que cela paraisse, 34 % ne réapparaîtront jamais, si la tendance de la décennie écoulée se confirme.

Paulette Flowering, une mère de trois enfants clouée dans un fauteuil roulant, est l'un des derniers parents à connaître le cauchemar d'un enfant disparu.

Son fils de dix-neuf ans, le journaliste stagiaire Justin Flowering, a disparu il y a douze jours, après avoir quitté la rédaction du Mill Hill Messenger, le journal qui l'employait depuis six mois.

"Le travail de Justin était très stressant, dit-elle. Et il était mécontent de l'attitude de certains de ses collègues à son égard. Il a déjà fait deux fugues, quand il allait encore à l'école, mais il m'a téléphoné chaque fois dans les quelques jours qui suivaient pour me dire qu'il allait bien. Je suis très inquiète." »

Michael mordit de nouveau dans son sandwich et continua sa lecture. Le plus fort pourcentage de personnes disparues se comptait parmi les adolescents, mais de nombreux adultes étaient concernés, dans tous les milieux. Une directrice éditoriale d'une grande maison d'édition de Londres avait disparu depuis presque trois semaines – Michael se rappelait que la presse s'en était largement fait l'écho et qu'on avait vu des photos d'une jeune femme séduisante aux cheveux noirs au journal télévisé.

Un nombre non négligeable de personnes dont la réussite professionnelle semblait ne faire aucun doute disparaissait chaque année : sur les douze derniers mois, il y avait eu des banquiers, des avocats, des agents immobiliers, un pilote de ligne – et même un *psychiatre*.

« "On peut supposer qu'une fraction de ces personnes ont organisé leur propre disparition, par commodité", selon le commissaire en retraire Dick Jarvis, de la National Missing Persons' Helpline. Les fraudes à l'assurance et les mariages bigames sont deux des raisons les plus communes ; rappelez-vous le cas, resté célèbre, du ministre des Postes et Télécommunications, John Stonehouse, qui a abandonné ses vêtements sur une plage de Miami en 1974, pour faire croire à une noyade. En fait, il était en pleine forme et vivait sous une nouvelle identité en Australie. »

Michael avala la dernière bouchée de son sandwich. Puis il regarda son mobile : l'écran affichait toujours les cinq bûchettes, une manière narquoise de l'assurer de la bonne réception dans cette zone.

Elle est sans doute allée déjeuner avec son rendez-vous. Elle ne t'appellera probablement pas avant 14 heures, alors arrête de te faire du mauvais sang.

Mais il ne pouvait pas s'en empêcher.

Il fut de retour à son bureau à 14 heures tapantes. Un quart d'heure plus tard, elle n'avait toujours pas appelé. Son patient était en salle d'attente. Un courtier en matières premières de vingt-huit ans, un crack qui travaillait dix-huit heures par jour pour gagner un demi-million par an, et se demandait pourquoi il souffrait de crises de panique.

Michael dit à sa secrétaire de le faire entrer. Au moins, ça lui occuperait l'esprit pendant les quarante-cinq prochaines minutes. Jusqu'à 15 heures.

Amanda serait de retour à son bureau.

Forcément, non ?

CHAPITRE 44

Son rendez-vous de 16 h 30 était en retard. Michael avait encore deux autres patients cet après-midi, une courte réunion, et il devait aller voir, brièvement, deux patients hospitalisés. Ensuite, il en aurait terminé pour la journée – du moins au bureau. Ce soir, chez lui, il lui restait à écrire son article hebdomadaire pour l'édition du mercredi du *Daily Mail* et à la leur faxer demain matin. Mardi, 10 heures, dernier délai. En cas de retard, son rédacteur en chef devenait nerveux. Il n'aimait pas être en retard, cela dénotait un manque de professionnalisme.

Il n'imaginait pas non plus qu'Amanda puisse faire preuve d'un manque de professionnalisme. Pour cette raison, il s'inquiéta de ce que lui disait à présent la jeune femme à la voix chaude :

— Je suis navrée. Elle n'est toujours pas là. Vous avez appelé plus tôt, je reconnais votre voix.

— Oui, je suis le docteur Tennent. Amanda me consacre une partie de son documentaire sur les psychothérapies.

Le ton de la jeune femme devint nettement plus amical.

— Docteur Tennent ! Bien sûr. Je suis Lulu, son assistante.

— D'accord. Dites-moi, Lulu, est-ce que vous pourriez me communiquer son numéro de mobile ? Je peux toujours tenter ma chance de ce côté-là.

— Oui, pas de problème, mais je crois qu'elle l'a éteint. J'ai déjà essayé et je tombe sur sa messagerie.

Bien qu'ils aient couché ensemble, Amanda était toujours une inconnue pour Michael, et sa sphère privée – personnelle et professionnelle – restait un territoire inexploré pour lui. Il était conscient que rien ne lui donnait le droit de fouiller dans sa vie, mais il n'arrivait tout simplement pas à croire qu'elle le laisserait sans nouvelles intentionnellement.

— Écoutez… Lulu, est-ce qu'elle va bien ?

L'assistante hésita.

— En fait, on commence à s'inquiéter un peu.

À ces mots, il sentit la peur le chavirer, tel un poids mort en chute libre lui parcourant le corps.

— Elle avait un rendez-vous important à la BBC à 9 h 30 ce matin, poursuivit Lulu, et on vient de m'apprendre qu'elle n'est pas venue – elle n'a même pas téléphoné pour s'excuser. Et on l'attendait au bureau pour une autre réunion à midi, et elle n'a toujours pas donné signe de vie. Normalement elle ne reste pas aussi longtemps sans prévenir. J'espère qu'elle n'a pas eu un accident et qu'il ne lui est rien arrivé ce week-end.

Il était trop tôt pour s'affoler, mais Michael ne parvenait pas à chasser cette impression qu'il se passait quelque chose de terrible. Il ne savait pas si Amanda et Lulu étaient proches, mais il se voyait mal divulguer des détails de sa vie personnelle à des collègues de bureau, alors il tâcha de rester aussi professionnel que possible.

— Amanda et moi… (Il hésita.) On s'est vus, dimanche après-midi. J'avais un patient qui participait à une course de stock-cars à Arlington, près d'Eastbourne. Amanda a pensé que ça pouvait apporter un plus au documentaire si…

Lulu lui épargna de devoir raconter la suite.

— Je sais, elle m'a dit que vous deviez vous voir. Elle s'en faisait une joie.

Michael aurait juré entendre une pointe d'humour dans sa voix, comme si Amanda lui en avait révélé *bien plus* qu'elle le laissait supposer.

— Elle est partie vers 15 h 30, pour aller chez sa sœur, quelque part près de Heathfield.

— À Chiddingly, précisa Lulu. Si elle ne passe pas au bureau d'ici à la fin de la journée, j'irai voir à son appartement pour m'assurer qu'elle n'est pas étendue chez elle, sans connaissance.

Elle marqua une courte pause, avant d'ajouter sans conviction :

— Il y a probablement une explication parfaitement valable. Peut-être qu'elle a pris deux engagements le même jour et qu'elle a oublié le rendez-vous à la BBC. Et elle vient juste d'acquérir un nouveau mobile – elle s'est plainte de la réception depuis qu'elle l'a reçu. Je suis certaine qu'elle a une excellente raison.

Elle ne semblait absolument pas certaine.

Michael se sentait atrocement impuissant. Il ne savait pas ce qu'il pouvait dire ou faire de plus à ce stade. Et pourtant, il voulait, désespérément, faire *quelque chose*.

Il se raccrocha à un dernier espoir.

— Dites-moi, Lulu… (Il était content de connaître son prénom : en l'utilisant, il avait le sentiment de faire partie du cercle des proches d'Amanda.) Est-ce que ça lui ressemble, d'oublier un rendez-vous ?

— Non, répondit Lulu. Non, pas du tout.

CHAPITRE 45

Une femme répondit au téléphone. Aimable.

Il devait faire preuve de tact. Tina Mackay avait très bien pu entretenir une liaison avec un homme marié de la région.

— Je suis l'inspecteur Branson, de la police de Hove. Nous menons une enquête de routine. Est-ce qu'un M. Robert Mason habite à cette adresse?

— *Robert* Mason? Non, aucun Robert Mason n'habite ici. Vous ne cherchez pas plutôt un *Dave* Mason?

— Non, Robert Mason.

— Je suis désolée. Le prénom de mon mari est Dave.

— Et vous ne connaîtriez pas un *Robert* Mason, par hasard?

Une courte pause, le temps de la réflexion, puis :

— Non, non.

Pas très futée, mais elle ne semblait rien cacher.

Glen la remercia, raccrocha et barra la ligne correspondante sur sa photocopie de l'annuaire. Et de neuf. Six réponses négatives. Un absent et deux répondeurs, dont aucun ne donnait de prénom. Il maudit l'inspecteur Simon Roebuck une nouvelle fois pour s'être déchargé sur lui de ce fardeau.

Il était 16 h 45, et il venait à peine de rentrer au poste, après avoir procédé à l'arrestation d'un dealer avec ses équipiers. Le suspect était un ancien champion de kickboxing. Ils y étaient allés à plusieurs parce qu'ils craignaient qu'il puisse se

241

montrer violent. Finalement, il ne leur avait opposé aucune résistance ; le champion vieillissant était devenu une épave pitoyable, abrutie par la drogue.

Glen composa le dixième numéro sur sa liste, l'élimina, et fit de même avec les six suivants. À 17 h 10, il réessaya un de ceux qu'il avait tenté de joindre plus tôt. Cette fois, au lieu de tomber sur un répondeur, il entendit une voix masculine enjouée avec un accent mi-américain, mi-britannique.

— Bonjour, Robert Mason à l'appareil !

Glen se présenta, puis lui demanda si le nom de Tina Mackay évoquait quelque chose pour lui.

— Tina ? (Toute énergie sembla disparaître de sa voix.) Bien sûr. Bon sang, on a déjeuné ensemble il y a à peine quelques semaines. C'est terrible, cette histoire de disparition. J'ai lu les journaux. Vous l'avez retrouvée ?

— J'ai bien peur que non. Verriez-vous un inconvénient à ce que je passe vous voir pour vous poser quelques questions ? Je n'en aurai pas pour longtemps.

— Bien sûr. Quand voulez-vous venir ? Je dois sortir vers 19 heures.

Glen devait être rentré chez lui à 18 h 30 pour garder Sammy. Le lundi, Ari prenait des cours du soir de littérature anglaise. Mais il répondit tout de même :

— Ça me va.

Son instinct lui soufflait que Robert Mason n'avait pas enlevé Tina Mackay, et quand il le rencontra, vingt minutes plus tard, il fut convaincu qu'il avait raison. Mason était un producteur de disques d'une trentaine d'années et vivait dans un véritable palais, décoré avec ostentation et avec vue sur la mer, à deux pas de l'appartement de Cora Burstridge. Il avait fait la connaissance de Tina lors du lancement d'un livre et l'avait invitée à l'un des somptueux déjeuners qu'il organisait régulièrement le dimanche, et qui avaient pour vocation de « réunir des artistes de tous bords ». C'était aussi simple que ça. Innocent.

Une impasse.

Sur le chemin du retour, Glen ralentit en passant devant l'immeuble de Cora Burstridge. La pluie avait cessé et le soleil du soir perçait à travers les nuages au-dessus de la Manche. La mer était basse. Une rangée de mouettes était alignée sur une digue couverte de mauvaises herbes. Un vieil homme agitait un détecteur de métaux dans tous les sens au-dessus du sable humide, au-delà de la plage de galets. Cora Burstridge avait vécu avec cette vue.

Il leva la tête vers la fenêtre en saillie de l'appartement de l'actrice, au troisième étage, et se demanda si quelqu'un l'occupait en ce moment. Peut-être sa fille, Ellen, qu'il avait appelée à Los Angeles pour lui annoncer la nouvelle ? Elle avait semblé bouleversée, son chagrin apparemment alourdi du fardeau de la culpabilité – il n'y avait rien de pire que de comprendre qu'il était trop tard pour toutes les choses que vous vous étiez juré de faire.

Je ne vous ai pas abandonnée, Cora. Je me bats pour vous. Je suis dans ma voiture et je pense à vous jour et nuit. Je ne vous aimais pas seulement pour votre beauté, vous m'avez ébloui par votre talent. Vous m'avez tant donné et je ferai tout mon possible pour m'acquitter de ma dette.

Je vous le promets.

Il bâtit une tour en Lego avec Sammy, puis il le mit au lit et lui lut une histoire de Roald Dahl. Sammy aimait s'endormir après avoir ri, et Glen aimait le regarder fermer les yeux avec un sourire sur le visage.

Ari lui avait laissé son dîner dans le micro-ondes, il ne lui restait plus qu'à enclencher le minuteur. Mais quand elle rentra de son cours, à 22 h 30, la tête pleine de Graham Greene et de *Brighton Rock*, et de curieux personnages nommés

Pinkie, Spicer, Dallow, Cubitt et Ida, elle trouva des briques de Lego éparpillées sur le sol et Glen assis sur le canapé, plongé dans un épais volume intitulé *Postmortem Examination*, par le docteur Nigel Kirkhaam, membre du Royal College of Pathologists.

Et elle vit que le poulet aux champignons, tomates, haricots d'Espagne et pommes duchesse n'avait pas quitté le micro-ondes.

S'efforçant de garder son calme, elle lui sourit faiblement, et vint se percher à côté de lui, joue contre joue.

— C'est bien ?

Pour toute réponse, il se tourna vers elle et la regarda avec de grands yeux ronds où se lisait l'épuisement.

CHAPITRE 46

Michael était assis à son bureau, chez lui, devant son Mac PowerBook, tapant ses notes pour son article du *Daily Mail* :

« Les symptômes de maladie mentale comprennent : altération des perceptions – fréquemment de la vision et du goût. Exemples : les fleurs se mettent à sentir comme de la chair carbonisée, ou un aliment sucré semble amer.

Illusions. Hallucinations. Élémentaires : entendre des sifflements et des détonations. Complexes : entendre des voix, voir des visages, des scènes complètes. (À développer.)

Troubles de la pensée : délires, obsessions, langage désorganisé (déraillements ou incohérence), troubles du jugement (cognitifs et décisionnels). Répondre à côté de la question. Il y a un mot allemand pour ça, *Vorbeireden*. Le patient donne toujours l'impression de vouloir aborder le sujet, sans jamais s'y résoudre. »

Il croisa les bras. L'inspiration le fuyait, c'était n'importe quoi. Il n'avait même pas touché la Grolsch qu'il s'était versée. Il regarda l'horloge sur l'écran. 19 h 30. Lulu, l'assistante d'Amanda, ne l'avait pas appelé comme elle avait promis de le faire après être passée chez elle. Pourquoi ?

Il composa de nouveau le numéro du domicile d'Amanda, écouta sa voix sur le répondeur – il eut un serrement de cœur.

« Salut ! Je ne peux pas vous répondre pour l'instant, mais laissez-moi un message et je vous rappellerai ! »

Il préféra tenter sa chance sur son mobile. Comme les fois précédentes, la messagerie prit le relais avant même qu'il ait sonné.

« Vous êtes bien sur le répondeur d'Amanda Capstick. Laissez-moi un message et je vous rappellerai sans faute ! »

Il raccrocha. Pourquoi Lulu ne l'avait-il pas appelé ?

Il relut ce qu'il avait écrit sur l'écran. Il n'y avait aucun fil conducteur, c'était brouillon. D'ordinaire, quand il s'installait devant son clavier, un miracle se produisait, la muse venait et les mots coulaient tout seuls.

Je devrais peut-être passer à l'appartement d'Amanda.

Mais Lulu l'avait déjà fait.

Il décrocha son téléphone, appela les renseignements et demanda le numéro du quartier général de la police du Sussex.

Quand il obtint le standard de la police, il demanda qui pouvait lui fournir des renseignements sur les accidents de la circulation survenus dans les dernières vingt-quatre heures. On lui passa le PC routier. Une voix masculine et serviable lui répondit :

— Amanda Capstick ? Un instant, monsieur.

Il y eut un silence, puis son interlocuteur reprit :

— Personne de ce nom n'a été impliqué dans un accident dans la région du Sussex, monsieur. Je suis remonté aux dernières quarante-huit heures.

— Merci. Vous n'auriez pas la liste des hôpitaux de la région disposant d'un service des urgences par hasard ? Elle n'a peut-être pas été victime d'un accident, elle a pu tomber malade.

L'homme lui suggéra quelques établissements où tenter sa chance. Michael téléphona aux deux premiers et s'apprêtait à contacter le troisième quand Lulu se manifesta. Avec la musique assourdissante en fond sonore, elle eut beau crier, il avait du mal à l'entendre.

— Michael Tennent ? Bonsoir, désolée pour le bruit, mais je suis dans un pub – c'est le seul téléphone que j'ai pu trouver, la batterie de mon mobile est morte. Je suis allée chez Amanda. Elle n'a pas ouvert quand j'ai sonné. L'un de ses voisins a une clé et m'a laissé entrer. Je n'ai rien constaté d'anormal. Sa voiture n'est pas là – j'ai bien regardé dans les petites rues autour de chez elle, elle n'y est pas.

Une courte pause, puis :

— J'ai aussi appelé sa sœur. Elle m'a confirmé qu'Amanda était repartie pour Londres hier soir vers 21 heures. Elle lui a paru très heureuse.

Ces mots étaient comme une torture pour Michael. *Très heureuse.* Elle lui avait semblé si gaie quand ils s'étaient dit au revoir, si vulnérable.

Très heureuse.

Il se souvint d'un film qu'il avait vu, *La Disparue*, dans lequel la petite amie – ou la femme ? – d'un type disparaissait d'une station-service sur l'autoroute et n'était jamais retrouvée.

Ces choses-là arrivaient.

Mais pas à Amanda, non, pitié, pas à Amanda. Il devait y avoir une autre explication, plus simple, qui leur avait échappé, à lui et à Lulu.

Oui, mais quoi ?

— J'ai pris contact avec la police du Sussex, dit Michael. Et j'ai commencé à faire le tour des hôpitaux. Je vais appeler tous les postes de police et tous les hôpitaux qui se trouvent le long de l'itinéraire qu'elle aurait dû emprunter pour rentrer à Londres. (Il hésita.) J'ai eu une autre idée. Son... euh... son ex ?

—Brian ?

—Oui.

—Je lui ai parlé cet après-midi. Il dit qu'il n'a aucune nouvelle.

—C'est juste qu'elle m'a paru un peu anxieuse à son sujet. Il y avait une voiture garée devant chez moi quand elle est venue l'autre jour et ça l'a rendue assez nerveuse.

—Je ne crois pas qu'elle soit avec lui.

—Non ? (Il se sentait embarrassé à présent.) D'accord.

—Je rentre chez moi, dit-elle. Je connais les numéros de certains de ses amis – je vais les appeler. Vous me tenez au courant si vous avez du nouveau ? Vous avez mon téléphone perso ?

—Oui, vous me l'avez donné. Pareil, vous me tenez au courant si vous avez du nouveau.

Elle promit qu'elle le ferait.

Deux heures plus tard, Michael rappela Lulu. Il avait fait chou blanc avec la police et les hôpitaux. De son côté, elle n'avait pas eu plus de succès avec les amis d'Amanda, sa sœur, sa mère ou Brian.

Il sortit se promener pour se changer les idées. À son retour, il n'y avait pas de message sur son répondeur.

Il chauffa au micro-ondes un plat de lasagnes aux fruits de mer et le mangea, machinalement, devant *News at Ten*. Puis il retourna à son ordinateur et bâcla son article. Le résultat lui paraissait toujours aussi décousu, mais le *Daily Mail* devrait s'en contenter. Peu après minuit, il le faxa à son rédacteur en chef.

Il essaya de joindre Amanda, chez elle et sur son mobile, mais n'obtint une nouvelle fois que l'enregistrement de sa voix. À tout hasard, il appela son bureau et tomba sur la voix enregistrée de Lulu cette fois.

Il avala deux cachets de paracétamol et alla se coucher.

À 3 heures, il glissa un comprimé de mélatonine sous sa langue.

Mais il ne lui apporta pas le sommeil.

CHAPITRE 47

Thomas Lamark observa les cadrans sur le tableau de bord de la Ford Mondeo bleu marine du docteur Goel. Il les consulta l'un après l'autre, dans un ordre qui lui était devenu familier.

Le compteur kilométrique indiquait qu'il avait parcouru cent soixante-quinze kilomètres depuis son départ de Holland Park à 7 heures ce matin. Il lui restait exactement la moitié d'un plein d'essence. La pression d'huile était bonne. La température aussi. La vitesse était à zéro. Le compte-tours était stable à 500 tours/minute.

Aucun voyant n'était allumé.

Bien.

L'ampoule au néon de la cuisine qu'il devait changer se trouvait sur le siège passager à côté de lui. La cassette de l'enregistrement de la voix du docteur Michael Tennent provenant du répondeur téléphonique était dans la fente du lecteur. Il la réécouterait bientôt. Une fois toutes les demi-heures était un bon rythme.

Juste pour se rappeler.

Il vérifia une nouvelle fois les indicateurs sur le tableau de bord. Tout allait bien. Il regarda dans les rétroviseurs, rien à signaler de ce côté-là non plus. Il retraça mentalement son parcours depuis la maison. Il avait fait le tour des portes et des fenêtres : tout était bien fermé. Il avait activé le système d'alarme. Rentré le lait. Verrouillé la porte d'entrée.

C'était le seul moyen de lutter contre ses trous de mémoire. En procédant étape par étape.

Plus tard, il tâcherait de trouver un magasin qui vendait des ampoules au néon. Mais ce n'était pas pour cette raison qu'il était arrêté à un feu dans la voiture du docteur Goel à la périphérie de la charmante station thermale de Cheltenham, à 8 h 30, un lundi matin. Il n'avait pas roulé cent soixante-quinze kilomètres pour acheter une ampoule.

Vert. Juste pour être sûr, il regarda le feu de signalisation une deuxième fois. Le véhicule derrière lui klaxonna. Thomas jeta un coup d'œil dans son rétroviseur ; le visage de l'autre conducteur lui déplut immédiatement. Il regarda le feu une troisième fois. Vert, sans le moindre doute. Satisfait, il poursuivit sa route.

Aujourd'hui, il était un banlieusard se rendant à son travail. Un homme ordinaire, dans une automobile ordinaire. Il s'arrêta au feu suivant et observa par la fenêtre la voiture à sa droite. Un autre homme ordinaire, en costume : celui-là avait les cheveux roux et le visage triste. Thomas le regarda avec envie. Un homme normal, qui allait travailler. Avec une vie normale. Des amis. Sans doute une femme. Des enfants. Il lui fit un signe de la tête, comme pour lui dire : *Je suis comme vous. Un homme ordinaire qui va à son travail. Je suis normal. Rien ne va de travers dans ma tête. Je suis comme vous. Je suis normal.*

L'autre ne le remarqua même pas, et ne lui rendit pas son salut. Le feu passa au vert et il sortit de sa vie au volant de sa voiture. Après les vérifications d'usage, Thomas repartit à son tour. Il n'était venu qu'une seule fois à Cheltenham auparavant, mais le plan de la ville était resté gravé dans son esprit et il savait exactement où il allait.

Les emplacements de parking ne manquaient pas dans la rue en arc de cercle, devant la rangée de maisons attenantes et identiques de style géorgien, un peu délabrées, dont la façade en pierre de Cotswold luisait doucement dans la lumière du soleil matinal, les feuilles des arbres appliquant de petites touches d'ombre sur les trottoirs. Il sentait la chaleur du soleil dans son dos. Ça promettait d'être une belle journée.

Sa montre indiquait 8 h 40, l'horloge de la voiture 8 h 42. Il se remémora une citation : « Un homme qui porte une montre connaît toujours l'heure exacte. L'homme qui en porte deux ne la connaît jamais. »

Il se passa la cassette de la voix du docteur Michael Tennent sur le répondeur téléphonique et l'écouta attentivement. Quand il eut terminé, il dit :

— Combien de montres portez-vous, docteur Tennent ?

À 9 heures, il sortit de sa voiture et longea la rangée de maisons jusqu'au numéro 20. Les marches menant à la porte d'entrée étaient maculées de merde d'oiseau. La peinture verte de la porte n'était plus qu'un lointain souvenir, et avait grand besoin d'une couche fraîche. À côté de l'entrée se trouvait un Interphone en bien meilleur état que le bâtiment lui-même. Plusieurs noms figuraient en face des sonnettes ; il appuya sur celle qui correspondait à « CENTRE D'AFFAIRES ET DE COMM. DE CHELT ».

— Qu'est-ce que c'est ? grésilla une voix masculine qui inspirait confiance.

Terence Goel se présenta.

Il y eut un bourdonnement bref. Il poussa la porte et pénétra dans un grand vestibule avec une peinture crème fatiguée et un tapis rouge miteux. L'endroit était mal éclairé et sentait la faillite.

Il y avait un escalier devant lui et un ascenseur à l'allure suspecte à sa droite. Sur le mur, un panneau en bois énumérait les sociétés présentes dans ce bâtiment. Le Centre d'affaires et de communications de Cheltenham se trouvait au deuxième étage. Sous le panneau, un tas de courrier avait été posé sur une étagère. Il jeta un coup d'œil. De la publicité, essentiellement, adressée à une entreprise au nom à consonances étrangères.

Dans un bureau, quelque part au-dessus de lui, le téléphone sonnait dans le vide.

Il décida de prendre l'escalier.

Pourquoi est-ce que personne ne décrochait ?

Il y avait un miroir au bas des marches, vissé au mur – un bel objet, doré, mais la glace aurait eu besoin d'un bon coup de chiffon. Il regarda son reflet, passa les doigts dans ses cheveux. Aujourd'hui, il portait les vêtements du docteur Goel. Le docteur Goel était un Américain qui travaillait en Angleterre. Les différences entre un Américain travaillant en Angleterre et un Anglais travaillant en Angleterre étaient subtiles. Des nuances. Grâce à la télévision, il avait pu étudier les Américains ; il en avait tiré la conclusion que les Américains portaient plus souvent une alliance que les Anglais.

Le docteur Goel portait une simple alliance en or.

Il était vêtu d'un costume en lin crème de chez *Daks*, froissé juste comme il le fallait, d'une chemise à col boutonné bleu nuit avec une cravate jaune, de chaussures en cuir mat dotées d'épaisses semelles de crêpe. Il avait remarqué que les Américains préféraient les chaussures fonctionnelles aux modèles plus élégants.

Ça ferait l'affaire, décida-t-il. Il était très bien. Il ressemblait à Terence Goel.

Puis il se pencha brusquement vers le miroir. Plus près. Il était stupéfait. Comment avait-il pu ne rien remarquer auparavant ?

Il retira sa veste et regarda l'épaule gauche. Une minuscule bande de tissu manquait – seulement quelques fils de large et moins d'un centimètre et demi de long. Il avait dû rester accroché quelque part. En sortant de la voiture ?

Heureusement, c'était à peine visible : la doublure était de la même couleur et il fallait vraiment avoir le nez dessus pour s'en rendre compte. De toute façon, le docteur Terence Goel était un scientifique, un universitaire. Les universitaires du monde entier avaient tendance à négliger leur apparence. Si Terence Goel avait un accroc à sa veste, ce n'était pas grave.

Il secoua la tête et son reflet confirma.

—Aucune importance. OK.

Deuxième porte à droite dans le couloir. Dessus, une belle plaque en cuivre portait le nom de l'entreprise. La plaque ajoutait une touche de style, pensa Thomas. Comme chez un avocat. Le style commençait et s'arrêtait avec la plaque.

La porte donnait sur une petite pièce, avec un standard téléphonique, un ordinateur en fin de vie, et une vingtaine de répondeurs téléphoniques. L'un des murs était tapissé du sol au plafond de casiers à courrier, du genre de ceux que l'on voit derrière la réception d'un hôtel. Du café frémissait dans une carafe en verre, entourée par une poignée de grandes tasses répugnantes. Des volutes bleutées de fumée de cigare stagnaient au plafond, avant de s'échapper lentement à travers les lamelles des stores vénitiens baissés pour empêcher le soleil d'entrer.

Un club de golf solitaire était posé contre un mur. À côté de lui, une valise bon marché, ouverte, de laquelle débordait une masse de dossiers. Plusieurs certificats prenaient la poussière sur le mur; l'un d'eux proclamait, « MEMBRE DE LA CHAMBRE DE COMMERCE DE CHELTENHAM ».

Le corpulent propriétaire du Centre d'affaires et de communications de Cheltenham donnait l'impression d'avoir été descendu par une grue dans son fauteuil, derrière son bureau ridiculement petit et encombré, et qu'ensuite le reste du mobilier avait été déposé autour de lui. Dans tout ce fatras, Thomas aperçut un billet de loterie avec deux chiffres entourés d'un cercle.

Le titre complet de l'homme était, à en croire l'écriteau en bois sur le bureau, « Nicholas R. Lubbings, BA Com, MBA ». À côté de l'écriteau, un cigare ramolli se consumait dans un cendrier rond en métal avec « Martini » inscrit dessus.

De là où il était assis, Lubbings pouvait utiliser le standard et l'ordinateur, et atteindre une rangée de classeurs à tiroirs sans bouger.

Lubbings avait dans les quarante-cinq ans et de nombreux kilos en trop ; Thomas songea qu'un bain et un peu d'air frais lui auraient fait le plus grand bien. Il avait une grosse tête carrée avec des bajoues, recouverte de cheveux noirs, courts, brillantinés et coiffés de manière démodée. Sa brioche pendait hors de son blazer bleu, mettant à rude épreuve les boutons de sa chemise.

Lubbings l'étudia avec méfiance, puis une lueur de reconnaissance s'alluma dans ses yeux. Un jour, Thomas avait vu un documentaire à la télévision, dans lequel un éléphant était hissé hors de la soute d'un bateau. La manière dont Lubbings se dressa sur ses jambes le lui rappela.

— Bonjour, docteur Goel ! Quel plaisir de vous revoir !

Avec un sourire radieux, il saisit la main de Thomas comme s'il avait retrouvé un oncle milliardaire perdu de vue depuis longtemps, la serra fort ; malgré l'heure matinale, son haleine empestait le cognac.

— Bonjour, monsieur Lubbings, répondit froidement Thomas.

— Et comment allez-vous en cette belle journée ?

Après un autre souffle d'air alcoolisé, Lubbings lui lâcha la main, fit lourdement le tour de son bureau et fit pivoter un fauteuil en cuir vers Thomas, l'invitant à s'asseoir.

Thomas ne répondit pas, mais demanda :

— Vous avez mon paquet ?

Le téléphone sonna. Lubbings se précipita vers son bureau et tapa sur deux touches de son clavier. Immédiatement, des mots s'affichèrent sur l'écran de l'ordinateur. Lubbings les lut, décrocha et dit :

— *Import-Export Sud et Ouest*, bonjour.

Thomas le regarda.

—Non, il n'est pas au bureau en ce moment. Puis-je prendre un message ?

Coinçant le combiné sous l'oreille, il saisit un message sur l'ordinateur, ses doigts s'activant sur le clavier avec une dextérité qui surprit Thomas.

Alors qu'il raccrochait, le téléphone sonna de nouveau. Il leva un doigt en signe d'excuse puis, après avoir répété le même manège, il répondit.

—*Berlines sport de Cheltenham*, bonjour.

Thomas jeta un coup d'œil au mur tapissé de casiers à courrier. Beaucoup d'entre eux contenaient des lettres et des paquets plus gros. Puis il remarqua un sac postal gris, sur le sol, à côté du bureau ; il était plein, du courrier s'en échappait sur la moquette. Plusieurs petites piles étaient rangées à côté. Lubbings les triait probablement pour le compte des différentes entreprises pour lesquelles il fournissait un service de domiciliation et des prestations annexes.

—Une Ford Granada Scorpio avec moins de 80 000 km au compteur ? dit Lubbings. Malheureusement, aucun de nos vendeurs n'est disponible pour l'instant. Laissez-moi votre numéro et quelqu'un vous rappellera d'ici à quelques minutes ! (Lubbings tapa de plus belle sur son clavier, remercia son correspondant d'une voix mielleuse et retourna son attention vers Thomas.) D'habitude, c'est plus tranquille à cette heure-là ! À nous, maintenant. Votre colis – ah, oui, je me souviens. Il est arrivé hier. Vous avez appelé, n'est-ce pas, docteur Goel ? Je peux vous offrir du thé ? Un café ?

—Juste mon paquet.

—Depuis votre dernier passage, j'ai fait imprimer une nouvelle plaquette publicitaire. Nous proposons encore plus de services qui pourraient vous intéresser. Vous devriez y jeter un coup d'œil, ça ne vous prendra que quelques minutes.

Il tendit un dépliant terne à Thomas, puis il alla aux casiers et les contempla d'un air interdit.

—Ah, bien sûr!

Il se pencha et tira de sous son bureau une grande boîte carrée, marquée «Fragile». Elle était adressée au «Docteur Terence Goel, PO Box 2876, Cheltenham, Gloucestershire GL7 8RS».

—À présent, nous offrons un service d'e-mail, docteur Goel. Et une messagerie vocale. Je ne vous en ai pas parlé lors de votre dernier passage, n'est-ce pas?

—Non, dit Thomas. Mais je n'ai pas le temps maintenant. Quelqu'un m'attend.

—Bien sûr. Ç'a été un plaisir, docteur Goel. Si jamais vous avez besoin d'organiser une réunion, nous sommes en mesure de vous louer une salle. Je peux vous la montrer, si vous voulez?

—Une autre fois.

—D'accord. Passez quand vous voulez – vous êtes toujours le bienvenu. Après tout, ceci est votre bureau!

Il eut un petit rire idiot.

Thomas retourna à sa voiture. Le paquet était plus lourd qu'il s'y attendait. Il était impatient d'en examiner le contenu. Mais pas ici.

Il le mit dans le coffre et vérifia qu'il l'avait bien fermé. Il monta à bord de sa voiture, puis ressortit et s'assura une nouvelle fois que le coffre était bien fermé.

Il ne repartit qu'après une ultime vérification.

CHAPITRE 48

— V ous semblez soucieux, docteur Tennent, dit le vieil homme. Vous avez du mal à vous concentrer. Confortablement installé dans le fauteuil de son cabinet du Sheen Park Hospital, Michael regarda l'ancien officier de camp de concentration, assis sur le canapé, raide comme un piquet ; il paraissait encore plus fragile que quinze jours plus tôt.

Herman Dortmund ne lui apprenait rien. D'ailleurs, il se serait bien passé de sa présence aujourd'hui. Il ne voulait voir personne. Et surtout pas cet individu répugnant.

Il n'avait qu'une envie : en finir avec cette séance et que Dortmund s'en aille. Il consulta sa montre. 9 h 30. Encore un quart d'heure et il aurait un trou dans son emploi du temps qui lui permettrait d'appeler Amanda à son bureau. Si Lulu n'avait aucune nouvelle, il avait déjà décidé de sa prochaine démarche. Il avait les yeux secs, à cause de la fatigue, mais il marchait plein gaz à l'adrénaline.

— Parlons plutôt de vous, dit Michael, refusant de se laisser distraire.

Comme à l'accoutumée, Dortmund était vêtu comme un *gentleman farmer* anglais. Il portait un costume en tweed Harris, bien trop chaud pour cette belle matinée d'été, une chemise à carreaux Viyella, une cravate National Trust, maintenue en place par une épingle en or discrète, et des richelieus en daim marron.

Les mains jointes au bout des doigts et levées devant lui, Dortmund le considérait de ses yeux froids. De sa voix arrogante, avec son accent guttural, il dit :

— La dernière fois que j'étais là, j'ai expliqué ce don que j'avais de présager un événement tragique. Je vous ai prévenu que vous alliez perdre une femme que vous aimez. (Il y avait de petites gouttes de salive aux commissures de ses lèvres serpentines. Et de la suffisance dans son ton. Une certaine satisfaction, peut-être.) Cette personne occupe vos pensées en ce moment, docteur Tennent.

Michael l'observa. Pas plus que lors de la précédente séance il ne voulait légitimer les fantasmes tordus du vieil homme en lui demandant des précisions, pourtant il lui était difficile de passer outre.

— D'accord, dit-il. Vous pouvez m'en dire plus ?

Sans un geste, sans détourner le regard, Dortmund répondit :

— Non.

Michael avait le sentiment qu'il essayait de le manipuler.

— Qu'est-ce qui vous fait croire que je m'inquiète pour quelqu'un ?

— Je paie pour que vous m'aidiez, docteur Tennent, *pas l'inverse.*

— C'est vrai, mais au début, quand vous êtes venu me voir, vous m'avez affirmé vouloir vous racheter pour ce que vous aviez fait à Belsen. Et c'est bien vous qui avez décidé de me parler de votre don. Alors ?

— Ce n'est pas important pour moi. Une simple observation, rien de plus.

Michael mit fin à l'affrontement de leurs regards en se plongeant dans le dossier de son patient : une façon de donner à Dortmund le temps de se remettre à parler.

Le silence se prolongea. Michael jeta un coup d'œil à sa montre. Plus que dix minutes.

— J'ai lu dans le *Times* que Gloria Lamark était décédée, reprit enfin Dortmund. L'actrice. Une de vos patientes – je l'ai croisée dans la salle d'attente une fois. Je me souviens de l'avoir vue dans *Double zéro*, avec Michael Redgrave.

Michael leva brusquement la tête. Il crut lire du reproche dans les yeux du vieil homme – à moins que ce soit le fruit de son imagination ? Il n'avait pas l'intention de se laisser entraîner dans une discussion à propos de Gloria Lamark.

— Je lui ai dit que je l'avais trouvée très bien dans ce film, continua Dortmund. Ça lui a fait plaisir. Il n'en faut pas beaucoup aux actrices. Il suffit de flatter leur vanité. Mais je ne vous apprends rien, docteur Tennent, n'est-ce pas ?

— Vous avez vu *La Liste de Schindler* ? demanda Michael.

Dortmund détourna les yeux. C'était un coup bas, Michael le savait, et pas sans danger vis-à-vis d'un homme à la santé mentale fragilisée par la culpabilité engendrée par les atrocités qu'il avait commises pendant la guerre. Mais il s'en fichait. L'autre avait mal choisi son jour : si ce monstre vieillissant le cherchait, il allait le trouver.

Dortmund ne reprit pas la parole avant la fin de la séance. Puis s'appuyant sur la poignée en acajou de sa canne, il se leva du canapé et, après un « Bonne journée » plutôt sec, il prit congé, tel un homme marchant dans les pas de son ombre.

Michael referma brusquement son dossier et le rangea avec colère. Il décida qu'il allait virer Dortmund. Il l'avait gardé comme patient uniquement parce qu'il intéressait, mais il ne comprenait toujours pas ce qui avait pu se passer dans l'esprit de cet homme toutes ces années plus tôt, pendant la Seconde Guerre mondiale.

Fallait-il naître mauvais pour faire le mal ? Ou fallait-il naître avec une *aptitude* pour le mal ? Existait-il un événement déclencheur pendant l'enfance ? Ou à l'âge adulte ?

Qu'était le mal de toute façon ? Pendant les croisades, les chrétiens avaient massacré les musulmans afin d'établir la domination de leurs croyances sur le monde ; en quoi était-ce plus acceptable que le massacre des Juifs, des Noirs et des handicapés perpétré par les nazis ?

Fallait-il être sain d'esprit pour être réellement mauvais ? Sain d'esprit et faible, ou sain d'esprit et fort ?

Il décrocha le téléphone et composa le numéro du bureau d'Amanda. Lulu répondit. Elle venait d'essayer de joindre Amanda chez elle et sur son mobile, chez sa sœur, sa mère et avait même rappelé Brian. Sans succès.

Son cœur hurlait, mais il garda une voix calme :

— Lulu, dit-il, je vais appeler la police.

CHAPITRE 49

Le commissariat de Brighton se dresse au sommet d'une côte raide. Du point de vue architectural, impossible de le confondre avec autre chose qu'un bâtiment officiel, semblable à ceux qu'on trouve dans tous les centres-villes modernes. Du béton et du verre, ternis par la crasse urbaine et rongés par le sel de la Manche. Il n'est pas particulièrement agréable à l'œil, ce n'est pas non plus une horreur. Mais il est immense. Par son activité, il est le deuxième commissariat d'Angleterre.

Le blason gravé suspendu au-dessus de l'entrée principale lui donne de l'autorité. Des individus de tous horizons se croisent dans cette partie de la ville. Certains d'entre eux ne se sentent pas très à l'aise quand ils passent devant le long mur de verre presque opaque. Nombreux sont ceux qui évitent tout bonnement cette rue.

Un bureau du coroner de Brighton et Hove est situé au rez-de-chaussée, avec vue sur le parking du personnel et le gymnase. Les assistants du coroner partagent leur temps entre la morgue et cette salle en *open space*.

Glen Branson se tenait devant le bureau d'Eleanor Willow, qui avait assisté à l'autopsie de Cora Burstridge.

— Pourquoi voulez-vous cette clé, exactement ? demanda-t-elle.

— La fille de Cora Burstridge arrive de Los Angeles. J'ai pensé que je ferais bien de mettre un peu d'ordre, de m'assurer qu'il ne reste rien qui pourrait lui faire de la peine, mentit-il.

Elle fronça les sourcils.

— D'accord, si vous estimez que c'est nécessaire.

— Vous n'avez pas l'intention d'envoyer la police scientifique, n'est-ce pas ?

— Non, dit-elle. Vous n'avez pas besoin de faire attention aux empreintes. Le légiste est satisfait. Nous n'attendons plus que les résultats des analyses des urines, du sang et des fluides gastriques.

Elle se leva, ouvrit un tiroir à dossiers suspendus, fouilla à l'intérieur et en sortit une enveloppe brune sur laquelle était écrit à la main « Cora Burstridge. Appartement 7, 93 Adelaide Crescent. Hove ».

— Vous me les rapportez dès que vous avez terminé, n'est-ce pas ?

— Sans faute.

La porte que Glen avait défoncée à coups de pied le jeudi avait été réparée et, des dégâts qu'il avait causés, il ne restait pratiquement aucune trace. La clé tourna sans difficulté dans la serrure et il se faufila à l'intérieur, fermant derrière lui, content que personne ne l'ait surpris.

Il ne voulait pas être interrompu, il avait besoin de garder la tête froide, il avait besoin de temps, de *temps suspendu*.

Il avait déjà établi, autant que possible, quel avait été l'emploi du temps de Cora Burstridge le dernier jour de sa vie, grâce à sa voisine, Mme Winston, qui semblait avoir gardé un œil sur elle. Dans la matinée, Cora avait accordé une interview au journal local, l'*Evening Argus*. Un photographe était venu, alors que le journaliste était toujours là. Après, elle était sortie faire des courses – elle avait dit à Mme Winston qu'elle voulait acheter un cadeau pour sa petite-fille qui venait de naître, aux

États-Unis, quelque chose de léger, qu'elle pourrait envoyer par la poste ; Mme Winston avait suggéré un vêtement. Cora avait prévu de rendre visite à sa fille et de voir sa petite-fille pour la première fois à Noël prochain et elle s'en faisait une joie. Elle ne parlait que de ça, sa petite-fille d'à peine trois mois. Son prénom était Brittany.

Cora Burstridge avait quitté son appartement peu avant 13 heures et Mme Winston, qui était allée voir sa fille cet après-midi-là, ne l'avait jamais revue.

Glen s'immobilisa. La mauvaise odeur avait presque disparu, il en subsistait à peine une trace, mais peut-être qu'il se faisait des idées.

Il essaya d'imaginer qu'il était Cora Burstridge. *Se mettre à sa place*, c'était l'expression qu'employaient les profileurs psychologiques. Il mit la chaîne de sûreté, telle qu'il l'avait trouvée. Puis il traversa lentement le vestibule. Il était fatigué, euphorique après la cérémonie de remise des prix de la BAFTA, mais épuisé après cette longue nuit à Londres, et il ressentait également une lassitude sous-jacente pour la vie en général.

Il détestait la vieillesse, il détestait le manque d'argent, il était seul et son avenir s'étendait devant lui, telle une voie ferrée rouillée s'enfonçant dans un tunnel sombre.

Une version bien plus jeune de lui-même, coude à coude avec un jeune Laurence Olivier, le regardait depuis l'affiche de *Time and the Conways* sur le mur.

Le passé. Les jours d'antan, qui ne reviendraient pas. La BAFTA lui avait accordé ce prix censé couronner toute une carrière, il avait prononcé son discours, et maintenant on attendait de lui qu'il débarrasse le plancher et aille mourir chez lui en silence. Avec un peu de chance, s'il ne traînait pas trop – c'est-à-dire s'il partait avant que tout le monde l'ait oublié –, il aurait droit à des funérailles dans une belle église de Londres.

Son trophée en main, il était rentré chez lui. Il n'avait même plus assez d'argent pour se payer une maison de retraite digne de ce nom. Restait l'option d'aller vivre en Californie avec sa fille, de sombrer dans la décrépitude dans une ville où il aurait pu être adulé à une époque, mais où, aujourd'hui, il n'était qu'un *has been* de plus.

Plus beaucoup d'amis encore de ce monde.

Son seul trésor dans cette vie, c'était sa petite-fille, Brittany. Il ne l'avait pas encore vue, plus de dix mille kilomètres les séparaient. Pour fêter son prix, il n'avait rien trouvé de mieux que d'acheter un cadeau à Brittany.

Alors où était-il ?

Il traversa le salon. Le soleil, éclatant, illuminait la pièce. Il faisait miroiter le cadre art déco d'une glace. Il l'éblouissait à partir d'un étui à cigarettes en argent posé sur une table basse. Une lumière rouge clignotait. Il avança jusqu'au répondeur téléphonique qui se trouvait sur la commode dans le renfoncement près de la fenêtre. Onze messages au compteur. Il appuya sur la touche « Play » et les écouta.

Ils venaient s'ajouter à ceux qu'il avait déjà écoutés jeudi mais laissés sur la bande. Des demandes d'interviews et encore des félicitations d'amis, arrivées dans la soirée de jeudi, avant que la presse annonce la nouvelle. Il y avait un message datant de tôt ce matin. Un certain Brian Willoughby, vendeur chez *Everest Double vitrage*, proposant de lui présenter leur promotion du moment.

Il faisait chaud. Des fenêtres à double vitrage. Elle avait déjà des fenêtres à double vitrage. Un camion accéléra le long du front de mer. Le double vitrage étouffait le bruit, mais ne l'empêchait pas complètement d'entrer. Il empêchait les mouches à viande d'entrer. Une mouche solitaire cognait contre une vitre. Plusieurs de ses compagnes gisaient mortes sur le rebord. Il était content d'être venu : il pourrait au moins épargner ce spectacle à sa fille.

Et les mouches à viande continuaient à le tracasser.

Il regarda par la fenêtre, la rue, large et très fréquentée, puis la promenade, et enfin la plage de galets et le sable humide. Les vagues se brisant. Marée basse. L'eau peu profonde. Il se rappela son grand-père. *Les hauts-fonds.*

L'eau la plus agitée se trouve dans les hauts-fonds. Les rochers les plus dangereux, aussi, juste sous la surface, pas ceux que l'on peut voir, ceux que l'on ne peut pas voir.

Qu'y avait-il ici qu'il était incapable de voir ?

Il se remit dans l'état d'esprit de Cora Burstridge.

Avait-il fait aussi chaud mardi après-midi ? *Au point de me faire ouvrir une fenêtre ?* Il essaya, mais les fenêtres étaient dotées de poignées à clé. *Où gardais-je la clé ?*

Elle était très sensible à la sécurité. Certaines personnes âgées supportaient mal le froid, mais ne voyaient aucun inconvénient à une chaleur pareille. Il vérifierait les fenêtres, mais d'abord, *Est-ce que j'ai acheté un cadeau ? Où est-ce que je l'ai mis ? L'ai-je envoyé avant de me suicider ?*

Puis il vit le sac en plastique. Un grand sac élégant bleu marine, fermé en haut, avec le logo *Hannington's* sur le côté.

Glen ouvrit le sac. À l'intérieur se trouvait une grenouillère rose. Il la sortit, la déplia et la tint devant lui. Tout petits bras, toutes petites jambes. Le mot « Championne ! » était brodé sur le devant en lettres de couleurs vives.

Il le rangea dans le sac. *Hannington's* était le grand magasin le plus prestigieux de Brighton. Bien sûr, rien n'était assez beau pour Brittany. Gâter bébé : la prérogative des grands-mères ! Il en savait quelque chose. La mère d'Ari était dingue de Sammy.

Il retourna à la fenêtre et à présent son cerveau fonctionnait à cent à l'heure. Je suis Cora Burstridge, je suis déprimée et je vais me tuer. La nuit dernière, j'ai remporté un prix, j'achète une grenouillère pour fêter ça et je m'apprête à l'envoyer à ma petite-fille, Brittany, qui habite dans une jolie maison de

Palm Drive, au nord de Wilshire Boulevard, à Beverly Hills. J'essaie d'imaginer à quoi elle ressemble.

Je rentre chez moi. Pourquoi est-ce que je me suicide avant d'envoyer mon cadeau ?

Ça n'a pas de sens.

Par-dessus son épaule, il regarda le couloir sombre qui menait à sa chambre ; soudain, il eut un frisson quand son cerveau lui présenta un instantané de ce qu'il avait vu là-bas jeudi dernier.

Puis, l'atmosphère tout entière de cet appartement le rattrapa. Le silence. La sensation que Cora Burstridge avait vidé les lieux – et n'était pourtant pas totalement partie. Pas encore. Les esprits avaient tendance à s'éterniser, au moins jusqu'aux funérailles – on le disait en tout cas. Ensuite, ils passaient de l'autre côté.

Il y avait des ombres partout. Cora était-elle l'une d'elles ?

Lui en voulait-elle d'être là ?

Je m'immisce dans la vie de quelqu'un, dans sa mort, et je ne le fais que parce que je suis curieux, parce que j'ai envie de fouiner dans l'appartement de la grande actrice Cora Burstridge.

Faux !

Je suis là pour vous aider, Cora.

Il regarda de nouveau à l'intérieur du sac *Hannington's*. Le ticket de caisse se trouvait au fond. Il le sortit du sac : la petite tenue de Brittany avait coûté 75 livres.

Une somme astronomique !

Alors que je ne pouvais pas me le permettre, j'ai dépensé 75 livres pour offrir cette grenouillère à ma petite-fille. Je voulais la voir se rouler par terre et l'entendre gazouiller avec cette grenouillère sur le dos. J'allais la lui envoyer et ensuite, quelques semaines plus tard, j'allais recevoir les photos de Brittany, et j'allais les poser sur la tablette de la cheminée et dans la cuisine, et en garder certaines dans mon sac à main.

Glen remit le ticket de caisse dans le sac. Puis il tira de sa poche ses gants en caoutchouc et les enfila. Cora Burstridge ne s'était pas suicidée.

C'était tout bonnement impossible.

CHAPITRE 50

U n trou de mémoire. La nuit à l'intérieur de sa tête.
La nuit dehors.

La nuit dans ses oreilles, dans ses yeux, dans sa bouche, dans ses poumons. Elle inspirait et expirait la nuit. Sentait la nuit.

Ses yeux fouillant l'obscurité, la traction de leurs muscles l'informant sur leur position, ne trouvant rien, dans aucune direction, ni en haut, ni en bas, ni à gauche, ni à droite.

Elle était étendue sur le dos, elle savait au moins ça. Rien d'autre.

L'épuisement. Elle avait l'impression qu'on lui avait coulé du plomb dans les os. Trop minée pour lutter contre l'attraction de la pesanteur, elle restait immobile, abandonnée sur une plage obscure de conscience par la marée du sommeil qui se retirait.

Elle respirait.

Dans une sorte d'état de veille. *Hypnagogique, hypno-pompique,* divaguait l'esprit d'Amanda. L'état hypnagogique était le demi-sommeil qui précédait l'endormissement ; l'état hypnopompique était le demi-sommeil qui précédait le réveil. À moins que ce soit l'inverse.

Elle essaya de se souvenir de là où elle se trouvait. Quel endroit connaissait-elle, où régnait une obscurité aussi profonde ?

Elle avait froid, mais elle transpirait. Des perles humides se formaient sur sa peau, traversaient ses vêtements, dégoulinaient de ses cheveux. Elle frissonna. Froid, chaud, froid, chaud.

Elle était fiévreuse.

L'obscurité sentait le béton et quelque chose d'autre, comme du désinfectant, mais qui n'en était pas. Elle connaissait cette odeur, elle lui était familière, une vieille connaissance, mais que sa mémoire refusait d'identifier.

Est-ce que je suis morte ?

Une chose après l'autre.

Amanda ferma les yeux, ses cils crissant doucement l'un contre l'autre dans le silence, puis elle les rouvrit. Aucune différence. La nuit. Elle avait mal à la gorge. La nuit. Elle cligna des yeux. La nuit.

Il faisait trop chaud.

Je connais cette odeur.

La panique commençant à grignoter son sang-froid, elle se demanda si elle était devenue aveugle pendant la nuit. Ça arrivait. On s'endormait et on se réveillait aveugle. Des suites d'une attaque. Rétines décollées. À présent, la panique se propageait en elle ; elle tâtonna à la recherche d'un interrupteur. Sa table de chevet était à droite. Dessus se trouvaient un verre d'eau, un mouchoir, un bracelet-montre, un radio-réveil et une lampe.

Rien. Sa main rencontra une surface froide, rugueuse, dure… Maintenant un blizzard de pensées confuses s'agitait dans son cerveau.

De la pierre ? Du béton ?

Elle cligna de nouveau des yeux, ferma les paupières en serrant bien fort et, dans le silence, écouta le battement de son cœur. Elle sentait les muscles jouer à l'intérieur de sa poitrine, avec des ratés parfois, vibrant, accélérant et ralentissant. Ses oreilles sifflaient, comme si elle avait des conques pressées contre elles.

Oh, mon Dieu, je vous en supplie, faites que je ne sois pas aveugle.

Elle essaya de se concentrer sur son ouïe, afin d'entendre les bruits du sommeil. Michael ? Brian ? Elle bougea la main dans l'obscurité, cherchant à établir un contact physique, mais ses doigts ne trouvèrent que la pierre froide et rugueuse.

Que quelqu'un me dise où je suis. Que quelqu'un me dise ce qui m'est arrivé. Que quelqu'un me dise d'où vient cette odeur d'hôpital qui n'en est pas une.

Est-ce que je suis à l'hôpital ?

Je vous en supplie, dites-moi que je ne suis pas aveugle.

Son corps lui disait qu'elle était étendue sur un matelas, sa main que le matelas était posé sur un sol en pierre. L'odeur était son seul indice. Elle s'y accrocha : une puanteur écœurante et âcre qui lui piquait les yeux et la gorge.

Il y avait forcément un interrupteur. Une sonnette d'appel. Tous les hôpitaux en étaient équipés. Au-dessus du lit. Elle leva la main, mais elle ne trouva rien : ni mur, ni interrupteur, ni sonnette d'appel. Juste l'obscurité et le vide.

La panique faisait monter la pression dans ses oreilles, comme quand on prenait de l'altitude en avion ou qu'on plongeait avec des bouteilles. Elle avait mal. Elle trouva son nez, le pinça, souffla. Ses oreilles se débouchèrent, mais l'affolement tira d'autres signaux d'alarme en elle. Elle avalait goulûment l'air, ses jambes claquant violemment l'une contre l'autre. Elle commençait à perdre les pédales.

Calme-toi. Écoute. Trouve une solution.

Autour d'elle régnait un silence de tombe.

Essaie de te rappeler, se dit-elle. *Remonte en arrière dans le temps.* Mais à partir de quand ? Maintenant ? Elle était au lit avec Michael, ils faisaient l'amour, ils…

Il y avait eu cette voiture garée dehors. Un homme, à l'intérieur, qui les observait.

Brian ?

Elle frissonna. Elle porta la main à sa bouche. Elle suça le bout d'un doigt et la chair était chaude. Le contact physique lui fit du bien, c'était un soulagement de sentir quelque chose de vivant dans cette obscurité, même s'il ne s'agissait que d'une partie d'elle-même.

J'ai envie de faire pipi.

J'ignore où sont les toilettes.

Oh, mon Dieu, je ne peux pas être aveugle.

Elle chassa sa vessie de son esprit. *D'abord tirer cette histoire au clair et savoir où je suis. Ensuite, je me rappellerai l'emplacement de l'interrupteur et je trouverai les toilettes. Je ne suis pas aveugle, il fait noir, c'est tout.*

Pas aveugle.

Commençons par les vêtements que je porte. Elle toucha son poignet gauche, et la Rolex que lui avait offerte Brian il y a des années était toujours là. Si seulement elle avait eu un cadran lumineux. Elle poursuivit son exploration en allant vers le bas. Elle portait un tee-shirt. Son jean Versace, elle sentait l'étiquette avec la lettre en métal. Sa ceinture préférée, qu'elle avait achetée dans une boutique à Minorque deux ans plus tôt. Pas de collant. Des chaussures à talons plats.

Elle était habillée comme ça… hier? Avec Michael, à la course de stock-cars. Tout lui revenait maintenant. Ensuite, elle était allée chez Lara pour fêter les quatre ans de Leonora. Le prestidigitateur avait tiré un lapin blanc d'un bocal en verre.

Et après?

Elle était repartie pour…

Le trou.

Sa main trouva le sol de pierre et l'air. Son envie d'uriner empirait. *Il faut que je me lève, que je m'oriente, c'est ridicule.*

Peut-être que je suis en train de rêver.

Oui. Un rêve. C'est ça. Un rêve lucide. Je vais me réveiller dans une minute.

Elle roula sur le côté, hors du matelas, s'agenouilla sur le sol en pierre, puis se redressa. Désorientée par l'obscurité, elle chancela, trébucha et tomba; elle se reçut durement sur le sol et poussa un cri. Sa main, qu'elle s'était éraflée, la piquait.

Bon Dieu.

La tête lui tournait. Elle se remit à genoux. Puis debout, plus lentement cette fois. Tout doux. *Tiens-toi droite et ne bouge plus. Brave fille.*

J'ai mal à la gorge.

Je suis retournée à Londres après la fête d'anniversaire de Leonora. Je suis arrivée chez moi, j'ai garé ma voiture, j'ai pris mon sac, j'ai fermé la portière à clé, j'ai ouvert la porte de mon immeuble, je suis entrée dans le vestibule, j'ai vérifié s'il n'y avait rien dans ma boîte aux lettres bien qu'on soit dimanche.

Et ensuite?

Le trou. Encore.

Un film voilé.

Une boue noirâtre tournait à l'intérieur de son esprit. Une feuille de papier au bromure d'argent claquait contre les parois d'un bac tandis qu'une image se formait. Celle d'un homme descendant l'escalier qui menait à son appartement; bel homme, grand, la main tendue pour la saluer. Un grand sourire décontracté sur le visage, le sourire d'un vieil ami, pourtant elle n'arrivait pas à le remettre, elle ne se rappelait pas l'avoir jamais vu auparavant.

—Amanda! Quel plaisir de vous voir! Mais qu'est-ce que vous faites là?

Il lui serra la main. Elle sentit une légère piqûre dans la paume, comme si une bague qu'il portait avait mordu dans sa peau. Elle ne parvenait toujours pas à le remettre.

—J'habite ici! se souvint-elle d'avoir dit.

Puis le noir.

CHAPITRE 51

North London, à l'heure du déjeuner ; la circulation était dense, les gens allaient et venaient, la ville tout entière surprise par le brusque changement de temps ; on tombait la veste, on desserrait la cravate. Il avait les aisselles trempées. La pluie d'hier avait disparu sans laisser de trace et la large avenue, avec ses maisons victoriennes crasseuses, était aussi aride qu'elle en avait l'air. Les feuilles des arbres semblaient déjà cendrées.

La chemise de Michael lui collait à la poitrine ; il y avait une zone de fraîcheur au creux de ses reins où la sueur s'accumulait. Au volant de sa Volvo, il montait Rosslyn Hill en se traînant derrière un camion, son atlas A-Z sur les genoux, regrettant de ne pas avoir pris l'option clim lors de l'achat du véhicule. Il avait les fenêtres baissées, le toit ouvert, la ventilation qui lui soufflait à fond au visage. Les pages de l'atlas tournaient dans le courant d'air, et toutes les cinq secondes la brochure posée sur le siège passager à côté de son mobile s'ouvrait et se fermait toute seule.

Elle lui avait été envoyée par Lulu, l'assistante d'Amanda. Elle vantait les prestations de *20-20 Vision*, et contenait deux photographies d'Amanda. Sous l'une d'entre elles, haute de cinq centimètres, se trouvait un bref résumé de sa carrière ; sur l'autre, prise en pleine action et de beaucoup plus loin, son visage avait à peine la taille d'un point.

Amanda, où es-tu, bon sang ? Qu'est-ce qui s'est passé ?

Elle gisait peut-être dans un fossé, prisonnière de sa voiture retournée. Brian avait pu l'enlever et la tuer dans un accès de rage. La jalousie faisait oublier toute raison. Elle avait pu se noyer, elle était peut-être devenue amnésique. Parfois, les gens craquaient, ils perdaient le sens des réalités.

Ou alors…

Il chassa l'idée qu'un inconnu ait pu la kidnapper. Fred et Rosemary West avaient été arrêtés, mais les monstres en liberté ne manquaient pas, tout aussi terribles.

Oh mon Dieu, faites qu'il ne soit rien arrivé à Amanda.

Il était 10 h 10. Thelma, sa secrétaire au Sheen Park Hospital, avait sauvé la situation : elle avait réussi à reporter son dernier patient de la matinée, et les deux premiers de l'après-midi, ce qui lui donnait un créneau de trois heures et demie avant l'arrivée de Terence Goel à 15 h 45. Elle n'avait pas pu joindre ce dernier. Michael estimait que cela lui suffirait largement. Il n'avait pas le choix. Jamais il ne ferait faux bond à un patient.

Alors qu'il arrivait en haut de la côte, il aperçut le commissariat droit devant lui, de l'autre côté de la rue, un bâtiment en briques rouges à l'allure plutôt imposante arborant un mât sans drapeau. Hampstead était le poste de police le plus proche de l'appartement d'Amanda, et l'inspecteur à qui il avait parlé lui avait demandé de venir faire une déposition. Il refusait de la prendre au téléphone.

Michael se gara dans une rue transversale, mit son mobile dans sa poche, espérant l'entendre sonner à chaque seconde, espérant désespérément entendre la voix de Lulu lui annoncer qu'Amanda était de retour et que tout allait pour le mieux.

Il boutonna son col, ajusta sa cravate, puis descendit de voiture et enfila sa veste bleu marine légère. Ensuite, il ramassa la brochure, entra dans l'immeuble et approcha du guichet des renseignements. Il y avait une sonnette pour attirer l'attention d'un fonctionnaire de police. Sur le mur, une affiche de prévention anticriminalité prévenait : « Si tu choisis le mauvais côté de la loi, tu ne seras jamais en sécurité. » À côté de cette première affiche, une autre, avec la photo en couleurs d'un petit garçon et, au-dessus, la légende : « Disparu – Avez-vous vu cet enfant ? »

De l'autre côté du guichet se trouvaient plusieurs bureaux et téléphones, tous inoccupés. La seule autre personne présente était une fille à l'air pas très propre, de dix-neuf ou vingt ans, assise, la mine renfrognée, sur une chaise de la salle d'attente. Elle tenait un chien tout aussi morose, un croisement de boxer et de colley, au bout d'une courte chaîne.

Il appuya sur le bouton, qui vibra très fort et déclencha une sonnerie aiguë. Au bout de quelques instants, une porte s'ouvrit et une femme agent de police se présenta au guichet.

— On s'occupe de vous ?

— J'ai rendez-vous avec l'inspecteur Gilpin.

— Votre nom ?

— Docteur Tennent.

— D'accord, je vais voir si je peux vous le trouver. J'ai l'impression de l'avoir vu sortir. (Elle consulta un tableau, prit un téléphone et composa un numéro.) Salut, Sue, à la réception – Roger est là ? Non, c'est bien ce que je pensais. J'ai un docteur Tennent ici, qui a rendez-vous avec lui. (Elle hocha la tête, puis se tourna vers Michael.) J'ai bien peur qu'il ait été appelé pour une urgence. Vous vouliez le voir lui en particulier ou est-ce que quelqu'un d'autre pourrait vous aider ?

— Je suis venu signaler une disparition, expliqua Michael, ravalant la colère qu'il sentait monter en lui.

Une urgence ! Amanda courait peut-être un très grand danger. Que pouvait-il y avoir de plus urgent ? En même temps, au cours des années, il avait soigné plusieurs patients dont les enfants avaient disparu, et il était malheureusement bien placé pour savoir que la police était impuissante pour retrouver une personne disparue tant qu'il n'y avait pas preuve irréfutable d'un crime.

Quelques minutes plus tard, la porte s'ouvrit de nouveau, et un homme à l'allure d'ours bienveillant apparut, dans une chemise jaune à col ouvert. Il devait avoir à peine plus de trente ans. Avec sa carrure de joueur de rugby, mais quelques kilos en trop, il était visiblement gêné par la chaleur. De la sueur ruisselait sur ses joues et sur le devant de sa chemise trempée. Il avait des cheveux blonds, coupés ras, et un visage poupin.

Il lança un regard interrogateur à Michael.

— Docteur Tennent?

— Oui.

— Je suis désolé, l'inspecteur Gilpin a dû s'absenter. En quoi puis-je vous aider?

Il avait des yeux doux, aimables, et une voix posée, mais il avait néanmoins l'apparence d'un homme tout à fait capable de se débrouiller dans une bagarre.

— Je suis venu pour signaler une disparition – c'est sérieux. Il est forcément arrivé quelque chose de grave.

Le policier fronça les sourcils.

— Docteur Tennent? *Le* docteur Tennent? De la radio?

— Oui.

Que l'autre l'ait reconnu n'était pas pour déplaire à Michael : cela l'aiderait peut-être à être pris plus au sérieux.

L'inspecteur sourit.

— Ma fiancée est accro à votre émission! Elle ne la raterait pour rien au monde!

— Merci, dit Michael.

— Elle a vraiment beaucoup d'estime pour vous. Elle va être supercontente quand je vais lui dire que je vous ai rencontré! Venez, on va s'installer dans une salle d'interrogatoire. Je peux vous offrir un thé ou un café?

— Un café, ce sera très bien, dit Michael.

Puis, bien qu'il ne prenne habituellement jamais de sucre, il ajouta :

— Avec du lait et du sucre.

Ils s'installèrent dans une petite pièce surchauffée qui donnait un sentiment de claustrophobie. L'unique fenêtre en verre dépoli était minuscule et située tellement haut qu'il était impossible de l'ouvrir. Ça empestait le tabac froid. Il y avait un ventilateur, que le policier alluma, puis il s'assit en face de Michael, à la table en métal cabossé, ouvrit son calepin et sortit un stylo-bille. Michael avait l'impression de se trouver dans son studio à la radio, même les couleurs correspondaient – essentiellement du marron. Le ventilateur brassait l'air, sans beaucoup le rafraîchir.

Après avoir noté les principales informations concernant Amanda Capstick, le policier demanda :

— Est-ce que Mlle Capstick était déprimée ou souffrait d'un trouble mental ?

— Non. À mon avis, non.

Observant le visage de Michael avec attention, il poursuivit :

— Étiez-vous en conflit ?

— Non. Absolument pas. Nous… (Michael hésita, puis décida qu'il valait mieux dire toute la vérité.) La dernière fois que nous nous sommes vus, tout allait vraiment pour le mieux entre nous.

— D'accord. Pouvez-vous me dire ce qui s'est passé quand vous l'avez vue pour la dernière fois ?

Michael lui donna tous les détails dont il se souvenait ; ce fut un processus laborieux, le temps pour le policier de tout noter. Quand il eut terminé, Michael lui tendit la brochure avec les photographies d'Amanda à l'intérieur.

Il les regarda.

— Une jeune femme très séduisante.

Il lui rendit la brochure.

—Vous ne la gardez pas? s'étonna Michael.

—Pas à ce stade, monsieur.

Michael le dévisagea avec colère.

—Que voulez-vous dire, «pas à ce stade»?

—Monsieur, avec tout le respect que je vous dois, cela fait moins de quarante-huit heures. Il va de soi que nous souhaitons vous apporter toute l'aide possible, mais une période d'absence aussi courte n'a rien d'exceptionnel. Mlle Capstick ne souffre d'aucun trouble mental. Pour ce que nous en savons, elle peut très bien avoir décidé qu'elle avait besoin de prendre ses distances.

—Il faut moins de quarante-huit heures pour se vider de son sang dans la carcasse d'une voiture accidentée quelque part, ou pour se faire assassiner.

L'inspecteur posa son stylo et se pencha vers Michael, scrutant son visage.

—Que lui est-il arrivé, d'après vous, monsieur?

Le regard insistant de l'homme le mit mal à l'aise. Il s'attendait que la police nourrisse des soupçons à son égard, après tout il était l'une des dernières personnes à avoir vu Amanda vivante, et il était venu signaler sa disparition.

Michael lui parla de sa liaison avec Brian, et de l'inquiétude que lui avait causée la voiture garée près de chez lui, et le policier nota également ces informations.

—Vous ne lui connaissez pas d'ennemis, monsieur?

—Elle ne m'en a pas parlé.

—Est-ce qu'elle est apparue dans les documentaires qu'elle a tournés? Comme intervieweuse ou comme narratrice?

—Je ne sais pas. Pourquoi?

Le policier haussa les épaules.

—Les célébrités deviennent souvent la cible d'admirateurs obsessionnels. C'est juste une idée. À votre place, je ne m'alarmerais pas.

—C'est très difficile de ne pas s'alarmer. Amanda n'est pas une excentrique, c'est une personne intelligente et sensée. Même si elle avait décidé de ne plus jamais me revoir, elle n'aurait pas oublié un rendez-vous important ou laissé son assistante sans nouvelles.

—Je crains que cela n'arrive plus fréquemment que vous le pensez, monsieur. Les gens disparaissent, puis ils refont surface quelques jours plus tard, avec une explication parfaitement acceptable. Je suis persuadé qu'un psychiatre tel que vous a dû être confronté à des cas de ce genre.

Il avait raison, mais Michael n'était pas prêt à l'accepter. Il soutint le regard de l'inspecteur, refusant de lui donner une marge de manœuvre. Il voulait que la police se lance à la recherche d'Amanda. Sans délai.

—Alors, qu'est-ce que vous comptez faire ? Rien ? demanda-t-il d'un ton irrité.

—À ce stade, monsieur, nous allons diffuser auprès des autres forces de police du Sussex et de Londres l'information selon laquelle Mlle Capstick a été signalée disparue. (Il sourit, essayant de rassurer Michael.) Docteur Tennent, je vous promets de garder un œil sur cette affaire et de m'assurer que tout le monde soit au courant, mais c'est tout ce que je peux faire pour l'instant.

—Quand est-ce que vous pourrez faire plus ? s'emporta Michael, la frustration alimentant sa colère. Quand on aura trouvé le corps ?

L'inspecteur eut la décence de rougir un peu.

—On nous signale chaque année la disparition de deux cent cinquante mille personnes, monsieur. On finit par en retrouver la plupart. Je suis sûr que ce sera le cas pour elle et que rien ne lui est arrivé, monsieur. (Il sortit une carte de sa poche de poitrine.) N'hésitez pas à m'appeler, de jour comme de nuit, vous avez ma ligne directe et mon mobile. (Puis il la retourna et écrivit au dos.) J'ai ajouté le numéro de téléphone de mon domicile, monsieur – parce que c'est vous. Appelez-moi dès que vous avez du nouveau – ou si vous avez envie d'en parler.

Michael prit la carte et la regarda.

« Inspecteur Simon Roebuck. »

CHAPITRE 52

Des robes. Des chaussures. Des cartons à chapeau. Des foulards en soie. Des boîtes à bijoux. Deux des pièces de l'appartement de Cora Burstridge en étaient exclusivement remplies. Glen avait du mal à croire que la star ait possédé autant de vêtements.

Il découvrit une montre ancienne de chez *Cartier*, garnie de diamants, dans un étui simplement posé sur une commode ; d'autres objets précieux traînaient dans les placards et les tiroirs.

Dans l'ensemble, tout semblait en ordre – autant que pouvait l'être un tel bazar. Rien n'indiquait qu'un intrus ait fouillé les lieux. Jusqu'à ce qu'il ouvre la porte du placard à balais dans la cuisine.

Il y avait du désordre ici. Des seaux avaient été renversés ; le manche d'un balai mécanique formait un angle curieux avec une caisse de bouteilles de sherry ; plusieurs chiffons étaient tombés de leurs crochets ; une pelle à poussière et une balayette avaient été délogées et reposaient sur le sol à côté d'une boîte de Brasso dont le contenu s'était répandu.

Au-dessus de sa tête, une lueur semblait s'échapper d'une trappe entrouverte, menant au grenier.

Avait-il surpris quelqu'un ?

Il resta figé.

Le couvercle de la trappe ne se trouvait qu'à une trentaine de centimètres au-dessus de lui. Il lui était facile de le toucher, simplement en levant ses mains gantées. Tendant l'oreille, il retint sa respiration. Sa radio grésilla et il l'éteignit, se concentrant sur le grenier. Rien. Il entendait de la musique, étouffée – apparemment, quelqu'un jouait du piano dans l'appartement du dessous.

Levant les bras, il plaça les paumes de ses mains sur le couvercle. Il faisait plus d'un mètre quatre-vingt. Cora aurait eu besoin d'un escabeau. Où était-il ? *Quand êtes-vous montée là pour la dernière fois, Cora ?*

Il poussa le panneau plus haut. À la lumière crue, son regard porta jusqu'aux chevrons. La toiture semblait en bon état, à part quelques lambeaux de carton bitumés pendant çà et là. Écartant le couvercle en bois avec prudence, il agrippa les bords de la trappe et se hissa vers le haut.

Alors que sa tête émergeait à l'intérieur du grenier, il vit la silhouette qui le dominait de toute sa hauteur, son regard glacial.

Il eut soudain la chair de poule et il ne put s'empêcher de lâcher prise. Il s'écrasa sur le sol. *Merde, merde et merde, oh mon Dieu !*

Il sortit à reculons du placard, son cœur battant la chamade. Il était incapable de chasser cette silhouette de son esprit, le sourire froid, les lèvres brillantes et les longs cheveux blonds, la robe longue en soie noire.

Reprends-toi, merde !

C'était juste un putain de mannequin, bon sang, mais qui foutait vraiment les jetons.

Ça lui revenait maintenant. Bien sûr. *Madame est sortie.* L'un des meilleurs films de Cora Burstridge, un film à sensation dans lequel elle jouait la victime affolée d'un malade mental – Anthony Perkins, reprenant son rôle de *Psychose.* Dans la scène finale, elle lui tendait un piège en utilisant ce mannequin dissimulé par un voilage et habillé pour lui ressembler, tandis qu'elle l'attendait, derrière la porte, une hache à la main, pour lui régler son compte.

Il retourna dans le placard à balais, mais lentement, s'agrippa aux bords de la trappe et regarda de nouveau dans le grenier. Le mannequin lui fit presque le même effet que la première fois. Il l'observa attentivement, prenant le temps de s'assurer une bonne fois pour toutes qu'il ne bougerait pas, qu'il ne voyait pas un fantôme.

Le visage avait fait l'objet d'un soin tout particulier ; il semblait horriblement, terriblement réel – dans les moindres détails.

— Vous avez vraiment le sens de l'humour, Cora, chuchota-t-il, pas certain de le partager entièrement.

Il se hissa à grand-peine dans le grenier, lançant des coups de pied dans les murs pour trouver des points d'appui. C'était de cette façon que les chiffons s'étaient retrouvés par terre – et probablement aussi la pelle, la balayette et la boîte de Brasso.

À genoux, il regarda autour de lui. Une ampoule électrique solitaire pendait au bout d'un fil, pas très loin devant lui. Un grand ballon d'eau. Des valises et des malles entassées un peu partout. Des tas de photos ou de tableaux enveloppés dans du papier d'emballage et attachés avec de la ficelle, couverts d'années de poussière. Le mannequin, lui aussi, était poussiéreux, et une araignée avait tissé sa toile sur la perruque.

Glen se trouvait dans la véritable caverne d'Ali Baba des souvenirs de Cora Burstridge et il aurait tant voulu avoir le temps de l'explorer. Mais il se redressa et se concentra sur son travail.

Peut-être Cora était-elle montée ici et avait-elle oublié d'éteindre la lumière. Admettons. *Je suis Cora, qu'est-ce que je suis venu chercher ? Je viens de rentrer chez moi, après avoir acheté une grenouillère pour ma petite-fille Brittany. On m'a envoyé des fleurs, on me téléphone pour me féliciter à l'occasion du prix qui m'a été remis. Alors je pose le sac contenant le cadeau de Brittany, je sors mon escabeau et je grimpe au grenier. Pour y chercher quoi ?*

Quelque chose pour Brittany ? Un objet que m'a rappelé la cérémonie de la BAFTA ?

Glen sortit une petite torche qu'il avait apportée avec lui, l'alluma et éclaira de son faisceau les valises, les malles et tous les paquets enveloppés dans du papier d'emballage. De la poussière, des toiles d'araignée, des crottes de souris. Aucune de ces valises n'avait été ouverte depuis des mois – des années peut-être.

Attentif à ne marcher que sur les solives et baissant la tête afin d'éviter les chevrons les plus bas, il traversa le grenier au-delà de la portée de l'ampoule, jusqu'à la partie restée dans l'obscurité. Puis il se retourna et regarda le mannequin. Il lui foutait vraiment la trouille. Son crâne chauve effleura une grande toile d'araignée. Il sursauta et se frotta la tête avec dégoût. Ce faisant, il sentit les petites pattes de l'araignée lui courir dans le cou et il essaya de la chasser avec la main.

— Beurk ! Va-t'en ! dit-il avec un frisson.

Alors qu'il serrait les épaules et se secouait, la torche captura dans son faisceau ce qu'il prit tout d'abord pour un papillon de nuit endormi sur un montant en bois.

Débarrassé de l'araignée, il s'approcha et regarda de plus près. C'était une fine bande de tissu, accrochée à un clou. À hauteur de son épaule.

Il l'étudia encore plus attentivement. Des fils de couleur crème. Cora s'était-elle fait un accroc ? Mais Cora mesurait à peine un mètre soixante-cinq. C'est sa tête qui se serait trouvée à cette hauteur-là.

Il le laissa tel quel, sans le toucher, et continua à marcher, en direction d'un rectangle de lumière qu'il apercevait tout au bout du grenier. Alors qu'il approchait, il vit qu'il s'agissait de la porte d'un ancien escalier de secours. Rouillée, probablement mise au rancart depuis des années.

Elle était fermée par un cadenas. Sauf que le porte-cadenas avait été arraché et pendait, tordu, quatre vis rouillées toujours en place, quatre trous dans la porte, à l'endroit où il avait été fixé.

Quelqu'un avait enfoncé cette porte à coups de pied. Récemment.

Chapitre 53

En 1966, la BBC interdit la diffusion d'un documentaire qu'elle avait commandé au réalisateur Peter Watkins. Intitulé *La Bombe*, le film développait l'idée d'une attaque nucléaire fictive sur l'Angleterre. Il incluait des séquences montrant les ombres sur les murs d'Hiroshima – les restes vaporisés de dizaines de milliers d'êtres humains victimes du souffle de l'explosion atomique. Dans d'autres séquences, on voyait ceux qui avaient eu moins de chance et dont la peau se détachait, alors qu'ils essayaient de fuir, hurlant de douleur.

Le gain de notoriété qui suivit son interdiction fit de *La Bombe* un succès dans les salles d'art et d'essai et dans les projections privées. Gloria Lamark le vit à une avant-première sur invitation au National Film Theater. Comme de nombreux spectateurs terrifiés, elle passa commande d'un abri antiatomique, à construire sous sa maison, sous la cave existante, avec des murs en béton de plus de deux mètres cinquante d'épaisseur.

Comme les autres personnes possédant un abri de ce genre, Gloria Lamark garda le secret. En cas d'attaque nucléaire, ceux qui en connaissaient l'existence auraient tué pour pouvoir y pénétrer. Elle déploya des trésors d'ingéniosité pour cacher son abri. Ainsi, en descendant l'escalier au fond du vestibule, on arrivait dans une petite salle de sport contenant un vélo d'appartement, quelques haltères, un rameur et un tapis de course. Une porte en bois donnait sur un petit sauna. L'entrée de l'abri se trouvait sous le sauna, de l'autre côté d'une porte similaire à celles qu'utilisaient les banques dans leurs chambres fortes.

Derrière cette porte se trouvait une salle, constamment surveillée par une caméra de surveillance. Une deuxième porte de chambre forte donnait sur un escalier en colimaçon menant à l'abri proprement dit, accessible après une troisième et dernière porte.

L'abri était un petit réseau de pièces, chacune hermétiquement isolée des autres par des portes en acier. Si une fuite se déclarait dans l'une d'elles, les autres n'auraient pas à souffrir de la contamination. Il y avait un conduit d'aération ; un système de purification d'air et d'eau devait être installé. Gloria Lamark avait prévu qu'elle et Tom-Tom puissent y survivre pendant des mois si nécessaire, se nourrissant de conserves et d'eau en bouteille.

Néanmoins, le coût du chantier avait été astronomique, même en fonction de ses critères extravagants. La carcasse avait été achevée en 1967, époque à laquelle ses craintes avaient commencé à se calmer un peu. Elle ne termina jamais la plomberie, ni n'installa le purificateur d'air, et ne constitua aucune réserve de nourriture. À la place, elle équipa toutes les portes de verrous à l'extérieur et y enferma parfois Thomas pendant sa petite enfance, quand il n'était pas sage. Elle mit fin à cette pratique quand il atteignit l'adolescence et ne pénétra plus jamais dans l'abri après 1975. En fait, elle avait pratiquement oublié son existence.

Mais pas Thomas.

Et à présent, dans une des cellules hermétiquement closes de l'abri, à près de dix mètres sous le rez-de-chaussée de la maison, Amanda Capstick était étendue dans le noir, rendue sourde par le battement de son propre cœur.

Elle était encore tombée. Elle avait trébuché sur le matelas. Elle était immobile, l'oreille posée contre le sol en pierre froid. Elle écoutait. Mais l'obscurité était assourdissante, qui absorbait chaque sifflement de sa respiration et le lui restituait à plein volume. Ses oreilles vibraient de terreur. Tout n'était que pulsations, obéissant à un seul rythme. Pulsations, pensées, douleur – c'était tout ce qui la séparait du vide qui l'entourait. Le besoin d'uriner, aussi.

Elle se releva, se sentant plus éveillée à chaque moment qui passait, essayant désespérément de comprendre où elle se trouvait.

Chaque chose en son temps.

Pour l'heure, il y avait cette obscurité qui lui donnait le vertige ; elle la fouillait, la flairait, elle n'avait toujours pas réussi à déterminer l'origine de cette odeur âcre. Elle éprouvait des difficultés à rester debout. Toutes les cinq minutes, elle perdait son sens de l'orientation et se cognait contre un mur, ou butait contre le matelas et tombait.

Aussi sombre que soit un endroit, il y avait forcément de la lumière quelque part – sous une porte, autour d'une fenêtre, à travers une fissure dans le plafond ? Mais pas ici. Rien pour la soulager de l'angoissante noirceur du vide.

Elle toucha son propre corps ; elle était encore solide, elle était toujours faite de chair et de sang, c'était réconfortant. Elle se passa les doigts dans les cheveux. Pas morte. Elle avait au moins cette certitude.

Elle avait eu l'occasion de filmer à l'intérieur du service d'un hôpital qui ne s'occupait que de victimes d'attaques d'apoplexie. Certains malades restaient pris au piège, sourds, muets et aveugles, dans leur propre corps, avec leur conscience fonctionnant toujours normalement.

Et moi ?

Si seulement je parvenais à mettre la main sur mon sac. Il y a un briquet dedans.

Son besoin d'uriner commençait à dominer ses pensées. Elle luttait, l'envie la reprenait constamment, pire qu'auparavant. Elle la sentait qui revenait, maintenant, et cette fois le fait de résister lui fit tellement mal qu'une larme coula sur sa joue. Elle se tenait accroupie contre un mur, les jambes croisées, tremblante, elle transpirait, ses entrailles se tordant comme si quelqu'un manipulait un tourniquet à l'intérieur.

Puis l'envie passa. Elle avait un répit de quelques minutes.

Si j'étais à l'hôpital, paralysée, aveugle, on m'aurait posé un cathéter.

Elle appela de nouveau à l'aide. Mais le simple effort de crier réveilla sa vessie qui occupa encore une fois toutes ses pensées.

Des toilettes. Bon Dieu. Il y a forcément des toilettes quelque part.

Trouver le petit coin et après – seulement après – réfléchir.

Depuis sa dernière chute, sa main gauche lui faisait un mal de chien. Elle commença à parcourir le mur à l'aide de sa main droite. Méthodique. *Sois méthodique.* Un centimètre après l'autre, de haut en bas. Elle atteignit le sol, puis remonta, aussi haut qu'elle pouvait s'étirer. De la pierre, froide et lisse.

Je suis entrée ici, il y a donc nécessairement un moyen de sortir.

Les pensées les plus folles lui traversèrent l'esprit. Michael Tennent avait-il quelque chose à voir avec ça ? Ou Brian ? Qui était l'homme qui était venu à sa rencontre dans l'escalier, chez elle, et lui avait serré la main ?

Elle fit un faux pas, perdit le mur, essaya de le retrouver. Elle agita violemment les bras, laissant échapper un cri de frayeur alors qu'elle tombait une nouvelle fois ; elle se reçut durement sur le sol en pierre. Son visage s'écrasa sur le vieux matelas humide qui sentait le moisi. Elle balaya le sol avec ses bras, chaque centimètre, à la recherche de son sac. Il n'était pas là.

—Oh, mon Dieu, je vous en prie, aidez-moi !

Sur les genoux. *Debout. Du calme. Respire à fond. Garde l'équilibre, comme ça, c'est bien. Le mur. On reprend au début.*

Ses mains reconnurent la surface devenue familière. Elle essaya de se dire qu'il ne pouvait s'agir que d'un de ces mauvais rêves dans lesquels on se sent piégé ; on court sur place alors que le train fonce sur vous ou que l'assassin approche, et vos jambes refusent de fonctionner.

Mais la pression de sa vessie lui rappela qu'elle ne rêvait pas. Elle était bien réveillée, plaquée contre le mur, les jambes croisées, jurant à présent, la colère filtrant à travers ses dents serrées.

Pas question de mouiller ma culotte. Pas question de pisser par terre.

Plutôt mourir.

CHAPITRE 54

—Connaissez-vous la famille des oiseaux jardiniers, docteur Tennent ? Vous intéressez-vous à l'ornithologie ?

La tondeuse avait repris son manège dans le jardin de la clinique. À son retour de Hampstead, la densité de la circulation avait déjà joué avec les nerfs de Michael et à présent, le docteur Terence Goel, assis – détendu – sur son canapé, vêtu d'un costume en lin couleur crème et des mocassins aux pieds, ne faisait rien pour calmer son irritation.

Chaque fois que Michael lui posait une question, il répondait par une question. Michael avait retiré sa veste, mais il était toujours en nage. Il régnait une chaleur accablante dans ce bureau ; l'odeur de l'herbe fraîchement coupée l'avait un peu atténuée, mais l'eau de toilette âcre du docteur Goel avait fini par envahir la pièce.

—Les oiseaux jardiniers ? Non. L'ornithologie est un de vos centres d'intérêt ?

Le ronronnement de la tondeuse devenait plus fort. Michael but une gorgée d'eau, puis baissa les yeux sur le dossier de l'Américain.

—Tout dépend de votre définition de cette expression, docteur Tennent. À quel moment la *connaissance* se transforme-t-elle en *centre d'intérêt* ?

—Qu'en pensez-vous ? demanda Michael.

Goel posa les mains à plat sur le canapé de part et d'autre de lui ; il s'adossa, pencha la tête en arrière et leva les yeux au plafond d'un air inquiet.

— *Ptilonorhynchus violaceus.*

Il regarda Michael et, face à l'absence de réaction du psychiatre, il ajouta :

— Le jardinier satiné. Avez-vous entendu parler du jardinier satiné ?

— J'ai bien peur que non.

— Le mâle construit un berceau nuptial élaboré, auquel il travaille quotidiennement ; il réalise une plate-forme de brindilles. Il plante ensuite deux rangées de branchettes qui forment deux murs parallèles délimitant une « avenue » et se rejoignent parfois en une arche. Puis il décore l'entrée de squelettes d'insectes et de fleurs fraîches. À l'aide d'un morceau d'écorce qu'il tient dans son bec, il enduit finalement les murs de son berceau d'un mélange constitué de jus de baies et de salive. Il est le seul animal au monde, à part l'être humain, qui fabrique des outils et décore son habitat. C'est admirable, vous ne trouvez pas, docteur Tennent ?

— Oui, dit Michael avec réserve.

Comme précédemment avec Goel, il ne savait pas où ce dernier voulait en venir. Il attendit que son patient poursuive.

Le docteur Goel avait de nouveau les yeux rivés au plafond. Michael parcourut les notes qu'il avait prises lors de leur dernière séance. Goel avait parlé de prismes, il lui avait expliqué pourquoi les étoiles scintillaient. Il aimait communiquer des faits apparemment hors de propos. Michael devait prendre sur lui pour rester concentré. Il n'arrêtait pas de penser à Amanda. *Amanda, mon amour, où es-tu ? Où es-tu ?*

— Vous intéressez-vous à l'ornithologie, docteur Tennent ?

— Vous venez de me le demander. Et la réponse est non.

— Je ne pense pas vous l'avoir demandé.

Michael nota dans son dossier que Terence Goel semblait oublier des choses. Un mécanisme de défense.

Thomas Lamark observait le docteur Tennent. *Dure journée, n'est-ce pas, docteur Michael Tennent ? Vous me prenez pour un psychotique à qui sa mémoire joue des tours, un de ces tarés qui oublient ce qu'ils viennent à peine de dire. Vous n'avez qu'une hâte : que cette séance se termine. Vous vous faites un sang d'encre à cause de votre petite amie, Amanda Capstick. Et vous avez raison de vous en faire. Vous devriez même être beaucoup plus inquiet que vous l'êtes déjà.*

Ça viendra.

— Saviez-vous que de nombreuses espèces d'oiseaux s'accouplent pour la vie ? dit le docteur Goel.

Michael marqua une longue pause avant de répondre, espérant encourager Goel à continuer à parler. Mais Goel l'attendait.

— Non, je l'ignorais.

— Si le mâle perd la femelle, où l'inverse, il, ou elle, se laisse simplement mourir, conclut-il en regardant Michael droit dans les yeux.

Détournant le regard, Michael consulta discrètement ses notes ; ça lui revenait, maintenant : lors de leur dernière séance, Goel avait abordé le sujet des accidents de la route et il s'était demandé si cet homme était au courant pour Katy. La même question lui traversa l'esprit. Non, probablement pas. Certainement pas. Il était le seul à faire ce lien.

— Dites-moi, docteur Tennent, pensez-vous que la façon de mourir de la femelle a une incidence sur la douleur que ressent le jardinier mâle ?

Se rappelant le talon d'Achille de Goel – ses parents –, Michael répondit :

— Je ne crois pas être qualifié pour me prononcer à ce propos. Parlons un peu de vous. Vous venez me voir parce que vous souffrez de dépression. Nous n'avons pas beaucoup progressé lors de votre précédente visite. J'aimerais en savoir un peu plus sur vous. Peut-être que vous pourriez me donner un résumé de votre vie jusqu'à ce jour.

—D'abord, j'aimerais vous demander quelque chose, docteur Tennent. Quelque chose qui me tracasse.

—Allez-y.

—J'ai lu un article selon lequel nombreux seraient les enfants de la génération vidéo à se croire capables de tuer de sang-froid. Je suis moi-même de cette génération, mais il me semble que la civilisation est un vernis plutôt fin appliqué sur la nature humaine fondamentale, et que la nature humaine fondamentale n'a aucun problème pour tuer. Êtes-vous de cet avis ?

Michael était bien décidé à obliger ce patient à se livrer. Il lui retourna la question.

—Et vous ?

Goel ferma les yeux.

—J'aimerais approfondir le cas du jardinier satiné. Un oiseau court toutes sortes de risques. Imaginez la femelle du jardinier en plein vol, qui ne voit pas les lignes à haute tension sur son passage. Elle vole dans ces lignes ; tuée sur le coup, elle tombe sur le sol.

Il ouvrit les yeux, regarda fixement le psychiatre, puis poursuivit :

—Maintenant, supposons qu'elle se pose dans un piège tendu par un chasseur qui vend des oiseaux aux zoos. Le mâle est occupé ailleurs, il ramasse de quoi manger. Qu'est-ce qui serait le plus traumatisant, docteur Tennent ? Qu'il soit confronté au corps de sa femelle ? Ou qu'elle ne revienne jamais au nid ?

Michael se tortilla dans son fauteuil, le regard de l'autre fixé sur lui. Bon sang, si cet homme savait à quel point il abordait un sujet sensible. Il n'était certainement pas en état de lui répondre maintenant. Il avait l'impression que son patient avait renversé une brouette dans sa tête.

Amanda. Amanda, ma chérie. Appelle-moi, dis-moi que tu vas bien. Oh mon Dieu, Amanda, appelle-moi!

Faisant mine de parcourir le dossier de Goel, Michael consulta sa montre. Encore vingt minutes. Il voulait téléphoner à Lulu, la secrétaire d'Amanda, simplement pour entendre sa voix et ressentir une certaine proximité avec Amanda.

Et Thomas Lamark avait du mal à garder son sérieux. C'était parfait! Enfant, il avait toujours aimé capturer des insectes – des mouches, des grosses, les bleues étaient les meilleures –, puis planter une aiguille dans une aile et enfoncer la pointe sur le plan de travail à la cuisine, et ensuite observer la mouche lutter, sentir la confusion de l'insecte qui s'efforçait de voler sans y parvenir.

—Euh…, dit Michael, mais il avait perdu le fil. (Il essaya de retrouver son équilibre.) Et… euh… qu'est-ce qui serait le plus traumatisant, d'après vous?

Terence Goel glissa la main dans la poche de sa veste et en sortit une pièce de monnaie. Il la lança et la recueillit sur le dos de sa main.

—Pile ou face? dit-il.

Michael n'était pas sûr de vouloir le suivre sur cette voie, mais sa curiosité l'emporta.

—D'accord, dit-il. Face.

Terence Goel leva son autre main.

—Bien joué.

—Et si ç'avait été pile?

Goel sourit.

—Alors, ça aurait été bien joué pour moi.

—C'est une pièce d'or? demanda Michael.

—Un héritage.

Goel la rangea dans sa poche.

—Vous l'utilisez pour prendre des décisions ?

—Et vous, comment faites-vous, docteur Tennent ?

Michael n'était plus maître de la séance. Avant qu'ils commencent, il avait étudié ses notes de la semaine précédente. La dernière fois, le raisonnement de Goel avait été incohérent et ils n'étaient arrivés à rien. Il se comportait de la même façon aujourd'hui. Il évitait d'aborder le problème réel. Il le refoulait. Il parlait de tout sauf de ce qui l'amenait dans son cabinet.

Peut-être que c'était ça son problème ? Goel avait visiblement deux obsessions, l'une concernait la mort, l'autre le chagrin. Et sa perspective sur la réalité manquait clairement d'objectivité. Où tout cela prenait-il racine ? Avait-il perdu un être cher ?

C'était presque certain.

—J'aimerais en savoir un peu plus sur votre enfance, Terence, dit-il, en s'adressant délibérément à lui par son prénom. Parlez-moi de votre vie de famille quand vous étiez enfant.

Il eut l'impression d'avoir pressé un interrupteur. Goel sembla se tasser sur lui-même. Il resta assis, immobile, telle une statue de cire dans un musée qui aurait porté la légende *L'Homme sur le canapé*.

Rien de ce que Michael dit ensuite ne réussit à le faire sortir de son mutisme. Finalement, il dit :

—C'est fini pour aujourd'hui.

Puis Goel se leva et, sans un mot, sans un regard, il se dirigea vers la porte.

—Voyez avec ma secrétaire pour votre prochain rendez-vous, dit Michael, espérant secrètement que le docteur Goel n'en ferait rien.

Thomas Lamark inscrivit soigneusement la date du prochain rendez-vous dans son agenda en cuir noir. Il était satisfait, ç'avait été une bonne séance.

Parfait.

Il se la repassa dans sa tête, alors qu'il rentrait vers Holland Park, au volant de la Ford Mondeo du docteur Goel. Il était impatient de rentrer chez lui. Il roulait à une allure raisonnable, ne voulant pas remuer dans tous les sens le colis qu'il avait récupéré à Cheltenham et qui se trouvait toujours dans le coffre.

Il était impatient de l'ouvrir.

Michael continua à penser au docteur Goel pendant le reste de la matinée. Quelque chose ne collait pas chez ce type. Son médecin le lui avait envoyé après avoir diagnostiqué une possible dépression nerveuse. Pourtant, Goel n'agissait pas comme quelqu'un de déprimé.

L'amour-propre des malades qui sombraient dans la dépression suivait généralement le même chemin. Ils ne faisaient plus attention à leur apparence. Ils perdaient toute aptitude à se comporter en société.

Le docteur Goel avait une très haute opinion de lui-même. Son langage corporel était celui d'un homme plein d'assurance. Il prenait un soin maniaque de son apparence. Cet homme n'avait rien d'un dépressif.

Quelque chose n'allait pas chez lui, cela ne faisait pas le moindre doute. Une noirceur profonde. Un psychotique, peut-être. Un sociopathe?

Pas une dépression en tout cas.

CHAPITRE 55

L a douleur engendrée par l'envie d'uriner avait pris des proportions insoutenables. Elle n'allait pas pouvoir se retenir beaucoup plus longtemps.

Puis ses mains trouvèrent une ouverture dans le mur. Une porte !

Comment j'ai pu manquer ça avant ?

C'était impossible : elle était certaine d'avoir fait le tour complet de cet endroit – plusieurs fois.

Qui l'avait ouverte ?

Nom de Dieu. Est-ce que quelqu'un d'autre était là ?

Ses genoux s'entrechoquaient, elle serrait les cuisses. Malgré la douleur jaillissant de ses reins et lui transperçant la poitrine, elle s'introduisit par la brèche. La porte ouverte. Elle progressait lentement, chaque pas était une épreuve atroce.

Alors qu'elle pénétrait dans ce nouveau puits de ténèbres, l'odeur devint encore plus horrible. Elle lui piquait les yeux, lui attaquait la gorge et les poumons. Mais elle sentait quelque chose ici.

Une présence humaine.

Elle appela, d'une voix tellement distante et étranglée qu'elle eut du mal à la reconnaître.

— Y a quelqu'un ?

Un silence noir et assourdissant l'accueillit.

Elle continua à avancer, petit à petit, laissant l'ouverture derrière elle, tâtonnant le long d'un autre mur lisse. Puis, soudain, en dépit de son allure prudente, elle se prit les pieds dans quelque chose de solide et ses mains perdirent le contact avec le mur. Elle trébucha, agitant les bras dans l'obscurité, puis tomba en avant, se recevant sur quelque chose de dur et de bosselé.

— Désolée, dit Amanda. Excusez-moi, je…

Aucun mouvement en provenance de la masse rigide. De la main, elle toucha quelque chose de doux. Doux, et pourtant rêche à la fois.

La puanteur de ce produit chimique était insupportable.

Des poils ! Elle frissonna. Elle s'était écroulée sur un animal mort. Alors qu'elle retirait brusquement sa main, elle entra en contact avec quelque chose de froid et de caoutchouteux. Aucune erreur possible.

Un visage humain.

Gémissant, elle eut un mouvement de recul, essayant désespérément de retrouver la porte menant à l'autre pièce. À présent, le mystère de l'odeur était levé : elle se rappelait ses cours de biologie à l'école. Le produit chimique dans lequel on conservait les grenouilles et les autres animaux.

Du formol.

Puis elle trébucha sur le second corps.

Elle hurla de toutes ses forces dans l'obscurité.

Mais l'obscurité n'avait aucun son à lui offrir en retour, excepté ceux de sa propre terreur.

Puis vint le filet humide et chaud entre ses jambes. Mais à présent, ça lui était bien égal.

CHAPITRE 56

L e brigadier Bill Digby était le supérieur hiérarchique
direct de Glen Branson. Un couloir partant de la salle
des inspecteurs menait à son petit bureau au commissariat
de Hove.

En ce mardi après-midi, il était d'humeur massacrante.

Digby était un homme calme, réfléchi. De forte carrure,
doté d'une petite moustache militaire et de cheveux noirs
crépus, il avait l'air vieux jeu par opposition aux jeunes-turcs
qu'on trouvait chez les inspecteurs. Il travaillait à l'ancienne,
aussi, constant, méthodique, cédant rarement à l'affolement,
ne se précipitant jamais, sauf la dizaine de fois dans l'année
où il était appelé sur une scène de crime. Là, c'était une
tout autre histoire. Le meurtre exerçait sur Digby la même
fascination que sur le grand public – cela restait d'ailleurs
vrai de la plupart des policiers, aussi endurcis soient-ils.

Certains pensaient que, parce qu'il était lent, Bill
Digby n'était probablement pas très malin – ceux-là ne
le connaissaient pas bien. Son passe-temps favori était le
Scrabble et il avait remporté son lot de tournois régionaux.
Dans son travail, il faisait preuve de la même méthodologie
laborieuse et retorse que dans le jeu. Il ne plaçait jamais un
mot sans avoir considéré le maximum de points qu'il pouvait
lui rapporter.

Le brigadier avait vingt-cinq ans de service au compteur.
On lui avait tiré dessus, il avait reçu des coups de couteau, on
lui avait passé un savon pour avoir fichu en l'air les poursuites

contre un cambrioleur pour un vice de procédure ; la famille d'un braqueur de banque qu'il venait d'envoyer à l'ombre pour douze ans avait même lancé un chat mort attaché à une brique par la fenêtre de son salon.

C'était un dur à cuire. Le maintien de l'ordre reposait en grande partie sur des décisions difficiles et pas toujours justes. Chaque nouvel incident signalé à travers le pays et requérant l'intervention de la police apparaissait sur l'écran de son ordinateur ; un jour normal, il en défilait un toutes les soixante secondes – près de cinq cent mille l'année passée.

Mineurs, pour la plupart. Avec les ressources limitées à leur disposition, les officiers supérieurs devaient décider en permanence ce qui méritait une enquête et ce dont il ne fallait pas tenir compte. La police était jugée sur ses résultats. Sur des statistiques – nombre de malfrats traînés devant les tribunaux, condamnations. Améliorer la qualité de vie de la communauté. Gagner la guerre contre le crime. Empêcher la fonte des glaces. Marcher sur l'eau. Au choix, pensait parfois Digby, quand l'exaspération le gagnait, de toute façon, ces objectifs étaient aussi impossibles à atteindre les uns que les autres.

La majeure partie du travail des inspecteurs concernait des affaires de relativement petite envergure : cambriolages, vols, voies de fait, fraude, mais il arrivait que survienne quelque chose de gros. Et dans ce cas, en s'y prenant correctement, il était possible de se faire remarquer et d'obtenir une promotion – et parfois, on pouvait même apporter réellement quelque chose à la communauté.

L'opération Skeet avait ce genre de potentiel. Le commandant Gaylor, son supérieur hiérarchique direct, lui avait laissé carte blanche et, confiant en ses compétences, n'avait même pas nommé un capitaine pour le superviser.

S'appuyant sur un réseau d'informateurs organisé par le collègue de Glen, Mike Harris, Bill Digby avait consacré ces trois dernières années à constituer un dossier sur un groupe de trafiquants de drogue locaux qui importait de la cocaïne par Shoreham, le port maritime commercial de la région. La nuit, la drogue était jetée par-dessus bord, dans des paquets lestés et équipés d'émetteurs à basse fréquence – du genre de ceux qui servent d'ordinaire à retrouver les balles de golf perdues – qui étaient ensuite repêchés, dans le noir, par des plongeurs.

Le cerveau derrière tout ce trafic était un pédophile notoire, un Gallois du nom de Tam Hywell, un sale type dont Digby respectait l'habileté, mais qu'il considérait comme la lie de la société – dans la chaîne alimentaire, il le situait entre un ténia et une moisissure, le charme en moins.

Quatre semaines plus tôt, à l'aube, l'opération Skeet avait été lancée et s'était soldée par l'arrestation de toute la bande lors d'une descente proche de la perfection. Avec toutes les preuves en main, Digby était convaincu que Tam Hywell allait se montrer très coopératif devant le juge. Soit Hywell déballait tout sur son trafic de drogue, et devenait témoin à charge, soit il serait poursuivi pour s'être procuré de jeunes garçons. Hywell savait qu'il fallait être fou pour entrer dans une prison britannique en ayant été reconnu coupable de sévices sexuels sur des enfants.

Sans tenir compte des protestations de Digby, un petit malin d'avocat avait convaincu un juge hésitant d'accorder à Hywell la mise en liberté provisoire sous caution. Et ce dimanche matin, un des voisins du Gallois avait signalé une odeur intolérable provenant de l'appartement de luxe avec terrasse où ce dernier vivait seul. Quand la police avait forcé la porte, elle avait trouvé les restes sanglants de Hywell. Il avait été taillé en pièces à la machette ; sa langue avait été tranchée et remplacée par ses organes génitaux.

Le brigadier examinait les photos de scène de crime, se demandant dans quelle mesure la mort de Hywell risquait de lui coûter les condamnations des autres membres de la bande.

Il leva la tête, interrompu dans ses pensées par un coup sec frappé à la porte. Avant qu'il dise quoi que ce soit, elle s'ouvrit et l'inspecteur Glen Branson passa la tête dans l'entrebâillement.

—Vous avez un moment, chef?

Digby l'invita à entrer d'un geste, et Glen s'assit dans l'espace exigu devant son modeste bureau, puis il se pencha en avant, sa curiosité excitée par les photos.

—C'est Tam Hywell?

—Ouais.

Digby sourit d'un air pince-sans-rire parce que, malgré toute sa colère refoulée, il ne pouvait pas résister au bon mot qui lui était soudain venu, et il ajouta:

—Une vraie tête de nœud, pas vrai?

Glen résista à la tentation de répliquer dans la même veine. Il se cala sur son siège.

—Cora Burstridge, dit-il. La semaine dernière? (Le brigadier hocha la tête – il avait une excellente mémoire.) Je ne suis pas satisfait. Je ne suis pas du tout convaincu qu'il s'agisse d'un suicide. J'ai mené ma petite enquête…

Digby l'interrompit.

—Qui vous en a donné l'autorisation?

—Je n'ai pas pris sur mon temps de travail, chef – je suis de repos aujourd'hui, et j'en ai profité pour visiter son appartement ce matin.

Digby haussa les sourcils. Glen était une bonne recrue, quelqu'un d'ambitieux; il l'aimait bien, mais parfois l'inspecteur inexpérimenté s'enthousiasmait un peu vite.

—D'accord, poursuivez.

Glen lui fit part de ses réflexions à propos de la grenouillère que Cora avait achetée pour sa petite-fille, et aussi de la porte de l'escalier de secours qui avait été forcée dans le grenier, et enfin des interrogations du légiste concernant les mouches. Puis il ajouta:

—Je me suis rendu dans l'immeuble situé derrière celui de Cora Burstridge et donnant sur l'escalier d'incendie ; j'ai fait la tournée des appartements et une dame m'a dit avoir vu un homme portant une écritoire à pince descendre par là en début de semaine dernière, mardi ou mercredi.

—À quand remonte la mort de Cora Burstridge ?

—Le légiste ne peut pas donner de date précise. Mais il pense, à cause de la présence d'asticots et de mouches adultes, qu'elle était probablement morte depuis deux jours quand je l'ai trouvée, mardi donc. Elle a été vue pour la dernière fois mardi matin, quand elle est sortie faire des courses.

—Ça ne concorde pas tout à fait avec le témoignage que vous avez recueilli, observa Digby.

—Non, mais j'ai demandé au syndic de l'immeuble de Cora Burstridge si un ouvrier ou un expert immobilier était intervenu la semaine dernière, et il a été catégorique : personne n'est venu.

—Le certificat de conformité incendie de l'immeuble est à jour ?

—Oui, la visite de contrôle date du 19 novembre de l'an passé.

—Alors pourquoi cette sortie était-elle verrouillée ?

—Elle ne servait plus. Le nouvel itinéraire d'évacuation emprunte les parties communes.

Digby tordit la bouche d'un côté et explora brièvement l'intérieur de sa joue avec la langue.

—La chaîne de sûreté avait été mise de l'intérieur, n'est-ce pas ?

—Exactement ! dit Glen. La chaîne de sûreté était en place. Toutes les fenêtres étaient verrouillées. S'il y avait un intrus, alors il s'est forcément enfui par le grenier après l'avoir tuée. Dans sa hâte, il n'a pas correctement refermé la trappe, il a laissé la lumière allumée et il a forcé la porte de secours pour sortir.

Digby réunit les photos de Tam Hywell et les tapota sur le bureau pour les aligner, avant de les glisser dans une enveloppe.

—On a fouillé l'appartement jeudi dernier. Pourquoi est-ce que personne n'a trouvé la trappe entrebâillée à ce moment-là ?

Glen haussa les épaules.

—Je me suis posé la même question. On est passé à côté, je ne vois pas d'autre explication.

—Cora Burstridge était une célébrité, Glen. Sa mort a fait la une de la presse nationale. Vous ne croyez pas qu'une petite ordure a pu entrer par effraction dans son appartement, sachant qu'il était inoccupé ?

—Je pense que rien n'a été volé, chef. Il y a des bijoux, des montres de luxe, des bibelots art déco partout. Aucun cambrioleur n'a fouillé cet appartement. Il est nickel.

—À moins que vous l'ayez dérangé en arrivant ?

—C'est possible.

—Vous supposez qu'il est entré dans l'appartement par la porte de devant et qu'ensuite, il s'est éclipsé par le grenier et la sortie de secours. Vous êtes sûr qu'il n'est pas entré par là ?

—Il n'y a aucune trace à l'extérieur de cette porte – mais j'aurais besoin que quelqu'un de la police scientifique vienne jeter un coup d'œil pour confirmer. J'aimerais que l'appartement et le grenier soient passés au peigne fin, chef. J'ai trouvé des fibres textiles sur un clou dans la charpente, ce qui indique clairement quelqu'un de pressé. Il reste peut-être beaucoup à découvrir sur place.

Bill Digby resta assis en silence, réfléchissant à la demande de Glen.

—Vous êtes conscient du coût que représente une expertise criminalistique, n'est-ce pas, Glen ?

Glen en était parfaitement conscient. Deux cents livres par vêtement ou par fibre textile. Mille cinq cents livres pour traiter des empreintes digitales. Le coût d'un examen complet de l'appartement de Cora Burstridge par une équipe de scène de crime s'élèverait au moins à 10 000 livres.

—Oui, chef. Mais je pense qu'avec les preuves qu'on a déjà, ça vaut la peine.

—Vous étiez présent à l'autopsie. Le légiste a-t-il trouvé la moindre trace sur le corps ?

—Non, chef.

—Vous n'avez pas encore vu les résultats des analyses des sécrétions corporelles ?

—Non.

Digby secoua la tête.

—Avec la mort de Hywell, l'opération Skeet nous donne une montagne de boulot. Je ne peux pas justifier ça, Glen. On a le rapport d'un médecin qui affirme que la défunte était déprimée, une lettre de sa main, la porte fermée de l'intérieur, et rien ne semble avoir été volé. Malgré tout ce que vous m'avez dit, Glen, je ne suis pas convaincu. Elle n'était pas infirme – si quelqu'un avait essayé de la tuer, elle se serait défendue. Il y aurait eu des traces de lutte, des marques sur le corps.

—Elle était âgée, dit Glen.

—Mais capable d'aller faire ses courses toute seule. Vous aurez l'occasion de soulever ces points lorsque le coroner rendra ses conclusions, si vous pensez que c'est opportun, mais en attendant, vous ne m'avez apporté aucun élément qui pourrait me convaincre qu'il s'agit d'une mort suspecte. Compris ?

Glen haussa les épaules, déçu, sachant qu'insister ne le mènerait nulle part pour l'instant. Mais il était bien décidé à ne pas en rester là.

—Tôt demain matin – vous avez quelque chose de prévu ?

—Non, chef.

—Bien. Vous accompagnerez Mike Harris à Luton ; il doit ramener un informateur dans le cadre de l'affaire

Hywell – il est détenu à la prison de Luton, alors on le sort de sa cellule, le temps de faire l'aller et retour pour nous parler. Vous passez le prendre à 9 heures et vous devriez être de retour ici à 11 heures.

Glen aimait bien Mike Harris et il appréciait la compagnie de l'inspecteur plus expérimenté. Il pensa qu'il ne se priverait pas de mettre cette expérience à profit en chemin. La fille de Cora Burstridge arrivait jeudi pour identifier le corps. Elle avait l'intention de résider dans l'appartement de sa mère.

Si la police scientifique devait trouver quelque chose, il ne restait plus que la journée de demain.

CHAPITRE 57

— **E**st-ce que tu as lavé ton tchou-tchou ?

Tom-Tom était dans la baignoire ovale rose, la tête dépassant de la mousse. Il aimait tout particulièrement quand sa mère versait le produit pour le bain moussant ; ça faisait comme de la neige, mais en plus écumeux, en plus léger. Il pouvait en soulever de pleines brassées.

— Oui, maman.

Debout devant lui, son peignoir de satin blanc ouvert. Il voyait ses seins dépasser, avec leurs gros mamelons rouges. Il voyait la ligne qui descendait sur son ventre, à l'endroit où on avait dû l'ouvrir *pour lui permettre de naître*. Et l'épaisse toison couleur paille, plus bas.

— Fais-moi voir, Tom-Tom chéri. Pour que je sois sûre que tu l'as bien lavé.

Nerveux à présent. Allait-elle le gronder ou le récompenser aujourd'hui ?

Elle se pencha vers lui. Un sein – frais – lui effleura la joue. À tâtons, elle chercha le savon Camay sous la mousse. Il sentit la savonnette, dure et glissante, à l'intérieur de ses jambes et cela provoqua chez lui une curieuse sensation d'excitation.

— Tu es un bon garçon, Tom-Tom. Quel joli tchou-tchou tout propre. Maman va le laver encore mieux.

Gâterie, aujourd'hui.

Il était soulagé ; l'excitation montait en lui.

À présent, il sentait ses mains savonneuses s'activer sur son pénis, le masser, taquinant le prépuce, en arrière, puis en avant, recouvrant le bout. Elle se savonna de nouveau les mains et reprit son mouvement de va-et-vient. À présent, il durcissait et grossissait entre ses doigts.

— Quel gros tchou-tchou. Tu auras un si beau tchou-tchou quand tu seras grand, Tom-Tom chéri.

Il rit nerveusement. Il aimait tant la voir sourire, obtenir son approbation était sa raison de vivre. Si seulement elle avait pu lui sourire ainsi tout le temps. Il aurait tout fait pour ça.

Se glissant hors du peignoir en satin blanc, elle le laissa tomber sur le sol, où il forma ce qui ressemblait à une flaque de liquide blanc sur le tapis rose. Elle était nue devant lui, avec ses seins énormes, le triangle fourni de poils blonds et fins ; la chair autour du ventre avait perdu de sa fermeté. C'est là qu'il avait été, pelotonné à l'intérieur, derrière cette paroi de chair.

Il était dur comme de la pierre maintenant. Il le lui montra fièrement, sachant qu'il n'en fallait pas plus pour la satisfaire, et elle le récompensa en déposant un baiser sur son front.

— Tu es un bon garçon, Tom-Tom. Je t'aime.

Il la dévisagea, espérant l'entendre répéter ces mots. Elle n'en fit rien, mais elle souriait, et c'était déjà ça.

Elle entra dans la baignoire, s'assit en face de lui, les genoux dépassant de la mousse.

— Comment est ton tchou-tchou maintenant, mon chéri ?

Il avait envie qu'elle le touche encore, il voulait désespérément revivre cette sensation qui lui embrasait le corps quand elle le tenait entre ses mains. Elle se pencha en avant, se savonna les mains et le saisit. Il était plus dur que jamais et il adorait la façon dont les mains savonneuses jouaient avec lui.

Puis elle lui tendit le Camay. Il serra la savonnette rose dans sa petite main.

— C'est le tour de maman, maintenant, mon chéri, dit-elle.

Il se pencha en avant, fit décrire au savon des cercles lents autour de son nombril, prenant tout son temps, puis des mouvements circulaires tout aussi lents du plat de la main sur ses seins, contournant les mamelons, redescendant par la peau douce du ventre.

Elle se cambra, se soulevant légèrement, et sa toison blonde, presque devenue brune à cause de l'eau, affleura à la surface. Il fit lentement pénétrer le savon à l'intérieur, touchant le velours de son Endroit Secret, qu'il était le seul à connaître.

Et qu'il avait juré de garder secret. À tout jamais.

Chapitre 58

— Tu n'as pas l'air bien, Mike.

— Ça va.

— Non, tu as vraiment une mine de déterré. Tu es malade ?

Tu es la dernière personne que j'ai envie de voir dans mon bureau en ce moment. C'est toi qui me rends malade. Dégage, fous-moi la paix, laisse-moi tranquille.

C'était ce que Michael pensait quand son collègue, Paul Straddley, entra dans son bureau au moment où il appelait Lulu, mais il ne dit rien de tout ça. Il reposa le combiné et dit :

— Juste un peu de fatigue.

Straddley le regarda plus attentivement.

— Tu es sûr ?

— Je suis médecin, merde ! répliqua sèchement Michael.

Vêtu d'un costume encore plus déprimant que d'ordinaire, son collègue de petite taille aux allures de rat de laboratoire parut surpris par cet accès de mauvaise humeur, mais il ne se laissa pas démonter.

— Je suis médecin, moi aussi, Michael.

Sa voix avait plus d'assurance que son apparence.

Il y eut un bref moment d'affrontement indécis. Paul le dévisagea d'un air de reproche, puis il dit :

— Michael, nous devions nous voir jeudi. J'ai vraiment besoin de discuter avec toi de ce patient et de sa phobie de vomir.

Devant l'absence d'expression de Michael, il lui rafraîchit la mémoire :

— Je t'en ai parlé : il a peur de la nourriture, il ne peut rien avaler qui n'ait été préalablement passé au mixeur, il est terrorisé à l'idée que de petits morceaux lui restent coincés dans le gosier. C'est ton domaine.

— Oui, dit Michael, se rappelant vaguement.

— On peut déjeuner ensemble demain ?

— Laisse-moi jeter un coup d'œil à mon agenda.

Michael s'assit à son ordinateur et ouvrit son agenda, ce qu'il n'avait pas fait depuis plusieurs jours. Il avait son émission de radio demain – bon Dieu, il n'était vraiment pas d'humeur, mais il espérait convaincre la station de lancer un appel concernant Amanda. Et samedi, il devait participer à un tournoi de golf opposant des équipes composées chacune d'un professionnel et d'un amateur au profit de SANE, une association caritative qui s'occupait de santé mentale.

Il s'était laissé convaincre des mois auparavant par son meilleur ami, Nick Sanford, avec qui il avait partagé le même appartement pendant quatre ans en fac de médecine. Ils s'étaient rencontrés à l'école primaire, à la fin des années 1960 ; ils s'étaient détestés à l'époque, et Michael l'avait mis KO lors de la finale du tournoi de boxe de l'école, sous le regard horrifié du corps enseignant et des parents.

Leurs chemins s'étaient de nouveau croisés, par hasard, à l'université, et ils s'étaient immédiatement entendus comme larrons en foire. Ils avaient tous deux mûri, chacun dans une école privée différente. Aucun d'eux n'était capable de se rappeler clairement les raisons de leur antipathie réciproque d'antan. Michael pensait que c'était probablement parce que Nick avait été une petite brute. Nick pensait que Michael avait dû l'agacer en devenant le meilleur sportif de l'école. De ces vagues souvenirs était née une solide amitié, jamais démentie depuis.

Après avoir obtenu son diplôme de médecin, Nick avait brièvement occupé le poste de responsable médical chez le géant pharmaceutique *Bendix Schere*, puis il avait fondé sa propre société de médicaments génériques. Aujourd'hui, il était riche comme Crésus. Ils partageaient une passion pour la vitesse et les motos – du moins jusqu'à la mort de Katy ; depuis, Michael avait perdu tout intérêt pour les bolides sur deux roues. Mais ils continuaient à jouer au golf ensemble.

Nick et sa femme Sarah, que Michael appréciait, avaient été d'un grand support durant les trois années qui avaient suivi la mort de Katy.

Il n'avait rien de prévu demain pour le déjeuner. Mais il hésitait à prendre quelque engagement que ce soit pour l'instant : il avait eu l'intention d'annuler tous ses rendez-vous du lendemain afin de se concentrer sur Amanda.

Straddley scrutait son visage avec une expression vraiment soucieuse.

— Qu'est-ce qui se passe, Michael ?

— Déjeuner demain. 13 heures. On se retrouve à la cantine ? proposa Michael avec entrain.

— D'accord.

Michael n'avait pas trouvé de moyen plus rapide de se débarrasser de son collègue. Il pourrait toujours lui poser un lapin. Il voulait à tout prix appeler Lulu avant que son patient de 16 h 15 arrive.

Alors que Straddley fermait la porte derrière lui, Michael décrocha le combiné et composa le numéro de Lulu. Elle semblait lasse et de plus en plus nerveuse – toute sa belle assurance et son énergie avaient disparu de sa voix. Michael lui avait déjà raconté son entretien frustrant avec l'inspecteur Roebuck sur son mobile, une heure plus tôt, alors qu'il rentrait en voiture de Hampstead.

— Toujours rien – et vous ? dit-elle.

Elle lui posait la même question, en employant presque exactement les mêmes termes, chaque fois qu'elle entendait sa voix.

Ils ne s'étaient jamais vus, mais – à sa voix – Michael se l'imaginait grande et BCBG, vêtue de façon plutôt classique, un bandeau en velours autour de la tête, un tailleur bleu marine.

— Non plus. Mais est-ce que vous pourriez m'envoyer, par fax ou par e-mail, une liste des proches et des amis d'Amanda – noms, adresses et numéros de téléphone –, y compris Brian Trussler?

Elle lui répondit qu'elle s'en occupait immédiatement.

Le nom de Brian Trussler résonnait de manière sinistre dans son esprit. Il ne parvenait pas à oublier le regard effrayé d'Amanda quand elle avait aperçu la voiture dans l'obscurité de l'autre côté de la rue.

Brian Trussler.

Est-elle avec toi, Brian Trussler? Si tu lui as fait du mal, je te jure que je vais t'arracher la tête.

Après avoir raccroché, il regarda d'un air pensif l'écran de son ordinateur. Thelma ne lui avait pas encore signalé que son patient était là. Il lança son navigateur, ouvrit Alta Vista et saisit la requête « personnes disparues ».

Il y avait peu de chance que cela donne quoi que ce soit, mais ça lui était égal, il était bien décidé à tout essayer.

Quelques secondes plus tard, un message apparut à l'écran, annonçant qu'il y avait 257 891 réponses à sa recherche. Les dix premières concernaient des individus disparus aux États-Unis.

Il précisa les termes de sa demande : « personnes disparues Grande-Bretagne ».

Sa porte s'ouvrit de nouveau. Paul Straddley réapparut dans son bureau.

— Michael, tu as des ennuis – je le vois bien. Et je pense que cela peut nuire à ta concentration dans ton travail. Est-ce que tu veux en parler ? De quoi s'agit-il ? Je suis ton collègue, tu peux te confier à moi.

Michael soupira. Pourquoi pas ?

— Quelqu'un – une amie – a disparu, Paul. Je m'inquiète pour elle. C'est pour ça que je suis un peu sur les nerfs. Rien de plus.

Paul hocha la tête, apparemment rassuré, mais pas complètement.

— Tu dois t'adresser à la National Missing Persons' Helpline – ils sont là pour ça. Tu les as contactés ?

— Jamais entendu parler.

— Ça vaut le coup d'essayer.

Straddley s'éclipsa de nouveau quand Thelma prévint Michael que son patient était en salle d'attente.

Michael lui demanda d'annuler tous ses rendez-vous du lendemain.

Chapitre 59

Tremblante, Amanda était pelotonnée sur le matelas qu'elle avait traîné par terre dans le noir, aussi loin que possible des…

Des choses.

Des choses mortes. Pas des gens, des corps ou des cadavres, non, surtout pas.

Qui étaient-ils ?

Elle n'avait plus prié depuis le lycée. Le 24 novembre 1979, le jour où elle avait reçu la note de son examen de mathématiques et avait appris qu'elle avait échoué. Elle avait des difficultés à croire en un Dieu qui ne répondait jamais à ses prières.

Ce n'était vraiment pas grand-chose et Dieu aurait pu lui donner une bonne note. Mais Il avait préféré ne pas tenir compte de sa prière de la semaine précédente. En représailles, elle n'avait plus jamais prié. Jusqu'à maintenant.

Elle mit ses mains en coupe et enfonça son visage dans ses paumes, ferma les yeux, même dans le noir absolu, et chuchota :

— Je vous en supplie mon Dieu, faites que tout ça ne soit qu'un mauvais rêve. Aidez-moi, je vous en prie, aidez-moi.

Elle souffrait de ne pas comprendre où elle se trouvait, et la raison de sa présence ici.

Elle sentait son urine à travers la puanteur du formol. Le produit chimique caustique lui piquait la gorge. Elle avait terriblement soif, à tel point qu'elle avait presque envie de lécher le sol. *On peut survivre des jours en buvant sa propre urine. J'ai été idiote, je l'ai gaspillée.*

Elle songea à Michael, à ses bras forts qui la tenaient, à son intelligence brillante, à son odeur masculine et puissante – comme elle s'était sentie bien et en sécurité avec lui.

Maintenant que je t'ai trouvé, Michael, ne me dis pas que je t'ai déjà perdu. Ne me dis pas que je vais mourir ici sans t'avoir revu.

La société de Brian Trussler avait produit une série de documentaires sur les survivants. Ils avaient interviewé des rescapés de la tragédie du ferry assurant la liaison entre Douvres et Zeebrugge, deux jeunes femmes qui avaient survécu au crash d'un avion dans l'océan Indien, et d'autres encore. Tous avaient présenté les mêmes caractéristiques. Force mentale. Détermination. Volonté de vivre.

Je dois rester calme et réfléchir. Où que je sois, quelle que soit la manière dont je suis arrivée ici, s'il y a une entrée, il y a forcément une sortie.

Il lui avait traversé l'esprit qu'elle pouvait avoir eu un accident et que, la croyant morte – à tort –, on l'avait enfermée dans une sorte de débarras à la morgue. Mais le matelas sur le sol allait à l'encontre de cette idée.

Ayant épuisé toutes les possibilités immédiates, elle en cherchait de nouvelles, essayant de garder le sens des réalités, de se concentrer, de faire une liste et de s'y tenir.

Et aussi de ne pas faire attention au grattement qu'elle avait entendu quelques minutes plus tôt et qui avait pu être provoqué par une souris ou, pire, un rat.

Elle avait exploré tous les murs à la recherche d'une sortie. Elle avait découvert des stries dans la pièce des corps, ce qui indiquait la présence d'une porte, mais elle n'avait pas trouvé comment l'ouvrir.

Elle prit conscience qu'il y avait forcément une ventilation dans cet endroit. L'air devait entrer quelque part.

Mais par où ?

Elle se leva, plia le matelas sur lui-même, son poignet gauche lui faisant un mal de chien depuis qu'elle était tombée dessus plus tôt. Elle poussa le matelas contre le mur (*je me débrouille de mieux en mieux dans le noir*) et monta dessus, gagnant une soixantaine de centimètres de hauteur. En équilibre précaire, elle tendit les bras aussi haut que possible ; elle inspecta chaque centimètre du mur à sa portée, puis elle descendit, bougea le matelas d'une longueur correspondant exactement à deux de ses pieds, puis répéta le processus.

Quand elle redescendit, elle réfléchit, retira son tee-shirt et le posa sur le sol, pour servir de jalon. Ainsi, elle saurait quand elle aurait effectué un tour complet de la pièce.

Elle avait atteint le bout du premier mur et tourné au coin quand sa main droite rencontra un objet d'une texture complètement différente de celle du béton.

Une grille métallique.

Retenant sa respiration, elle plaça la paume de la main dessus. Un courant d'air froid. Un conduit d'aération !

Serrant le poing, elle forma deux branches avec le pouce et l'index, d'un écartement qu'elle estima à environ cinq centimètres. Avec cet outil de mesure improvisé, elle parcourut la base de la grille. Soixante centimètres. Hauteur, un peu moins : cinquante centimètres.

Assez large pour s'y glisser ?

Comment la grille était-elle fixée au mur ? Elle parcourut le bord avec ses doigts et s'arrêta sur une petite bosse – un demi-centimètre de diamètre, pas plus. Une vis.

Elle les compta, achevant le tour de la grille. Dix vis.

Sans prévenir, le matelas s'affaissa. Elle essaya désespérément de s'accrocher au mur, de trouver une prise. Puis, avec un cri, elle fut précipitée dans l'obscurité par les forces sauvages de la pesanteur, tombant la tête la première sur le sol invisible. Le silence vola en éclats sous l'impact du craquement de son front sur le béton.

CHAPITRE 60

—Il est en réunion – je ne peux pas le déranger. Désolée.

—C'est très urgent, dit Michael. Je n'en ai pas pour longtemps.

La secrétaire de Brian Trussler avait une voix cassante.

—Dites-moi de quoi il s'agit. Je peux peut-être vous aider ?

Oui, pensa Michael avec amertume, *vous pouvez peut-être me dire si votre patron a enlevé Amanda Capstick.*

—C'est personnel. J'aimerais que vous interrompiez sa réunion pour lui dire que le docteur Tennent souhaite lui parler.

Michael espérait que son nom ait un effet sur la secrétaire, mais à en juger par sa réaction, elle ne faisait manifestement pas partie des lecteurs du *Daily Mail* ou des auditeurs de Talk Radio.

—Je peux peut-être lui demander de vous rappeler après sa réunion, mais elle risque de durer encore deux heures.

Michael consulta sa montre. Déjà 17 heures.

—Ne me dites pas que vous ne pouvez même pas lui glisser un mot.

—Je suis désolée, j'ai pour instruction de ne le déranger sous aucun prétexte.

Est-ce qu'elle le couvrait ?

—D'accord, je serai joignable à mon cabinet pendant encore environ une heure. Ensuite, il devra m'appeler sur mon mobile. Je vais vous donner les numéros de mon bureau, de mon mobile et de mon domicile. (Puis, de la voix chaude qu'il réservait aux malades ayant besoin d'être rassurés, il essaya de faire appel à ses bons sentiments.) S'il vous plaît, demandez-lui de me contacter ce soir. Je suis psychiatre et la vie de quelqu'un est en danger. Il se peut qu'il détienne des informations d'une importance capitale.

Elle hésita et, pendant un moment, il pensa qu'elle allait céder, mais elle se reprit :

— Vous pouvez être un peu plus précis ?

Michael réfléchit. Amanda avait eu une liaison avec Brian Trussler ; même s'il était fou d'inquiétude, cela ne lui donnait pas le droit de se montrer indiscret.

— Non, je suis désolé, je manquerais à mon devoir de confidentialité.

D'une voix plus douce – mais à peine – elle dit :

— Laissez-moi vos numéros, docteur Tennent. Je vais voir ce que je peux faire.

Michael passa l'heure suivante au téléphone avec la mère d'Amanda, puis sa sœur, puis ses trois amis les plus proches, dont Lulu lui avait communiqué les coordonnées. Il prit rendez-vous avec chacun d'eux, le lendemain matin, en commençant par sa mère, à Brighton, à 9 heures. Téléphoner ne servait à rien : si l'un deux avait donné asile à Amanda, il ne se trahirait pas nécessairement par le ton de sa voix ; il était plus difficile de contrôler l'expression de son visage.

Brian Trussler ne l'avait pas rappelé. À en juger par l'attitude de sa secrétaire et la façon dont Amanda avait parlé de lui, il était le genre d'homme à ne retourner les coups de téléphone que s'ils pouvaient lui rapporter de l'argent ou lui valoir une partie de jambes en l'air.

Il décida d'aller lui rendre visite. Maintenant.

Peu avant 19 heures, Michael réussit à s'extraire de la circulation et dénicha enfin Bedford Street, dans le quartier de Covent Garden, où se trouvaient les locaux de la société de Trussler, *Mezzanine Productions*. Il y avait une place de parking disponible de l'autre côté de la rue, presque directement en face, devant une librairie à l'enseigne prometteuse – *Crime in Store*. Un peu juste, mais elle ferait l'affaire. Michael freina brusquement, sans regarder dans son rétroviseur, et un cycliste l'évita au dernier moment, avec un cri furieux.

Il fit un créneau et coupa le moteur, mais laissa tourner le ventilateur, reconnaissant pour le souffle de vent sur son visage, bien qu'il soit aussi chaud que l'air lourd du dehors.

Il avait une vue imprenable, à travers un espace laissé entre deux voitures, sur l'entrée de *Mezzanine Productions*. Le rez-de-chaussée correspondait bien à l'idée qu'on pouvait se faire d'une boîte de production branchée : fenêtres en verre fumé, lattes de bois gris traité à la chaux. Il composa le numéro, qu'il avait déjà enregistré dans le répertoire de son mobile. Après plusieurs sonneries, miss superbarrage répondit enfin.

—Je suis navrée, il est toujours en réunion. Je lui ai transmis votre message, dit-elle sur un ton qui ne donnait à Michael aucune raison d'espérer que Trussler le rappellerait ce soir – ni même un autre jour.

—Vous voudrez bien lui dire que je suis joignable au numéro de mobile que je vous ai donné – à partir de maintenant, et pour un certain temps.

Comme élément de motivation supplémentaire, il ajouta :

—Je ne prendrai pas d'autre appel. Vous lui avez bien fait comprendre l'urgence de mon appel, n'est-ce pas ?

—Oui, docteur Tennent.

À présent, elle avait adopté le ton qu'elle réservait probablement aux télévendeurs importuns.

Michael mit fin à la conversation. Au moins Brian Trussler était-il toujours dans le bâtiment. Il se sentait bouleversé, mais son cerveau marchait à cent à l'heure. Il appela le bureau d'Amanda, espérant tomber sur Lulu malgré l'heure tardive. Elle était toujours là.

— Lulu, est-ce que vous savez quelle voiture conduit Brian ?

Un homme entièrement vêtu en jean, un casque de Walkman sur les oreilles, passa à grandes enjambées, une expression féroce sur le visage, comme s'il allait livrer bataille.

— Mon Dieu, il possède une Porsche, une Bentley… euh… une Range Rover et même une moto, une Harley-Davidson, mais il ne conduit pas en ce moment. On lui a suspendu son permis pour conduite en état d'ivresse il y a deux mois. Comme ce n'était pas la première fois, il en a pris pour trois ans – il a évité la prison, mais de justesse.

Puis, comme si elle révélait un grand secret :

— Je ne pense pas que beaucoup de monde soit au courant.

Il la remercia, raccrocha et jeta son téléphone à côté de sa mallette sur le siège passager.

C'était une belle soirée et le soleil barbouillait encore le trottoir de l'autre côté de la rue. Le café situé un peu plus bas avait installé des tables et des chaises en terrasse ; elles étaient toutes occupées. Plus loin, une foule de gens buvaient à l'extérieur d'un pub.

Puis il repéra un mouvement derrière la porte d'entrée de *Mezzanine Productions* ; il se raidit, observant attentivement. Deux hommes sortirent, tous deux avaient entre vingt et trente ans ; l'un, vêtu d'un tee-shirt et d'un jean, portait une grande boîte de film sous le bras ; l'autre, en chemise voyante et short en Lycra, s'assura que la porte était bien fermée. Ils restèrent là à bavarder pendant quelques instants avant de partir dans différentes directions, l'homme en short s'arrêtant à un réverbère quelques mètres plus loin afin d'enlever la chaîne d'un VTT.

Michael espérait que ces bureaux n'avaient pas d'autre entrée. Au moins, puisque Trussler ne conduisait pas, il ne risquait pas d'avoir caché son véhicule à l'arrière du bâtiment.

Voir les buveurs au café et au pub lui rappela sa propre soif – et sa faim. Il avait bu un verre d'eau et une tasse de thé à son cabinet, et mangé un des deux sablés que Thelma avait posés sur la soucoupe. À part ça, et la tasse de café du commissariat de Hampstead, il n'avait rien avalé depuis ce matin. Mais il hésitait à quitter sa voiture, de peur de manquer Trussler.

Gardant un œil sur la porte d'entrée, il extirpa son Mac PowerBook de sa mallette et l'alluma. Puis il brancha un câble modem entre le port série et son téléphone mobile, se connecta à Internet, et appela la page web de *Mezzanine Productions*, qu'il avait enregistrée dans les favoris de son navigateur auparavant.

Le téléchargement semblait interminable et il se demanda si la machine avait planté ou si le débit de la ligne avait chuté. Puis, enfin, l'image commença à remplir l'écran. Il cliqua sur l'icone portant la mention « Qui sommes-nous ? ». Après une autre attente interminable, une photographie en couleurs de Brian Trussler apparut au-dessus d'une longue liste de ses productions pour la télévision.

Bien qu'il ait déjà gravé dans sa mémoire le visage de cet homme, il l'étudia de nouveau attentivement. Trussler avait des traits assez caractéristiques, et devrait être facile à repérer. Des cheveux coupés courts qui commençaient à se clairsemer, avec quelques mèches sur le sommet du crâne, comme autant de manifestations pathétiques de vanité ; une chemise sans col noire, fermée au cou par un bouton incrusté de pierre précieuse. Il avait l'air d'un mafieux en pleine crise de la quarantaine. *Amanda, qu'est-ce que tu as bien pu lui trouver ?*

Et il savait qu'elle ne serait jamais capable de répondre à cette question, tant il était vrai que les êtres humains compreniaient rarement ce qui les séduisait chez les autres. On pouvait essayer de deviner en se basant sur ce qu'on savait, bien sûr, dans le cas d'Amanda la recherche de quelqu'un jouant le rôle du père, mais ce n'était qu'un élément d'un ensemble bien plus complexe.

La porte s'ouvrait. Une femme sortit, cheveux bruns, coiffés avec élégance, mais dans un style un peu daté, foulard en soie drapé sur les épaules, vêtements chic mais pratiques. Le genre de femme à organiser la vie de Brian Trussler au quotidien, et à le désirer en secret – experte dans l'art de filtrer les appels importuns d'un certain psychiatre, mais bien moins douée pour trouver l'amour.

Elle vérifia que la porte était bien fermée. Puis elle rajusta son foulard, jeta un coup d'œil à son reflet dans la vitre, et s'éloigna d'une démarche rapide, impeccable, aux pas raisonnablement espacés.

Il débrancha le câble modem de son téléphone mobile, l'éteignit et le ralluma afin de réinitialiser la configuration, avant de composer de nouveau le numéro de la ligne directe de Trussler. Cette fois, il n'y eut pas d'intervention de sa secrétaire. Mais après la sixième sonnerie, il bascula sur la messagerie.

— Vous êtes bien sur la messagerie téléphonique de Brian Trussler, l'accueillit la voix de la secrétaire. Veuillez laisser vos coordonnées et nous vous rappellerons dès que possible.

Michael raccrocha. Il était donc presque certain que la femme qui venait de sortir était la secrétaire. Fallait-il en tirer la conclusion que la réunion était maintenant terminée, ou qu'elle avait simplement fini sa journée ?

Il en était à se demander s'il devait essayer de forcer l'entrée au bluff, ou s'il était préférable de continuer à attendre ici, quand la porte s'ouvrit : trois hommes et une femme sortirent. L'un des hommes avait une queue-de-cheval, un autre le crâne rasé, le troisième des cheveux noirs gominés.

La femme, la trentaine, séduisante par son côté un peu négligé, tenait la porte, et un quatrième homme apparut, vêtu d'un costume couleur crème. Petit, les cheveux clairsemés avec quelques mèches sur le sommet de son crâne presque chauve, il parlait en faisant de grands gestes. Il avait l'air dominateur ; les autres n'étaient que des sous-fifres. C'était lui, le patron.

C'était Brian Trussler.

CHAPITRE 61

Dans l'intimité de son bureau, Thomas ouvrit le paquet envoyé via *UPS* à la boîte postale du docteur Terence Goel à Cheltenham. À l'intérieur, tout était merveilleusement emballé, chaque élément reposant dans son propre compartiment en polystyrène. Deux verres semblaient l'observer à travers le bourrage en lambeaux de papier, tel un gros insecte inquiétant.

—Magnifique, chuchota-t-il.

Il posa son visage sur le bourrage. *Magnifique.* On aurait dit de la paille. Il avait l'impression d'être le jour de Noël. *Magnifique.* Le pourtour en plastique froid des verres effleura ses joues, comme deux baisers.

C'est pour toi, maman. Je le fais pour toi. Tu es contente, dis ? Tu es contente ?

Une enveloppe jointe contenait une copie du ticket de la carte Midland Gold Mastercard du docteur Goel, agrafée à la facture. Un paiement de 1 940 livres à l'ordre de la *CyberSurveillance Mail Order Company Ltd.*

Thomas rangea sa preuve d'achat dans son portefeuille noir en peau de crocodile, au cas où l'appareil présenterait un défaut et devrait être retourné. Puis, dans le foyer de la cheminée qui ne servait plus, Thomas alluma avec précaution l'étiquette collée sur le carton d'expédition et adressée au docteur Terence Goel, et la brûla. Il ne pouvait rien faire concernant la Ford Mondeo qui se trouvait dans le garage à côté de l'Alfa Romeo d'Amanda Capstick, mais à part ça, il essayait de faire en sorte que rien dans cette maison ne permette de l'associer au docteur Terence Goel de Cheltenham. La fourgonnette blanche était en lieu sûr, bénéficiant d'un contrat longue durée dans un parking à plusieurs niveaux.

Il alla chercher l'aspirateur au rez-de-chaussée et aspira toutes les cendres restées dans le foyer. Pas de cheminée sale dans cette pièce, certainement pas. Il voulait qu'elle soit immaculée, impeccable, stérile, comme la salle d'opération d'un hôpital. Il l'aimait ainsi. Le tapis, le bureau, l'ordinateur, la chaise, le fauteuil, ses livres et les photos de sa mère. Pas de microbes. Pas de bactéries. Derrière les rideaux tirés, des fenêtres à double vitrage le protégeaient de l'air souillé de Londres. Il préférait avoir chaud que de se laisser empoisonner. Ici, la saleté n'avait pas sa place.

À présent, cette pièce n'était plus propre, il y avait des lambeaux de papier un peu partout sur le sol, autour de la boîte, et ça le mettait en colère. *Cette garce d'Amanda Capstick.* Tout était sa faute. Si elle ne s'était pas laissé pénétrer par le docteur Michael Tennent, il n'aurait pas eu à commander ce gadget, et s'il n'avait pas passé cette commande, il n'aurait pas eu ces lambeaux de papier ressemblant à de la paille éparpillés sur son tapis gris.

Il pourrait passer l'aspirateur bientôt, mais pas tout de suite, non, pas avant qu'il ait terminé.

Il devait lire le manuel. Il le sortit de son sachet en Cellophane. Sur la couverture était écrit : « Lunettes de vision nocturne F5001 ».

C'était bien le modèle qu'il avait commandé.

Il lut avec soin, mémorisant les schémas. Puis il souleva les lunettes hors de leur boîte. Elles étaient magnifiques, un vrai plaisir ; il les porta à ses yeux, sentit la protection en caoutchouc. Elles étaient tellement confortables. Elles lui allaient à merveille. Bien sûr, il ne voyait rien pour le moment : il n'avait pas encore installé la pile au lithium.

Il passa en revue l'ensemble des caractéristiques. Commandes digitales, illuminateur infrarouge intégré, oculaire ajustable, optique traitée multicouche, usage mains libres.

Magnifique !

Il était impatient de les essayer. Il n'avait jamais rien connu de pareil !

Il étudia le système mains libres, un dispositif complexe composé de sangles. Son excitation était à son comble. Il attacha le support aux lunettes et, s'inspirant du schéma qu'il avait mémorisé, l'enfila. L'une des sangles faisait le tour du crâne, comme un bandeau, fixant les lunettes à son front. Il se passa une autre sangle sous le menton ; une troisième autour du cou ; la quatrième, partant du bandeau, rejoignait celle du cou.

Formidable ! Il se redressa, toujours aveugle pour l'instant, mais ravi. Le système mains libres était vraiment confortable, et bien ajusté, il pouvait porter ces lunettes aussi longtemps qu'il le voulait !

J'aimerais tant que tu me voies en ce moment, maman !

Il leva les mains pour les enlever et grimaça quand son bras droit l'élança. Il sentit de nouveau sa colère envers Amanda monter en lui. *Tu m'as fait mal, espèce de garce.*

Elle était si lourde ! Comment quelqu'un d'aussi petit et mince pouvait-il devenir un tel fardeau une fois inconscient ? La sortir de son immeuble et la traîner jusqu'à l'Alfa Romeo tout en donnant l'impression qu'ils formaient un couple d'amants enlacés n'avait pas été une partie de plaisir ! Il s'était fait une entorse au bras en la faisant monter à bord de cette fichue voiture.

Mais le plaisir qui l'attendait l'aidait à oublier la douleur. Oh, oui. Il allait se régaler. Il enleva les lunettes, s'agenouilla sur le sol, sortit la pile au lithium et le chargeur, inséra la pile dans le petit compartiment à la base des lunettes, puis brancha le chargeur. Il appuya sur l'interrupteur et le témoin de charge s'alluma. Il sourit.

C'est parti !

Amanda entendit le bruit sec d'une porte qui s'ouvrait.

Un mouvement.

Elle n'était plus seule dans le noir. Réprimant sa première réaction – appeler à l'aide –, elle se tint immobile et retint son souffle. Un muscle se contracta à la base de sa gorge. Elle explora les ténèbres avec ses oreilles.

À part le battement de tambour de son propre cœur, le silence.

Un mouvement brusque, comme un pas – un seul. Un bruit sourd, tout près. Puis le son aisément reconnaissable de l'eau qui clapote. Le crissement d'une semelle en caoutchouc.

Thomas faillit renverser le seau. Il maudit sa maladresse. Il avait presque trébuché. *Bon Dieu, stupide garce, te rends-tu seulement compte de ce que tu me fais subir ?*

Elle était si près qu'il pouvait tendre le bras et la toucher, mais il n'en avait pas envie. Il ne voulait avoir aucun contact avec quelqu'un qui avait eu des rapports sexuels avec le docteur Michael Tennent, pas encore, pas avant qu'il soit prêt. Et elle puait l'urine ; elle n'était là que depuis deux jours et elle avait déjà transformé cet endroit en porcherie. Même la puanteur du formol ne parvenait pas à couvrir son odeur corporelle. Et pourquoi cette idiote était-elle étendue sur le sol et pas sur le matelas ?

Il savait qu'il aurait dû penser à lui apporter à manger et à boire hier, et aussi quelque chose pour faire ses besoins. Mais il avait oublié.

Il la regarda dans la lumière verte de la vision nocturne. La lueur rouge du minuscule témoin lumineux de la batterie lui indiquait qu'il ne lui restait que dix minutes. Normalement, la première charge nécessitait vingt-quatre heures, mais il lui avait été impossible d'attendre aussi longtemps. Au bout de quatre heures, il avait décidé de tester son nouveau joujou – et sa patience avait été mise à rude épreuve.

Mais à présent, le plus important était que les lunettes fonctionnaient ! Suffisamment bien pour qu'il voie la peur sur son visage.

Sur le visage de la *chose*. Avec la *chose*, il ne ferait pas la même erreur qu'avec l'éditrice, Tina Mackay, et le journaliste, Justin Flowering. Ils les avaient considérés comme des êtres humains et, à la fin, il avait été affligé par ce qu'il leur avait fait. Cette fois, il garderait ses distances. *C'est un animal. Juste un animal.*

Et, comme un animal dans sa tanière qui aurait entendu un bruit, la chose leva la tête, regardant dans tous les sens dans le noir, les yeux tellement écarquillés de terreur qu'il en voyait le blanc.

La chose ne prenait pas soin d'elle-même ; elle avait un vilain bleu sur le front. La chose était coiffée n'importe comment, les cheveux emmêlés, elle avait besoin d'un peigne ou d'une brosse, des deux peut-être. Il fut tenté de lui dire de se rendre un peu plus présentable, mais il préférait encore l'observer en silence. La chose avait même mis son tee-shirt à l'envers.

Il songea à quel point cet animal semblait négligé comparé à sa mère. Sa mère aimait s'asseoir devant le miroir, pendant qu'il peignait, brossait et caressait sa chevelure blonde. Parfois elle était nue, et il se tenait tout près, nu également ; après, elle le récompensait en faisant du bien à son tchou-tchou.

Il fit de nouveau du bruit en posant le deuxième seau, cette fois délibérément. La chose regardait droit vers lui maintenant et, l'espace d'un instant, il se demanda si elle était capable de distinguer sa silhouette dans l'obscurité. Mais c'était impossible, bien sûr. Ces lunettes ne laissaient rien voir. Du matériel militaire. Elles étaient fabuleuses ! Il était invisible.

La chose l'entendait-elle respirer ? Concentrait-elle son attention sur sa respiration en ce moment même ? Il fit silencieusement quelques pas sur la droite dans ses Nike Air. La chose regardait toujours dans la même direction, là où il s'était trouvé un peu plus tôt.

Au royaume des aveugles…

—Hé ! appela la chose. Hé, qui est là ? (Une petite voix enrouée, pitoyable.) Ohé, s'il vous plaît, ohé ? Y a quelqu'un ? Aidez-moi, je vous en prie.

Il se retira silencieusement dans le noir, traversa la pièce de devant, passa à côté des corps de Tina Mackay et du journaliste, Justin Flowering. Puis il s'arrêta de nouveau et regarda derrière lui.

Sur le sol, la chose se raidit, tourna la tête en petits mouvements saccadés, effarouchés. Ohé ?

Une porte se ferma avec un bruit métallique. L'écho gronda dans la pièce jusqu'à ce que l'obscurité l'efface.

Puis, soudain, une explosion de lumière.

Amanda leva les mains pour se protéger et laissa échapper un hoquet de surprise, les muscles des yeux tirant sur les globes oculaires. À présent, elle n'apercevait plus qu'une lueur rouge à travers ses mains.

Lentement, craintivement, elle les retira, clignant des yeux, toujours éblouie ; elle avait mal à la tête, ce qui ne facilitait pas la réflexion, mais alors qu'elle s'adaptait à la lumière, elle regarda autour d'elle. Elle se trouvait dans une pièce carrée, d'environ six mètres de côté et trois mètres de haut, sans fenêtres. Quatre spots halogènes encastrés dans le plafond fournissaient l'éclairage. Pour le reste, du béton – aucune trappe visible. Elle regarda le conduit d'aération, directement au-dessus de l'endroit où le matelas était appuyé contre le mur. À part la porte, c'était sa seule issue – assez large pour qu'elle y entre, à condition qu'elle trouve un moyen de dévisser la grille.

Elle se prit la tête entre les mains, essayant de chasser la douleur, mais au simple contact de son front, elle faillit pousser un cri. Sur sa droite, la porte ouverte donnait sur la pièce des corps plongée dans le noir. Puis ses yeux revinrent se fixer sur les deux seaux en plastique et le plateau sur le sol, juste à côté de la porte.

L'un des seaux semblait vide. L'autre contenait une mousse savonneuse et un gant de toilette plié sur le bord. Il y avait également une serviette beige impeccablement pliée et un rouleau de papier hygiénique flambant neuf. Sur le plateau, une grande carafe d'eau et un gobelet en plastique, une assiette en carton avec plusieurs gros morceaux de pain complet et une autre avec d'épaisses tranches de fromage, une poignée de tomates cerise et une pomme. Pas de couteau. Rien qui puisse servir de tournevis.

Elle se jeta sur la carafe d'eau, la saisit à deux mains et commença à avaler à pleine gorge, goulûment, si vite que le liquide se répandit hors de sa bouche, coulant aux commissures de ses lèvres et sur son menton.

Quand elle s'arrêta, elle avait bu les trois quarts de la carafe et avait toutes les peines du monde à se retenir d'engloutir le reste sans attendre, et même ainsi elle n'aurait pas étanché sa soif. Mais elle ne savait pas quand on lui en donnerait plus. Elle devait se rationner, elle devait…

L'heure.

Je peux consulter ma montre maintenant.

L'heure et la date.

« 7 h 55 Mar. 28 Juil. »

Encore une gorgée d'eau, rien qu'une petite. Elle la garda en bouche, faisant circuler la délicieuse substance humide, la savourant, chérissant chaque goutte. Deux jours.

Oh, mon Dieu. Deux jours.

Une vague de panique l'emporta. Deux jours. *Deux jours.* 7 h 55 du matin ou du soir ?

Pourquoi est-ce que personne n'est à ma recherche ? Pourquoi est-ce que personne ne m'a trouvée ? Elle regarda fixement la nourriture, prit un morceau de fromage et du pain et fourra le tout dans sa bouche, mâchant farouchement, des larmes coulant sur ses joues.

Michael, sais-tu seulement que je ne suis ni au travail ni chez moi ? Lulu, est-ce que tu te demandes où je suis en ce moment ?

Oh, mon Dieu, et si je ne manquais à personne ?

Elle but une autre précieuse gorgée, puis mangea encore du pain et du fromage, et une tomate, mûre, délicieuse, incroyablement suave. Il n'en fallait pas plus : elle se sentait déjà plus forte. *Réfléchis.*

On est mardi. Le matin ou peut-être même déjà le soir. Deux jours. Quarante-huit heures. Lulu, tu te demandes forcément où j'ai bien pu passer. Qu'est-ce que tu as décidé de faire ? Qu'est-ce que tu as dit à Michael ? Est-ce que tu penses que je suis restée chez moi avec une simple migraine ?

Qu'est-ce que vous fichez tous, bon sang ?

Vous ne restez pas les bras croisés, j'espère ?

Les lumières s'éteignirent.

Pendant un moment, elle scruta l'obscurité, sans peur mais avec colère.

CHAPITRE 62

Michael regarda Brian Trussler serrer la main aux trois autres hommes sur le trottoir devant les bureaux de *Mezzanine Productions*. Langage corporel positif : la réunion avait été fructueuse.

Queue-de-cheval se colla son téléphone mobile à l'oreille et s'éloigna de quelques pas. Brian Trussler sortit, lui aussi, son téléphone, composa un numéro et arpenta la rue sur quelques mètres en se pavanant, l'air très satisfait de lui-même. Dans son costume crème, sa chemise sans col pourpre et ses mocassins blancs, il paraissait encore plus m'as-tu-vu que l'image que Michael s'en était déjà faite ; il se sentit soudain envahi par un profond mépris envers ce type pour qui il éprouvait déjà une méfiance instinctive.

Michael ouvrit sa portière ; il était pratiquement descendu de voiture quand Trussler se mit à courir, agitant frénétiquement le bras afin de héler un taxi un peu plus bas dans la rue.

Il se demanda s'il devait essayer de le rattraper, puis décida qu'il serait plus utile d'apprendre où il se rendait. Il claqua la portière et démarra. À son grand soulagement, il constata que le taxi, d'un vert bouteille distinctif, était arrêté à un feu à l'intersection en T donnant sur le Strand. Il déboîta de sa place de parking, coupant volontairement la route à une fourgonnette et la forçant à freiner brutalement, puis il accéléra pour rattraper le taxi de Trussler qui avait mis son clignotant à droite.

Saisissant son téléphone sur le siège passager, il appela Lulu chez elle. Le feu passa au vert pendant que ça sonnait, et il tourna le volant d'une seule main, suivant Trussler dans la circulation dense du Strand en fin de journée.

Après quatre sonneries, le répondeur de Lulu prit le relais. Le taxi passa un feu à l'orange et Michael, une fraction de seconde plus tard, au rouge. Ils s'arrêtèrent de nouveau au feu suivant, devant la station de métro de Charing Cross. Il appela Lulu sur son mobile. Après trois sonneries, il fut soulagé de l'entendre, bien que sa voix soit difficilement audible, à cause du brouhaha, du bruit de couverts ou de verres entrechoqués, et de la musique de fond assourdissante.

Vert. Le taxi arrivait sur Trafalgar Square et une Mercedes avec chauffeur essaya de se faufiler dans l'espace entre eux. Collant au pare-chocs arrière du taxi, prêt à changer de direction dès qu'il en ferait autant, Michael refusa de céder le passage à la Mercedes.

— Bonjour, Lulu, c'est Michael.

Elle ne l'entendait pas.

Ils passèrent sous Admiralty Arch, avant d'emprunter le Mall. Le taxi accélérait et Michael le laissa filer un peu, au cas où le chauffeur serait observateur.

— C'est Michael! répéta-t-il en élevant la voix. J'ai besoin de connaître l'adresse personnelle de Brian Trussler.

— Euh… oh, bon sang… 4, West Crescent, NW1, cria-t-elle. À Regent's Park – vous voyez où se trouve Albany Street?

— Oui.

— C'est quelque part par là, je crois.

— Merci. Du nouveau?

— Non. Et vous?

Elle était trop enjouée. Personne n'avait le droit d'être heureux, pas avant qu'on ait retrouvé Amanda.

— Non, dit-il.

À présent, ils étaient arrêtés au feu à côté de St Jame's Palace. Buckingham Palace droit devant. Pas de drapeau, la reine était sortie – sans doute passait-elle une bonne soirée quelque part. Tout le monde dans cette foutue ville semblait prendre du bon temps ce soir.

Une BMW décapotable s'immobilisa à sa droite, une blonde au volant, les cheveux emmêlés par le vent; il la regarda avec un pincement de cœur, pensant à Amanda. Une autre jeune femme séduisante occupait le siège passager, et une troisième était assise à l'arrière – elle riait. Puis un homme et une femme dans une Jaguar grise s'arrêtèrent à gauche de la Volvo, extrêmement beaux, tout droit sortis d'une publicité pour du chocolat. La fille lui caressait le cou de ses lèvres. *Assez!* avait envie de leur hurler Michael. Le plaisir devait être banni, tout le monde devait se concentrer sur un seul objectif.

M'aider à retrouver Amanda.

Brian Trussler ne rentrait pas chez lui.

En haut de Constitution Hill, en entrant dans Hyde Park Corner, le taxi vert aurait dû faire le tour vers Park Lane, mais il tourna à gauche dans Grosvenor Crescent, laissant derrière lui le Lanesborough, en direction de Belgrave Square; avant de pouvoir le suivre, Michael se fit couper la route par un bus.

—Salaud! Tu vas dégager, merde! marmonna-t-il avec colère, faisant une embardée dans la file la plus à droite sans regarder, sans se soucier des autres automobilistes; effectuer un tour complet de Hyde Park Corner était sa seule option – ça, et la prière.

Il grilla un feu, dérapant dans le premier virage en faisant crisser ses pneus, puis il se faufila, forçant un coursier à moto à faire une embardée, jouant du Klaxon tandis qu'il entrait en compétition avec un taxi noir pour la même brèche dans la circulation. Le taxi céda au dernier moment. Michael remontait à présent la voie extérieure, essayant d'intimider un bus arrivant de Victoria Station. Il freina brusquement, se rabattit juste derrière lui et tourna à gauche.

À présent, il s'était extirpé de la circulation épouvantable et accélérait à fond derrière le Lanesborough, vers Belgrave Square, à la recherche d'un taxi vert bouteille, regardant la première, puis la deuxième sortie, avant de l'apercevoir furtivement au moment où il disparaissait par la sortie de Chesham Place en direction de Sloane Street.

Il lança la Volvo vers la ligne blanche devant laquelle défilait le flot ininterrompu des voitures entrant sur Belgrave Square. Il ne pouvait pas attendre. *Laissez-moi passer, bordel, laissez-moi passer !* Il commença à forcer le passage, avançant jusqu'au milieu de la route et provoquant les coups de Klaxon indignés d'un autre automobiliste obligé de freiner.

Michael écrasa le champignon, les pneus avant cherchèrent désespérément à adhérer à la chaussée pendant une seconde, le nez de la Volvo se souleva et fit une embardée, le volant vibra entre ses mains. Puis il partit en trombe dans Chessham Place, affolant le compte-tours, surveillant la route à l'affût de piétons ou de cyclistes égarés, et il aperçut de nouveau le taxi de Trussler, au croisement entre Sloane Street et Pont Street.

Le feu resta vert suffisamment longtemps pour lui. Il dépassa une file de voitures et à présent, le pouls tambourinant, il se trouvait de nouveau juste derrière le taxi. Il freina, adoptant une vitesse plus raisonnable. À travers la lunette arrière, il voyait la tête de Trussler qui s'agitait tandis qu'il parlait avec animation dans son téléphone.

Le taxi se faufila dans plusieurs petites rues de Chelsea en direction de Fulham ; il était plus facile à suivre maintenant. Ils arrivèrent sur Fulham Road, passèrent le feu de Beaufort Street près du cinéma *ABC*, puis, brusquement, le taxi freina et tourna à gauche. Presque immédiatement, il prit encore à gauche dans une ruelle d'appartements chic aménagés dans des écuries rénovées. Michael resta en arrière, le regardant rouler sur les pavés avant de s'arrêter devant une maison.

Il entra à son tour dans la ruelle et cacha la Volvo derrière une Saab en stationnement, assez loin pour avoir une bonne vue. Trussler descendit et paya le chauffeur, puis il fouilla dans sa poche. À la surprise de Michael, il en sortit ce qui ressemblait à un trousseau de clés, marcha jusqu'à la porte d'entrée et introduisit une des clés dans la serrure.

Ce salaud avait-il un repaire secret où il gardait Amanda priso…

Ses conjectures furent interrompues quand la porte s'ouvrit. Une femme à la beauté saisissante et aux longs cheveux châtains apparut, se jeta au cou de Trussler et l'enlaça avec passion.

Complètement stupéfait, Michael regarda Trussler l'embrasser sans aucune retenue. Ils se tripotaient et elle, à peine vêtue d'un peignoir, lui arrachait presque ses vêtements sur le seuil. Après quelques instants, ils reprirent leur souffle et, leurs visages presque collés l'un contre l'autre, ils se dirent quelque chose. Ils sourirent tous les deux, puis s'embrassèrent de nouveau, sans se cacher, comme un couple de gamins en chaleur, avant d'entrer et de fermer la porte derrière eux.

Michael regardait fixement devant lui, en silence, essayant de comprendre la situation. Trussler avait-il déjà remplacé Amanda ? Ou l'avait-il trompée, elle aussi, comme sa femme ? Il avait la clé de cette maison, lui appartenait-elle ? S'agissait-il de sa garçonnière secrète ? À moins que cette femme lui ait donné une clé ? Dans ce cas, cette liaison ne devait pas dater d'hier. Depuis combien de temps est-ce que ça durait ? Depuis qu'Amanda l'avait largué, ou avant ça ?

Peu importe, sa théorie selon laquelle Trussler aurait enlevé Amanda par jalousie prenait l'eau. Il ne lui faisait pas l'effet d'un homme capable d'aimer quelqu'un au point de vouloir lui faire du mal.

Michael leur donna vingt minutes, espérant les prendre au dépourvu. Ouvrant son Mac, il essaya de fixer son attention sur un exposé à propos d'un trouble obsessionnel compulsif sur lequel il devait donner une conférence d'ici à une quinzaine de jours, mais il était trop distrait pour se concentrer.

Un chat birman au poil lustré lui jeta un bref coup d'œil, puis entra avec dédain par la trappe d'une porte de garage. Une femme coiffée comme une punk et portant un jean griffé passa en se pavanant, tenant en laisse une meute de yorkshires terriers qui jappait. Une Porsche 911 poussiéreuse arriva ; le conducteur, un homme à l'allure fatiguée qui devait à peine avoir la trentaine, se hissa hors du véhicule, puis se pencha de nouveau à l'intérieur afin de récupérer sa mallette.

Michael attendit qu'il soit rentré chez lui, puis il alla sonner chez Trussler.

Il n'y eut pas de réponse. Il patienta un temps raisonnable avant de renouveler sa tentative, plus longuement cette fois, puis il donna deux autres coups de sonnette, plus brefs.

Au bout d'un moment, il entendit des pas. La porte s'ouvrit et la femme qu'il avait vue plus tôt le regarda, visiblement mécontente.

— Oui ?

Un léger accent – italien, pensa-t-il. Elle avait de l'allure, même si elle n'était pas aussi belle de près, mais il se dégageait d'elle une sexualité manifeste, encore renforcée par son maquillage étalé, ses cheveux en désordre et ses seins nus sous le peignoir en tissu-éponge qu'elle tenait fermé d'une seule main.

— Je dois parler à Brian Trussler, dit-il, et il vit une lueur d'affolement dans ses yeux.

Serrant son peignoir autour d'elle, puis croisant les bras, elle dit :

— Qui ça ?

341

— Brian Trussler.

Elle secoua la tête.

— Désolée, mais vous vous trompez d'adresse.

Elle fit mine de fermer la porte.

Elle était si convaincante que Michael envisagea un instant la possibilité qu'il ait pu filer la mauvaise personne, mais ses yeux l'avaient trahie.

— Je ne crois pas, dit-il avec fermeté. Écoutez, c'est vraiment important. Je n'en aurai pas pour longtemps.

— Je suis navrée, mais vous vous trompez d'adresse.

Elle essaya de lui claquer la porte au nez, mais Michael plaça son pied sur le seuil, contre le chambranle.

Elle s'échauffa.

— Sortez !

Michael l'obligea à ouvrir la porte de quelques centimètres. Elle était plus forte qu'elle en avait l'air et résistait de toutes ses forces. Mais il tint bon et, petit à petit, il parvint à entrer.

— Sortez de chez moi !

À présent, la peur le disputait à la colère sur son visage. Elle sentait fortement un parfum de luxe qu'il ne reconnaissait pas. Le foudroyant du regard, hostile mais nerveuse, peu sûre de son fait, elle le laissa passer.

Il y avait un escalier droit devant lui et, quand il monta, le ton de la femme changea.

— Brian ! Brian !

Il atteignit le palier et ouvrit la porte à sa droite, mais elle donnait sur une cuisine vide et un coin-repas. Il entendit de la musique provenant du bout du couloir, pas très long. Luther Vandross chantait derrière une porte ouverte, droit devant lui. Il entra.

Lumières tamisées. Une bougie allumée sur une table de chevet ; un lit double avec des draps de satin noir et, étendu là, nu, dorlotant son érection avec ses mains comme une triste petite tour en pâte à modeler qu'il venait de bâtir, se trouvait Brian Trussler.

Quand Michael pénétra dans la chambre, il se rua sur un drap, se couvrant le ventre avec un mélange de surprise et de crainte.

—Qui êtes-vous, bordel ?

—Brian, il a forcé la porte, je n'ai pas pu l'empêcher d'entrer ! cria la femme derrière lui.

Michael avança vers le lit.

—Vous n'avez pas eu la courtoisie de me rappeler. (Il regarda la femme qui se tenait derrière lui, puis s'adressa de nouveau à Trussler.) Je pense que vous préférerez entendre ce que j'ai à vous dire en privé.

—Vous avez intérêt à foutre le camp d'ici avant que j'appelle les flics, répondit Trussler.

—Amanda Capstick, dit Michael, et il lui donna assez de temps pour absorber ça. Vous et moi allons avoir une petite conversation à son sujet – vous ne voulez vraiment pas demander à votre amie de nous laisser ? Pour ma part, elle peut bien rester, ça m'est égal.

Les yeux de Trussler s'agrandirent. Il observa Michael avec méfiance, puis il dit :

—Donne-nous cinq minutes, Gina, d'accord ?

Elle lança un regard incendiaire à Michael, se tourna vers Trussler pour qu'il la rassure, puis elle sortit.

—Fermez la porte, dit Trussler.

Michael la ferma.

Trussler se redressa avec effort sur le lit. Sur la table à côté de lui se trouvait un verre à moitié vide contenant ce qui ressemblait à un whisky glace, ainsi qu'un sachet de poudre blanche ouvert et le corps en Plexiglas d'un stylo-bille vidé de ses entrailles.

—Alors, qu'est-ce que vous voulez ?

Michael parcourut la pièce du regard. Des dessins érotiques, un énorme miroir sur le mur à côté du lit. C'était peut-être une pute. Peu probable : les putes n'accueillaient pas leurs clients de cette façon. Il se retourna vers Brian Trussler et examina attentivement son visage.

— Je m'appelle Michael Tennent. Amanda et moi avons commencé à sortir ensemble. Je l'ai vue pour la dernière fois dimanche après-midi, quand elle est partie chez sa sœur pour prendre le thé.

— Lara ? demanda-t-il sèchement.

— Oui.

— Vous savez qu'elle a disparu ?

— Oui, sa secrétaire m'en a informé.

— Vous ne semblez pas très inquiet. Est-ce qu'elle n'était qu'une de vos nombreuses maîtresses ?

— Vous avez soixante secondes pour foutre le camp de cette maison, docteur Tenby, c'est clair ?

Michael ramassa le sachet de poudre blanche. Trussler essaya de s'en saisir d'un geste vif, mais Michael recula, hors de portée.

— Je suis médecin, espèce d'ordure, d'accord ? Qu'est-ce que vous préférez : que je jette ça dans les toilettes ou que je l'apporte à la police ?

Trussler roula hors du lit et se précipita vers lui. Michael para son bras, le choc envoyant voler la cocaïne, puis il leva le pied avec force, entre les jambes de Trussler. Le producteur se plia en deux, laissant échapper un gargouillis métallique, comme de l'eau dans un tuyau, prit son entrejambe à pleines mains, et se balança d'avant en arrière, haletant.

Michael se dirigea vers le téléphone et souleva le combiné.

— Allez-y, appelez la police – vous voulez que je m'en charge ?

Trussler s'assit sur le lit, nu, se tenant les bourses. Sa tête tomba en avant et il eut un haut-le-cœur, mais il ne vomit pas.

—Qu'est-ce que vous voulez? demanda-t-il d'une voix pantelante et rauque.

—Je veux savoir où se trouve Amanda.

Michael remit le combiné en place.

Trussler ferma les yeux.

—Bon sang, elle m'a plaqué. (Il se pencha de nouveau en avant.) Je ne l'ai pas vue depuis deux, peut-être trois semaines.

—Vous n'avez pas l'air très inquiet. Pourquoi?

Il rouvrit les yeux.

—C'est une femme très indépendante. Elle a besoin de beaucoup d'espace. C'est sa façon de gérer la pression.

—Il lui est déjà arrivé de disparaître?

—Je pense vraiment que vous réagissez de façon excessive, docteur Tenby. Mais si vous l'avez poursuivie d'une manière aussi obsessionnelle, je ne suis pas surpris qu'elle ait disparu.

Michael le considéra avec mépris.

—Que les choses soient claires: c'est de vous qu'elle a peur.

Trussler lui pointa la porte du doigt.

—Maintenant, foutez-moi le camp. Si vous pensez qu'elle a disparu, adressez-vous à la police, elle est là pour ça. Pour qui vous vous prenez? Qu'est-ce qui vous donne le droit de faire irruption chez moi et de m'interroger?

Michael empoigna les mèches de cheveux de Trussler et l'obligea à se lever, approchant son visage tout près du sien.

—Je suis amoureux d'elle, dit-il, les dents serrées. Et ça me donne tous les droits, y compris de faire irruption où et quand bon me semble. Je ferai tout ce qui est en mon pouvoir pour la retrouver et je vous jure que, si je découvre que vous lui avez fait le moindre mal ou que vous me cachez une information, je donnerai vos couilles à bouffer au chat birman des voisins. C'est compris?

Michael dut le secouer à deux reprises avant qu'il hoche la tête, et seulement alors, il le lâcha.

— Je l'aime aussi, dit Trussler.

— Bien sûr, répondit Michael, mais pas au point de remettre à plus tard votre partie de jambes en l'air et de me rappeler. Vous vous faites *vraiment* du souci pour elle, ça crève les yeux.

Il tourna les talons et sortit de la chambre.

CHAPITRE 63

La voiture était une épave. Il régnait une odeur infecte à l'intérieur. Sur la M1 battue par la pluie, la circulation était un cauchemar ; à cause de travaux routiers, un système de circulation à contresens avait été mis en place, avec des cônes de signalisation rouge et blanc à perte de vue. Un convoi interminable de camions soulevait des gerbes d'eau plus épaisses que du brouillard.

Les essuie-glaces grinçaient. Toutes les cinq minutes, le couvercle de la boîte à gants s'ouvrait tout seul et s'abattait sur les genoux de Glen. Sous le tableau de bord pendaient toutes sortes de fils et il prenait bien soin de ne pas s'empêtrer les pieds dedans. Il fallait approximativement deux ans au CID pour bousiller une voiture du parc, et cette Vauxhall venait de fêter son troisième anniversaire. On y avait fumé deux millions de cigarettes. Plus récemment, sans doute la nuit dernière, quelqu'un avait vomi à l'arrière. À 8 heures ce matin, Glen avait du mal à décider ce qui était pire : l'odeur de vomi ou le Dettol qu'on avait aspergé pour la masquer.

Mike Harris conduisait. Ils roulaient vers le nord et la station-service de Watford Gap n'était plus qu'à quelques minutes. Ils s'y arrêteraient pour le petit déjeuner. Glen était fatigué et il avait faim ; il avait veillé une bonne partie de la nuit, à réfléchir et à éplucher deux livres de plus sur les autopsies. Quand il avait finalement sombré dans le sommeil, il avait rêvé d'une femme avec un sac plastique autour de la tête, luttant pour respirer.

Le visage de Mike Harris respirait la force tranquille. C'était un sage, il connaissait les ficelles du métier et comprenait les gens. Il avait découvert il y a bien longtemps ce qui faisait tourner le monde. On pouvait compter sur lui en cas de coup dur.

Ils étaient à présent assis de part et d'autre d'une table en Formica ridiculement étroite, sur des chaises en plastique moulé inconfortables. Œufs sur le plat, bacon, saucisse, haricots, boudin noir, pain grillé, la totale. Ils discutaient en mangeant. D'ici à une demi-heure, ils arriveraient à Luton où ils prendraient livraison du prisonnier devenu indic qui, espéraient-ils, allait les aider à remettre l'opération Skeet sur les rails. Pour le moment, Glen avait ce collègue bien plus expérimenté rien que pour lui et il avait profité du trajet pour lui donner toutes les raisons de ses doutes concernant Cora Burstridge.

Mike Harris garnit sa tranche de bacon de haricots et enfourna le tout dans sa bouche. Tout en mâchant, il demanda :

— Tu es allé faire un tour au magasin où elle a acheté la grenouillère ?

— Non, je n'y ai pas pensé, répondit Glen.

— La personne qui l'a servie se souviendra si elle est venue seule ou accompagnée.

— Bonne idée. J'irai vérifier.

Glen but un peu de thé, puis il ajouta :

— Qu'est-ce que tu en penses, Mike ? D'après toi, je devrais écouter Digby et laisser tomber ?

— Non. Si cette histoire te tient tellement à cœur, fais un G30 au patron.

— Le commandant Gaylor ?

— Oui, c'est quelqu'un de très accommodant. Remplis le formulaire en indiquant toutes les informations que tu as réunies et les raisons qui te poussent à croire qu'il y a quelque chose de pas net – mets exactement ce que tu m'as dit. Dis-lui que, s'il ne peut pas se passer de toi, tu es prêt à travailler tes deux jours de repos hebdomadaire cette semaine, s'il t'autorise à les consacrer exclusivement à l'affaire Cora Burstridge. Il se peut qu'il accepte, tant que tu ne lui demandes pas de dépenser plus d'argent.

— Pas de police scientifique alors ?

— Exactement. (L'inspecteur consulta sa montre.) Mange, on va être en retard.

Glen mâcha un gros morceau de saucisse.

— J'ai besoin des gars du labo pour relever des empreintes et jeter un coup d'œil à un verrou cassé – je pense que c'est crucial, dit-il d'un ton abattu. Et il me les faut sur les lieux aujourd'hui, sa fille arrive demain.

Ils terminèrent leur petit déjeuner en silence. Puis, alors qu'ils traversaient la salle des bandits manchots, Mike Harris dit :

— Écoute, ça fait trente ans que je suis flic. Quand on sera rentrés, va voir Ron Sutton à la police scientifique de Brighton. Dis-lui que tu viens de ma part et demande-lui s'il veut bien te rendre un service. Il m'en doit un.

Glen le remercia.

— Je le connais, ajouta-t-il. C'est un brave type.

Ils traversèrent le parking en courant, sous la pluie battante, jusqu'à leur voiture. Une fois sur la bretelle d'accès à la M1, Mike Harris dit :

— Tu as quelque chose de prévu jeudi soir ? Tu es peut-être de service ?

Glen regarda la circulation par la lunette arrière.

— Non. Je ne suis pas de nuit avant lundi prochain.

L'inspecteur donna un brusque coup d'accélérateur, déboîtant entre deux véhicules.

— Je suis invité au pot de départ d'un collègue à Londres, un gars que je connais depuis des années – on a suivi les mêmes cours à l'école de police en 1979. Il a été détaché au National Crime Intelligence Service. Ça promet d'être une bonne soirée – tournée des pubs et restaurant chinois à Soho pour finir. Qu'est-ce que tu en dis? Tu pourrais rencontrer des gens intéressants – peut-être même des huiles. Tu ne sais jamais qui pourra t'être utile dans ta carrière un jour.

— Ce sera avec plaisir. Merci, merci beaucoup.

— Espérons que ta femme sera d'accord.

— Pas de problème, dit Glen sur un ton bravache, alors qu'il savait que ce n'était pas si simple.

Ari n'était pas jalouse, mais elle n'aimait pas ces soirées entre hommes.

Comme s'il lisait dans son esprit, Mike Harris ajouta:

— Dis-lui que c'est pour le boulot.

— On ne se ment jamais.

— Ce n'est pas un mensonge.

— Je n'ai pas peur d'elle, ce n'est pas ça.

Harris sourit et ne fit aucun commentaire.

Bientôt incapable de supporter le sourire de son collègue plus longtemps, Glen insista:

— C'est vrai, je te jure!

— Un train pour Londres part de la gare de Hove à 17 h 20. On prendra celui-là, d'accord?

— Qu'est-ce que je mets?

— Ce que tu veux, du moment que les taches de bière et de rouge à lèvres ne se voient pas.

Chapitre 64

*L*a défense Botvinnik, avec la tour de la dame ! C'est un coup incroyablement ancien ! Deep Blue en a utilisé une variation lors de sa troisième partie contre Kasparov. Et voilà que mon ami Jurgen Jurgens, de Clearwater Springs, en Floride, a utilisé exactement le même coup.

C'est important pour moi, de continuer à jouer aux échecs sur Internet. Les échecs font travailler le cerveau et j'ai peur que ces trous de mémoire m'arrivent de plus en plus souvent. Je trouve ça vraiment effrayant, de ne garder aucun souvenir de certains événements. De lundi, il ne me reste presque rien. J'ai oublié la femme – la chose – ça ! Pas d'eau, pas de nourriture, rien.

Je ne m'en fais pas trop. Une garce qui est prête à se laisser pénétrer par le docteur Michael Tennent n'a que ce qu'elle mérite.

Alors peut-être que je n'ai pas oublié la pétasse, après tout, qu'à sa façon, mon subconscient punit la chose en niant son existence. On devrait tous laisser nos voix intérieures nous dicter notre conduite de temps à autre. On leur cède bien les commandes quand on roule sur l'autoroute parfois, et elles ne s'en sortent pas si mal. Peut-être qu'on devrait tous avoir un peu plus confiance en nous.

Terence Goel devra faire part de ces trous de mémoire à son psychiatre, la prochaine fois qu'il le verra.

Il fait mauvais ce matin. Il pleut fort. La chose ne connaît pas sa chance : elle est au chaud et au sec.

Je dois téléphoner à mon agent de change aujourd'hui, ça fait longtemps que je ne lui ai pas parlé. Les marchés sont plutôt agités en ce moment. Et je dois passer à l'épicerie. Je dois racheter de ce solvant qui enlève la graisse des mains. Démonter l'Alfa Romeo n'est pas une mince affaire.

Pour l'instant, la chose a eu la vie plutôt facile. Je n'ai pas vraiment été désagréable avec elle, et je ne lui ai donné aucune raison de s'affoler. Elle a un matelas, à manger, à boire, de l'eau savonneuse, une serviette, du papier hygiénique de bonne qualité, la vie pourrait être bien pire.

Je me demande comment réagira le docteur Michael Tennent ce soir, quand il l'entendra hurler.

CHAPITRE 65

Le gros garçon racontait une blague. Il aimait profiter de ces instants, avant que le professeur arrive, pour raconter des blagues pas drôles à l'ensemble de la classe. Il s'appelait Martin Webber. Il avait les cheveux roux, des taches de rousseur, une petite bouche hargneuse, et des joues comme les abajoues d'un hamster. Il parlait d'une voix aiguë et pleine de suffisance.

Il avait déjà raconté celle qu'il débitait en ce moment, Thomas le savait, même si le reste de la classe était trop stupide pour s'en souvenir.

— C'est celle d'un Irlandais qui s'appelait Paddy, et qui a essayé de se suicider en se jetant d'une cave!

Thomas regarda toute la classe rire aux éclats. Il ne voyait toujours pas ce qu'il y avait de drôle. Un homme voulait se suicider. C'était tragique, pas amusant du tout. L'homme n'était pas assez intelligent pour comprendre que, pour ne pas se rater, il devait sauter d'une hauteur considérable. Le fait qu'il soit irlandais semblait ajouter de l'impact. «Irlandais» était synonyme d'infériorité et de stupidité, mais Thomas ne comprenait pas pourquoi il devait en être ainsi.

— Thomas ne pige pas! s'exclama un autre garçon, Justin Watts-Weston.

— Bon Dieu, t'es vraiment pas très futé, Thomas! renchérit Tony Dickinson, se penchant par-dessus son pupitre et approchant son visage tout près de celui de Thomas. Bêta! Bêta! Bêta! Thomas est une andouille!

Dickinson avait des cheveux blonds en épis, un nez retroussé et de méchants petits yeux globuleux, comme une grenouille. Depuis plusieurs semaines, Thomas se demandait ce qui se produirait s'il lui ouvrait un de ces yeux avec une lame de rasoir. Il en gardait justement une dans son pupitre en ce moment, le cutter qu'il utilisait en modélisme. Ce serait si facile…

— Hé, trésor, si ta maman est une actrice tellement célèbre, comment ça se fait qu'on l'a pas vue dans un nouveau film cette année ? le railla encore Dickinson. Mon père dit que ta mère est une *has been*.

Thomas allait se précipiter sur Dickinson quand le garçon retourna s'asseoir et que le silence tomba sur la classe. M. Landymore, leur professeur d'histoire, venait d'arriver.

Thomas, bouillant de rage, foudroya Dickinson du regard. M. Landymore commença à écrire au tableau, mais Thomas n'avait rien à apprendre de cet ignorant : il avait déjà une bien meilleure connaissance de l'histoire que son maître.

Il souleva le couvercle de son pupitre et regarda la mouche bleue, toujours en vie, qui s'agitait dans tous les sens. Soudain, elle décrivit un cercle, plusieurs fois. Sans ses ailes, elle ne faisait aucun bruit.

Il l'avait capturée plus tôt. À l'aide d'une loupe, d'une pince à épiler et d'un cutter, il lui avait retiré les ailes et les pattes. Il baissa de nouveau le couvercle et écrivit dans son cahier, « Les araignées tissent leur toile. Les mouches se contentent de tourner en rond. » Ça, c'était marrant.

Puis il referma son cahier pour éviter que quelqu'un d'autre le lise.

Martin Webber racontait des blagues qui n'avaient rien de drôle, mais il ne savait rien des travaux de Max Planck sur la mécanique quantique. Il avait posé la question à son camarade de classe. Martin Webber ignorait que la mécanique quantique fixait un cadre mathématique cohérent permettant de décrire les phénomènes fondamentaux à l'œuvre dans les systèmes physiques, plus particulièrement à l'échelle atomique et subatomique.

Il doutait aussi que son camarade de classe ait lu *Gray's Anatomy*. Thomas en avait trouvé un exemplaire à la bibliothèque de Kensington et l'avait lu de la première à la dernière page, mémorisant chaque schéma. Exciser un des reins de Webber ne présenterait aucune difficulté pour lui. Il devait être possible de le capturer, de l'anesthésier, d'enlever le rein, de le recoudre et de le renvoyer chez lui. Après, il pourrait envoyer le rein par la poste aux parents de Webber. Il avait tout prévu, dans les moindres détails, et cette idée lui plaisait beaucoup.

Presque autant que celle consistant à ouvrir l'œil de grenouille de Tony Dickinson avec un rasoir.

Il se demanda si Martin Webber tournerait en rond s'il lui coupait les bras et les jambes.

— Le ballon, connard ! Le ballon ! Tire dans le ballon, connard !

Dickinson, encore lui, qui continuait à le tourmenter dans la cour, pendant la récréation du matin.

La mère de Thomas lui avait expliqué récemment : « *Tu n'es pas comme les autres enfants, Tom-Tom, tu comprends ? Quelque chose ne va pas bien dans ta tête, tu le sais, n'est-ce pas ?* »

Oui, il comprenait. Quelque chose n'était pas branché correctement dans sa tête, mais personne n'était au courant, à part lui et sa mère, c'était leur petit secret. Un secret qu'ils partageaient avec le docteur Brockman de Harley Street, qui lui prescrivait ses médicaments et le voyait moins souvent qu'à une époque, et le docteur Brockman ne dirait rien à personne.

Sa maman l'avait envoyé à l'école pour le punir de ne pas l'aimer assez fort. Elle l'avait prévenu : il ne devait pas parler de leur secret aux autres garçons. Si quelqu'un l'apprenait, on viendrait le chercher pour l'emmener dans un hôpital et il ne reverrait plus jamais sa maman.

Les autres enfants le pointaient du doigt à présent, dans la cour de récréation. Il avait fait quelque chose de travers et il ne savait même pas quoi. Ils n'aimaient pas qu'il soit là, ils ne voulaient pas de lui. Ils lui disaient toujours qu'il ne tournait pas rond et parfois il avait peur que sa maman leur ait divulgué cette information pour le punir quand il avait été méchant.

Un ballon de football roulait vers lui, qu'il faisait mine de ne pas voir. C'était pour ça qu'ils braillaient tous, un stupide ballon de football ?

Quelqu'un cria :

— Hé, Thomas, espèce de taré, shoote dans le ballon !

Richard Grantham approcha en courant, haletant, il tourna deux fois autour de lui en dribblant, le serrant de près.

— Tu sais quoi, Thomas ? T'es bizarre.

Aujourd'hui, ils s'en prenaient à lui parce qu'il n'avait pas ri quand il aurait dû. Hier, ils s'en étaient pris à lui *parce qu'il avait ri* quand il n'aurait pas dû. Ici, dans cette école, tout le monde fonctionnait à un niveau de conscience sur lequel il n'était pas réglé du tout. Il n'avait pas envie de tirer dans le ballon. Dans cet endroit, refuser de tirer dans un ballon faisait de vous un taré.

Il entendit des bruits de pas précipités derrière lui. Avant qu'il ait le temps de se retourner, il sentit l'impact du bout renforcé d'un soulier dans son derrière ; il trébucha en avant, s'écrasant sur le grillage qui entourait la cour de récréation.

Le souffle coupé, le visage brûlant, il se retourna et vit Tony Dickinson, les bras croisés, souriant d'un air suffisant. Plusieurs autres garçons se tenaient immobiles, eux aussi. Il se détourna et s'éloigna, s'efforçant de ne pas les laisser voir que la douleur le faisait boiter. Il entra dans la classe, ouvrit le couvercle de son pupitre et sortit son cutter.

Il testa la lame de rasoir en acier, afin de s'assurer de son tranchant, en pratiquant une légère incision dans son propre doigt et regarda le mince filet de sang apparaître.

Parfait!

Alors, dissimulant le cutter à l'intérieur de sa main, il alla s'asseoir au pupitre de Tony Dickinson et surveilla l'horloge sur le mur, attendant la fin de la récréation. Il écouta les cris à l'extérieur. Puis ses camarades de classe regagnèrent progressivement leurs places – bruits de pas, bavardages, chaises traînées sur le sol. Et enfin, la voix de Dickinson.

— Hé, abruti, c'est ma place.

Thomas resta où il était, contemplant le tableau noir où M. Landymore avait écrit en grand «Magna carta 1215», attentif aux pas se rapprochant derrière lui.

Puis on lui tira violemment la tête en arrière, par les cheveux; il regardait droit dans les yeux globuleux de Tony Dickinson.

— Dégage de ma chaise, connard!

Thomas ne fit pas un geste.

Dickinson approcha encore un peu plus son visage du sien.

— J'ai dit: *dégage*!

Alors qu'il commençait à hisser Thomas par les cheveux, ce dernier leva la main droite et fit décrire à la lame une entaille horizontale, impeccable, à travers le globe oculaire du garçon. Elle traversa le blanc, l'iris gris-vert et la pupille noire. C'était comme de couper un grain de raisin. Il vit la séparation nette suivant la ligne de l'incision. Puis, il y eut ce moment bref et intense, avant que Dickinson comprenne ce qui venait de lui arriver, où le liquide coula, limpide.

On aurait dit du jus de raisin.

Chapitre 66

L'odeur frappa Glen Branson alors qu'il remontait le corridor au deuxième étage du commissariat de Brighton, les mains dans les poches de son imper, fatigué par son expédition matinale à Luton. Il n'était qu'un peu plus de 13 heures, mais il avait déjà l'impression d'avoir travaillé une journée complète. Et maintenant, il lui fallait lutter contre cette odeur.

Une femme gardien de la paix qu'il reconnut – elle travaillait à la brigade criminelle, dans la Child Protection Unit – passa à côté de lui.

— Pouah! dit-elle en fronçant le nez.

Glen hocha la tête. La mort. Pour la deuxième fois en une semaine. Cette odeur putride, rance, qui devenait plus forte à mesure qu'il progressait dans le couloir, correspondait exactement à celle qu'il avait sentie dans l'appartement de Cora Burstridge jeudi dernier, bien qu'elle soit encore plus forte ici, aussi improbable que cela puisse paraître.

Et elle gagna encore en force alors qu'il atteignait la porte ouverte du studio photo. Une lumière blanche éblouissante régnait à l'intérieur. Une veste en coton tachée de sang reposait sur une feuille de papier blanc devant un appareil photo monté sur un trépied. À côté de lui, vêtu d'une combinaison de protection blanche, de bottes et de gants en caoutchouc, se tenait Ron Sutton, un expert de scènes de crimes avec qui Glen s'était lié d'amitié pendant ses deux années en tant que gardien de la paix stagiaire. À l'instar de Glen, Ron avait une passion pour les vieux films.

Grand, barbe et cheveux blonds, l'air calme et méthodique, Ron Sutton ne semblait jamais se démonter, même face aux tâches les plus horribles. Il était en train de tirer une chaussette beige maculée de sang d'un sac en plastique noir.

Debout dans l'embrasure de la porte, Glen sentit la chaleur des projecteurs.

— Bon sang, ça ne sent vraiment pas la rose ici aujourd'hui !

— Ce sont les vêtements de Tam Hywell.

Ron se tourna vers lui et haussa les sourcils.

Glen hocha la tête. Tam Hywell, leur témoin clé dans l'opération Skeet, qui avait été haché menu à l'aide d'une machette dans son appartement.

— Je me demandais si tu étais occupé, dit Glen. Question idiote.

Ron se tint derrière l'appareil photo, prit une série de clichés de la veste à partir du même angle, mais avec différentes ouvertures. Glen le laissa se concentrer et l'observa. Ron souleva la veste, la jeta dans un autre sac et posa la chaussette sur le papier.

— Et sinon, comment ça se passe pour toi à Hove ?

— Il y a des hauts et des bas. J'ai besoin d'un service. (Glen hésita, puis il lui fit un sourire plein d'espoir.) Mike Harris m'a dit de mentionner son nom.

— Il a fait ça, hein ?

— Oui.

Ron fit avancer le trépied, ajusta l'inclinaison de l'appareil photo, puis il regarda à travers l'objectif en plissant les yeux.

— Quel genre de service ?

— Il faudrait que tu prennes ton matos pour venir inspecter la trappe d'un grenier – et aussi que tu jettes un coup d'œil à un appartement, pour voir s'il y a des empreintes.

Ron prit une série de photos, enleva la chaussette, puis fouilla dans le sac à la recherche de la seconde chaussette qu'il posa à son tour sur le papier.

— Sans autorisation ?

— C'est un suicide, mais il y a quelque chose qui me chiffonne – je te montrerai pourquoi.

— Et tu n'as pas obtenu l'approbation de ton patron ?

— Non, j'ai essayé, mais Bill Digby est convaincu qu'il s'agit d'un suicide. Mike m'a conseillé de remplir un G30 à l'attention du commandant, et c'est ce que je vais faire.

— Je ne vais pas pouvoir exploiter ces relevés d'empreintes sans autorisation.

— Ça ne fait rien. Je veux simplement m'assurer que tu les auras, au cas où on en aurait besoin.

Ron lui lança un regard curieux.

— Tu es prêt à risquer ta carrière, et la mienne ? Pourquoi ?

— Attends que je te dise qui c'est, Ron : *Cora Burstridge !*

Le comportement de Sutton changea un peu.

— Ça rend la chose plus intéressante. J'aurais dû me douter que tu trouverais un prétexte pour aller fouiner chez elle.

— Ce n'est pas ce que tu crois. C'est moi qui ai trouvé le corps et quelque chose ne colle pas, je t'assure. Demain, sa fille et sa famille vont débarquer et laisser leurs empreintes dans tout l'appartement. Tu me dois bien ça – et pas seulement parce que Mike le demande.

— Ah bon ?

— Rappelle-toi cette cassette vidéo que je t'ai procurée – *Orange mécanique* ? Stanley Kubrick avait exigé que le film soit retiré des salles de cinéma. J'ai saisi cette cassette lors d'un coup de filet l'an passé et tu m'as dit que tu étais prêt à sacrifier un œil pour voir ce film. J'ai risqué ma carrière pour toi. (Glen se plaça devant le trépied.) Tu me dois bien ça, Ron. (Puis il fit un signe de la main à l'objectif.) Salut, m'man !

— Tu es chiant, Glen. Tu es chiant, et chauve.

— Et noir.

— Ça aussi.

Chapitre 67

Elle était belle et il éprouvait de réelles difficultés à la regarder. En partie à cause de la souffrance qu'il lisait sur son visage, et aussi parce qu'elle lui rappelait tellement Amanda – le son de sa voix, sa façon d'articuler et de bouger, certaines expressions. Elle était peut-être plus grande que sa fille, de quelques centimètres, mais la différence n'était pas significative. Avec ses longs cheveux raides auburn, son tee-shirt noir moulant et son jean serré, Teresa Capstick ressemblait plus à une grande adolescente qu'à une femme de cinquante-deux ans.

Michael sourit d'un air triste et rêveur en regardant le salon autour de lui. Amanda avait fidèlement décrit sa mère et sa maison. La bohème, la vraie, figée dans la fin des années 1960. De petits tapis aztèques, des saccos, des lampes magma, des abat-jour en papier en forme de globe, des supports pour bâtonnets d'encens, une pyramide en verre, une étagère où s'entassaient des morceaux de cristal de roche. Des livres sur le développement personnel et le mysticisme partout, et une citation extraite de *Jonathan Livingston le goéland*, accrochée au mur, dans un cadre.

Pourtant, la modernité avait sa place dans cette élégante maison de ville de style Regency – quelques tableaux abstraits bizarres sur les murs, plusieurs sculptures tout aussi singulières, une débauche de plantes, et des rideaux couleur crème rayés de noir absolument saisissants. De l'autre côté des portes-fenêtres qui donnaient sur un beau jardin bien entretenu, Michael vit que la pluie avait cessé, mais la couleur du ciel semblait indiquer qu'elle pouvait reprendre à tout moment.

Il but un peu de son café parfumé à la chicorée, puis il se pencha en avant et mordit avec gratitude dans un des sandwichs au saumon fumé qu'elle avait achetés pour lui chez *Marks and Spencer*. Il n'avait toujours pas d'appétit, mais il était presque 14 heures et, comme la veille, il n'avait rien avalé depuis un petit déjeuner frugal pris sur le pouce.

Plusieurs photos encadrées d'Amanda décoraient la pièce, certaines où elle était seule, d'autres avec sa sœur Lara, à qui il avait rendu visite plus tôt dans la matinée, avant de venir ici.

Lara ne ressemblait pas beaucoup à Amanda. Les cheveux bruns, de plus forte corpulence, elle était plaisante mais bien moins sûre d'elle, et aujourd'hui, avec ses trois enfants en bas âge malades à la maison, et sa sœur disparue, son visage pâle et aux traits tirés n'avait pas réussi à masquer sa tension nerveuse.

Michael n'avait rien appris de Lara qu'il ne sache déjà. Amanda avait assisté au goûter d'anniversaire de sa nièce, elle avait annoncé à Lara qu'elle avait un nouvel homme dans sa vie – lui-même – et elle avait également dit à Lara que son travail la satisfaisait pleinement en ce moment. Elle était repartie pour Londres le dimanche soir, pleine d'entrain – Lara ne l'avait jamais connue aussi gaie.

Et maintenant, sa mère, qui avait aussi été présente à l'anniversaire, le lui confirmait. Rien de ce qu'Amanda leur avait dit le dimanche après-midi ne laissait supposer qu'elle avait des problèmes.

Teresa lui tendit un autre album photos.

—Celles-là datent du début de son adolescence.

Michael s'essuya les doigts et tourna la lourde couverture en cuir. Amanda, avec quinze ans de moins, effacés comme par magie, lui souriant depuis une gondole à Venise ; une autre

Amanda, plus difficile à reconnaître et manifestement ivre, chantant avec des amis, autour d'une table, apparemment dans l'auberge d'une station de ski, un peu jeune pour fumer, mais tenant néanmoins une cigarette entre ses doigts. Puis une autre photo, debout sur des skis, avec la montagne en arrière-plan et un air ridiculement fanfaron.

Regarder ces photos lui était pénible, et pourtant il n'avait pas envie d'arrêter.

— Vous avez de nouveau parlé à la police ce matin ? demanda-t-elle.

— À l'inspecteur Roebuck, oui. Il n'avait aucune nouvelle.

— Et son assistante, Lulu ? Elle est très efficace.

— On se parle régulièrement. Rien. Brian Trussler, vous le connaissiez bien ? demanda-t-il.

— Je ne l'ai rencontré qu'une fois en sept ans – Amanda m'a invitée chez elle pour me le présenter autour d'un verre. Il s'est montré charmant, mais c'est difficile pour une mère qui ne veut que ce qu'il y a de mieux pour sa fille. Une liaison avec un homme marié n'est pas l'idéal. Vous l'avez rencontré ?

— J'ai fait sa connaissance hier soir. Je voulais m'assurer qu'il n'avait pas fait de mal à Amanda, pour la punir de l'avoir largué.

— Et, votre conclusion ?

Michael avait envie de dire qu'il pensait que Brian Trussler était une pauvre tache, mais il n'en fit rien.

— Je ne crois pas qu'il aimait Amanda au point de vouloir lui faire du mal pour se venger. Mais n'ayant aucune certitude, j'ai conseillé à la police d'avoir une petite conversation avec lui.

— Mais *vous*, qu'est-ce que vous en dites ? Si vous ne croyez pas à la culpabilité de Brian Trussler, qu'est-ce qui a bien pu arriver à Amanda ?

Quand il leva la tête vers elle, il fut frappé par l'intensité de son regard. Cette femme n'était pas une idiote, elle avait étudié la psychologie, elle savait ce qu'était le langage corporel et elle était en train d'étudier le sien.

Elle me teste. Elle me soupçonne, comprit-il, sans être vraiment surpris. *J'en ferais autant, à sa place. Je soupçonnerais tout le monde à ce stade.*

—D'après moi, Amanda est quelqu'un de trop équilibré pour être simplement partie sans avertir personne à cause de la pression de son travail, ou de…

Sa voix devint inaudible.

Teresa termina sa phrase pour lui.

—De sa vie sentimentale?

—Oui. Elle n'aurait pas manqué un rendez-vous professionnel d'une importance cruciale, certainement pas sans téléphoner pour annuler. Elle aurait au moins prévenu Lulu. (Il baissa les yeux sur l'album photos, refusant de croiser son regard pendant quelques secondes.) Dans le meilleur des cas, je pense qu'il lui est arrivé quelque chose qui a provoqué une amnésie – un traumatisme, un coup à la tête, quelque chose de ce genre. À l'heure qu'il est, elle est peut-être en train d'errer quelque part.

Elle serra les lèvres, et Michael vit qu'elle frémissait d'angoisse.

—Et au pire?

Michael la regarda droit dans les yeux.

—Elle a eu un accident et n'a pas encore été retrouvée.

Ce n'était pas le pire, et ils le savaient tous les deux. Teresa hocha lentement la tête et marcha jusqu'aux portes-fenêtres.

—Quand elle était petite, Amanda adorait jouer dans le jardin, reprit-elle d'une voix étranglée. J'avais un bac à sable – elle aimait construire des plateaux de tournage imaginaires et y mettre ses poupées et ses voitures miniatures. Et elle inventait toutes sortes d'histoires. J'y fais pousser des herbes aromatiques maintenant. De la menthe, du thym, de la ciboulette, du romarin, de l'oseille, de l'aneth. Vous aimez l'aneth, docteur Tennent?

—Appelez-moi Michael, je vous en prie.

—Amanda m'a appris à cuisiner le poisson avec de l'aneth. Elle s'intéresse à tout. Elle apprend quelque chose à chaque nouvelle personne qu'elle rencontre. Vous a-t-elle déjà appris quelque chose?

Il y eut un long silence, pendant lequel il dut, lui aussi, lutter pour rester maître de lui-même, puis il dit, doucement:

—Oui. (Teresa se tourna vers lui et le regarda de ses yeux rougis.) Elle m'a appris à recommencer à vivre.

Chapitre 68

Thomas était allongé, nu, entre les draps bordés de dentelle, sur le lit à baldaquin dans la chambre de sa mère. Le parfum Chanel et l'odeur de ses cheveux, de ses lotions, de sa peau, étaient toujours présents.

Elle était là, devant lui, parée de ses plus beaux atours, montant à bord d'une Ferrari décapotable devant le casino de Monte-Carlo, alors que Rock Hudson lui tenait la portière.

—Tu es si belle, maman, chuchota Thomas, captivé.

Des larmes coulaient sur ses joues.

Trois semaines et deux jours. Seule dans son cercueil, sous terre, dans le noir et le froid.

Il appuya sur la touche « Pause » de la télécommande. Sa mère trembla légèrement en gros plan, sous une lumière crue. Il prit le petit magnétophone Sony sur la table de chevet et appuya sur « Play ».

Le docteur Michael Tennent dit : « *Les oiseaux jardiniers ? Non. L'ornithologie est un de vos centres d'intérêt ?* »

Il arrêta la bande, puis saisit un autre magnétophone. Approchant sa bouche du micro, il dit :

—Bonjour, Amanda. Comment ça va ?

Il marqua une pause, puis il répéta la même phrase, un peu plus satisfait de sa deuxième tentative.

Il repassa la voix du psychiatre. Puis la sienne. Ce n'était pas encore ça. Le visage de sa mère tremblotait sur l'écran. Il effaça l'enregistrement de sa propre voix et recommença.

—Bonjour, Amanda. Comment ça va ?

Mieux! Oh oui, *beaucoup* mieux!

Il ouvrit le tiroir de la table de nuit et sortit le vibromasseur en plastique couleur crème de sa mère; il fit rouler la surface lisse et arrondie contre son nez. Il restait des traces de son odeur. Il inspira à fond, sans quitter sa mère des yeux.

— Bonjour, dit-il de nouveau. Bonjour, Amanda. Comment ça va?

Le visage de sa mère sautillait sur l'écran. Elle souriait. Elle l'approuvait!

CHAPITRE 69

— *À bon port* – tu l'as vu, celui-là ? demanda Ron Sutton, levant les yeux vers la photo de plateau accrochée au mur dans le couloir menant à la chambre à coucher de Cora Burstridge.

— Avec Ernest Borgnine et Walter Pidgeon, dit Glen.

— Un bon film, j'ai bien aimé.

— Sauf la fin.

— Tu as raison, la fin était ratée.

Sutton portait un grand sac noir ; il avait revêtu une tenue de protection blanche et des gants en caoutchouc. À côté de lui, Glen, dans son costume marron, se sentait un peu mal habillé pour la circonstance.

— C'est là que je l'ai trouvée.

Sutton regarda le lit.

— Où était la lettre ? demanda-t-il.

— Dans la salle de séjour.

Glen l'y conduisit et lui montra le secrétaire où la lettre – à présent en possession du coroner – avait été glissée sous la sirène Lalique.

— Et qu'est-ce qu'elle disait ?

— « Je n'arrive plus à me regarder dans la glace. »

Sutton fronça les sourcils.

— C'est une citation de son film, *Le Miroir sur le mur*. Avec James Mason et Laurence Harvey, 1966, ajouta Glen.

— Jamais vu.

— Ah bon ?

— Non, je le manque à chaque rediffusion, apparemment.

— BBC 1 l'a passé le mois dernier.

— Je sais. Mon fils a enregistré quelque chose par-dessus.

— Je pense que c'est son meilleur film. Et tu ne l'as pas vu ! Je n'arrive pas à le croire, dit Glen, sur le ton de la réprimande.

Mais Sutton l'écoutait à peine. Il regardait autour de lui, l'air songeur.

— Drôle d'idée quand même, d'extraire une citation d'un de ses propres films pour expliquer son suicide…

— J'ai pensé la même chose.

— J'ai entendu Barry Norman qui parlait du *Miroir sur le mur* à la télévision hier soir – j'ai pris l'émission en cours, une sorte d'hommage à Cora.

— Je l'ai enregistrée, mais je ne l'ai pas encore vue – je me suis couché tôt.

— Il disait qu'il y avait eu une grosse polémique à propos de ce film.

— Ah bon ?

— Au départ, le rôle avait été attribué à Gloria Lamark. Puis il y a eu un problème et elle a été renvoyée.

Glen hocha la tête.

— Je me souviens maintenant. J'ai lu quelque chose là-dessus dans une des biographies de Cora Burstridge. Elles n'arrêtaient pas de se débiner en public ; une fois, Gloria Lamark lui a même jeté son verre au visage lors d'une première – pour *Le Dossier Arbutnot*, ou un film de la même époque – juste devant un des membres de la famille royale. (Il secoua la tête.) C'est dingue, que tu ne l'aies pas vu : Cora Burstridge doit sa carrière au *Miroir sur le mur*. Elle a même obtenu une nomination aux Oscars.

Sutton traversa le couloir jusqu'à la porte d'entrée. Il l'ouvrit, l'examina, la ferma, puis l'ouvrit de nouveau.

— Je suppose qu'elle a été réparée depuis que tu l'as forcée ?

—Oui.

—Alors, si quelqu'un est entré par ici, tu en as définitivement détruit la preuve à coups de pied.

Feignant la contrition, Glen dit :

—Désolé.

Sutton parut se réjouir en voyant le désordre qui régnait à l'intérieur du placard à balais. Il prit une brosse et une boîte de poudre dans son sac et entreprit d'appliquer la poudre sur les murs, directement sous la trappe et sur l'accès à la trappe lui-même. Puis il sortit une lampe UV de son sac, l'alluma et examina la zone sur laquelle il venait d'appliquer la poudre.

—Une empreinte de pas, dit-il.

Glen la voyait aussi, bien nette : la moitié d'une chaussure, le devant.

Sutton la photographia.

—Du 48. Tu chausses du combien ?

—Moi ? Du 46.

—Quelqu'un de la maison est monté là-haut ?

—Non.

—Notre homme est grand et fort, observa Sutton.

—Comment sais-tu que c'est un homme ?

Sutton lui lança un regard curieux.

—Tu as déjà rencontré une femme qui chausse du 48, Glen ?

—Non, mais il y a un début à tout.

—Personnellement, je les préfère moins baraquées. (Sutton étudia la bordure de la trappe.) C'est propre. Fais-moi la courte échelle.

Glen joignit les mains et souleva Sutton. Puis il le suivit ; quand il alluma la lumière, il ne put réprimer un petit sourire satisfait devant le sursaut de Sutton quand ce dernier vit le mannequin qui le dominait de toute sa hauteur.

—*Madame est sortie*, dit Glen.

—Celle qui chausse du 48 ?

— Mais non, andouille, je veux parler du film, avec Tony Perkins.

— C'était un bon film. Vraiment effrayant. (Il dévisagea le mannequin avec la même circonspection que Glen, lors de sa précédente visite.) Alors, où se trouve cette sortie de secours ?

Glen la lui pointa du doigt, puis lui emboîta le pas en marchant sur les solives.

— Il y a un morceau de…

Il s'interrompit au milieu de sa phrase. L'expert de scène de crime avait déjà repéré le bout de tissu couleur crème qui pendait au bout d'un clou sur le chevron.

Sutton braqua le faisceau de sa torche dessus.

— Ce n'est pas là depuis longtemps, constata-t-il. Il n'y a pas de poussière dessus.

Glen sentit son moral remonter. Il avait eu peur que Sutton croie avoir perdu son temps en venant ici. L'empreinte de pas avait été un bon point de départ, et sa réaction face au bout de tissu était encourageante.

— Tu peux savoir d'où ça vient ?

— Non, pas sans analyse. On dirait du lin. Ça pourrait être une veste, un pantalon, une jupe, n'importe quoi.

— À plus d'un mètre soixante du sol ? Je vois mal comment ça pourrait être un pantalon ou une jupe.

— Peut-être que c'est la femme qui chausse du 48, dit-il d'un ton pince-sans-rire, décrochant soigneusement la bande de tissu et la laissant tomber dans un petit sachet en plastique qu'il tendit à Glen. Tiens-le pour moi, tu veux ?

Ils traversèrent lentement le grenier, vérifiant tous les chevrons, un à un, ainsi que les espaces entre les solives, puis ils arrivèrent enfin à la porte donnant sur l'escalier d'incendie. Appliquée à l'intérieur et sur le pourtour, la poudre de Sutton ne révéla aucune empreinte. Puis il ouvrit la porte et cligna des yeux, ébloui par la lumière du milieu d'après-midi qui s'engouffra à l'intérieur. Dans le ciel dégagé le soleil brillait. Ce serait une belle soirée.

Ils sortirent. Glen regarda l'arrière des immeubles voisins. Ces maisons anciennes à la façade tellement belle offraient un bien triste spectacle vues de dos, enlaidies par les escaliers d'incendie comme celui sur lequel ils se tenaient en ce moment.

—On est en plein été, observa Ron Sutton. Quelqu'un est monté au grenier, avant de sortir par cette porte et il n'y a pas la moindre empreinte. Peu de gens portent des gants en cette saison, sauf s'ils ne veulent pas laisser d'empreinte.

—Ou s'ils souhaitent éviter de se salir les mains, ajouta Glen.

Sutton examinait la zone autour de la petite porte cassée.

—Elle a été ouverte de l'intérieur – comme tu t'y es pris pour entrer dans l'appartement – avec un bon coup de pied.

—Tu es sûr ? demanda Glen, d'une voix un peu déçue.

Il aurait nettement préféré que Ron découvre la preuve que quelqu'un avait enfoncé la porte de l'extérieur.

—Aucune trace à l'extérieur. Pour entrer par l'escalier de secours, il aurait fallu forcer la porte à l'aide d'un levier quelconque – impossible sans érafler le jambage ou la porte elle-même.

Glen hocha la tête. Aucun doute possible.

—Alors, tout ce qu'on a, c'est une empreinte de pas et un bout de tissu. Je suis désolé, Ron, j'espère que tu n'as pas l'impression que je t'ai fait perdre ton temps.

—On a pendu des gens avec moins de preuves, Glen.

—Je ne crois pas que ça suffira à convaincre Digby. Il lui faudra plus que la moitié d'une empreinte et une bande de tissu qui pourrait provenir d'un costume ou d'une jupe.

— Tu as une piste maintenant, Glen. Tu recherches une femme qui chausse du 48 et fait l'équilibre sur les mains dans les greniers.

Glen lui lança un regard de mise en garde.

— Désolé, dit Sutton. Ça a été une longue journée.

Chapitre 70

La National Missing Persons' Helpline occupait deux étages d'un immeuble anonyme, bas et massif, au-dessus d'un supermarché *Waitrose*, dans une rue commerçante de Mortlake, à quelques kilomètres à l'ouest du Sheen Park Hospital, le long de la Tamise. On n'encourageait pas les gens à venir sur place, l'association faisait plus efficacement son travail au téléphone. Michael le découvrit à ses dépens quand il arriva devant l'entrée, le trottoir humide fumant sous la force du soleil de l'après-midi, et qu'une voix féminine, aimable mais ferme, lui répondit dans l'Interphone.

— Si vous êtes venu signaler une disparition, nous préférons que vous téléphoniez. Nous ne sommes pas équipés pour recevoir des visiteurs.

Michael était fatigué et irritable. Il s'était disputé au téléphone avec l'inspecteur Roebuck, ce dernier lui ayant dit qu'aucune enquête n'était en cours pour l'instant. Il lui avait conseillé de le rappeler plus tard dans la semaine.

Il était 16 heures en ce mercredi après-midi. Amanda avait disparu depuis plus de deux jours et demi. Dans trois heures, il devait prendre l'antenne à Talk Radio et – bien qu'il n'ait pas l'intention d'en informer son producteur – il allait donner une description d'Amanda sur les ondes. Pourquoi pas ? Qu'avait-il à perdre ?

En revenant du Sussex, Michael avait refait l'itinéraire que, d'après Lara, Amanda avait vraisemblablement suivi le dimanche soir pour rentrer chez elle. Plusieurs fois, durant la première partie du trajet, qui avait emprunté des routes de campagne, il s'était arrêté dans des virages où le feuillage était particulièrement dense, où le sous-bois aurait pu dissimuler un véhicule accidenté, et il était allé jeter un coup d'œil.

Ses chaussures étaient crottées et ses mains et son visage écorchés par les ronces. Heureusement qu'il n'y avait pas de caméra à l'entrée. Il regarda fixement la grille métallique de l'Interphone et joua son joker, espérant faire pencher la balance en sa faveur.

— En fait, j'ai quelque chose à vous proposer. Je suis le docteur Michael Tennent. Je suis psychiatre et j'anime une émission de radio le mercredi soir. Je pensais mentionner votre association.

Il y eut un silence, puis la même voix, réticente :

— Deuxième étage.

Michael comprit ce qu'elle avait voulu dire en poussant la porte en haut de l'escalier ; il traversa un long plateau en *open space* avec, approximativement, quarante bureaux, répartis de chaque côté de l'allée centrale. Sur la gauche, des fenêtres donnaient sur un paysage urbain, et sur la droite, un mur était tapissé du sol au plafond et sur toute sa longueur avec des affiches de personnes disparues, imprimées en caractères gras, rouges, bleus et noirs.

Pratiquement chaque bureau était occupé – hommes et femmes de tous âges, au téléphone, ou pianotant sur un clavier d'ordinateur. Il régnait une atmosphère d'activité sereine et aussi, sous-jacente et plus profonde, une sensation d'urgence.

Une femme blonde d'une quarantaine d'années à l'allure sévère, portant un élégant tailleur bleu, vint à sa rencontre. Elle considéra l'état de ses vêtements avec dégoût et lui lança un regard sceptique.

— Docteur Tennent ?

— Oui, écoutez, je suis désolé d'arriver comme ça, sans prévenir.

— Je suis Caroline Nelson, dit-elle, sur un ton glacial, la coordinatrice de ce plateau. En fait, j'ai déjà écouté votre émission.

Son expression ne lui permettait pas de savoir si elle l'avait appréciée ou pas. Mais c'était bon signe : elle le connaissait. Il sourit.

— Maintenant, j'ai enfin la certitude que derrière les chiffres qu'on me balance se cache une véritable auditrice !

— J'ai bien peur de ne pas vous être fidèle, dit-elle. Je vous écoute à l'occasion. (Elle jeta un coup d'œil à ses chaussures, puis regarda plus attentivement son visage.) Vous allez bien ? Vous avez eu un accident ?

— Ça va. Je vous demande de me pardonner mon apparence, mais j'ai cherché quelqu'un – et je suis tombé dans un fossé. (À en juger par son expression, elle n'était pas convaincue par son explication ; il essaya de rattraper la situation.) Je suis sûr que vous croulez sous le travail, mais je ne suis pas un illuminé. Une amie à moi a disparu et je semble incapable d'obliger la police à prendre cette affaire au sérieux. Je passe à l'antenne dans moins de trois heures et je pourrais peut-être dire quelque chose d'utile si quelqu'un m'aide – et pourquoi pas ajouter quelques mots concernant votre association. Un peu de publicité ne peut pas vous faire de mal, non ?

— Je peux vous offrir quelque chose à boire ? Thé ? Café ? Jus de fruit ?

— Un thé, merci.

Caroline Nelson l'emmena dans une petite salle de repos pour le personnel, lui tendit son thé dans un gobelet en plastique et s'assit. Elle restait sur ses gardes.

— Deux cent cinquante mille personnes disparaissent chaque année, docteur Tennent. Si nous laissions les gens venir ici pour signaler chacune d'entre elles, ils formeraient une queue interminable – ou presque.

— Je comprends.

—Je fais une exception pour vous, mais promettez-moi de ne donner que notre numéro de téléphone à la radio et de ne surtout pas mentionner notre adresse.

Michael sourit.

—C'est promis.

—Bien. (Elle perdit une fraction de sa froideur à son égard.) Maintenant, expliquez-moi ce qui vous arrive.

Michael lui raconta toute l'histoire, sans rien omettre. Quand il eut terminé, au lieu de le regarder avec compassion, elle parut irritée.

—Vous ne vous êtes pas disputé avec elle, docteur Tennent ?

—Non ! Absolument pas !

—Vous en êtes bien sûr ?

—Tout à fait. Nous… nous avons…

—Vous ne l'avez pas menacée ?

—D'aucune façon. Nous nous entendions très bien, nous venions de passer un après-midi en amoureux.

—Sans vouloir vous vexer, c'est ce que disent beaucoup d'hommes.

—Je ne suis pas violent avec les femmes. Je n'ai pas une part d'ombre en moi.

—Et pourtant, vous débarquez ici comme si vous sortiez d'un pub après une querelle d'ivrognes.

Elle commençait à l'énerver, et il dut faire un effort pour rester calme.

—Je vous ai déjà dit que je suis tombé dans un fossé en refaisant l'itinéraire d'Amanda.

Elle le dévisagea sans rien dire.

Gêné par son regard insistant, il se tourna vers la fenêtre. Deux sansonnets étaient perchés sur une antenne de télévision. Amanda était quelque part, au-delà de cette fenêtre. Mais où ? *Oh, ma chérie, où es-tu ?*

— Vous devez être conscient que nous sommes contactés en permanence par des hommes qui prétendent que leurs femmes ou leurs compagnes ont disparu ; la plupart du temps, il se trouve qu'ils ont eu une dispute et qu'elle est partie se réfugier, terrifiée, à hôtel ou chez des amis.

— Ça n'a rien à voir. Rien. Nous avons passé une journée absolument parfaite, bras dessus bras dessous. Elle est partie assister au goûter d'anniversaire de sa nièce et elle devait m'appeler plus tard. C'était magique. Nous étions deux amoureux. Et si elle avait voulu me fuir, comment expliquez-vous qu'elle ne se soit pas présentée à son travail ? Elle a manqué d'importants rendez-vous d'affaires. Ça ne lui ressemble pas du tout. Ses collègues sont très inquiets.

— Vous étiez amoureux. Vous en avez conclu qu'elle l'était aussi.

— Si elle jouait la comédie, c'était une sacrée bonne actrice.

Elle but un peu de thé.

— Vous la connaissez à peine. Il est tout à fait possible qu'elle vous ait caché une partie de sa vie.

Michael posa son gobelet et se leva, serrant les poings de colère et de frustration.

— Bon Dieu ! (Il la regarda.) Qu'est-ce qui ne tourne pas rond dans ce monde ? Comment est-ce qu'il faut vous le dire pour que vous compreniez ? Même si elle avait voulu me cacher quelque chose, elle n'aurait pas tenu à l'écart son assistante. Lulu était sa confidente. Amanda a des ennuis, de gros ennuis – elle est peut-être morte à l'heure qu'il est. Est-ce que je suis la seule personne dans tout ce foutu pays à me soucier d'elle et à essayer de l'aider ?

Caroline Nelson leva les mains.

— D'accord, calmez-vous ! Nous allons vous aider.

Michael se détourna et regarda de nouveau les sansonnets.

— Merci.

— Vous avez une photo d'elle ?

— Plusieurs.

— Je vais faire imprimer et diffuser une affiche, et peut-être que certaines chaînes de télévision accepteront de faire une annonce. D'accord ?

— Tout ce que vous voudrez, dit-il. Tout. Merci.

— Si ça peut vous rassurer, la majorité des personnes disparues est retrouvée dans les trente-deux jours suivant leur disparition.

— Je ne pourrai jamais attendre trente-deux jours. Je serai dans une camisole de force dans ma propre clinique bien avant.

Elle sourit, brièvement, puis elle reprit son sérieux.

— Je suis sûre qu'on la retrouvera. Soixante-quinze pour cent des personnes disparues réapparaissent dans les trente-deux premiers jours.

— Et les vingt-cinq pour cent qui restent ? Qu'est-ce qu'ils deviennent ?

Elle le regarda droit dans les yeux, sans rien dire.

CHAPITRE 71

Dehors, au soleil, le mari de Lara, Oliver, piquait les saucisses sur le barbecue dans son tablier Homer Simpson. Le reste d'entre eux était assis autour de la table en bois, à l'ombre du saule géant ; Alice, deux ans, Leonora, quatre, et Jake, presque six, riaient d'une plaisanterie. Lara riait, elle aussi.

Heureux. Un ciel sans nuages, le calme absolu. Au-delà de la haie, un océan de blé en maturation s'agitait au loin. Alice gloussait encore après que tous les autres avaient arrêté.

— Je suis amoureuse, annonça Amanda.

Ils se tournèrent vers elle, souriant avec chaleur, la pressant de leur en dire plus.

— C'est incroyable. Je n'ai jamais ressenti ça auparavant, j'ai trouvé un homme qui…

Sa voix lui semblait étrangement désincarnée, comme si elle s'écoutait elle-même parler sans le vouloir. Puis, comme par une brusque mise au point, quelque chose changea. Le soleil disparaissait, effacé par les ténèbres.

Amanda sentit le matelas dur et défoncé sous elle, et cette prise de conscience s'accompagna du retour de la peur alors qu'elle ouvrait les yeux dans l'obscurité sans horizon qui était devenue son univers.

Elle resta immobile, se demandant quelle heure il était. Était-ce la nuit ? Le jour ? Le matin ? L'après-midi ? Elle se dit qu'il devait exister un moyen de mesurer le passage du temps, mais comment ?

Elle avait terriblement besoin d'uriner.

La dernière fois qu'elle s'était réveillée, elle avait aligné le matelas avec le seau qui lui servait à faire ses besoins ; courbatue, elle rampa lentement dans sa direction, puis elle entendit un léger grattement et s'arrêta.

Bon sang. Un rat ?

Quelque chose lui effleura le visage – un moustique ou un moucheron, une sorte d'insecte. Elle essaya de l'écraser – brutalement – et la claque résonna dans toute la pièce.

Elle atteignit le seau, qui empestait l'urine. Après s'être soulagée, elle s'épongea le visage et les bras avec l'eau de l'autre seau pour se laver. Alors qu'elle se séchait, se levant pour se dégourdir les jambes, sa lucidité lui revint.

Maintenant, elle était extrêmement consciente de la présence silencieuse de deux corps dans la pièce d'à côté. L'un appartenait à une femme ; elle n'avait pas eu le courage de regarder l'autre de plus près. Une directrice éditoriale avait disparu quelques semaines plus tôt ; la presse s'en était fait l'écho, la télévision aussi : une jeune femme séduisante, la trentaine, avec des cheveux châtains courts. Est-ce que c'était elle ?

Avaient-ils tous été enlevés par une sorte de monstre comme Fred West ou l'homme qui écorchait les gens dans *Le Silence des agneaux* ?

Puis elle se raidit, pensant avoir entendu quelqu'un marcher en traînant les pieds.

Son cerveau s'emballa, avec l'idée d'un plan qu'elle avait conçu plus tôt : attendre près de la porte la prochaine fois que son ravisseur entrerait, et se glisser derrière lui dans le noir.

Une autre option consistait à le frapper, mais avec quoi ? Il n'y avait rien ici. Un matelas, des seaux en plastique, des assiettes et un plateau en carton, une carafe en plastique. Rien d'assez lourd pour venir à bout d'un homme – même plein, un seau en plastique n'y suffirait probablement pas.

Puis, soudain, la voix de Michael surgit de l'obscurité :

— Bonjour, Amanda. Comment ça va ?

Elle fit volte-face, profondément choquée.

— Michael ?

Silence.

— Michael ? répéta-t-elle, craignant de l'avoir imaginée.

— Bonjour, Amanda. Comment ça va ?

C'était Michael. Un Michael froid, détaché ; c'était bien sa voix, mais elle avait l'impression qu'une autre personnalité parlait.

La pièce puait l'urine. La chose avait transformé cet endroit en porcherie. Quelle honte. Elle méritait une punition.

Thomas, brandissant un aiguillon électrique pour le bétail, l'observa à travers ses lunettes à vision nocturne. *Tout est tellement net !* Il voyait chaque réflexe. Elle se tenait, dos au mur, regardant dans la mauvaise direction, là où il s'était trouvé juste un moment plus tôt.

— Déshabille-toi, Amanda, dit-il, imitant toujours la voix du docteur Michael Tennent.

— Ne t'approche pas de moi.

— Tu n'as pas envie de sentir mon tchou-tchou en toi ?

Son appréhension devenait palpable.

— Ne t'approche pas de moi. (Elle éleva la voix.) N'approche pas, Michael !

En silence, il fit un pas vers elle, puis un autre.

— Je vais te faire mal, Amanda, mais je ne sais pas par où commencer. Tu as une préférence ?

— Je croyais que tu m'aimais, Michael, dit-elle d'une voix étranglée.

Elle s'éloigna du mur, pensant mettre de la distance entre eux. Silencieux dans ses chaussures de sport, il fit un pas de côté et se retrouva de nouveau face à elle. Et elle n'avait absolument pas conscience qu'elle le regardait droit dans les yeux.

Avec une immense satisfaction, il lui enfonça l'aiguillon électrique dans le ventre, aussi fort qu'il l'osait, et lui envoya une décharge.

La soudaineté de l'agression la fit tomber à la renverse contre le mur avec un hoquet de surprise et de souffrance. Une douleur lancinante, suivie par une sorte de trépidation, lui traversa tout le corps.

Puis une autre douleur lui brûla la poitrine. Ses entrailles se contractèrent, puis se relâchèrent, à plusieurs reprises, comme si elles avaient été branchées sur une prise de courant qu'on allumait et qu'on éteignait. La douleur se propagea à sa cuisse, puis à son visage, avec chaque fois cette constriction atroce, suivie par la délivrance. Elle hurla, se prenant la tête entre ses bras protecteurs, roula sur le sol, essayant d'échapper à son bourreau, heurta un mur, renversa les seaux, le suppliant d'arrêter.

—Je t'en supplie! Pitié. Je ferai tout ce que tu voudras. Aaahhh!

Puis le silence.

Une éternité de silence. Elle resta immobile, dans l'attente de la prochaine décharge. Mais elle ne vint pas.

Une vague de nausée la submergea. Elle vomit.

CHAPITRE 72

Marj était en ligne. Elle appelait toutes les semaines, sans exception, espérant être prise à l'antenne par Michael et lui soumettre une nouvelle pépite extraite des œuvres de Jung et Freud.

Ce soir, le petit studio lui semblait encore plus exigu que d'habitude. Quelle que soit la position qu'il adopte, il avait toujours l'impression d'avoir cette fichue boule en mousse sous le nez, orientée vers lui de manière agressive, comme si le micro était un oiseau de proie qui attendait la bonne occasion pour lui arracher les yeux d'un coup de bec.

Chris Beamish, le producteur assis en régie, de l'autre côté du grand rectangle de verre insonorisé, le surveillait. *Pourquoi ?* D'ordinaire, il se contentait de filtrer les auditeurs qui appelaient et le laissait s'occuper du reste.

Et derrière Beamish, le technicien, barbu lui aussi, bâclait le montage d'une étagère, une source de distraction que Michael trouvait pour le moins irritante. Tout aussi perturbant : le précédent occupant du studio avait laissé une dizaine de Post-it sur le haut de la console. Il essayait de ne pas y faire attention, mais ses yeux n'arrêtaient pas de revenir dessus afin d'échapper au regard de Beamish. *Réalité virtuelle ?* disait l'un. *Vie artificielle ? Si ça ressemble à un canard, que ça marche et que ça nage comme un canard, alors c'est probablement un canard.*

Michael appuya sur le bouton du micro et, s'efforçant de ne pas laisser transparaître sa lassitude, dit :

— Bonsoir, Marj. Vous nous appelez de l'Essex.

— Bonsoir, docteur Tennent. Est-ce que vous pourriez m'éclairer sur le principe de relations acausales de Jung ?

— Certainement, Marj, y a-t-il un point précis qui vous pose problème ? demanda-t-il, un tantinet facétieux, mais elle ne parut pas relever.

— Eh bien, je ne suis pas sûre de le comprendre, dit-elle de sa voix impassible. Je crains que des événements surviennent dans ma vie, sans que j'en comprenne les raisons.

Michael regarda l'horloge sur le mur : 19 h 10. Dix-huit minutes avant la page de publicité. Il avait le temps de répondre à Marj et de prendre un autre auditeur. Il ferait sa propre annonce juste après. Marj venait de lui refiler un gros sujet et il essayait de trouver un angle d'attaque succinct pour l'aborder.

— Vous arrive-t-il d'avoir des coïncidences, Marj ?

— Tout le temps.

— Jung croyait à la notion de *coïncidence significative*. Si mes souvenirs sont bons, il a dit un jour que les coïncidences étaient les cartes de visite de Dieu.

— Ça me plaît !

— Vous connaissez sa théorie de *l'inconscient collectif*, je suppose ?

— Je n'irais pas jusqu'à dire que je la comprends, mais, oui, je la connais.

— Jung a personnellement connu plusieurs expériences paranormales, Marj. Ces dernières l'ont confronté avec des événements qui semblaient inexplicables en termes de causes physiques ou psychologiques normales. Il en a donc conclu que la causalité ordinaire ne permettait pas d'expliquer ces événements et a commencé à les qualifier d'*acausaux*. Vous comprenez ?

— Euh, non, pas vraiment. Est-ce qu'il ne s'est pas brouillé avec Freud à propos de la nature de la coïncidence ?

Michael tenta de recentrer la conversation sur les problèmes personnels de Marj, mais elle continua à vouloir le coincer à propos de Freud et Jung pendant le reste de la séance.

— J'espère que vous y voyez plus clair, Marj, finit-il par conclure avec soulagement, content de s'être tiré tant bien que mal de ce traquenard, bien que l'expression perplexe de son producteur lui indique qu'il n'avait pas été brillant.

Le petit écran d'ordinateur à côté de la console lui apprit qu'il avait six auditeurs en attente. Sur la liste figurait leur prénom, ainsi que l'endroit d'où ils appelaient. S'ils avaient déjà participé à l'émission auparavant, la mention «REG» apparaissait entre parenthèses à côté du prénom, afin de permettre à Michael de les accueillir comme il se devait.

Le premier auditeur de la liste avait un prénom plutôt curieux. Nadama, de North London. Ensuite, en dessous, patientait Raj, d'Ealing. Puis Ingrid, de Notting Hill, et Gareth d'Ickenham.

Il appuya sur le bouton et dit d'une voix enjouée :

— Bonjour, Nadama. Vous nous appelez de North London !

Dans son casque, il entendit Amanda lui répondre d'une voix terrifiée et tremblante :

— Michael ?

Fou de joie, il se retint pour ne pas crier :

— Amanda ? Où es-tu ? Tu vas bien ?

— Michael, répondit-elle, j'ai peur. Je n'aime pas ce jeu. Je ne veux plus jouer, d'accord ?

Il vit l'expression curieuse sur le visage de Beamish, mais il s'en fichait. Il avait Amanda en ligne. D'un signe frénétique, il essaya de faire comprendre à son producteur qu'il devait couper le direct et passer de la musique, ou n'importe quoi d'autre.

—Un jeu ? Quel jeu ? Je ne joue pas, Amanda. Bon sang, est-ce que tu vas bien ? Dieu merci, tu as appelé, j'étais fou d'inquiétude. Où es-tu ?

—Ne t'approche pas de moi.

Le témoin lumineux « À l'antenne » était toujours allumé. Il fit de nouveau signe à Beamish de couper. Ce dernier hocha la tête de manière presque imperceptible, et la lumière s'éteignit.

Elle semblait dans tous ses états, sa voix avait quelque chose d'anormal.

Avec autant de douceur que possible, il dit :

—Amanda, je t'en prie, je ne comprends pas. Qu'est-ce qui s'est passé ? Tu es bouleversée, pourquoi ?

—Ne t'approche pas de moi. (Elle éleva la voix.) N'approche pas, Michael !

Il se sentait complètement déboussolé.

—Je croyais que tu m'aimais, Michael. Je croyais que tu m'aimais, dit-elle encore.

Les pensées les plus folles lui traversèrent l'esprit. Brian lui avait peut-être raconté les pires horreurs à son sujet ?

—Amanda, écoute-moi, dis-moi ce qui s'est passé. Qu'est-ce que j'ai fait ? Est-ce que quelqu'un t'a raconté…

Ils avaient été coupés. Elle avait raccroché. Le nom Nadama s'effaça de l'écran.

Nadama. Bon Dieu. Une anagramme grossière. Il leva la tête. Beamish lui faisait de grands gestes désespérés.

—Michael, bon sang, c'est quoi ce cirque ? lui dit-il par l'Interphone. (Michael le regarda, l'air sonné.) Une minute jusqu'à la fin des informations, ensuite tu es de retour à l'antenne.

—Tu peux déterminer l'origine de ce coup de fil ? répondit-il.

—Quarante secondes.

— Trouve-moi d'où vient ce putain de coup de téléphone ! hurla-t-il.

— Je vais voir ce que je peux faire, d'accord ? Vingt secondes.

Michael appuya sur le bouton et accueillit Raj, d'Ealing, à l'antenne.

CHAPITRE 73

Michael.

Allongée dans le noir et le silence, cernée par l'odeur de son propre vomi, elle essaya de se faire à cette idée – et n'y parvint pas. Elle avait trop mal pour penser lucidement.

Comment quelqu'un qui avait semblé si gentil et attentionné pouvait-il être capable de ça?

Michael était intelligent; il était peut-être fou, mais il n'était pas bête. Il savait qu'il ne pourrait jamais la laisser repartir.

Elle songea de nouveau à la nuit qu'ils avaient passée ensemble, dans un autre univers, un autre temps. Elle s'était sentie si bien entre ses bras, elle aurait pu continuer à lui faire l'amour pour l'éternité. Mais à présent, elle se rappelait l'expression glaciale de son visage quand elle avait touché à la photo de Katy. Sa poigne sur son bras.

Bon Dieu, comment j'ai pu être assez bête pour laisser passer ça!

Elle aurait dû prendre ses jambes à son cou sans demander son reste. Dans ces quelques brefs moments, sa part d'ombre s'était pleinement exprimée. Mais elle avait préféré faire comme si de rien n'était, elle s'était convaincue qu'il ne s'agissait que d'une manifestation de chagrin, rien de plus.

Un sentiment de terreur glacée l'envahit soudain. Qui allait bien pouvoir la retrouver? Elle imaginait Lulu et Michael se parler au téléphone, Michael feignant l'inquiétude, donnant toutes sortes de conseils, lui expliquant combien ils avaient été heureux tous les deux.

Tout le monde le croirait. Michael était au-dessus de tout soupçon. Personne ne viendrait la chercher. Elle devait se débrouiller toute seule.

Où suis-je ?

Elle essaya de repenser à ces précieux instants pendant lesquels la lumière avait été allumée. Une sorte de salle construite par la main de l'homme. Stérile. Moderne. Souterraine, à en juger par la totale absence de lumière et le silence complet.

Une chambre forte ? Possible. Un poste de commande désaffecté, construit pendant la guerre froide, quand chaque comté en Grande-Bretagne disposait d'abris antiatomiques pour ses fonctionnaires les plus importants ? Quelqu'un comme Michael Tennent n'aurait aucune difficulté à connaître l'emplacement d'un endroit de ce genre et même à y avoir accès.

Elle pouvait se trouver n'importe où en Grande-Bretagne, pensa-t-elle.

Depuis combien de temps était-il parti ? Une heure ? Deux heures ?

Il faut que je trouve un moyen de mesurer le passage du temps.

Les vis de la grille de ventilation avaient à peu près le diamètre de l'ongle de son petit doigt. L'ongle de son pouce s'emboîtait parfaitement dans le creux de la vis. Elle avait besoin d'un tournevis.

Elle se releva douloureusement, trouva le mur et, par tâtonnements, atteignit l'ouverture donnant sur l'autre pièce. Alors qu'elle regardait devant elle, de petites taches de lumière surgirent de l'obscurité. Des formes en mouvement. Des silhouettes indistinctes qui tourbillonnaient. Son imagination lui jouait des tours. Elle recula, la peau couverte de chair de poule.

Ils sont morts, ils ne sont certainement pas en train de se balader dans le noir. Ils sont morts, Amanda.

Morts.

Et tu partageras leur sort, si tu ne réagis pas. Souviens-toi : les survivants restent calmes, ils mettent leur peur de côté, ils pensent logiquement et sont animés par une farouche volonté de vivre.

Restant en contact avec le mur, elle avança jusqu'à ce que son pied gauche rencontre soudain quelque chose de solide. Bien qu'il ait constitué le but de sa recherche, le fait de devoir toucher un des cadavres la glaça sur place.

Il lui fallut un certain temps pour réunir le courage suffisant et s'agenouiller. De près, la puanteur âcre du formol était presque insupportable. Elle tendit les mains. Du Nylon. Une cheville, dans un bas. Dure, comme un meuble, pas comme de la chair humaine. Une bride fine. Une petite chaussure à talon plat. Une chaussure de femme.

Le talon était solide, il pourrait toujours servir ; elle en prit bonne note, puis fit remonter ses mains le long de la jambe. Une jupe. Un mélange coton et viscose. Puis un chemisier, en coton. Pas de ceinture. Explorer ce corps était une expérience horrible, la chair nue des bras avait la consistance du caoutchouc, dure et froide. Elle descendit le long du bras gauche, jusqu'au poignet où elle découvrit une montre – fine, en métal, avec un bracelet en cuir. Mais le cadran n'était pas lumineux, elle lui était inutile.

Maintenant, la partie la plus pénible. Le visage. Elle commença par un effleurement hésitant, avec les doigts, puis trouva le courage de parcourir les contours du visage de cette femme, afin de deviner son âge, de se faire une idée de son apparence. Elle poursuivit son exploration vers le haut, les cheveux – courts, coupés en dégradé.

Comme ceux de l'éditrice qui avait disparu. *Tina Mackay.* Son nom lui revenait à présent : un nom qui avait occupé la conscience de toute la nation ces deux dernières semaines.

Tina Mackay, c'est bien toi ?

Elle s'éloigna, incapable de s'empêcher de trembler ; la peur lui serrait la gorge et ses yeux pleuraient à cause du formol.

À genoux, elle chercha le second corps à l'aveuglette ; quand ses mains touchèrent le tissu et la forme dure et immobile à l'intérieur, elle dut lutter pour rester maîtresse d'elle-même.

Une veste. Une chemise. Une cravate.

Elle eut un mouvement de recul, hésita, puis toucha de nouveau le corps. Elle palpa la cravate. En polyester. Puis la chemise – polyester, aussi. Une ceinture. Un pantalon. Une ceinture large et solide, avec une boucle en métal. Bien, très bien.

Elle continua son exploration vers le cou, puis le visage, la barbe naissante. Un homme, ça ne faisait aucun doute, malgré l'absence de rides sur son visage et ses quelques poils au menton. Jeune, probablement – un peu plus de vingt ans ?

Les journaux avaient-ils parlé récemment de la disparition de quelqu'un correspondant à ce profil ?

Elle fouilla les poches de sa veste, mais elles étaient vides. Il portait des mocassins, eux aussi dotés de solides talons. Elle enchaîna avec le bras droit, à la recherche d'une montre.

J'espère que tu as une montre à quartz avec une source de lumière…

Il n'y avait pas de main au bout du bras. Juste de la chair cautérisée recouverte d'une croûte.

Elle le laissa tomber, sous le choc.

Puis elle se pencha de l'autre côté, trouva son autre bras, le suivit sur toute sa longueur et découvrit le même moignon à cette extrémité-là aussi.

Michael, qu'est-ce que tu as fait à ce pauvre garçon et à cette malheureuse ? Et qu'est-ce que tu comptes faire de moi ?

Refoulant ses larmes, elle lui enleva sa ceinture et ses chaussures et retourna précipitamment dans l'autre pièce.

Agenouillée dans un coin, elle examina la ceinture et la boucle avec ses doigts, l'odeur de cuir lui rappelant le monde extérieur, avec ses boutiques, l'intérieur des voitures, le rayon sacs à main chez *Harvey Nichols*. Elle porta la ceinture à son nez, la pressa contre ses narines et inhala l'odeur luxueuse.

Je vais m'en sortir. D'une façon ou d'une autre. Je vais faire les boutiques. Je vais me promener au bord des étangs à Hampstead Heath. Je vais conduire ma voiture sous le soleil brûlant, capote baissée. Je vais serrer mon neveu et mes nièces dans mes bras. Je vais boire du vin frais et fumer une cigarette.

Elle avait terriblement envie d'une cigarette.

Concentrant de nouveau son attention, elle empoigna la ceinture avec force dans sa main droite, tira la boucle en arrière, ne laissant dépasser que l'ardillon. Puis elle serra la boucle contre la ceinture avec l'ardillon entre ses doigts. Ensuite, elle fit tourner sa main à droite, puis à gauche. Facile. Elle avait une bonne prise.

Alors, avec la main gauche, elle appuya la boucle contre le sol, de manière que l'ardillon repose bien à plat ; de la main droite, elle saisit le mocassin du mort par le devant et abattit le talon de toutes ses forces, comme un marteau.

Au premier coup, elle cogna sur le sol, loin de la cible. Au deuxième, elle se tapa sur les articulations et, avec un cri étouffé, lâcha la chaussure et la ceinture. À la suite de quoi, elle enroula la ceinture autour de ses doigts pour se protéger et essaya de nouveau.

Le tintement métallique lui apprit qu'elle avait frappé au bon endroit. Elle recommença. Raté – le sol. Encore. « Ping. » En plein dans le mille. Et encore. Et encore.

Après plusieurs coups couronnés de succès, elle toucha l'ardillon. Il était chaud. C'était bon signe. Elle savait, grâce aux connaissances qu'elle avait acquises sur l'automobile et la mécanique, que plus un métal devenait chaud, plus il gagnait en malléabilité.

Thomas se tenait à moins d'un mètre et l'observait grâce à ses lunettes à vision nocturne. Intrigué, il se demandait ce que la chose pouvait bien fabriquer, agenouillée par terre et cognant sur une boucle de ceinture avec le talon d'un mocassin.

Avec le petit pois qui lui tenait lieu de cervelle, elle pouvait faire ce que bon lui semblait. Ça lui était bien égal.

Il se retira aussi silencieusement qu'il était venu.

La lumière s'alluma, déclenchant une explosion de peur en elle.

Surprise, Amanda se détourna, fermant les yeux pour les protéger ; elle laissa tomber la chaussure, défit la ceinture et pressa ses mains sur ses yeux.

Silence.

Craintivement, elle enleva lentement ses mains, puis ouvrit les paupières, laissant peu à peu passer la lumière.

Une fois qu'elle eut les yeux grands ouverts, elle parcourut rapidement la pièce, les muscles contractés, prête à se battre contre ce salaud en usant de toutes les armes à sa disposition. Mais elle n'était pas préparée au spectacle qui l'attendait.

Sur le sol, à un peu plus d'un mètre derrière elle, elle vit un plateau-repas, avec une carafe d'eau. Il y avait une pomme sur le plateau. Une pizza. Le seau rouge – pour ses besoins – avait été remplacé par un jaune ; le seau orange – pour se laver – par un vert. Il y avait une serviette propre. L'ancien plateau avait disparu.

La lumière s'éteignit de nouveau.

Chapitre 74

« *Michael, j'ai peur. Je n'aime pas ce jeu. Je ne veux plus jouer, d'accord ?* »

Assis à son bureau, chez lui, Michael regardait fixement les enceintes carrées noires de part et d'autre de sa chaîne hi-fi Aiwa.

« *Ne t'approche pas de moi.* »

22 h 20. Il était rentré depuis plus d'une heure et demie, il s'était servi une tasse de café et n'avait cessé de se repasser l'enregistrement, pour essayer de comprendre.

De trouver une explication rationnelle.

À la radio, Beamish avait dit qu'on ne pouvait pas savoir d'où provenait l'appel, un parmi les centaines d'autres arrivés au standard ce soir-là. Il n'y avait pas de système de flicage. En fait, avait ironiquement souligné son producteur, la garantie de l'anonymat total était l'un des arguments mis en avant pour faire la promotion de l'émission. Tout le monde pouvait téléphoner, sans avoir à décliner son identité.

Et Beamish était en colère contre lui. Il n'était pas homme à exprimer ses sentiments, mais Michael n'avait besoin que de regarder son visage. D'ailleurs, comment lui en vouloir ? Une scène de ménage à l'antenne ! Formidable. Après, Beamish lui avait calmement demandé s'il avait la moindre idée des dégâts qu'avait causés ce petit règlement de comptes en public à sa crédibilité en tant que psychiatre.

Il n'en avait aucune idée, et d'ailleurs il s'en fichait.

« *Je croyais que tu m'aimais, Michael. Je croyais que tu m'aimais.* »

Qu'est-ce que tout ça signifie, Amanda ?

Il rembobina la cassette, fit les cent pas dans son bureau. Il s'assit au bord de son fauteuil relax Parker Knoll, but son café tiède à petites gorgées.

« *Je croyais que tu m'aimais, Michael. Je croyais que tu m'aimais.* »

Mais je t'aime, bon sang, je t'aime plus que tout au monde. Je t'aime même plus que… Il regarda d'un air coupable la photo de Katy. Elle était allongée sur une nappe de pique-nique dans un pré, en caleçon rayé et chemise noire ample, et faisait un grand sourire à l'objectif.

Il n'avait pas téléphoné à Lulu comme il lui avait promis de le faire s'il y avait du nouveau. Qu'aurait-il bien pu lui dire ? Qu'Amanda semblait avoir peur de lui, que c'était probablement pour cette raison qu'elle avait disparu ?

Il décrocha le téléphone et commença à composer le numéro de Lulu, puis il raccrocha. Si Amanda l'avait appelé, elle avait probablement fait de même avec son assistante. Plus que probable, c'était *certain*.

Peut-être qu'elle était restée en contact avec Lulu pendant tout ce temps et qu'elle lui avait demandé de feindre de ne pas savoir où elle se trouvait pour qu'il lui fiche la paix.

Lulu lui avait-elle menti ?

Ça lui paraissait tellement improbable. Et pourtant…

Amanda l'avait appelé en direct, à la radio.

Pourquoi ?

Samedi soir, au cours du repas, l'inquiétude d'Amanda à propos de la voiture de l'autre côté de la rue. Après l'amour, Amanda, devant la fenêtre, de nouveau soucieuse. Dimanche, une matinée incroyable, merveilleuse. L'après-midi, la course de stock-cars, un moment de détente et de bonheur.

Alors qu'est-ce qui l'avait montée contre lui ?

Rien de ce qu'il avait dit ou fait ne pouvait expliquer ce brusque changement de comportement à son égard. Il se mit à penser à son état mental. Ce qu'elle avait dit au téléphone portait toutes les marques de la paranoïa. Souffrait-elle d'une psychose paranoïde provoquée par le stress d'une nouvelle relation sentimentale ? À moins qu'elle prenne de la drogue ? Le cannabis, le crack, l'ecstasy et les amphétamines pouvaient tous causer ce genre de psychose.

Les paranoïaques attribuaient fréquemment des significations cachées à d'innocentes remarques, ils interprétaient mal les choses. Les compliments, en particulier, pouvaient être perçus comme des critiques voilées. Si vous disiez à une paranoïaque qu'elle était belle, elle pouvait décider de comprendre qu'elle ne l'était pas auparavant. Si vous lui disiez que vous l'aimiez, elle pouvait prendre ça comme une ruse pour l'exploiter.

Les paranoïaques étaient généralement d'humeur changeante, pouvant tour à tour se montrer têtus, sarcastiques ou ouvertement hostiles. Mais il n'y avait pas eu de colère dans sa voix.

Cela ressemblait plus à de la peur.

Il réfléchit aux effets physiologiques d'un trouble neurologique. Il existait une cause possible d'un brusque changement de personnalité. Souffrait-elle d'épilepsie temporale ? Ou d'une tumeur au cerveau ?

Il appela Lulu chez elle. Elle répondit presque immédiatement, elle lui sembla somnolente. Il ne lui fit pas part de sa conversation avec Amanda, mais dit :

— Bonsoir, Lulu. Désolé de vous appeler si tard.

— Pas de problème. Du nouveau ?

— Savez-vous si Amanda a des antécédents épileptiques ?

— Non, pas que je sache.

— Elle vous en aurait parlé ?

—Oui. De toute façon, elle a passé un examen de santé complet récemment, pour une assurance que la boîte a contractée pour ses cadres. J'ai rempli les formulaires avec elle. Je l'aurais vu si elle avait écrit quelque chose de ce genre. Pourquoi ?

—Elle m'a téléphoné ce soir, pendant mon émission à la radio. Elle n'a pas l'air bien.

—Elle a donné de ses nouvelles ?

La surprise dans sa voix paraissait sincère.

—Oui.

—Dieu soit loué ! J'étais à deux doigts de craquer. Comment va-t-elle ? Bien ?

—Je… Je n'en suis pas sûr.

—Où est-elle, bon sang ?

—Elle ne l'a pas dit.

—Qu'est-ce qu'elle a dit alors ?

—Je l'ai enregistrée.

—Mais elle va bien ?

Il hésita.

—Je ne sais pas.

—Comment ça ?

—Lulu, vous la connaissez beaucoup mieux que moi, alors j'aimerais que vous l'écoutiez. Je…

—Vous pouvez me la passer au téléphone ? Non, j'ai une meilleure idée. Où habitez-vous ? Le temps de m'habiller et je saute dans un taxi.

—Non, ne vous dérangez pas. Vous êtes dans quel coin ?

—Clapham Commons.

—Donnez-moi votre adresse. Je suis chez vous dans vingt minutes.

—Je vais faire du café.

—Je vais en avoir besoin.

CHAPITRE 75

Le gazon avait besoin d'être tondu. Ça lui revenait maintenant : en été, l'herbe devait être coupée une fois par semaine. Un homme s'en chargeait, avec une machine. Il s'occupait aussi des parterres de fleurs, il réparait les choses dans la maison quand elles étaient cassées et il conduisait la Bentley. Thomas avait laissé la Bentley, avec la fourgonnette blanche, dans un parking longue durée. Avec la Ford Mondeo de Terence Goel (heureusement qu'il ne possédait pas une voiture plus grande) et ce qui restait de l'Alfa Romeo d'Amanda Capstick (ça valait aussi pour elle), le garage était un peu encombré en ce moment.

Il allait devoir faire de la place pour la Volvo grise du docteur Michael Tennent, s'il voulait éviter qu'elle lui cause des problèmes quand elle arriverait. Il n'avait vraiment pas besoin de ça.

Je ne suis pas un gardien de parking, bon sang !

Quelqu'un avait jeté du papier d'aluminium dans le bassin aux poissons. Le *lagon*, comme aimait l'appeler sa mère. Des vandales avaient dû pénétrer dans le jardin. Ça le mit vraiment en rogne. Il braqua le faisceau de sa lampe de poche sur l'eau et le papier d'aluminium étincela. Au milieu du bassin se dressait une folie baroque.

Il faisait noir. 23 heures. Un rire de femme résonna de l'autre côté du mur du jardin. L'herbe haute était humide, mais la nuit était sèche. Haut dans le ciel, les étoiles scintillaient à travers des milliards de prismes. Quelqu'un faisait un barbecue. Il sentit l'huile d'olive brûlée et la viande grillée. Chez les voisins, la lumière était allumée à une fenêtre du deuxième étage. Le rire de la femme ébréchait le silence de la nuit. C'était une heure tardive pour manger, pensa-t-il.

La maison de droite appartenait à des Suisses qui vivaient dans le Connecticut et ne passaient que quelques semaines par an à Londres. Le reste de l'année, ils employaient une bonne philippine pour entretenir la propriété. La maison sur la gauche était occupée par un agent de change à la retraite. Lui aussi voyageait beaucoup.

Le papier d'aluminium dans l'eau n'était pas du papier d'aluminium.

À présent, il se rappelait que sa mère avait renvoyé l'homme qui tondait la pelouse, juste avant sa…

Parfois, il était plus facile de ne pas penser à ce mot. *Mort*. Il avait un caractère définitif qu'il n'aimait pas. Il était toujours possible qu'elle se soit absentée quelque temps et qu'elle finisse par revenir. Parfois, en parcourant la maison ou en se promenant dans le jardin comme cette nuit, il avait vraiment le sentiment qu'elle était toujours là. Pas son fantôme, rien de tel, juste elle-même. Et que, d'un moment à l'autre, elle allait l'appeler par son prénom.

Qu'est-ce que la chose pouvait bien fabriquer avec cette chaussure et cette boucle de ceinture? Il se promit d'étudier ça de plus près. Mais pas maintenant. Pour l'heure, il y avait ce papier d'aluminium qui n'en était pas à la surface du *lagon*.

Il se rappela que sa mère avait renvoyé l'homme qui venait couper l'herbe, qui réparait les choses dans la maison, conduisait la Bentley *et* nourrissait les carpes koï. Il aurait dû s'en charger, mais il avait oublié d'acheter de la nourriture pour poissons.

Et maintenant, elles étaient mortes et flottaient à la surface.

Debout au bord de l'eau, il braqua le faisceau de la lampe vers le bas. Leurs yeux le regardaient. Leur odeur nauséabonde flottait dans l'air – il la sentait ici, loin du barbecue.

J'aurais dû me souvenir de vous donner à manger.

C'était entièrement la faute du docteur Michael Tennent. Il avait été distrait.

Vous avez tué ma mère, docteur Michael Tennent, et maintenant vous avez tué ses poissons. Qui sera votre prochaine victime ? Moi ? Vous pensez compléter votre trinité ainsi ?

Il rentra par la porte latérale de la cuisine, la ferma à clé et tira le verrou. Puis il s'immobilisa et tendit l'oreille à l'affût d'un bruit provenant de la chose dans l'abri antiatomique.

Rien. C'était normal : dix mètres sous terre, noyé dans le béton. La chose pouvait cogner sur des boucles de ceinture toute la nuit. Elle pouvait même faire exploser un petit engin nucléaire, ça ne changerait rien. Personne ne l'entendrait.

Il pouvait lui faire tout ce qu'il voulait. Il avait l'embarras du choix. Il se demanda ce qu'il ressentirait s'il essayait son tchou-tchou sur la chose. Cette pensée le fit rougir. Comme si sa mère était dans la pièce avec lui, en ce moment, pour le gronder et lui rappeler : « *Tu n'es pas comme les autres enfants, Tom-Tom, tu comprends ? Quelque chose ne va pas bien dans ta tête, tu le sais, n'est-ce pas ?* »

Il oubliait facilement. Il était important qu'il ne se complique pas la vie, qu'il prenne une chose après l'autre. Il avait oublié les poissons et il avait presque oublié pourquoi il avait amené ici la pétasse du docteur Michael Tennent.

Elle n'était pas là pour lui apporter du plaisir, mais pour punir le docteur Michael Tennent. Il ne sortirait son tchou-tchou que si le docteur Michael Tennent était là pour les regarder.

« *Ton père est parti parce que quelque chose n'allait pas bien dans ta tête. Il ne pouvait pas rester et prendre soin de toi,*

Tom-Tom, il avait honte. *J'ai sacrifié ma carrière pour toi. Ne l'oublie pas, mon chéri. Ne l'oublie jamais.* »

Il s'assit au salon et regarda les photos de sa mère qui tapissaient les murs. Il se dit qu'il lui devait vraiment beaucoup et qu'il ne fallait pas gâcher cette occasion de payer sa dette en se livrant à des frivolités.

Il essaya de s'imaginer ce qu'aurait été cette soirée en sa compagnie. Ils auraient dîné, avant de regarder une vidéo et, si elle avait été de bonne humeur, elle lui aurait peut-être projeté un de ses vieux films. Sans l'intervention du docteur Michael Tennent, ils auraient passé cette soirée ensemble.

Il alluma la télévision et constata avec colère qu'on diffusait un film de Cora Burstridge. Appuyant sur la télécommande, il fit apparaître les informations en télétexte. On y parlait de Tina Mackay. La police n'avait aucune piste. Elle élargissait le champ des recherches, réitérait son appel à témoin.

La télévision diffusait les films de Cora Burstridge parce qu'il l'avait tuée. Les informations parlaient de Tina Mackay parce qu'il l'avait enlevée. Il prit peu à peu conscience qu'il *faisait l'actualité*. Toutes les chaînes avaient modifié leurs programmes pour accorder de la place à des rétrospectives sur Cora Burstridge. Son pouvoir le grisait. Personne n'avait assisté aux funérailles de Gloria Lamark, mais il ferait en sorte que sa mort marque durablement la nation.

Je suis important.

Il avait enlevé Tina Mackay trois semaines auparavant, jour pour jour. Ils pouvaient élargir le champ des recherches autant qu'ils le voulaient et lancer des appels à témoin sur toute la planète. Ça lui était bien égal. Rien de tout cela ne serait arrivé s'il l'avait relâchée. Soudain, ce qu'il lui avait fait ne lui posait plus aucun problème.

Son seul problème, pour l'heure, venait de l'attaque d'un pion de Jurgen Jurgens, de Clearwater, en Floride, qui l'avait pris par surprise. Ç'avait été si prévisible. Il avait dû sacrifier un fou pour ne pas perdre la partie – un lourd tribut à payer.

Il retourna dans son bureau pour s'occuper de Jurgen Jurgens. Alors qu'il s'asseyait à son ordinateur, il commença à penser à la biographie de sa mère. Maintenant qu'elle était morte, son livre allait susciter un intérêt énorme. Il devait l'envoyer à un autre éditeur, peut-être même à plusieurs en même temps, pour faire monter les enchères !

On ne parlait pas encore d'Amanda Capstick aux informations.

Qu'est-ce qui vous ferait le plus mal, docteur Michael Tennent ? Penser qu'elle ne vous aime plus, ou recevoir des parties de son corps par la poste ?

CHAPITRE 76

Michael s'était imaginé Lulu comme une jeune femme grande et BCBG.

La créature pelotonnée sur le plancher devant le haut-parleur, serrant entre ses mains un mug de café de la taille d'un petit pot de chambre, en caleçon en loques, tee-shirt Oasis trop grand et tongs à paillettes, était une petite boule d'énergie rondelette, avec un visage espiègle, des yeux grands comme des soucoupes et des cheveux noirs hérissés.

Son appartement était douillet et exigu, les murs tapissés d'affiches pour des pièces de théâtre confidentielles et des lectures de poésie ; sur le sol parsemé de coussins s'empilaient cassettes vidéo, CD et livres. On se serait cru dans un nid.

Michael était assis dans un fauteuil de guingois dont certains ressorts avaient rendu l'âme, sous une grande fenêtre à guillotine, ouverte dans la chaleur lourde et humide de la nuit ; elle laissait entrer le vacarme de la circulation dense sur Clapham Common West. Alors qu'ils écoutaient la bande, il regarda son visage ; comme chaque fois, le son de sa propre voix lui donnait envie de rentrer sous terre.

« —Amanda ? Où es-tu ? Tu vas bien ?

—Michael, répondit-elle, j'ai peur. Je n'aime pas ce jeu. Je ne veux plus jouer, d'accord ?

—Un jeu ? Quel jeu ? Je ne joue pas, Amanda. Bon sang, est-ce que tu vas bien ? Dieu merci, tu as appelé, j'étais fou d'inquiétude. Où es-tu ?

—Ne t'approche pas de moi.

—*Amanda, je t'en prie, je ne comprends pas. Qu'est-ce qui s'est passé ? Tu es bouleversée, pourquoi ?*

—*Ne t'approche pas de moi. N'APPROCHE PAS, Michael ! Je croyais que tu m'aimais, Michael. Je croyais que tu m'aimais. »*

Michael fit signe à Lulu qui appuya sur la touche « Stop », ses grands yeux rivés sur lui. Lugubres. Elle resta silencieuse pendant un moment, puis elle dit :

—Je peux l'écouter encore une fois ?

Il leva sa propre tasse, énorme elle aussi, but le café chaud et sucré à petites gorgées et hocha la tête. Sur le mur, juste en face de lui, il y avait un poster avec seulement des mots, une citation. Des caractères vert clair sur un fond vert foncé. « S'il vous est arrivé de penser que vous étiez trop petit pour changer quoi que ce soit, vous n'avez jamais partagé un lit avec un moustique. »

Il se tourna vers Lulu. En d'autres circonstances, ça l'aurait amusé.

Ils se repassèrent la cassette encore deux fois, puis Lulu se leva et fit les cent pas dans le minuscule appartement, se tordant les mains.

—Il y a quelque chose qui cloche dans sa voix, dit-elle.

—Vous croyez ?

—Oh, c'est bien elle, aucun doute là-dessus, mais ça ne va pas… pas du tout.

—Dans quel sens ?

—Elle a peur, Michael.

—Je suis du même avis.

—Je n'arrive pas à mettre le doigt dessus, mais ça ne semble pas *naturel*. Vous voyez ce que je veux dire ?

—Oui.

—On peut la réécouter ?

Ils passèrent de nouveau la bande.

— C'est sa façon de répondre, reprit-elle, comme si elle était *absente*. Elle donne l'impression d'avoir pris de la drogue, mais c'est impossible.

— Comment pouvez-vous en être aussi sûre ?

— Parce qu'elle en a pris, il y a une dizaine d'années, quand elle était étudiante, et que ça l'a vraiment fait flipper. Elle a fait un mauvais trip – *extrêmement* mauvais, d'accord ? Elle est même allée voir un psy.

— Je l'ignorais.

Lulu s'exprimait avec animation, elle agitait les bras, son visage était terriblement expressif.

— Elle a pris de l'acide. Du LSD, je crois. Ça l'a anéantie. Elle m'a toujours dit que ça l'avait guérie des drogues pour la vie. Brian prenait de la coke et d'autres trucs et elle m'a raconté qu'il avait essayé de lui en faire prendre avec lui et elle avait toujours refusé. Amanda a la tête sur les épaules, elle sait ce qu'elle veut. J'ai la certitude qu'elle ne toucherait jamais à la drogue. C'est fini.

— D'accord, dit Michael. On élimine cette hypothèse.

— Et Brian ? demanda-t-elle

Il lui fit le récit de sa visite à Trussler l'autre soir, et elle ne parut pas étonnée d'apprendre qu'il avait une autre maîtresse.

— C'est un minable. Je ne l'ai jamais dit à Amanda, mais sa réputation le précède, vous savez ?

Michael crut déceler une lueur de tristesse dans ses grands yeux, comme si elle regrettait que Trussler n'ait pas essayé de lui faire du plat, qu'elle se sentait presque froissée.

— Alors Brian Trussler est hors de cause ?

— Pour le moment, dit-elle. C'est vous le psychiatre. Dites-moi quelles autres explications vous avez à me proposer pour un tel changement d'humeur.

— Il existe des causes neurologiques. Les plus probables sont l'épilepsie temporale, une tumeur au cerveau ou une attaque. (Elle sembla atterrée.) Toutes ces maladies peuvent provoquer la paranoïa, mais en général il s'agit plutôt d'une paranoïa de nature agressive.

— Mais ça n'explique pas la peur…

— Il est possible de souffrir d'un délire de la persécution – peut-être qu'Amanda croit que je veux lui faire du mal.

— Dans son cas, quelle cause vous semble la plus probable ?

— De sa paranoïa ?

— Oui.

Elle s'agenouilla et prit sa tasse.

— L'altération de la chimie du cerveau provoque le changement de personnalité. Nous exprimons alors des choses que nous refoulons d'ordinaire. C'est particulièrement visible chez quelqu'un qui a peu d'estime de soi.

— L'Amanda que je connais ne correspond pas à ce profil.

— Non. Mais elle manifeste tous les signes d'un changement de comportement spectaculaire concordant avec un trouble neurologique. L'un des symptômes classiques est de mal interpréter les gestes amicaux d'autrui et d'y lire de l'hostilité. Ça pourrait bien être ce que nous entendons sur cette bande.

— Et c'est vraiment ce que vous pensez ? Qu'elle a complètement changé de personnalité parce qu'elle est atteinte d'épilepsie, de cancer ou qu'elle a eu une attaque ?

— Vous êtes absolument certaine qu'elle n'a aucun antécédent dépressif ?

— Aussi certaine que je puisse l'être. Qui serait assez bête pour mentir sur un formulaire d'assurance santé ?

— Ça invaliderait toute demande d'indemnité.

Il but un peu plus de café. Il avait faim, mais il n'avait pas de temps à perdre avec ça. Une vie était en jeu. Amanda était tout ce qui comptait et il était de plus en plus inquiet à son sujet.

Curieusement, le fait de se trouver ici, en compagnie de Lulu, lui donnait presque la sensation d'être proche d'Amanda.

— Je ne suis pas convaincu que l'explication soit d'ordre neurologique. Il y a des exceptions dans toutes les maladies, mais normalement une personne souffrant des affections que j'ai mentionnées devient agressive. Si elle avait eu une maladie dépressive, ce serait différent, mais comme nous savons que ce n'est pas le cas, ça nous pose un problème.

Elle hocha la tête.

— La raison de sa frayeur, c'est ça ?

— Oui.

Il rembobina la cassette et l'éjecta du lecteur.

Elle tendit la main.

— Je peux voir ?

Il la lui donna.

— Elle a été enregistrée au studio ce soir ?

— Oui ?

— Et si on faisait analyser sa voix ?

Michael étouffa un bâillement, la fatigue filtrant à travers l'adrénaline. Il faisait lourd dans la pièce.

— Je connais l'homme qu'il nous faut.

Il prit son mobile et appela son producteur chez lui.

Une voix endormie grommela dans le combiné. Quand Chris Beamish comprit qu'il s'agissait de Michael, il devint hostile.

— Presque minuit ! Merde, Michael, j'essaie de me coucher de bonne heure. Tu m'as déjà pourri ma soirée. Rappelle demain.

Michael lui cria de ne pas raccrocher. L'autre resta en ligne.

— Écoute, dit Michael. C'est une urgence, je suis sérieux. J'ai besoin de ton aide.

Il attendit une réponse, mais dut se contenter du léger sifflement des parasites.

—Chris, si mes souvenirs sont bons, tu as travaillé pour la police. Tu analysais des bandes audio pour eux, c'est bien ça?

—Oui, je le fais toujours, dit-il avec aigreur. Pour des compagnies d'assurance et des agences de détectives privés aussi. Et alors?

—Tu aimes ta femme et tes enfants. Tu as trois enfants, je crois?

—Qu'est-ce que ça veut dire, Michael? Tu m'appelles à minuit pour m'interroger sur ma vie de famille? Si tu veux mon avis, après ta performance de ce soir, tu devrais consulter un psy. Je n'en ai pas à te recommander – désolé, j'en connaissais un bon.

Et il raccrocha.

Michael regarda le téléphone d'un air frustré, puis il rappela. On décrocha à la deuxième sonnerie et Beamish, sur un ton plus résigné qu'hostile, dit:

—Oui, Michael?

—Je ne t'interrogeais pas sur ta vie de famille, Chris. La femme qui a appelé pendant l'émission, celle qui a disparu, je pense qu'elle a de très gros ennuis. J'ai besoin de ton aide. Elle est aussi importante pour moi que peuvent l'être ta femme et tes enfants pour toi. Je n'ai pas perdu la boule. Je ne te dérangerais pas à une heure pareille si je n'étais pas persuadé que chaque minute compte. Aide-moi, Chris. Je ne t'ai jamais demandé ton aide auparavant, et ça ne se reproduira plus, mais là j'ai vraiment besoin d'un coup de main.

Un bref silence.

—Tu peux m'apporter la cassette maintenant?

—*Tout de suite?* répondit Michael avec un mélange d'excitation et de soulagement.

—Je suis réveillé. Sue est réveillée. Les enfants sont réveillés. Le chien est réveillé. Même cette foutue perruche est réveillée – sans oublier le poisson rouge et le hamster. Alors autant ne pas perdre de temps.

—Je suis désolé.

—Non, tu n'es pas désolé, Michael. Contente-toi de m'apporter cette cassette.

Chapitre 77

Ça devait marcher. Elle n'avait pas la moindre idée du temps qui lui restait. Michael utilisait peut-être des lunettes à vision nocturne. Il avait pu la surprendre en train de travailler sur la boucle de ceinture quand il avait apporté le plateau – mais dans ce cas, pourquoi l'avait-il laissé continuer ?

Elle chassa momentanément ces questions de son esprit et se concentra sur sa tâche. Elle plia le matelas en deux contre le mur, à l'endroit qu'elle avait marqué à l'aide de l'autre chaussure du mort. Puis, tenant la ceinture avec le bout de l'ardillon aplati en guise de tournevis, elle grimpa sur le matelas, faisant bien attention à ne pas perdre l'équilibre. Elle leva les bras et chercha à tâtons la grille de ventilation.

À son grand soulagement, la lame était parfaitement adaptée : la pointe s'enfonça fermement dans le creux de la première vis. La tenant bien serrée, elle tourna. Rien ne se produisit. Elle tourna plus fort. Toujours rien. Encore plus fort. La pointe de l'ardillon était coincée dans la fente de la vis.

Il y eut un bruit sec, suivi par une douleur subite dans sa main droite ; quelque chose s'enfonça dans sa paume, déchirant la peau. La boucle de la ceinture avait cassé sous la pression.

Refoulant des larmes de déception, elle descendit du matelas, le déplia et l'éloigna du mur, ne voulant donner aucun indice à Michael s'il revenait.

Puis elle s'accroupit et examina soigneusement la boucle avec ses doigts. Deux des clous qui fixaient la boucle au cuir avaient cédé. L'ardillon était en bon état et le reste de l'anneau aussi. Il avait besoin d'être renforcé, mais avec quoi ?

Quelque chose la gênait, une bosse dans le matelas. Elle posa la main à plat et poussa, fort, pour en avoir le cœur net. Puis elle relâcha la pression et le creux dans le matelas reprit sa forme d'origine.

Comment n'y avait-elle pas pensé plus tôt ?

Elle éprouva une soudaine sensation d'euphorie.

Puis elle entendit un bruit, comme le crissement d'une semelle en caoutchouc, tout près d'elle. Sa bouche devint sèche. Il était revenu.

—Michael ? fit-elle d'une voix chevrotante qu'elle reconnut à peine.

Tremblant de peur, elle ajouta :

—Michael, c'est toi ? (Elle sentait sa présence.) Michael ?

Le silence.

—Michael, je t'en prie, il faut qu'on parle, tu veux bien ?

Il y eut une soudaine explosion de lumière dans l'obscurité ; elle eut l'impression qu'on lui avait versé de l'acide sur les yeux. Elle leva les mains pour se protéger, mais la lumière était déjà repartie. Et, dans ce bref instant, elle avait entendu un bruit familier. Un «clic», suivi par un bref ronronnement.

Il venait de prendre une photo.

CHAPITRE 78

M ichael arriva dans une rue bien éclairée de la banlieue de Londres, remplie de petites maisons modernes cubiques et anonymes. Pelotonnée sur le siège passager de la Volvo, Lulu tenait la cassette sur ses genoux, comme s'il s'agissait d'une porcelaine d'une valeur inestimable, et le guidait à l'aide d'un atlas routier.

—Michael, dit-elle brusquement. Vous m'avez demandé si Amanda avait eu des antécédents dépressifs.

—Oui.

—Je ne sais pas pourquoi je ne vous en ai jamais parlé jusqu'à maintenant, mais elle voit un thérapeute une fois par semaine.

Il freina et la dévisagea.

—Un *thérapeute*? Quel genre de thérapeute?

—Une sorte de psychologue.

—De qui s'agit-il?

—Elle s'appelle Maxine Bentham. Elle l'aide à surmonter la rupture avec Brian Trussler.

—Je n'ai jamais entendu parler d'elle, mais ça ne veut rien dire. Pourquoi ne pas l'avoir mentionnée plus tôt?

—Je ne sais pas. Je… Ça ne m'est pas venu à l'esprit. (Elle semblait gênée.) Vous insistiez tellement sur la dépression. Amanda n'est pas dépressive.

—On ne va pas voir un thérapeute chaque semaine si on est heureux.

— Non. Mais là c'est différent. Elle la voit depuis longtemps et elle fait de gros progrès.

— Vous avez le numéro de téléphone de cette femme ?

— Au bureau, dans le dossier d'Amanda. Attention, il faudra prendre la prochaine à droite.

Michael tourna.

— Je l'appellerai demain matin.

Ils se trouvaient dans une rue identique à la précédente.

— Numéro 37, dit-elle. C'est là.

Sur la pelouse devant la maison, un nain de jardin avec un chapeau pointu et une canne à pêche était assis sur un rocher, au milieu d'un bassin d'ornement, éclairé par des projecteurs de lumière verte.

Peut-être que le nain de jardin était à prendre au second degré, se dit Michael. Derrière sa barbe fournie, Beamish avait toujours été indéchiffrable.

Le producteur leur ouvrit la porte, vêtu d'un tee-shirt Talk Radio et d'un pantalon de survêtement, et les fit entrer. Puis il les guida, par une porte intérieure, dans ce qui – selon Michael – avait probablement été le garage à une époque, avant de devenir une pièce insonorisée remplie de matériel électronique.

Il présenta Lulu à Beamish et ce dernier lui prit la cassette, l'introduisit dans un lecteur sous un moniteur, et partit chercher du café. Il n'y avait qu'une seule chaise dans la pièce, devant le clavier d'ordinateur. Michael et Lulu restèrent debout, tous deux à bout de forces, et regardèrent l'installation impressionnante : des commutateurs en veux-tu en voilà, des boutons de réglage, des témoins lumineux, des moniteurs, des tables de mixage.

— La NASA n'a qu'à bien se tenir, dit Lulu.

Michael eut un léger sourire.

Beamish revint et posa le plateau avec le café sur une console plate entre deux magnétophones à bandes. La cassette commença à tourner et des pointes apparurent à l'écran. Il s'assit et se tourna vers Michael.

—Qu'est-ce que tu cherches?

—Sa provenance?

—On pense que quelque chose ne va pas avec sa voix, expliqua Lulu.

Beamish haussa les sourcils.

—Je ne suis pas certain de bien comprendre, Michael.

Michael expliqua la relation de Lulu avec Amanda.

—Elle la connaît vraiment bien, Chris.

—D'accord, mais qu'est-ce que tu attends de moi au juste?

—Ça va peut-être vous paraître idiot, Chris, dit Lulu, mais on n'en sait trop rien non plus. Je… je… Y a-t-il un moyen d'analyser sa voix afin de voir si quelque chose ne va pas?

—Chez elle ou sur la bande?

—Les deux.

Sans la moindre pointe d'humour, il dit:

—La bande, c'est mon domaine. Quant à savoir si quelque chose cloche chez elle, je pense que Michael serait plus qualifié. (Il cligna lentement des yeux, deux fois, les paupières visiblement alourdies par le sommeil.) Comment est-elle d'habitude? Vous avez un enregistrement de sa voix auquel je puisse comparer ça?

Michael et Lulu se regardèrent.

—Je pourrais probablement trouver quelque chose au bureau, dit Lulu. L'une des cassettes de son dictaphone, par exemple?

Il se retourna vers son clavier et saisit une commande.

—Travaillons déjà avec ce que nous avons.

Un histogramme vert, en 3D, apparut sur l'écran. Beamish repassa la bande et ils observèrent tous les pointes grimper pendant qu'Amanda parlait.

À la fin, Beamish rembobina et saisit une autre commande ; la courbe adopta une forme géométrique complexe qui n'avait aucun sens aux yeux de Michael.

— OK, ça c'était sa voix, dit Beamish. Homogène, tout du long. Les données indiquent qu'il s'agit bien de la même personne. (Il jeta un coup d'œil à Michael, puis à Lulu.) Maintenant, nous allons nous intéresser aux silences.

La cassette repassa encore une fois. De nouveau, il s'activa sur son clavier. Cette fois, une courbe avec des hauts et des creux apparut. Beamish se tourna vers eux et leur pointa l'écran du doigt.

— C'est un analyseur de spectre. Ça décompose le spectre sonore en fréquences, comme une empreinte digitale. Je ne relève rien de significatif au niveau de la voix, mais le silence est intéressant.

Il effleura l'écran du bout des doigts.

— Est-ce que la notion de bruit de fond vous est familière ?

— …

— Bien, dit Beamish, semblant plus animé qu'à l'ordinaire. Prenons un exemple. Si vous observez une petite partie d'un océan par temps calme, pendant plusieurs minutes, vous n'allez remarquer aucun changement. Tout semble pareil, d'accord ? (Michael hocha la tête.)

» Sauf que c'est une illusion. Chaque vague est différente. Il y a un courant, complexe, qui régit les mouvements de l'eau. Impossible de le voir à l'œil nu, mais imaginez que vous puissiez figer une tranche de cet océan et l'en extraire. Les deux parties, de chaque côté, ne correspondraient pas, pas *exactement*. En les étudiant de suffisamment près, vous seriez capable de *voir* cette différence.

— D'accord, dit Michael, ne sachant pas trop où Beamish voulait en venir.

Puis, quand Beamish poursuivit, il commença à comprendre.

— Cet analyseur de spectre fait exactement la même chose avec le silence. Si vous coupez une tranche de silence – peu importe quel silence – les deux autres parties ne correspondront pas. C'est ce que nous avons ici.

— Alors qu'est-ce que ça signifie, exactement ? demanda Lulu.

Michael l'avait précédée.

— C'est un *montage*, pas vrai ?

— On parle enfin le même langage, dit Beamish avec un sourire triomphal.

Lulu blêmit.

— Oh, mon Dieu, dit-elle. Alors ce n'était pas Amanda en personne, au téléphone ?

— Non, répondit Michael, regardant le visage de Beamish pour confirmation. C'était un montage réalisé à partir d'un enregistrement de sa voix. C'est ça, Chris ?

— Tout juste.

— Pourquoi… pourquoi ferait-elle une chose pareille ? demanda Lulu.

— Je pense, dit calmement Michael, que nous devons sérieusement envisager la possibilité qu'Amanda n'y est pour rien.

CHAPITRE 79

Après seulement quatre heures de sommeil, Michael se leva peu avant 6 heures, le cerveau bien réveillé, son estomac criant famine.

Il se doucha, se rasa et s'aspergea de l'eau de toilette Hugo Boss que Katy lui avait régulièrement achetée, espérant qu'elle puisse l'aider à rester frais toute la journée. La radio annonçait une vague de chaleur – plus de trente degrés à Londres. Il se prépara un petit déjeuner composé de céréales et d'œufs brouillés, puis il enfila une chemise blanche en coton, son costume en lin beige Jasper Conran – il n'avait rien de plus léger – et des mocassins bruns. Pour le décorum, mais à contrecœur, il ajouta une cravate, avec un motif géométrique sobre.

À 7 heures, il composa le numéro privé qu'avait écrit l'inspecteur Simon Roebuck au dos de sa carte de visite.

À peine une heure plus tard, au poste de police de Hampstead, Michael était assis sur la chaise en plastique dur de la petite salle d'interrogatoire qui empestait le tabac froid. Devant lui, sur la table en Formica usé, se trouvaient la cassette, une enveloppe brune contenant les résultats des tests menés par Beamish et une chemise de couleur chamois appartenant à l'inspecteur Roebuck, qui s'était absenté pour aller leur chercher du café.

Les premières gouttes de sueur apparaissaient déjà sur le front de l'inspecteur quand il revint d'un pas lourd dans la pièce, un gobelet dans chaque main. Il les posa sur la table et fit pleuvoir sur la table un assortiment de cuillers en plastique, dosettes de sucre et pots de crème. Puis il ferma la porte et cala son imposante carrure sur la chaise en face de Michael.

— Il va faire chaud, aujourd'hui, dit-il en se relevant, le temps d'allumer le ventilateur.

Il sortit un mouchoir, s'épongea le front, puis se passa les doigts dans ses cheveux blonds fins et coupés ras.

Michael le dévisagea avec méfiance, se souvenant de leur violente dispute au téléphone hier après-midi, quand l'inspecteur avait admis n'avoir rien fait depuis que Michael avait signalé la disparition d'Amanda. Aujourd'hui, le policier semblait étonnamment réceptif.

— On m'a dit qu'un incident s'est produit au cours de votre émission hier soir ?

— Oui.

Roebuck ouvrit un des pots de crème et en versa dans son café. Puis, après avoir déchiré une dosette, il ajouta du sucre. Ses yeux s'arrêtèrent sur la cassette audio et l'enveloppe contenant les résultats de Beamish, que Michael avait posées sur la table.

— Ma fiancée écoutait votre émission, docteur Tennent. Elle a entendu votre conversation avant qu'elle soit coupée.

— Qu'est-ce qu'elle en a pensé ?

— Elle travaille dans la police, elle aussi. À la CPU pour être précis – Child Protection Unit, ajouta-t-il en voyant le regard vide de Michael. Elle reçoit beaucoup d'appels de personnes en détresse. Cette jeune femme, Amanda Capstick, lui a paru terriblement angoissée. C'est aussi votre avis, monsieur ?

Par contraste avec son corps presque gauche d'apparence, les yeux de l'inspecteur étaient durs, très mobiles et intelligents. Michael ne doutait pas que cet homme soit capable de devenir méchant si la nécessité s'en faisait sentir. Il prit conscience que son interlocuteur l'examinait attentivement.

Il sortit l'analyse de spectre de l'enveloppe et expliqua à l'inspecteur les conclusions de Beamish.

Roebuck ouvrit son dossier et prit quelques notes sur un bloc. Puis il se tourna de nouveau vers Michael.

— Pouvez-vous justifier de votre emploi du temps dans l'après-midi et la nuit de dimanche, monsieur ?

Michael soutint son regard. L'autre suivait la procédure normale d'une enquête de police, mais dans ce contexte, et sans doute parce que la fatigue était venue à bout de sa patience, sa question provoqua la colère de Michael.

— Probablement pas, répondit-il d'un ton irrité.

Il y eut un très long silence, uniquement troublé par le ronronnement du ventilateur, et le frémissement des pages du rapport agitées par le courant d'air.

Sans quitter Roebuck des yeux, il ajouta :

— Vous allez me boucler ? Je suis suspect ?

— Non, monsieur, je ne crois pas.

Roebuck sourit, conciliant. Après un moment d'hésitation, l'inspecteur reprit :

— Mais je manquerais à mon devoir si je n'envisageais pas toutes les possibilités.

— Vous êtes enfin convaincu qu'il est peut-être arrivé quelque chose à Amanda Capstick ? Vous m'en voyez ravi. Ça ne vous aura pris que quatre jours.

D'un sourire désabusé, Roebuck reconnut qu'il lui avait tendu la perche.

— J'aimerais écouter la cassette.

Michael la sortit de sa boîte. L'inspecteur la mit dans un des lecteurs et la passa.

Quand elle arriva à la fin, Roebuck hocha la tête en silence, l'air pensif. Puis il dit :

— Vous dites que l'analyse de spectre montre qu'il s'agit d'un montage à cause d'incohérences dans les silences ?

— Oui.

—M. Beamish a déjà travaillé pour nous par le passé. C'est un bon. (Il touilla son café, puis en but en peu.) Vous avez apporté une photo de Mlle Capstick?

—Oui.

L'attitude du policier redonnait courage à Michael ce matin. De la même enveloppe, il tira une poignée de photographies que la mère d'Amanda lui avait remises et les fit glisser de l'autre côté de la table.

Roebuck les regarda.

—Une jeune femme très séduisante.

—C'est vrai.

—J'ai l'intention de faire mettre des affiches dans tous les endroits où on l'a vue avant sa disparition. Je suppose que la famille n'y verra pas d'objection?

—Aucune.

—Nous tâcherons aussi de lui réserver une place dans les créneaux horaires que la télévision consacre aux personnes disparues.

—Si on l'a enlevée, elle peut très bien avoir été emmenée hors de la région.

—Nous irons aussi loin que possible, monsieur.

—Qu'est-ce que vous comptez faire d'autre?

—J'aimerais avoir la liste exhaustive des membres de sa famille, de ses amis et de ses connaissances – noms, adresses et numéros de téléphone.

Michael sortit de l'enveloppe la liste que Lulu lui avait préparée et la lui tendit.

—Quoi d'autre?

—Je vais jeter un coup d'œil à nos propres dossiers d'affaires de disparitions, à la recherche de points communs qui pourraient les lier.

—Les lier à quoi? Au schéma habituel d'un possible tueur? (Il y eut un nouveau silence, uniquement troublé par le ronronnement du ventilateur, et le frémissement des pages du rapport agitées par le courant d'air.) Épargnez-moi vos salades : vous n'allez tout de même pas me dire qu'il est trop tôt pour tirer des conclusions hâtives, inspecteur Roebuck ?

Le policier éjecta la cassette du lecteur et la rangea dans sa boîte.

— Vous en avez une copie ?

— Oui.

— Nous en ferons une autre. (Il tapota le bord de son gobelet.) Vous voulez mettre cartes sur table, docteur ? Ça me va. Cette cassette change tout, nous sommes bien d'accord ? (Michael hocha la tête d'un air lugubre.) Et il y a autre chose, que je vais vous demander de garder pour vous. Je n'ai rien dit à la presse, pour l'instant, parce que ça n'aiderait pas notre enquête. Je ne veux pas ajouter à votre inquiétude, mais puisque vous semblez préférer la franchise... (Il prit une cuiller en plastique, puis la reposa.) J'ai observé des parallèles avec une autre affaire – une jeune femme, directrice éditoriale dans une maison d'édition, on est sans nouvelles d'elle depuis trois semaines.

— Tina Mackay ? La presse en a beaucoup parlé.

— Oui. Elle a à peu près le même âge que Mlle Capstick. Et il y a d'autres points communs : réussite professionnelle, beauté, carrure. Elle a disparu sans laisser de traces, avec sa voiture.

— Et toute cette publicité ne vous a pas aidé ?

— Non, pas dans le cas de Tina Mackay. Jusqu'à présent.

— Vous avez ouvert une enquête pour meurtre ?

— Nous avons monté une salle des opérations et nous y accordons la même attention que nous le ferions dans le cas d'une enquête pour meurtre, c'est tout ce que je peux vous dire.

— Vous avez l'intention de monter une salle des opérations pour Amanda ?

Leurs regards se croisèrent.

— Je vais faire écouter cette cassette à mon patron ce matin, dit-il d'un air résolu. Je ferai tout mon possible.

— Vous me tiendrez au courant ?

— Oui.

Ils se levèrent et Roebuck l'escorta jusqu'à l'entrée principale. Puis il prit la main de Michael et la serra, le regardant de nouveau droit dans les yeux, cette fois avec une expression profondément inquiète.

— Appelez-moi quand vous voulez, docteur Tennent. De jour comme de nuit. D'accord ?

Michael le remercia et prit congé.

Chapitre 80

Sous l'éclat rougeoyant du soleil du milieu de matinée, l'eau de mer étale du port rappelait la couleur de petits pois en boîte.

Glen Branson observait le flux régulier des bulles à une centaine de mètres de l'endroit où il se tenait, sur le quai, respirant l'air salé auquel se mêlait l'odeur puissante des algues en putréfaction, des bidons d'huile rouillés et du bois fraîchement coupé. Il pensait à Cora Burstridge.

Sur le mur du quai de l'autre côté, la marée léchait la marque du niveau d'eau le plus bas. Une mouette fondit vers la surface, puis reprit son envol ; plusieurs de ses congénères étaient assis dans l'eau, se régalant de ce que ce port très fréquenté avait à leur offrir. Une grue hissa un conteneur hors de la soute d'un cargo, bas sur sa ligne de flottaison et battant pavillon norvégien. Un tout petit bateau de patrouille du port passa devant le géant en haletant, écrasé par la masse du cargo. Dans le sillage des hommes-grenouilles de la police, les bouées rouges qui marquaient l'endroit où ils plongeaient s'agitèrent.

Une heure plus tôt, la police avait élevé deux paravents verts entre la capitainerie et un dépôt de bois. Derrière se trouvaient trois véhicules – une fourgonnette blanche appartenant aux experts de scènes de crime et une autre, grise, celle des plongeurs, ainsi que la camionnette bleu foncé d'une entreprise de pompes funèbres locale.

Danny Leon, l'indic que Glen et Mike Harris avaient ramené de la prison de Luton hier, leur avait appris la mauvaise nouvelle : si leur second témoin clé de l'opération Skeet, Jason Hewlett, ne s'était pas manifesté, c'était tout bonnement parce qu'il était au fond du port – sans scaphandre. Il leur avait même fait un dessin de l'endroit exact. D'ici à quelques minutes tout au plus, ils sauraient s'il avait dit la vérité.

Glen n'était pas le seul à attendre : un photographe de la police, deux experts de scènes de crime, les deux croque-morts – ces deux-là semblaient aussi peu à leur place que des figurants sur un plateau de cinéma, songea Glen – et le brigadier Bill Digby, le supérieur hiérarchique direct de Glen.

Digby, costume brun et pince à cravate à motif club de golf, se tenait jambes écartées, mains derrière le dos, tel un soldat au repos, ses cheveux noirs crépus luisant au soleil.

Avec un haussement d'épaules, il dit :

— Pour l'instant, Glen, tout ce que vous avez, c'est un petit bout de tissu récupéré dans un grenier et le témoignage peu fiable d'une dame âgée qui a peut-être vu un homme sur un escalier d'incendie.

Il se tourna vers l'inspecteur et sa moustache impeccable tressaillit.

— Vous oubliez la grenouillère, monsieur, celle qu'elle a achetée cet après-midi-là, pour sa petite-fille. Je pense que c'est très important.

— L'autopsie n'a rien donné.

— Non, monsieur.

Digby sortit un paquet de cigarettes de sa poche et en alluma une.

— Glen, un bon conseil : laissez tomber.

— Les funérailles ont lieu demain. Je…

Le brigadier lui lança un regard interrogateur.

Glen hésita, puis il poursuivit :

— Je sais que ça ferait beaucoup de peine à la famille, mais j'aimerais vraiment qu'on reporte les obsèques.

— À quoi bon ?

— Ça éviterait des tonnes d'embêtements en cas de…

Il allait dire, « en cas de nouveaux développements », mais il préféra s'abstenir. Digby n'était pas dans le bon état d'esprit, et ça risquait d'empirer si leur indic avait dit la vérité à propos de Jason Hewlett.

Et, songea-t-il, abattu, peut-être que son chef avait raison. Il regarda fixement les bulles et se demanda s'il était obsédé par cette affaire parce qu'il s'agissait de Cora Burstridge. Sa renommée l'empêchait-elle de voir clairement les choses et d'admettre qu'elle ait réellement pu attenter à ses jours ?

Digby ne cachait pas qu'il désapprouvait qu'il consacre tout son temps à la mort de l'actrice, et même le grand patron n'avait pas manifesté beaucoup d'enthousiasme à la lecture du rapport que Glen avait posé sur son bureau.

Cora, vous serez incinérée demain et j'ai épuisé toutes mes ressources. J'ai fait de mon mieux pour vous et je suis dans l'impasse.

Il y eut une soudaine éruption de bulles. L'eau entre les bouées de mouillage se transforma en une écume laiteuse et bouillonnante. La tête encapuchonnée et masquée d'un homme-grenouille troua la surface, puis celle de son collègue. Le premier leva la main dans les airs, pouce dressé en direction de la berge.

Puis une troisième tête apparut, entre eux, mais elle ne portait aucun masque, ni peau, ni cheveu. C'était un crâne blanc et nu.

Glen se rapprocha du bord, s'efforçant de mieux voir. Il observa les plongeurs avec un mélange d'horreur et d'incrédulité. Bizarrement, le crâne était toujours attaché au corps, encore habillé.

Ce fut le branle-bas de combat autour de lui, les employés des pompes funèbres enfilant rapidement des tenues de protection blanches, imités par les deux experts de scènes de crime. Puis tous les quatre dévalèrent les marches menant à une saillie dans le mur du port afin d'aider les plongeurs à hisser le cadavre au sec.

L'odeur les frappa tous simultanément. Glen se détourna, évitant le haut-le-cœur de justesse, et il vit Digby réagir de la même façon.

— Merde alors! s'exclama Digby en se pinçant le nez.

Glen l'imita. De nouveau cette odeur putride de la mort, mais incroyablement forte. Baissant les yeux vers la saillie, il en comprit la raison.

Le corps était vêtu d'une combinaison de motard en cuir, qui avait gonflé. Aux mains, des gants en cuir ; aux pieds, des bottes. Une chaîne d'ancre avait été enroulée plusieurs fois autour du ventre, retenant les bras et les jambes, et solidement attachée autour d'un petit parpaing en béton.

Le crâne, dépassant du col, et complètement nu, semblait ridiculement petit pour le corps, comme si quelqu'un, voulant faire une blague épouvantable, l'avait ajouté après coup.

— Il est là depuis trois semaines, dit Digby d'un air lugubre. Les crabes lui ont nettoyé la tête.

— C'est bien Jason Hewlett d'après vous? demanda Glen.

— Allez vérifier s'il a toujours ses papiers sur lui.

Glen déglutit.

— Je vais mettre une combinaison de protection et des gants.

Digby dit, calmement :

— Regardez-le bien. Et gravez-le dans votre mémoire, pour la prochaine fois que la vie vous jouera un sale tour. D'accord?

L'inspecteur se tourna vers lui, avec hésitation.

— Que je le grave dans ma mémoire, chef?

Digby hocha la tête.

— Pour vous en souvenir. Vous êtes en rogne parce que vous croyez que je suis injuste avec vous dans cette affaire à propos de Cora Burstridge. La prochaine fois que vous penserez que la vie est injuste, rappelez-vous à quel point vous avez de la chance de ne pas être à la place de ce pauvre type.

Je ne pense pas que Cora Burstridge ait eu plus de chance que lui, monsieur, voulut répliquer Glen, mais il se retint.

En silence, il se dirigea vers la fourgonnette de la police scientifique pour chercher la tenue protectrice et le masque qu'on lui avait préparés.

CHAPITRE 81

A près sa tournée, Michael passa en revue la liste de ses rendez-vous de la journée, puis il regarda sa secrétaire en fronçant les sourcils.

—Terence Goel, encore lui ? Nous sommes jeudi – il était là mardi. Pourquoi a-t-il deux séances cette semaine, Thelma ?

Nerveuse, toujours sur la défensive, elle répondit :

— Certains de vos patients vous voient deux fois par semaine.

— Celui-là, je m'en passerais bien, aujourd'hui.

Elle le dévisagea d'un air compatissant.

— Je suis sûre qu'il a besoin de vous, docteur Tennent. Comme tous vos patients – vous leur êtes vraiment indispensable.

Il se sentait tellement à bout de forces qu'il était au bord des larmes. Il se détourna afin qu'elle ne puisse pas voir son visage.

— Mme Teresa Capstick – la mère de Mlle Capstick – a téléphoné il y a dix minutes environ. Elle voulait savoir s'il y avait du nouveau.

Écrasant une larme avec ses paupières, il dit :

— Je vais la tenir au courant.

Puis il fit mine de sortir de son bureau.

— Docteur Tennent ? fit-elle d'une voix plus douce.

Il s'arrêta.

— Oui ?

— Je suis persuadée que Mlle Capstick va bien et qu'on la retrouvera très vite.

— Je l'espère.

— Dois-je faire entrer Mme Gordon ?

Sa première patiente de la journée, Anne Gordon, souffrait d'un manque terrible d'estime de soi. Il était 9 h 30 et il avait quinze minutes de retard. Après son entretien avec l'inspecteur Roebuck, il avait traversé Londres pour revenir ici et il avait dû traiter un problème dans l'un de ses services. Mme Gordon en déduirait qu'elle ne comptait pas à ses yeux, et que c'était précisément pour cette raison qu'il la faisait attendre.

— Excusez-moi auprès d'elle. Donnez-moi deux minutes pour appeler la mère d'Amanda. Après, j'aimerais que vous téléphoniez à Lulu – je n'ai pas réussi à la joindre – pour qu'elle vous communique le numéro de téléphone de Maxine Bentham ? D'accord ?

— Maxine Bentham, c'est compris, docteur Tennent.

Sa chemise lui collait dans le dos à cause de la transpiration. Dans le sanctuaire de son cabinet, il ferma la porte, retira sa veste, puis il ouvrit la fenêtre, laissant entrer un soupçon de vent et l'odeur toujours présente de l'herbe coupée. Après avoir consulté sa boîte mail, il prit le combiné pour composer le numéro de Teresa Capstick. Puis il le reposa, ne sachant pas ce qu'il allait lui dire. Avait-elle eu vent du coup de fil d'Amanda pendant l'émission ? Il devrait tout lui dire.

Sauf que, pour l'instant, ce n'était guère encourageant.

Il finit par se décider et lui livra une partie de la vérité. Il lui dit qu'Amanda avait appelé, qu'une analyse de la cassette semblait indiquer que sa voix avait été enregistrée au préalable, qu'elle ne s'exprimait pas en direct. Il lui promit de la tenir informée dès qu'il en saurait plus. Puis il appuya

431

sur le bouton de l'Interphone et demanda à Thelma de faire entrer Mme Gordon.

Pendant les premières minutes de la séance, il se sentit presque soulagé de retrouver son travail et un semblant de normalité. Il supporta la litanie des événements de la semaine passée dans la petite vie triste d'Anne Gordon. Dans son imagination, elle avait essuyé des rebuffades de la part d'une caissière chez *Safeways*, d'une série de standardistes, d'un chauffeur de taxi, de son voisin d'à côté, et même d'un collecteur de *Christian Aid*, qui pensait manifestement que sa contribution (5 livres) n'était pas suffisante.

De plus en plus, l'esprit de Michael revenait à Amanda, et il commença à regarder l'horloge d'un air féroce, comme si un simple acte de volonté pouvait suffire à faire s'écouler les minutes. Il mourait d'envie que la séance se termine afin de vérifier auprès de Thelma s'il y avait du nouveau.

Anne Gordon le remarqua.

— Je ne vous intéresse pas beaucoup non plus, n'est-ce pas, docteur Tennent ?

Essayant de se tirer de ce mauvais pas, il ne vit pas passer les dix dernières minutes.

— Connaissez-vous les écrits du mahatma Gandhi, docteur Tennent ?

Adossé au canapé, le docteur Goel semblait d'un calme olympien, un contraste saisissant avec Michael, éreinté et en nage. Vêtu d'un costume léger noir, d'une chemise blanche sans col et de mocassins en nubuck, et impeccablement coiffé, il semblait sortir tout droit d'un magazine de mode.

— Je suppose que vous les connaissez, répondit Michael, décidé à ne pas le laisser dominer cette séance. Dites-moi pourquoi.

— En fait, je préfère l'œuvre de son petit-fils, Arun. Le mahatma a dressé la liste des sept péchés sociaux modernes de l'humanité : richesse sans travail ; jouissance sans conscience ; éducation sans caractère ; commerce sans morale ; science sans humanité ; religion sans sacrifice ; politique sans principes. Mais c'est à Arun que l'on doit le huitième, le plus important : droits sans responsabilités. Pensez-vous que cela s'applique aux psychiatres, docteur Tennent ? Que vous vous arrogez des droits sur les gens sans en assumer la responsabilité ?

— Dites-moi ce qui vous amène à penser ça.

Michael observa attentivement le docteur Goel. Ce dernier semblait lutter contre une profonde colère intérieure, mais il donna sa réponse d'une voix calme et mesurée.

— Pourquoi je pense cela ? Ce n'est pas une simple opinion, docteur Tennent, je *sais* cela.

— Voudriez-vous m'expliquer vos sentiments sur cette question ?

— Allons donc, docteur Tennent. Vous êtes assis dans votre fauteuil, avec arrogance, et vous passez votre temps à dire aux gens ce qui ne va pas dans leur manière de percevoir le monde, dans leur façon de vivre, et vous les renvoyez allègrement chez eux avec quelques bons conseils. Mais ils sortent d'ici, et peu importe ce qu'ils font, ça vous est bien égal, n'est-ce pas ? Vous ne vous sentez en rien responsable de leurs actes une fois qu'ils ont quitté ce cabinet. Vous pouvez dire ce que bon vous chante, il n'y a aucun recours. Je pense que ça correspond bien à *droits sans responsabilités*, qu'en dites-vous ?

Michael réfléchit à sa réponse.

— Les psychiatres sont des docteurs en médecine, et nous faisons de notre mieux pour traiter nos patients. Je pense que nous prenons notre travail très au sérieux et que nous sommes extrêmement conscients de la façon dont nos propos peuvent affecter nos patients. Je ne peux pas être en accord avec vous, mais poursuivons sur ce thème. Dites-moi de quelle façon vous pensez que les psychiatres pourraient devenir plus responsables.

Thomas Lamark regarda l'homme se tortiller dans son fauteuil – il avait chaud, il était épuisé.

— Avez-vous déjà perdu quelqu'un que vous aimiez, docteur Tennent ?

Michael se pencha vers son patient, sans le quitter des yeux.

— Vous semblez avoir vécu cette expérience. Dans quelles circonstances ?

— Sur une route de campagne. Nous étions en voiture, moi et ma femme. Je conduisais. Nous sommes entrés en collision avec un camion. Elle est morte.

Et soudain, avec une clarté absolue, tout revint à l'esprit de Michael. Un dimanche de février, le matin. Une pluie battante. Ils étaient en retard pour un baptême. Il conduisait la BMW M3 rouge sur une route de campagne. Trop vite. Assise à côté de lui, Katy pleurait. La nuit dernière, il lui avait annoncé qu'il ne l'aimait plus, qu'il avait eu une liaison avec une autre femme, une infirmière qui s'appelait Nicola Royce, depuis trois ans. Il était désolé. Leur mariage était terminé. Il la quittait.

Ce n'était pas la faute de Katy, elle n'avait rien à se reprocher. C'était quelqu'un de bien, mais elle était froide, ne pensait qu'à son travail. Ils s'étaient éloignés l'un de l'autre. Il l'avait épousée parce qu'il était tombé amoureux de sa beauté et de son talent. Ils avaient fait un si beau couple : l'artiste et le psychiatre, unis par la réussite. Mais il y avait peu de place pour la tendresse dans leur couple, et il n'y en avait jamais vraiment eu, à part au tout début. Ils avaient peu de chose en commun. Elle n'aimait pas le sexe, elle se montrait toujours tellement sérieuse, obsédée par son apparence, sa santé, sa carrière.

Nicola, une infirmière qu'il avait rencontrée à une soirée, lui apportait de la chaleur. Ils s'amusaient, le sexe était génial, ils se saoulaient ensemble ; grâce à elle, il se sentait jeune – il avait même appris à faire de la moto, parce que Nicola aimait ça. La vie avec Nicola était une fête. Il l'adorait. Ils avaient déjà fait des projets pour l'avenir.

Ce dimanche matin, son esprit n'avait pas été concentré sur la route. Il tâchait d'expliquer ses sentiments à Katy. Elle lui dit de ralentir, il roulait trop vite, ils étaient en retard par sa faute, ils auraient dû partir plus tôt, il essayait de couvrir un trajet d'une heure en quarante minutes.

Ils dépassaient un poids lourd, Katy lui criant de ralentir à travers ses larmes. La route était dégagée. Il se rabattit après le poids lourd. Au sommet d'une colline, un virage à droite. Quelque chose arrivait en sens inverse, une tache jaune, une fourgonnette. Le conducteur avait perdu le contrôle de son véhicule, il était passé de leur côté, il arrivait droit sur eux.

L'esprit de Michael lui rejouait la scène, maintenant, au ralenti. L'embardée, afin d'éviter la collision, l'explosion des airbags. Le passager de la fourgonnette, crevant le pare-brise, les éclats de verre ressemblant aux plumes d'un oreiller éventré. L'avant de la fourgonnette, défoncé, le toit tordu, le conducteur, toujours derrière le volant, mais avec une partie du crâne arraché.

Puis il s'était tourné vers Katy. Son corps ne portait aucune trace du choc, mais il formait un angle impossible, la tête pendant mollement, comme son airbag.

— À ce jour, je reste incapable de me souvenir des circonstances de l'accident, dit Terence Goel.

Les yeux rivés sur son patient, Michael ne voyait pourtant que cette dernière image de Katy. Le souvenir.

La culpabilité.

Nicola était venue le voir à l'hôpital. Il avait mis fin à leur liaison immédiatement, de son lit.

Il avait eu l'impression que sa vie était finie.

Dix mois plus tard, il avait appris qu'elle avait épousé un chirurgien ophtalmologiste à Sydney.

Il regarda la photo de Katy sur son bureau ; puis il concentra de nouveau son attention sur le docteur Goel, conscient que ce dernier attendait une réaction de sa part.

— Vous vous sentez responsable ? demanda-t-il.

— On m'a dit que ce n'était pas ma faute.

Thomas se cala encore un peu plus confortablement sur le canapé. Il faisait mouche. Le docteur Tennent avait l'air affligé. Leurs regards se croisèrent et Thomas baissa la tête, ne voulant pas aller trop loin.

Michael essaya de se reprendre sans rien laisser paraître, de chasser l'accident de son esprit. Et pourtant… la semaine dernière, Goel avait mentionné un accident de voiture. Puis, mardi, il lui avait parlé d'un oiseau, le jardinier, perdant sa femelle. C'était troublant. Trop troublant.

Cet homme semblait connaître son passé.

— Parlez-moi de votre femme, dit Michael.

Le soleil matinal entrait par la fenêtre à présent. Le côté gauche de son patient restait dans l'ombre, alors que le droit était très bien éclairé, ce qui lui donnait un air encore plus irréel. Avec un calme presque hypnotique, il reprit la parole :

— À sa mort, j'ai acheté deux oiseaux, deux colombes blanches, un mâle et une femelle. Elles s'aimaient. Je les observais dans leur cage, je les enviais tellement. Elles se blottissaient l'une contre l'autre sans arrêt, et elles faisaient de petits bruits curieux.

Il marqua une pause, puis :

— Vous est-il déjà arrivé d'envier le bonheur de quelqu'un au point de vouloir le détruire, docteur Tennent ?

— Vous avez voulu détruire vos oiseaux ?

— J'ai sorti la femelle de la cage et je l'ai mise dans le noir, à la cave. Ensuite, j'ai regardé pendant des jours le mâle se languir. Il a refusé de s'alimenter, et au bout d'un moment, il n'a même plus appelé la femelle. Son plumage est devenu sale, emmêlé.

Comme moi. Je me languis d'Amanda.

— Et la femelle dans la cave ? demanda-t-il.

— Je l'ai laissée là-bas.

— Pour qu'elle meure ?

— Elle n'est pas morte. Je ne sais pas trop pourquoi, mais elle a continué à vivre. Finalement, je l'ai tuée.

Le visage de cet homme était un masque d'acier. Il donnait à Michael l'impression de prendre un malin plaisir. Intrigué, Michael décida de l'entraîner plus loin.

— Comment vous êtes-vous senti quand vous regardiez la colombe dans la cage ? Avez-vous eu un sentiment de puissance ?

— Je me sens toujours puissant, docteur Tennent.

— En êtes-vous sûr ? Ou vous sentez-vous seulement puissant en ce moment même ?

Pour la première fois, Michael détecta un changement dans le langage corporel de son patient. Terence Goel baissa la tête et se contracta. Une position de défense.

— Le passé est…

Il devint silencieux.

— Le passé est ? l'encouragea Michael.

— Connaissez-vous votre passé, docteur Tennent ? Qui peut prétendre vraiment connaître son passé ?

Michael développa sa question d'origine.

— Dites-moi ce que vous ressentiez d'autre en observant la colombe en cage.

— Je la méprisais.

— Pourquoi ?

— Parce qu'elle était tellement faible, pathétique, impuissante. Parce qu'elle se négligeait, qu'elle se laissait aller, avait même cessé de se nourrir. Elle ne faisait preuve d'aucune force de caractère, docteur Tennent.

— Et l'oiseau que vous aviez enfermé à la cave? C'était bien la femelle, n'est-ce pas?

— Oui.

Est-ce que ce type avait enlevé Amanda et la séquestrait dans sa cave?

C'était absurde, et pourtant Goel le regardait comme s'il savait qu'il avait le dessus. Mais sur quoi?

Michael, déterminé à ne pas perdre le contrôle de cette séance, utilisa la seule arme dont il disposait.

Avec douceur, il demanda:

— J'aimerais en savoir plus sur votre passé, Terence. Parlez-moi de votre mère et de votre père.

L'effet fut instantané. Goel se transforma soudain en enfant effrayé.

— Je ne suis pas sûr de vouloir parler d'eux.

— Vos parents sont toujours en vie?

Goel tremblait. Il avait fermé les yeux. Plusieurs fois, il ouvrit la bouche, mais rien ne sortit.

— Vous savez…, dit-il enfin, puis il s'interrompit.

— Qu'est-ce que je sais?

Michael gardait un ton aimable et doux, essayant d'aider Goel à surmonter sa détresse.

Passant ses mains dans ses cheveux, Goel dit:

— Je ne pense pas que…

Il redevint silencieux.

Michael laissa le silence s'éterniser un peu, puis il dit:

— Vous avez dit que vous méprisiez l'oiseau. Ne croyez-vous pas que ce mépris que vous témoignez s'adresse en fait à une facette de vous-même? Vous sentez-vous prisonnier de quelque chose?

— Vous ne comprenez…

Il s'arrêta abruptement, serrant les poings.

—Pas? suggéra Michael.

Goel secoua la tête avec colère.

—J'ai besoin d'un peu de silence, vous m'embrouillez, vous ne m'aidez pas vraiment là, d'accord?

Cet homme était dans un état bien pire que ce qu'il avait soupçonné auparavant, songea Michael. Au bord de la dépression nerveuse. Qu'est-ce que ses parents avaient bien pu lui faire subir pour qu'il soit incapable d'en parler? Il attendit que Goel mette de l'ordre dans ses idées.

—Revenons-en à la colombe dans la cage. Pouvez-vous imaginer ce qu'on ressent quand on perd quelqu'un qu'on aime, docteur Tennent?

—En tourmentant ces oiseaux, avez-vous eu le sentiment de compenser pour la mort de votre femme? Comme elle était morte, aucun être vivant n'avait le droit d'être heureux? Comment conciliez-vous cela avec votre déclaration sur les «droits sans responsabilités» inspirée d'Arun Gandhi? Ça m'intéresserait de l'entendre. (Michael haussa les sourcils.) Vous êtes plus fort que la colombe, vous pouvez l'enfermer à la cave, mais que faites-vous des sentiments de la colombe enfermée dans la cave?

—Dans l'abri antiatomique, le corrigea Goel.

Michael se pencha vers lui.

—L'abri antiatomique?

Thomas sentit son visage rougir. Il n'avait pas eu l'intention de dire ça, c'était sorti tout seul. *Fais attention. Fais bien attention. Merde, merde, merde.*

Michael observa Goel qui tremblait, ses genoux s'entrechoquaient, comme s'il allait avoir une crise. Il était conscient que Goel était en colère contre lui-même. pourquoi?

—Euh… c'est elle… (Thomas agita les mains comme un moulin à vent. *Attention. Attention.* Son visage était brûlant, sa voix semblait vouloir rester dans sa gorge.) C'était une plaisanterie de ma femme. Elle avait l'habitude de l'appeler comme ça. (Il écarta les bras de façon démonstrative.) Notre abri.

— Votre femme ?

Goel se balança d'avant en arrière pendant un moment.

— Je pense qu'on devrait continuer à parler de la cave, docteur Tennent. La cave et la colombe, c'était bien plus intéressant.

Michael décida de frapper fort une seconde fois, alors que l'autre s'empêtrait.

— Parlez-moi de votre enfance. J'aimerais en savoir plus sur vos parents. Parlons de votre mère.

Attention. Thomas ferma les yeux, serra de nouveau les poings. *Attention. Fais attention. Pourquoi m'interroger sur ma mère ? Essayez-vous de me tendre un piège ?*

— Vous n'avez pas répondu à ma question sur la colombe, docteur Tennent. Répondez à ma question sur la colombe, vous voulez bien ?

Il était en colère, remarqua Michael, mais contre quoi ? Qu'est-ce que les parents de cet homme lui avaient fait subir ?

— Je crois vraiment que vous progresseriez si vous faisiez l'effort de parler de vos parents. Votre père, ou votre mère, si vous préférez, dit-il d'une voix apaisante.

Thomas se leva et arpenta la pièce avec agitation, essayant de mettre de l'ordre dans ses pensées, de rétablir la communication avec le psychiatre. Il bouillait de rage. *Vous vous croyez supérieur, docteur Tennent, vous avez tué ma mère et maintenant vous voulez que je vous parle d'elle, peut-être pour tirer une sorte de plaisir sadique pendant que je vous raconte combien je l'aimais ? Je ne vous donnerai pas ce plaisir, docteur Tennent.*

Il alla jusqu'à la fenêtre et regarda le ciel sans nuages.

— Nous parlerons de mes parents, mais une autre fois, d'accord ?

— J'aimerais comprendre pourquoi ça vous est si difficile, dit le psychiatre.

Thomas se dirigea vers la porte. Puis il se tourna vers Michael et dit :

— Nous parlerons de ma mère, je vous le promets. Une autre fois. Nous en parlerons longuement. Je vous le garantis. Je pense que nous en avons fini pour aujourd'hui, n'est-ce pas ?

Michael consulta sa montre.

— Il nous reste dix minutes.

Thomas hocha la tête. Il voulait sortir d'ici, il avait peur d'en avoir déjà trop dit. La situation devenait dangereuse, le docteur Tennent se montrait plus malin que lui, il lui tirait les vers du nez.

— Je vous les offre, docteur Tennent. (Il sourit, reprenant un peu de son sang-froid.) Profitez-en bien. Faites-en bon usage.

Il ouvrit la porte et sortit.

Michael se tourna vers son ordinateur et, une fois en ligne, lança une recherche sur « Docteur Terence Goel ».

L'adresse d'un site web apparut et Michael cliqua dessus pour y accéder. Le site était plutôt bien fait, mais un peu tape-à-l'œil.

Il y avait une photographie en couleur de son patient, suivie de sa biographie. Le docteur Terence Goel était le cousin de l'astronome sir Bernard Lovell. Membre du Scripps Research Institute. Professeur d'astronomie au MIT. Membre du comité consultatif du président Reagan dans le cadre du programme SETI.

Michael décida qu'il l'interrogerait sur son travail dans ce comité lors de leur prochaine séance. Lui-même s'intéressait aux OVNI.

Il regarda la liste de ses passe-temps. La cuisine. Les échecs. Il était adhérent de Mensa.

Les références du docteur Goel étaient extrêmement impressionnantes.

Bien plus, songea Michael, que l'homme lui-même.

CHAPITRE 82

L'actrice, Nastassja Kinski, les seins flottant librement sous son négligé, chevauchait son amant noir, Wesley Snipes. Tous deux haletaient, gémissaient, Snipes tenait ses seins dans ses mains, ils allaient jouir, ils allaient jou…

L'écran de télévision devint noir.

— Qu'est-ce que tu regardes, Tom-Tom ? lui demanda sa mère, télécommande à la main.

Il rougit. Il n'avait pas de réponse à lui donner.

— Elle est si maigre, Tom-Tom. Un joli mannequin, mais c'est tout. Squelettique. On dirait la rescapée d'un camp de concentration. Tu n'es pas d'accord ?

Des images des silhouettes squelettiques d'Auschwitz lui vinrent à l'esprit. Il y transposa le visage de Nastassja Kinski. Le chevauchant. Il se tortilla, dégoûté.

— Je… Je…, dit-il. Je suis tombé dessus par hasard, c'était une bande-annonce.

— Mes films étaient purs. Tout était dans la suggestion, on ne montrait jamais rien. Je n'aurais jamais pu m'abaisser ainsi. Les actrices d'aujourd'hui sont tombées bien bas, tu comprends ça, Tom-Tom ?

— Oui, dit-il doucement, en colère parce qu'elle avait raison, en colère parce qu'elle l'avait empêché de voir Nastassja Kinski, en colère à cause… à cause des images qu'elle lui avait mises en tête.

— Comment réagirais-tu, mon chéri, si tu me voyais à l'écran en train de faire la même chose ?

Il leva les yeux vers sa mère, en proie à des sentiments contradictoires. Comment ce serait avec Sharon Stone ? Ou Kim Basinger ? Ou encore Sigourney Weaver ? Ressembleraient-elles, elles aussi, à des survivantes des camps de la mort ? Se moqueraient-elles de lui comme l'avait fait l'infirmière à la fac de médecine ?

Puis la culpabilité le submergea, tel un voile d'obscurité. Sa mère était si belle – plus belle que n'importe laquelle de ces actrices célèbres. Pourquoi se laissait-il entraîner par son imagination ?

Elle l'abandonnerait si elle savait qu'il pensait à d'autres femmes.

—Je t'aime, maman.

—Tu es sûr ? dit-elle d'une voix sévère.

—Oui.

Elle dénoua la ceinture en étoffe de son peignoir. Ses seins, plus gros, plus blancs, moins fermes mais tellement plus gros, tellement plus blancs et doux que ceux de Nastassja Kinski, tombèrent devant lui.

—Montre-moi comme ton tchou-tchou aime ta maman.

Se levant de son fauteuil, il défit son pantalon et le baissa, ainsi que son caleçon.

Elle observa son érection.

—Le docteur Rennie me dit que je passe trop de temps à la maison. Qu'est-ce que tu en penses, Tom-Tom ? Est-ce que je devrais suivre ses conseils et m'occuper d'œuvres de bienfaisance, t'abandonner comme ton père l'a fait ?

—Non, pas ça, balbutia-t-il. Je t'en prie.

—Est-ce que ton tchou-tchou est pour moi, Tom-Tom, ou pour Nastassja Kinski ?

Il hésita, troublé, il n'était pas sûr. Il avait envie de faire l'amour à Nastassja Kinski, mais il ne voulait pas que sa mère s'en aille, au cas où… au cas où…

Des images de squelettes en marche.

444

Son érection devint encore plus forte.

Des images de squelettes en marche.

—Si tu veux faire l'amour à Nastassja Kinski, tu ne peux plus être mon petit garçon. Tu n'existeras plus pour moi. Fini les gâteries, Tom-Tom. Les autres gens se moqueront de toi. Comme cette fille avec qui tu sortais à la fac de médecine, tu t'en souviens?

Lucy. L'étudiante infirmière qu'il avait connue en deuxième année, elle avait été gentille avec lui. Ils étaient allés boire un verre plusieurs fois. Il lui avait présenté sa mère, et sa mère lui avait dit qu'elle n'était pas assez bien pour lui. Après cette rencontre, quand il l'avait ramenée chez elle, il lui avait demandé si elle avait envie de jouer avec son tchou-tchou. Encore aujourd'hui, il se rappelait son rire, il résonnait dans sa tête, en ce moment, alors qu'il était assis dans la Ford Mondeo du docteur Terence Goel, dans le parking souterrain du Sheen Park Hospital.

Et la prostituée, Divina. Elle aussi s'était moquée de lui.

Qu'est-ce qui ne va pas chez moi?

Il accéléra dans l'allée de l'hôpital. Il était en colère contre lui-même. En colère contre le psychiatre. *Vous vous croyez malin, docteur Tennent. Nous verrons si vous vous sentez toujours aussi malin quand vous trouverez les seins d'Amanda Capstick emballés dans de la glace dans votre boîte aux lettres…*

CHAPITRE 83

Les rythmes circadiens. Le corps humain n'était pas synchro avec le reste de la nature. Les êtres humains vivaient un cycle de vingt-cinq heures et demie. Des expériences avaient été menées par des gens passant des mois dans l'obscurité totale au fond d'un puits de mine, sans montre. Tous avaient calculé avoir été en bas moins longtemps qu'ils l'avaient effectivement été.

Amanda avait lu un article là-dessus et elle y pensait, travaillant de façon monotone dans le noir, lentement, tordant le ressort qu'elle avait retiré du matelas et l'entrelaçant avec la boucle de ceinture ; elle essayait d'en faire un manche solide, le façonnant à grands coups de semelle. Le moment était venu de le tester.

—Amanda, ma chérie, viens par là !

La voix de sa mère. Elle fit volte-face. L'obscurité tourbillonna, comme si elle l'avait troublée. Elle tendit l'oreille. Rien. Le fruit de son imagination.

Elle plia de nouveau le matelas en deux contre le mur, monta dessus, tendit le bras, trouva la grille, repéra le pourtour et la première vis. Puis elle laissa tomber le tournevis.

—Merde !

Avançant à quatre pattes, remuant les mains devant elle comme un nageur, elle entra en collision avec le seau qui faisait office de pot de chambre.

Des larmes de frustration coulèrent sur ses joues.

Où tu es, bordel ? Hein, où tu es, saloperie !

Reprends-toi, Amanda Capstick. Les survivants gardent leur calme. Ton tournevis n'est pas loin. Explore le sol et tu finiras par le trouver.

Elle y parvint au bout de quelques minutes.

De retour sur le matelas, prenant son temps cette fois, elle réussit à enfoncer la lame dans la fente, puis elle tourna. Rien. Avec prudence, elle appliqua plus de pression. Toujours rien. Oscillant sur le matelas, elle avait du mal à rester stable. Elle tourna encore plus fort.

La vis bougea.

Elle eut le sentiment qu'une valve s'était ouverte en elle.

À l'étage, dans son bureau, Thomas Lamark étudiait les photographies d'une mammectomie sur le web. L'opération avait eu lieu au St John's Hospital de Santa Monica. Les photos étaient de bonne qualité, mais il avait besoin de plus de précision.

Par chance, une mammectomie était justement programmée demain après-midi au London King's College Hospital ; la salle d'opération était conçue pour accueillir des étudiants. Il avait vu ça sur la liste quand il y était passé ce matin, pour prendre quelques fournitures dans une réserve dont il avait toujours la clé.

Il était impatient d'assister à cette opération qui ne lui était pas du tout familière. Il n'avait pas droit à l'erreur.

CHAPITRE 84

Après avoir consulté le site web du docteur Goel, Michael avait tout juste le temps de passer un coup de fil à Maxine Bentham avant l'arrivée de son prochain patient. Mais la thérapeute d'Amanda ne put guère l'éclairer à propos de sa disparition.

Elle confirma à Michael qu'elle ne la croyait pas dépressive, et qu'elle pensait improbable qu'elle ait disparu de la sorte de son plein gré. Elle ne fut pas surprise d'apprendre que Brian Trussler voyait une autre femme et, sur la base de ce qu'Amanda lui avait dit sur cet homme, elle ne le sentait pas capable d'avoir enlevé ou blessé – physiquement – Amanda.

Elle demanda à Michael de la tenir au courant et il le lui promit.

Durant les deux séances qui suivirent, il éprouva de réelles difficultés à se concentrer sur ses patients. Il ne parvenait pas à chasser Terence Goel de son esprit. *Les parallèles*. L'accident qui avait tué Katy. La colombe séparée de son mâle.

En présence du docteur Goel, il avait refusé de considérer ces parallèles, persuadé qu'il se faisait des idées. Mais maintenant que Goel n'était plus là et qu'il avait eu le temps de réfléchir, ils ne se laissaient plus écarter aussi facilement.

Goel avait pu trouver sans peine l'information concernant l'accident de voiture – à l'époque, la presse nationale s'en était fait l'écho. Mais la disparition d'Amanda ? Comment pouvait-il être au courant ?

Michael se repassa leur séance de ce matin. La colombe se languissant de sa femelle. De nouveau, il se demanda s'il n'accordait pas trop d'importance à tout ça.

L'image de la colombe se languissant pouvait s'appliquer autant à son chagrin suite à la mort de Katy qu'à son angoisse à propos d'Amanda. C'était ce qu'il avait éprouvé après l'accident, parfois en déni, ne voulant pas accepter qu'elle soit vraiment morte, convaincu qu'elle finirait par revenir.

Son patient, Guy Rotheram, un magnat de l'emballage richissime de trente-cinq ans, souffrant de crises de panique, était assis au bord du canapé et décrivait ce sentiment qu'il avait de se trouver hors de son propre corps. Cet homme travaillait seize heures par jour, sept jours sur sept : il ne fallait pas chercher ailleurs la principale raison de ses crises de panique, mais il refusait de l'entendre. Il ne pouvait pas accepter d'être vaincu par son propre corps.

— Vous m'écoutez, docteur Tennent ? demanda-t-il soudain.

Michael avait conscience de ne pas accorder à Guy Rotheram toute son attention. Mais ce soir, en rentrant chez lui, Guy Rotheram allait retrouver sa ravissante épouse et ses adorables enfants. Ses crises de panique lui rendaient la vie difficile, mais elles finiraient par cesser. Guy avait peut-être de gros soucis, mais pas autant que les siens en ce moment. Aujourd'hui, Guy Rotheram, ainsi que le reste de sa vie, était en suspens.

Qui êtes-vous, docteur Terence Goel ?
Quel est votre vrai problème ?
Que savez-vous exactement de moi ?

Dès que Guy Rotheram fut parti, Michael sortit du dossier de Terence Goel la lettre de recommandation de son médecin traitant, le docteur Shyam Sundaralingham.

449

Il lut l'adresse figurant sur le papier à en-tête : « 20 West Garden Crescent, Cheltenham ».

Il fit le numéro. Une voix masculine martiale répondit à la troisième sonnerie.

—Cabinet du docteur Sundaralingham.

Michael s'étonna d'entendre une voix d'homme. Il supposa qu'il avait affaire à l'un de ces cabinets, de plus en plus nombreux, où le secrétariat n'était plus uniquement assumé par les femmes.

—Je suis le docteur Tennent, je suis psychiatre. Le docteur Sundaralingham m'a récemment envoyé un patient et j'aimerais lui en toucher deux mots.

—Malheureusement, le docteur Sundaralingham n'est pas là pour le moment. Puis-je prendre votre numéro et lui demander de vous rappeler plus tard ?

Michael le lui donna, puis raccrocha. Le soleil avait dépassé la fenêtre à présent, et il ouvrit les stores vénitiens pour laisser entrer plus d'air dans la pièce étouffante. Son téléphone sonna. C'était Lulu.

Il retourna sur Internet pendant qu'ils parlaient. Lulu n'avait pas de nouvelles, et sembla soulagée d'apprendre que Roebuck prenait la cassette de l'appel d'Amanda au sérieux.

—Ça va faire quatre jours, dit-elle.

Il y avait quelque chose d'irrévocable dans sa voix qui le troublait. Quelque chose d'irrévocable dans ce chiffre aussi, pensa-t-il. Comme si avoir disparu un, deux ou trois jours n'était pas si grave, mais qu'au quatrième…

Deux cent cinquante mille disparus chaque année. Roebuck avait supposé qu'il pouvait y avoir un lien entre les disparitions de Tina Mackay et d'Amanda. L'éditrice n'avait pas donné signe de vie depuis trois semaines, et l'inspecteur lui avait laissé entendre que la police n'avait pas le moindre indice.

Maintenant, avec cet enregistrement, ils tenaient enfin quelque chose pour Amanda. Et ils avaient de l'*espoir*.

Amanda avait prononcé ces mots : impossible de savoir quand, mais il y avait de bonnes chances qu'elle ait été en vie la nuit dernière. En rentrant de chez Beamish, lui et Lulu avaient échangé leurs réflexions sur ces silences sur la bande. Lulu était convaincue qu'Amanda n'était pas à l'origine du montage. Si Amanda avait voulu lui faire un canular au téléphone pour le mettre dans l'embarras, elle aurait eu le cran de le faire en personne, avait-elle insisté.

Michael était d'accord. Mais si ce n'était pas elle qui l'avait appelé, et pour quelle raison ? Demander une rançon ? *Elle doit encore être en vie.*

— Et maintenant, qu'est-ce qu'on fait ? demanda Lulu. On attend patiemment que la police fasse son travail ?

Pendant trois longues semaines infructueuses, comme avec Tina Mackay ? songea Michael, mais il garda sa réflexion pour lui.

— Non. On continue à chercher, à remuer ciel et terre. Je ne sais pas ce que la police va faire – je ne suis même pas sûr qu'elle *puisse* faire grand-chose.

— Et nous, qu'est-ce qu'on peut faire de plus ?

— J'y réfléchis. Je ne vais pas rester assis à me tourner les pouces. Je ne peux pas, je dois continuer à chercher.

— Je suis du même avis.

— C'est le bon état d'esprit.

Il avait une tonne de correspondance et de coups de téléphone en retard, à cause de la journée qu'il avait prise hier. Il suggéra à Lulu qu'ils parlent de nouveau en fin d'après-midi, puis il raccrocha et tourna son attention vers sa boîte mail.

L'un des e-mails avait une adresse d'expédition qu'il ne reconnut pas et contenait, en pièce jointe, un fichier Jpeg, une photo ou une illustration intitulée, *Dernière image d'ac intacte.*

Le texte disait simplement : « J'aimerais bien que tu sois là. »

Rendu maladroit par la nervosité, il eut du mal à bouger la souris, puis à placer le curseur sur la pièce jointe et, enfin, à double-cliquer dessus.

Avec une lenteur atroce, le fichier s'ouvrit. Il s'agissait d'une photo. Sombre. Une sorte de flou verdâtre. Au milieu, vêtue d'un tee-shirt blanc et d'un jean sales, Amanda, tremblante, fixait l'objectif de ses yeux écarquillés par la terreur.

Thomas Lamark travaillait au garage, il démontait l'essieu arrière de l'Alfa Romeo d'Amanda Capstick, quand il entendit sonner le mobile de Terence Goel. Quelques secondes plus tard, quatre « bips » brefs l'avertirent qu'il avait reçu un message.

Retirant ses gants de chirurgien graisseux, il saisit le code PIN de Terence Goel et écouta le message.

Il reconnut immédiatement la voix martiale de Nicholas Lubbings, unique propriétaire du Centre d'affaires et de communications de Cheltenham.

« Docteur Goel, le docteur Michael Tennent vient d'appeler le docteur Sundaralingham. Il lui demande de le rappeler à propos d'un patient qu'il lui a envoyé. »

La voix de Lubbings était impassible. S'il éprouvait la moindre curiosité concernant les activités de ses clients, il le cachait bien.

Thomas jura. Il avait fait des erreurs avec le psychiatre, cet après-midi. Limiter les dégâts, avant tout. Il n'avait pas donné au docteur Tennent suffisamment d'éléments pour éveiller ses soupçons, mais il devait planifier bien plus soigneusement leur prochaine séance.

Sortant du garage, Thomas traversa le jardin pour aller boire un verre d'eau à l'intérieur ; il se demanda si le docteur Sundaralingham devait rappeler le docteur Tennent, mais il se méfiait du psychiatre, et il ne voulait pas courir le risque de commettre une autre erreur par sa faute. Ce serait pour une autre fois.

Le *Times* était ouvert sur la table de la cuisine, à la page du faire-part :

> « Cora Edwina Burstridge. Bien-aimée mère d'Ellen et grand-mère de Brittany. Service funèbre le vendredi 1er août à 10 h 30, All Saints Church, Patcham, East Sussex, suivi par une crémation dans la plus stricte intimité. Ni fleurs, ni couronnes. À la place, des dons pourront être faits à l'*Actors Benevolent Fund* et au *Royal Variety Club*. »

Ça tombait bien. Il voulait y assister – sa mère aurait été contente de le savoir présent pendant qu'on envoyait Cora Burstridge aux fours. Après, ça lui laissait le temps d'arriver à l'heure pour la mammectomie au Kings' College Hospital.

Parfait.

Vous ferez moins le fier lors de notre prochaine séance, docteur Michael Tennent.

CHAPITRE 85

— Ce sont les vêtements qu'elle portait dimanche, dit Michael, pointant du doigt l'écran de son ordinateur portable. Vous voyez – le tee-shirt blanc, le jean, exactement les mêmes.

Ils étaient dans le bureau, petit mais impeccablement rangé, des deux officiers supérieurs de l'inspecteur Roebuck, un brigadier et un capitaine. Roebuck les avait présentés à Michael, mais ce dernier n'avait pas retenu leurs noms. C'était l'heure du déjeuner, et il était de retour au commissariat de Hampstead pour la deuxième fois de la journée.

Un collègue de l'inspecteur Roebuck avait établi que l'e-mail avec la photographie d'Amanda avait été envoyé depuis le cybercafé *Cyberia*, à deux pas de Tottenham Court Road. Avec des centaines de clients payant en liquide pour utiliser les ordinateurs tous les jours, leurs chances d'obtenir une description de la personne qui avait envoyé cet e-mail étaient bien faibles. Mais Roebuck allait tout de même essayer.

Le capitaine, une femme, grande, la quarantaine, avec des cheveux blonds soignés et une attitude très calme, plissa les yeux devant l'écran.

— Vous pouvez augmenter la luminosité ?

Michael s'exécuta. L'image avait du grain, comme si elle avait été prise à travers une sorte de grillage, les yeux rouges d'Amanda accroissant encore le côté diabolique de la photo. Bon Dieu, elle avait l'air tellement effrayé. Il avait du mal à la regarder, des images troublantes, violentes défilaient dans son esprit, des souvenirs aussi. Des films, comme *Le Silence des agneaux* ou *L'Obsédé*. Les dizaines de visages de femmes, belles et innocentes, croisés au détour des pages d'un journal ou d'un écran de télévision au cours des années. Les mots crus des gros titres, qui semblaient si peu le concerner par le passé, avaient pris une réalité effrayante. « Un corps mutilé retrouvé dans les bois »… « Violée par son meurtrier »… « Traces de sperme »…

Amanda était debout. Michael voyait un mur derrière elle, un autre à gauche, et ce qui ressemblait au coin d'un matelas sur le sol.

— Il y a beaucoup d'ombre, observa le brigadier, un type un peu balourd.

— Elle est peut-être dans le noir, dit le capitaine.

— Dans le noir ? demanda vivement Michael.

Le capitaine toucha l'écran d'un doigt bien manucuré et le déplaça pour illustrer son propos.

— Elle a les yeux rouges à cause du flash, et le haut du corps est bien éclairé, mais la luminosité baisse très vite à mesure qu'on descend vers le bas de son jean – c'est le signe d'un flash externe pointé vers le haut. Mais à part Mlle Capstick, le reste de la pièce est à peine visible. Elle est plongée dans le noir, je ne vois pas d'autre explication.

Michael hocha la tête d'un air lugubre.

Dans le noir. Oh mon Dieu, ma pauvre chérie.

— On va envoyer le fichier à notre labo photo à Birmingham – avec leur équipement, ils sont capables de faire des miracles. S'il y a quelque chose à trouver, on le trouvera.

À son tour, le brigadier toucha l'écran.

— Sol nu, surface apparemment dure, peut-être une cave ou une chambre forte.

— Il vous faudra combien de temps pour avoir les résultats ? demanda Michael.

— Le labo se mettra au travail dès qu'il aura reçu la photo, dit Roebuck.

Le brigadier et le capitaine donnèrent leurs cartes à Michael et les numéros de leur ligne directe. Le capitaine lui annonça qu'ils allaient imprimer des affiches et les placarder dans les stations-service et dans tous les autres endroits figurant sur l'itinéraire probable d'Amanda dimanche soir. Ils allaient également diffuser son nom et sa photo dans les créneaux que la télévision – régionale et nationale – allouait aux personnes disparues. Enfin, ils avaient prévu d'interroger toutes les personnes qui habitaient le même immeuble qu'Amanda, ou à proximité.

Michael retourna à son cabinet. Il avait fait faux bond à deux patients, mais il serait peut-être de retour à temps pour le troisième.

On la retenait dans le noir.

Un monstre, quelque part, séquestrait Amanda, la charmante, la belle, l'incroyable Amanda.

Il se rangea, tira le frein à main et ferma les yeux. *Amanda, ma chérie, on a eu si peu de temps tous les deux. J'ai besoin de toi. Tiens bon. Je ne t'ai pas abandonnée, je vais te retrouver. Tout ira bien. Je te le promets.*

À 17 h 10, alors que Michael se préparait à voir son dernier patient de la journée, Thelma l'informa que l'inspecteur Roebuck souhaitait lui parler. Le labo de Birmingham venait de terminer son analyse.

— Docteur Tennent, je ne sais pas si ça va nous aider, mais voilà ce qu'on a : Mlle Capstick semble être enfermée dans une sorte de salle souterraine, ou une cave, à en juger par l'absence de lumière naturelle. Il y a un matelas ; le bord d'un seau orange est également visible. Le sol et les murs sont apparemment en béton. Le technicien dit que le tee-shirt de Mlle Capstick est sale et que ses cheveux sont emmêlés.

L'inspecteur ne jugea pas utile de préciser que son jean était déchiré et qu'il y avait aussi des taches de sang sur le tee-shirt.

—Elle est très soignée d'habitude, répondit Michael. Autre chose ?

—Non, mais je peux vous communiquer le numéro de téléphone du technicien, qui ne demande pas mieux que de vous parler, et j'ai demandé à recevoir une copie papier de la photo retravaillée. On peut se retrouver à 9 heures demain matin et vous me direz si vous voyez quelque chose que vous reconnaissez. Si ça vous arrange, je passe à votre cabinet – et j'aimerais en profiter pour reprendre votre déposition.

—D'accord.

Michael se demanda s'il figurait toujours sur la liste des suspects. Si tel était le cas, il tenait à effacer cette idée de l'esprit de Roebuck, afin que la police ne perde pas un temps précieux avec lui. Était-il en mesure de justifier de ses faits et gestes dimanche soir, après avoir quitté la course ? Il était rentré chez lui, il avait lu le journal, travaillé sur ces notes pour une conférence qu'il devait donner dans une quinzaine de jours, et ensuite il était allé se coucher. Pas d'alibi. De toute façon, la police devait certainement considérer l'appel d'Amanda pendant l'émission de radio comme une preuve suffisante de son innocence, non ?

Il était tellement fatigué qu'il avait du mal à empêcher son esprit de vagabonder.

Oublie ça, tu n'es pas un suspect. Concentre-toi ! Concentre-toi sur Amanda.

Après avoir raccroché, il réfléchit. L'inspecteur Roebuck avait dit que l'endroit où elle se trouvait ressemblait à une salle souterraine ou une cave.

Sa séance avec le docteur Terence Goel lui revint soudain en mémoire.

« —*Vous êtes plus fort que la colombe, vous pouvez l'enfermer à la cave, mais que faites-vous des sentiments de la colombe enfermée dans la cave ?*

—*Dans l'abri antiatomique.* »

Goel avait bafouillé après avoir dit « *abri antiatomique* ». Comme s'il avait laissé échapper quelque chose.

Les abris antiatomiques étaient construits en béton. Du béton doublé de plomb. Sous terre.

En temps normal, ces quelques soupçons n'auraient pas suffi à lui faire trahir le code de confidentialité entre un médecin et son patient, mais en ce moment, ça lui était bien égal. Il ne voulait négliger aucune piste, au risque de se faire passer un savon par la British Medical Association.

Il rappela Roebuck.

—Un de mes patients me tracasse. Je me fais peut-être des idées, mais certains des propos qu'il m'a tenus en consultation ce matin concordent un peu avec ce que vous m'avez décrit dans cette photo.

—De quelle façon, monsieur ?

—C'est un peu délicat. Il s'agit d'un scientifique éminent et tout ce qu'il m'a dit est confidentiel, mais j'ai le sentiment que vous devriez être au courant. Je vous serais reconnaissant de faire preuve de la plus grande discrétion, peut-être juste de vous renseigner sur lui ? J'essaie de joindre le généraliste qui me l'a envoyé – il aura probablement des choses à m'apprendre.

—Vous préférez que j'attende que vous lui ayez parlé ?

—Oui.

—Donnez-moi déjà son nom et son adresse. Vous savez où il travaille ? demanda Roebuck.

—C'est le docteur Terence Goel. (Michael le lui épela.) Il travaille au GCHQ.

—Le service de renseignements électronique du gouvernement ?

—Oui.

— On n'y entre pas sans une enquête de sécurité très poussée.

— Je sais. Mais il a quelque chose de pas net. Ou alors c'est moi qui me raccroche à un rien.

Michael expliqua les raisons de ses soupçons plus en détail. Roebuck l'écouta sans l'interrompre, puis il dit :

— Vous avez raison d'être inquiet. Ce n'est peut-être rien, mais cet homme mérite d'être étudié de plus près. J'irai lui parler moi-même.

— Il ne doit pas savoir que je suis à l'origine de votre démarche.

— Ne vous en faites pas, je trouverai une excuse.

Avec bonne humeur, il ajouta :

— Je lui dirai que sa voiture a été vue à proximité d'un accident et que nous cherchons des témoins, ou quelque chose de ce genre.

Michael lui donna l'adresse du docteur Goel et son numéro de mobile, puis il le remercia et raccrocha.

Le docteur Sundaralingham ne l'avait pas rappelé. Il composa son numéro et tomba sur le même homme que précédemment.

— Je lui ai fait part de votre message, l'assura-t-il. Je lui ai parlé il n'y a pas longtemps, mais il est occupé. Il propose de vous appeler après les heures de bureau, chez vous ou sur votre mobile.

Michael lui donna les deux numéros et insista sur l'urgence de sa démarche. Son interlocuteur promit de transmettre.

Par l'Interphone, Thelma lui signala qu'il avait un patient en salle d'attente depuis quinze minutes.

Soudain, il eut une idée. Il connaissait quelqu'un qui pouvait l'aider. Un patient qui avait insinué qu'il savait quelque chose. Il n'y croyait pas vraiment, mais ça valait la peine d'essayer. À la hâte, il ouvrit un tiroir de son classeur et parcourut les intitulés des dossiers classés à la lettre « D ».

Il sortit le dossier qui l'intéressait, et nota l'adresse qui se trouvait sur la première page. Une visite provoquerait une meilleure réaction qu'un coup de téléphone. Il irait juste après sa dernière consultation.

CHAPITRE 86

La dixième vis faillit glisser entre les doigts d'Amanda, mais elle parvint à la rattraper entre ce qui restait de ses ongles. Une explosion de lumière brilla devant ses yeux. Les feux avant d'une locomotive sortant d'un tunnel. Quelque part dans le noir, elle entendit sa mère l'appeler. Puis elle entendit des éclats de rire, comme si elle passait devant un pub bondé.

Elle tourna la tête : une étincelle fusa dans l'obscurité, telle une luciole, et mourut. Puis Lulu apparut et disparut, silhouette spectrale dans un train fantôme. Une vague d'anxiété de proportion océanique se leva dans sa poitrine, avant de retomber. D'autres voix. Sa mère de nouveau, Lara maintenant.

Taisez-vous, laissez-moi tranquille, par pitié. Ne me faites pas ça, pas maintenant. L'obscurité se referma sur elle, la traînant loin du mur, tel un courant sous-marin. Elle s'appuya contre lui, le matelas se dérobant sous ses pieds, et s'efforça de garder l'équilibre.

Elle mit la vis dans sa poche, puis fit glisser ses deux mains vers le haut, jusqu'au bord de la grille ; à l'aide de la lame du tournevis, elle dégagea le bas de la bordure de la grille.

Elle était bien plus lourde qu'elle s'y attendait et, avant qu'elle ait eu le temps de réagir, elle tomba à la renverse, déséquilibrée par son poids.

Elle hurla en s'écrasant sur un des seaux et la grille tomba avec fracas sur le béton, tel un échafaudage qui se serait effondré. Lentement, elle bascula sur le côté. Le liquide était froid, de l'eau savonneuse – au moins n'avait-elle pas atterri sur son pot de chambre, constata-t-elle avec un léger soulagement.

Elle se releva, trouva le matelas et le coinça de nouveau contre le mur. Puis elle remonta dessus et leva les bras. Ses mains repérèrent le bord du conduit d'air. Elle les poussa à l'intérieur, aussi loin que possible. Elle ne rencontra aucune résistance, juste une matière pelucheuse, probablement des moutons de poussière, et quelque chose de plus dur, sans doute des crottes de rat ou de souris. Le conduit semblait horizontal. Bien. Il serait plus facile d'y entrer.

S'appuyant sur les mains de toutes ses forces, et faisant porter tout le poids de son corps sur ses bras, elle se hissa vers le haut, ses jambes lançant des coups de pied contre le mur nu à la recherche d'une prise. Mais alors qu'elle essayait de faire pénétrer sa tête à l'endroit où elle croyait trouver l'ouverture, elle se cogna douloureusement sur le bord.

Merde ! Quelle conne ! Mais quelle conne !

Elle n'avait pensé qu'à une chose : démonter la grille. Elle n'avait pas réfléchi à la façon de se hisser dans un espace large d'une soixantaine de centimètres sans une prise correcte pour ses mains ou ses pieds.

Tu as besoin d'une échelle, pauvre idiote.

Elle se releva, puis tituba, brusquement prise de nausée.

Je devrais peut-être demander du paracétamol au service de chambre.

Et un bloody mary.

Et une échelle.

Elle avait l'impression d'avoir la lame d'une hache enfoncée dans le crâne.

Je t'emmerde, Michael Tennent.

J'emmerde le service de chambre. Je vous emmerde tous.

Je dois sortir d'ici.

Calme-toi.

Réfléchis.

Improvise.

Elle ne voulait pas trop y penser, elle n'en avait ni le temps ni le courage. Avec précaution, elle se rendit dans la pièce des cadavres, s'agenouilla et prit les chevilles de la morte entre ses mains. Les tenant bien serré et y mettant toute sa force, elle traîna le corps jusque dans sa prison et le posa contre le mur, à la verticale du conduit.

Puis elle répéta l'opération avec l'autre corps et le superposa au premier, en position inverse, de sorte que la tête de la femme se trouve entre les jambes de l'homme, et que les moignons de ce dernier soient entrelacés avec ses cuisses.

Proche de l'épuisement, elle tira le matelas au-dessus des corps et le coinça solidement de l'autre côté, créant un pont. Puis elle grimpa prudemment dessus, tâtonnant avec ses mains vers le haut du mur. Ça marchait ! Maintenant, son visage se trouvait à hauteur du conduit.

Tendant les bras aussi loin que possible, elle explora l'espace à l'aide de ses mains. Aucune résistance. Juste plus de moutons et de crottes. Elle se cogna les genoux contre le bord coupant, ses épaules eurent un peu de mal à entrer, mais elle finit par pénétrer dans le conduit.

Elle tremblait. Son cœur jouait les punching-balls dans sa poitrine. Il y avait à peine la place pour elle, sa tête frottait au plafond et ses épaules passaient tout juste sur les côtés. Respirant par bouffées brusques, rapides, avec l'odeur sèche de la poussière dans les narines, et aussi une autre odeur légèrement aigre, rance, elle commença à progresser horizontalement, à tâtons.

Folle d'espoir, elle avançait un genou, puis l'autre, terrifiée à l'idée que, d'un moment à l'autre, elle allait entendre une voix, voir le faisceau d'une lampe de poche, sentir qu'on lui tirait la jambe en arrière. Genou droit. Genou gauche. Ses mains touchèrent quelque chose de métallique. On aurait dit une sorte de hublot, plus étroit que le conduit, de quelques centimètres.

Elle passa les mains à travers et, de l'autre côté, le conduit formait brusquement une courbe vers le haut. Vertical !

Elle tenta d'introduire la tête, mais sans succès. Elle essaya avec son bras droit en premier, puis la tête. Le métal lui comprima le dos, tirant sur son tee-shirt. Elle était coincée, moitié dedans, moitié dehors.

Elle était en nage. Elle se débattit, mais cela ne fit qu'empirer sa situation.

Elle ne savait pas combien de temps elle avait avant que Michael revienne et s'aperçoive que la grille avait été démontée. Il fallait qu'elle avance, d'une façon ou d'une autre.

Puis, soudain, elle fut libre. Elle continua sa progression, d'abord la taille, puis les genoux. Alors que le conduit se courbait vers le haut, elle commença à se redresser. Ses épaules frottaient toujours contre les parois. À partir de maintenant, une ascension verticale l'attendait. Elle tendit les jambes et parvint à trouver une prise sur la texture grossière du béton.

Se concentrant à fond, soucieuse de ne pas glisser en arrière, elle fit appel à toutes les forces qui lui restaient pour monter de près d'un mètre. Ses doigts rencontrèrent quelque chose de métallique.

Désespérément, elle appuya ses jambes plus haut contre la paroi, puis souleva son corps. À présent, elle sentait plus clairement la nature de cet obstacle.

Il s'agissait d'une des pales d'une turbine. Une partie d'un système d'extraction. Le métal était aussi épais et lourd que les hélices d'un avion, et il bloquait l'accès au conduit au-dessus d'elle.

Pleurant de frustration, elle se laissa retomber jusqu'à ce que ses pieds touchent le plat. Puis elle resta debout, dans le noir, tremblante, en proie à une terreur absolue. Elle avait l'impression que toutes les peurs de sa vie avaient été gardées en réserve dans une sorte de compartiment à l'intérieur d'elle-même, n'attendant que ce moment pour s'en échapper et l'engloutir.

À présent, elle avait la certitude qu'elle allait mourir.

CHAPITRE 87

Une tour sinistre de South London, les étages inférieurs couverts de graffitis. Il y avait peut-être eu une porte d'entrée à une époque, mais ce n'était plus le cas.

Michael était dans l'entrée, un rythme de rap résonnant entre les murs nus ; il lança un regard en direction de sa Volvo, garée dans la rue de ce quartier malfamé, se demandant ce qu'il en resterait à son retour.

Il prit un ascenseur spacieux jusqu'au huitième étage et arriva dans un couloir étroit et sombre, sans moquette, qui sentait la pomme de terre bouillie. À travers un mur, il entendit un bébé pleurer et une femme qui n'en pouvait plus lui crier de se taire.

L'appartement 87 avait une porte bleue, avec une vitre en verre dépoli, comme les autres, et un petit bouton de sonnette, sans nom. On entendait de la musique à l'intérieur. Il appuya sur la sonnette qui produisit un timide bruit de râpe. Il frappa au carreau.

Aucune réponse.

Il frappa plus fort, de plus en plus fort, et soudain son poing traversa le verre.

L'espace d'un instant, il resta figé, sous le choc. Puis il sentit la douleur de la coupure et vit un filet de sang apparaître sur le dos de sa main. Avec précaution, il retira son poing, enleva un éclat de verre enfoncé dans la peau, puis suça la plaie. La musique était plus forte à présent. Une femme chantait – une chanson qui lui était familière –, mais seulement quelques paroles, qu'elle répétait. Elle chantait en anglais avec un accent allemand. Elle sonnait comme Marlene Dietrich.

Aucune autre porte ne s'ouvrit. La mère et l'enfant ne s'étaient toujours pas calmés.

Merde.

Deux adolescents débarquèrent par la sortie de secours au bout du couloir et le dévisagèrent avant de s'arrêter avec désinvolture devant un appartement et frapper à la porte. Michael continua à les regarder. La porte s'ouvrit, ils dirent quelque chose au locataire et quelques secondes plus tard, elle se referma. Ils passèrent à l'appartement suivant, jetèrent un coup d'œil à Michael, puis frappèrent. Tous deux avaient des baskets aux pieds, mais l'un portait un survêtement et l'autre un jean et un blouson d'aviateur. Ce dernier tenait aussi un sac fourre-tout.

Michael savait exactement à quoi rimait leur manège, et ce qui risquait de se produire s'ils atteignaient cette porte et trouvaient la vitre cassée et le locataire absent.

« Falling in love a… falling in love a… falling in love a… »

Le son faisait penser à un disque rayé. Michael approcha son visage plus près du trou dans la vitre brisée et appela, d'abord discrètement, puis plus fort :

— Monsieur Dortmund. Herr Dortmund !

Pas de réponse.

Il tira sur les derniers éclats de verre afin d'éviter de se couper de nouveau la main, puis il passa le bras à l'intérieur et tâtonna à la recherche du loquet. Il le trouva au bout de quelques secondes, un robuste loquet à mortaise, et tira dessus d'un coup sec.

La porte s'ouvrit.

Il entra, appelant d'une voix forte :

— Monsieur Dortmund ! Ohé ! Herr Dortmund !

La chanson continuait.

Inquiet, il ferma la porte derrière lui. Il se trouvait dans un tout petit vestibule, à peine plus large qu'une cabine d'essayage, en grande partie occupé par un portemanteau victorien auquel pendait le manteau en tweed à chevrons du vieux nazi, son imperméable et son feutre brun. Le manteau semblait bizarrement incongru, bien trop élégant dans cet endroit exigu, et en fort contraste avec la laideur implacable du reste de l'immeuble.

Il fit quelques pas dans un corridor au sol recouvert d'un chemin de couloir usé, passant devant quelques photos encadrées de la campagne bavaroise, puis il entra dans le séjour.

Et il s'arrêta net.

C'était une petite pièce triste, avec des rideaux en filet dissimulant une vue sur une tour d'habitation identique à peine quelques mètres plus loin, et meublée comme une chambre d'étudiant fauché. Deux fauteuils déglingués, un tapis miteux, un vieux poste de radio et une chaîne stéréo encore plus ancienne, sur laquelle tournait un disque, avec le bras de la pointe de lecture qui sautait. Il y avait aussi un radiateur soufflant.

Mais rien de tout cela n'avait attiré son attention. Dominant la pièce, une peinture à l'huile était accrochée au mur, à la place d'honneur. Un portrait d'Adolf Hitler, en uniforme, debout devant un swastika, saluant, le bras levé.

Michael se détourna, révolté à la pensée que son patient, qui était venu à lui en quête de rédemption, était toujours envoûté par son idole. Il retourna dans le corridor et appela de nouveau :

— Monsieur Dortmund ? Ohé ? Herr Dortmund ?

Il y avait trois autres portes, l'une grande ouverte, les deux autres entrebâillées. La première donnait sur une chambre à coucher, une pièce à l'allure austère, avec un lit étroit à une place, fait avec soin et qui, comme le reste de l'appartement,

468

sentait le vieux. Des sous-vêtements étaient soigneusement pliés sur la seule chaise, des charentaises glissées en dessous.

Il alla à la porte suivante, qui révéla une toute petite cuisine d'autrefois, avec une cuisinière à gaz et une petite table en Formica sur laquelle était posé un journal allemand.

De retour dans le couloir, il remarqua un vieux câble électrique élimé branché dans une prise murale, qui courait jusqu'à la dernière pièce. De plus en plus inquiet, il appela encore une fois :

— Monsieur Dortmund ?

Il patienta un peu. Il toqua à la porte, puis il ouvrit.

Il s'était attendu à quelque chose de ce genre, mais ça n'en était pas moins un choc.

Le corps d'une maigreur pitoyable de Herman Dortmund gisait nu, immobile, partiellement immergé dans l'eau de sa petite baignoire verte.

Il avait les yeux grands ouverts, regardant droit devant lui, sans ciller, avec une expression de surprise. Sa bouche était ouverte, elle aussi, la mâchoire en avant, ses lèvres formant un cercle angoissé presque parfait. Michael constata que ses sourcils étaient roussis. Et il vit, sous l'eau, entre les cuisses écartées de l'Allemand, un vieil appareil de chauffage serré entre ses mains osseuses, et relié au câble électrique.

Il sortit de la pièce à reculons et débrancha la fiche de la prise murale. Puis il retourna dans la salle de bains et toucha le visage de Dortmund. La chair était froide – il était mort depuis un certain temps. Par acquit de conscience, il vérifia tout de même son pouls. Il ne pouvait plus rien pour lui.

Le laissant comme il l'avait trouvé, il alla au salon à la recherche d'un téléphone. Sur le tourne-disque, Marlene Dietrich continuait à chanter les mêmes paroles encore et encore. Il se demanda s'il devait la faire taire, mais décida qu'il valait mieux qu'il ne touche à rien.

Puis ses yeux se posèrent sur le seul bel objet de cette pièce, un bureau à cylindre sur lequel étaient disposées quatre enveloppes, bien en vue, près du téléphone.

Poussé par la curiosité, il approcha pour y jeter un coup d'œil. L'une était adressée, d'une écriture tremblée, à un notaire de Croydon. Une autre à une femme, à Bonn. La troisième à un homme, à Stuttgart. La dernière lettre lui était destinée.

Il a probablement payé sa facture, pensa Michael. Il la prit et l'ouvrit. Il y avait un mot à l'intérieur, écrit soigneusement de cette même écriture tremblée :

« Cher docteur Tennent,

Pour moi, il est temps de mettre fin à ma souffrance et à mon supplice. Pour vous, ce supplice qu'on appelle la vie doit continuer.

Suite aux inquiétudes exprimées lors de nos récentes séances, ces pouvoirs psychiques dont je me serais bien passé m'ont soufflé le nom du docteur Goel, en rapport avec vous.

Goel est un nom juif. Cet homme, le docteur Goel, est un Juif. Vous feriez bien de vous familiariser avec l'hébreu. Chez les anciens Hébreux, le goel était le parent le plus proche qui avait pour devoir de réparer les injustices causées à un membre de la famille.

Dans la mythologie hébraïque, docteur Tennent, le *goel* était *le vengeur du sang.* »

CHAPITRE 88

Glen Branson crevait de chaud, debout sur ce tapis rendu poisseux par la bière renversée, dans une salle bondée à l'étage d'un pub de North London – il n'était pas sûr de l'endroit exact – parmi une centaine de policiers tapageurs qui poussaient des hourras sonores.

L'objet de leur exultation était le capitaine Dick Bardolph dont on fêtait le départ à la retraite ; il avait retiré sa cravate et déboutonné sa chemise et, en ce moment, il avait le visage enfoui entre les seins nus d'une stripteaseuse blonde que la nature avait particulièrement bien dotée.

Glen était accoudé au bar, essayant d'attirer l'attention de l'unique barman et s'efforçant de retenir les huit commandes dont on lui avait confié la responsabilité. À l'époque où il était videur, il avait eu sa dose de comportement avilissant envers les femmes. Il n'aimait pas les strip-teases. Pas plus que les réunions d'ivrognes. Et il n'était pas d'humeur, ce soir. Il avait vu pas mal de cadavres depuis son entrée dans la police, mais aucun ne l'avait troublé autant que celui de Cora Burstridge la semaine dernière et l'autre, repêché ce matin dans le port de Shoreham. Les images du crâne sortant du blouson en cuir et du corps gonflé, l'odeur épouvantable, ne l'avaient pas quitté, et trois bières n'avaient pas suffi à les effacer. Elles n'avaient pas non plus gommé ses appréhensions concernant Cora Burstridge.

Ses funérailles avaient lieu aujourd'hui. Elles avaient un caractère définitif qui l'effrayait. Bien sûr, il y aurait toujours l'enquête judiciaire, mais une fois son corps incinéré, même si de nouvelles preuves étaient découvertes, il serait encore plus difficile de connaître la vérité.

Au passage, Glen croisa le regard du barman, mais celui-ci se tourna pour servir quelqu'un d'autre. Il se demanda si la soirée allait s'éterniser : il avait été question de manger chinois après ça, mais il était fatigué. Il serait content de rentrer et de ne pas se coucher trop tard.

Mike Harris, qui l'avait emmené ici, s'était bien occupé de lui. Il l'avait présenté à plusieurs contacts intéressants au sein de la Metropolitan Police ; dommage qu'avec le niveau de bruit généré par la musique et le brouhaha général, il faille hurler pour se faire entendre. Mais il avait tout de même récupéré quelques cartes de visite impressionnantes : un commissaire divisionnaire, deux commandants et un capitaine étaient ses plus belles prises pour l'instant. Comme dans toute organisation, les promotions dans la police dépendaient en partie des relations.

Quelqu'un essayait de se frayer un passage jusqu'au bar en jouant des coudes. Glen se poussa pour faire de la place à côté de lui au nouveau venu et vit un grand costaud, avec un cou de taureau, la carrure d'un joueur de rugby, un visage poupin et des cheveux coupés ras. L'homme, qui transpirait abondamment, le salua amicalement et cria :

— Je viens d'arriver, je dois rattraper le temps perdu !

Sa voix lui parut vaguement familière, mais Glen n'arriva pas immédiatement à la remettre.

— Un seul barman, répondit-il. C'est dingue ! Il en faudrait trois.

Derrière eux, la foule hurla « À poil ! »

Les deux hommes tournèrent la tête, mais ne purent rien voir.

— Tu es d'où ? lui cria le nouveau compagnon de Glen.

— Du Sussex.

— Dans quel coin ?

— Hove.

L'autre hocha la tête d'un air pensif, puis reprit :

— Tu connais l'inspecteur Branson ?

Glen comprit pourquoi il avait reconnu sa voix.

— C'est moi !

— Tu es Glen Branson ?

— Oui !

Avec un sourire chaleureux, l'autre homme lui tendit la main.

— Quelle coïncidence ! Simon Roebuck, de Hampstead – on s'est parlé lundi.

Glen lui serra la main.

— L'affaire Tina Mackay.

— C'est ça !

— Tu m'as refilé une partie de ton sale boulot – faire le tour des Robert Mason.

Roebuck sourit.

— À charge de revanche… (Il leva ses grosses paluches.) Qu'est-ce que tu bois ?

— C'est ma tournée, je t'offre un verre.

— Alors une bière.

Glen fit signe au barman une fois de plus, toujours sans succès. Il se retourna vers Roebuck.

— Tu as avancé sur Tina Mackay ?

— On a une autre femme disparue maintenant. Même profil : âge, carrière, corpulence. Elle a quitté le domicile de sa sœur dans le Sussex dimanche soir et elle n'est jamais arrivée à Londres. J'allais t'appeler pour voir si tu pouvais te renseigner sur deux ou trois personnes de Brighton pour moi.

— Pas de problème.

Le barman prit enfin sa commande. Roebuck aida Glen à distribuer les verres parmi la foule, puis ils retournèrent au bar. La fête battait toujours son plein et il était impossible de rester debout sans se faire bousculer. Glen renversa un peu de sa bière.

— J'ai besoin de prendre l'air, annonça Glen d'un ton irrité.

— Moi aussi.

Ils emmenèrent leurs verres sur le trottoir. C'était une soirée chaude et moite, il était 21 h 30 et la nuit commençait à peine à tomber. Un bus passa en chevrotant.

— Tu penses que ces deux disparitions sont liées ? demanda Glen.

— J'ai comme un pressentiment qu'elles le sont, oui. Il y a beaucoup de points communs.

Glen sirota sa bière blonde ; l'inspecteur londonien lui inspirait une sympathie immédiate, comme s'ils étaient des amis et pas des collègues qui se connaissaient par téléphone depuis seulement quelques jours. Les deux hommes lorgnèrent deux filles dans des jupes dont le port était à peine légal.

— Le jour où j'arrêterai de regarder, il faudra m'achever, dit Roebuck.

Glen sourit.

— Tu es dans la maison depuis combien de temps ?

— Treize ans. Neuf à la police judiciaire. Et toi ?

— Quatre. Deux comme inspecteur. Je suis encore un bleu. (Il sourit.) J'aimerais savoir un truc ; tu viens de me dire que tu avais un pressentiment – j'ai l'impression qu'une bonne partie du travail de la police repose sur des pressentiments. Tu es d'accord ?

— Des *pressentiments* ?

Roebuck but une gorgée de bière et s'essuya la bouche du dos de la main. Trois jeunes en moto de cross défilèrent à toute allure. Glen et Roebuck les regardèrent, échangèrent un regard. Roebuck reprit :

—Oui, je suppose qu'on peut dire ça, des pressentiments…
des suppositions… des intuitions… (Il se gratta le sommet
de la tête.) Je pense que pour faire un bon inspecteur, il faut
avoir de l'intuition.

Il pêcha un paquet de cigarettes dans sa poche et en
offrit une à Glen.

—J'ai arrêté, merci.

Roebuck en alluma une. Ça sentait bon, une odeur bien
plus douce que l'atmosphère enfumée du pub. Glen dit :

—Est-ce qu'il t'est déjà arrivé d'avoir un pressentiment
– une intuition, appelle ça comme tu veux – et de ne pouvoir
rien faire avec ? D'être incapable de convaincre ta hiérarchie ?

—Oui. (Il tira longuement sur sa cigarette, puis la retira
de ses lèvres entre son pouce et son index.) Quelquefois.

—Qu'est-ce que tu as fait ?

Roebuck haussa les épaules.

—J'ai laissé tomber.

—Tu n'as jamais rien eu que tu ne pouvais tout simplement pas laisser tomber ?

—Ça ne marche pas comme ça dans la police. Les
journées sont trop courtes pour pouvoir s'occuper de tout.

—J'ai quelque chose que je ne peux pas laisser tomber,
dit Glen.

Roebuck lui lança un regard étrange, où se mêlaient la
curiosité et la prudence.

—Raconte.

—Une mort subite, la semaine dernière. C'est moi qui ai
trouvé le corps. Tout le monde est persuadé qu'il s'agit d'un
suicide, mais pas moi.

—Pourquoi ?

Glen but une nouvelle gorgée de bière.

—OK. Tu connais Cora Burstridge, la vedette de cinéma ?

—Elle est morte la semaine dernière – une grande actrice.

— Je l'ai trouvée, dans son appartement, avec la tête dans un sac plastique.

Roebuck fit la grimace.

— Pas une belle fin. J'ai déjà eu l'occasion de m'occuper de suicides de ce genre. Elle était morte depuis combien de temps ?

— Deux jours.

— Attends d'avoir vu quelqu'un qui est resté comme ça deux *semaines*.

Le cœur au bord des lèvres, Glen songea au corps repêché dans le port de Shoreham.

— Merci.

— De rien. Qu'est-ce qui te pose problème dans la thèse du suicide ?

— Rien qui permette de convaincre mon chef, mais certaines choses ne collent pas pour moi. Des anomalies. Par exemple, l'après-midi où elle est morte, elle a acheté une grenouillère hors de prix pour sa petite-fille qui habite les États-Unis, mais elle ne l'a pas envoyée. Pourquoi ? Quelqu'un s'est introduit dans son appartement – une voisine a vu l'intrus – mais rien n'a été volé ! Et pourquoi mettre fin à ses jours à peine quarante-huit heures après avoir obtenu la reconnaissance de toute la profession à la soirée de la BAFTA ?

Roebuck le dévisagea d'un air pensif.

— Il y a probablement de bonnes explications. C'est tout ce que tu as ?

— Dis-moi, Simon, comment tu réagirais si tu avais trouvé le corps et que tu disposais de ces informations ?

— Les informations que tu viens de me donner ?

— Oui.

— Je demanderais une autopsie et j'enverrai un expert de la police scientifique passer l'appartement au peigne fin – pour en avoir le cœur net. Je voudrais être absolument sûr que j'ai affaire à un suicide.

—J'ai gardé le meilleur pour la fin. Au temps de sa gloire, Cora avait une rivale, une actrice nommée Gloria Lamark. Si tu n'es pas un cinéphile, tu ne te souviens probablement pas d'elle.

Lamark. Ça lui disait quelque chose, mais rien à faire, Simon Roebuck n'arrivait pas à mettre le doigt dessus.

—Lamark. Comment ça s'écrit ?

Glen le lui épela, et nota l'air songeur sur le visage de l'inspecteur.

—Donc, elle a cette rivale, Gloria Lamark. En 1966, elles étaient toutes les deux sur les rangs pour un rôle dans un film intitulé *Le Miroir sur le mur*. Cora Burstridge l'a décroché, ainsi qu'une nomination aux Oscars. Je n'avais pas revu ce film depuis longtemps, mais je l'ai loué hier soir et je l'ai regardé en entier. Cora y joue une actrice horriblement défigurée dans un accident de voiture, et l'une de ses répliques est : « Je n'arrive plus à me regarder dans la glace. » Exactement les mots que Cora a utilisés dans sa lettre d'adieu. C'est *tout* ce qu'elle a écrit.

Roebuck le dévisagea.

—Tu penses que Gloria Lamark pourrait y être pour quelque chose ?

Glen secoua la tête.

—Gloria Lamark méprisait Cora Burstridge, mais elle n'a pas pu la tuer. Elle est morte il y a trois semaines, d'une surdose de médicaments. Drôle de coïncidence, hein ? Elles sont parties toutes les deux, à trois semaines d'intervalle.

Roebuck tira de nouveau sur sa cigarette. *Lamark. Lamark*. Il avait l'impression de savoir pourquoi ce nom lui était familier, mais il ne pouvait pas en être certain.

—Tu es de service demain, Glen ?

—Oui. J'assiste aux funérailles de Cora Burstridge à 10 heures. Après, je serai au poste. Pourquoi ?

— Je suis fatigué et je veux faire un saut au bureau pour vérifier quelque chose – désolé d'être un rabat-joie. Je t'appelle dans la matinée. Ça m'a fait plaisir de te voir.

— Moi aussi.

Glen rapporta leurs deux verres à l'intérieur et, se demandant ce que le nom de Lamark avait déclenché chez son nouvel ami, remonta lentement et un peu à contrecœur se joindre à la fête.

Chapitre 89

Michael était assis à son bureau du Sheen Park Hospital, avec le dossier du docteur Goel ouvert devant lui et le téléphone à la main.

La messagerie vocale répondit :

— Le docteur Sundaralingham est occupé pour le moment, mais laissez un message et il vous rappellera dès que possible.

Il raccrocha sans rien dire, surpris de tomber sur un répondeur : les médecins avaient généralement quelqu'un qui s'occupait du standard en leur absence.

Il se prit la tête entre les mains.

Docteur Terence Goel, vous vous êtes présenté à mon cabinet et vous m'avez parlé de la perte d'êtres chers, d'un accident de voiture rappelant furieusement celui où Katy a trouvé la mort, d'une colombe dans une cage, d'une cave, d'un abri antiatomique.

Votre nom signifie « le vengeur du sang ».

Êtes-vous un homme innocent avec une tonne de problèmes et quelques curieux parallèles avec ma propre vie ?

Et dans le cas contraire, que me cachez-vous que je devrais savoir ?

L'inspecteur Roebuck lui avait laissé un message lui expliquant qu'il était allé au cybercafé mais que, comme il le craignait, l'e-mail avait pu être envoyé par n'importe lequel des presque deux cents clients de ce jour-là. Avec une photo ou une description, il aurait peut-être plus de chance.

Michael se connecta à Internet et retourna sur le site web de Terence Goel. Il enregistra la photo de Goel et l'envoya par e-mail à Roebuck.

Pendant que l'e-mail partait, il appela Roebuck sur son mobile et tomba sur sa messagerie. Il lui fournit les dernières informations qu'il avait sur Goel – grâce à Dortmund – et le prévint qu'il venait de lui envoyer une photo de Goel à montrer au cybercafé.

Puis il lui vint soudain une idée. Dans son navigateur, il appela la page d'accueil du moteur de recherche Alta Vista et lança une recherche sur les termes « Docteur Terence Goel ».

Comme précédemment, il n'y avait qu'un résultat, l'adresse du site web de Goel. Rien d'autre.

Comment un éminent scientifique pouvait-il n'être mentionné qu'une fois sur Internet ? Même si son travail au sein du GCHQ était de nature confidentielle, il n'en allait pas de même pour son article dans le magazine *Nature*, ses activités au Scripps Institute ou au MIT ?

Le site web du magazine *Nature* proposait un index ; il chercha le nom du docteur Terence Goel. Rien.

Rien non plus au Scripps Institute ou au MIT.

Il ferma les yeux pour lutter contre le mal de tête qui lui serrait le front comme un étau, de plus en plus fort, puis il avala deux cachets de paracétamol.

Il téléphona aux renseignements et demanda s'il y avait un numéro où joindre le GCHQ. Il fut surpris d'apprendre que oui. Mais quand il appela ce numéro, une voix enregistrée l'informa que les bureaux étaient fermés jusqu'au lendemain 9 heures.

Il consulta sa boîte mail. L'habituelle montagne de messages, la plupart en rapport avec son travail, et son frère qui lui écrivait de Seattle pour lui annoncer que lui et sa famille projetaient de venir en Angleterre – et Michael avait-il conscience que leurs parents fêtaient leurs noces d'or dans deux ans ?

Alors qu'il était en ligne, un autre e-mail arriva. Un rappel concernant l'heure à laquelle débutait le tournoi de golf de samedi. *Le golf*, songea-t-il. Comment diable pouvait-il espérer se concentrer sur une partie de golf ?

Il relut le dossier du docteur Terence Goel, mot à mot. La lettre de recommandation du docteur Sundaralingham. Le formulaire sur lequel Goel n'avait indiqué que ses nom, adresse et numéro de mobile. Il le composa et entendit immédiatement la voix enregistrée de Goel.

« Vous êtes chez le docteur Terence Goel. Laissez un message et je vous rappellerai. »

Michael raccrocha, puis il appela les renseignements téléphoniques et donna l'adresse du docteur Goel afin d'obtenir le numéro de son domicile. On lui répondit qu'il était en liste rouge.

Michael reposa le combiné, prit son front dans sa main et se massa les tempes. Puis il leva la tête. Derrière la fenêtre, le ciel était noir. 22 h 25.

Il reprit les notes de sa dernière séance avec Goel. *Abri antiatomique.*

La peur, glacée, lui tourna l'estomac.

Un abri antiatomique.

« *… peut-être une cave ou une chambre forte.* »

Un abri antiatomique ?

Il se leva, fit les cent pas dans son bureau, puis il sortit et arpenta le couloir. Le docteur Goel l'obsédait.

Le vengeur du sang.

Qui vengeait-il ?

Il consulta de nouveau sa montre. 22 h 30. Il avait dû se rendre à Cheltenham quelques années plus tôt, pour une conférence ; il fallait compter une heure et demie de route.

Il retourna dans son bureau et relut l'adresse de Goel dans le dossier. Un appartement dans un immeuble d'habitation. Un immeuble avec une cave ou un abri antiatomique ?

Possible.

Il referma le dossier du docteur Terence Goel et le glissa dans sa serviette. Dix minutes plus tard, il était au volant de sa Volvo, en direction de la M40 vers Oxford et Cheltenham. La lumière des phares des véhicules en sens inverse lui blessait les yeux. Il était épuisé et il faisait une chaleur étouffante. C'était de la folie. Il aurait dû appeler Roebuck, lui faire part de ses réflexions et rentrer chez lui pour une bonne nuit de sommeil. Il continua à rouler.

Une heure plus tard, il s'arrêta dans une station-service, s'acheta un burger qui n'avait pas l'air de toute première fraîcheur, des frites molles et un gobelet de café. Il s'assit à une table près d'une fenêtre et regarda fixement le spectre gris qui lui rendait son regard depuis la vitre. Le spectre avait les cheveux ébouriffés et des cernes noirs autour des yeux, visibles même à travers ses lunettes ovales à monture en écaille.

Mais dans ses yeux, il lut également une détermination sans faille.

Chapitre 90

Un économiseur d'écran Mandelbrot traçait activement des fractales, effaçant chaque figure terminée avant de passer à la suivante – des figures complexes, des cercles concentriques, des amas stellaires. Simon Roebuck se tenait sur le seuil de la salle d'opérations consacrée à Tina Mackay, au deuxième étage du poste de police de Hampstead, observant l'apparition d'un nouveau motif géométrique sur l'écran – une série de petits hexagrammes groupés autour d'un plus gros au centre qui, à son tour, produisait de plus petits hexagrammes.

S'il n'était pas entré dans la police, il aurait aimé enseigner les mathématiques. Parfois, il trouvait que le boulot de flic manquait de défis intellectuels, même au CID. C'était un travail laborieux, mêlant observation, bon sens, intuition, persévérance et une bonne dose de bureaucratie.

Chaque fragment d'une fractale était une réplique à échelle réduite de l'ensemble. Simon Roebuck aimait cette élégance, dans les mathématiques et les fractales. Le travail de police était rarement élégant. On farfouillait un peu partout, à la recherche d'indices – une course contre la montre et les coupes budgétaires. Et quand on avait enfin trouvé toutes les minuscules pièces d'un puzzle, il fallait parfois y aller à grands coups de marteau pour les faire s'emboîter proprement.

Il se sentait fatigué. Il aurait voulu rentrer chez lui, prendre une douche froide et se pelotonner au lit avec sa fiancée, Briony, lui parler de sa journée, l'écouter raconter la sienne, puis lui faire l'amour et s'endormir entre ses bras, et entamer la journée du lendemain frais comme un gardon.

Mais au lieu de ça, à 22 h 30, par cette nuit chaude et moite, il était de retour au poste et entrait dans la salle d'opérations, espérant, contre toute attente, pouvoir faire quelque chose pour deux femmes qu'il n'avait jamais rencontrées. Tina Mackay et Amanda Capstick. Espérant que, si jamais quelque chose arrivait à sa très chère Briony – Dieu l'en préserve ! –, un autre inspecteur, ailleurs, travaillerait aussi dur pour elle.

La pièce avait l'air abandonné, comme si elle avait été évacuée à la hâte. Les dix écrans d'ordinateurs étaient toujours allumés, la paperasserie en cours traînait sur les bureaux, une barre Mars à moitié mangée dépassait de son emballage déchiré, sur une des corbeilles de courrier à traiter. Un tiroir d'un des classeurs était à moitié ouvert. Des signes d'activité. Un vrai bazar. Probable que personne n'était parti avant 22 heures. Son équipe ne ménageait pas ses efforts. Ces hommes et ces femmes se sentaient concernés. Terriblement concernés par le sort de deux inconnues.

Plus tôt dans la semaine, l'émission de télévision *Crimewatch* avait parlé de la disparition de Tina Mackay et s'en étaient suivi des centaines de coups de téléphone de téléspectateurs déclarant avoir aperçu l'éditrice ; il s'attendait à une deuxième fournée quand ils feraient circuler le nom d'Amanda Capstick la semaine prochaine – si elle n'était pas réapparue d'ici là.

Il était pratiquement sûr qu'elle ne referait pas surface, pas toute seule. Il faudrait qu'on la trouve. Il espérait simplement qu'elle et Tina étaient encore en vie. Il n'en avait rien dit aux proches des deux femmes, ni au petit ami d'Amanda Capstick – le psychiatre –, mais il ne pensait pas que leurs chances de les retrouver saines et sauves étaient bonnes.

Il traversa la pièce, et posa son gobelet de café noir sucré avec son couvercle sur le bureau qu'il s'était alloué comme espace de travail, puis il passa en revue la liste des actions accomplies aujourd'hui par les cinq autres membres de l'équipe. Rien de neuf sur aucune des deux femmes. Le couvercle fuyait ; un peu de café coula le long du gobelet ; il le rattrapa avec le doigt et le lécha. Il aimait bien le goût sucré. Il feuilleta le rapport, toucha son clavier pour sortir de son écran de veille, et les fractales cédèrent la place à une liste d'affaires dans tout le pays, extraites de la base de données Holmes, dans laquelle étaient répertoriées de séduisantes jeunes femmes ayant réussi professionnellement et appartenant à la même tranche d'âge que Tina et Amanda, et qui avaient disparu ces cinq dernières années. Pour l'instant, on n'avait trouvé aucune corrélation.

Il réécouta le message concernant le docteur Goel que le docteur Tennent avait laissé sur son mobile, puis il s'installa face à son ordinateur et essaya d'ouvrir la photo du docteur Goel que le psychiatre lui avait envoyée par e-mail.

Il échoua.

Maudite machine. Il rencontrait sans arrêt des problèmes avec les photos : seul le responsable informatique était capable de le tirer de ce mauvais pas – il le lui demanderait dès son arrivée, demain matin.

Se souvenant de la principale raison qui l'avait convaincu de revenir au bureau, Simon Roebuck se dirigea vers une pile de boîtes d'archives entassée contre le mur du fond ; elles contenaient les dossiers de Tina Mackay, trouvés chez son employeur. Simon étudia les étiquettes griffonnées et trouva les deux cartons qu'il cherchait, l'un marqué « Lettres de refus, jan-déc 96 », et l'autre « Lettres de refus, jan-juil 97 ». Il les porta avec effort jusqu'à son bureau. La secrétaire de Tina Mackay lui avait dit qu'ils recevaient plus d'une centaine de manuscrits par semaine, autrement dit, plus de huit mille lettres l'attendaient dans ces cartons.

Un coup de main n'aurait pas été de refus et il se demanda s'il devait faire revenir un autre membre de l'équipe, mais il finit par n'en rien faire. Ils étaient tous épuisés, ils travailleraient mieux après un repos bien mérité. Il était conscient que cela s'appliquait également à lui, mais la question ne se posait même pas. Il avait déjà passé en revue tout le lot quelques jours plus tôt.

Il enleva le couvercle de son café. Un téléphone sonna et il décrocha.

— Salles des opérations, Simon Roebuck.

Quelqu'un avait fait un faux numéro et avait besoin d'un taxi. Il raccrocha, prit la boîte de 1997 et se mit au travail, lettre par lettre, jetant un coup d'œil au nom du destinataire, à l'affût du nom qui clignotait dans sa tête.

Il avait pu se tromper. L'orthographe était peut-être différente. Ou son cerveau lui jouait des tours. Les lettres étaient groupées en liasses d'une centaine. Il finit la première liasse et la posa, face contre terre, sur le sol, puis il passa à la suivante. Rien. Dans la troisième non plus. Un papillon de nuit voletait à travers la pièce. De petits pucerons noirs s'agglutinaient au plafond. Un moustique geignard passa près de lui et il essaya de l'écraser, mais sans succès. Il entendait la circulation, dehors.

Il appela Briony pour la prévenir qu'il rentrerait tard et elle lui répondit qu'elle l'attendrait. Il lui conseilla d'aller se coucher, parce qu'il risquait d'en avoir pour toute la nuit. Elle lui dit qu'elle l'aimait et il lui dit qu'il l'aimait aussi, plus que tout – et c'était vrai. Puis il raccrocha et se concentra sur les lettres de refus.

Il s'en dégageait une certaine tristesse. Elles contenaient de mauvaises nouvelles et la plupart se contentaient de reproduire des formules toutes faites, vides d'espoir.

«Cher monsieur Witney,
Nous vous remercions de nous avoir soumis votre manuscrit, *Deux fois par nuit*. Après une lecture attentive, nous regrettons de ne pas pouvoir envisager sa publication.
Nous espérons sincèrement que vous connaîtrez le succès ailleurs.

Bien cordialement,
Tina Mackay, directrice éditoriale.»

Des mois, des années, peut-être une vie entière de travail liquidée en trois lignes. Huit mille suspects potentiels, le double s'il remontait une année et demie de plus en arrière. Impossible d'enquêter sur eux, de les interroger tous, simplement à cause d'une intuition un peu tirée par les cheveux.

Mais s'il parvenait à réduire cette liste à un seul suspect, la donne serait tout autre.

Quelques-uns des courriers comportaient des notes en haut de la feuille, probablement de la main de Tina Mackay ou d'une de ses assistantes. Certaines précisaient que l'auteur était un ami ou un proche d'Untel, qui faisait partie de la maison. D'autres étaient des commentaires sur les auteurs eux-mêmes, s'ils s'étaient montrés agressifs, ou si leur manuscrit était soupçonné de plagiat – tout ce qui pourrait servir plus tard. Maintenant, il était sûr qu'il y avait une note de ce genre sur la lettre qu'il cherchait.

Il passa rapidement d'un nom à l'autre. Page après page du papier à en-tête du *Pelham House Publishing Group*. Toutes sortes de noms, homme, femme, anglais, étranger.

Quelques personnes titrées. Simon Roebuck rêvait d'écrire un livre un jour. Il se demanda s'il recevrait, lui aussi, une lettre du même genre.

Puis il s'arrêta. Il l'avait trouvée.

« Thomas Lamark,
47 Holland Park Villas, London W14 8JJ
Cher monsieur Lamark,
Nous vous remercions de nous avoir soumis votre manuscrit, *La Biographie autorisée de Gloria Lamark*. Après une lecture attentive, nous regrettons de ne pas pouvoir envisager sa publication. Nous espérons sincèrement que vous connaîtrez le succès ailleurs.

Bien cordialement,
Tina Mackay, directrice éditoriale. »

En haut de la lettre, rajoutés à la main par – supposait-il – la secrétaire de Tina Mackay, figuraient les mots : « A téléphoné plusieurs fois, assez agressif ».

L'inspecteur fit une photocopie de la lettre. Il rangea l'original dans la boîte. Il plia la copie et la mit dans la poche de sa veste.

CHAPITRE 91

Des phares flamboyèrent à travers le pare-brise, éblouissant momentanément Michael. Des ombres bondirent sur lui, comme s'il s'agissait de lambeaux arrachés au bitume. Une voiture roulant avec les feux de route, martelant un rythme de basse, tourna devant lui et s'éloigna sur la rue principale de Cheltenham.

Il était 0 h 45. Le feu passa au vert et Michael repartit, suivant les panneaux indiquant le centre-ville. La radio, mal réglée sur une station qu'elle avait trouvée toute seule, jouait de la musique d'ascenseur. Il s'arrêta devant une station-service pour demander son chemin ; la boutique était fermée et le pompiste, assis derrière une fenêtre à l'épreuve des balles avec des trous pour parler, était plongé dans un livre appuyé contre la vitre – *Résonances*, de Minette Walters – et ne remarqua pas Michael avant que ce dernier tapote sur le verre.

Un peu à contrecœur, il posa le roman, et sortit une carte de quelque part sous le comptoir.

— Royal Court Walk ?

Michael hocha la tête.

Le pompiste trouva l'endroit, lui indiqua le chemin, puis il bâilla et reprit sa lecture.

Michael parcourut encore un kilomètre et demi le long d'une série d'avenues larges et presque désertes, au bord desquelles se devinaient les silhouettes de façades de style géorgien. Puis il vit le pub que le pompiste lui avait donné comme point de repère et tourna à gauche.

Royal Court Walk était la rue suivante à droite. Il se rangea le long du trottoir et alluma le plafonnier pour vérifier le numéro qu'il cherchait : 97. Puis il regarda les élégantes maisons. À droite, il vit le numéro 5. À gauche, le 4 et le 6. Numéros impairs à droite. Il continua à rouler : 17, 19. Plus loin, il regarda de nouveau : 31… 33… 35. Plus loin : 71… 73. Plus loin : 91… 93… 95.

La rue se terminait au numéro 95, par une intersection en T. Perplexe, il fit demi-tour. La dernière maison de l'autre côté était le 96. Mais, pour être tout à fait sûr, il descendit de voiture et alla voir au coin, à pied. Il arrivait qu'une maison située au coin prenne l'adresse de la rue voisine, plus cotée. Mais pas de 97, là non plus.

De retour dans sa voiture, il garda la portière ouverte et, sous la lumière intérieure, vérifia encore une fois le numéro figurant sur le formulaire. Écrit lisiblement. Aucune erreur possible. C'était voulu.

Le docteur Terence Goel avait choisi ce numéro sachant pertinemment qu'il n'existait pas.

Il éteignit la lumière et resta assis dans la pénombre de l'éclairage public. Amanda avait disparu à peine quelques jours après que Goel était venu le consulter pour la première fois.

Maintenant, il était encore plus convaincu que Goel était impliqué. L'homme qui pouvait l'aider se trouvait ici même, à Cheltenham, un généraliste qu'il avait essayé de joindre, mais qui ne l'avait jamais rappelé.

Il essaya d'obtenir auprès du service des renseignements l'adresse du domicile du docteur Sundaralingham, mais elle était sur liste rouge. Michael eut beau plaider sa cause en arguant de son statut de médecin et du fait qu'il s'agissait d'une urgence, l'opératrice lui suggéra de s'adresser à la police.

Il envisagea d'appeler Roebuck, mais il était plus d'une heure du matin. Il n'allait pas tirer grand-chose de valable de Roebuck ou de Sundaralingham à une heure pareille.

Dix minutes plus tard, Michael arriva dans la rue en arc de cercle à l'allure fatiguée où, à en croire son papier à en-tête, se trouvait le cabinet du docteur Sundaralingham. Il se gara devant le numéro 20.

Une liste de noms figurait sur une plaque en cuivre à côté de l'entrée de l'immeuble, mais aucun docteur Sundaralingham parmi eux. Ni aucun autre médecin.

La rue était calme, il n'y avait aucune circulation, juste le silence de la nuit chaude. Il prit son mobile et sortit de sa voiture. Il avança jusqu'au 20 et composa le numéro du docteur Sundaralingham. Quelques instants plus tard, quelque part au-dessus de lui, il entendit un téléphone sonner. Au bout de quatre sonneries, la voix enregistrée qu'il avait appris à connaître l'accueillit.

— Le docteur Sundaralingham est occupé pour le moment, mais laissez un message et il vous rappellera dès que possible.

Il raccrocha et, pour être sûr, refit le même numéro dans la foulée. Cette fois encore, après quelques instants, il entendit sonner au-dessus de lui.

Il essaya toutes les sonnettes, l'une après l'autre, deux fois, mais il n'obtint aucune réponse. Il retourna à sa voiture, recula de quelques mètres jusqu'à ce qu'il ait une bonne vue de l'escalier monumental menant à la porte d'entrée. Puis il inclina un peu son siège et verrouilla les portières. Son corps était épuisé, mais son cerveau continuait à bouillonner. S'il s'assoupissait, un bruit de pas ou le moteur d'une voiture suffirait à le réveiller.

Quand il ferma les yeux, ses pensées l'entraînèrent dans un tourbillon. Il se sentit impuissant, comme pris dans une centrifugeuse qui le tirait lentement vers le bas, vers les ténèbres, dans un entonnoir de pure terreur.

Puis il s'endormit.

Chapitre 92

Sous la lampe de bureau Philippe Starck, les ombres de ses doigts flottaient au-dessus des touches du clavier. Parfois, Thomas avait l'impression qu'elles étaient celles d'un piano Steinway, et que lui-même était un grand musicien, jouant de toute son âme, assis dans son bureau, l'esprit ailleurs, hypnotisé par la lueur de l'écran ; les touches faisaient un bruit sec sous ses doigts, son corps se balançant au rythme des mots qui apparaissaient devant lui.

Des mots venus de nulle part, jaillissant de ses mains comme s'il n'était qu'un intermédiaire entre le créateur et l'écran. *« Des mains de chirurgien »*, lui avait dit sa mère. Fines, avec des doigts longs, magnifiques, les ongles impeccables, les envies coupées.

Elle avait été triste quand il avait arrêté ses études de médecine. Triste et en colère. *« Quelque chose ne va pas bien dans ta tête, tu le sais, n'est-ce pas, Tom-Tom ? »*

Pourquoi avait-il arrêté ?

C'était si loin dans le passé, il avait du mal à se le rappeler. Il n'en avait même pas été très sûr à l'époque. Les gens à la fac avaient été en colère contre lui, c'est vrai, mais ils se mettaient en colère pour un rien. Peut-être que ç'avait été à cause de cette garce d'infirmière à qui il avait mis un coup de poing dans la figure parce qu'elle s'était moquée de lui quand il lui avait demandé de toucher son tchou-tchou. Il y avait eu toute une histoire à cause de ça. Sa mère avait vu juste la concernant. Mais pourquoi avait-il dû partir ? Des pages entières disparaissaient de sa mémoire et la situation semblait empirer à vue d'œil. Mais pas ce matin. Ce matin, sa mémoire était bonne.

Pleine puissance – comme une batterie chargée à bloc. Son corps, nu sous le peignoir en soie, baignait dans la fraîcheur de l'air estival. Il venait de prendre un bain, il s'était rasé et avait mis de l'eau de toilette : il était fin prêt. Une journée chargée l'attendait. Les obsèques de Cora Burstridge à Brighton. Puis la mammectomie à King's Hospital. Et ensuite, il répéterait l'opération sur la pétasse du docteur Michael Tennent.

Il risquait de manquer d'anesthésiques ; il avait utilisé presque tout son stock sur Tina Mackay et ce petit journaliste impertinent, Justin Flowering, en essayant de les garder en vie suffisamment longtemps pour qu'ils fassent réellement l'expérience de la douleur. Il avait imprimé des ordonnances au nom du docteur Sundaralingham, mais peut-être qu'elles ne seraient pas nécessaires. Peut-être que ce serait plus amusant si Amanda Capstick restait éveillée.

Beaucoup plus amusant.

Le curseur clignota sur l'écran devant lui ; assis dans l'obscurité de son bureau aux rideaux tirés, il répondait à un e-mail arrivé à peine quelques minutes plus tôt, de l'autre bout du monde.

« Joe,

Recevoir de tes nouvelles a toujours un petit côté magique. Malgré mon chagrin, je m'en sors plutôt bien, merci de t'en inquiéter, c'est vraiment gentil de ta part. C'est Gore Vidal, je crois, qui a dit que nous nous éteignons tous petit à petit, mais pas à la même vitesse. Comme c'est vrai. Le deuil n'est pas chose facile – je ne me rappelle plus, ne m'as-tu pas écrit que tu avais, toi aussi, perdu ta mère ? Dommage que tu n'aies pas pu venir aux funérailles, c'était quelque chose. On a dû demander l'intervention de la police pour calmer la foule. C'est compréhensible, bien sûr, ma mère était très aimée. Il est difficile d'allumer la télévision ces jours-ci sans tomber sur une rétrospective de sa carrière ; j'avoue ne pas pouvoir les regarder sans un pincement au cœur.

Il fait très chaud à Londres en ce moment, oui, une vraie vague de chaleur ! Je sais que tu penses que nous autres pauvres Londoniens vivons perpétuellement dans le brouillard, le smog et la bruine, mais je t'assure qu'il fait une chaleur étouffante. Comme à Hong Kong, je suppose ?

Qu'as-tu lu récemment sur les vortex quantiques ? As-tu vu cet article paru dans *Nature* ? Je pense que notre gouvernement les utilise pour contrôler nos esprits – je t'ai déjà parlé des influences électromagnétiques sur le cerveau. Le réseau électrique du gouvernement américain en Alaska consomme l'équivalent de dix grandes villes. Et on voudrait nous faire croire que tout est normal ?

À bientôt,

Ton ami,

Thomas. »

On sonna à la porte.

Thomas regarda l'écran de son ordinateur. Huit heures. Le facteur avec un sac postal rempli de lettres d'admirateurs de sa mère ? Pas trop tôt. Peut-être que le courrier s'était accumulé au centre de tri, qu'il y avait eu une erreur administrative. Que le monde avait enfin pris conscience de ce qu'il avait perdu.

Est-ce que j'ai nourri la chose? Hier soir, je lui ai apporté à manger. Je ne dois pas oublier le petit déjeuner. J'ai besoin d'elle en pleine forme, en particulier aujourd'hui. Eh oui, Amanda, plus tu es forte, mieux tu supporteras la souffrance!

Il alla dans le vestibule. Huit heures. Oui, ce devait être le facteur. Ses pantoufles noires claquant sur les dalles grises, il passa devant l'horloge de parquet, à côté de la table laquée, et arriva à la porte. Il fit glisser les verrous du haut et du bas, puis jeta un coup d'œil par le judas. Il vit un homme qu'il ne reconnut pas, vêtu d'un costume et d'une cravate, le visage gonflé par la lentille déformante.

Bien sûr, il n'était pas obligé d'ouvrir la porte.

Cet homme ne disait rien qui vaille à Thomas : les témoins de Jéhovah ou les Mormons venaient par deux. Les facteurs portaient un uniforme.

Il tendit l'oreille. La chose dans l'abri antiatomique n'émettait absolument aucun son.

Sois prudent.

Il ouvrit la porte, détendu, naturel, comme n'importe quel homme en peignoir cachemire et soie, et heureux de vivre en cette belle matinée, ouvrirait la porte.

— Oui? Bonjour?

L'inconnu était un homme grand, de forte carrure, engoncé dans un costume bon marché ; les muscles de son cou de taureau saillaient à travers sa chemise jaune à col ouvert. Il avait un visage poupin et de petits yeux gris et vifs, sous une couronne de cheveux blonds coupés à ras.

— Monsieur Thomas Lamark ?

De l'accent suave du nord de Londres se dégageait une certaine autorité.

— Oui, que puis-je pour vous ? demanda Thomas, continuant son offensive de charme.

— Inspecteur Simon Roebuck, de la Metropolitan Police. (Il montra son insigne à Thomas.) Désolé de vous déranger de si bonne heure. Pourriez-vous me consacrer quelques minutes de votre temps, monsieur ?

Le brusque mouvement de la pomme d'Adam de Thomas Lamark fournit à l'inspecteur Roebuck son premier signe qu'il se trouvait face à un homme inquiet. Mais ça n'avait rien d'exceptionnel : son expérience lui avait appris que bon nombre de gens innocents devenaient nerveux en présence de policiers.

La voix de l'homme resta calme.

— Ça tombe plutôt mal, monsieur l'inspecteur. Je dois me rendre à un enterrement.

Immédiatement, Thomas s'en voulut d'avoir dit ça.

L'inspecteur prit une mine de circonstance.

— Je suis désolé – un proche ?

— Non, pas vraiment. Mais on ne choisit pas toujours, vous comprenez.

Qu'est-ce que vous voulez ?

— Bien sûr. (Ils se dévisagèrent sans bouger, un arrêt sur image silencieux sur le perron.) Ça ne prendra pas plus de cinq minutes, dit Roebuck.

Il y avait une insistance dans sa voix qui inquiétait Thomas. Huit heures. Il avait le temps. Une demi-heure pour se débarrasser de ce type, apporter le petit déjeuner à la pétasse, et partir. Il devait apprendre ce que savait cet homme.

— Entrez, je vous en prie. Puis-je vous proposer un café ? Torréfaction colombienne, excellents grains, je vous les recommande. Ils sont plus difficiles à trouver cette année, à cause de la rouille orangée, une maladie du caféier, mais le café est quand même très bon, je vous assure.

— Non merci, ça ira.

Ils entrèrent dans le vestibule. Thomas vit l'inspecteur admirer une peinture à l'huile de sa mère descendant d'une limousine dans une fusillade de flashs.

—Ma mère, Gloria Lamark, dit-il fièrement. À la première de son film, *La Veuve de Monaco*.

—Ah, c'est vrai. Elle est récemment décédée, je crois. Mes condoléances. On m'a dit qu'elle était célèbre à l'époque.

Thomas contint difficilement la colère qui éclata en lui. *«À l'époque»!*

Les poings serrés et les articulations blanches, il entraîna l'inspecteur dans la grande salle de réception et ouvrit les rideaux. Les murs étaient entièrement couverts de photographies et de toiles représentant Gloria Lamark. Thomas l'escorta jusqu'à une photo de sa mère serrant la main à lord Snowdown et à la princesse Margaret.

—Une très belle femme, commenta Roebuck.

—Elle l'était.

Ça sortit comme une explosion d'air. Thomas perdait son sang-froid. Il se détourna du policier, respirant à fond. Ça n'allait pas du tout. Il fallait qu'il se reprenne, mais l'autre lui mettait les nerfs en pelote. Il conduisit l'inspecteur à un canapé, puis s'assit au bord de celui qui se trouvait en face de lui. Il essaya de nouveau de mettre de l'ordre dans ses pensées. Mais c'était peine perdue : ses pensées jouaient à saute-mouton avec ses ondes cérébrales.

Roebuck sortit son calepin de sa poche et l'ouvrit. Thomas Lamark se rendait à un enterrement. Il se rappela Glen Branson, l'inspecteur du Sussex, qui, la veille au soir, lui avait dit qu'il allait à un enterrement ce matin. Le même ? Peu probable.

Il regarda Thomas droit dans les yeux.

—Monsieur Lamark, le 16 mars de cette année, vous avez envoyé un manuscrit intitulé *La Biographie autorisée de Gloria Lamark* à l'éditeur *Pelham House*. Exact ?

C'était tellement inattendu que les mots frappèrent Thomas comme un coup de poing. Et pourtant, c'était à prévoir. Il savait que la police ferait le lien, tôt ou tard, qu'un policier viendrait lui poser des questions ; il avait soigneusement répété ses réponses, il savait précisément ce qu'il devait dire.

Sauf qu'il avait tout oublié.

— Oui. (Il fronça les sourcils, reprenant soudain son sang-froid.) Oui, c'est l'un des éditeurs à qui je l'ai envoyé. (Il semblait de nouveau calme, confiant. *C'est mieux.* Il réussit à sourire.) Un parmi beaucoup d'autres, je le crains.

— Quelqu'un l'a accepté ?

— Pas encore.

— Avez-vous été surpris par ce manque d'enthousiasme ?

Les yeux de l'inspecteur se posaient un peu partout. Au plafond, par terre. Il allait à la pêche aux informations. Thomas pressa ses mains l'une contre l'autre. *Surveille ton langage corporel.* Il prit ses aises sur le canapé. *Ne le quitte pas des yeux.* Il sourit d'un air désarmant.

— Si vous voulez mon avis, monsieur l'inspecteur, je pense que, de nos jours, les gens prennent un peu trop au pied de la lettre le « quart d'heure de célébrité » inventé par Andy Warhol. On accepte difficilement que le véritable talent soit intemporel. Les films que ma mère a tournés sont aussi importants aujourd'hui qu'ils l'étaient lors de leur sortie. Certains d'entre eux étaient tellement en avance sur leur temps qu'on ne leur rend justice qu'aujourd'hui. Alors, bien sûr, j'ai été déçu par ce refus. Mais je me console en me disant que la médiocrité est incapable de reconnaître quelque chose qui la dépasse. Il faut du talent pour reconnaître le génie.

L'inspecteur continua à le regarder en silence. Puis il dit :

— Vous avez téléphoné plusieurs fois chez *Pelham House* à propos de votre manuscrit. Vous souvenez-vous de la nature de ces appels ?

Totalement détendu à présent, Thomas le gratifia d'un large sourire.

—J'étais furieux, bien sûr. Deux mois après leur avoir envoyé le livre, je n'avais reçu aucune nouvelle. Pas même un accusé de réception.

—Un de mes collègues a écrit un livre sur le métier de policier, dit Roebuck. Le premier éditeur à qui il l'a envoyé l'a fait attendre plus d'un an. (Il haussa les sourcils et sourit.) Plutôt frustrant.

Thomas lui rendit son sourire, mais ne lâcha rien. L'autre essayait de se jouer de lui, d'établir un point commun entre eux afin qu'il se sente suffisamment à l'aise et baisse sa garde.

—Votre ami était contrarié ?

—Oui. (L'inspecteur hocha la tête, toujours souriant.) Alors, dites-moi, c'est une habitude chez vous d'appeler les éditeurs pour les injurier ?

Thomas n'aimait pas cette question. Mais il écarta les bras et rit.

—Est-ce que j'ai l'air dérangé, inspecteur Roebuck ? (L'inspecteur secoua la tête.) Je suis un type normal qui voulait simplement rendre justice à sa mère. C'était une grande actrice. Elle a refusé des centaines d'offres de gens qui souhaitaient écrire sa biographie parce qu'elle ne leur faisait pas confiance. Elle est allée devant les tribunaux à quatre reprises pour empêcher la publication de biographies non autorisées. Vous savez où est le problème ? De nos jours, les maisons d'édition sont aux mains de jeunes ignorants, à peine sortis de leurs couches pleines de merde et incapables d'imaginer que le monde puisse être intéressé par quelque chose de plus vieux que les Spice Girls ou de plus jeune que Darwin !

Thomas abattit furieusement son poing sur l'accoudoir du canapé.

En voyant l'expression sur le visage de l'inspecteur, il sut qu'il était en train de tout gâcher.

Sans quitter Thomas Lamark des yeux, l'inspecteur Roebuck dit :

— Je ne sais pas si vous avez regardé les informations, monsieur, mais Tina Mackay a disparu depuis trois semaines.

Et Thomas sut que l'inspecteur Roebuck le soupçonnait et qu'il essaierait d'obtenir un mandat de perquisition. Quelques pièces de l'Alfa Romeo traînaient toujours au garage. Il n'était pas prêt à subir une fouille en règle. C'était dangereux. C'était une très mauvaise situation.

Crétin.

Simon Roebuck regarda Thomas Lamark se lever et dire :

— Vous voulez bien m'excuser un instant ? J'ai besoin d'aller aux toilettes.

— Bien sûr.

Il suivit du regard Lamark qui sortait de la pièce. Quelque chose ne collait pas. Il se leva et fit les cent pas, plongé dans ses pensées. Il s'arrêta à côté de la tablette de cheminée. Deux invitations s'y trouvaient, toutes les deux pour des vernissages dans des galeries d'art qui avaient eu lieu plusieurs mois auparavant. Curieux, songea-t-il, qu'un homme vivant sur un si grand pied, avec une mère célèbre, ne reçoive pas plus d'invitations.

Et pourquoi Lamark était-il aussi nerveux ? Il s'efforçait de paraître calme, jovial et détendu, mais ce n'était qu'une façade.

Roebuck réfléchit. Il voulait passer cet endroit au peigne fin, mais avait-il suffisamment d'éléments pour convaincre un juge de lui accorder un mandat de perquisition ?

Il avança jusqu'à la fenêtre et regarda le jardin. Un beau jardin, mais laissé à l'abandon. Personne n'avait tondu la pelouse depuis des semaines. Pourquoi ? Peut-être que

Lamark allait mal à cause de son deuil, mais s'il possédait une maison pareille, il avait forcément du personnel pour s'en occuper. Un jardinier?

Thomas Lamark se tenait derrière lui.

— Inspecteur Roebuck, verriez-vous un inconvénient à poursuivre cette conversation plus tard?

Roebuck se retourna, surpris.

— Euh… non. Quand cela vous arrangerait-il?

— Aujourd'hui, peut-être, après l'enterrement?

— Disons, 17 heures?

L'esprit de Roebuck s'emballait : Lamark se rendait-il effectivement à un enterrement ou à l'endroit où il retenait Amanda Capstick prisonnière? Il décida de le suivre.

— Parfait.

Ils traversèrent le vestibule. Thomas tendit la main. Roebuck la serra fermement. Puis Thomas ouvrit la porte, baissa les yeux sur la paume de sa main gauche, et la balança en avant.

Alors qu'il sortait sur le porche, Simon Roebuck sentit quelque chose lui piquer les fesses, comme une guêpe. Mais, à la différence d'une piqûre d'insecte, la douleur disparut en quelques secondes. Il se donna une claque sur le derrière et se retourna, mais la porte d'entrée se refermait déjà sur lui.

Il se demanda s'ils n'avaient pas oublié une épingle de sûreté au pressing, mais il ne sentait rien. Et ça ne faisait déjà presque plus mal.

Une camionnette de livraison débuala dans la rue en grondant, suivie par un Range Rover plein d'enfants en bas âge. Roebuck était venu directement de chez lui, dans son véhicule personnel, une petite Vauxhall, qu'il avait garée dans un parking au coin de la rue. Alors qu'il parcourait la courte distance qui le séparait de sa voiture, il fut pris de vertige.

La fatigue, pensa-t-il. Avec cette chaleur lourde et humide, il n'avait pratiquement pas fermé l'œil de la nuit. Il tourna à droite et vit sa vieille voiture cabossée rouge vif à une centaine de mètres devant lui. Soudain, il eut la sensation qu'il aurait aussi bien pu s'agir de kilomètres.

Ses jambes marchaient au ralenti. Puis elles commencèrent à refuser de le porter et il dut s'agripper à la clôture d'une maison pour rester debout. Il resta là où il était pendant un moment, conscient qu'il transpirait abondamment et respirait péniblement. Il jeta un coup d'œil dans la rue et constata qu'il n'y avait heureusement aucun témoin – c'était embarrassant.

Il respirait presque normalement. Il commença à se sentir mieux. Souffrait-il de choc anaphylactique suite à cette piqûre au derrière ? Grâce à ses cours de secourisme, il se souvenait des symptômes : accélération du pouls, transpiration, vertiges.

Mais il n'était pas allergique aux piqûres d'insectes. Merde, il avait même dérangé un nid de guêpes l'été dernier, dans son grenier ; il avait été piqué une dizaine de fois, sans gros problème. De toute façon, ça allait déjà mieux. C'était juste la fatigue, la chaleur – et il n'avait pas pris de petit déjeuner.

Il trouva la force de lâcher la clôture et continua en direction de sa voiture. Il ouvrit la portière, monta à bord et se laissa tomber sur son siège avec soulagement. Il mit sa ceinture de sécurité, puis démarra… *dois suivre Thomas Lamark… aller dans sa rue, rester en retrait…* Se sentant très désorienté à présent, il roula au bout de la rue. Il flottait, presque désincarné. Il tourna à gauche. Il devait respirer plus fort, comme si ses poumons rétrécissaient… *dois appeler des renforts… une deuxième voiture…*

Il arriva à une intersection où le trafic était dense. Il luttait pour respirer. High Street Kensington. Le feu était rouge. Il freina. Mais la voiture ne réagit pas – son pied droit refusait de lui obéir. Il essaya d'attraper le frein à main, mais son bras resta inerte.

Devant lui, un taxi noir était arrêté au feu. Entre eux, l'écart se réduisait. Trop vite pour éviter la collision.

Il vit le choc, mais ne sentit rien. Vit l'avant de sa voiture rebondir, le taxi être propulsé vers l'avant et déraper vers l'extérieur, sur la route, avant de s'immobiliser l'arrière défoncé. Il vit un homme dans une chemise à carreaux à manches courtes et un pantalon crème, courir vers lui, l'air furieux. Il criait.

Simon Roebuck essaya de répondre, mais sa voix était réduite à un léger sifflement qui se tarit après quelques secondes. Ses poumons étaient bloqués. Aucun air n'entrait ni ne sortait. Impuissant, il regarda fixement l'homme en colère.

— Connard ! Vous êtes aveugle ou quoi ? cria l'homme.

À présent, la lumière baissait. Le chauffeur de taxi devenait plus flou. Roebuck avait besoin d'air dans ses poumons. Il essaya d'en aspirer, par la bouche, par le nez. Il commençait à s'affoler. Son corps tout entier avait cessé de fonctionner.

Avec ses yeux, il essaya de supplier l'homme de l'aider.

Il tremblait. De terribles douleurs lui tenaillaient les entrailles. La lumière allait et venait. Un éclat, brillant, puis les ténèbres. Une explosion digne d'un feu d'artifice sous son crâne. L'homme à la chemise à carreaux, remuant les lèvres silencieusement – il n'était plus en colère.

Roebuck ne voyait plus qu'une forme vague.

Le chauffeur de taxi ouvrit la portière de la Vauxhall. Une femme, proche de la trentaine, en jean et pull sans manches, arriva en courant.

— Je suis infirmière, dit-elle.

— Il fait une attaque ou une crise d'épilepsie, lui cria le chauffeur de taxi.

— Il faut le sortir de là, dit l'infirmière, tâtonnant à la recherche de la boucle de sa ceinture.

Ensemble, ils le soulevèrent et l'étendirent sur le trottoir. L'infirmière le mit en position latérale de sécurité. Elle vérifia ses voies respiratoires, son pouls et son cœur.

Rien.

Elle pressa sa bouche sur la sienne et souffla, fort et régulièrement. Mais l'air refusait d'entrer. Désespérément, elle lui inclina la tête en arrière et recommença. Rien à faire.

— Ses voies respiratoires, dit-elle. Je pense qu'elles sont bouchées. Il a dû s'étouffer en avalant quelque chose.

Ils le redressèrent, inconscients de la foule qui se formait, et lui donnèrent une grande tape dans le dos. Toujours rien. Ils le remirent debout et tentèrent la méthode de Heimlich. Sans résultat.

Finalement, à la hâte, l'infirmière pratiqua une trachéotomie d'urgence à l'aide du canif du chauffeur de taxi et du tube creux d'un stylo-bille.

CHAPITRE 93

D es visages insistants. Des voix qui s'élevaient, donnant toutes sortes de conseils. Sa mère. Son père. Son frère. Lulu. L'inspecteur Roebuck. Ils étaient tous réunis dans la même pièce, ils criaient pour attirer son attention.

Puis Amanda apparut, debout dans l'embrasure de la porte, avec une expression déconcertée.

— Je vous attendais, dit-elle. Pourquoi est-ce que personne n'est venu ?

— Amanda ! hurla Michael, et il tenta de se frayer un chemin jusqu'à elle, mais il ne pouvait pas bouger.

Ils étaient tous serrés les uns contre les autres. Il poussa plus fort, essaya de courir, mais il avait l'impression de se déplacer dans l'eau. Puis, après une éternité, il atteignit la porte, mais Amanda était partie.

Il regarda dans le couloir vide. Quelqu'un lui donnait une tape dans le dos. Son père.

— Tu as fait ce que tu as pu, fiston.

Lulu ajouta :

— Je ne pense pas que c'était vraiment elle, Michael.

Des pas. Un bruit de course. La lumière changeait. Elle devenait grise. Le rêve se dissipa à la lumière du jour, terne et sans relief, comme un film sous-exposé.

Elle avait disparu.

Le matin. Tôt.

Un joggeur passa. S'éloigna. Le calme, de nouveau. Le ronronnement de la camionnette du laitier, pas très loin.

Les bouteilles s'entrechoquant. Le bruit d'un frein à main qu'on serrait. De là où il se trouvait, étendu sur le dossier étalé à plat, Michael était en mesure de lire sur la montre de la voiture. 6 h 15.

Trempé de sueur, il s'assit ; il avait un peu froid. Il mit le contact et ferma la fenêtre. Il vérifia que son téléphone était allumé, puis il tira sa veste sur sa poitrine, comme une couverture, et se recoucha.

Le sommeil le reprit vite.

Quand il rouvrit les yeux, la lumière du jour était bien plus vive et le vacarme de la circulation en fond sonore indiquait que la ville s'était réveillée. Il entendit le claquement de talons qui approchaient sur le trottoir. Ils s'arrêtèrent.

Il remonta le dossier de son siège. Une jeune femme entrait dans l'immeuble d'à côté. 8 h 05. Il avait envie de pisser. De la merde d'oiseau maculait son pare-brise et son capot. Il avait mal au dos et il ne sentait plus sa cuisse droite. Il la massa, puis il ouvrit la portière. L'air frais sous un ciel bleu dégagé promettait une journée chaude. Encore raide, il traversa la rue et s'immobilisa devant les grilles en fer forgé d'un petit jardin privé. Là, en plein soleil, il faisait déjà chaud.

Il leva la tête vers le bâtiment, guettant le moindre signe d'activité derrière une des fenêtres. Elles étaient toutes fermées. La rue était dans un état de délabrement, mais s'efforçait de sauver les apparences. Les marches menant au porche du numéro 20 étaient couvertes de merde d'oiseau. Les colonnes s'effritaient. La porte d'entrée verte avait besoin d'être repeinte. Les fenêtres à guillotine étaient en mauvais état. Il avait un sale goût dans la bouche, et il aurait aimé pouvoir faire un brin de toilette. Il s'épongea le front du dos de la main et sentit une couche de graisse. Il leva le coude et renifla discrètement son aisselle. Pas terrible.

Il avait vraiment besoin d'uriner. Il croisa les jambes. Ç'avait été stupide de sa part de dormir dans la voiture.

Qu'est-ce qu'il avait gagné ? Il aurait dû prendre une chambre d'hôtel, avoir une bonne nuit de sommeil et se lever tôt. Maintenant, fatigué, mal rasé et crasseux, il avait l'impression d'être un clochard.

Il retourna à la voiture, fouilla dans la boîte à gants et trouva quelques Tic Tac à la menthe. Il en fit tomber un dans sa main et le mit en bouche. Quelqu'un montait les marches du porche.

Une femme, la cinquantaine, une silhouette de matrone. Elle ressemblait à un comptable. Elle entra avec sa clé et la porte se referma derrière elle. Michael observa attentivement les fenêtres. Au bout de quelques minutes, sa patience fut récompensée quand un châssis à guillotine s'ouvrit de quarante bons centimètres au premier étage. Il vit distinctement la femme, juste avant qu'elle s'éloigne de la fenêtre.

Il composa de nouveau le numéro du docteur Sundaralingham. Après quatre sonneries, il tomba sur la messagerie vocale. Cette femme ne travaillait pas pour lui.

Où pouvait-on pisser à Cheltenham, un vendredi matin, à 8 h 10 ?

Sa vessie le faisait tant souffrir qu'elle l'empêchait de réfléchir. Les W.-C. publics, les toilettes des hôtels, des restaurants ou des bureaux. Il démarra, sortit de la rue et, un peu plus loin, aperçut un café dans une rangée de magasins. Il ne payait pas de mine, mais il était ouvert, et c'était tout ce qui comptait.

Il entra, commanda du café, des œufs et des haricots sur du pain grillé, et un jus d'orange ; il trouva les minuscules toilettes à l'arrière de l'établissement. Il urina, puis tira sa chemise de son pantalon, se lava le visage, la poitrine et les bras, se brossa les dents à l'aide d'un doigt savonneux, et se sécha avec des serviettes en papier.

Vingt minutes plus tard, il était de retour devant le 20 West Park Crescent, et il se sentait beaucoup mieux. Il refit le numéro – quatre sonneries, puis le répondeur. Ensuite, il appela Thelma au Sheen Park Hospital ; il lui demanda de l'excuser auprès de tous ses patients et de s'arranger avec ses collègues pour les malades hospitalisés – il n'arriverait pas avant la fin de matinée, au plus tôt. Elle réagit avec beaucoup de calme et lui dit de ne pas s'inquiéter, qu'elle ferait de son mieux pour leur expliquer la situation. Et elle se chargeait également de reporter une réunion de son équipe qu'il devait présider à 11 heures.

Une petite BMW vint se garer juste devant lui. Deux hommes d'une trentaine d'années en descendirent, discutant avec animation, et entrèrent dans l'immeuble. Il les regarda alors qu'il continuait à parler à Thelma, et décida de leur laisser cinq minutes pour gagner leur bureau, mais il ne vit bouger aucune fenêtre. Peut-être qu'ils avaient l'air conditionné, ou que leurs locaux étaient situés à l'arrière. Il fit le numéro. De nouveau, quatre sonneries et la messagerie. Aucun d'eux n'était le docteur Sundaralingham ou un de ses collègues.

Six autres personnes arrivèrent durant les vingt minutes suivantes. Chaque fois, il leur laissa cinq minutes avant de renouveler son appel. Mais en vain.

Il regarda le facteur arriver, sonner et entrer. Puis, quelques minutes plus tard, il vit un homme à l'allure bouffonne, proche de la cinquantaine, remonter le trottoir d'un pas tranquille. Beaucoup trop gros, il portait un blazer bleu marine et un pantalon gris ; serrant un vieil attaché-case d'une main, il semblait diriger un orchestre invisible de l'autre, dodelinant de la tête au rythme de la musique. Il monta l'escalier, levant les yeux vers l'immeuble d'un air de propriétaire, comme si cet endroit lui appartenait, ouvrit la porte et entra.

Michael lui donna ses cinq minutes, puis fit le numéro. À la deuxième sonnerie, la voix martiale qu'il avait appris à connaître répondit de son débit heurté :

— Cabinet du docteur Sundaralingham. Que puis-je pour vous ?

Le cœur battant d'excitation, Michael pressa sur la touche « Fin ». Il glissa le téléphone dans sa poche, sortit de sa voiture et ferma à clé. Puis il se présenta à l'entrée de l'immeuble et passa en revue les différentes sonnettes. Il en choisit une au hasard. Une femme répondit :

— Oui ?

— Livraison ! annonça Michael. Deux colis.

— Deux colis ? fit-elle, surprise.

Puis le bruit de râpe du verrou.

Michael poussa la porte et pénétra dans un vestibule aussi fatigué que l'extérieur. Il y avait un escalier en face de lui et un ascenseur à sa droite. Sur le mur opposé, un panneau dressait la liste des occupants de l'immeuble. « Chapel musique ; Services financiers Crossgates ; Nimbus traduction ; Chiltern et associés ; Centre d'affaires et de communications de Cheltenham. »

Pas de docteur Sundaralingham.

Du courrier traînait sur une étagère sous le panneau ; il fouilla dans le paquet de lettres. Rien qui soit adressé à un quelconque docteur. Cet endroit sentait le renfermé.

La porte d'entrée grinça de nouveau. Il tourna la tête, mais il n'y avait personne. Il fit le numéro du docteur Sundaralingham sur son mobile, puis le plaqua contre sa veste pour le rendre muet et tendit l'oreille afin d'écouter sonner dans l'immeuble. Rien. Puis il porta le téléphone à son oreille et entendit la même voix qui avait répondu quelques minutes plus tôt.

— Allô ? dit la voix. Allô ? Cabinet du docteur Sundaralingham. Allô ?

Il appuya sur la touche « Fin », monta au premier étage et renouvela l'opération. Cette fois, il entendit sonner au-dessus, faiblement. Il raccrocha, courut à l'étage suivant, puis, une fois arrivé dans le couloir, rappela encore.

Après deux sonneries, il mit fin à l'appel. Il avait ce qu'il voulait : il avait clairement distingué les deux sonneries dans le couloir, quelque part sur la droite. Il marcha dans cette direction et s'arrêta devant un bureau. Sur la porte, une belle plaque en cuivre indiquait qu'il se trouvait devant le « Centre d'affaires et de communications de Cheltenham ».

Il refit le numéro. Deux sonneries, puis de nouveau la même voix, un peu tendue peut-être :

— Cabinet du docteur Sundaralingham. Que puis-je pour vous ?

Michael entendait la voix de l'autre côté du mur.

Tenant son mobile fermement d'une main, il ouvrit la porte et entra. Le bouffon au blazer bleu marine qu'il avait vu pénétrer dans l'immeuble un peu plus tôt était assis devant une batterie de téléphones, un combiné coincé sous l'oreille et les yeux rivés sur un écran d'ordinateur. De près, il empestait le cognac et la crème pour les cheveux et il avait l'air débraillé. Un bouton manquait au poignet d'une manche de sa veste, il avait des pellicules sur les épaules, et le col de sa chemise était déformé par le nœud de sa cravate tachée de nourriture.

Apparemment stressé, l'homme lui lança un regard irrité.

— Je vais vous le dire, ce que vous pouvez faire pour moi, dit Michael.

L'homme couvrit le combiné de sa main.

— Je suis en ligne – une seconde.

Michael désigna son mobile.

— Moi aussi, je suis en ligne. (Il ferma la porte derrière lui.) Je suis en ligne avec vous. (Il parcourut le bureau du regard – petit, et ringard. Cet endroit était une simple adresse de domiciliation. Il mit son téléphone sous le nez de son interlocuteur et appuya sur le bouton « Fin ».) Vous pouvez raccrocher, vous aussi. On va avoir une petite discussion, face à face.

L'homme écouta brièvement le combiné silencieux, puis il le reposa, dévisageant Michael avec un mélange de colère et d'inquiétude.

—Vous voulez bien me dire qui vous êtes ? aboya-t-il de cette voix martiale qui semblait bien trop prétentieuse pour un homme à l'allure aussi négligée.

Michael vit l'écriteau sur son bureau, qui disait : « Nicholas R. Lubbings, BA Com, MBA ». Il y avait un tas de cartes de visite juste à côté. Il en prit une et la lut à voix haute :

—« Nicholas R. Lubbings, BA Com, MBA. Directeur. Centre d'affaires et de communications de Cheltenham. » Je croyais avoir affaire au cabinet d'un médecin, mais j'ai dû me tromper, n'est-ce pas, monsieur Lubbings ?

Michael bouillait de rage.

—Nous sommes un centre d'affaires et une permanence téléphonique, dit l'homme sur la défensive. Auriez-vous l'amabilité de me dire qui vous êtes et ce que vous voulez ?

—Je veux voir le docteur Sundaralingham, immédiatement.

—Je peux lui laisser un message.

—Il ne semble pas très doué pour rappeler les gens, monsieur Lubbings. Je suis content de ne pas être un de ses patients.

—Je ferai de mon mieux pour qu'il reprenne contact avec vous dans les plus brefs délais.

Le téléphone sonna.

—Excusez-moi. (Lubbings lui fit un signe du doigt, tapa sur son clavier, jeta un coup d'œil sur l'écran, puis décrocha le combiné.) *Berlines sport de Cheltenham*, bonjour… Non, je regrette, aucun de nos vendeurs n'est disponible pour le moment, mais si vous…

Michael lui arracha le téléphone de la main et raccrocha. Puis il empoigna Lubbings par son nœud de cravate et le souleva à moitié de son fauteuil, éparpillant une boîte de stylos, une pile de courrier et d'autres objets à travers le bureau.

—Je n'ai pas de temps à perdre avec vous, Lubbings. Je veux Sundaralingham dans ce bureau ou au téléphone dans les trente prochaines secondes, et si vous ne me prenez pas au sérieux, vous risquez de le regretter.

Michael le secoua violemment, puis il relâcha sa prise.

Lubbings s'affaissa dans son fauteuil, les yeux exorbités. Son visage était devenu couleur puce et il toussait. Il semblait terrifié.

—Je… J'appelle la police.

—Allez-y, ne vous gênez surtout pas pour moi, dit Michael, le dominant de toute sa hauteur. Mais avant ça, j'ai quelque chose à vous faire lire.

Le téléphone recommença à sonner. Avec sagesse, Lubbings fit mine de ne pas l'entendre. De sa poche intérieure, Michael tira la lettre de recommandation du docteur Sundaralingham concernant le docteur Terence Goel et la posa bruyamment devant lui.

—Rien ne vous paraît familier dans cette lettre, monsieur Lubbings? Je pense qu'elle intéresserait beaucoup la Chambre de commerce de Cheltenham, qu'en dites-vous?

Il regarda les lèvres de l'autre homme bouger tandis qu'il lisait la lettre de recommandation et le vit jeter un coup d'œil nerveux à l'adresse figurant en en-tête. Puis Lubbings se tourna de nouveau vers lui.

—Je suis le docteur Tennent, d'accord? Ceci est une fausse lettre de recommandation. Se faire passer pour un médecin est un délit pénal, monsieur Lubbings. Vous avez autorisé l'utilisation de ces locaux à des fins criminelles. Maintenant, allez-y. Appelez la police.

Le visage de Lubbings retrouva son teint terreux.

—Je… Je n'avais pas conscience qu'il… que…

—Monsieur Lubbings, une seule chose m'intéresse pour le moment. Je me fiche bien de savoir qui est le docteur Sundaralingham, mais je dois absolument en savoir plus sur son patient, le docteur Terence Goel. Alors, soit vous le contactez au téléphone, soit vous m'amenez chez lui ou à son cabinet. Sinon, je préviens la police et je ne donne pas cher de votre « centre d'affaires ». La femme que j'aime a été enlevée. Une chasse à l'homme a été lancée dans tout le pays. Il se peut qu'elle soit déjà morte, mais il reste peut-être une chance de la sauver. Le docteur Goel sait qui est responsable de sa disparition. Comprenez-vous la gravité de la situation, monsieur Lubbings ? (Michael se pencha par-dessus le bureau, approchant son visage à quelques centimètres de celui de l'autre homme.) Vous comprenez, oui ou merde ? conclut-il, puis il recula.

Lubbings hocha la tête, comme un rat pris au piège.

—Ils sont une seule et même personne, dit-il d'un air piteux. Le docteur Sundaralingham et le docteur Goel ne font qu'un.

Michael digéra cette information.

—La même personne ?

—Oui ?

—Quelle adresse avez-vous pour Goel ?

Lubbings leva les bras.

—Ici. Ce bureau. C'est tout ce que j'ai.

—Comment ça ? Vous avez forcément une autre adresse, non ?

Lubbings se montra de plus en plus obligeant, comme si en s'insinuant dans les bonnes grâces de Michael, il espérait éviter les ennuis.

—Je ne l'ai rencontré que deux fois, la première quand il m'a versé six mois de frais de domiciliation d'avance et en

liquide, la seconde quand il est venu chercher un colis. Je…
J'ai un numéro de téléphone.

—Donnez-le-moi.

Lubbings tapa sur son clavier, puis il nota un numéro
apparu à l'écran sur un bout de papier et le remit à Michael.

Michael le reconnut. C'était le numéro d'abonné Orange
du docteur Terence Goel. Il le composa immédiatement sur
son mobile et tomba de nouveau sur la voix enregistrée de
Goel. Il raccrocha.

—Bon Dieu!

Ses yeux se promenèrent autour de la pièce. Sordide.
De grandes tasses de café, pas lavées depuis hier. Un mur
tapissé de casiers en bois, certains vides, d'autres contenant du
courrier. Un club de golf solitaire, avec la majeure partie du
grip arrachée. Lubbings ne lui cachait plus rien : l'inquiétude
se lisait sur son visage. Il avait peur pour sa peau, peur que la
police vienne mettre le nez dans ses affaires. Il allait coopérer.

—Monsieur Lubbings, je vous demande de bien
réfléchir : que savez-vous d'autre sur cet homme?

Lubbings secoua la tête d'un air pensif.

—Rien. Rien du tout.

—Qu'est-ce qu'il fait dans la vie? Où est-ce qu'il travaille?
Au GCHQ?

Lubbings hésita.

—Je… euh… J'ai un copain là-bas. Je pourrais me
renseigner.

—Maintenant?

Lubbings passa un coup de téléphone, à un camarade de
régiment, à en juger par le ton de la conversation. Au bout
de quelques minutes, il raccrocha.

—Non. Ils n'ont personne du nom de Goel.

—Depuis combien de temps est-ce qu'il utilise vos
services?

— Deux ou trois semaines. (Il tapa sur une autre touche.) Le jeudi 11 juillet. Trois semaines, jour pour jour.

Michael s'assit sur une chaise en plastique. Le téléphone sonnait de nouveau. Lubbings pianota sur son clavier, puis regarda l'écran pour identifier l'appelant.

— Ce n'est pas le docteur Goel.

Michael hocha la tête. Le téléphone cessa de sonner et la messagerie prit l'appel.

— S'il vous plaît, réfléchissez bien, monsieur Lubbings, dit-il, plus calme à présent. Même le plus petit détail est important. Y a-t-il quelque chose qui vous a frappé chez le docteur Goel ?

Lubbings se gratta le bout du nez avec un doigt sale.

— Je peux vous le décrire, si vous voulez.

— D'accord.

— Très grand, près de deux mè…

Michael le coupa.

— Bel homme ? Beaucoup d'allure ?

— Oui. En fait, il me rappelle cet acteur qui a joué dans *La Liste de Schindler*.

— Liam Neeson.

— C'est ça.

Michael hocha la tête.

— Autre chose ?

Lubbings fouilla dans un tiroir et sortit un paquet de cigarillos King Edward.

— Vous permettez ?

— Allez-y.

Lubbings alluma le petit cigare à l'aide d'une pochette d'allumettes, puis il chassa la fumée d'un geste de la main.

— Un détail. Je ne sais pas si ça peut vous aider, mais lors de sa première visite, le docteur Goel portait une cravate noire.

— Il est venu en smoking ?

—Non, il portait un costume de ville et une cravate noire. Vous savez, comme s'il était en deuil.

Michael lui rendit son regard.

—En deuil ?

—Oui.

—Vous ne lui avez pas demandé de qui il portait le deuil ?

—Je suis discret avec tous mes… euh… clients, monsieur… euh… (Il baissa les yeux sur la lettre.) *Docteur* Tennent. Je mets un point d'honneur à ne pas poser de questions. Vous comprenez ?

Trois semaines. Le docteur Goel en deuil. Michael retournait cette information dans sa tête. Trois semaines. *En deuil.*

Mais de qui ?

Il donna à Lubbings les différents numéros de téléphone où le joindre, empocha une de ses cartes de visite et partit.

Une fois de retour dans sa voiture, il appela la ligne directe de l'inspecteur Roebuck au commissariat de Hampstead. On lui répondit qu'il n'était pas encore arrivé. Puis il tenta sa chance sur son mobile et tomba sur la messagerie. Il laissa un message, lui demandant de reprendre contact au plus vite et de voir si Orange pouvait leur apprendre quoi que ce soit sur le docteur Terence Goel à partir des renseignements donnés lors de l'acquisition du téléphone.

Puis il réfléchit pendant quelques minutes. *Un deuil. Un abri antiatomique.* Pour une raison qui lui échappait, son esprit établissait un lien entre les deux. De qui le docteur Goel avait-il porté le deuil trois semaines plus tôt ?

Il alluma son Mac, ouvrit son carnet d'adresses et saisit le nom d'un vieil ami, Richard Franklin, qui était à la tête d'un grand cabinet d'architectes dans la City. La secrétaire de Franklin annonça à Michael que ce dernier était en réunion et ne pouvait pas être dérangé. Michael lui expliqua qu'il s'agissait d'une urgence. Après quelques minutes d'attente, l'architecte vint répondre.

Il n'avait pas parlé à son ami depuis plusieurs mois, mais il se dispensa des banalités d'usage et alla droit au but.

—Écoute, Richard, je suis désolé de te déranger, mais je suis désespéré. Existe-t-il quelque part une base de données de tous les abris antiatomiques d'Angleterre? Ou du Grand Londres?

—La guerre froide est terminée, Michael. À ta place je m'en ferais plutôt pour…

—Richard, je t'en prie, je n'ai pas le temps de t'expliquer mes raisons. Dis-moi simplement si une telle base existe.

—Tu veux les abris militaires, ceux de l'administration ou les privés?

—Tous.

Il y eut un silence.

—Je suis désolé, Mike, mais je ne vais pas pouvoir te répondre tout de suite. Il faut que j'y réfléchisse. Tu pourrais essayer de regarder au niveau des permis de construire, mais il n'existe aucune base de données. Certaines sociétés sont spécialisées dans ce type de construction. C'est du génie civil. Ça nécessite des ingénieurs civils. À mon avis, tu ne trouveras pas une seule base centralisée. Tu vas devoir aller à la pêche aux renseignements auprès de toutes ces sociétés. (Il y eut un bref silence.) En plus, à mon avis, beaucoup de ces projets ont été construits en secret. Ça va être difficile d'obtenir une liste exhaustive.

—Qui aurait la meilleure chance d'obtenir cette liste rapidement? Moi, toi en tant qu'architecte, ou la police?

—D'après moi, la police. Sinon, comment vas-tu? Ça fait un bail…

—Je t'appelle ce week-end, d'accord?

—Ça me va.

Michael raccrocha. Il se pencha en arrière sur son siège, le regard rivé sur le clavier de son téléphone, comme si, parmi ces touches numérotées, se trouvait la solution qu'il cherchait.

Trois semaines plus tôt, le docteur Terence Goel était en deuil.

Trois semaines plus tôt, le docteur Terence Goel s'était donné beaucoup de mal pour lui être recommandé.

Qui diable le docteur Terence Goel pleurait-il trois semaines plus tôt?

Qui était mort? Qui? Qui?

Il laissa tomber le téléphone quand la réponse le frappa de plein fouet. Gloria Lamark était morte trois semaines plus tôt.

Gloria Lamark?

Quel lien pouvait-il y avoir entre le docteur Terence Goel et Gloria Lamark?

C'était complètement absurde, mais il n'avait aucune autre idée pour le moment. Il n'avait rien à perdre de toute façon. Il refit le numéro de Richard Franklin. L'architecte sembla moins content de l'entendre cette fois.

— Richard, dit-il, une dernière question. Si je voulais découvrir s'il y avait un abri antiatomique sous une maison en particulier, comment je devrais m'y prendre?

CHAPITRE 94

Cora Gertrude Burstridge. 15 août 1933 – 22 juillet 1997. Quelqu'un, Cora Burstridge ou peut-être sa fille, avait choisi le psaume « Le Seigneur est mon berger ». Glen approuvait cette décision. Et la *Première lettre aux Corinthiens* comme première lecture. « Comme dans un miroir ». Il aimait ce passage de la Bible. La cérémonie se termina par « Jérusalem », *And did those feet, in ancient times, Walk upon England's pastures green…*

Un hymne vibrant, chargé d'émotion. Des funérailles grandioses pour une grande dame.

Il était assis dans sa voiture banalisée, avec le programme de l'office sur les genoux, écoutant l'orgue et les voix de deux ou trois cents personnes, par les portes ouvertes de l'église, dans la chaleur étouffante du milieu de matinée. Il repensa à jeudi dernier. Au visage de Cora dans un sac plastique.

Il frissonna.

La rue étroite – plus une ruelle en pente, d'ailleurs – qui passait devant le cimetière était bouchée par des voitures, des camionnettes, les photographes, les caméras de télévision, les perches des micros, la presse et la foule se bousculant pour mieux voir. Le public de Cora Burstridge, d'âge mûr ou âgé pour l'essentiel, était venu rendre hommage à une actrice qu'il avait beaucoup aimée ou voir défiler des célébrités.

L'église en était remplie. Des acteurs et des actrices, des réalisateurs, des producteurs, des chanteurs. Le bruit courait que Vanessa Redgrave était à l'intérieur, et Alan Rickman.

Quelqu'un dit qu'Elton John était venu ; Glen ne l'avait pas vu, mais il avait entraperçu sir Cliff Richard.

Glen n'était pas là pour rendre un dernier hommage, même si ce n'était pas l'envie qui lui avait manqué. Il aurait voulu pouvoir être dans cette église, pour que Cora sache qu'il n'était pas loin, qu'il ne l'avait pas oubliée, qu'il n'était pas près de l'oublier. Qu'il n'allait pas laisser tomber tant qu'il ne serait pas certain d'avoir découvert la vérité.

Il était là, devant l'église, pour observer les badauds. Pour trouver un visage, rien qu'un, qui n'était pas à sa place. Mais dans cette production à grand spectacle, c'était impossible. Avec ces larges chapeaux noirs, ces voiles, ces foulards en mousseline, ces robes de soie noire chatoyante, la cérémonie était un événement mondain, une séance photos capable de rivaliser avec Ascot. Il croyait s'être garé suffisamment loin, mais même ainsi, la foule grouillait autour de sa voiture, lui bouchant la vue.

Bring me my bow of burning gold!
Bring me my arrows of desire![1]

Plus qu'un couplet après celui-là. Il démarra. Après l'office était prévue une crémation dans la plus stricte intimité. Il fit marche arrière, prenant bien soin d'éviter les gens massés sur les trottoirs, jusqu'au bas de la côte, comme s'ils attendaient la famille royale.

Les jardins du crématorium étaient bien entretenus, impeccablement arrangés, trop peut-être. Ils ne semblaient pas réels. Les arroseurs automatiques pulvérisaient de l'eau

---

1. « Apportez-moi mon arc d'or brûlant !
Apportez-moi mes flèches de désir ! »
Extrait de « Jérusalem » de William Blake.

sur un gazon d'un vert impossible. Des fleurs aux couleurs tellement vives que c'en était ridicule s'élevaient du sol chocolat noir. Une jolie cascade se jetait dans un bassin. On se serait cru dans un épisode de *Oui-Oui*.

Glen s'engagea dans l'allée sinueuse menant au bâtiment en briques rouges. Un fourgon mortuaire était garé devant, ainsi que deux limousines Daimler noires. De l'autre côté se trouvaient plusieurs voitures. Un service était en cours. Ce genre d'endroit fonctionnait comme une usine, en respectant strictement son planning. Cora Burstridge était la prochaine sur la liste.

Glen scruta les autres véhicules, roulant lentement en direction d'une place tout au bout de l'allée. Huit voitures, mais une seule garée en marche arrière – une Ford Mondeo – offrant au conducteur une vue dégagée sur l'entrée du crématorium.

Le moteur tournait, et les vitres légèrement teintées étaient fermées, empêchant de distinguer clairement son occupant. Glen se demanda pourquoi il n'était pas à l'intérieur avec les autres. S'agissait-il du chauffeur de quelqu'un ? Possible. Un membre de la famille de Cora Burstridge arrivé en avance ? Possible également, mais peu probable – il serait allé à l'église. Une personne en deuil voulant simplement se sentir proche de la dépouille de l'être aimé ?

Glen se gara face au jardin du souvenir, où étaient disposées deux rangées de fleurs et de couronnes. Ne voulant pas se faire repérer, il orienta son rétroviseur intérieur afin de pouvoir observer la Mondeo. Il était en plein soleil, et il n'y avait aucune place à l'ombre sur le parking du crématorium.

Le service était terminé. Les gens sortaient par une porte latérale. Un groupe se réunit devant l'entrée. Deux femmes en larmes, vêtues de noir, l'une portant un enfant en bas âge, marchèrent jusqu'au jardin du souvenir et commencèrent à regarder les couronnes de fleurs.

L'homme dans la Mondeo resta au frais, dans sa voiture climatisée.

D'autres gens arrivèrent dans le jardin du souvenir. Ils regardèrent attentivement certains des bouquets, s'agenouillant, lisant les étiquettes, discutant entre eux. Puis ils se dispersèrent.

Les limousines partaient à présent. Elles s'arrêtèrent un peu plus loin dans l'allée, afin de permettre à tous les proches du défunt de former un cortège funèbre. De tous les véhicules présents, seule la Mondeo ne donna aucun signe de vouloir suivre le convoi quand celui-ci s'ébranla lentement.

La Mondeo ne bougea pas. Deux hommes en costume gris et un autre en bleu de travail rassemblaient à la hâte les couronnes. Glen baissa le volume de sa radio personnelle, ne voulant pas révéler sa présence par le bruit des parasites ou des voix, et descendit de voiture. Lançant un regard furtif à la plaque minéralogique de la Mondeo, il alla s'asseoir dans le jardin du souvenir, sur un banc à l'ombre d'un treillis de roses, adossé contre un mur sur lequel étaient gravés des noms et des dates.

De là où il se trouvait, il avait une vue dégagée sur l'ensemble du crématorium. Il nota le numéro de la Mondeo dans son calepin, puis il attendit. Dix minutes plus tard, un corbillard, suivi d'une limousine Daimler noire, remonta l'allée avant de s'arrêter devant le crématorium.

Un homme âgé sortit de la limousine en premier. Puis deux adolescents, suivis par un couple d'âge mûr, avec beaucoup d'allure. Ensuite, une femme séduisante – la fille de Cora Burstridge, supposa Glen.

Ils entrèrent à la file, pendant que les porteurs soulevaient le cercueil avec difficulté. Les hommes en costume gris réapparurent, sortirent les fleurs du fourgon mortuaire et les portèrent jusqu'au jardin du souvenir.

L'homme resta dans la Mondeo. Glen alla faire un petit tour. Le service fut bref. Au bout de dix minutes, la famille et les proches de Cora Burstridge ressortirent du crématorium. Ils jetèrent un rapide coup d'œil aux couronnes, avant de retourner à la limousine. Glen vit que la fille de Cora pleurait.

La limousine repartit. Quand elle eut dépassé les grilles du crématorium, la Mondeo démarra et se dirigea à son tour vers la sortie.

Glen regagna sa propre voiture, prit sa radio et demanda à être mis en contact avec la base nationale des véhicules de la police. Quand une opératrice lui répondit, il lui donna son identifiant personnel, puis lui transmit le numéro d'immatriculation de la Mondeo. Au bout de quelques secondes, son interlocutrice revint en ligne.

— Ford Mondeo bleue, c'est bien ça ?

— Exact, répondit Glen.

— Propriétaire enregistré à Cheltenham. Docteur T – tango Terence G – golf Goel. Quatre-vingt-dix-sept – neuf sept – Royal Court Walk, Cheltenham. Aucune déclaration de vol ou de perte, rien à signaler.

Glen prit note de toutes ces informations et la remercia. Puis il tambourina de ses doigts sur le volant.

Docteur Terence Goel, pourquoi vous intéressez-vous à Cora Burstridge ? Quel genre de docteur êtes-vous ? Pourquoi avez-vous fait tout ce chemin depuis Cheltenham pour venir à la crémation de Cora Burstridge et ne pas sortir de votre voiture ? Pourquoi n'êtes-vous pas allé à l'église ?

Si vous voulez mon avis, tout ça ne tient pas debout, docteur Goel.

En fait, tout ça ne me plaît pas beaucoup.

Il prit le micro de sa radio et demanda à être mis en contact avec le service de renseignements du commissariat de Cheltenham.

Un inspecteur apparemment stressé lui répondit. Glen lui demanda s'ils avaient déjà eu affaire à un certain docteur Terence Goel, 97 Royal Court Walk.

—C'est urgent? Parce qu'on est déjà débordé de travail.

—C'est urgent, dit Glen.

—Réponse dans une heure, ça va?

—Impeccable.

Il reposa le micro sur son support et bâilla. Il s'était couché après 2 heures, ce matin. Officiellement, c'était son jour de repos.

Fermant les yeux, il s'autorisa un petit somme – pas plus de cinq minutes.

CHAPITRE 95

À 12 h 55, Michael se trouvait dans les locaux du département de l'urbanisme du Royal Borough of Kensington and Chelsea, installé dans un box de consultation de microfiches ; la minuscule cabine sans fenêtres sentait le renfermé. Il venait de raccrocher son mobile.

Choqué, il posa le téléphone sur le plan de travail en bois, à peine capable de croire ce que venait de lui apprendre un inspecteur du poste de police de Hampstead : Simon Roebuck était mort ce matin ; apparemment, il avait succombé à une crise cardiaque au volant de sa voiture.

Il regarda lugubrement la disposition des trous sur la plaquette perforée qui faisait office de mur en face de lui. Roebuck avait été son soutien dans la police ; il avait pris la disparition d'Amanda à cœur et avait fait de son mieux pour l'aider.

Le téléphone était chaud et il avait l'impression que le côté droit de sa tête avait pris feu. Il avait dû déranger une troisième fois son ami architecte Richard Franklin en pleine réunion, et ce dernier avait usé de ses relations pour raccourcir le délai de trois jours ouvrés que voulait lui imposer le fonctionnaire du département de l'urbanisme pour récupérer un dossier dans les archives.

Pour l'instant, il cherchait depuis une demi-heure. Il reprit son mobile et appela Lubbings à Cheltenham pour savoir s'il avait eu des nouvelles du docteur Goel. Lubbings, faisant montre d'une profonde déférence, lui assura qu'il n'avait eu aucun contact avec Goel. Après Lubbings, il téléphona à Thelma et annula ses rendez-vous de l'après-midi, puis ce fut le tour de Lulu. Il lui avait déjà parlé plus tôt, en revenant à Londres, pour lui faire part de ses découvertes concernant Lubbings et le docteur Goel, mais il voulait lui annoncer la mort de Roebuck et il avait besoin de s'occuper l'esprit.

— Vous ne trouvez pas ça suspect, Michael ? fut sa première réaction.

— Je ne sais pas. Il n'avait pas encore quarante ans, mais il était trop gros et il travaillait d'arrache-pied ; en plus, la chaleur qui règne actuellement n'est pas idéale pour un cardiaque. Je n'ai pas assez de détails. Il est rentré tard hier soir, est reparti tôt ce matin, et il a apparemment fait une crise cardiaque dans sa voiture, en pleine circulation.

— Et ça ne vous semble pas bizarre ?

Sa voix l'irrita ; il avait l'impression qu'elle le rendait en partie responsable.

— Lulu, je n'ai pas plus d'informations, d'accord ? Je ne sais plus ce qui est bizarre et ce qui ne l'est pas. Tout est devenu foutrement bizarre, je trouve.

— Je suis désolée, dit-elle d'une voix douce. On est tous sur les nerfs. Je peux faire quelque chose pour vous aider ?

Une ombre tomba sur le bureau. Michael leva la tête et vit l'employé qui se tenait juste derrière lui, une microfiche à la main.

— Je vous rappelle plus tard, dit-il à Lulu.

— Michael, je suis persuadée que vous faites de votre mieux. Je vous en suis reconnaissante – nous le sommes tous.

— J'aimerais en être aussi sûr que vous, répondit-il. J'ai l'impression de courir dans tous les sens comme un de ces foutus poulets à qui on aurait coupé la tête.

Il remercia l'employé, chargea la microfiche sur le lecteur et commença à la faire défiler – elle contenait toutes les demandes de permis de construire pour Holland Park Avenue, depuis 1953, date de la première loi sur l'urbanisme.

Il trouva la maison de Gloria Lamark. Une demande en 1957, pour un garage deux places. Permis accordé. Une demande en 1961, pour agrandir le toit afin de créer des appartements plus spacieux pour les domestiques. Permis refusé. Il y avait eu un appel. Toutes les lettres d'objections figuraient au dossier. L'appel avait été rejeté, au motif que le projet ne correspondait pas au caractère du quartier.

Puis il trouva une demande datée du 7 octobre 1966.

«Demande de permis de construire pour une cave à vin.»

Le permis avait été accordé, mais à la stricte condition d'étayer les fondations de la maison et de suivre des instructions détaillées concernant l'évacuation des eaux.

Alors qu'il examinait les plans avec soin, essayant de se repérer, il commença à comprendre ce qui avait motivé la condition. Les plans montraient une cave existante située sous une partie du rez-de-chaussée de la maison. Mais au lieu de l'agrandir en l'étendant horizontalement, le projet consistait à creuser sous la cave existante, à plus de dix mètres du rez-de-chaussée de la maison, un nouveau cellier avec un plafond haut de trois mètres. Dans la cave existante, la hauteur de plafond n'était que de deux mètres. Deux mètres soixante-dix séparaient le plancher du vestibule du sol de la cave existante. Le plan montrait un espace de plus de six mètres entre le sol de l'ancienne et la nouvelle cave.

Michael ne comprenait pas. Si la future cave à vin avait une hauteur de plafond de trois mètres, il manquait encore un peu plus de trois mètres pour faire le compte. Il examina les plans avec plus d'attention et vit que la zone entre le plafond de la nouvelle cave et le sol de l'ancienne était hachurée différemment. Il se reporta à la légende des plans et vit ce que signifiaient les hachures : béton. La future cave à vin avait un plafond en béton de trois mètres d'épaisseur.

Ensuite, il s'intéressa aux murs : un mètre quatre-vingt d'épaisseur.

Cette cave n'avait pas été construite pour y entreposer du vin. Le vin avait besoin d'être conservé à température constante, mais il ne nécessitait pas un mètre quatre-vingt de béton sur les côtés et trois mètres au-dessus.

C'était un abri antiatomique.

Il tremblait de fatigue, d'excitation, de stress.

Es-tu là, Amanda ? Enterrée sous trois mètres de béton ?

Mais pourquoi ? Ça n'avait toujours aucun sens.

Pourquoi le docteur Goel te retiendrait-il prisonnière dans la cave de Gloria Lamark ?

Il ferma les yeux, s'efforçant de réfléchir. Pour que cette idée ne soit pas totalement ridicule, il aurait fallu que le docteur Goel soit un ami proche ou un parent de Gloria Lamark.

Ou de son fils.

Il essaya de se remémorer ce que Gloria Lamark lui avait dit sur son fils qui aurait pu le mettre sur la voie, mais le sujet avait été tabou pendant leurs séances, et en dépit de ses nombreux efforts pour lui soutirer des informations au cours de toutes ces années où elle avait été sa patiente, elle avait toujours fermement refusé de parler de lui. Michael avait même du mal à se rappeler son prénom : *Thomas, c'est ça*. Il avait eu le sentiment qu'il était peut-être homosexuel, mais quand il l'avait suggéré à Gloria, elle avait été furieuse. L'actrice vivait dans son monde à elle, et tout ce qui menaçait ce petit monde parfait la mettait dans une rage folle.

Le docteur Goel avait dit qu'il était veuf. Mais rien ne permettait d'affirmer qu'il avait été honnête. Peut-être avait-il une relation amoureuse avec Thomas Lamark ?

D'après les plans, l'abri était divisé en trois salles. Il y avait une entrée, juste au pied de l'escalier. Il y avait une pièce qui semblait faire office de sas. Une porte donnait sur une deuxième pièce, de la taille d'une petite chambre à coucher. Une autre porte conduisait à la troisième pièce, la plus spacieuse. Toutes étaient desservies par un système de conduit d'aération sophistiqué.

Il posa son Mac sur la table et l'alluma, puis il afficha la photo d'Amanda. Ce n'était pas facile. Le simple fait de la voir ainsi lui retournait l'estomac. La bouche sèche, il déglutit, regarda fixement le rouge de ses yeux fous, l'état épouvantable de ses cheveux, de ses vêtements. L'obscurité qui l'entourait.

Es-tu là ? Amanda, ma chérie, est-ce bien là que tu te trouves en ce moment ?

Il but un grand coup à la bouteille d'eau minérale qu'il avait achetée dans la boutique d'un garage. Certains médiums prétendaient pouvoir retrouver les gens par la radiesthésie. Il avait lu un article là-dessus il y a environ un an. Peut-être que s'il apportait la photo et une copie des plans à un médium…

Il se prit la tête entre les mains et se massa les tempes à l'aide des pouces.

Tu n'as pas besoin d'un foutu médium. Préviens la police, dis-leur ce que tu penses, demande-leur d'aller jeter un coup d'œil chez Gloria Lamark.

Il composa le numéro de son nouveau contact au sein des forces de l'ordre, l'inspecteur Paul Stolland. Une femme décrocha.

— Salle des opérations. Inspecteur Rhonda Griffiths, dit-elle d'une voix stressée.

— Pourrais-je parler à l'inspecteur Stolland ?

— Je suis désolée, mais il est sorti. Je ne sais pas s'il repassera au poste aujourd'hui. C'est urgent ou est-ce que ça peut attendre demain ?

— *Demain ?* hurla Michael.

— Je peux peut-être vous aider ? proposa-t-elle.

—Je suis le docteur Michael Tennent. (Silence interrogateur.) C'est moi qui ai signalé la disparition d'Amanda Capstick.

Elle lui donna l'impression qu'elle avait l'esprit complètement ailleurs.

—Oh, oui, je vois. Je suis navrée, docteur Tennent. Comme vous le savez sans doute, nous avons eu quelques problèmes aujourd'hui.

Michael essaya de lui expliquer le raisonnement qui l'avait conduit à penser qu'Amanda pouvait être détenue chez Gloria Lamark, mais après quelques secondes, elle le coupa pour prendre un autre appel. Elle ne revint en ligne que deux minutes plus tard.

—Vous alliez me donner une adresse… (Michael lui communiqua toutes les informations.) Et qu'est-ce qui vous fait penser qu'Amanda Capstick pourrait être retenue à cet endroit ?

Michael reprit ses explications, mais il s'y prenait mal et il comprit bien vite qu'elle n'était pas convaincue.

—Le docteur Goel est un de vos patients, n'est-ce pas ?

—Oui.

—Et son médecin traitant n'existe pas.

—Apparemment non.

—Et ce docteur Goel vous a donné une fausse adresse ? Elle semblait plus intéressée à présent.

—Oui.

—Et c'est lui qui a mentionné un abri antiatomique ?

—Oui, et il a aussi fait allusion à ce qu'on ressent lors de la perte d'un être cher ; il a parlé d'enfermer une colombe dans une cave ou un abri.

—Au risque de vous paraître stupide, monsieur, dit-elle poliment, je ne vois pas comment vous avez fait le lien avec la maison des Lamark.

—Je sais que c'est un peu tiré par les cheveux, mais je pense que ça vaut le coup d'essayer.

—Simplement parce que la maison a un abri antiatomique?

—C'est ce que semblent indiquer les plans.

L'enthousiasme de l'inspecteur diminuait.

—J'enverrai quelqu'un, monsieur.

—Quand?

—Dès que possible.

—Ce n'est pas suffisant. Je veux que quelqu'un aille là-bas *immédiatement*.

—Monsieur, quelqu'un nous a signalé une femme dans une voiture à la sortie de Northampton, et le corps d'une autre femme, entre vingt-cinq et trente ans, a été découvert à Epping Forest. Plus une trentaine d'appels à traiter suite à l'émission *Crimewatch*. J'essaierai d'envoyer quelqu'un aujourd'hui. Sinon, ce sera demain.

—Qu'est-ce que vous pouvez me dire sur la femme dans la voiture?

—Rien, je suis navrée.

Désespéré, il la supplia:

—Dites-moi au moins s'il s'agit d'Amanda Capstick ou de Tina Mackay.

—Une femme aux cheveux foncés.

—Et le corps?

—Je n'ai pas le droit de vous en dire plus.

—Un dernier détail, s'il vous plaît. Ce cadavre, il est récent?

Nouvelle hésitation.

—Je crois que la mort remonte à plusieurs semaines.

Michael la remercia d'une voix sinistre et raccrocha. Aucune des deux ne semblait correspondre à Amanda, mais ce que lui avait dit l'inspecteur sur le corps trouvé dans les bois le rendait fou. Si Amanda était morte…

Il devait s'interdire de penser une chose pareille. Il ne se sentait pas capable d'y faire face pour le moment. *Elle est en vie. La photo a été envoyée parce qu'elle est en vie.*

Sous la maison de Gloria Lamark ?

La police n'irait probablement pas vérifier avant *demain*.

Vingt-quatre heures de plus.

Pas question.

CHAPITRE 96

Le vendredi 1er août 1997.

*C*e matin, trois cent vingt-sept personnes sont venues s'assurer que Cora Burstridge était bien morte.

La plupart n'étaient là que pour être vues. On remarquera qu'il y avait très peu de vraies stars – essentiellement des seconds couteaux, des poseurs, des has been. Certains avaient été engagés pour l'occasion – il suffisait d'un regard pour s'en rendre compte. Devoir payer les gens pour qu'ils assistent à vos funérailles, quelle tristesse !

Pas de ça chez les Lamark.

J'ai oublié de donner à manger à la chose aujourd'hui. En fait, en rentrant de l'enterrement, j'ai complètement oublié que la chose était en bas ! C'est d'autant plus facile depuis que j'ai nettoyé les taches de sang laissées par le journaliste sur les murs du sauna.

Il n'y a pas de quoi rire, vraiment. Ma mémoire me joue des tours de plus en plus souvent, et ça m'inquiète. Le docteur Goel devra en toucher deux mots au docteur Tennent lors de leur prochaine séance. Ça m'intéressera d'avoir son avis.

Dans une heure, je retourne à l'université où j'ai fait mes études, King's College, pour assister à l'opération et au cours sur la mammectomie. Ça va me faire tout drôle de me retrouver sur les bancs de l'école. Ma mère me disait toujours que j'avais en moi les capacités pour faire un grand chirurgien. Je voue une véritable passion à la chirurgie.

Il n'est de grandeur sans passion.

Le curare est introuvable lors d'une autopsie, sauf si on le recherche expressément. Quand le médecin légiste examinera le corps de l'inspecteur Roebuck, il conclura que la mort est due à un arrêt du cœur, probablement causé par une réaction allergique non spécifiée. Quelle tristesse.

Le docteur Michael Tennent a appelé le mobile du docteur Goel plusieurs fois au cours des dernières vingt-quatre heures. Je pense qu'il souffre réellement maintenant.

Mais il commence seulement à apprendre le sens du mot souffrance.

CHAPITRE 97

Marée basse. Le milieu de la journée. La plage de galets était une véritable débauche de couleurs, avec les enfants et les adultes prenant des bains de soleil serrés les uns contre les autres. Au-delà, des hectares de sable humide s'étendaient jusqu'aux vagues peu profondes, au loin, bien après le brise-lames en béton. Il aurait dû être de repos aujourd'hui. Il aurait pu emmener Sammy à la plage. Sammy aimait construire des choses dans le sable. Sammy était intelligent, il comprenait vite les choses – casse-tête, jeux vidéo, etc.

Glen était assis au bout de la digue, sa veste jetée par-dessus son épaule, cravate dénouée et chemise ouverte, et il mangeait une glace à la vanille ; l'homme à la Mondeo bleue lui trottait dans la tête. Il aimait venir ici quand il butait sur un problème. Parfois, le mouvement de la mer lui facilitait la réflexion.

Bon sang, qui s'amène à un enterrement et ne sort même pas de sa voiture ? Quelqu'un qui ne veut pas être vu ? Mais pourquoi ? Par timidité ? Par crainte de blesser la famille par sa présence ? Avait-il affaire à un amant secret de Cora Burstridge qui ne voulait pas contrarier les proches, mais tenait à rester jusqu'au bout ?

Non. Il serait allé à l'église.

Quelqu'un qui tenait à Cora Burstridge serait allé à l'église.

Glen lécha les dernières traces de crème glacée à l'intérieur de l'emballage, puis il le roula en boule et chercha une poubelle du regard. Comme il n'en voyait pas, il le glissa dans la poche de sa veste. Puis il consulta sa montre. 13 h 40. Il s'était écoulé plus de une heure depuis qu'il avait été en contact avec le commissariat de Cheltenham. Une brise légère venue de la mer rafraîchit son visage et fit claquer sa veste. Quelle tranquillité! Il entendait les cris des enfants sur la plage et le bruit d'un moteur de hors-bord au loin, mais le brise-lames lui appartenait et il savourait ce moment.

Puis sa radio grésilla. Il entendit son indicatif d'appel et répondit. À l'autre bout, une voix hésitante dit :

—Inspecteur Carpenter, de Cheltenham. J'ai des informations pour vous au sujet du docteur Terence Goel, 97 Royal Court Walk, Cheltenham.

—Merci. Je vous écoute.

—L'adresse est fausse. La rue en question s'arrête au quatre-vingt-seize. Je me suis renseigné auprès du centre des impôts. Ils ont bien un contribuable nommé Terence Goel sur leurs listes à cette adresse. D'après leurs fichiers, il est à jour de ses impôts locaux et vit là-bas depuis cinq ans.

—Comment expliquez-vous ça? demanda Glen.

—Ils sont en train de faire d'autres vérifications pour moi. Il apparaît dans leur base de données actuelle, mais pas dans le fichier général.

—En clair?

—Apparemment, ce monsieur a piraté leur ordinateur pour y introduire de fausses données.

—Merde.

—J'ai interrogé le Police National Computer. Terence Goel a été arrêté pour conduite dangereuse sur Tottenham Court Road, à Londres, à 11 h 30, samedi dernier, le 26 juillet ; il s'en est tiré avec un avertissement.

—Autre chose?

—Non. Vous voulez qu'on continue à enquêter au niveau local ?

—Oui, s'il vous plaît. Vous êtes l'inspecteur Carpenter, c'est bien ça ?

—Andy Carpenter.

—Merci, Andy. Tous ces renseignements sont très utiles.

Glen retourna à grands pas vers sa voiture, plongé dans ses pensées. Il ferma la portière, baissa la vitre et mit le contact pour faire marcher la ventilation. Puis il contacta par radio l'opératrice locale du Police National Computer, à qui il donna le numéro d'immatriculation de la Mondeo de Goel.

—Je veux qu'on m'informe personnellement dès que ce véhicule sera repéré. *Inspecteur Branson*, personne d'autre. Il faut absolument éviter que le conducteur se rende compte qu'il est suivi par la police. Discrétion avant tout. Vous pouvez faire passer le message ?

—Présence policière discrète. Et dès que le véhicule est repéré, on vous prévient personnellement.

—Immédiatement. Si quelqu'un aperçoit cette voiture, qu'il la file, mais sans se faire voir. Je veux que ce véhicule soit mis sous surveillance, connaître ses moindres mouvements et avoir une description des occupants.

L'opératrice lui répéta les instructions qu'il venait de donner. Glen la remercia, puis partit directement au bureau, le cerveau en ébullition.

Docteur *Terence Goel… Êtes-vous un docteur en médecine ou détenez-vous un doctorat universitaire ? Vous existez dans un fichier informatique en tant que contribuable à une adresse fantôme. Vous possédez une automobile. Que possédez-vous d'autre sous le même nom ? Je vais le découvrir, je vous en fais la promesse.*

À partir de maintenant, je ne vous lâche plus.

Quand Glen arriva, Mike Harris, son collègue, lisait une pile de documents en mangeant un sandwich tiré d'une gamelle en plastique.

Glen se jucha sur le bord de son bureau.

—C'est bon?

—Mouais…

L'inspecteur ne semblait pas ravi de le voir.

—Tu as de la chance, ta femme veille à ton alimentation.

—Je croyais que c'était ton jour de repos, dit Mike, à travers une bouchée d'œuf et de cresson.

—Comment va la gueule de bois?

—Bien, merci. Et toi?

—J'ai connu pire. J'ai un conseil à te demander. Supposons qu'un type se crée une fausse identité. Il est brillant, il sait pirater un ordinateur, alors il se donne une fausse adresse, s'inscrit sur les listes électorales, se construit une vie d'honnête citoyen – impôts toujours payés à temps, tu vois le genre. Il a une voiture enregistrée à cette adresse bidon. J'ai lancé une alerte sur la bagnole. Qu'est-ce que j'ai oublié?

—Son téléphone mobile.

Glen hocha la tête.

—Bien vu.

—Procure-toi la liste de ses appels, pour voir à qui il a parlé. D'accord?

—D'accord.

—Tu sais à quoi il ressemble?

—Non.

—Le secteur géographique où il pourrait se trouver?

—Vaguement.

—Vérifie la vidéosurveillance – s'il se balade, la voiture finira par apparaître. Et regarde aussi du côté des sociétés de cartes de crédit.

—Oui, j'avais prévu de le faire.

—Tu pourrais aussi boire une tasse de thé.

— Hein ?

Glen le dévisagea d'un air ahuri.

— Oui, tu la bois jusqu'au fond, et ensuite tu interprètes la disposition des feuilles.

L'espace d'un instant, Glen le prit au sérieux. Puis il sourit.

— Et je suppose que je devrais sacrifier un poulet et lire ses entrailles ?

— Ça marche à tous les coups. Je peux finir de déjeuner en paix maintenant ?

Glen glissa au bas de son bureau.

— Désolé.

— Commence déjà avec ce que je t'ai dit.

— Je m'y mets tout de suite, dit Glen.

CHAPITRE 98

Michael arrêta la Volvo de l'autre côté de la rue et observa la maison de Gloria Lamark par la vitre baissée. Elle était aussi magnifique qu'il l'avait imaginé. Et d'allure aussi froide. Et discrète. Ou comment vivre en reclus – et mener grand train – en plein centre de Londres.

Le genre de demeure capable de garder bien des secrets.

Il fit le tour du pâté de maisons, essayant, malgré son épuisement, d'élaborer un plan. À présent, il roulait dans une rue plus étroite, moins impressionnante, à l'arrière des propriétés, bordée de garages, de remises et de poubelles. Derrière la maison des Lamark, il aperçut le garage à deux places qui avait fait l'objet de la demande de permis de construire en 1957. Il semblait en bon état et bénéficiait même d'une porte basculante moderne. De chaque côté s'élevait un haut mur qui protégeait l'intimité du jardin.

Il trouva un parcmètre un peu plus haut et se gara. De la boîte à gants, il sortit la lampe de poche qu'il gardait dans la voiture, et il prit également son téléphone. Puis il retourna à pied vers Holland Park Avenue. La rue semblait endormie, il n'y avait pratiquement pas de circulation. Un jardinier arrachait les mauvaises herbes d'un parterre de fleurs à deux maisons de celle de Gloria Lamark. Il passa devant des voies privées où étaient garées des voitures de luxe ; il entendit des gens s'éclabousser dans une piscine non loin de là. Le chant des oiseaux.

Les grilles en fer forgé étaient fermées, mais il ne vit ni sonnette ni, plus surprenant, système de sécurité, caméra de surveillance ou boîtier d'alarme sur la maison. Michael leva les yeux vers les fenêtres : les rideaux étaient tirés dans certaines pièces à l'étage ; les autres n'affichaient que l'obscurité. Une voiture de sport Mercedes conduite par une femme brune passa dans la rue. Puis un taxi, suivi par une fourgonnette bruyante.

Michael poussa la poignée d'une des grilles, s'attendant à la trouver fermée, mais elle s'ouvrit sans difficulté. Il ne bougea pas. Était-ce vraiment la chose à faire ? Qu'espérait-il découvrir ?

Il n'était pas trop tard pour faire demi-tour. Si Amanda était ici, il ne ferait qu'avertir son ravisseur et rendre le travail de la police encore plus difficile.

Mais la laisser vingt-quatre heures supplémentaires ?

Il approcha de la maison, le gravier craquant sous ses chaussures. Les fenêtres du rez-de-chaussée étaient trop hautes pour qu'il puisse voir à l'intérieur – tout juste parvint-il à apercevoir un lustre très orné dans une des pièces, mais rien de plus.

De près, la maison semblait encore plus grande, plus sombre, plus impénétrable. Il respira à fond, essayant de calmer ses nerfs en pelote, alors qu'il montait les larges marches menant à la porte, sous l'œil vigilant de deux sculptures grandioses de lions égyptiens. Elle était blanche, peinte récemment, et était équipée d'un judas. Il appuya sur le bouton de sonnette en cuivre et entendit la sonnerie, claire et forte, à l'intérieur.

Plusieurs minutes s'écoulèrent. Il regarda par-dessus son épaule, mais il n'y avait personne derrière lui. Plusieurs voitures passèrent dans la rue. Il sonna de nouveau. Une abeille vola autour de son visage et il la chassa d'un geste de la main. Elle revint et il l'ignora. Une minute plus tard, il sonna encore.

Dans la chaleur étouffante, la porte dégageait une forte odeur de peinture. Michael sentait aussi quelque chose d'agréable, du chèvrefeuille peut-être, il n'en était pas sûr. Katy avait été la spécialiste du jardin.

Personne ne vint ouvrir.

Il poussa le lourd volet en cuivre de la boîte aux lettres et scruta le vestibule. Il aperçut une horloge de parquet. Des carreaux gris. Tout semblait tranquille. Il régnait un silence absolu dans la maison. Il régnait un silence absolu dans sa tête. Le hurlement d'une sirène au loin. Les cris assourdis d'un enfant.

Il redescendit au bas des marches, leva la tête vers les fenêtres, les examinant une à une ; il fit le tour par le côté, dans la fraîcheur bienvenue de l'ombre de la maison voisine. Aucune fenêtre au rez-de-chaussée de ce côté-là. Puis il arriva dans le jardin à l'arrière de la maison. Il vit le beau bassin, son île avec ses colonnes, les parterres de fleurs qui avaient bien besoin d'être désherbés, et la pelouse, visiblement laissée à l'abandon depuis un mois.

Peut-être que le fils est parti et que la maison est vide, se dit-il. *La meilleure cachette est souvent la plus évidente.*

Le voilà qui divaguait de nouveau. En quoi cet endroit aurait-il été évident ?

Depuis la cuisine, des portes-fenêtres donnaient sur une petite terrasse. À leur gauche, un escalier d'incendie en métal grimpait tout le long des trois étages. Une dizaine de fenêtres, toutes closes. Une vanesse voleta près de lui. Il se retourna et jeta un coup d'œil aux habitations voisines. Quelqu'un pouvait-il le voir ? Pas facilement. Un feuillage dense le mettait à l'abri des regards.

De toute façon, ils n'avaient qu'à prévenir la police, il s'en fichait ! Mieux, il ne demandait que ça !

Il monta les marches menant à la terrasse et regarda à travers les portes-fenêtres. C'était une cuisine à l'ancienne, plutôt miteuse. Un carton à pizza vide traînait sur la table. Plusieurs mouches bourdonnaient et il trouva rapidement l'explication de leur présence : des assiettes sales sur l'égouttoir.

Quelqu'un s'était récemment trouvé là. Le fils de Gloria ? Où était-il en ce moment ? Sorti faire les courses ? Parti en voyage en laissant le ménage aux domestiques ? Pourquoi n'y avait-il pas de domestiques ? Gloria n'avait pas cessé de lui parler de son personnel, de ses *serviteurs*, comme elle les appelait. Ils étaient probablement en train de danser sur sa tombe, pensa-t-il irrévérencieusement.

Les mains tremblantes, il essaya d'ouvrir les portes. Elles étaient fermées à clé.

Bon sang, je pourrais être radié pour ça. Un psy coupable d'effraction. La presse s'en donnerait à cœur joie.

Il inspecta les fenêtres du rez-de-chaussée, une à une. Elles étaient toutes bien fermées. Puis il se lança dans l'ascension de l'escalier de secours. Luttant contre le vertige, il monta tout droit jusqu'à la plate-forme étroite située au sommet. Agrippant la rampe, il avança lentement et colla son visage contre la vitre d'une fenêtre à guillotine. De l'autre côté, il vit ce qui ressemblait à un dressing.

Avec précaution, il essaya de soulever la partie basse de la fenêtre. À sa grande surprise, elle glissa avec la facilité d'une machinerie bien huilée. *C'est complètement dingue. Fais demi-tour, redescends, prends ta voiture et retourne au travail, Michael Tennent. Tu n'as pas la moindre preuve justifiant d'entrer par effraction chez qui que ce soit.*

Très nerveux à présent, il se tourna sur la plate-forme et regarda autour de lui. Il avait une vue dégagée sur le jardin de la maison située à sa droite. Il était désert. Une bâche recouvrait la piscine. Apparemment, il n'y avait personne. La vue sur la gauche était obstruée par un faux ébénier géant. D'une façon similaire, des conifères au fond du jardin – certains plantés, supposa-t-il, pour dissimuler la laideur du garage – le masquaient aux regards provenant de l'arrière.

Il enjamba le rebord de la fenêtre et atterrit sur une moquette épaisse. Puis il retint son souffle et tendit l'oreille, aussi attentivement que possible, submergé par l'odeur du cuir et des boules de naphtaline. Silence.

Un millier de paires de chaussures de femme s'étalaient en longues rangées bien ordonnées. Des cartons à chapeaux étaient empilés les uns sur les autres. Des robes, dans des sacs en plastique de pressing, dépassaient par la porte coulissante ouverte d'une penderie encastrée. À pas de velours, il se fraya un chemin entre les chaussures, jusqu'à la porte. La main sur la poignée, il écouta. Alors qu'il l'ouvrait, un bourrelet en caoutchouc frotta sur la moquette, mais les gonds gardèrent heureusement le silence.

Son regard passa rapidement d'une direction à une autre, tandis que ses oreilles restaient à l'affût. Il n'entendit que le tic-tac d'une horloge plus bas. Rien d'autre. Son corps tout entier palpitait quand il se glissa sans bruit sur le palier dont le sol était couvert de la même moquette que le dressing, et dont les murs étaient tapissés de photographies publicitaires de Gloria Lamark. Il y avait plusieurs portes fermées et un buste en bronze de la star sur un piédestal ; un vaste escalier magnifiquement sculpté menait aux étages inférieurs.

Une marche après l'autre, se tenant sur le bord et veillant bien à n'en faire craquer aucune, il atteignit le palier suivant et s'immobilisa, l'oreille tendue et gardant un œil prudent sur les portes fermées, ne sachant pas comment il réagirait si l'une d'elles s'ouvrait brusquement. *Je prendrais mes jambes à mon cou*, supposa-t-il. Vers la porte d'entrée ou le dressing, là où la voie serait libre. Une porte était entrouverte, mais aucune lumière n'en sortait. Probablement l'une des pièces aux rideaux tirés.

Il remarqua un grand vase Wedgwood sur une plinthe, rempli de fleurs fanées. Et sur le sol, juste à côté de son pied, était posée une tasse de café à moitié pleine, avec une épaisse croûte verte de moisissure.

Il n'y a personne. La maison est vide. Elle l'a été depuis la mort de Gloria. Où est son fils ? Parti parce qu'il ne supportait pas d'habiter seul ici ?

Moins soucieux de discrétion à présent, il arriva dans le vestibule. Des images de Gloria Lamark couvraient chaque centimètre d'espace disponible sur les murs. Il y avait une énorme peinture à l'huile qui la montrait sortant d'une limousine, des affiches encadrées, des photos de plateau, des coupures de presse. La maison tout entière était un sanctuaire à sa gloire.

Il se demanda, d'une manière absurde, si elle l'observait en ce moment, si elle lui en voulait toujours pour ce qu'il lui avait dit lors de leur dernière séance. Elle avait été très belle : ces photos en témoignaient. Une femme superbe. Elle avait eu la beauté qui faisait les grandes stars, mais elle n'en avait pas eu l'intelligence. Les gens avaient tendance à oublier que les acteurs et les actrices qui duraient avaient généralement plus que leur physique pour eux : ils avaient aussi de la finesse d'esprit.

Dans les plans qu'il avait étudiés, il fallait passer par la cuisine pour accéder à la cave. Devant lui se trouvait un couloir qui, supposait-il, menait à la cuisine ; il s'y engagea.

Dans l'obscurité de son bureau, Thomas Lamark se tenait près de cette porte à peine entrouverte, écoutant les pas du psychiatre.

Il vous en a fallu du temps pour arriver jusqu'ici, docteur Tennent. Le docteur Goel vous a pourtant laissé assez d'indices, non ? Cela ne fait que confirmer ce que j'ai toujours soupçonné vous concernant. Vous vous croyez malin, mais vous ne faites que causer peine et souffrance chez les autres. Vous êtes sur le point de découvrir que vous n'êtes pas si malin. Amusez-vous bien !

Il resta dans son bureau. Il n'y avait pas d'urgence, aucune raison de prendre des risques inutiles et d'être vu. Il lui restait une bonne heure avant de devoir partir s'il ne voulait pas manquer le début de la mammectomie à King's College.

En entrant dans la cuisine, Michael vit la porte de la cave, fermée par deux verrous. D'abord, il s'approcha de la table, chassa les mouches du carton à pizza. Pizza San Marco, jambon fumé et mozzarella. Il lut la date de péremption et constata qu'elle n'était pas encore dépassée.

Il ouvrit le réfrigérateur. Deux bouteilles de lait pleines, une à moitié vide. Il renifla celle qui était entamée. Le lait était toujours frais.

Quelqu'un vivait ici ou y passait régulièrement – au moins une fois au cours de ces derniers jours – et pouvait revenir à tout moment.

Il ouvrit la porte de la cave, trouva l'interrupteur et alluma la lumière, avant de refermer derrière lui. Il descendit quelques marches en brique, longea des étagères où s'entassaient des bocaux en verre, et se retrouva devant une autre porte fermée, par une bonne vieille clé celle-là. Il la tourna, poussa la porte et sentit une odeur de moquette neuve.

Il appuya sur un interrupteur et une batterie de tubes au néon vacilla, puis s'alluma. Il se trouvait dans une salle de sport moderne, équipée d'un tapis de jogging avec écran vidéo géant, d'un rameur, d'haltères, de barres parallèles et d'une cabine de sauna. L'un des néons ronflait bruyamment au-dessus de sa tête.

Selon les plans, l'entrée de l'abri aurait dû se trouver droit devant lui. Mais il ne voyait que la cabine de sauna. Perplexe, il regarda consciencieusement autour de lui. Mais il n'y avait aucune rupture dans la moquette qui couvrait le sol, et aucune trace d'une porte. Juste un renfoncement, où avaient été installés des casiers pour le vin, remplis de plusieurs centaines de bouteilles.

Il eut un serrement de cœur. Il n'arrivait pas à croire qu'il s'était trompé. Il avait vu les plans, mais ça ne prouvait rien. Parfois, il arrivait qu'on demande un permis et que, faute de moyens, le projet ne soit pas mené à son terme. Gloria Lamark avait obtenu son permis, mais rien ne disait qu'elle avait effectivement fait construire son abri.

Cognant ses poings l'un contre l'autre, il observa la cabine de sauna. Il réfléchissait. Le permis concernait une cave à vin. Pourquoi une cave à vin et pas un abri antiatomique ? Pourquoi avait-elle voulu que cela reste un secret ? Parce que si ses voisins en avaient eu connaissance, ils auraient été prêts à tout pour entrer dans cet abri en cas de nécessité.

Il entendit un craquement au-dessus de lui. Il se figea. Il s'efforça de ne pas tenir compte du boucan fait par le néon et tendit l'oreille. Rien à faire. Il se dirigea vers l'interrupteur et éteignit la lumière. Puis il s'éloigna de l'ampoule solitaire suspendue au-dessus de l'escalier et, dans l'ombre, écouta de nouveau.

Rien.

Son pouls palpitait dans sa gorge. Il scruta craintivement l'escalier. Pendant une minute, peut-être plus, il resta ainsi. Aucun autre son ne lui parvint. Dans une maison ancienne comme celle-là, il était normal que le bois travaille – les vieilles demeures bougeaient sans arrêt.

Néanmoins, il ne ralluma pas la lumière pour aller vers le sauna et ouvrir la porte de la cabine. Une forte odeur de pin l'accueillit alors qu'il cherchait l'interrupteur à tâtons. Il jeta un coup d'œil derrière lui, en direction de l'escalier de la cave, puis il inspecta l'intérieur de la cabine, les pierres sur la grille du poêle électrique, le seau d'eau vide, les sièges en gradins.

Cherche là où ça te semble évident. Il souleva les lattes du premier siège. Rien en dessous, juste le sol en béton. Rien non plus sous le deuxième siège, ou le troisième.

Il étudia les panneaux sur les murs. Ils paraissaient solidement fixés.

Merde.

Il sortit de la cabine, regarda au plafond, puis l'escalier. Il resta immobile, tendant l'oreille.

Cherche là où ça te semble évident.

Évident ne signifie pas nécessairement visible.

Il retourna dans la cabine et regarda la grille. Elle était posée, avec le seau, sur une large bande de métal qui n'était pas complètement au niveau du reste du sol. Puis il remarqua un tout petit bout de papier coincé sous la bande de métal.

Autrement dit, elle avait été posée par-dessus. Elle avait donc été déplacée. Récemment.

Il enleva le seau. Puis il saisit la grille des deux mains, jaugeant son poids. Elle était encore plus lourde qu'elle en avait l'air, trop pour être soulevée, il ne pouvait que la faire glisser. Elle entraîna le câble électrique derrière elle.

Une fois débarrassé de la grille et du seau, il s'agenouilla devant la bande de métal, introduisit les doigts sous le bord et la souleva.

Elle n'offrit aucune résistance, révélant une trappe en acier en dessous.

Il regarda fixement la trappe. Puis il se baissa, saisit la poignée encastrée et tenta de la tirer vers lui. La trappe refusa de bouger. Il essaya encore ; puis il comprit que la poignée était un mécanisme de verrouillage et il la fit tourner plusieurs fois, sentant la pression diminuer à chaque tour. S'il s'agissait bien d'un abri antiatomique, pourquoi avoir installé la poignée à l'extérieur ? Elle aurait dû se trouver à l'intérieur, pour empêcher les gens d'entrer, non ?

Il tenta de nouveau sa chance. Cette fois, la trappe se leva. Une bouffée d'air humide et froid s'en échappa. Un escalier en colimaçon en pierre descendait dans l'obscurité.

Il se laissa glisser par l'ouverture, plantant ses pieds solidement sur une marche. Puis, se retenant au bord de la trappe, il descendit quelques marches de plus d'un pas hésitant. Il trouva l'interrupteur et alluma la lumière. D'en dessous ne lui parvenait que le silence le plus absolu.

Alors qu'il progressait dans le sens des aiguilles d'une montre, il sentit une vague de peur vertigineuse l'envahir. Il n'avait aucune idée de ce qu'il allait découvrir. Il priait simplement, à chaque pas, pour que, si elle était là, Amanda soit encore en vie.

Il arriva en bas de l'escalier, à une sorte de palier avec, droit devant, une porte de chambre forte en acier au centre de laquelle se trouvait une poignée à quatre branches, du genre de celle qui aurait pu servir à fermer les écoutilles dans un sous-marin.

La poignée bougea sans difficulté, comme si on l'avait utilisée récemment. Il lui fit faire deux tours, puis il s'arrêta et tendit l'oreille. Au-dessus de lui, le silence. Six tours de plus et la poignée tournait sans pression. Il poussa la porte, mais rien ne se produisit. Puis il tira et, avec un bruit d'aspiration, elle s'ouvrit lentement. Il avait du mal à croire qu'elle puisse être aussi épaisse. Trente centimètres et elle n'avait pas fini de s'ouvrir. Soixante. Quatre-vingt-dix. Plus d'un mètre avant qu'un espace apparaisse entre la porte et le chambranle. Il tira de plus belle, créant un espace de plus en plus large dans l'obscurité totale qui régnait au-delà, une brèche suffisante pour lui permettre de se faufiler à l'intérieur.

Pas d'interrupteur ici. Il sortit sa lampe de poche et l'alluma. Le faisceau était faible – elle traînait dans sa voiture depuis un an ou deux, inutilisée, et les piles étaient presque vides. Il y avait assez de lumière pour lui permettre de constater qu'il se trouvait dans une petite pièce, probablement l'espèce de sas qu'il avait repéré sur le plan. Sur sa droite il y avait une table en métal, longue et étroite, sur roulettes, qui lui rappela une version primitive d'un chariot d'hôpital. À côté, un support pour un goutte-à-goutte, du matériel électrique et une rangée de cylindres d'oxygène.

Trois mètres devant lui l'attendait une seconde porte, identique à celle qu'il venait d'ouvrir.

Était-elle à l'intérieur? De l'autre côté de cette porte?

Il eut envie de crier son nom, mais il n'avait aucune chance d'être entendu. Saisissant la poignée, il commença à la tourner rapidement, six rotations complètes. Puis il tira. Lentement, la porte avança vers lui. Il tira plus fort et, enfin, la brèche dans l'obscurité apparut. Et avec elle, une puanteur insupportable. Odeur corporelle, excréments et vêtements pas lavés; mais, plus forte encore, une odeur âcre qu'il reconnut immédiatement.

Du formol. Utilisé dans les laboratoires afin de préserver les tissus et les organes morts. Ou à la faculté de médecine, dans le département d'anatomie, pour conserver les cadavres en attente de dissection.

Oh, mon Dieu, qu'y avait-il dans cette pièce?

Il braqua le faisceau affaibli de sa lampe de poche. Des ombres reculèrent précipitamment.

—Amanda? appela-t-il. Amanda?

Il fit un pas en avant et aperçut la silhouette étendue sur le sol, immobile. *Oh, mon Dieu, faites que ce ne soit pas Amanda.*

Il s'approcha. C'était un corps humain.

—Amanda? Amanda.

Puis il entendit le froissement de vêtements derrière lui. Alors qu'il tournait sa lampe de poche, une ombre géante se jeta sur lui. Il entendit la voix d'Amanda hurler:

—Va te faire foutre, espèce de salaud!

Ensuite, il sentit une douleur atroce dans sa nuque et il y eut une explosion de lumière dans sa tête.

Il s'effondra.

Amanda, debout derrière lui, brandit la lourde grille en métal du système de ventilation, la tenant en l'air avec toute l'énergie qui lui restait, prête à assener le coup de grâce s'il bougeait ne serait-ce qu'un muscle, prête à lui écrabouiller le crâne sur le béton.

La torche électrique avait roulé de côté. Dans sa lueur, elle put constater qu'il gisait, immobile, la tête tournée à un angle bizarre, du sang s'écoulant sur le sol autour de lui.

Elle le regarda fixement, à peine capable d'en croire ses yeux, respirant péniblement, jusqu'à ce qu'elle soit bien sûre qu'il ne se relèverait pas. Puis elle posa la grille, prit la torche et se tourna, le désespoir au cœur, vers la porte par laquelle il était arrivé.

Elle laissa échapper un gémissement de terreur.

Elle était fermée.

CHAPITRE 99

L'agent Tim Willis, qui avait arrêté la Ford Mondeo bleue du docteur Terence Goel dans Tottenham Court Road la nuit de samedi dernier, était au bout du fil.

— Il était grand – presque deux mètres. Corpulence moyenne. Cheveux noirs lisses. Bel homme – *très* bel homme, genre vedette de cinéma. Et il avait l'accent américain.

— Autre chose ? demanda Glen, assis à son bureau et notant tout, essayant de tirer le maximum du jeune gardien de la paix.

— Il semblait agité. Il a dit qu'il se rendait à Cheltenham et qu'il revenait de chez des amis, à Barnes – ça fait un sacré détour.

— Il vous a fourni une explication ?

— Simplement qu'il se perdait facilement à Londres.

— Vous avez fouillé la voiture ?

— Rien à signaler. Et je lui ai fait passer un Alcootest. Négatif.

Glen le remercia et raccrocha, puis il relut ses notes. Cheltenham, c'était logique. Mais Barnes… Pourquoi Barnes ?

Une demi-heure plus tard, peu après 15 heures, on l'appela sur sa ligne directe – une femme de chez Orange. Elle lui confirma que le docteur Terence Goel était bien un de leurs clients. L'espace d'un instant, Glen reprit espoir, mais il déchanta bien vite quand elle lui donna l'adresse : 97 Royal Court Walk.

L'adresse qui n'existait pas.

Il demanda si elle pouvait lui procurer la liste géolocalisée de tous les appels du docteur Terence Goel depuis le début de son abonnement, à savoir trois semaines et demie plus tôt. Avec cette liste, Glen pourrait savoir à proximité de quelle cellule chaque appel avait été passé. Dans certaines parties du centre de Londres, cela permettrait de réduire le champ des recherches à quelques centaines de mètres. Elle le rappela dix minutes plus tard pour lui annoncer qu'elle ne serait pas en mesure de la lui fournir avant lundi. Elle lui communiqua également les coordonnées du revendeur de Cheltenham chez qui le docteur Goel avait acheté son téléphone.

Glen en prit bonne note et la remercia. Quelques instants après qu'il eut raccroché, le téléphone sonna encore. C'était le service de vidéosurveillance pour le centre et le sud-est de Londres. La Ford Mondeo du docteur Terence Goel était apparue sur leurs écrans à 15 h 19, traversant Westminster Bridge en direction du sud.

L'opératrice avait calculé tous les principaux itinéraires que le véhicule avait pu emprunter à partir de là, et demandé aux patrouilles de se montrer vigilantes. Mais depuis, personne n'avait vu la Ford Mondeo.

Glen prit une carte. Direction sud, après Westminster Bridge. Il ne lui fallut que quelques secondes pour se rendre compte du caractère désespéré de sa démarche. Il pouvait éliminer Barnes de la liste des destinations, mais à part ça, il n'avait aucun moyen de deviner où se trouvait Goel. En ce moment, il pouvait être en route pour n'importe quelle destination du sud de l'Angleterre.

Avec une règle et un crayon, il traça une droite allant de Tottenham Court Road à Barnes, de Barnes à Westminster Bridge, et de Westminster Bridge à Tottenham Court Road. La zone couverte représentait une bonne partie du centre de Londres.

Il n'était pas plus avancé.

Bien que Goel soit américain, il contacta la British Medical Association et s'assura qu'elle ne comptait aucun docteur Terence Goel parmi ses membres. Il demanda à son propre service de renseignements de lui trouver un docteur Terence Goel sur Internet. Quand on lui apporta une impression d'écran de sa page web, un seul coup de téléphone au MIT à Boston suffit à établir qu'aucun docteur Terence Goel n'y avait enseigné l'astronomie – personne de ce nom n'avait jamais fait partie du corps enseignant, ni n'avait étudié chez eux.

Un film intitulé *La Grande Nuit* passait au *Duke of York's* à 21 heures ce soir, et Glen avait vraiment envie de le voir. Il était 17 h 50. S'il partait maintenant, il aurait le temps de jouer avec Sammy pendant une heure et de lui lire une histoire, puis de dîner avec Ari, et alors peut-être qu'elle le laisserait ressortir pour aller au cinéma – bien qu'il soit déjà sorti la veille. Oui, mais hier c'était pour le *boulot*, ça ne comptait pas.

La plupart de ses collègues étaient déjà rentrés chez eux. La salle des inspecteurs était calme. Dehors, l'air devenait un peu plus frais, ça promettait d'être une sacrée belle soirée. Peut-être qu'il n'irait pas au cinéma – il verrait le film en vidéo d'ici à quelques mois – mais qu'il allumerait le barbecue au jardin et passerait un bon moment avec Sammy et Ari – et une bonne bouteille de rosé bien frais. Il se leva, prit sa veste sur le dossier de sa chaise et la jeta par-dessus son épaule. Un barbecue : bonne idée. En plus, il était mort de faim.

Il se dirigeait vers la porte, pensant déjà à une recette de marinade épicée pour le poulet, quand son téléphone sonna. Il retourna à son bureau.

— Glen Branson.

Un grésillement à l'autre bout du fil. Une opératrice du Police National Computer qui lui passait une communication par radio.

— Charlie Delta quatre-deux-zéro à l'appareil. Patrouille en uniforme à Kensington. J'ai la voiture de votre suspect – Ford Mondeo, Roméo sept-cinq-neuf Kilo Golf Charlie – sous surveillance. Il se dirige vers l'ouest le long de Kensington High Street.

Essayant de contenir son excitation, Glen demanda :

— Il peut vous voir ?

— La circulation est dense. Je suis plusieurs véhicules derrière lui. Je suis prudent, je ne pense pas qu'il m'ait vu.

— Ne le lâchez pas, mais pour l'amour de Dieu ne le laissez pas vous repérer. Il y a quelqu'un avec lui ?

— Apparemment, il est seul.

— Vous avez une description à me communiquer ?

— Malheureusement, pour l'instant je n'ai vu sa voiture que de derrière.

— Bien joué en tout cas. Vous avez l'œil. Vous m'avez rendu un fier service. Faites de votre mieux pour rester avec lui. Vous avez demandé des renforts ?

— Oui. Il met son clignotant à droite. Il entre dans Holland Park Avenue. (Glen écouta, tendu.) On est toujours dans Holland Park Avenue et on approche du rond-point de Shepherd's Bush. Ça roule mal, je suis toujours derrière lui.

Pendant que l'agent de police lui commentait la filature en direct, Glen déploya la carte sur laquelle il avait tracé ses droites au crayon un peu plus tôt. Goel se trouvait à l'intérieur du périmètre qu'il avait dessiné, mais ça ne lui en apprenait guère plus.

Il continua à écouter, s'attendant à tout moment qu'il lui annonce qu'il l'avait perdu. Mais l'autre éleva la voix :

— Il tourne dans une allée privée ! Je m'arrête… J'attends… OK, je recommence à avancer. Je passe devant, ça y est ! Il est entré dans un garage double, porte basculante à télécommande, je vais refaire le tour, pour voir l'adresse. Là c'est l'arrière de la maison, je vais passer devant.

Glen pressa le téléphone contre son oreille comme si sa vie en dépendait. *Docteur Goel… Docteur Goel… Goel… Vous et moi allons avoir une gentille petite discussion et vous allez m'expliquer ce qui vous intéresse tant chez Cora Burstridge… et vous allez me dire quel est votre vrai nom.*

Un grésillement de parasites, puis de nouveau la voix du policier :

— J'ai l'adresse : quatre-sept Holland Park Villas. Londres West un-quatre.

Glen la griffonna d'un air triomphant.

— Vous pouvez continuer la surveillance sans être vu ?

— Pas de problème.

— J'arrive, dit Glen.

Il arracha la page de son calepin avec l'adresse, puis il se précipita hors de son bureau, en direction du parking du commissariat.

En sortant du bâtiment, il aperçut un jeune agent de police en uniforme, Nick Goodwin, avec qui il avait travaillé avant de rejoindre le CID, qui montait à bord d'une voiture de patrouille Vauxhall. Il courut vers lui.

— Tu es de service jusqu'à quelle heure, Nick ?

— Je suis de nuit – jusqu'à minuit.

— Une petite balade à Londres, ça te dit ? C'est l'heure de pointe et j'avoue qu'un petit coup de gyrophare m'aiderait bien dans la circulation. C'est une urgence.

L'agent parut hésitant.

— J'ai ma ronde à faire…

— J'en prends l'entière responsabilité, dit Glen. Ma tête sur le billot.

CHAPITRE 100

É conomisant au maximum le peu d'énergie qui restait dans la pile, Amanda n'allumait la lampe de poche que quelques précieuses secondes d'affilée, le temps de s'enquérir de l'état de son prisonnier.

Il était toujours inconscient, mais sa respiration semblait un peu plus forte – c'était bon signe. Elle avait besoin qu'il reprenne ses esprits pour lui montrer comment ouvrir la porte.

Elle lui avait attaché les mains avec des bandes de tissu qu'elle avait arrachées aux vêtements des cadavres, et elle avait étanché le flot de sang qui coulait de l'entaille profonde à l'arrière de sa tête à l'aide d'un linge de fortune trempé dans le seau qui lui servait pour se laver. Le sol était inondé de sang ; elle craignait qu'il en ait trop perdu et ne survive pas.

Agenouillée à côté de lui, elle lui braqua la torche sur le visage et lui tapota les joues.

— Michael ? dit-elle d'une voix pressante. Michael, réveille-toi.

Quel était le secret de cette porte, bon sang ? Elle lui avait fait les poches et fouillé son portefeuille à la recherche d'un gadget électronique qui aurait pu l'ouvrir, mais n'avait rien trouvé d'autre que son téléphone mobile. Elle l'alluma de nouveau. Il laissa échapper un signal sonore rassurant, mais le même message apparut sur l'écran qu'à ses précédentes tentatives.

« Pas de réseau. »

Elle essaya tout de même d'appeler le 999, mais n'obtint qu'un carillon musical.

Aucun signal.

En combinant la lumière de la lampe de poche et de l'écran du téléphone, elle avait juste de quoi lire l'heure. Il était à peine 14 heures passées quand Michael était entré ici. Maintenant, il était presque 18 heures. Il était resté inconscient pendant quatre heures. Et elle connaissait également la date à présent, grâce à la toute petite fenêtre sur sa montre.

On était le vendredi 1er août.

Elle avait assisté à la course de stock-cars en sa compagnie le dimanche 27 juillet.

Cinq jours.

C'était vraiment terrifiant. Elle savait qu'elle avait été là longtemps, mais cinq jours ? Si personne ne l'avait retrouvée au bout de cinq jours, quel espoir avait-elle de l'être jamais ?

À partir de maintenant, peut-être qu'avec la disparition de Michael les gens commenceraient à se poser des questions et qu'en se lançant à sa recherche ils finiraient par la retrouver, elle.

18 heures, le vendredi 1er août.

La fin de la semaine. Michael manquerait-il à quelqu'un ce week-end ?

Elle lui tapota les joues plus fort.

— Michael ! Michael, réveille-toi !

Il grogna.

Elle alluma la torche – le faisceau était si faible qu'il ne lui faisait même plus mal aux yeux – et la lui braqua sur le visage. Ses paupières bougeaient. Il en ouvrit une. Elle tint le faisceau sous son menton, afin qu'il voie son visage.

— Michael ?

Les deux yeux ouverts à présent. Perplexes. Difficile de savoir ce qu'il comprenait de la situation. Même ainsi, elle restait méfiante. Elle jeta un coup d'œil à ses liens, vérifiant qu'ils étaient solides.

— Michael, dis-moi comment sortir d'ici. Dis-moi simplement comment ouvrir cette porte.

Il la regarda fixement, sans rien dire.

— Michael ? Tu m'entends ? (Un hochement de la tête à peine perceptible.) Dis-moi comment sortir d'ici.

Michael avait l'impression de contempler le soleil à travers des jumelles. Ses rétines brûlaient ; l'intérieur de son crâne était en flammes. Il percevait vaguement la voix d'Amanda.

— Michael, bon Dieu, dis-moi comment sortir d'ici !

Thomas Lamark, de retour dans le sanctuaire de son bureau, alluma le haut-parleur et entendit la chose dire : « Michael, si tu ne me dis pas comment ouvrir cette porte, nous allons mourir tous les deux. »

Heureusement qu'elle ne l'avait pas tué. Il l'avait craint, brièvement : elle l'avait frappé tellement fort. Il devrait ne pas oublier que la chose était forte quand il descendrait à son tour.

Il rembobina l'enregistreur à commande vocale pour voir s'il avait manqué quelque chose en son absence. Il appuya sur « Play ». D'abord la voix de la chose. Puis un grognement masculin. Bien. Le docteur Michael Tennent reprenait ses esprits. Ça tombait vraiment bien ! Il allait devoir commencer bientôt s'il ne voulait pas être interrompu.

Une voiture de police l'avait suivi depuis Kensington High Street. Il l'avait aperçue dans son rétroviseur dans Holland Park Avenue, et une dernière fois, derrière lui, avant qu'il tourne dans son garage.

Il fallait qu'il se dépêche, bien qu'une fois dans l'abri antiatomique, il puisse déconnecter toutes les poignées extérieures et verrouiller les portes de l'intérieur. Il faudrait des heures à la police pour les percer – à condition de disposer de l'équipement adéquat et de l'avoir transporté ici.

S'il allait vite, il aurait plus de temps qu'il n'en fallait pour retirer les seins de la chose en utilisant la brillante technique chirurgicale dont il venait d'avoir la démonstration, et accorder au docteur Michael Tennent le privilège d'assister à toute l'opération. Après, il pourrait regarder la chose se vider de son sang.

Et après ça? Après ça, Thomas aurait gagné sa rédemption. Après ça, il reprendrait le cours de sa vie avec la bénédiction de sa mère. Une vie normale de nouveau. Mais c'était bien loin, tout ça. Pour l'heure, il devait se concentrer sur le présent.

Vous avez tué ma mère, docteur Tennent, vous êtes content? Ça n'a pas l'air de troubler votre sommeil, je me trompe?

Un gémissement dans le haut-parleur. Puis la voix de la chose:

«Michael? Réveille-toi, Michael! Pour l'amour de Dieu, réveille-toi!»

Le docteur Michael Tennent laissa échapper un son incompréhensible.

Sa voix semblait plus ferme. Bien.

Thomas enfila le système mains-libres de ses lunettes à vision nocturne sur sa tête et ajusta son micro-casque qu'il régla sur la fréquence de l'abri antiatomique; il ouvrit le tiroir de la commode où il conservait sa trousse chirurgicale.

Ses scalpels luirent hors de leurs berceaux en feutre noir à l'intérieur de l'étui en cuir fait main, avec le même éclat que la dernière fois qu'il les avait utilisés, treize ans auparavant, à la faculté de médecine. Il testa l'une des lames contre son index: aussi affilée qu'au premier jour. Il ferma le couvercle, prit également un jeu de seringues hypodermiques n'ayant jamais servi, avant d'aller à la cuisine et d'ouvrir le réfrigérateur.

D'un récipient en plastique marqué « Bac à salade », il retira un petit flacon de curare et un autre, plus grand, d'adrénaline. Grâce à l'adrénaline, la chose resterait consciente pendant l'opération. Dans le placard où étaient rangées les ampoules de rechange, il prit un rouleau de ruban adhésif.

Puis il descendit à la cave.

Amanda n'entendit pas la porte s'ouvrir derrière elle. Assise dans le noir, à côté du docteur Michael Tennent, elle l'écoutait respirer, essayant de lui faire reprendre ses esprits.

— Allez, Michael. Michael ! Je veux savoir comment ouvrir cette porte. Ne m'oblige pas à te faire mal, parce que je n'hésiterai pas. Alors tu as intérêt à tout me dire.

Michael, engourdi, confus, dit :

— Porte… Quelle… quelle porte ?

— Celle qui me permettra de sortir d'ici, Michael.

Thomas les observait à travers ses lunettes à vision nocturne. Le docteur Michael Tennent et sa pétasse. La *chose*. Une silhouette verte penchée sur un sol vert. La chose bougea, et soudain toute la pièce fut envahie par une explosion de lumière.

Thomas ferma les yeux, ébloui. Il s'était laissé surprendre. La chose avait une lampe de poche ! Il rouvrit les yeux, s'armant de courage. La chose éteignit la torche. Avec le retour de la lumière verte et froide vint le soulagement.

Le docteur Michael Tennent avait probablement apporté la lampe. Il devait agir sans tarder, tant qu'elle était éteinte et que l'effet de surprise jouait en sa faveur. Il vérifia que l'aiguille était bien en place dans la paume de sa main, bien fixée par le pansement.

Approchant rapidement, il traversa la pièce sans bruit, jusqu'à se trouver juste derrière la chose.

Amanda sentit une piqûre dans le cou. Et au même moment, elle entendit une voix enjouée :

— Prémédication !

CHAPITRE 101

Glen, assis côté passager, regardait la route devant lui. L'agent Nick Goodwin roulait à la vitesse maximale de la voiture, totalement concentré, dans la voie rapide de la M23. L'aiguille du compteur s'agitait au-delà de la marque des cent quatre-vingt-dix km/h. Les véhicules qui les précédaient s'écartaient sagement dès qu'ils apercevaient le gyrophare bleu dans leurs rétroviseurs.

Glen aimait bien Nick Goodwin. C'était un homme posé, sérieux, d'une vingtaine d'années, plutôt beau gosse, avec des cheveux noirs. Il était méthodique, on pouvait compter sur lui. Il montrait rarement ses émotions.

L'agent pressa sur le bouton de la sirène à deux tons pour rappeler à l'ordre un automobiliste à la conduite déconcertante qui était probablement en train d'essayer de changer de cassette audio.

La circulation devenait plus dense à l'approche de la sortie vers la M25. L'enfer du vendredi soir. Ils durent ralentir.

— Comment va ton gamin, Glen ?

— Sammy ? Il aura bientôt quatre ans. C'est un bon petit. Je l'aime comme un fou.

— Tu as déjà un petit frère ou une petite sœur de prévu ?

— Ari a fait une fausse couche l'année dernière. Mais j'espère bien. J'ai envie d'avoir un tas de gosses. Et toi ?

— On attend notre premier. D'un jour à l'autre, maintenant.

— C'est génial ! Tu vas assister à la naissance ?

—Oui.

—C'est magique! dit Glen.

Sa radio personnelle grésilla. Il entendit son identifiant et répondit. C'était l'opératrice du PNC.

—Nous avons le nom du propriétaire du quatre-sept Holland Park Villas. Gloria Lamark. Golf Londres Oscar Roméo Inde Alpha. Londres Alpha Mike Alpha Roméo Kilo.

Pendant plusieurs secondes, Glen resta silencieux, assimilant cette information.

Gloria Lamark.

Le docteur Terence Goel vivait-il dans la maison de Gloria Lamark? Ou n'était-il qu'un habitué?

La grande Gloria Lamark avait-elle eu un amant avec un faux nom, une fausse adresse, une identité entièrement fabriquée? Savait-elle qu'elle avait affaire à un imposteur?

Puis il se rappela que Simon Roebuck, la veille, avait eu une réaction curieuse quand il avait mentionné le nom de l'actrice. Comme s'il avait touché une corde sensible. Pourquoi?

Il essaya de se souvenir de leur conversation. Roebuck lui avait parlé d'une affaire en cours, deux femmes disparues, Tina Mackay, dont la presse s'était largement fait l'écho, et une autre femme: il pensait que les deux disparitions pouvaient être liées. Roebuck avait-il trouvé un lien entre ces femmes et Gloria Lamark?

Un lien avec le docteur Goel?

Gloria Lamark meurt. Puis Cora Burstridge meurt. Un homme qui se fait appeler Terence Goel et semble habiter à l'adresse de Gloria Lamark se fait arrêter à Londres samedi soir pour conduite dangereuse. Il se rend à la crémation de Cora Burstridge, mais ne sort pas de sa voiture.

Docteur Terence Goel, vous commencez vraiment à me préoccuper.

Il prit sa radio et demanda à être mis en relation avec l'inspecteur Roebuck du commissariat de Hampstead. Il voulait savoir exactement pourquoi le nom de Lamark l'avait fait réagir.

Une brèche s'ouvrait dans la circulation. Sirène hurlante et gyrophare clignotant, Goodwin força le passage.

CHAPITRE 102

Les lumières étaient allumées à présent. Michael, désorienté et confus, constata qu'il était allongé dans une salle close en béton. Du coin de l'œil, il distingua une silhouette, cheveux châtains, étendue sur le sol, immobile. *Amanda est blonde.*

Trop immobile. Morte.

Il essaya de bouger, d'abord les bras, puis les jambes, mais sans succès. Quelqu'un jouait du tambour dans sa tête, il avait la nausée. Il voulut parler, mais il avait été bâillonné avec un matériau un peu gras et qui sentait mauvais ; il n'était capable d'émettre que des sons incohérents. Et s'il vomissait, il s'étoufferait dans son propre vomi.

Le docteur Goel, une étrange paire de lunettes pendue autour du cou, était agenouillé sur le sol en face de lui, une corde à la main.

—Le spectacle va vous plaire, docteur Tennent. Vous serez aux premières loges. Je suis impatient de connaître votre réaction. Qui sait, vous pourriez écrire un article après ? Peut-être pour le *British Medical Journal* ? Si vous souhaitez communiquer avec moi, je vous conseille d'utiliser vos yeux.

Soudain, Goel tira fort sur la corde. Les poignets de Michael passèrent par-dessus sa tête, puis un mouvement brusque lui déchira les muscles de la poitrine et des épaules ; ses bras supportaient tout le poids de son corps tandis qu'il était hissé vers le haut jusqu'à ce que ses pieds quittent le sol. Il était pendu par les poignets.

Impuissant, il regarda Goel quitter la pièce. Il essaya de desserrer les jambes, mais les liens étaient trop serrés, comme pour ses mains. Il commençait à remettre de l'ordre dans ses idées. Amanda essayant de le réveiller. En colère. Désespérée. Menaçante.

Où était-elle à présent ?

Qu'est-ce que Terence Goel faisait ici, dans la maison de Gloria Lamark ?

Il tenta de se débattre, mais la douleur dans ses épaules ne fit qu'empirer. Il plia les jambes en arrière, jusqu'à entrer en contact avec une surface dure – le mur derrière lui. L'espace d'un instant, il trouva une prise, ce qui procura une fraction de seconde de soulagement à ses bras, mais il glissa, et ses bras et ses épaules supportèrent de nouveau tout son poids, après une secousse encore plus douloureuse. Il avait du mal à respirer dans cette position et la douleur ne facilitait pas la réflexion.

Un bruit de ferraille attira brusquement son attention vers l'entrée. Une table en métal sur roulettes apparut. Quelqu'un était attaché à la table ; il vit les baskets blanches, le jean bleu et le tee-shirt blanc, tous tachés de sang. Sa gorge se serra. Amanda : sanglée sur cette table, une sonde d'intubation dans la bouche, elle le regardait, les yeux grands ouverts. Derrière elle, une silhouette vêtue d'une blouse verte de chirurgien. Et à cet instant, un cri terrible et silencieux secoua toutes les cellules de son corps.

Amanda. Non. Amanda. Oh, mon Dieu, non, non, non, non.

Goel prit son temps, alignant la table bien en face de lui. Michael le regarda faire, remarqua le plateau latéral avec les instruments chirurgicaux ; il observa Goel, horriblement calme, prendre le pouls d'Amanda, puis sa tension. Son estomac se noua lorsqu'il entendit le son pitoyable des gémissements et des grognements étouffés qu'elle émettait en essayant de parler. Il voulut croiser son regard pour la rassurer et lui promettre en silence qu'ils se sortiraient de ce cauchemar.

Mais elle ne regarda pas une seule fois dans sa direction.

Le docteur Goel sortit, puis revint avec une grande radiocassette. Il le posa sur le sol et l'alluma ; la voix de Michael résonna dans toute la pièce.

« C'est le docteur Tennent à l'appareil, Gloria. Vous voulez bien me rappeler dès que vous aurez écouté ce message ? Je crains de vous avoir inquiétée ce matin. Je pense qu'il serait utile que nous ayons une petite conversation à ce sujet au téléphone. »

Goel appuya sur « Stop » et leva les yeux vers Michael. Ce dernier comprit enfin qui était réellement le docteur Goel – et les mots terribles de Dortmund prirent tout leur sens.

Le vengeur du sang.

Il lui lança un regard incrédule. Tout ça pour ça ? Tout ça parce qu'il avait commis une erreur de jugement à propos de Gloria Lamark ?

Mais alors, comment expliquer la présence d'Amanda, sur cette table ? Il y avait forcément quelque chose de plus complexe à l'œuvre. Avait-elle été la petite amie de ce dément ?

Thomas Lamark décolla brutalement l'adhésif de la bouche de Michael qui eut l'impression qu'on venait de lui arracher le visage.

— Vous avez quelque chose à dire, docteur Tennent ?

Grimaçant sous l'effet de la douleur, Michael dit d'une voix pantelante :

— Amanda n'a rien à voir avec tout ça. Laissez-la partir.

Le dévisageant froidement, Thomas répondit :

— Gloria Lamark était ma mère. Elle avait des seins magnifiques.

Michael lui rendit son regard, son esprit émoussé par la souffrance et sa difficulté à respirer. Il se remémora ses séances avec le docteur Goel, un homme tourmenté et profondément instable. Au bord de la dépression nerveuse. Plein de colère. Un homme qui aimait manipuler les autres. Intelligent. Tous ces parallèles : sa femme décédée, la colombe dans la cage, séparée de sa femelle. Un individu qui avait besoin de tout contrôler.

L'abri antiatomique.

— Terence, dit-il. Vous devriez libérer Amanda. S'il vous plaît.

Les yeux flamboyant de rage, il dit :

— Je m'appelle *Thomas*. N'essayez pas de jouer au plus fin avec moi.

— Je ne vous connais que sous le nom de Terence. Docteur *Terence* Goel.

— Cette femme a fait l'amour avec vous, docteur Tennent. Vous avez souillé son corps avec votre semence dégoûtante. Elle a en elle la semence de l'homme qui a tué ma mère. Avez-vous été nourri au sein, docteur Tennent ?

Michael réfléchit à la meilleure réponse, à ce que cet homme avait envie d'entendre. Il éluda la question :

— Je crois que oui. Je ne m'en souviens pas.

— Vous vous en souviendriez. Je vous assure, ça ne s'oublie pas. Ma mère avait des seins tellement magnifiques. Elle était célèbre pour sa beauté, comme vous le savez sans doute. Je me propose de vous aider à replonger votre esprit dans votre petite enfance. Vous allez téter les seins d'Amanda Capstick. Mais vous n'aurez pas à vous déplacer, puisque je vous les apporterai.

Thomas Lamark prit un scalpel, souleva le col du tee-shirt d'Amanda, l'ouvrit de haut en bas et écarta les deux pans afin d'exposer ses seins.

Amanda se tordait entre ses liens.

Michael hurla.

— Pour l'amour de Dieu, Thomas, laissez-la tranquille !

— Si vous ne me promettez pas de garder le silence, je vais devoir remettre de l'adhésif sur votre bouche, docteur Tennent. Comprenez-moi bien : ma capacité à rester concentré pendant l'opération sera cruciale pour le bien-être de ma patiente.

Sa totale impuissance plongeait Michael dans un profond désespoir.

— Opérez-moi, Thomas, l'implora-t-il. Découpez-moi en morceaux, mais épargnez-la, je vous en supplie.

— Ne vous inquiétez pas, docteur Tennent, votre tour viendra. J'ai bien l'intention de m'assurer que vous ne nuirez plus à aucun de vos patients. Vous m'avez condamné à vingt-cinq jours d'une souffrance qui dépasse l'imagination. Je ferai en sorte qu'au cours des vingt-cinq prochains jours, vous me demandiez grâce, au moins une fois par jour. Et chaque fois, je vous citerai un passage du *Roi Lear*. « Le malheur n'est pas comblé tant qu'on peut dire : En voilà le comble ! »

Il tourna son attention vers Amanda qui se débattait de plus belle, les yeux exorbités de terreur.

— Allons, allons, ne gigotez pas ainsi ! (Il prit un flacon en verre sur le plateau et le tint devant elle.) Connaissez-vous les techniques d'anesthésie moderne ?

Elle le regarda fixement, dans l'expectative, en proie à une terreur abjecte.

— On emploie une combinaison de trois ou quatre agents. Un premier agent paralysant afin de provoquer la totale décontraction des muscles. Ma préférence va au curare, un extrait d'une plante d'Amérique du Sud utilisée pour les pointes de flèches empoisonnées – la médecine naturelle, c'est tellement mieux, vous ne trouvez pas ? Le curare est bien meilleur pour votre santé qu'une préparation chimique industrielle.

Il retira la capsule du flacon et déchira l'emballage d'une seringue hypodermique.

— Le deuxième agent cause la perte de conscience chez le patient, mais je m'en voudrais de vous en priver un jour pareil. C'est vraiment une occasion à ne pas manquer – je suis persuadé que vous comprenez, même si vous n'approuvez pas. De la même façon, le troisième agent, dont le rôle est de calmer la douleur, ne sera pas nécessaire. Mais un quatrième agent, à base d'adrénaline, nous aidera à resserrer vos vaisseaux sanguins, afin d'éviter une perte de sang trop importante – vous ne voudriez pas vous évanouir à cause du choc.

— Thomas, je vous en prie, écoutez-moi, supplia Michael. Parlons de tout ça.

Sans se retourner, Thomas mit la main dans sa poche à la recherche du flacon d'adrénaline. Il n'était pas là. Il fouilla à l'intérieur de sa blouse, sentant la colère monter en lui. *Merde, merde, merde.*

Il savait exactement ce qui s'était produit. Il avait mis le flacon d'adrénaline dans la poche de sa veste. Quand il s'était changé dans la cuisine et avait enfilé sa blouse, il avait laissé sa veste sur le dossier d'une des chaises.

Merde, merde, merde.

Le docteur Michael Tennent lui disait quelque chose, mais il n'y fit pas attention. Pour le moment, il avait des préoccupations bien plus importantes que le psychiatre geignard.

Bon sang, docteur Tennent, par votre faute, j'ai oublié cette fichue adrénaline!

Il sortit comme un ouragan.

Michael entendit les pas qui s'éloignaient. Puis le son de la porte qui s'ouvrait. Il avait les yeux rivés sur Amanda ; elle le regardait enfin. Au sein de la peur qui s'était emparée de lui, il sentit la colère monter. Comment avait-il pu être assez bête pour les mettre dans une situation pareille ? C'était le travail de la police. Pourquoi ne l'avait-il pas appelée ?

— Amanda…

Sa voix se tarit. Que pouvait-il lui dire ? Lamark n'était plus avec eux. Il devait mettre à profit ces précieux moments pour *réfléchir*, pas pour parler. Il y avait forcément *quelque chose* à faire. Il essaya d'oublier la douleur, de ne pas la laisser le distraire et de se concentrer, pendant ces quelques secondes, sur la réalité présente.

Pouvait-il attirer Thomas jusqu'à lui sous un faux prétexte, puis lui donner un coup avec ses jambes et l'assommer ? Il essaya de bouger les jambes – lamentable. Pendu ainsi, il était incapable d'y mettre de la force. Il obtint un résultat à peine plus encourageant en s'appuyant contre le mur derrière lui. Et de toute façon, même s'il parvenait à lui porter un coup au bon endroit – sous la mâchoire – et à le mettre KO, que comptait-il faire après ?

Il était suspendu, aussi impuissant qu'un poulet mort, les cordes lui entaillant profondément les poignets. Comment espérait-il se détacher, même avec Thomas hors de combat ?

Il devait y avoir un autre moyen.

Il regarda de nouveau Amanda. Guettant un signal dans ses yeux. Mais il n'y lut que le reflet de sa propre impuissance.

CHAPITRE 103

On sonna à la porte avec autorité.

Thomas l'entendit alors qu'il se précipitait hors du sauna. Puis encore une fois en montant les marches menant de la salle de sport à la cuisine.

Allez au diable.

Sa veste pendait sur le dossier d'une chaise près de la table de la cuisine. À quelques pas. Sans perdre de temps, il plongea la main dans la poche latérale et récupéra le flacon d'adrénaline.

Cette satanée mémoire ! Comment ai-je pu oublier l'adrénaline ?

On sonna encore. Qui était-ce, enfin ? On frappait en plus, maintenant, de grands coups, à l'aide du heurtoir en cuivre.

Sa mère détestait les gens qui sonnaient et frappaient en même temps.

Il se tourna vers la porte et dit à voix basse :

— On n'est pas sourd, vous savez ?

Sans faire de bruit, il sortit de la cuisine et traversa le sol gris ardoise, jusqu'au judas. Il regarda dehors.

Personne.

Ils étaient partis.

Quel soulagement.

Il revint rapidement sur ses pas, mais alors qu'il entrait dans la cuisine, il s'arrêta net.

À l'extérieur, un homme regardait par la fenêtre. Il était grand, chauve et noir, et il portait un costume.

Thomas recula dans le couloir séparant le vestibule de la cuisine ; il ne savait plus quoi penser. L'homme l'avait-il vu ?

On frappait à la porte-fenêtre à présent. Les articulations de doigts nus contre le verre. Thomas resta dans l'ombre du couloir, n'osant pas bouger. Qui était cet homme ? Comment osait-il rôder autour de sa maison ? Était-il de la police ? Thomas essaya de réfléchir. Si c'était un policier et qu'il l'avait vu, qu'allait-il penser s'il ne répondait pas à la porte ?

Était-ce un collègue de l'inspecteur de ce matin ? Le soupçonnait-il ?

Je le fais entrer ou pas ?

Si Thomas ne lui ouvrait pas, quelle serait sa réaction ? Avait-il un mandat de perquisition ? Entrerait-il par effraction ? Thomas comprit qu'il ne pouvait pas se permettre de se ronger les sangs de cette façon pendant une délicate opération chirurgicale. Il avait besoin d'avoir la main ferme et les nerfs solides. Mieux valait ouvrir, voir de qui il s'agissait et ce qu'il voulait. Si nécessaire, il pourrait gagner suffisamment de temps pour descendre à la cave et dissimuler l'entrée de l'abri. Personne ne la trouverait.

Dans ce cas, comment le docteur Michael Tennent avait-il fait ?

Les coups sur la vitre avaient cessé. L'homme avait-il renoncé ? À moins qu'il continue à rôder autour de la maison, essayant de l'espionner par d'autres fenêtres ? La sonnette de l'entrée retentit de nouveau, suivie, quelques instants plus tard, par le martèlement du heurtoir.

—J'arrive ! dit-il calmement.

Puis il se rappela sa tenue. Il se dépêcha de retirer ses lunettes à vision nocturne et d'enlever sa blouse de chirurgien ; il en fit une boule avec les lunettes à l'intérieur et rangea le tout dans le placard à balais sous l'escalier. Puis il retourna prendre sa veste à la cuisine.

Je dois avoir l'air respectable. Et calme !

Glen Branson se tenait devant la porte d'entrée en compagnie de Nick Goodwin ; il était certain d'avoir aperçu une silhouette à l'intérieur quand il avait regardé par la fenêtre de la cuisine. L'agent de la police de Londres qui avait repéré et suivi la Mondeo du docteur Goel avait appelé des renforts, et la maison avait été sous surveillance, devant comme derrière, pendant l'heure et demie qu'il avait fallu à Glen et Nick Goodwin pour arriver ici. À moins que Goel se soit sauvé en escaladant le mur du jardin, il était toujours là. Et si Goel était là, Glen tenait à ce qu'il sache que s'il croyait échapper à la police en faisant la sourde oreille, il se faisait des illusions.

Vous me gâchez une des plus belles soirées de l'année, docteur Goel. J'aurais pu jouer avec mon fils, ce soir. J'aurais pu dîner en plein air avec ma femme. J'ai renoncé à tout ça pour avoir une petite conversation avec vous. Alors je vous promets que vous allez m'ouvrir cette porte, et je jure de vous rendre dingue s'il le faut.

Il appuya de nouveau sur le bouton de la sonnette. Donna un coup de heurtoir. Appuya sur le bouton.

Soudain, la porte s'ouvrit. Un homme de grande taille, vêtu d'un costume en lin couleur crème, les accueillit avec un large sourire, son visage respirant le charme.

— Désolé de vous avoir fait attendre, dit-il d'une voix anglaise sophistiquée. Vous m'avez pris au dépourvu. J'étais aux toilettes.

L'homme semblait normal, détendu, débonnaire. La description de l'agent Tim Willis, qui avait arrêté le docteur Terence Goel sur Tottenham Court Road samedi dernier, revint à l'esprit de Glen.

« Il était grand – presque deux mètres. Corpulence moyenne. Cheveux noirs lisses. Bel homme – très bel homme, genre vedette de cinéma. Et il avait l'accent américain. »

Cet homme avait la bonne taille. Il était de corpulence moyenne. Il avait des cheveux noirs lisses et il était plutôt beau gosse, ça ne faisait aucun doute. Mais sa voix était de celles qu'on forge dans les plus prestigieuses écoles privées d'Angleterre. L'accent américain faisait-il partie de sa fausse identité, au même titre que l'adresse de Cheltenham ?

L'observant attentivement, Glen demanda :

— Docteur Terence Goel ?

La surprise qu'il lut dans ses yeux était sincère.

— *Goel* ? Vous avez dit *Goel*, c'est bien ça ?

— Docteur Terence Goel.

L'homme semblait trop à son aise pour cacher quelque chose et pourtant la description correspondait dans les moindres détails – mis à part cet accent.

— Je suis navré, mais non, ce nom ne me dit rien. Je crains de ne pas pouvoir vous aider.

Il recula d'un pas.

Pour gagner du temps, Glen sortit son insigne.

— Je suis l'inspecteur Branson, de la police du Sussex. Et voici l'agent Goodwin.

Goodwin montra également son insigne.

Glen scruta le langage corporel des mains de l'homme un bref instant – elles étaient détendues, ne trahissaient rien – avant de revenir à son visage, puis il dit :

— Une Ford Mondeo enregistrée au nom du docteur Terence Goel a été vue, entrant dans le garage situé à l'arrière de votre maison, à environ 18 h 05 aujourd'hui.

Toujours complètement à l'aise, l'homme dit :

— Ah. Ma mère loue le garage. C'est probablement le locataire.

— Le docteur Goel est votre locataire ?

— Celui de ma mère. Je ne connais pas son nom. Je me contente de garder un œil sur la maison. Vous savez ce que c'est à la mort d'une célébrité : il faut tenir à l'écart les goules avides de souvenirs, quitte à les voler.

Il regarda sévèrement Glen, comme s'il attendait une confirmation de sa part.

— J'imagine.

— Je n'ai pas encore eu le courage de faire de l'ordre dans ses papiers. Elle est morte il y a trois semaines – Gloria Lamark, l'actrice, vous en avez probablement entendu parler aux informations.

— Oui. Toutes mes condoléances.

— Merci.

— Vous êtes le fils de Gloria Lamark ?

— Oui, je suis Thomas Lamark.

— J'étais un de ses admirateurs.

Son visage s'illumina.

— Vraiment ?

— Quelle actrice merveilleuse. Elle a joué dans certains de mes films préférés.

Contenant mal son excitation, Thomas demanda :

— Lesquels ?

— *Les Ailes de la liberté* et *Romance à Paris*. Je les ai tous les deux vus plusieurs fois.

— *Les Ailes de la liberté* ? Il vous a plu, c'est vrai ?

— Oh oui. Cette scène où Ben Gazzara est sur l'aile de l'avion avec le pistolet et où elle est aux commandes et essaie de le faire tomber sous le pont – je pense que c'est l'une des plus belles scènes de l'histoire du cinéma.

— Moi aussi, dit Thomas.

Tout allait bien, le policier lui plaisait. Il aurait voulu pouvoir passer plus de temps avec lui pour discuter des films de sa mère, mais le moment était mal choisi.

— Monsieur Lamark, les papiers de votre mère dont vous parliez, les avez-vous ici ? Ceux qui pourraient nous donner le nom du locataire.

Attention.

L'homme était aimable, mais son obstination tranquille mettait Thomas mal à l'aise. Il avait besoin d'y réfléchir.

— Je... Oui, c'est possible.

— Si ça ne vous fait rien, nous allons patienter pendant que vous jetez un coup d'œil.

Thomas voulait dire non, mais l'inspecteur ajouta :

— J'ai vu tous les films dans lesquels votre mère a joué.

Il y avait une telle sincérité sur son visage que Thomas se sentit euphorique.

— Je ne comprends pas qu'elle n'ait jamais gagné un Oscar.

— Moi non plus. Alors, ces papiers ?

— Bien sûr, entrez.

Thomas se maudit. C'était stupide. Et dangereux. Il aurait dû leur dire de revenir plus tard, qu'il était occupé. D'un autre côté, peut-être qu'il parviendrait à continuer à jouer cette comédie – un coup de maître, l'idée du locataire de sa mère – suffisamment longtemps pour gagner du temps. Il n'y avait rien dans cette maison qui permette d'établir un lien entre lui et le docteur Goel. Même le téléphone mobile était dans la voiture. Le garage était impeccable. Il ne contenait plus que la Ford Mondeo et la fourgonnette blanche, toutes deux propriétés du docteur Goel. Il ne subsistait aucune trace de l'Alfa.

S'il réussissait à rester calme et convaincant, il bernerait l'inspecteur. Assez pour s'en débarrasser momentanément – il n'en demandait pas plus. Après, il s'en remettrait au destin.

Il recula, ferma la porte derrière les deux policiers et regarda l'inspecteur se diriger droit vers la toile représentant sa mère sortant d'une limousine.

— C'était à la première de *La Veuve de Monaco*, en présence de la famille royale, annonça fièrement Thomas.

— Elle était vraiment d'une beauté incroyable, observa Glen.

Ça lui faisait tout drôle de s'être trouvé au domicile de deux de ses idoles – et qu'elles habitent si près l'une de l'autre. Il trouvait tout aussi curieux le fait que Cora Burstridge, bien qu'ayant connu une bien plus grande longévité en tant qu'actrice, ait dû vivre dans un appartement qui n'était en rien comparable à la demeure somptueuse de Gloria Lamark.

Et Thomas Lamark était étrange. Sa mère était morte trois semaines plus tôt, et pourtant il semblait ne pas avoir le moindre souci.

Et son accent anglais, alors ? Jouait-il la comédie ?

Thomas conduisit les policiers dans la salle de réception. Il sentait que le courant ne passait plus vraiment avec l'inspecteur, qu'il avait éveillé ses soupçons. *Je dois les faire sortir de la maison. Ou les tuer ?*

— Mettez-vous à votre aise, dit Thomas, le temps que j'aille jeter un coup d'œil à ces papiers.

Glen, debout devant l'une des dizaines de photos encadrées accrochées au mur, regarda Thomas Lamark quitter la pièce. Il écouta le bruit de ses pas s'éloigner dans l'escalier, son instinct lui soufflant de ne pas le perdre de vue. Puis il indiqua silencieusement à son collègue de rester en bas.

Dans son bureau, Thomas perdait son calme. Il ouvrit un tiroir, farfouilla à l'intérieur et le referma bruyamment pour que l'inspecteur l'entende et sache qu'il cherchait. Il tira sur un autre tiroir, fouilla de nouveau, s'efforçant d'inventer une explication convaincante.

Il ferma violemment le tiroir.

Il en ouvrit un troisième, puis, du coin de l'œil, il vit une ombre. C'était l'inspecteur, posté à l'extérieur de son bureau ; l'expression de son visage ne lui disait rien qui vaille.

—Vous avez une bien belle maison, dit Glen Branson.

—J'ai un problème, dit Thomas. Je ne trouve pas…

Il fut interrompu par un brusque grésillement, suivi par la voix haletante du docteur Michael Tennent.

« Amanda… tu peux bouger ? Ne serait-ce qu'un tout petit peu ? »

Leurs regards se croisèrent pendant à peine une seconde, le temps pour Thomas de traverser la pièce et de couper le haut-parleur. Se retournant vers l'inspecteur, il dit, avec un grand sourire nerveux :

—C'était la radio. Je… J'écoutais une pièce de théâtre…

Mais Glen l'entendit à peine. Il regardait fixement quelque chose qu'il venait de remarquer. Un tout petit accroc, pas plus de deux centimètres de long, à l'épaule droite de la veste de Thomas Lamark. Son esprit fonça tout droit dans le grenier de Cora Burstridge. Le minuscule bout de tissu couleur crème, accroché à un clou dépassant d'un chevron.

Même couleur ; même longueur.

Glen détourna les yeux, mais pas assez vite. L'homme l'avait remarqué. Cette fois, quand leurs regards se croisèrent, son expression était celle d'un animal acculé.

Plusieurs pensées traversèrent simultanément le cerveau de Glen. *Amanda*. Le prénom de la femme qui avait disparu cette semaine. Le prénom que Simon Roebuck avait mentionné au pub la veille.

Et aujourd'hui, Simon Roebuck était mort.

La terrible rivalité qui avait opposé Gloria Lamark et Cora Burstridge. À quel point Thomas Lamark se sentait-il concerné ? Assez pour aller jubiler au crématorium ? Assez pour avoir tué Cora Burstridge ?

« *Amanda… tu peux bouger ? Ne serait-ce qu'un tout petit peu ?* »

Et quelle pièce de théâtre ? Il était 19 h 15. Radio 4 était la seule station qui diffusait des pièces, mais en ce moment c'était l'heure de *The Archers*.

Qu'est-ce qui se passait ici, bon sang ?

Dans la tête de Glen, une voix lui criait d'arrêter cet homme. Mais pour quel motif ?

Le poing jaillit de l'obscurité comme un missile, fonçant vers le visage de Glen à une telle vitesse qu'il ne prit conscience d'avoir été frappé qu'après être tombé en arrière contre le montant de la porte. Il s'écroula, hébété et désorienté, comme s'il venait de plonger dans une mare d'eau trouble et qu'il se trouvait encore sous la surface.

Une ombre l'enjamba ; il tendit le bras et essaya d'agripper quelque chose – un réflexe. Il sentit quelque chose de dur, le cuir d'une chaussure. Il s'accrocha, puisant dans son expérience d'ex-videur. Il n'en était pas certain, mais il aurait juré qu'il tenait une jambe. Il tira de toutes ses forces, la tordant sur le côté en même temps. Le sol trembla sous l'impact. Il se redressa sur ses genoux et, toujours sonné, il vit Thomas Lamark qui se relevait sur le palier. Alors que Glen tâchait d'en faire autant, Lamark se jeta sur lui ; un coup de poing dans le ventre lui coupa le souffle, puis un autre, à la mâchoire, l'envoya les quatre fers en l'air.

Il s'abattit avec un bruit sourd et resta étendu pendant quelques secondes, son instinct lui hurlant de continuer à bouger. Il finit par trouver l'énergie lui permettant de rouler sur lui-même, puis de se mettre à quatre pattes, aux aguets, attendant la prochaine attaque de son adversaire. Mais Thomas Lamark avait disparu.

Il se releva en titubant, se passa la main sur le visage – il avait l'impression que sa mâchoire avait été décrochée

– puis il jeta un coup d'œil méfiant sur le palier. Où diable était-il passé ?

Les pas de Nick Goodwin résonnèrent bruyamment dans l'escalier.

Glen sortit prudemment du bureau, le cœur battant la chamade. Il tendit l'oreille. Il y avait une demi-douzaine de portes, toutes fermées ; Lamark pouvait se cacher derrière chacune d'entre elles. Il avait même pu descendre à l'étage inférieur. Essayait-il de prendre la fuite ?

Un étage au-dessus, dans la chambre de sa mère, Thomas fouillait dans un tiroir rempli de foulards en soie. Il était quelque part dans ce tiroir, il le savait. Elle le rangeait toujours au même endroit, chargé en permanence, prêt pour l'Apocalypse. Enfin, il le trouva, soigneusement enveloppé dans un carré de soie Cornelia James. Aussi lourd que dans son souvenir.

Elle l'avait rapporté d'Amérique, en fraude, et le lui avait montré plusieurs fois quand il était enfant. Elle lui avait appris comment enlever le cran de sécurité, comment viser. Elle lui avait expliqué qu'ils en auraient besoin, le jour où la guerre atomique éclaterait, pour empêcher d'autres gens d'entrer dans leur abri.

Maintenant, il allait l'utiliser pour empêcher les policiers d'entrer dans l'abri.

— Tu le vois ? demanda Glen.

Goodwin secoua la tête.

— Prends par-derrière – je m'occupe de devant.

Glen tendait le bras vers sa radio quand il entendit une sorte de crépitement, comme si un insecte venait de passer à côté de lui en bourdonnant ; il sentit un souffle d'air contre son oreille et vit une expression de surprise s'inscrire sur le visage de Goodwin, les yeux saillants, quand sa chevelure se souleva comme un postiche, alors qu'une balle lui arrachait la tempe. Une pluie de sang et d'esquilles aspergea violemment le visage de Glen, lui piquant les joues et les yeux comme des gravillons, accompagnée presque instantanément par une onde de choc vrombissante et un « bang » assourdissant.

Il se jeta à terre et roula sur lui-même, et un gros morceau d'une lame de parquet en chêne poli explosa à quelques centimètres de son visage. Alors qu'il roulait de nouveau, il vit Lamark au-dessus de lui ; une flamme jaillit du canon du pistolet qu'il tenait. L'instant d'après, il fut projeté en arrière, comme s'il avait pris un grand coup de pied en pleine poitrine.

Je suis touché, constata-t-il machinalement. Il n'avait pas mal, mais il savait qu'il devait quitter ce palier. Goodwin était étendu sur le sol, mort. Oh mon Dieu, il était mort, le pauvre bougre. Il vit un autre éclair au bout du canon alors qu'il se jetait la tête la première dans l'escalier, roulé en boule, dévalant les marches avec un bruit sourd. Il entendit un autre « bang ». Puis il arriva en bas.

Toujours roulé en boule, il poursuivit sa course avant de se relever précipitamment, sans regarder au-dessus ou derrière lui, et il s'engagea en courant dans un couloir qui menait à la cuisine. Des portes-fenêtres donnaient sur le jardin. Il essaya de les ouvrir, mais elles étaient fermées à clé et la clé n'était visible nulle part.

Commençant à s'affoler, il essaya de les enfoncer d'un coup d'épaules, mais en vain. Du verre renforcé ; même une foutue chaise n'en viendrait pas à bout. Il regarda désespérément autour de lui, à la recherche d'une arme ou d'une protection. Puis il aperçut Lamark qui arrivait dans le couloir. Il vit la porte ouverte qui descendait quelque part, probablement dans la cave. Ça ne lui plaisait pas beaucoup, mais il n'avait guère le choix. Il retourna la table de la cuisine, la poussant devant lui, tel un bouclier, se baissa, puis se rua vers la porte et la claqua derrière lui au moment où retentissait un nouveau coup de feu.

Il n'y avait pas de clé de ce côté.

Il se précipita dans l'escalier en briques menant à la salle de sport. Il la traversa en courant, en direction de la seule structure solide, le sauna, le reste de l'équipement sportif ne lui permettant pas de se cacher. Un autre «bang» creusa un trou dans la moquette verte juste devant lui. Il se jeta sur le sol, priant en silence, se roula de nouveau en boule et entra avec fracas par la porte du sauna qu'il tira derrière lui. Il sentit l'impact d'un coup de marteau et vit le bois se fendre vers l'intérieur en formant des éclats qui l'atteignirent au visage et sur le corps.

Oh mon Dieu. Je vais crever dans un foutu sauna.

Le visage de Sammy défila devant ses yeux. Puis celui d'Ari.

À présent, il voyait le sang qui lui couvrait la poitrine. Mais il remarqua également le trou dans le sol, et l'escalier en colimaçon. Terriblement conscient qu'il se jetait dans la gueule du loup, il trouva la force de se propulser vers l'avant et de descendre.

Arrivé en bas, le souffle court et presque en proie à une panique aveugle, il regarda par la porte ouverte la pièce vide devant lui et, plus loin, la deuxième porte qui semblait donner sur une autre pièce. Quel était cet endroit ? Qu'est-ce qu'il pouvait bien cacher ? Il leva la tête, tendit l'oreille, mais n'entendit aucun bruit de pas – il n'y avait que le silence.

Il attendit, guettant une ombre, au cas où Lamark serait descendu à pas de velours. Mais rien ne bougea.

Jetant un coup d'œil derrière lui, il se demanda s'il existait une autre entrée – et donc, une autre sortie. Les doigts tremblants, il alluma sa radio, mais il n'obtint qu'un grésillement de parasites. Aucune réception. Il baissa de nouveau les yeux sur sa poitrine. Il revit soudain l'expression étonnée de Nick. La balle qui lui avait traversé la tempe. Il était sous le choc ; il devait se ressaisir.

Pas question de crever ici. Je me suis engagé dans la police pour que tu sois fier de moi, Sammy, pas pour me vider de mon sang dans une cave en béton.

Il fit un pas en arrière, sans quitter des yeux l'escalier en colimaçon. Puis un autre. Et encore un autre.

À l'intérieur de la première pièce, face à la porte massive, il se demanda s'il pouvait la fermer depuis ce côté.

S'il parvenait à gagner du temps, les autres policiers qui surveillaient la maison depuis la rue finiraient par s'inquiéter. Il n'avait qu'à tenir bon. N'avaient-ils pas entendu les coups de feu ? À moins qu'ils soient trop loin…

Les secours arriveraient.

Il dut tirer de toutes ses forces sur la porte pour la fermer. Puis il chercha les verrous. Les trous avaient été percés en haut et en bas, il les voyait clairement, mais les verrous n'étaient plus là – et, à en juger par la fraîcheur des marques indiquant leurs positions, ils avaient été démontés récemment.

Bon sang. Son poids contre celui de Lamark. Lamark était presque un géant. Glen baissa les yeux : le devant de sa chemise était trempé de sang et sa respiration sifflait horriblement. À présent, il sentait aussi la douleur, vive, tel un chalumeau brûlant à l'intérieur de sa poitrine. Il appuya de tout son poids contre la porte, n'osant pas poursuivre son exploration en la laissant ainsi.

Puis il entendit une voix masculine derrière lui – nerveuse, essoufflée.

— Thomas, il faut qu'on parle de tout ça.

Glen fit volte-face. La voix provenait de la porte ouverte derrière lui. Il écouta, mais il ne voyait rien. Il avait eu l'impression qu'on s'adressait à lui.

Puis la voix reprit, plus forte, plus insistante – plus désespérée :

— Thomas, je sais que vous êtes un homme bienveillant et que vous avez été un bon fils pour votre mère. Ne voulez-vous pas qu'elle soit fière de vous ?

— Qui est là ? cria Glen.

Il y eut un bref silence, puis, pleine de surprise, la voix revint :

— Michael Tennent. Qui êtes-vous ?

— Un inspecteur de police.

Glen fut au bord des larmes en entendant l'émotion contenue dans la voix de l'homme quand il se remit à parler :

— Dieu soit loué ! Oh, merci mon Dieu ! On est là, dans la pièce du fond ! Dieu soit loué !

Glen resta où il était, pesant de tout son poids contre la porte. Au nom du Ciel, que se passait-il ici ?

Pourquoi Lamark n'était-il pas venu l'achever ? Était-il à court de munitions ? S'était-il enfui ?

Il devait agir – et vite : il perdait beaucoup de sang et il avait besoin d'un médecin.

Le cœur au bord des lèvres, il se détourna de la porte et courut dans la deuxième pièce, puis la troisième. Et là, il s'arrêta net. Il avait l'impression d'avoir pénétré dans un des tableaux de la Chambre des Horreurs de Madame Tussaud.

Deux cadavres sur le sol. Un homme en chemise tachée de sang, pendu par les bras. Une femme, intubée par la bouche, les vêtements couverts de sang, attachée sur une table d'opération sur roulettes.

Quand Michael vit le grand noir chauve entrer en trébuchant, la peau du visage en lambeaux, du sang gouttant de sa chemise, son euphorie se dissipa.

Puis ils furent plongés dans le noir.

CHAPITRE 104

Un trio de silhouettes vertes devant lui. Il se concentra sur l'inspecteur, qui s'était placé entre le docteur Michael Tennent et la pétasse. Une main sur la table d'opération, regardant dans sa direction, visiblement surpris.

Que voyez-vous, inspecteur Branson ? Les ténèbres ? Et des ténèbres encore plus profondes derrière ça ? Dommage que nous n'ayons pas eu le temps de prolonger cette discussion sur les films de ma mère. J'espère que vous comprenez que je ne tire aucun plaisir de devoir vous tuer.

Il restait trois cartouches dans le chargeur de son pistolet. Il avait bien fait de vérifier avant de descendre. Une pour chacun, si nécessaire, mais il espérait qu'il n'en aurait pas besoin. Les balles étaient bonnes pour les gens sans importance comme l'inspecteur Glen Branson.

Les balles donnaient une mort trop rapide.

Ne croyez pas vous en tirer à si bon compte, docteur Michael Tennent.

Maintenant que les portes étaient fermées de l'intérieur, personne n'entrerait sans invitation. Il n'avait pas besoin de se dépêcher. Il pouvait envisager soigneusement chaque étape. Prendre son temps.

En profiter !

Mais d'abord : se débarrasser de l'inspecteur. Ce dernier s'était accroupi – comme si ça pouvait lui offrir la moindre protection ! – mais de là où il se trouvait, à plus de cinq mètres de distance, il risquait de le manquer et de toucher le psychiatre. Un risque inutile. Autant abattre l'inspecteur à bout portant, lui mettre le pistolet contre la tempe.

Soudain, il entendit le psychiatre crier :

—Attention, il a des lunettes à vision nocturne !

Glen, dans l'obscurité vertigineuse, agrippa le bout de la table en métal comme s'il s'agissait d'un radeau de sauvetage ; tant qu'il tenait la table, il gardait des points de repère.

Il pouvait situer l'entrée de la pièce et savait où se trouvait l'homme pendu par les bras – à un pas de lui. La femme était sur la table et le plateau contenant toutes sortes d'instruments chirurgicaux tranchants, pas très loin sur le même bord que serrait sa main.

Toutes ses pensées étaient concentrées sur les deux personnes qui couraient un terrible danger dans cette pièce où régnait une obscurité totale. Il devait trouver un moyen de les protéger d'un homme équipé de lunettes à vision nocturne qui n'avait pas hésité à lui tirer dessus et l'avait touché déjà une fois – et qui allait vraisemblablement essayer de remettre ça.

L'image des deux cadavres sur le sol lui traversa l'esprit.

Il commençait à se sentir dramatiquement faible et il avait des vertiges ; il ignorait combien de temps il resterait conscient. Il devait se focaliser sur ce qui lui permettrait de lutter à armes égales avec ce fou.

De la lumière. Une arme. Une protection.

Il y avait des instruments chirurgicaux à portée de main. Mais comment faire pour la lumière ? Où se trouvait l'interrupteur général ?

Reste accroupi, continue à bouger.

Sans lâcher la table, il marcha à petits pas, à droite, puis à gauche, tout en continuant à réfléchir. Réfléchir. Réfléchir.

D'une voix claire et ferme, bien plus assurée qu'il ne se sentait lui-même, Glen dit :

—Monsieur Lamark, votre maison est cernée par la police. Rallumez la lumière et posez votre pistolet. Rendez-vous sans faire d'histoires. La situation est déjà bien assez grave, vous pouvez éviter qu'elle empire.

Pendant que l'inspecteur lui parlait, Thomas Lamark avança vers lui. Moins de deux mètres les séparaient à présent. Respirant lentement et calmement, il leva son arme, tenant la crosse à deux mains, orientant le canon vers l'avant jusqu'à ce que le cran de mire soit aligné sur le guidon. Il avait lu sur Internet qu'à cause du recul, les armes de poing avaient tendance à tirer vers le haut. Il devait viser vers le bas, comme il l'avait fait plus tôt.

Il avait le menton de l'inspecteur dans sa ligne de tir. Avec le recul, la balle pénétrerait probablement dans l'un des yeux ou dans le front.

Pourquoi ne pas se rapprocher ? Il pouvait se le permettre. Il ne lui restait que trois balles – autant ne prendre aucun risque.

Commodément, l'inspecteur se remit à parler. Thomas décela un frisson dans sa voix. Bien. Il était moins confiant qu'il voulait le laisser paraître.

Fini de jouer. Bien.

—Monsieur Lamark, je sais que vous m'entendez. Soyez raisonnable. Vous êtes fier de votre mère. Ne voulez-vous pas qu'elle soit fière de vous ?

Thomas ne répondit pas. Puis la voix du docteur Michael Tennent perça l'obscurité :

—Thomas, dit-il, j'aimerais que nous parlions de votre mère. (Thomas resta figé.) Parlez-moi de votre mère, Thomas.

Il ferma les yeux.

Taisez-vous, docteur Michael Tennent !

Michael insista :

—Parlez-moi d'elle, Thomas. Vous semblez avoir des difficultés à évoquer votre relation avec votre mère.

Thomas frémissait. Il savait ce que cet homme essayait de faire et il devait l'en empêcher.

Ne l'écoute pas. Bouche-toi les oreilles.

Continue ce que tu as commencé. Ne te laisse pas troubler.
Il a détruit ta mère, ne le laisse pas te détruire.

Il était à environ un mètre de l'inspecteur, mais sa main tremblait trop à présent. Encore un pas ou deux et il pourrait tirer à bout portant.

C'était préférable. Le pistolet contre la tempe. Impossible de le manquer.

— Parlez-moi de votre relation avec votre mère, Thomas, dit le docteur Tennent.

Thomas, dans un brouillard de colère et de confusion, fit un pas de plus ; il y eut un craquement sonore sous son pied – il avait marché sur quelque chose.

Le son révéla à Glen sa position. Se penchant aussi bas qu'il le pouvait derrière la table d'opération, et sachant que la femme était solidement attachée, il la poussa de toutes ses forces dans cette direction. La table s'arrêta brusquement, dans un bruit de ferraille, accompagné par un grognement de douleur. Il y eut deux éclairs brillants, l'un derrière l'autre, et des coups de feu résonnèrent dans la pièce, tel le tonnerre, suivis par le hurlement des balles ricochant sur les murs.

Avec détermination, et une forte odeur de cordite dans les narines, Glen tira de nouveau la table vers lui, puis la projeta en avant, en y mettant toute l'énergie qui lui restait. Il la sentit s'écraser sur sa cible et s'immobiliser avec un craquement – peut-être un os brisé –, suivi presque immédiatement par un éclair et une autre explosion. Cette fois, il sentit la balle lui frôler la tête.

Pas de ricochet.

Dieu du Ciel, il espérait que l'homme pendu par les bras n'avait pas été touché.

Désespérément, essayant d'exploiter au mieux son avantage, il tira d'un coup sec sur la table et la poussa devant lui avec encore plus de force. Dans le mille. Il entendit un juron, probablement Lamark, et quelque chose tomber bruyamment sur le sol. Le pistolet?

Il fit décrire un autre aller et retour à la table.

—Salaud, allez vous faire foutre.

La voix de Lamark, aucun doute là-dessus.

Glen continua à assener ses coups. Puis il tendit le bras, tâtonnant à la recherche du plateau et sa main se referma sur un instrument chirurgical avec un long manche; il se jeta de l'autre côté de la table, dans l'obscurité.

Presque immédiatement, il trébucha sur une paire de jambes et tomba sur une silhouette qui se débattait. Agitant les bras pour trouver le pistolet de Lamark, il abattit son instrument de la main droite et entendit le bruit d'une lame frappant le béton. Puis il recommença, mais cette fois la lame s'enfonça dans quelque chose de tendre et de ferme; son adversaire poussa un cri de douleur.

Il tenait un poignet dans sa main gauche! Lâchant son arme, il chercha désespérément le visage de l'homme avec son autre main. Il trouva les lunettes et les arracha du front de Lamark. La sangle était restée accrochée, peut-être au cou. Il tira plus fort et entendit un hoquet étranglé.

Puis quelque chose le frappa au visage: un poing ou la crosse d'un pistolet, ou une balle, il n'en avait pas la moindre idée, mais il tomba à la renverse et se fendit presque le crâne.

Il réussit à s'agenouiller. *Bouge.* Il marcha en crabe vers la gauche. Son genou se posa sur quelque chose de dur.

Il tâtonna. Du plastique cassé. Une lampe de poche! *Prudence.* Prêt à plonger à gauche ou à droite, il l'alluma, braquant le faisceau dans l'obscurité, tel un poignard.

Il n'était pas très puissant, mais c'était suffisant. D'un simple coup d'œil il embrassa toute la scène. L'homme pendu par les bras ne semblait pas avoir été touché; il ne pouvait pas voir la femme. Thomas Lamark se tenait à un mètre de lui, accroupi en position d'attaque, le manche du scalpel dépassant de sa cuisse. Le pistolet gisait sur le sol, deux mètres derrière lui.

Prenant Lamark de vitesse, Glen se jeta vers l'arme. S'effondrant sur le béton, il se traîna sur les derniers centimètres et s'en empara. Il se retourna et la pointa sur Lamark qui s'agrippait à une de ses chevilles.

La lampe de poche semblait proche du dernier soupir. L'arme toujours fermement braquée sur Lamark, il la secoua. Un vacillement. Le faisceau redevint plus fort pendant une seconde, puis il diminua de nouveau.

Me laisse pas tomber, ma chérie, pas maintenant.

Il la secoua encore. La lumière revint. Lamark le regardait fixement. Il souriait. Complètement dérangé.

— Debout et les mains sur la tête, ordonna Glen d'une voix pantelante, alarmé par le sifflement dans sa poitrine.

Thomas Lamark resta où il était.

Proche de la panique à cause de son propre état de santé, Glen répéta d'une voix sifflante, aussi fort qu'il le pouvait :

— Debout et les mains sur la tête, monsieur Lamark. Ne m'obligez pas à tirer.

Aussi charmant que lorsqu'il lui avait ouvert la porte, Thomas dit :

— J'ai compté avant de descendre, inspecteur Branson. Il n'y avait malheureusement que trois cartouches dans le chargeur. Vous tenez un pistolet vide entre vos mains et vous vous videz de votre sang. J'ai tout mon temps et mes amis n'iront nulle part. Nous pouvons patienter – j'ai bien peur de n'avoir rien de mieux à vous suggérer.

— Thomas, dit de nouveau Michael Tennent, j'aimerais que vous me parliez de votre mère.

Sans un vacillement de dernière minute pour prévenir, la torche de Glen s'éteignit définitivement. Puis, dans l'obscurité, il sentit quelque chose avancer vers lui. Le pistolet pointé droit devant lui, ne sachant pas si Lamark bluffait ou non, mais pressentant un danger imminent, il appuya sur la détente.

L'éclair du canon, le « bang » assourdissant, le recul brutal de l'arme : tous le prirent par surprise, au moins autant que le cri perçant qui suivit. On aurait dit celui d'un animal, mortellement touché.

Pendant quelques instants, il fut impossible de dire de quelle voix il s'agissait. Glen se redressa. Les hurlements de souffrance pitoyables continuèrent.

C'était la voix de Thomas Lamark.

— Aidez-moi, oh, aidez-moi, au secours !

Glen secoua de nouveau la lampe de poche, fit glisser le bouton marche-arrêt d'avant en arrière. Une lumière faiblarde vacilla. Lamark était à terre, il se tortillait comme un serpent, grimaçant et criant de douleur. Glen se tint à bonne distance – il ne lui faisait pas confiance. Puis il vit la jambe droite de son pantalon en lin crème, tachée de sang, et il sut qu'il avait touché Lamark à la rotule.

L'homme leva les yeux vers lui et le supplia :

— Faites quelque chose, oh, mon Dieu, faites quelque chose.

Toujours méfiant, Glen l'observa un peu plus longuement. Enfin, puisant dans le peu d'énergie qui lui restait, il s'agenouilla et tira brusquement le bras de Lamark sur son ventre, ignorant ses cris, et lui passa les menottes.

Puis il se leva et tituba, ses jambes commençant à se dérober. Il se rattrapa à la table d'opération et gratifia Amanda d'un sourire rassurant.

— C'est fini. Tout va bien. Vous êtes sauvée. Je vais détacher votre ami et après on viendra vous libérer tous les deux. Ne vous inquiétez plus, tout va bien se passer maintenant.

Sur le sol, Thomas Lamark reprit ses hurlements :

— Et moi ! Faites quelque chose ! Oh, mon Dieu, ça fait mal ! Faites que la douleur s'arrête, je vous en prie !

Glen le regarda et Thomas se tut.

— Vous me décevez, monsieur Lamark, dit Glen, sa respiration de plus en plus courte et sifflante. « Il reste toujours une balle dans la chambre ; n'oubliez jamais cette dernière balle. » Ça ne vous dit rien ? C'est la dernière réplique des *Ailes de la liberté*, le plus beau film de votre mère.

CHAPITRE 105

Amanda se cramponnait à Michael dans son sommeil, frissonnant, émettant de petits gémissements effrayés toutes les cinq minutes.

Au matin, elle le regarderait avec ses grands yeux et dirait : « Je l'ai refait, n'est-ce pas ? Je ne m'en souviens pas, je te jure, je ne m'en souviens pas ! » Puis elle l'embrasserait et dirait : « Mon pauvre amour, je t'ai encore réveillé, tu ne mérites vraiment pas ça. »

Mais elle ne le réveillait jamais. Il était toujours réveillé – comme maintenant, à 3 heures, précisément un an, quatre mois et onze jours depuis ce vendredi de juillet étouffant où il était entré dans la maison des Lamark.

Peut-être qu'un jour, la maxime de Nietzsche, « Ce qui ne me tue pas me rend plus fort », deviendrait vraie pour lui.

Pour eux deux.

En attendant, ils dormaient toutes les nuits avec la lumière allumée. Amanda insistait et il lui en était reconnaissant, même s'il se gardait bien de le lui dire. Il ne voulait pas lui montrer sa propre peur. Pour qu'elle reprenne des forces, il devait prétendre être fort lui-même.

Il s'était torturé les méninges, à propos de cette dernière séance avec Gloria Lamark. S'il s'y était pris différemment ce jour-là, peut-être que ces cinq personnes – Tina Mackay, Justin Flowering, les deux policiers Nick Goodwin et Simon Roebuck, et l'actrice Cora Burstridge – seraient toujours en vie. Il ne le saurait jamais.

Doucement, essayant de ne pas déranger Amanda, il se dégagea de ses bras et s'assit dans le lit, comme il le faisait si souvent la nuit ; il prit son exemplaire des œuvres du père de la médecine, Hippocrate. Le livre s'ouvrit de lui-même au passage qu'il avait lu et relu à de nombreuses reprises au cours des seize derniers mois.

« La vie est courte, l'art est long, l'occasion fugitive, l'expérience trompeuse, le jugement difficile. Le médecin doit non seulement être préparé à faire lui-même ce qui est juste, mais il doit amener le patient, ses assistants et les proches à coopérer. »

Il continua avec le passage suivant, lui aussi marqué par les lectures répétées.

« De tous les arts, la médecine est le plus noble ; mais, en raison de l'ignorance de ceux qui la pratiquent, et de ceux qui, sans aucune considération, portent des jugements sur eux, elle a pris du retard sur les autres arts. Selon moi, le problème résulte principalement de l'absence de sanction liée à la pratique de la médecine, à part la honte – et les coupables en font généralement peu de cas. Ils me font penser à ces personnages qu'on introduit dans les tragédies et qui n'ont d'acteurs que le costume et l'apparence. De même, nombreux sont les médecins qui ne le sont qu'en titre. »

Il posa l'ouvrage sur la table de chevet. Il appréciait la sagesse des anciens. Parfois, elle aidait à comprendre que l'humanité avait peu progressé au cours des siècles dans les domaines réellement importants. Nous savions mieux soulager la douleur que les anciens, mieux soigner les maladies et les blessures. Mais nous n'avions pas gagné en sagesse.

Il avait donné à Gloria Lamark le conseil qui lui avait semblé le bon. Les événements lui avaient donné tort. Il ressentait un profond chagrin pour les victimes, mais aucune honte. Il avait agi en son âme et conscience, pour le bien de sa patiente. Et pour sa propre santé mentale, il avait absolument besoin de croire cela.

Il vivait ainsi, maintenant, en état de déni.

Un jour, peut-être qu'il en sortirait. Aujourd'hui. Ou demain. Ou dans un an, dans dix ans, ou quand il serait un vieillard infirme, ruminant sa vie et ses regrets. Et peut-être que dans un univers parallèle, dans une autre dimension, un psychiatre du nom de Michael Tennent avait pour patiente une star vieillissante nommée Gloria Lamark, et que ce docteur Tennent ne lui avait jamais dit en face qu'elle avait perdu sa beauté et fichu sa carrière en l'air, qu'il ne lui avait jamais dit d'arrêter de vivre dans le passé et de se secouer un peu. Et dans cet univers parallèle, Gloria Lamark était toujours en vie, et Tina Mackay et Justin Flowering, les deux jeunes policiers et Cora Burstridge aussi.

Et dans cet univers parallèle, le docteur Michael Tennent était un bien piètre psychiatre, qui n'avait pas le courage de dire à ses patients la vérité sur eux-mêmes.

Aujourd'hui était un grand jour.

Toute la presse et les médias s'étaient donné rendez-vous à la cour d'assises de Londres. De nombreux journaux du matin avaient fait leur une avec cette affaire.

Plusieurs mois plus tôt, l'avocat de Thomas Lamark avait échoué dans ses efforts visant à faire déclarer son client inapte à comparaître. Le procès avait duré sept semaines et le jury avait déclaré à l'unanimité Lamark coupable de meurtre sur cinq chefs d'accusation, de tentative de meurtre sur un officier de police sur un chef d'accusation et d'enlèvement sur quatre chefs d'accusation.

Le juge avait décidé d'attendre deux mois avant de prononcer la sentence, le temps de recevoir les expertises psychiatriques supplémentaires demandées par la défense.

Aujourd'hui, il devait dire si Lamark irait dans une prison normale ou dans un hôpital psychiatrique surveillé – et pour combien de temps.

Michael et Amanda descendirent de leur taxi dans l'éclatant soleil d'octobre et se frayèrent un passage à travers le déluge des flashs et des micros, avant de monter les marches menant au tribunal.

Depuis la mêlée qui s'agitait dans l'entrée, un homme avança vers eux avec un large sourire, la main tendue. Grand, chauve et noir, il portait un costume brun élégant, une chemise blanche et une cravate sobre.

— Content de vous voir, les amis ! dit-il.

Michael lui serra la main avec chaleur, et Amanda lui fit la bise sur les deux joues.

— Alors ? dit Glen. Mes félicitations ! J'ai reçu votre invitation pour le mariage.

— Vous viendrez ? demanda Michael.

— Essayez de m'en empêcher !

Son sourire était empreint de tristesse. Une ombre planerait à tout jamais sur sa vie. Celle du fardeau de sa responsabilité dans la mort de Nick Goodwin.

Michael sourit et Amanda rit. Puis, du coin de l'œil, elle vit Lulu qui approchait. Amanda avait donné sa démission à *20-20 Vision* pour travailler en indépendante et passer plus de temps avec Michael. Lulu avait été promue à son poste.

Les deux femmes s'étreignirent. Puis Amanda dit :

— Lulu, laisse-moi te présenter l'homme qui… (Elle hésita.)… qui nous a sauvé la vie. L'inspecteur Glen Branson.

Glen leva un doigt, feignant un regard blessé.

— Vous n'êtes pas au courant ?

Puis, avec un sourire radieux, il annonça fièrement :

— Je ne suis plus inspecteur. Je suis brigadier maintenant !

Michael le félicita avec enthousiasme, vite imité par Amanda. Puis un silence embarrassé sembla tomber sur eux, comme si toutes ces bonnes nouvelles ne parvenaient pas à effacer la culpabilité collective qu'ils ressentaient. Ils se sentaient coupables parce que, d'une certaine manière, ils avaient tous bénéficié de leur rencontre avec le monstre dont la maison avait été surnommée – par la presse – « La Chambre des Horreurs de Holland Park ».

Alors qu'ils se dirigeaient vers la porte de la salle d'audience, pas vraiment sûrs de savoir pourquoi ils étaient venus aujourd'hui, Michael passa un bras autour d'Amanda et l'autre autour de Lulu. Il leur serra les épaules. Ils n'étaient pas là pour entendre prononcer la condamnation d'un homme. La sentence importait peu. C'était une formalité. Un symbole. Un jalon. Une fin.

Ils étaient là parce que c'était aussi un nouveau départ.

ÉPILOGUE

Le dimanche 9 juillet 2000.

*J*e n'ai pas encore décidé si je vais le dire au docteur Michael Tennent. J'ai pas mal d'autres soucis en ce moment.

Il y a beaucoup de gens bizarres ici et, franchement, ils m'agacent.

Apparemment, le destin veut que je continue à mépriser le docteur Michael Tennent – pour le restant de mes jours. Il ne semble plus faire autant parler de lui. En fait, on dirait qu'il se cache. Il n'a plus sa rubrique dans le journal et je ne l'entends plus à la radio, bien qu'il soit difficile de mettre tout le monde d'accord pour régler l'unique poste collectif dont nous disposons sur cette station : ces imbéciles sont incapables de décider ce qu'ils veulent écouter, alors on finit généralement par ne rien écouter du tout.

Le docteur Michael Tennent s'est mis à publier des articles sérieux dans les revues médicales. Il semble avoir développé une obsession pour les responsabilités des psychiatres et des psychologues dans notre société. Dans le dernier numéro du British Medical Journal, *il s'attaquait aux psys des médias et à ceux qui confondent célébrité et serment d'Hippocrate – ce qui ne manque pas d'ironie, sachant qu'il a été l'un d'eux!*

J'ai vu mon nom apparaître dans deux articles. Il n'a jamais demandé mon autorisation – je devrais peut-être exiger des droits d'auteur. Mais je n'ai pas soif de vengeance. J'ai appris à mes dépens qu'elle était bien mauvaise conseillère.

Ils ne me permettent pas d'utiliser un ordinateur dans ma petite cellule capitonnée. De quoi ont-ils peur ? Que je me suicide à grands coups de clavier sur la tête ?

Ce sont vraiment tous des idiots ici. La semaine dernière, la télévision rediffusait Les Ailes de la liberté, mais je ne l'ai pas regardé. Trop de souvenirs. Et vous savez quoi ? Pas un des autres pensionnaires n'avait entendu parler de ma mère. Je vais devoir faire un exemple et punir quelqu'un, mais rien ne presse : apparemment, je suis là pour un moment.

Je devrais écrire un livre pour raconter ma version de l'histoire, mais la simple idée de devoir le faire à la main, avec un stylo et du papier... C'est vraiment trop dégradant. D'autre part, ai-je envie que le docteur Michael Tennent connaisse la vérité ?

C'est une question que je n'ai pas cessé de me poser au cours de l'année et demie que j'ai passée ici. « La vérité fera de vous des hommes libres. » C'est écrit dans la Bible.

Ai-je envie de faire de vous un homme libre, docteur Michael Tennent ? Je ne vois pas pourquoi. Après tout, je ne vous dois rien.

Être libre : je n'ai jamais rien voulu d'autre. C'est étrange, que je ne m'en sois pas souvenu, parce que ma mémoire va bien mieux maintenant — je pense que c'est grâce au traitement qu'ils me donnent. Mais honnêtement, à l'époque, je n'en avais gardé aucun souvenir. Je semblais oublier beaucoup de choses alors.

J'ai oublié ce lundi après-midi, en juillet 1997, quand ma mère est rentrée de si mauvaise humeur après sa séance avec vous. Elle est montée s'allonger et m'a demandé de lui verser un grand whisky. Je ne lui ai pas parlé du message que vous aviez laissé sur le répondeur, parce que je tenais enfin ma chance d'être libre.

J'ai fait sauter les comprimés de la plaquette dans le verre et j'ai dissous le Nembutal dans son whisky. J'ai aussi versé le Valium liquide ; et pour accélérer le processus, et m'assurer du résultat, j'ai attendu qu'elle ait bu et dorme à poings fermés pour lui injecter du curare dans le talon.

C'est curieux comme tout me revient à présent. Et dire que j'ai rejeté la responsabilité sur vous, docteur Tennent ! Je vous en ai tant voulu. Peut-être que ma mère avait raison après tout. Peut-être que quelque chose ne va pas dans ma tête.

Mais je me sens bien en ce moment.

Je voulais seulement être libre et je me retrouve, probablement pour le restant de mes jours, dans une institution réservée aux fous criminels.

Qu'est-ce que vous dites de ça !

On m'a enfermé et on a jeté la clé.

Mais vous êtes enfermé, vous aussi, n'est-ce pas, docteur Michael Tennent ? À votre façon, vous êtes aussi prisonnier de vos actes que je le suis.

Mais j'ai au moins le pouvoir de vous rendre votre liberté. Je vais trancher la question comme je l'ai fait toute ma vie quand venait le moment de prendre une décision.

Pile ou face ?

Découvrez un extrait
d'un autre roman de Peter James :

Faith

Traduit de l'anglais (Grande-Bretagne) par Nenad Savic

Paru en poche chez Milady

PROLOGUE

Q uelqu'un avait dit à Maddy Williams qu'on savait toujours quand on allait mourir. Ou bien l'avait-elle lu quelque part ? Dans un journal ? Un magazine ? Elle lisait beaucoup de magazines féminins – en particulier les récits de vies difficiles et les témoignages angoissés de personnes qui, comme elle, étaient complexées par leur physique. Trop gros nez, seins tombants, oreilles pointues, lèvres boudeuses.

À l'instar des voitures qui sortaient des chaînes de montage avec des défauts, certaines personnes naissaient avec des malfaçons – à cause d'un ADN défaillant ou d'un message mal interprété qui leur donnait des yeux trop rapprochés, pas assez de doigts, un bec-de-lièvre ou, comme elle, une tache de vin de la forme du Texas sur la moitié du visage. Malfaçons que l'on portait jusqu'à la fin de ses jours telle une banderole proclamant : *Voyez ce que m'ont fait mes gènes*.

Pour Maddy Williams, heureusement, c'était terminé. À l'âge de dix ans, elle avait vu un documentaire sur la chirurgie plastique à la télévision, et depuis, elle n'avait eu de cesse d'économiser. Elle avait mis son argent de côté à cause de Danny Burton et de tous ses camarades de classe, à cause de tous ces étrangers qui la regardaient comme si elle était un monstre, pour s'offrir cette série d'opérations qui transformeraient sa vie. Un des chirurgiens les plus célèbres de Grande-Bretagne allait s'occuper d'elle.

Quelques mois plus tôt, il lui avait montré à l'aide de croquis et d'un ordinateur à quoi ressemblerait son nouveau visage. Il avait commencé trois semaines plus tôt. Car il ne s'agissait pas uniquement de sa carte du Texas, mais aussi de son nez crochu, de sa bouche et de ses pommettes. Elle voulait un petit nez retroussé à la Cameron Diaz et des lèvres pulpeuses. Après trente et un ans d'enfer, la métamorphose.

Allongée sur la table d'opération, hébétée par les soins préparatoires, l'esprit embrumé, elle osait à peine croire qu'elle vivait ce grand moment… *pour de vrai!* Elle à qui il n'arrivait jamais rien de bon – c'était une constante dans son existence. Chaque fois que les événements semblaient aller dans son sens, quelque chose advenait au dernier moment qui gâchait tout. Elle avait lu des articles sur le sujet, sur les gens poursuivis par la déveine. Peut-être existait-il un gène de la malchance?

En réalité, les deux opérations qu'elle avait subies jusque-là ne s'étaient pas passées aussi bien qu'elle l'avait espéré. Elle avait été déçue par son nez ; ses ailes étaient trop épatées, mais le chirurgien corrigerait ce défaut. Une toute petite opération, des cachets, une anesthésie locale, un coup de bistouri et l'affaire serait dans le sac!

Quand je sortirai d'ici, j'aurai le même nez que Cameron Diaz.

Bientôt, je serai normale, ce dont j'ai rêvé toute ma vie. Je serai un être humain ordinaire, je serai comme tout le monde.

Au-dessus d'elle, le plafond était couleur crème. Un plafond fatigué, du genre à accueillir des toiles d'araignées et des bestioles rampantes. *Je suis une chrysalide recroquevillée dans un cocon et je vais me transformer en magnifique papillon.*

La table vibra sous elle, vrombit faiblement – elle roulait? Un roulement de tambour. À présent, elle fixait des lumières puissantes. Elle sentait leur chaleur. *Chouette, je vais bronzer!* se dit-elle.

Deux silhouettes en blouses stériles vertes l'approchèrent, le visage anonyme dissimulé par un masque et un chapeau pareils à de l'essuie-tout froissé. L'infirmière et le chirurgien. Les yeux de ce dernier étaient rivés sur elle. La fois précédente, son regard était amusé et chaleureux, mais aujourd'hui, il était différent : froid, dénué d'émotion. Un vent glacial la traversa, et sa légère appréhension se mua en terreur indicible, en certitude. Elle ne survivrait pas à cette opération.

On sait quand on va mourir.

Elle n'avait aucune raison d'avoir peur. Eh ! ce chirurgien était un chic type ! Il lui avait montré ce qu'il pourrait faire d'elle, il lui avait tenu la main pour la rassurer, il avait fait de son mieux pour la convaincre qu'elle n'avait pas besoin de chirurgie, que sa tache de naissance et son nez ajoutaient à sa personnalité…

Aujourd'hui, toutefois, il lui paraissait bizarre – ou n'était-ce que son imagination ? Alors, elle chercha du réconfort dans les yeux de l'infirmière, qui la considérait avec inquiétude et chaleur. Rien ne clochait vraiment, pourtant…

On sait quand on va mourir.

Les mots hurlaient en elle, à présent. Elle ne sortirait pas vivante du bloc, il lui fallait sortir d'ici sans attendre, maintenant, tout annuler, oublier cette opération.

Maddy s'apprêtait à parler lorsque le chirurgien se pencha sur elle avec un morceau de coton, qu'il lui passa dans la narine gauche, puis droite. Elle aurait voulu bouger, secouer la tête, crier, mais c'était comme si quelqu'un avait déconnecté son cerveau de son corps.

Aidez-moi ! Oh ! mon Dieu, je vous en prie ! Que quelqu'un me vienne en aide !

Les ténèbres l'engloutirent, noyèrent ses dernières pensées en cours de formation, ne lui laissèrent pas le temps de les mettre en mots. Maintenant qu'elle fixait le chirurgien droit dans les yeux, elle reconnaissait un sourire, comme s'il s'était retenu jusque-là et qu'il n'avait plus à se fatiguer.

Et elle sut avec certitude qu'elle allait mourir.

Chapitre premier

Tard, un après-midi humide de mai, Faith Ransome faisait le tour des pièces du rez-de-chaussée à la recherche de Lego éparpillés. *C'est cela, ma vie ?* se disait-elle. *C'est à cela que je sers ? À rien d'autre ?*

Alec était dans la cuisine.

—Maman ! Mamaaaaaannn ! Viens voir !

Soulagée, elle se pencha pour ramasser un cube jaune vif derrière le canapé. Ross n'aurait pas manqué de le voir. Et alors…

Elle frissonna. Elle se sentait un peu nauséeuse. Après trois semaines sous le soleil chaud et sec de la Thaïlande, l'Angleterre lui semblait si froide. Ils n'étaient rentrés que depuis quatre jours, mais elle avait l'impression que cela faisait une éternité. Quatre siècles.

—Mamanaaaaaannn !

Elle tâcha de ne pas l'écouter et monta à l'étage, traqua la moindre marque, trace de boue ou empreinte sur les marches et les murs, vérifia qu'aucune ampoule n'était grillée. C'était un rituel. Elle scruta la moquette de l'étage, repéra une autre pièce de Lego, se rendit dans la chambre d'Alec et rangea les deux morceaux de plastique dans la boîte posée sur la table. Elle jeta un coup d'œil circulaire sur la pièce, ramassa un robot de l'espace, rangea les baskets d'Alec dans le placard dont elle referma la porte, lissa la couette *Star Wars* et aligna correctement les peluches sur l'oreiller.

Spike, le hamster d'Alec, aussi gros que son homonyme des *Razmoket* était maigre, courait dans sa roue. Elle ramassa dans la paume de sa main quelques graines éparpillées sur la table et les jeta à la corbeille.

Comme elle terminait, elle entendit leur labrador noir Raspoutine aboyer de sa voix grave. Ou-af… ou-af… ou-af…

Montée d'adrénaline. Puis le bruit inimitable des pneus sur le gravier.

Ce n'était pas une bonne adrénaline – elle imaginait des vagues chargées d'algues qui déferlaient dans son corps. Sans arrêter d'aboyer, Raspoutine sortit de la cuisine d'un pas lourd, traversa le couloir et entra dans le salon où, Faith en était sûre, il sauta sur sa chaise devant la baie vitrée pour voir arriver son maître.

Il était en avance.

—Alec! Papa est là!

Elle courut jusqu'à leur chambre et jeta un coup d'œil à l'intérieur. Le lit à colonnes en chêne était fait. Les chaussures, pantoufles, vêtements qui traînaient avaient été rangés. Elle inspecta la salle de bains de la suite parentale : le lavabo était nickel, les serviettes pendaient comme il l'aimait.

À la hâte, elle retira ses baskets, son jean et son sweat-shirt – l'uniforme qu'elle portait durant la journée. Elle n'avait pas particulièrement envie de se faire belle pour accueillir son mari, mais elle préférait éviter d'essuyer de nouvelles critiques.

Elle se regarda dans le miroir de la salle de bains. Dans le placard, un tube en plastique contenait des pilules. Ses *pilules du bonheur*. Cela faisait plus d'un mois qu'elle n'en avait pas pris, et elle comptait bien continuer à s'en passer. Elle avait l'intention de se débarrasser toute seule de la dépression qui la minait depuis la naissance de son fils, six ans plus tôt – de la chasser une fois pour toutes!

Elle mit un peu de fard à paupières, du mascara, du rouge à lèvres, poudra un peu son nez retroussé parfait (l'œuvre de son mari), enfila un pantalon noir Karen Millen, un chemisier blanc, un cardigan vert pâle Betty Barclay et des mules noires.

Puis elle vérifia ses cheveux dans le miroir. Elle était naturellement blonde et avait une préférence pour le style classique. En ce moment, elle avait une raie sur le côté et une coupe dégradée qui lui arrivait juste au-dessus des épaules.

Pour une maman de trente-deux ans, tu n'es pas trop mal.

Évidemment, elle pouvait remercier Ross.

La clé cliqueta dans la porte d'entrée.

Elle se précipita dans l'escalier tandis que la porte s'ouvrait. Le chien sautait partout. Le pardessus Burberry tournoyait, la mallette noire se balançait. Ross, lui, semblait angoissé.

Elle prit la mallette et le pardessus qu'il lui confiait comme si elle était la dame du vestiaire, et lui tendit la joue pour qu'il y dépose un baiser indifférent.

— Salut, dit-elle. Comment s'est passée ta journée ?

— Ça a été l'enfer. J'ai perdu quelqu'un. Elle est morte.

Douleur et colère dans sa voix lorsqu'il claqua la porte.

Ross, un mètre quatre-vingt-treize, les cheveux noirs, ondulés et gominés, parfumé à l'excès – une allure de gangster séduisant. Chemise blanche amidonnée, cravate en soie rouge et or, veste marine sur mesure, pantalon tellement bien repassé qu'on aurait pu couper du fromage avec, chaussures à bouts ronds noires au lustre tout militaire. Il semblait au bord des larmes.

À la vue de son fils, son visage s'illumina.

— Papa, papa !

Alec, le visage encore tout bronzé, sauta dans les bras de son père.

— Eh ! Mon grand ! s'exclama Ross en serrant le garçon contre sa poitrine, comme s'il représentait tous les rêves et tous les espoirs du monde. Eh ! Comment tu vas ? Qu'est-ce que tu as fait, aujourd'hui ?

Faith sourit. Peu importait son état ; voir à quel point son fils et son mari s'aimaient lui donnait la force et l'envie de sauver son mariage.

Elle accrocha le pardessus, posa la mallette et se rendit dans la cuisine. À la télévision, Homer Simpson se faisait réprimander par son patron. Elle versa trois doigts de Macallan dans un verre, qu'elle mit sous le distributeur de glaçons du réfrigérateur Maytag. Quatre cubes tombèrent en tintant.

Ross la rejoignit et posa Alec. Le garçon se concentra aussitôt sur le dessin animé.

—Qui est décédé ? demanda Faith en offrant le verre à son mari. Un patient ?

Il examina le verre à la lumière du jour à la recherche de poussière, de rouge à lèvres ou de Dieu savait quoi, comme il le faisait toujours avant de le porter à ses lèvres sacrées.

Il avala un doigt de whisky. Elle desserra sa cravate et, sans trop d'enthousiasme, passa un bras compatissant autour de son torse – elle ne pouvait ni n'avait envie d'en faire davantage. Puis elle se retira.

—J'ai marqué deux buts aujourd'hui, papa !

—C'est vrai ! confirma-t-elle fièrement.

—C'est super ! s'exclama Ross. *Deux* buts !

Il prit son fils dans ses bras. Alec hocha la tête et hésita un instant entre écouter ces louanges ou regarder son dessin animé.

Le sourire de Ross s'évanouit.

—Deux buts, répéta-t-il sans aucune joie dans les yeux. Super…

Il lui tapota la tête et s'en fut dans son bureau, où il s'affala sur son Parker Knoll en cuir sans retirer sa veste, ce qui était inhabituel. Il inclina le dossier au maximum, releva le repose-pieds et ferma les yeux.

Faith le regardait. Il souffrait, mais cela ne lui faisait rien. Une part d'elle-même aurait voulu que tout redevienne comme avant, mais pour le bien d'Alec uniquement.

—Elle est morte. Je n'arrive pas à croire qu'elle m'ait fait cela.

—Une patiente? demanda-t-elle doucement.

—Ouais, une putain de patiente. Merde! elle n'était pas obligée de me crever dans les pattes!

—Que s'est-il passé?

—Réaction allergique à l'anesthésique. C'est la deuxième fois cette année. Putain!

—Le même anesthésiste? Tommy?

—Non, Tommy n'était pas là. J'étais tout seul. C'était juste une petite correction de rien du tout – des ailes un peu trop épatées. J'ai utilisé un anesthésique local – pas besoin d'un anesthésiste pour cela. Tu peux m'apporter un cigare?

Faith se rendit dans la salle à manger, ouvrit l'humidificateur, choisit un Montecristo n° 3, en coupa l'extrémité comme Ross l'aimait et retourna dans le bureau. Puis elle alluma son briquet Dupont et le lui tint pendant qu'il avalait de grandes bouffées et faisait tourner le cigare.

Il souffla un long jet de fumée vers le plafond puis, les yeux fermés, demanda:

—Comment s'est passée ta journée?

Elle voulut lui dire que sa journée avait été nulle, à chier, comme d'habitude, mais elle n'en fit rien.

—Bien, répondit-elle.

Il hocha la tête en silence. Après quelques secondes, il reprit:

—Je t'aime, Faith. Je ne pourrais pas vivre sans toi. Tu le sais, n'est-ce pas?

Oui, pensa-t-elle. *Et c'est bien le problème.*

PETER

RETROUVEZ DU THRILLER

JAMES

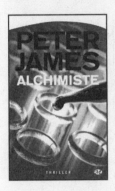  

LE MAÎTRE
CHEZ MILADY

Achevé d'imprimer en août 2012
Par CPI Brodard & Taupin - La Flèche (France)
N° d'impression : 70232
Dépôt légal : septembre 2012
Imprimé en France
81120829-1